John Jackson Miller

EINE NEUE DÄMMERUNG

DAS STAR-WARS-UNIVERSUM IM BLANVALET VERLAG IN CHRONOLOGISCHER REIHENFOLGE

Tim Lebbon: Der Aufstieg der Jedi-Ritter – Ins Nichts (26982)

John Jackson Miller: Der Vergessene Stamm der Sith. Storys (26931)

Joe Schreiber: Darth Scabrous (37938)

John Jackson Miller: Knight Errant – Jägerin der Sith (26877)

Drew Karpyshyn: Darth Bane – Schöpfer der Dunkelheit (26981) · Darth Bane – Die Regel der Zwei (26596) · Darth Bane – Dynastie des Bösen (37559)

James Luceno: Darth Plagueis (38045) · *James Luceno:* Schleier der Täuschung (26854) · *Michael Reaves:* Darth Maul – Der Schattenjäger (24315) · *Joe Schreiber:* Darth Maul: In Eisen (26983) · *Terry Brooks:* Episode I. Die dunkle Bedrohung (6062) · *Greg Bear:* Planet der Verräter (35886) · *T. Zahn:* Die Kundschafter (36898) · *Alan D. Foster:* Ein Sturm zieht auf (37093) · *R. A. Salvatore:* Episode II. Angriff der Klonkrieger (6063) · *Karen Traviss:* Clone Wars (26635) · *Karen Miller:* Clone Wars – Wilder Raum (26636) · *Karen Traviss:* Clone Wars – Keine Gefangenen (26637) · *Karen Miller:* Clone Wars – Im Verborgenen (26638) · *Karen Miller:* Clone Wars – Unter Belagerung (26639) · *Michael Reaves:* MedStar – Unter Feuer (26811) · *Michael Reaves & Steve Perry:* MedStar – Jedi-Heilerin (26815) · *Matthew Stover:* Mace Windu und die Armee der Klone (36292) · *Steven Barnes:* Obi-Wan Kenobi und die Biodroiden (36394) · *David Sherman & Dan Cragg:* Die Feuertaufe (36163) · *Sean Stewart:* Yoda – Pfad der Dunkelheit (24436) · *James Luceno:* Labyrinth des Bösen (36226) · *Matthew Stover:* Episode III. Die Rache der Sith (6064) · *James Luceno:* Dunkler Lord. Der Aufstieg des Darth Vader (36609) · *John Jackson Miller:* Kenobi (6009) · *Michael Reaves & Maya Kaathryn Bohnhoff:* Der letzte Jedi-Ritter (26959)

Michael Reaves & Steve Perry: Die Macht des Todessterns (26566) · *Joe Schreiber:* Der Todeskreuzer (37560) · *George Lucas:* Eine neue Hoffnung [Episode IV] (6065) · *Kevin Hearne:* Der Erbe der Jedi-Ritter (6008) · *James Luceno:* Tarkin (6061) · *Chuck Wendig:* Nachspiel – Der Krieg ist nicht vorbei (6071) · *John Jackson Miller:* Eine neue Dämmerung (6072) · *Timothy Zahn:* Treueschwur (36980) · Glücksritter (26957) · Einsame Entscheidungen (37954) · *Martha Wells:* Imperium und Rebellen – Auf Messers Schneide (26403) · *James S. A. Corey:* Imperium und Rebellen – Ehre unter Dieben (6007) · *Donald F. Glut:* Das Imperium schlägt zurück [Episode V] (6066) · *Kevin J. Anderson (Hrsg.):* Kopfgeld auf Han Solo (25008) · *James Kahn:* Die Rückkehr der Jedi-Ritter [Episode VI] (6067) · *Matthew Stover:* Luke Skywalker und die Schatten von Mindor (26599) · *Troy Denning:* Der Geist von Tatooine (26842)

Timothy Zahn: Erben des Imperiums. Jubiläumsausgabe (26914) · Die dunkle Seite der Macht (26407) · Das letzte Kommando (26408)

Peter Schweighofer (Hrsg.): Flucht der Rebellen (24234) · *Jeff Grubb:* Die Geißel (26938) · *Peter Schweighofer & Craig Carey (Hrsg.):* Kampf um die Neue Republik (24235)

Aaron Allston: Operation Eiserne Faust (35142)

DAS ERBE DER JEDI-RITTER: *R. A. Salvatore:* **1.** Die Abtrünnigen (35414) · *Michael Stackpole:* **2.** Die schwarze Flut (35673) · **3.** Das Verderben (35620) · *James Luceno:* **4.** Der Untergang (35822) · **5.** Die letzte Chance (35883) · *Kathy Tyers:* **6.** Planet der Verlorenen (35983) · *Greg Keyes:* **7.** Anakin und die Yuuzhan Vong (36101) · **8.** Die Verheißung (24302) · *Troy Denning:* **9.** Das Ultimatum (24342) · *Elaine Cunningham:* **10.** Jainas Flucht (24347) · *Aaron Allston:* **11.** Rebellenträume (24370) · **12.** Aufstand der Rebellen (24377) · *Matthew Stover:* **13.** Verräter (24408) · *Walter Jon Williams:* **14.** Wege des Schicksals. Mit Bonus-Roman Ylesia (24398) · *Sean Williams & Shane Dix:* **15.** Die Ruinen von Coruscant (24433) · **16.** Der verschollene Planet (24438) · **17.** Wider alle Hoffnung (24459) · *Greg Keyes:* **18.** Die letzte Prophezeiung (24468) · *James Luceno:* **19.** Vereint durch die Macht (24489)

DUNKLES NEST: *Troy Denning:* **1.** Die Königsdrohne (24491) · **2.** Die verborgene Königin (26567) · **3.** Der Schwarmkrieg (26568)

WÄCHTER DER MACHT: *Aaron Allston:* **1.** Intrigen (26603) · *Karen Traviss:* **2.** Blutlinien (26607) · *Troy Denning:* **3.** Sturmfront (26624) · *Aaron Allston:* **4.** Exil (26625) · *Karen Traviss:* **5.** Opfer (26597) · *Troy Denning:* **6.** Inferno (26598) · *Aaron Allston:* **7.** Zorn (26666) · *Karen Traviss:* **8.** Enthüllungen (26684) · *Troy Denning:* **9.** Sieg (26685)

Paul S. Kemp: Gegenwind (37743) · *Paul S. Kemp:* Dunkle Flut (26885) · *James Luceno:* Millennium Falke (37851)

DAS VERHÄNGNIS DER JEDI-RITTER: *Aaron Allston:* **1.** Der Ausgestoßene (26660) · *Christie Golden:* **2.** Omen (26676) · *Troy Denning:* **3.** Abgrund (26677) · *Aaron Allston:* **4.** Rückschlag (26678) · *Christie Golden:* **5.** Die Verbündeten (26679) · *Troy Denning:* **6.** Im Vortex (26680) · *Aaron Allston:* **7.** Verurteilung (26681) · *Christie Golden:* **8.** Aufstieg (26682) · *Troy Denning:* **9.** Apokalypse (26683)

X-WING: *Aaron Allston:* Gnadentod (26936) · *Troy Denning:* Feuerprobe (26958)

John Jackson Miller

STAR WARS™

EINE NEUE DÄMMERUNG

Roman

Deutsch
von Michaela Link

blanvalet

Die amerikanische Originalausgabe erschien unter dem Titel »Star Wars™ A New Dawn« bei Del Rey/The Ballantine Publishing Group, Inc., New York.

MIX
Papier aus verantwortungsvollen Quellen
FSC® C014496

Verlagsgruppe Random House FSC® N001967

1. Auflage

Redaktion: Rainer Michael Rahn
Umschlaggestaltung: Isabelle Hirtz, Inkcraft, nach einer Originalvorlage
Cover Art Copyright: © 2014 by Lucasfilm Ltd.
Jacket Design: Scott Biel
Jacket Art: Doug Wheatley
JvN · Herstellung: kw
Satz: omnisatz GmbH, Berlin
Druck und Bindung: GGP Media GmbH, Pößneck
Printed in Germany
ISBN 978-3-7341-6072-1

www.blanvalet.de

Für meine Mutter, die mich gelehrt hat,
Bücher und Filme zu lieben.

Es war einmal vor langer Zeit
in einer weit, weit entfernten Galaxis …

Vorwort

Star Wars ist eine unglaublich kreative Galaxis, in der Geschichtenerzähler seit 1977 Jedi auf zahllose Missionen schicken, allerlei Planeten erkunden und versteckte Schätze entdecken. Ich bin mit der Original-Trilogie aufgewachsen, und im Laufe der Jahre habe ich die Bücher und Comics gelesen, die Spiele gespielt und mir die Neuveröffentlichungen angesehen. Und ich konnte es kaum glauben, als ich eines Tages im Kino saß und auf der Leinwand den Schriftzug »Episode I« las. Es war ein Tag, auf den ich sehr, sehr lange gewartet hatte. Ich habe mir alle Prequels gleich am Premierenabend angesehen und mich dafür, wie wir alle, in die Schlange gestellt, bin zu den »Midnight Madness«-Events gegangen, in deren Rahmen *Star-Wars*-Spielzeuge neu auf den Markt kamen, und mir gefiel die Community, die um das *Star-Wars*-Universum herum entstanden war, wirklich sehr gut.

Noch konnte ich nicht ahnen, dass ich, noch bevor der letzte der drei Prequel-Filme veröffentlicht wurde, nach Nordkalifornien ziehen und an der Seite des »Schöpfers«, George Lucas, an *Star Wars: The Clone Wars* arbeiten würde. Ich kam mir vor, als hätte ich bei einer Art *Star-Wars*-Lotterie gewonnen, aber ich spürte auch eine gewaltige Verantwortung gegenüber all den Menschen, die *Star Wars* liebten: die Verantwortung, meine Sache möglichst gut zu machen, damit das Ergebnis stimmte. Als nun meine persönliche Jedi-Ausbildung begann, hatte ich immer George in der Nähe, der mir die tiefgründigeren Fragen beantwortete und dafür sorgte, dass wir auf dem richtigen Weg blieben, dass wir *Star Wars* auch wirklich so Gestalt annehmen ließen, wie er sich das wünschte. Er pflegte mit mir und meiner Crew zu scherzen, und meinte, er habe uns nun die Wege der Macht beigebracht, sodass *Star Wars* eines Tages, wenn er in den Ruhestand gehe, auch ohne ihn weiterleben könne. Ich bin mir nicht sicher, ob wir ihm je geglaubt haben – bis es dann wirklich passiert ist.

Also, wie geht es jetzt weiter? Und wie sorgen wir dafür, dass das Ergebnis stimmt? Sehr einfach, wir vertrauen der Macht und vertrauen einander. Wir sind als eine Gruppe zusammengekommen und haben die besten Talente an Land gezogen: Menschen, die, wie du und ich, *Star Wars* lieben und etwas immer Größeres daraus machen wollen. Die die spezielle Atmosphäre einfangen wollen, die *Star Wars* uns allen vermittelt und die uns alle inspiriert hat. In stärkerem Maße als zu jeder anderen Zeit, seit es *Star Wars* gibt, werden heute jeden Tag neue *Star-Wars*-Geschichten erzählt. Wichtiger noch, das alte Konzept dessen, was zum Kanon gehört und was nicht, besteht nicht mehr, und von jetzt an existieren unsere Geschichten und Figuren alle im gleichen Universum; die maßgeblichen Kreativkräfte, die an den Kinofilmen, Fernsehserien, Comics, Videospielen und Romanen arbeiten, sind zum ersten Mal in der Geschichte des *Star-Wars*-Universums kreativ miteinander verbunden.

Eine neue Dämmerung ist das Ergebnis dieser neuen Methode der Zusammenarbeit hier bei Lucasfilm. Als Leitende Produzenten von *Star Wars Rebels* haben Greg Weisman, Simon Kinberg und ich unseren Teil zur Geschichte und den Figuren beigetragen und dabei mit Autor John Jackson Miller zusammengearbeitet. Ich konnte sogar meinen Kommentar zum Aussehen von Kanan und Hera auf dem Cover abgeben – das mag manchen vielleicht als ein kleines Detail erscheinen, aber es war aufregend, daran mitzuwirken und zu wissen, dass die Figuren auch dem ursprünglichen Gedanken treu blieben. Ich hoffe sehr, dass die Leser und Leserinnen diese Geschichte genießen werden und dass sie zu einer Bereicherung ihrer Erfahrung und ihres Wissens hinsichtlich der Figuren von *Star Wars Rebels* wird. Es gibt immer noch zahllose Welten zu besuchen und unzählige fremde Lebensformen zu treffen, und mit all den unglaublichen Talenten, mit denen wir bei Lucasfilm arbeiten, liegt der zu beschreitende Weg klar und offen vor uns.

Zuletzt muss ich dir, dem Leser, danken. Ob dieses Buch nun dein erstes *Star-Wars*-Abenteuer ist oder nur eines von vielen im Laufe der Jahre: Danke. Danke für deine Hingabe und Leidenschaft für die *Star-Wars*-Galaxis. Wegen Fans wie dir überall auf der Welt wird die Macht für immer mit uns sein.

Dave Filoni
Leitender Produzent und
Beaufsichtigender Direktor
von *Star Wars Rebels*

Über tausend Generationen hinweg haben die Jedi-Ritter mithilfe ihrer Verbindung zu jenem geheimnisvollen Energiefeld, das die Macht genannt wird, der Galaktischen Republik Frieden und Ordnung gebracht. Aber sie wurden verraten – und die ganze Galaxis hat den Preis dafür bezahlt. Das Zeitalter des Imperiums ist angebrochen.

Jetzt hat Imperator Palpatine, einst Kanzler der Republik und im Geheimen Sith-Adept, ein Jünger der dunklen Seite der Macht, der Galaxis seinen eigenen Frieden und seine eigene Ordnung gebracht. Frieden durch brutale Unterdrückung – und Ordnung durch eine immer stärkere Kontrolle des Lebens seiner Untertanen.

Aber noch während der Imperator seinen eisernen Griff verfestigt, haben andere begonnen, seine Methoden und Motive in Frage zu stellen. Und wieder andere, deren Leben durch Palpatines Machenschaften zerstört wurden, sind wie Blindgänger über die Galaxis verteilt – Bomben, die darauf warten, irgendwann hochzugehen ...

Jahre zuvor …

»Ab nach Hause«, sagte Obi-Wan Kenobi.

Der Jedi-Meister warf einen vielsagenden Blick auf das Bedienfeld mit den blinkenden Lichtern zu seiner Rechten – und wandte sich dann wieder den aufmerksamen Schülern zu. Der Gang zwischen den turmhohen Computerreihen in der zentralen Sicherheitsstation war für Wartungsarbeiten durch ein paar Techniker bemessen, nicht für die Unterrichtung einer ganzen Horde junger Jedi. Trotzdem fanden sie alle Platz, in der Gegenwart ihres Lehrmeisters ängstlich darauf bedacht, einander nicht zu schubsen oder anzurempeln.

»Das ist die Bedeutung dieses Signals«, erklärte der bärtige Mann und drehte sich wieder zu der Konsole um. Reihen blauer Lichter funkelten in einem Meer grüner Anzeigen. Er legte einen Schalter um. »Ihr könnt es hier im Jedi-Tempel nicht hören oder sehen. Aber abseits von Coruscant, auf allen anderen Planeten in der Galaxis, würden die Mitglieder unseres Ordens nun die Nachricht erhalten: *Kehrt sofort nach Hause zurück.*«

Der junge Caleb Dume saß zusammen mit seinen Klassenkameraden auf dem Boden und hörte zu – aber nicht sonderlich aufmerksam. Seine Gedanken schweiften ab, wie so oft, wenn er sich vorzustellen versuchte, irgendwo in fernen Welten unterwegs zu sein.

Noch war er nur ein mageres, drahtiges Bürschchen – mit rötlicher Haut, blauen Augen und schwarzem Wuschelhaar. Er war noch keinem Mentor als Schüler zugewiesen. Aber eines Tages würde er *dort draußen* sein und zusammen mit seinem Meister in ferne, exotische Welten reisen. Sie würden den Bürgern der Galaktischen Republik Frieden und Ordnung bringen und das Böse besiegen, wo immer sie ihm begegneten.

Vor seinem geistigen Auge sah er sich selbst als Jedi-Ritter, wie er an der Seite der Klonkrieger der Republik gegen die feindlichen Separatisten kämpfte. Gewiss, Palpatine, der Kanzler der Republik, hatte versprochen, den Krieg bald zu beenden, aber niemand konnte so unhöflich sein, die Kämpfe beizulegen, ehe nicht auch Caleb seine Chance bekommen hatte.

Darüber hinaus wagte er zu hoffen, selbst einmal ein Jedi-Meister wie Obi-Wan zu werden und Ruhm und Ansehen als einer der weisesten Weisen des Ordens zu gewinnen. Dann würde er *wirklich* echte Großtaten vollbringen. Er würde gegen die Sith in den Kampf ziehen, das legendäre böse Gegenstück zu den Jedi.

Freilich hatte man von den Sith seit tausend Jahren nichts mehr gesehen und gehört, und er wusste auch von keinem Schatten, den ihre mögliche Rückkehr vorausgeworfen hätte. Aber in seinen ehrgeizigen Zielen unterschied sich Caleb eben in keiner Weise von den jungen Jedi um ihn herum, ganz gleich welchen Geschlechts sie waren und welcher Spezies sie angehörten. Die Fantasie eines Heranwachsenden kannte keine Grenzen.

Der Jedi-Meister mit dem sandbraunen Haar berührte das Bedienfeld aufs Neue. »Momentan befindet sich die Anlage im

Testbetrieb«, erklärte Obi-Wan. »Daher wird niemand reagieren. Aber wenn es einen echten Notfall gäbe, könnten Jedi die Nachricht auf verschiedene Weise empfangen.« Er warf einen Blick in die Runde seiner Zuhörer. »Neben dem Alarmsignal selbst können noch weitere Elemente gesendet werden, detaillierte holografische Botschaften und Textnachrichten. Aber wie auch immer der Rundruf gestaltet ist, seine wesentliche Botschaft lautet …«

»Kommt nach Hause!«, riefen die versammelten Schüler.

Obi-Wan nickte. Dann sah er, dass jemand die Hand hob. »Der Schüler dort hinten«, sagte er und versuchte sich an den Namen zu erinnern. »Caleb Dume, richtig?«

»Ja, Meister.«

Obi-Wan lächelte. »Auch ich lerne immer noch dazu.« Die Schüler kicherten. »Du hast eine Frage, Caleb?«

»Ja.« Der Junge holte tief Luft. »Wo ist das?«

»Wo ist was?«

Die anderen Schüler lachten erneut, diesmal ein wenig lauter.

»Wo ist zu Hause? Wohin sollen wir kommen?«

Obi-Wan lächelte. »Nach Coruscant natürlich. Hierher, in den Jedi-Tempel.«

Der Lehrmeister wandte sich wieder dem Leuchtsignal zu, als er bemerkte, dass Caleb Dumes Hand schon wieder oben war. Caleb war nicht gerade der Typ Schüler, der in jeder Unterrichtsstunde in der ersten Reihe saß – niemand hatte Respekt vor einem Streber –, aber an übermäßiger Schüchternheit hatte er jedenfalls nie gelitten.

»Ja, Caleb?«

»Warum …« Dem Jungen versagte die Stimme, und seine Gefährten quittierten das mit leisem Kichern. Er funkelte die anderen böse an und unternahm einen neuen Anlauf: »Was könnte Euch dazu bringen, alle Jedi gleichzeitig hierher zurückzurufen?«

»Eine sehr gute Frage. Wenn man sich hier umsieht, sollte man meinen, wir hätten alle Jedi, die wir brauchen!« Obi-Wan grinste die Meister der Schüler an, die ihnen vom geräumigeren Kontrollraum aus zusahen. Aus dem Augenwinkel bemerkte Caleb unter ihnen auch Depa Billaba. Die braunhäutige, dunkelhaarige Frau hatte Interesse daran gezeigt, ihn als ihren Schüler anzunehmen – und nun musterte sie ihn mit ihrem gewohnten, überaus geduldigen Gesichtsausdruck aus der Ferne: *Worauf willst du hinaus, Caleb?*

Caleb wäre in diesem Moment am liebsten im Erdboden versunken – da richtete Obi-Wan das Wort direkt an ihn. »Warum sagst *du* es mir nicht, Caleb: Aus welchem Grund bestünde denn *deiner* Meinung nach Anlass, alle Jedi des Ordens zurückzurufen?«

Als ihm bewusst wurde, dass alle ihn anschauten, begann Calebs Herz heftig zu pochen. Für gewöhnlich machte der Junge sich keine Gedanken darüber, dass er sich vielleicht in Schwierigkeiten bringen konnte, weil er seinen Standpunkt deutlich vertrat – seine Kameraden kannten ihn gar nicht anders. Aber heute waren Schüler anwesend, die er noch nie zuvor gesehen hatte, darunter auch ältere – ganz zu schweigen von den Jedi-Meistern. Und jetzt hatte Caleb unvermittelt eine Gelegenheit bekommen, vor aller Augen ein Mitglied des Hohen Rates zu beeindrucken.

Natürlich war es eine ebenso gute Gelegenheit, sich zu blamieren. Es gab so viele Möglichkeiten ...

Etwa, weil es eine Fangfrage war.

»Ich weiß, warum Ihr sie zurückrufen würdet«, verkündete Caleb schließlich. »Weil das *Unerwartete* eingetreten ist!«

Die anderen brachen in schallendes Gelächter aus, jeder Anschein von respektvoller Disziplin war nach Calebs Worten verflogen. Aber Obi-Wan hob die Hände. »Das ist so ziemlich die beste Antwort, die ich je gehört habe«, stellte er fest.

Die Gruppe beruhigte sich, und Obi-Wan fuhr fort: »Die Wahrheit ist, meine jungen Freunde, dass ich es einfach nicht weiß. Ich könnte euch von den vielen Malen im Laufe der Geschichte des Ordens erzählen, dass Jedi nach Coruscant zurückgerufen worden sind, um es mit der einen oder anderen Bedrohung aufzunehmen. Das waren Zeiten großer Gefahr, die zu großen Heldentaten geführt haben. Vieles davon ist die reine Wahrheit, bei anderem handelt es sich um Legenden, die Wahrheiten enthalten, doch alles kann euch etwas lehren. Jocasta, unsere Bibliothekarin, wird euch bestimmt helfen, mehr darüber in Erfahrung zu bringen.« Er rieb die Hände aneinander. »Aber keine zwei dieser Ereignisse waren gleich – und wenn das Signal erneut gesendet wird, wird der Grund dafür wieder einzigartig sein. Ich hoffe, dass das niemals notwendig sein wird, aber es gehört zu eurer Ausbildung, dass ihr die Möglichkeit kennt. Also merkt euch, wenn ihr das Signal erhaltet, dann …«

»*… kommt nach Hause!*«, sagten die Kinder, Caleb eingeschlossen.

»Sehr gut.« Obi-Wan deaktivierte das Signal und schritt durch die Menge zum Ausgang. Die Schüler standen auf und marschierten in den Kontrollraum hinaus, um ihren gewöhnlichen Unterricht fortzusetzen. Die Exkursion in dieses Stockwerk des Jedi-Tempels war vorüber.

Caleb stand ebenfalls auf, aber er blieb noch in dem Gang zurück. Die Jedi lehrten ihre Schüler, die Dinge von allen Seiten zu betrachten, und ihm kam der Gedanke, dass es bestimmt noch eine weitere Seite dessen gab, was man ihnen gerade gezeigt hatte. Mit gerunzelter Stirn wollte er abermals die Hand heben. Dann begriff er, dass er der Letzte im Raum war. Niemand beachtete ihn.

Bis auf Obi-Wan, der in der Tür stand. »Was gibt's?«, rief der Meister über den Lärm der anderen hinweg. Hinter ihm verstummten die Schüler und blieben stehen. »Was willst du sagen, Caleb?«

Überrascht darüber, bemerkt worden zu sein, schluckte Caleb. Er sah Meisterin Billaba die Stirn runzeln, zweifellos weil sie sich fragte, was ihr impulsiver Schülerkandidat wohl jetzt schon wieder im Sinn hatte. Es war an der Zeit, endlich den Mund zu halten. Aber wie er nun so ganz allein in dem Gang zwischen all den leuchtenden Lichtern stand, konnte er keinen Rückzieher mehr machen. »Dieses Leuchtsignal. Es kann *jede* Nachricht aussenden, nicht wahr?«

»Hm, na ja«, sagte Obi-Wan. »Nein, für normale Verwaltungsbelange nutzen wir es nicht. Als Jedi-Ritter – und ich hoffe sehr, dass ihr eines Tages alle welche sein werdet – bekommt man andere Anweisungen jeweils persönlich und mit weniger dramatischen Methoden der ...«

»Könnt Ihr Eure Leute auch wegschicken?«

Dem einen oder anderen in der Gruppe blieb vor Überraschung die Luft weg. Obi-Wan sah den Jungen an. Auch wenn er mitten im Satz unterbrochen worden war, wirkte er nicht verärgert. »Wie bitte?«

»Könnt Ihr Eure Leute auch wegschicken?«, wiederholte Caleb und zeigte auf die Bedienelemente für das Leuchtsignal. »Ihr könnt alle Jedi gleichzeitig hierher zurückrufen. Könntet Ihr auch alle warnen, sich von hier fernzuhalten?«

Aufgeregt flüsterndes Stimmengewirr erfüllte den Raum

hinter Obi-Wan. Meisterin Billaba trat in den Computerraum, offensichtlich um dem peinlichen Moment ein Ende zu machen. »Ich glaube, das ist jetzt genug, Caleb. Entschuldigt uns, Meister Kenobi. Wir wissen, wie kostbar Eure Zeit ist.«

Doch Obi-Wan sah sie nicht an. Auch er hatte jetzt den Blick nachdenklich auf das Leuchtsignal gerichtet. »Nein, nein«, sagte er schließlich und gestikulierte den anderen, ohne sich umzudrehen. »Wartet bitte noch einen Moment.« Er kratzte sich am Hinterkopf und wandte sich wieder der Gruppe zu. »Ja«, fuhr er leise fort. »Es könnte wohl auch dazu genutzt werden, um die Jedi zu warnen, sich von hier fernzuhalten. Von hier zu fliehen.«

Unter den Schülern brachen sofort heftige Diskussionen aus.

Jedi sollten fliehen?

Jedi liefen nicht weg! Jedi stürzten sich in die Gefahr!

Jedi hielten die Stellung, Jedi kämpften!

Die anderen Meister kamen herein und gaben Obi-Wan ein Zeichen. »Schüler«, sagte ein Älterer. »Es gibt keinen Grund, um …«

»Keinen von uns *erwarteten* Grund«, fiel ihm Obi-Wan ins Wort und streckte den Zeigefinger in die Höhe. Er suchte Calebs Blick. »Nur das, was unser junger Freund gesagt hat: das Unerwartete.«

Schweigen senkte sich über die Gruppe. Caleb, der zögerte, noch etwas zu sagen, überließ es einem anderen Schüler, das zu fragen, was er dachte. »Was dann? Wenn Ihr uns alle fortschickt, was dann?«

Obi-Wan überlegte einen Moment lang, dann wandte er sich den Schülern zu und schenkte ihnen ein warmes, aufmunterndes Lächeln. »Dann ist es genauso wie auch sonst immer. Ihr werdet eurem Befehl folgen – und auf den nächsten warten.« Er hob die Arme, ein Zeichen, dass sie entlassen waren. »Danke, dass ihr mir eure Zeit geschenkt habt.«

Die Schüler verließen rasch den Kontrollraum, immer noch ins Gespräch vertieft. Caleb blieb zurück und sah Obi-Wan hinterher, wie er durch eine andere Tür verschwand. Sein Blick wanderte wieder zu dem Leuchtsignal.

Er konnte spüren, dass Meisterin Billaba ihn beobachtete. Er blickte zurück und sah sie allein in der Tür warten. Das Stirnrunzeln war aus ihrem Gesicht verschwunden; ihre Augen waren warm und liebevoll. Sie bedeutete ihm, ihr zu folgen. Er gehorchte.

»Mein junger Stratege hat wieder nachgedacht«, bemerkte sie, als sie in den Aufzug traten. »Noch irgendwelche weitere Fragen?«

»Auf den nächsten Befehl warten.« Caleb blickte zu Boden und sah ihr dann ins Gesicht. »Was ist, wenn dieser Befehl nicht mehr kommt? Dann weiß ich nicht, was nun zu tun ist.«

»Vielleicht wirst du es wissen.«

»Vielleicht aber auch nicht.«

Sie musterte ihn nachdenklich. »In Ordnung, vielleicht wirst du es nicht wissen. Aber alles ist möglich«, fügte sie hinzu und legte ihm den Arm auf die Schulter, als sich die Aufzugstür wieder öffnete. »Vielleicht wirst du die Antwort auf irgendeine andere Weise erhalten.«

Caleb wusste nicht, was das bedeutete. Aber es war nun mal Meisterin Billabas Art, in Rätseln zu sprechen, und wie immer vergaß er dieses Rätsel sogleich wieder, als er nun das Stockwerk betrat, in dem die jungen Jedi trainierten. Jeden Tag waren hier die mächtigsten Krieger der Galaxis versammelt, um die nächste Generation zu unterrichten: in Lichtschwertkampf, Akrobatik, Nahkampf, sogar im Steuern von Raumschiffen, wozu Simulatoren eingesetzt wurden. In jeder erdenklichen Disziplin also, in der eine Verbundenheit mit der geheimnisvollen *Macht*, dem Energiefeld, aus dem alle Jedi Kraft und Stärke schöpften, hilfreich sein konnte.

Und jene, die Caleb hier sah, waren nur ein winziger Bruchteil des Jedi-Ordens, der überall in der bekannten Galaxis über Außenposten und Agenten verfügte. Sicher, die Galaktische Republik lag gegenwärtig mit den Separatisten im Krieg, aber die Jedi hatten über tausend Generationen hinweg Bedrohungen abgewehrt. Wie könnte es irgendjemand oder irgendetwas mit ihnen aufnehmen?

Caleb erreichte einen Raum, in dem seine Klassenkameraden bereits eifrig dabei waren, Übungskämpfe mit Holzstäben auszufechten. Einer seiner regelmäßigen Trainingspartner, ein rothäutiger Humanoide, empfing ihn an der Tür, die Trainingswaffe in der Hand. Er war im Kontrollraum auch dabeigewesen. »Willkommen, junger Meister Großer Ernst«, grüßte er feixend. »Was war das vorhin mit Meister Kenobi?«

»Vergiss es«, sagte Caleb, schob sich an ihm vorbei und griff nach seiner eigenen Trainingswaffe. »Nichts von Bedeutung.«

»Warte, warte!« Der andere Junge reckte seine freie Hand in die Höhe und ahmte Calebs Art nach, sich zu melden, wenn er Fragen stellen wollte. »Ähm! Ähm! Ähm! Nehmt mich dran!«

»Ja, ja, du solltest dich jetzt lieber konzentrieren, Freundchen, weil ich dir nämlich gleich eine ordentliche Tracht Prügel verpassen werde!« Lächelnd machte sich Caleb an sein Übungsprogramm.

HIER SPRICHT OBI-WAN KENOBI:
STREITKRÄFTE DER REPUBLIK WURDEN
GEGEN DIE JEDI GEWANDT,
MEIDET CORUSCANT, LASST EUCH NICHT AUFSPÜREN,
BLEIBT STARK,
MÖGE DIE MACHT MIT EUCH SEIN.

Stufe 1

ZÜNDUNG

»Imperator stellt ehrgeizigen Plan zum Ausbau der imperialen Flotte vor«

»Graf Vidian mit der Macht der Sterne auf einer neuen Industrie-Inspektionsreise«

»Blindgänger aus Klonkriegen bleiben Anlass zur Sorge«

Schlagzeilen der *Imperialen HoloNews*
(Ausgabe Planet Gorse)

1. Kapitel

»Schallkollision!«

Der Sternzerstörer war erst einen Moment zuvor aus dem Hyperraum aufgetaucht; jetzt kam ein Raumfrachter direkt auf seine Brücke zugerast. Bevor die Schilde der *Ultimatum* hochgefahren oder die Geschütze schussbereit gemacht werden konnten, drehte das sich nähernde Schiff abrupt nach oben ab.

Rae Sloane beobachtete ungläubig, wie der unbotmäßige Frachter über das Sichtfenster ihrer Brücke hinwegraste und dann außer Sicht geriet. Doch er ließ von sich hören: Ein leises, kratzendes Knirschen zeigte an, dass er gerade die obere Rumpfkante des riesigen Raumschiffs gestreift hatte. Der frisch ernannte Kapitän blickte zu ihrem ersten Offizier hinüber. »Schäden?«

»Keine, Captain.«

Wenig überraschend, dachte sie. Das andere Schiff hatte es bestimmt schlimmer erwischt. »Diese Hinterwäldler führen sich auf, als hätten sie noch nie einen Sternzerstörer gesehen!«

»Das haben sie auch bestimmt noch nicht«, antwortete Commander Chamas.

»Sie sollten sich besser daran gewöhnen.« Sloane beobachtete den Schwarm von Transportschiffen, die sich vor der *Ultimatum* drängten. Ihr riesiges Sternenschiff der Imperium-Klasse war am Rand des ihnen zugewiesenen sicheren Korridors aus dem Hyperraum ausgetreten und dabei dem anscheinend größten Verkehrsstau im gesamten Inneren Rand gefährlich nahe gekommen. Sie wandte sich an die Dutzende von Crewmitgliedern auf der Brücke: »Gebt gut acht. Die *Ultimatum* ist zu neu, als dass wir sie mit Kratzern im Lack zurückbringen sollten.« Sie überlegte und kniff die Augen zusammen. »Sendet auf dem Kanal der Bergbaugilde eine Warnung. Dem nächsten Knallkopf, der uns näher kommt als einen Kilometer, verpassen wir einen Turbolaser-Haarschnitt.«

»Jawohl, Captain.«

Natürlich kannte Sloane dieses System ebenso wenig, wie die Leute hier einen Sternzerstörer kannten; sie war erst kurz vor Beginn des Erprobungsfluges der *Ultimatum* in den Kapitänsrang befördert worden. Die große, muskulöse, dunkelhäutige und schwarzhaarige Frau hatte von Beginn ihrer militärischen Laufbahn an außerordentliche Leistungen gezeigt und war schnell aufgestiegen. Allerdings hatte sie das Kommando auf der *Ultimatum* nur in Vertretung des eigentlich dafür vorgesehenen Kapitäns erhalten, der noch bis auf Weiteres dem Bauausschuss zugeteilt war – aber wer sonst hatte schon mit dreißig ein so großes Schiff befehligt? Sie selbst wusste es nicht, da die Imperiale Flotte seit nicht einmal zehn Jahren unter diesem Namen existierte, seit Kanzler Palpatine die verräterischen Jedi in die Knie gezwungen und aus der Republik das Galaktische Imperium geformt hatte. Umso besser wusste Sloane aber, dass die kommenden Tage darüber entscheiden würden, ob sie auf Dauer ein eigenes Schiff erhalten würde.

Dieses System hier, so hatte man sie informiert, war die

Heimat von etwas sehr Seltenem: einem astronomisch wahrhaft ungleichen Paar. Gorse, jetzt gut sichtbar durch das Fenster ihrer Brücke, wurde seinem Ruf als vielleicht hässlichster Planet in der Galaxis durchaus gerecht. Da Gorse der Sonne seines Systems immer die gleiche Seite zuwandte, war diese Hälfte der dampfenden Schlammkugel immer so heiß wie ein Backofen. Nur die in ewiger Dunkelheit liegende andere Hälfte des Planeten war bewohnbar und beherbergte inmitten einer Landschaft von ausgedehnten Tagebauflächen eine riesige Industriestadt. Sloane konnte sich nicht vorstellen, auf einer Welt zu leben, auf der es niemals einen Sonnenaufgang gab – sofern man denn das Durchschwitzen einer endlosen, schwülwarmen Sommernacht überhaupt *Leben* nennen konnte. Rechts von dem Planeten hatte sie nun außerdem Cynda, den einzigen Mond von Gorse, im Blickfeld. Er war fast groß genug, um in den imperialen Verzeichnissen zusammen mit Gorse als Doppelplanet durchzugehen, und strahlte einen herrlichen silbernen Glanz aus. Cynda war genauso zauberhaft wie Gorse trostlos.

Aber Sloane interessierte sich nicht für den schönen Anblick oder für die Plackerei all der Verlierer unten auf Gorse. Sie wandte sich vom Fenster ab. »Stellen Sie sicher, dass die Konvois unseren Flugkorridor freihalten. Dann informieren Sie Graf Vidian, dass wir …«

»Vergessen Sie die alten Methoden«, blaffte eine tiefe Baritonstimme.

Die schroffe Äußerung ließ alle auf der Brücke zusammenzucken, denn sie hatten diese Formulierung zuvor schon gehört – allerdings kaum je in diesem Tonfall. Es war das Motto ihres berühmten Passagiers, das in viele Wirtschaftsprogramme aus den Tagen der Republik Eingang gefunden hatte und jetzt, nachdem er in den Dienst der Regierung getreten war, immer noch dazu diente, seine erfolgreichen Geschäftsmodelle durchzusetzen. Überall wurden die alten, noch aus der Zeit der Republik stammenden Methoden und Vorgehensweisen nun durch neue ersetzt. »Vergesst die alten Methoden« war in der Tat der aktuelle Slogan.

Sloane wusste allerdings nicht recht, warum sie ihn gerade jetzt zu hören bekam. »Graf Vidian«, sagte sie und ließ ihren Blick von Tür zu Tür schweifen. »Wir machen gerade die von uns beanspruchte Sicherheitszone bekannt. Das ist das übliche Verfahren.«

Denetrius Vidian trat durch die von Sloane am weitesten entfernte Tür auf die Brücke. »Und ich sage Ihnen, vergessen Sie die alten Methoden«, wiederholte er, obwohl kein Zweifel bestand, dass jeder es schon beim ersten Mal verstanden hatte. »Ich habe gehört, dass Sie dem Bergwerksverkehr befohlen haben, Ihre Flugbahn zu meiden. Es wäre aber effizienter, wenn *Sie* sich aus *dessen* Flugkorridoren zurückziehen würden.«

Sloane versteifte sich. »Die imperiale Raumflotte weicht keinem *Handelsverkehr* aus!«

Vidian stampfte mit seinem metallenen Absatz auf das Deck. »Verschonen Sie mich mit Ihrem albernen Stolz! Wenn es nicht um das Thorilidium ginge, das in diesem System produziert wird, dürften Sie gerade mal einen kleinen Shuttle befehligen. Sie verlangsamen die Produktion. Die alten Methoden sind falsch!«

Sloanes Miene verfinsterte sich. Sie konnte es nicht ausstehen, auf ihrer eigenen Brücke derart herablassend behandelt und gerügt zu werden. Die Sache sollte besser wie ihre eigene Entscheidung wirken. »Es handelt sich hier um das Thorilidium des Imperiums. Machen Sie einen großen Bogen um die

Frachtschiffe. Chamas, bringen Sie uns einen Kilometer weit weg von den Flugbahnen der Konvois und überwachen Sie sämtlichen Verkehr.«

»Zu Befehl!«

»So ist es richtig«, sagte Vidian. Jede einzelne Silbe wurde klar und deutlich ausgesprochen, mechanisch moduliert und verstärkt, sodass jeder ihn verstehen konnte. Gewöhnungsbedürftig fand Sloane allerdings, dass Graf Vidians Mund sich dabei nicht bewegte. Seine Äußerungen kamen aus einer speziellen Stimmprothese, einem Computer mit Lautsprecher, der in der silbernen Panzerung um seinen Hals verborgen war.

Sie hatte einmal die Stimme von Darth Vader gehört, dem obersten Gesandten des Imperators. Auch wenn sie elektronisch verstärkt wurde, ließ die viel tiefere Stimme des Dunklen Lords doch immer noch eine natürliche Färbung erkennen, die von dem herrührte, was unter seiner schwarzen Rüstung steckte – was immer das sein mochte. Im Gegensatz dazu hatte Graf Vidian in dem Bestreben, die am stärksten motivierende Stimme im Wirtschaftssektor zu besitzen, seine künstliche Stimme angeblich auf Grundlage einer Meinungsumfrage gewählt.

Und seit er vor einer Woche zusammen mit seinen persönlichen Beratern an Bord ihres Schiffes gekommen war, hatte Vidian ohne Bedenken stets so laut gesprochen, wie er es für notwendig hielt. Über die *Ultimatum,* über ihre Crew – und über sie.

Roboterhaft marschierte Vidian jetzt über die Brücke. Anders ließ es sich nicht beschreiben. Er war genauso ein Mensch wie Sloane, aber große Teile seines Körpers waren ersetzt worden. Seine Arme und Beine waren gepanzert und sollten erst gar nicht den Eindruck erwecken, als handele es sich um natürliche Gliedmaßen. Sein majestätischer weinroter Rock und der knielange schwarze Kilt waren seine einzigen Zugeständnisse an die für einen Industriebaron in den Fünfzigern übliche Kleidung.

Aber es war Vidians abschreckendes Gesicht, das am meisten Aufmerksamkeit auf sich zog. Nachdem er seine Gesichtsmuskeln aufgrund der gleichen Krankheit verloren hatte, der einst auch seine Glieder und Stimmbänder zum Opfer gefallen waren, hatte Vidian seine Züge mit einer synthetischen Haut überzogen. Und seine Augen waren künstliche Gebilde mit einer leuchtend gelben Iris in roten Augäpfeln. Diese Augen schienen für eine nicht menschliche Spezies bestimmt zu sein; Vidian hatte sie ausschließlich nach dem Gesichtspunkt ihres Leistungsvermögens ausgewählt. Das war für Sloane deutlich zu erkennen, als er nun aus dem großen Fenster schaute und Konvoi für Konvoi, Schiff für Schiff musterte und im Stillen das Gesamtbild analysierte, das sich ihm darbot.

»Wir hatten bereits eine Begegnung mit den Einheimischen«, sagte sie. »Vermutlich haben Sie den Aufprall gehört. Die Leute hier sind …«

»Desorganisiert. Genau darum bin ich hier.« Er drehte sich um und ging an der Reihe von Computerterminals und ihrem Bedienpersonal entlang, bis er die Strategiekonsole erreicht hatte, die alle Schiffe im Umkreis abbildete. Er schob sich an Cauley vorbei, dem jungen menschlichen Leutnant, und betätigte eine Kommandotaste. Dann trat Vidian von der Konsole zurück. Er fror förmlich ein und schien mit leerem Blick in den Raum hinauszustarren.

»Graf?«, fragte Cauley verunsichert.

»Ich habe die Ausgabe für Ihren Bildschirm zusätzlich in mein optisches Implantat geleitet«, antwortete Vidian. »Sie können mit Ihrer Arbeit fortfahren, während ich die Daten lese.«

Der strategische Offizier gehorchte. Bestimmt war er erleichtert, dass der Cyborg nicht die ganze Zeit hinter ihm stand und ihm über die Schultern sah, dachte Sloane. Vidians Methoden waren ohne Frage sonderbar, aber sie waren auch effektiv, und genau deshalb war er auf ihrem Schiff. Der einstige Unternehmer war jetzt des Imperators bevorzugter Experte für Effizienz.

Die Fabriken auf Gorse raffinierten Thorilidium, einen seltenen, strategisch wichtigen Stoff, der für eine Vielzahl von imperialen Projekten in gewaltigen Mengen benötigt wurde. Aber das Rohmaterial dazu kam mittlerweile von Cynda, Gorses' Mond – daher die Vielzahl von Frachtschiffen, die auf der Route zwischen den beiden Himmelskörpern für Verkehrsstaus sorgten. Der Imperator hatte Vidian hierhergeschickt, um die Produktion zu steigern – eine Aufgabe, für die er wie kein Zweiter qualifiziert war.

Vidian war dafür bekannt, dass er aus jeder Welt das allerletzte Erg Energie, das allerletzte Kilogramm Rohstoff, das letzte Quäntchen an Fabrikproduktion herausquetschte. Er gehörte nicht zum engsten Beraterzirkel des Imperators. Noch nicht. Aber Sloane war klar, dass das bald der Fall sein würde, vorausgesetzt, er erlitt keinen Rückfall in jene Krankheit, die ihm Jahre zuvor so sehr zugesetzt hatte. Vidians Milliarden hatten ihm Jahre zusätzlichen Lebens erkauft – und er schien fest entschlossen, weder sich selbst noch irgendjemanden sonst auch nur einen Moment dieser Zeit vergeuden zu lassen.

Seit er an Bord gekommen war, hatte sie noch kein einziges Gespräch mit ihm geführt, bei dem er sie nicht mindestens ein Dutzend Mal unterbrochen hatte.

»Wir haben die hiesige Bergbaugilde auf Ihre Ankunft hingewiesen, Graf. Die Thorilidiumproduktion beläuft sich auf insgesamt …«

»… die Zahlen kommen bereits herein«, unterbrach sie der Graf, und mit diesen Worten machte er sich auf den Weg zu einem weiteren Datenterminal im rückwärtigen Bereich der Brücke.

Commander Chamas gesellte sich zu Sloane. Sie befanden sich ganz vorn, viele Meter vom Grafen entfernt. Chamas war Ende vierzig und auf der Karriereleiter inzwischen von einer ganzen Reihe jüngerer Offiziere überholt worden. Der Mann gab allzu viel auf Klatsch.

»Wissen Sie«, sagte Chamas leise, »dass er sich den Titel gekauft haben soll?«

»Überrascht Sie das? Alles an ihm ist künstlich«, flüsterte Sloane. »Der Schiffsarzt glaubt sogar, dass einige seiner Körperteile ganz absichtlich …«

»Sie verschwenden mit diesen Fragen Ihre Zeit«, bemerkte Vidian, ohne von dem Monitor vor sich aufzublicken.

Sloanes dunkle Augen weiteten sich. »Es tut mir leid, Graf …«

»Lassen Sie die Förmlichkeiten – und die Entschuldigungen. Beide machen wenig Sinn. Aber Ihrer Mannschaft tut es gut zu wissen, dass irgendjemand immer zuhört. Jemand, der vermutlich bessere Ohren hat als Sie.«

Selbst wenn der Betreffende sie in einem Laden kaufen musste, dachte Sloane. In den unförmigen, dicken und fleischigen Hautlappen, die einst Vidians Ohren gewesen waren, steckten spezielle Hörhilfen. Sie konnten offensichtlich alles hören, was sie sagte – und noch mehr. Sie trat zu ihm.

»Es ist genau das, was ich erwartet hatte«, stellte Vidian fest.

»Ich habe dem Imperator gleich gesagt, dass es sich lohnen würde, mich hierherzuschicken.« Es waren bereits eine ganze Anzahl von allzu unproduktiven Welten, die für die Sicherheit des Imperiums maßgebliche Güter herstellten, der Zuständigkeit der örtlichen Gouverneure entzogen und Vidian unterstellt worden: Gorse war die bisher letzte in der Reihe. »Schlampige Arbeit mag für die Republik gut genug gewesen sein, aber das Imperium verwandelt Chaos in Ordnung. Was wir hier tun – und in Tausenden von sehr ähnlichen Systemen –, bringt uns unserem Endziel näher.«

Sloane dachte einen Moment lang nach. »Der Perfektion?«

»Den Absichten des Imperators, was immer sie sein mögen.«

Sloane nickte.

Ein blechernes Krächzen kam aus dem Lautsprecher an Vidians Hals, ein entnervendes Geräusch, das sie als seine Version eines verärgerten Seufzens zu deuten gelernt hatte. »Da ist ein Nachzügler, der den Verkehr in Richtung Mond aufhält«, bemerkte er und starrte ins Nichts. Sloane blickte auf den Bildschirm ihres strategischen Offiziers und erkannte, dass es sich um den Raumfrachter handelte, der zuvor mit ihrem Schiff zusammengestoßen war. Sie befahl, auf den Frachter zuzuhalten.

Der Frachter sprühte an der Unterseite Funken. Andere Raumschiffe gingen auf Abstand, da sie wohl befürchteten, der Frachter könne explodieren. »Nehmen Sie Funkkontakt zu dem Frachter auf«, sagte sie.

Eine quäkende, nicht menschliche Stimme antwortete. »Hier ist die *Cynda Dreaming.* Wir bitten um Entschuldigung, dass wir Sie eben gestreift haben. Wir hatten nicht erwartet …«

Sloane kam gleich zur Sache. »Was haben Sie geladen?«

»Im Augenblick nichts. Wir waren unterwegs, um eine Ladung Thorilidium vom Mond zu den Calladan-Chemiewerken auf Gorse zu bringen.«

»Kann Ihr Schiff in diesem Zustand überhaupt Fracht transportieren?«

»Wir müssen zuerst eine Reparaturwerkstatt ansteuern, um uns ein Bild zu verschaffen. Ich weiß nicht, wie schlimm der Schaden ist. Es könnte zwei, drei Monate dauern, bis ...«

Vidian ergriff das Wort. »Captain, nehmen Sie dieses Schiff ins Visier und feuern Sie.«

So, wie er das sagte, klang es fast gelangweilt – allerdings verriet Vidians Tonfall ohnehin selten echte Gefühle. Der Befehl erschreckte Chamas dennoch. Er stand vor seinen Waffenoffizieren und wandte sich hilfesuchend an den Captain.

Der Pilot des Frachters, der die zweite Stimme gehört hatte, klang nicht weniger überrascht. »Ich bitte um Entschuldigung ... ich habe das nicht verstanden. Haben Sie gerade ...«

Sloane sah Vidian kurz an, dann wandte sie sich ihrem Ersten Offizier zu. »Feuer.«

Der Kapitän des Frachters klang schockiert. »Was? Das kann nicht Ihr ...«

Diesmal unterbrachen ihn die Turbolaser der *Ultimatum*. Orangefarbene Energie schoss durch den Weltraum und verwandelte die *Cynda Dreaming* in ein Chaos aus Flammen.

Sloane sah zu, wie die anderen Schiffe des Konvois rasch ihre Flugbahnen änderten. Ihre Schützen hatten gute Arbeit geleistet und das Schiff auf eine Weise zerstört, die das Risiko für in der Nähe befindliche Schiffe minimiert hatte. Alle Frachter hatten jetzt ihr Tempo erhöht.

»Sie müssen verstehen«, sagte Vidian und drehte sich zu ihr um. »Ersatz für einen Frachter mitsamt Crew lässt sich in diesem Sektor in ...«

»… drei Wochen beschaffen«, führte Sloane seinen Satz zu Ende. »Und das sind natürlich weniger als zwei Monate.« *Sie sehen, ich habe Ihre Berichte ebenfalls gelesen.*

So musste man diesen Auftrag angehen, begriff sie. Vidian mochte merkwürdig sein – was machte das schon? Der Weg zum Erfolg bestand darin herauszufinden, was der Imperator und jene wollten, die in seinem Namen sprachen, und dann genau das zu tun. Vidians Anweisungen zu diskutieren war reine Zeitverschwendung und rückte sie nur in ein schlechtes Licht. Das war das Geheimnis, um im Dienst voranzukommen: sich immer auf die Seite dessen zu stellen, was ohnehin passieren würde.

Sloane verschränkte die Arme hinter dem Rücken. »Wir werden dafür sorgen, dass die Konvois ihr Tempo verdoppeln, und jedes Schiff, das sich weigert, zur Rechenschaft ziehen.«

»Es betrifft nicht nur den Transport«, stellte Vidian klar. »Es gibt auch Probleme auf dem Boden, sowohl auf dem Planeten als auch auf dem Mond. Die Überwachung meldet Unruhen unter den Arbeitern sowie Proteste wegen der Sicherheits- und Umweltbedingungen. Und immer passiert etwas Unerwartetes.«

Sloane verschränkte die Arme noch fester. »Die *Ultimatum* steht Euch zur Verfügung, Graf«, antwortete sie. »Dieses System wird tun, was Ihr – was der Imperator – von ihm verlangt.«

»Ja, das wird es«, bestätigte Vidian, dessen Augen blutrot aufleuchteten. »Genau das wird es.«

Hera Syndulla sah aus der Ferne zu, wie die im All verstreuten Überreste des Frachters verbrannten. Keine Bergungsschiffe waren in Sicht. Überlebende waren so unwahrscheinlich, dass niemand sich die Mühe machte, nach welchen zu suchen. Sie sah nur die anderen Konvois, die nun einen Bogen um die Trümmer machten.

Sie alle gehorchten der Peitsche des Meisters.

So sieht also Barmherzigkeit in Zeiten des Imperiums aus, dachte sie. Die Imperialen selbst kannten keine Gnade; und jetzt steckte ihr Mangel an Fürsorglichkeit allem Anschein nach auch die Übrigen an.

Die grünhäutige Twi'lek in ihrem Tarnkappen-Raumschiff glaubte jedoch nicht, dass dem wirklich so war. Die Leute waren im Wesentlichen anständig ... und eines Tages würden sie sich gegen ihre ungerechte Regierung erheben. Aber das würde nicht jetzt geschehen und gewiss nicht hier. Es war zu früh, und auf Gorse gab es kaum noch ein politisches Bewusstsein. Es ging auf ihrer Reise nicht darum, Kämpfer zu rekrutieren. Nein, zunächst einmal wollte sie sich einfach einen Überblick verschaffen, wozu das Imperium in der Lage war – ein Projekt, das der allzeit neugierigen Hera sehr entgegenkam. Und Graf Vidian, diese Wunderwaffe des Imperators, forderte eine gründlichere Überprüfung geradezu heraus.

In den vergangenen Wochen hatte der für die Optimierung der Abläufe zuständige Mann des Imperiums eine verheerende Schneise durch den gesamten Sektor geschlagen – zur »Verbesserung der Effizienz«. Von drei Welten, die er zuvor besucht hatte, hatten Gesinnungsgenossen von Hera im HoloNetz davon berichtet, dass das Maß des Leidens unter Vidians elektronischen Augen unerträgliche Dimensionen angenommen habe. Dann waren diese Leute einfach verschwunden. Das hatte Heras Interesse angestachelt, und als sie vom Besuch des Grafen auf Gorse erfahren hatte, hatte sie sich entschieden hierherzukommen.

Sie hatte noch eine Verbindungsperson auf Gorse, und die

hatte zugesagt, ihr jede Menge Informationen über das Regime zu verschaffen. Diese Informationen würde sie sich auch besorgen. Doch zuerst wollte sie erst einmal Vidian unter die Lupe nehmen, und die Bergbauwirtschaft des Systems, die für ihre gesetzlosen Zustände berüchtigt war, hielt für sie eine Vielzahl von Möglichkeiten bereit, nahe an ihn heranzukommen. Das Durcheinander der industriellen Abläufe war das ideale Lockmittel für Vidian, und es bot ihr zugleich eine hervorragende Tarnung, um seine Methoden zu studieren.

Imperator Palpatine hatte zu viele Günstlinge mit großer Macht und hohem Einfluss. Es lohnte sich herauszufinden, ob Vidian wirklich so außerordentlich war, bevor er noch höher aufstieg.

Es war Zeit, ihre Position zu verlassen. Sie wählte das Transpondersignal eines Schiffes aus dem Konvoi aus. Einen Knopfdruck später *war* ihr Schiff dieses andere Schiff – jedenfalls für jeden, der den Verkehr zu überwachen versuchte. Mit erfahrener Leichtigkeit reihte sie den Frachter in die chaotische Flut von Lastträgern ein, die den Mond ansteuerten.

Keiner dieser Leute kann auch nur ansatzweise ordentlich fliegen, dachte sie. Es war nur gut, dass sie wirklich nicht auf der Suche nach Mitstreitern war. Sie hätte hier wahrscheinlich niemanden gefunden, der ihrer Zeit wert gewesen wäre.

2. Kapitel

»Pass doch auf, du Idiot!«

Als Kanan Jarrus den massigen Thorilidiumtransporter direkt auf sich zukommen sah, ließ er das Reden und riss seinen Frachter abrupt herum. Er verschwendete keine Zeit auf den Gedanken, das größere Schiff könne vielleicht in dieselbe Richtung abdrehen wollen: Er nutzte seine Chance, solange die Entscheidung noch bei ihm lag. Er wurde mit Überleben belohnt – und mit einem Blick auf die Unterseite des entgegenkommenden Schiffes aus beängstigender Nähe.

»Tut mir leid«, knisterte eine Stimme über das Kommunikationssystem.

»Das sollte es auch«, schimpfte Kanan, und seine blauen Augen funkelten wütend unter dunklen Augenbrauen. *Wenn mir dieser Bursche heute Nacht in einer dunklen Gasse über den Weg läuft, sollte er besser aufpassen.*

Es war Wahnsinn. Cyndas langgestreckte, ellipsenförmige Umlaufbahn bedeutete, dass sich die Entfernung zwischen dem Mond und Gorse täglich veränderte. Tage wie heute, an denen der Abstand gering war, machten den Raum zwischen den Welten zu einem überfüllten Durcheinander von Raumschiffen und den Flug von einer zur anderen zu einem gemeingefährlichen Todesrennen. Und das Auftauchen des Sternzerstörers und seine Vernichtung des Frachtschiffs hatten eine regelrechte Massenpanik im Weltraum ausgelöst. Ein Wettrennen mit zwei verängstigten Gruppen, die in entgegengesetzte Richtungen unterwegs waren und auf denselben Flugkorridoren aufeinander zuschossen.

Normalerweise war es immer Kanan, der an seine äußersten Grenzen ging, um dorthin zu gelangen, wohin er wollte. Deshalb ging ihm auch das Geld zum Trinken nie aus – der Hauptgrund, warum er Geld verdiente. Aber er hielt sich auch etwas darauf zugute, gelassen zu bleiben, wenn andere in Panik gerieten – was im Moment ganz eindeutig der Fall war. Kanan selbst *hatte* schon einmal einen Sternzerstörer gesehen, aber er war sich ziemlich sicher, dass niemand sonst im Umkreis das von sich behaupten konnte.

Ein weiterer Frachter glitt an ihm vorbei. Kanan kannte die Bauart nicht. Er war beinahe wie ein Juwel geformt, mit einem blasenartigen Cockpit vorn und einem weiteren für einen Bordschützen direkt darüber. Ein hübsches Schiff, verglichen mit allem anderen ringsum am Himmel. Kanan beschleunigte, um auf gleiche Höhe zu kommen und einen Blick auf den Piloten zu erhaschen. Der Frachter reagierte, indem er mit überraschender Geschwindigkeit davonschoss, dabei Kanans Bahn beanspruchte und ihn zwang, auf weitere Beschleunigung zu verzichten. Mit ungläubigem Blick verfolgte er, wie der andere Pilot den Nachbrenner zündete und in weiter Ferne verschwand.

Es war das einzige Mal während des gesamten Fluges gewesen, dass er sein Tempo vermindert hatte, und das wurde sofort registriert. Sein Kommunikationssystem piepte, dann erklang eine Frauenstimme. »Sie da! Was ist Ihr Kennzeichen?«

»Wer fragt?«

»Captain Sloane vom Sternzerstörer *Ultimatum*!«

»Ich bin beeindruckt«, sagte Kanan und strich sich über den schwarzen Kinnbart. »Was haben Sie so an?«

»Wie bitte?«

»Ich versuche bloß, mir ein Bild zu machen. Es ist schwer, hier draußen jemanden kennenzulernen.«

»Ich wiederhole, was ist Ihr ...«

»Hier spricht die *Expedient,* die für die Moonglow Polychemical in Gorse City fliegt.« Er machte sich selten die Mühe, seinen ID-Transponder zu aktivieren; hier war der Weltraumverkehr ohnehin immer sich selbst überlassen.

»Beschleunigen Sie wieder. Sonst ...«

Kanan lehnte sich lässig in seinem Pilotensitz zurück und verdrehte die Augen. »Sie können mich gern abschießen, wenn Sie wollen«, bemerkte er langsam, beinahe gedehnt. »Aber Sie müssen wissen, dass ich eine Ladung hochexplosives Baradiumbisulfat für die Minen auf Cynda an Bord habe. Das ist sehr empfindlich. Sie in Ihrem großen Schiff mögen vielleicht vor den Trümmerteilen sicher sein, aber für den Rest des Konvois gilt das eher nicht. Und einige von denen transportieren das Gleiche wie ich. Also bin ich mir nicht so sicher, ob das wirklich eine gute Idee wäre.« Er kicherte leise. »Aber es wäre bestimmt ein toller Anblick.«

Schweigen.

Dann, nach einem Moment: »Fliegen Sie weiter.«

»Sind Sie sich sicher? Ich meine, Sie könnten wahrscheinlich tolle Aufnahmen von der Sache machen, und dann verkaufen Sie sie einfach an ...«

»Treiben Sie es nicht zu weit, Sie Schlaumeier«, kam die eisige Erwiderung. »Und fliegen Sie schneller, wenn möglich.«

Er zog einen seiner Handschuhe zurecht und lächelte. »War mir ebenfalls eine Freude, mit Ihnen zu reden.«

»*Ultimatum*, Ende!«

Kanan schaltete den Empfänger aus. Er wusste, dass niemand mit einem Minimum von Hirn im Kopf es wagen würde, ihn zu beschießen, sobald er begriffen hatte, was er transportierte. Zu ihrem eigenen Schutz setzten die Minenarbeiter »Baby« – so der sarkastische Spitzname für Baradiumbisulfat – unten in den Minen auf Cynda nur grammweise ein. Jedes imperiale Schiff würde es sich zweimal überlegen, ehe es einen Baby-Transporter aus zu großer Nähe aufs Korn nahm, und nach ihrem Gespräch von soeben war Frau Sternzerstörer-Captain sicher wenig geneigt, ihn noch einmal aus irgendeinem Grund zu kontaktieren.

Auch das entsprach seinem Plan. Er wollte jede Begegnung vermeiden, egal wie sie ablaufen mochte.

Er äffte Sloanes Aufforderung nach: *»Fliegen Sie schneller!«* Er flog den Frachter jetzt schon fast mit Höchstgeschwindigkeit. Wäre das Schiff jetzt voll beladen, wäre nicht einmal das aus ihm herauszuholen. Der sarkastische Name *Expedient* – »Notbehelf« – war sein eigener Einfall gewesen. Der Frachter gehörte Moonglow und war eines von vielen Dutzend identischen Schiffen des Unternehmens; mit diesen Schiffen nahm es derart oft ein katastrophales Ende, dass sich die Firma gar nicht erst die Mühe machte, ihnen Namen zu geben. Auch die Piloten blieben als »Selbstmordflieger« meist nicht lange dabei, wenn sie nicht sowieso bei der Arbeit draufgingen, daher hatte Kanan keinerlei Ahnung, wie viele sein Schiff bereits vor ihm geflogen hatten. Seinem Baby-Transporter einen Namen zu gegeben war einfach nur der Versuch gewesen, ihn wenigstens mit einer Liebenswürdigkeit auszustatten.

Es wäre hübsch, überlegte er, wenn er auf einem der nächsten Planeten, die er aufsuchte, etwas mit mehr Klasse fliegen könnte – so etwas wie dieses Schiff, das gerade an ihm vorbeigeschossen war. Aber andererseits würde ihm der Besitzer eines solchen Schiffes wohl auch nicht so viele Freiheiten einräumen, wie er sie auf der *Expedient* hatte. So wie jetzt: Als er vor sich zwei Thorilidiumfrachter sah, die direkt auf ihn zusteuerten, zog er sein Gefährt abrupt in eine Kurve und schlängelte sich zwischen ihnen hindurch. Sie bremsten ab, und er beschleunigte weiter. Die *anderen* sollten aufpassen, ihm nicht in die Quere zu kommen.

Seine sorgsam gesicherte Ladung reagierte nicht im Geringsten auf die plötzliche Bewegung, dennoch hatte sein Manöver einen dumpfen Aufschlag zur Folge, der aus dem rückwärtigen Teil des Frachtraums drang. Kanan drehte den Kopf, sein kurzes, zurückgebundenes Haar streifte die Kopfstütze. Aus dem Augenwinkel sah Kanan einen alten Mann auf dem Deck liegen, der auf dem Boden mit halb schwimmenden Bewegungen versuchte, die Orientierung wiederzufinden.

»Morgen, Okadiah.«

Der Mann hustete. Wie Kanan trug Okadiah einen Bart ohne Schnurrbart – doch sein Haar war weiß. Er hatte hinten bei den Behältern mit dem Baradiumbisulfat geschlafen, auf dem einzigen leeren Regalbrett. Okadiah zog diesen Platz der Beschleunigungsliege in der Hauptkabine vor: Es war dort ruhiger. Nachdem er sich vergewissert hatte, welche Richtung vorn war, begann der alte Mann loszukriechen. Als er den Kopilotensitz erreicht hatte, sagte er, ohne Kanan eines Blickes zu würdigen: »Ich habe beschlossen, den Fahrpreis nicht zu bezahlen und dir weder ein Trinkgeld noch einen guten Rat zu geben.«

»Der beste Rat, den ich je bekommen habe, bestand darin, mir einen neuen Beruf zu suchen«, gab Kanan zurück.

»Hm.«

Okadiah Garson selbst hatte sogar gleich mehrere unterschiedliche Berufe, die ihn alle in Kanans Augen zum idealen Freund machten. Zum einen war Okadiah altgedienter Kolonnenführer einer der Minenmannschaften auf Cynda; er arbeitete dort schon seit dreißig Jahren und kannte sich bestens aus. Und zum anderen betrieb er unten auf Gorse den *Asteroidengürtel*, eine Kneipe, die viele seiner eigenen Bergbauarbeiter gerne aufsuchten. Kanan hatte Okadiah vor einigen Monaten kennengelernt, als er in seinem Lokal bei einer Rauferei an der Bar dazwischengegangen war. Durch Okadiah hatte Kanan die Anstellung als Frachterpilot bei Moonglow überhaupt erst bekommen. Noch jetzt lebte Kanan in der schäbigen Absteige direkt neben der Schenke. Ein Wirt mit immer reichlichem Alkoholvorrat war in der Tat eine gute Sache.

Okadiah behauptete, dass er seine eigenen Gärungserzeugnisse immer nur dann zu sich nahm, wenn jemand in den Minen verletzt worden war. Angesicht der Tatsache, dass das praktisch jeden Tag der Fall war, war das eine sehr nützliche Einstellung. Der Stolleneinsturz am Tag zuvor war so schlimm gewesen, dass die Party die ganze Nacht lang gedauert hatte und Okadiah den Personenshuttle für seine Schicht verpasst hatte. Baby-Transporter nahmen nur selten Passagiere mit, die keine andere Möglichkeit hatten, zur Arbeit zu gelangen – und Kanan nahm grundsätzlich nie jemanden mit. Aber für Okadiah hatte er eine Ausnahme gemacht.

»Ich habe geträumt, ich hätte eine Frauenstimme gehört.« Der alte Mann rieb sich die Augen. »Streng, hoheitsvoll und herrisch.«

»Captain von so einem Raumschiff.«

»Gefällt mir«, sagte Okadiah. »Für dich wäre sie natürlich nichts, aber ich bin ein Mann von Vermögen. Wann darf ich diesen Engel kennenlernen?«

Kanan zeigte lediglich mit dem Daumen zum Fenster zu seiner Linken. Dort erblickte der alte Mann die *Ultimatum,* die majestätisch hinter dem hektischen Treiben des Weltraumverkehrs aufragte. Okadiahs blutunterlaufene Augen weiteten sich und verengten sich dann sogleich wieder zu Schlitzen, als er versuchte festzustellen, was genau er da vor sich hatte.

»Hm«, bemerkte er schließlich. »Das Ding war gestern noch nicht da.«

»Es ist ein Sternzerstörer.«

»Ach du dickes Ei. Werden wir jetzt gleich zerstört?«

»Ich habe nicht nachgefragt«, antwortete Kanan grinsend. Er wusste nicht, wie ein alter Grubenarbeiter auf einem Drecksloch von Planeten wie Gorse zu einer derart vornehmen und gespreizten Redeweise gekommen war, aber es erheiterte ihn jedes Mal. »Aber jemand anderes hat es sich mit ihr mächtig verscherzt. Kennst du irgendjemanden von der *Cynda Dreaming*?«

Okadiah kratzte sich am Kinn. »Einen Burschen, der für die Jungs von Calladan arbeitet. Hochgewachsener Kerl, dürr, ithorianischer Hammerkopf. Hat im *Asteroidengürtel* einen ordentlichen Deckel auflaufen lassen.«

»Nun, das Geld kannst du vergessen.«

»Oh«, murmelte Okadiah und schaute wieder aus dem Fenster. Es waren immer noch einige Trümmerteile des unglücklichen Frachters zu sehen. »Kanan, mein Junge, ich muss sagen, du hast wirklich den Bogen raus, wie man jemanden schnell wieder nüchtern macht.«

»Gut. Wir sind gleich da.«

Die *Expedient* näherte sich nun der weißen Oberfläche des atmosphärelosen Mondes Cynda. Als Landeanflugszone war ein künstlicher Krater geschaffen worden; in seine Wände war eine Handvoll rot beleuchteter Landeschächte gehauen worden, die mit den tiefer liegenden Minen verbunden waren. Kanan ließ die *Expedient* über dem Krater schweben und steuerte die ihm zugewiesene Einfahrt an.

Okadiah blickte nach unten und blinzelte. »Da ist ja mein Transporter!«

»Ich hab dir doch gesagt, dass wir ihn noch einholen würden.«

Sie hatten ihn in der Tat eingeholt, aber das war nicht allein Kanans Bemühungen zu verdanken: Die unvernünftigen Anweisungen des Imperiums hatten ebenfalls eine Rolle gespielt. Der Personentransporter, auf dem sich eigentlich auch Okadiah hätte befinden sollen, hatte den Landeschacht zu schnell anzufliegen versucht und dabei seitlich das Einfahrtstor gestreift. Jetzt hing er manövrierunfähig halb über dem Abgrund und versperrte den Zugang. Es bestand keine Gefahr, dass er in die Tiefe stürzte, aber der Magnetschild, der den Schacht zum luftleeren Raum hin verschließen sollte, konnte nicht aktiviert werden. Im Schacht waren einige Arbeiter in Weltraumanzügen zu sehen, die die Bescherung in Augenschein nahmen und dabei recht unglücklich wirkten.

»Schafft das Ding weg«, blaffte Kanan in die Kommunikationsanlage.

»Bleiben Sie, wo Sie sind, Moonglow-Zweiundsiebzig«, kam knisternd die Antwort vom Kontrollturm im Zentrum des Kraters. »Wir werden Sie reinholen, sobald wir die Arbeiter versorgt und ausgeladen haben.«

»Ich habe einen sehr straffen Zeitplan«, sagte Kanan, versetzte die *Expedient* vom Schwebe- in den Fahrtmodus und steuerte auf die Einfahrt zu.

Über den Kommunikator erhoben sich lautstarke Proteste und erregten Okadiahs Aufmerksamkeit. Er fasste Kanan ins Auge. »Dir ist doch bewusst, dass wir hochexplosiven Sprengstoff an Bord haben?«

»Kümmert mich doch nicht«, erwiderte Kanan. »Dich etwa?«

»Nicht im Mindesten. Entschuldige die Störung. Mach weiter.«

Kanan ließ sich das nicht zweimal sagen und lenkte den gedrungenen Bug der *Expedient* geschickt auf die dem offenen Krater zugewandte Seite des Personentransporters zu. Er konnte hinter den Fenstern die Bergarbeiter sehen, die ihm vergeblich irgendetwas entgegenbrüllten, als sein Schiff nun mit lautem Scheppern gegen das ihre prallte.

Die Triebwerke der *Expedient* leisteten ihr Maximum, als Kanan nun beschleunigte und den Mannschaftstransporter von der Kante schob. Ein lautes Kratzgeräusch hallte durch beide Schiffe, und Okadiah sah nervös zum Frachtraum. Aber schon nach wenigen Sekunden waren beide Schiffe sicher im Landebereich. Der Magnetschild verschloss den Landeschacht, und Kanan stellte seine Triebwerke ab.

Okadiah stieß einen anerkennenden Pfiff aus. Einen Moment lang musterte er Kanan mit gelindem Staunen im Blick, dann legte er die Hände auf das Armaturenbrett vor sich. »Gut, das wär's also.« Leicht verwirrt machte er eine Pause. »Wir trinken *nach* der Arbeit, ist es nicht so?«

»Richtig.«

»Leider die völlig falsche Reihenfolge«, seufzte der alte Mann und erhob sich leicht schwankend. »Aber packen wir's halt an.«

3. Kapitel

Der Bergwerksarbeiter, ein Devaronianer mit Hörnern auf dem Kopf, kam durch den Druckschacht von dem manövrierunfähigen Personentransporter herüber.

»He, du kleine Rotznase!«, brüllte er, als Kanan die *Expedient* verließ. »Was wolltest du dir da eigentlich beweisen?«

Kanan war erst Anfang zwanzig, aber er hatte noch nie darauf reagiert, wenn man ihn »klein« oder eine »Rotznase« genannt hatte. Und ganz gewiss nicht, wenn ein Schwachkopf wie Yelkin ihn so nannte, dessen Tätigkeit allein darin bestand, Löcher für Sprengstoff zu bohren. Kanan drehte sich um, schritt an seinem Schiff entlang und öffnete die Frachtluken.

Der muskulöse Bergbauarbeiter stapfte hinter ihm her und packte ihn an der Schulter. »Ich rede mit dir!«

Mit einem schnellen Reflex packte Kanan Yelkins Hand, wirbelte herum und verdrehte dem anderen den Arm. Yelkin zuckte vor Schmerz zusammen und ging in die Knie. Kanan ließ nicht los. Er sprach mit leiser, ruhiger Stimme in das spitze Ohr seines Gefangenen. »Dein Schiff war im Weg, Kumpel. Ich habe strikte Zeitvorgaben.«

»Die haben wir alle«, antwortete Yelkin und versuchte, sich

aus Kanans Griff zu lösen. »Du hast gesehen, wie sie diesen Frachter in die Luft gejagt haben. Die vom Imperium sind gekommen, um hier nach dem Rechten zu sehen, und …«

»Dann mach eben schneller. Aber mach keinen Quatsch.« Kanan ließ los, und Yelkin fiel keuchend zu Boden. Kanan klopfte sich seinen langärmligen grünen Kittel ab und wandte sich wieder der *Expedient zu.*

Mehrere Bergarbeiter eilten zu Yelkin hin. »Verdammter Selbstmordflieger!«, sagte einer. »Die sind alle irre!«

»Irgendjemand müsste dir mal Manieren beibringen«, meinte ein anderer zu Kanan.

»Das habe ich schon öfter gehört.« Unbekümmert sah sich Kanan im Landeschacht um. Die Ladedroiden, die normalerweise halfen, waren noch nicht eingetroffen; offensichtlich hatte die improvisierte Parksituation auf dem Ladedeck ihr Begriffsvermögen überstiegen. Es sah aus, als würde es mal wieder so ein Tag werden, an dem er alles selbst erledigen musste.

Kanan lud einen Schwebewagen aus und stellte ihn vor dem Schiff ab. Dann begann er mit der anstrengenden Prozedur, die Metallkisten herunterzuheben. Die auf Cynda geringere Schwerkraft machte die Kisten etwas leichter, als sie es auf Gorse waren, trotzdem blieben sie genauso sperrig, was es gefährlich machte, sie zu tragen. Er stemmte die erste Kiste in die Höhe und ging damit auf die hin und her laufenden Bergarbeiter zu.

»Ihr seid im Weg«, sagte er. »Jedenfalls im Augenblick.«

Auf der anderen Seite des Raumschiffs tauchte Okadiah auf. »Meine Herren, ich denke, Sie tun gut daran, wenn Sie sich an die folgende Maxime halten: Bring niemals jemanden gegen dich auf, der gerade hochexplosiven Sprengstoff trägt.«

Die Bergarbeiter wichen zur Seite und warfen Kanan, als er

vorbeiging, böse Blicke zu. Yelkin rieb sich den Arm und knurrte zu Okadiah hinüber: »Sie haben uns aber ein paar ganz schön üble Typen angeschleppt, Chef.«

»Wie ich euch alle irgendwann mal hier angeschleppt habe«, gab der alte Mann zurück. Er deutete Richtung Süden, wo sich eine Reihe von Aufzügen befand. »Kommt, Leute, fangen wir mit der Schicht an. Wenn uns das Imperium heute einen Besuch abstattet, wird sicher auch Boss Lal hier auftauchen. Tut zumindest so, als würdet ihr arbeiten.« Er lächelte breit. »Und lasst mich eins hinzufügen: Zu Ehren dieses armen Tropfs, der dort draußen in Stücke gesprengt worden ist, wird heute Abend im *Asteroidengürtel* durchgehend Happy Hour sein. Wir holen euch sogar ab und bringen euch wieder nach Hause.«

Zunächst einmal besänftigt, machten sich die Bergarbeiter auf den Weg zu den Aufzügen. Okadiah sah zu, wie Kanan eine Kiste auf den Schwebewagen stellte. »Hast es immer noch nicht so mit der Kunst, beliebt und einflussreich zu werden, was?«

»Wüsste nicht, warum ich mich um so was bemühen sollte«, gab Kanan zurück.

»Ach ja, klar. Du bleibst nicht auf Dauer. Wie du mir mal gesagt hast: Du bleibst nirgends.«

»Ich hab ja nichts als die Kleider am Leib«, antwortete Kanan, drehte sich um und griff nach der nächsten Kiste. »Reise mit leichtem Gepäck, und der Tod wird dich nicht finden.«

»Das habe ich mal gesagt, nicht?« Okadiah nickte. »Hilfst du heute Abend an der Theke aus?«

»Wenn du es dir leisten kannst.«

Okadiah zwinkerte ihm zu und trottete dann hinter seinen Bergarbeiterkollegen her. Kanan stand tatsächlich hin und wieder bei Okadiah hinter der Theke, aber an manchen Abenden war er da auch sein bester Kunde. Er hatte sich auch schon als Rausschmeißer für ihn versucht, wobei er wiederum unterm Strich genauso viele Kämpfe selbst angezettelt wie geschlichtet hatte. Trotzdem war dieses Planetensystem hier für ihn einem Zuhause nähergekommen als all die anderen, die er in den Jahren seiner ruhelosen Wanderschaft bisher kennengelernt hatte. Es würde ihm nicht leichtfallen, von hier wegzugehen.

Und doch würde er es tun. Der Job hier machte ihm zu schaffen. Kanan gab es auf, darauf zu warten, dass die Ladedroiden vielleicht doch noch eintreffen und ihm helfen würden, belud den ersten Schwebewagen ganz und schob den Wagen dann in den Lastenaufzug.

Als sich die Türen hinter ihm schlossen, dachte er weiter darüber nach. Er würde Okadiahs Lokal womöglich vermissen, ja, und Cynda würde er ganz bestimmt vermissen. Auf all seinen Reisen war er nie auf einen vergleichbaren Ort gestoßen. Der Landeschacht sah nicht nach viel aus, aber er wusste, welch spektakuläre Schau ihn erwartete, sobald sich die Aufzugtüren öffneten.

Das geschah tausend Meter weiter unten – und Kanan wurde von einem funkelnden Panorama aus Lichtern und Farben empfangen. Er befand sich in einer der unzähligen großen Höhlen unter der Oberfläche. Kristallene Stalagmiten kletterten links und rechts von unten in die Höhe, und Stalaktiten hingen überall von oben herab. Jedes einzelne dieser tropfsteinartigen Gebilde wurde zum Prisma, in dem sich die Lichter der Arbeiter brachen; bei jedem Schritt veränderte sich der Anblick wie in einem Kaleidoskop. Und was noch besser war: Die Kristalle verströmten Wärme und machten Cyndas zahlreiche mit Sauerstoff gefüllte Höhlen so hell und angenehm, wie der Planet Gorse dunkel und stickig war.

Damals, in der Zeit vor dem Imperium, war der Mond ein Naturpark gewesen. Cynda war buchstäblich der Lichtblick im Leben der Bewohner von Gorse gewesen – und der Tourismus die Haupteinnahmequelle des Mondes, wie auch von Gorse selbst. Obwohl die Wissenschaftler der Republik schon früh herausgefunden hatten, dass im Inneren von Cynda gewaltige Mengen von Thorilidium lagerten, hatte niemand es abbauen wollen, solange auf der durch Bergbau erschließbaren Nachtseite von Gorse noch Restvorkommen des Stoffes verblieben waren. Soweit Kanan es wusste, hatte sich nie jemand überhaupt die Mühe gemacht, auch auf der Tagseite von Gorse nach Thorilidium zu suchen. Denn dort war es derart heiß, dass jeder gewöhnliche Droide schmelzen würde.

Aber fast genau am gleichen Tag, als Kanzler Palpatine das erste Galaktische Imperium ausgerufen hatte, hatte ein Bericht enthüllt, dass die Minen von Gorse erschöpft waren. Die Fabrikanlagen, die das Thorilidium veredelten, hatten nichts mehr zu tun. Das Imperium wollte sich das jedoch nicht gefallen lassen – und das musste es auch nicht. Cynda lag ja in der Nähe und wartete nur darauf, ausgebeutet zu werden.

Die Folgen davon sah Kanan jetzt, als er den Schwebewagen vom unversehrten Vorraum in den eigentlichen Abbaustollen schob. Kieselsteingroße Kristallsplitter übersäten den Boden, und unter seinen Stiefeln knirschte es bei jedem Schritt. Nur die großen Arbeitslichter beleuchteten die Höhle; in all dem verräucherten Dunst war die Decke nicht zu erkennen. Ein widerwärtiger Gestank nach Verbranntem erfüllte die Luft.

Das Imperium hatte den Ort verwüstet, aber die Versuchung war auch allzu groß gewesen. So nützlich Thorilidium in seiner verarbeiteten Form war – seine natürliche Molekularstruktur war schwach und unbeständig. Bemühungen, den Stoff aus Kometen zu gewinnen – an sich bereits ein wahnsinnig schwieriges Unterfangen –, hatten meist dazu geführt, dass das Thorilidium einfach in seine einzelnen Bestandteile zerfallen war. Aber Cynda war in mehr als nur einer Hinsicht das wichtigste Vorkommen dieses Rohstoffes, denn in dem hier vorkommenden harten Gestein der Kristallsäulen blieb das Thorilidium stabil, selbst wenn die Säulen aus dem Fels gesprengt wurden. Und da Laserlicht durch die prismatische Struktur der Kristallsäulen gebrochen wurde, war Sprengen auch die einzige Möglichkeit der Förderung.

Der hohe Bedarf an Sprengstoff hatte Kanan einen Job verschafft, aber er hatte den Gorsianern auch einen Anlass zum Protest gegeben. Manche dieser Stimmen waren vernehmlicher als andere. Und einige wurden regelrecht laut.

Wie die von diesem Burschen, dachte Kanan, als er jemanden am anderen Ende des Arbeitsstollens etwas rufen hörte. *Oh Mann. Skelly.*

»Sie hören nicht zu«, verkündete der rothaarige Mann. Er ruderte mit den Armen, und grauer Staub stieg von seiner Schutzweste auf. »Sie hören nicht zu!«

In der perfekten Echokammer der Höhle musste einfach jeder Skelly zuhören, und Kanan erwartete halb, dass Skellys Stimme ganze Stalaktiten von der Decke riss, falls irgendwo noch welche halbwegs intakt waren.

Dennoch bemerkte Kanan, dass das Ziel von Skellys hartnäckigen Vorwürfen ihn kaum beachtete – und er konnte der Dame auch keinen Vorwurf machen. Die vierarmige und grünhäutige Lal Grallik, eine Vertreterin der Besalisken-Gemeinschaft auf Gorse, war die rührige Chefin von Moonglow Polychemical. Ihr Amt als Firmenleiterin ließ »Boss Lal« beständig vom Planeten zum Mond und wieder zurück pendeln. Skelly war da nur eine von vielen lästigen Kleinigkeiten. »Ich *höre* doch zu, Skelly«, beteuerte sie. »Ich könnte Sie wahrscheinlich sogar auf Gorse noch hören.«

Bestimmt wäre sie am liebsten jetzt dort, dachte Kanan. Von kleinem, gedrungenem Körperbau, kannte Skelly nur einen Aktionsmodus: maximale Intensität. Kanan war sich vage bewusst, dass dieser etwa vierzigjährige Mann während seiner Militärzeit als im Minenbau ausgebildeter Pionier schon einige heftige Schlachten geschlagen hatte; die Narben von seinen Verletzungen und den Pocken in seinem Gesicht ließen sich lesen sich wie ein Abriss der jüngsten Militärgeschichte. Aber auch wenn Kanan mit jedem, der dergleichen durchgemacht hatte, durchaus Mitgefühl hatte, so fehlte ihm doch jede Geduld für die Art, wie Skelly redete. Der Kerl konnte lauter dröhnen als die Turbine eines Düsenjets.

»Ich versuche hier, Leuten das Leben zu retten«, stellte Skelly fest, seine regen kastanienbraunen Augenbrauen zu einem ernsten Blick gesenkt. »Und auch Ihre Firma will ich retten.« Als er sah, dass Lal ihre Aufmerksamkeit wieder auf das elektronische Ladungsverzeichnis in ihren vierfingrigen Händen gerichtet hatte, drehte Skelly sich um und zuckte die Achseln. »Niemand hört zu.«

Kanan wusste, dass Skelly als Sprengexperte für Dalborg arbeitete, einen der anderen Bergbaukonzerne. Okadiah hatte ihm berichtet, dass Skelly im Laufe der letzten fünf Jahre von sämtlichen größeren Firmen gefeuert worden war. Die einzige, bei der Skelly bisher noch nicht untergekommen war, war Kanans Arbeitgeber Moonglow. Nicht dass die Firma zu klein wäre, hatte Okadiah gemeint: Sie habe einfach bloß Glück gehabt. Kanan sah das genauso. Skelly kannte sich ohne Zweifel damit aus, was er mit einer Sprengladung zu tun hatte, aber dafür musste man bei ihm zugleich auch eine Vielzahl von Neurosen in Kauf nehmen. Und er sah immer so aus, als hätte er irgendwo auf dem Boden geschlafen. Selbst in den Zeiten, wo Kanan das tatsächlich tat, achtete er darauf, einigermaßen vorzeigbar auszusehen.

Skelly drehte sich wieder in die andere Richtung um und stellte sich der Chefin von Moonglow in den Weg. »Hören Sie mal, Lal, Sie brauchen einfach nur die Sprengungen hinter Zone 42 auszusetzen. Sie und auch all die anderen Firmen, nur für ein Weilchen. Nur so lange, damit ich testen kann, ob meine …«

Lal sah ihn ungläubig an. »Hatten Sie nicht gesagt, Sie würden endlich klein beigeben?«

Skellys kleine Augen wurden schmal. »Das würde Ihnen gefallen, nicht? Stimmt, das hatte ich ganz vergessen. Ihr Firmen von der Bergbaugilde seid doch alle gleich. Es geht euch doch nur um den eigenen Profit und …«

Kanan versuchte, das Ganze zu ignorieren, während er seinen Wagen zwischen ihnen hindurchsteuerte. »Achtung, ich muss mal vorbei.«

Lal, offensichtlich erfreut, jemand anderen als Skelly zum Reden zu haben, blickte auf die Ladung hinab, die Kanan transportierte, und glich die Posten mit ihrer Liste ab. »Freut mich, dass Sie es geschafft haben, Kanan. Ich habe gehört, dass es dort draußen Probleme gegeben haben soll.«

»Das geht mich nichts an«, erwiderte Kanan und stoppte den Schwebewagen. »Hier sind Ihre Bomben.«

»Diese Lieferung geht zur Zone 42«, sagte Lal und winkte einige Arbeiter heran. Sie nickte Skelly zu, der dem Schwebewagen einen grimmigen Blick zuwarf. »Irgendjemandes Lieblingsort«, flüsterte sie.

Skelly lehnte sich gegen den Griff des Schwebewagens. »Ich

habe Ihnen gesagt, wir können dort unten nicht weitersprengen. Nicht mit diesen …«

»Dann nimm sie mit nach Hause«, unterbrach ihn Kanan und ging um Skelly herum. »Spreng dich selbst in die Luft.« Er begann die Kisten mit dem Sprengstoff eine nach der anderen abzuladen, damit die Arbeiter sie wegtragen konnten.

»Warte«, rief Skelly, der den Frachterpiloten nun endlich bemerkt hatte. Er trat neben Kanan und schaute zu Lal hinüber. »Auf Kanan werden Sie hören, nicht wahr? Er ist einer Ihrer besten Sprengstofftransporteure – und einer meiner besten Freunde.«

»Das eine ist richtig. Das andere ist falsch«, korrigierte Kanan und setzte seine Tätigkeit fort.

»Kanan fliegt dieses Zeug durch die Gegend«, sagte Skelly. »Er weiß, wozu es in der Lage ist. Er kann es Ihnen erklären: Mittels Mikrosprengungen Kristalle aufzubrechen ist ja schön und gut, aber man sollte damit keine Wände aufreißen! Er weiß, dass …«

»Ich sag dir mal, was ich weiß«, ging Kanan dazwischen, drehte sich um, bohrte Skelly einen Finger ins Brustbein und schob ihn einen Schritt zurück. »Ich habe strikte Zeitvorgaben. Ich muss noch mehr abladen. Bis dann.« Er wandte sich wieder dem leeren Wagen zu und wendete ihn.

Lal trat zur Seite, um einen Anruf entgegenzunehmen. »Imperialer Kanal«, sagte sie und winkte Skelly wegzutreten. »Es ist wichtig.«

»Das hier ist auch wichtig«, murmelte Skelly an niemand Bestimmten gerichtet. Als er sah, dass Kanan den Schwebewagen wegschob, stapfte er ihm hinterher. Er holte ihn ein und versuchte dann, mit ihm Schritt zu halten. »Kanan, Kumpel, warum hast du mich eben nicht unterstützt?«

»Mach 'nen Abgang, ja?«

»Wenn's so weitergeht, werden wir alle den Abgang machen«, sagte Skelly außer Atem. »Ich weiß, wozu Baradiumsprengstoffe in der Lage sind. Besser als sonst jemand. Ich habe Kalkulationen zur Detonationskraft angestellt. Ich habe sogar die Seismologie dieses Mondes studiert ...«

»Muss ja ein Riesenspaß sein, mit dir Urlaub zu machen«, murrte Kanan und schob den Wagen zurück in den Aufzug.

»... bis hinunter zu dem, was sonst nie mit berücksichtigt wird: dem Kern!« Skelly redete weiter, während er sich zu Kanan in den Aufzug schob. »Hier oben ist der Mond stabil, aber tief unten? Dieser Mond wird zerbrechen wie ein Protein-Cracker!«

»Ah ja.«

»Ah ja ist richtig. Ich wusste es! Du gibst mir also recht.«

»Nein, die Erwähnung von Essen hat mich da an etwas erinnert«, antwortete Kanan und zog einen Beutel aus seiner Jacke. »Ich habe das Frühstück vergessen.«

»Ich meine es ernst«, sagte Skelly und griff in seine eigene Weste. Er trug einen einzelnen Handschuh über seiner rechten Hand. Kanan hatte noch nie gesehen, dass er diese Hand benützt hätte, es sei denn als eine Art Zange. Jetzt hielt Skelly etwas darin, nicht viel größer als eine Münze. »Es findet sich alles auf dieser Holodisc. Ich habe meine ganze Arbeit dort abgespeichert. Du kennst ja die Erdbeben, die wir auf Gorse haben, wenn der Mond sehr nahe vorbeizieht, nicht? Auf Cynda sind diese Beben nur deshalb nicht schlimmer, weil die Kristallformationen dafür sorgen, dass die Spannungen in Grenzen bleiben. Aber wir fahren damit fort, sie immer weiter zu sprengen! Wenn ich nur eine einzige Person dazu bringen könnte, das hier zu lesen ...«

»Warum soll ausgerechnet ich das sein? Ich bin niemand.«

»Jeder kommt in Okadiahs Schenke!«, erwiderte Skelly. »Du bist ständig dort. Du kannst mit den Leuten reden.«

»Und warum kannst du das nicht tun?« Aber Kanan wusste warum. »Ach so. Er hat dir ja Lokalverbot erteilt, weil du die Leute belästigt hast.«

»Wirf nur mal einen Blick darauf.« Skelly wedelte mit der Disc vor Kanan herum.

»Nimm das Ding von meinem Gesicht weg, Skelly. Ich meine es ernst.« Kanan warf seinen Essensbeutel auf den Laderost des Schwebewagens. Sich mit Leuten anzulegen, die für andere Firmen arbeiteten, führte immer zu Schwierigkeiten; Okadiah hatte ihn davor gewarnt. Aber Skelly hatte keine Freunde, und dafür gab es gute Gründe. Kanan war kurz davor, dass ihm der Kragen platzte.

Skellys Gesicht verzog sich zu einem verächtlichen Zähnefletschen. »Ja, klar, stimmt, hatte ich vergessen. Du wirst nach beförderten Schiffsladungen bezahlt, nicht? Und jetzt rennt ihr alle herum wie aufgescheuchte Ratten, weil plötzlich das Imperium vorbeischneit.« Er baute sich vor Kanan auf, der ein ganzes Stück größer war. »Ich sag dir, das Imperium sollte sich besser in Acht nehmen, sonst hat es nämlich bald eine waschechte Katastrophe am Hals!«

»Letzte Warnung!«

Skelly öffnete den Mund noch einmal, aber ehe auch nur eine Silbe herauskam, krachte ihm Kanans Faust in die Zähne. Fünf Sekunden der Gewalt später öffneten sich die Aufzugtüren zum Landeschacht – wo wartende Ladedroiden zusahen, wie Kanan den Schwebewagen herausschob. Skellys zusammengekrümmter Körper lag oben auf dem Laderost.

»Schön, dass ihr hier seid«, grüßte Kanan. Er schubste ihnen den Wagen zu. »Seht zu, dass ihr das da irgendwo ablegt.«

Während Kanan zur *Expedient* zurückstapfte, um die nächste Ladung zu holen, blickte ein benommener und verwirrter Skelly zu den verdutzten Droiden auf. »Niemand hört mir zu.«

4. Kapitel

»Ich habe da eine Meldung von Cynda, Kamera 5-6-0«, sagte der Überwacher in der zweiten Reihe. »Drohung gegen das Imperium in gesprochenem Basic. Fahrstuhlkamera. 38 Dezibel, klar und deutlich formuliert.«

Am anderen Ende des Datenzentrums, in dem reger Betrieb herrschte, fuhr Zaluna Myder damit fort, ihre Pflanzen zu gießen, ohne überhaupt aufzuschauen. »Wer hat die Drohung gehört?«

»Ein Transporterpilot.«

Und wir, dachte Zaluna, als sie sich nun wieder ihrer Arbeit zuwandte. Ihre graue Hand vollführte eine Wischbewegung durch die Luft – und ein neues, einen halben Meter großes Hologramm erschien auf einem der Displays, die ihr erhöhtes Arbeitspodium umgaben.

Hunderttausende von Kilometern über Gorse führten zwei Leute in einem der Aufzüge der Mondbergwerke ein Gespräch. Genauer: Sie *hatten* soeben ein Gespräch geführt, bis der eine dem anderen einen Schlag ins Gesicht verpasst hatte. Sekunden später wiederholte sich das Geschehen, wenn auch nicht ganz störungsfrei, dreidimensional vor Zalunas riesigen schwarzen Augen.

Die Sullustanerin konzentrierte sich auf das bewegte Bild und griff nach ihrem stündlichen Becher Kaf. Zaluna war jetzt in den Fünfzigern und verbrachte nach wie vor jeden Tag eine Stunde in den gemeinschaftlichen Fitnessräumen, aber sie wusste auch, dass es ohne die künstlichen Stimulanzien nicht mehr ging. Auf der anderen Seite hatte ihre Arbeitsbelastung aber auch immer weiter zugenommen – und der Kaf war das einzige Laster, dem sie je gefrönt hatte. Sie wusste sehr genau, dass sie damit einer kleinen Minderheit von Gorses' Bewohnern angehörte, denn in den letzten dreißig und mehr Jahren hatte Zaluna Myder wirklich *alles* gesehen und gehört.

Sie musste alles sehen und hören. Es war ihr Beruf. Und in den Kopfhörern, die in ihren riesigen muschelförmigen Ohren steckten, vernahm sie nun die Worte, die die Aufmerksamkeit des Systems erregt hatten: »... das Imperium sollte sich besser in Acht nehmen ...«

Sie schaute zu dem Überwacher an dem Terminal in der zweiten Reihe hinüber. »Der Zuhörer war ein Transporterpilot, sagen Sie. Ist es jemand, den wir ...«

»Migrant, keine Akte«, antwortete er. »Niemand, der uns irgendetwas bedeutet.«

Zaluna brauchte nicht zu fragen, ob denn der Sprecher dieser Worte jemand war, der ihnen irgendetwas bedeutete. Allein seine Worte waren genug. Die Supercomputer zur Überwachung hatten die Äußerung verstanden, sie nach irgendwelchen geheimnisvollen Parametern abgeglichen und überprüft und den Vorfall dann hierher zu den Mynocks weitergeleitet, die ihn nun wiederum ihr vorgelegt hatten.

Myders Mynocks. So wurde die Schicht, die mit ihr auf diesem Stockwerk arbeitete, genannt, seit sie deren Leitung übernommen hatte. Sie hatte weder Kinder noch Enkel; nein, sie hatte niemals eine andere Familie als diese hier gebraucht. Hier, an ihrem Platz auf dem erhöhten Podium, war sie die Königin, die den Überwachern ihren hilfreichen Rat erteilte und die ihre gelegentlichen freien Momente dazu nutzte, sich um ihre Topfpflanzen zu kümmern. Sie hatte das Pech gehabt, auf einer Welt geboren zu werden, wo die Sonne niemals aufging, aber zumindest ihr Büro hatte ein Licht, das im vollen Spektrum erstrahlte.

Zaluna war seit ihren späten Teenagerjahren eine feste Größe hier im World Window Plaza – jenem auf dem Kopf stehenden, unten abgeschnittenen Kegel, der nach wie vor das jüngste größere Gebäude auf Gorse war. Transcept Media Solutions hatte das völlig fensterlose Gebäude als den örtlichen Verwahrungsort für Marketingdaten über die Bewohner des Planeten erbaut. Es gab auf Gorse zwar kaum Handel, der nicht direkt mit dem Bergbau zusammenhing, aber das spielte keine Rolle: Wenn Leute doch einmal fortgingen, nahmen sie ihre Einkaufspräferenzen mit sich. Und dank der Überwachungsstationen, die das Unternehmen unterhielt, hatte Transcept ihre Profile bereit, wann immer sie irgendwo anders eintrafen. Diese Informationen besaßen ohne Frage einen hohen Wert – auch wenn Zaluna selten darüber nachdachte, wer sie wohl haben wollte und aus welchem Grund.

Abgesehen von den armen Wanderarbeitern verließen nur noch wenige Bewohner Gorse, aber das war kein Grund zur Beunruhigung. Denn zuerst die Republik und später das Imperium waren zu Kunden von Transcept geworden – und Zaluna hatte ihren Traumberuf behalten können. Zuschauen und Lauschen, dafür war sie geboren. Nicht wegen ihrer riesigen Augen und Ohren, wie sie den Sullustanern eigen waren, sondern weil sie es geliebt hatte, zu beobachten und Informationen aufzunehmen, soweit sie sich zurückerinnern konnte.

Und genauso wenig vergaß Zaluna je irgendetwas.

»Ah, unser alter Freund«, sagte sie laut, als ihre Finger das holografische Bild nun zum Stillstand brachten. »Skelly, kein Nachname. Ein Mensch, geboren auf Corellia vor vierzig Standardjahren. Sprengexperte, Dalborg-Minen, arbeitet auf Cynda. Letzte bekannte Adresse: Crispus Commons auf Gorse. Veteran der Klonkriege. Wurde verletzt, Hand ersetzt. Zwei Zähne fehlen …«

Hetto, der Überwacher in der zweiten Reihe, schaute amüsiert zu ihr herüber. »Das ist er«, bestätigte er. »Aber ich habe noch nicht mal die Datei abgerufen.«

»Sie haben es vor acht Tagen getan«, gab Zaluna zurück und nippte an ihrem Becher. »Nicht nötig, mir das zweimal zu erzählen.«

»Sie machen mir Angst, Boss.« Gelächter erhob sich aus den Reihen der Schreibtische.

»Sie könnten ein wenig Angst gut gebrauchen, Hetto. Zurück an die Arbeit, alle Mann.«

Die Überwacher verstummten sofort. Mit einem Lächeln wandte sich Hetto wieder seinem Terminal zu. Über zwei Jahrzehnte hinweg hatte Zaluna mitverfolgt, wie sich seine jugendliche Unverfrorenheit allmählich in abgebrühte, matte Reizbarkeit verwandelt hatte, aber er genoss es immer noch, sie auf die Palme zu bringen.

Zaluna hätte niemals erwartet, einmal einen ganzen Raum voller Beobachter unter sich zu haben. Die zwergenhaften Sullustaner – mit ihren gut anderthalb Metern war Zaluna eine der größten unter ihnen – gehörten zu den am wenigsten bedrohlichen Wesen auf Gorse, einer Welt, für deren Bewohner das Bedrohen meist zum Alltag gehörte. Schon lange bevor sie auf ihren Chefposten befördert worden war, hatte es sich Hetto zur Gewohnheit gemacht, sie aus dem verrufenen Viertel, wo sie wohnte, abzuholen und nach der Arbeit auch wieder dorthin zurückzubegleiten. Sie wusste seine Freundlichkeit zu schätzen, aber in Wirklichkeit begegnete sie jeder Gefahr tapfer und mutig. Diebstahl war auf Gorse an der Tagesordnung, genauso wie die Beben, die den Planeten erschütterten. Man ging da schon das eine oder andere Mal zu Boden, aber dann musste man eben einfach wieder aufstehen.

Es hatte bereits vor dem Imperium begonnen, noch in den Zeiten der Republik: Die Mynocks hatten die Aufgabe erhalten, die elektronische Kommunikation sowie gewisse überwachte öffentliche Orte auf Gespräche zu überprüfen, »die im Verdacht stehen, eine Bedrohung für das Leben der Bürger der Republik darzustellen«. Als sich die Klonkriege zunehmend in die Länge gezogen hatten, war aus dem »Leben der Bürger der Republik« die »Sicherheit der Republik« geworden – und unter dem Imperium hatte sich diese Formulierung in »öffentliche Ordnung« gewandelt.

Egal, hatte Zaluna gedacht. *Es sind nur Wörter.* Sie hatte nie ein Problem damit gehabt, auf die Worte anderer zu lauschen, wenn es einem guten Zweck diente. Das Bergbaugeschäft zog eine Menge wilder Gesellen an, zweifellos, aber in der Dunkelheit wuchs noch viel Schlimmeres heran. Die Strafverfolgungsbehörden waren gut beraten, sich zur Überwachung von Missetätern des neuesten Standes der Technik zu bedienen.

Und es herrschte wahrlich kein Mangel an Dingen, auf die man lauschen musste. Während der Klonkriege hatten die Separatisten allerlei Verschwörungen gegen die Republik angezettelt; danach Ausschau zu halten war ein Gebot des gesunden Menschenverstandes gewesen. Selbst die angeblichen Verteidiger der Republik, die Jedi, waren zu Verrätern geworden – jedenfalls wenn man der Darstellung des Imperators glauben wollte. Zaluna war sich nicht sicher, ob sie das wirklich tat, aber sie war ziemlich fest überzeugt: *wenn* es eine Verschwörung gab, würde jemand wie sie wahrscheinlich zuerst darauf aufmerksam werden und es melden.

Privatsphäre? In ihren jüngeren Tagen hatte Zaluna dergleichen für eine alberne Vorstellung gehalten. Entweder hatte man Gedanken in seinem Kopf, oder man ließ sie heraus. Der Unterschied zwischen einem Flüstern und einer intergalaktischen Nachrichtenübertragung war einzig und allein technischer Natur. Ein Zuhörer mit der Möglichkeit zu lauschen hatte auch das unbedingte Recht, das zu tun. Ja, er hatte sogar die Pflicht dazu – oder der Kommunikationsakt hatte seinen Sinn verfehlt. Zaluna sagte nicht annähernd so oft ihre Meinung wie Hetto, aber wenn sie etwas zu sagen hatte, dann wollte sie auf jeden Fall, dass jemand zuhörte.

Doch die Zeiten hatten sich geändert. Unter dem Imperium waren die Auswirkungen, die Worte nach sich ziehen konnten, größer geworden. Leute, die sie überwacht hatte, waren verschwunden, auch wenn sie nie herausgefunden hatte, warum. Und nun machte Zaluna ihr Beruf nicht mehr ganz so viel Spaß wie zuvor.

Skellys erstarrtes Bild hing noch immer vor ihr im Raum, sein Mund schimpfend geöffnet. Es erschien ihr die perfekte Pose für ihn zu sein – und sie wusste, dass sie ihn nicht zum letzten Mal sah. Denn sie wusste auch, dass Skellys Akte den roten Stempel trug. Digital mit einem roten Stern versehene Unterlagen bedeuteten, dass in diesem Fall ein Besuch von der Behörde für geistige Gesundheit des Planeten Gorse angebracht war.

»Wenn er noch mehr Sterne bekommt, kann er seine eigene

Galaxis begründen«, sagte sie. Sie holte erleichtert tief Luft. Rot gestempelte Leute neigten dazu, im medizinischen System zu bleiben, und verließen nur selten dessen Bannkreis. Sie redeten freier als die meisten, zumeist jedoch ohne auch zur Tat schreiten zu wollen. Und es hatte Spaß gemacht, Skelly zuzuhören, zumindest bisher. Sie ließ die Aufnahme weiterlaufen. »Das wäre also geklärt. Dann beende ich jetzt die …«

»Eingehende Nachricht«, fuhr Hetto abrupt dazwischen. »Der offizielle Kanal.«

Das passiert nicht alle Tage, dachte sie. »Stellen Sie durch!«

Das Hologramm einer schauerlichen Gestalt erschien vor der braun gekleideten Aufseherin im Raum. Die mechanische Stimme des Mannes war präzise und klar. »Hier spricht Graf Vidian vom Galaktischen Imperium, und ich wende mich an alle mir untergebenen Überwachungsstationen. Ich beginne gerade mit der Inspektion der Bergbauunternehmen – sowohl der Bergwerke auf Cynda als auch der Raffinerien auf Gorse. Alle diese Standorte unterliegen von nun an der obersten Sicherheitsstufe, Kategorie eins. Ohne jede Ausnahme.«

Zaluna starrte die lebensgroße Gestalt mit offenem Mund an. »Entschuldigung. *Alle* Bergbauunternehmen? Sind Sie sich darüber im Klaren, wie viele …«

Graf Vidian machte sich nicht die Mühe zu warten, bis sie ausgesprochen hatte. Die Übertragung war zu Ende.

Hetto ergriff wie immer als Erster das Wort. »Was *zum Teufel* war das?«

»Teufel ja«, hauchte Zaluna. Dann stieß sie einen Pfiff aus. Das Bergbaugewerbe beschäftigte Zehntausende.

»Meint er das ernst? Weiß er überhaupt, was er da verlangt?« Hetto warf die Hände in die Höhe. »Vielleicht sollten wir uns einen roten Stempel für die Akte *dieses* Bürschchens besorgen. Ich bin überzeugt, einige dieser Imperialen müssen durchgeknallt sein! Entweder das oder …«

»Hetto!«, blaffte Zaluna.

Stille legte sich über den Raum – vom leisen Gemurmel der Tonübertragung aus den verschiedenen Monitoren einmal abgesehen. Mit ruhigerer Stimme setzte sie hinzu: »Wir tun, was man uns sagt.«

Zaluna strich sich mit den Fingerspitzen über Wangen und Kinn, während sie sich daran zu erinnern versuchte, wann Kategorie eins zum letzten Mal ausgerufen worden war. Es war nicht mehr der Fall gewesen, seit der Imperator seinerzeit Transcept in die imperialen Dienste genommen hatte, um mit der Jedi-Krise fertigzuwerden. Kategorie eins bedeutete, dass für jeden überwachten Fall fortan auch die höchste Überwachungsstufe galt – und Zaluna hatte eine Ahnung davon, was das bedeutete.

Jedenfalls nichts Gutes.

Ihr Blick war zu der Direktübertragung von Skelly auf Cynda zurückgekehrt, eine Verbindung, die sie gerade hatte abbrechen wollen, ohne in dieser Sache aktiv zu werden. »Stufe ihn hoch, Hetto.«

»Aber er ist bereits rot gestempelt.«

»Was heute absolut nichts zu sagen hat.« Die Aufseherin streckte den Rücken durch. »Wie auch immer sich seine Situation gestaltet, Meister Skellys Mundwerk wird ihm nun ein wenig Zeit mit unseren Freunden in Weiß eintragen.«

Und dann viel Glück, mein Lieber, dachte sie.

5. Kapitel

»Graf Vidian, welche Ehre«, grüßte überschwänglich der hochgewachsene, in einen Umhang gehüllte Neimoidianer am Fuß der Landerampe der *Cudgel,* eines imperialen Shuttles. Trotz der kurzfristigen Ankündigung hatten alle den Mond ausbeutenden Firmen jemanden zum Empfangskomitee für die *Cudgel* beordert, und die großen roten Augen des Direktors strahlten förmlich vor Stolz. »Die Bergbaugilde Cynda heißt Euch willkommen«, sagte er mit einem dicklippig breiten Lächeln auf seinem nasenlosen grünen Gesicht. »Ich bin Direktor Palfa. Wir alle haben so viel darüber gehört, wie ...«

»Verschonen Sie mich damit«, blaffte Vidian, und die Hälfte der Zuhörer am Grund der großen Höhle machte erschrocken einen Schritt zurück. »Ich habe einen Zeitplan einzuhalten – und Sie ebenfalls. Jedenfalls wenn Ihnen an dessen Einhaltung überhaupt etwas liegt!«

Die Kehle des Direktors war plötzlich ganz trocken. »Na-natürlich.« Die anderen wandten den Blick ab, weil sie Angst hatten, den Cyborg allzu offen anzugaffen.

Gut, dachte Vidian.

In den Tagen der untergehenden Republik waren Vidians

Texte über optimales Management zu Bestsellern der Populärkultur geworden, und das trotz – nein, gerade wegen – seines Widerstrebens, in den HoloNetzen des Wirtschaftslebens in Erscheinung zu treten. Er war nicht schüchtern, und er schämte sich auch nicht seines Aussehens; er verschwendete einfach nicht gern seine Zeit. Aber während seine geheimnisvolle Aura sein öffentliches Ansehen nur vergrößerte, war es die körperliche Präsenz seiner direkten Gegenwart, auf der der Hauptteil seines Erfolgs beruhte.

Der Sanierungsexperte, so hatte er geschrieben, *ist wie eine Mikrobe, die in den Körper der Firma eindringt. Man wird sich gegen ihn wehren.* Wann immer jemand versuchte, eine Organisation umzustrukturieren, gab es stets die etablierten Bürokraten, die ihrerseits versuchten, ihn einzuschüchtern. Aber man konnte bei diesem Spiel den Spieß auch umdrehen, und Vidian hatte seit fünfzehn Jahren immer nur gewonnen.

Die Legende von Denetrius Vidian hatte fünf Jahre zuvor begonnen, an seinem vermeintlichen Totenbett – nach Ansicht der Ärzte. Aber er hatte überlebt und seine Zeit als Bettlägriger damit verbracht, aus seinem bescheidenen Bankkonto durch elektronischen Handel ein Vermögen zu machen. Nach und nach kaufte er sich teure Hightech-Prothesen, die nach seinen eigenen Angaben gefertigt wurden. Er sah nicht so aus wie andere Menschen, aber schließlich hatte die Menschheit ihn im Stich gelassen, als sie ihn einfach in jenem Hospiz hatte zugrunde gehen lassen wollen.

Also hatte Vidian seine körperlichen Eigenschaften und Merkmale in Übereinstimmung mit seiner inzwischen berühmten Dreiheit der Grundsätze der Management-Philosophie optimiert: *»Bleib in Bewegung! Zerstöre Hindernisse! Sieh alles!«* Simple Regeln, die er gewissenhaft bei jeder Gelegenheit anwandte.

So auch jetzt, als er mit seinem Gefolge zu den Aufzügen schritt. »Die Begehung, die Ihr angeordnet habt, erstreckt sich über recht große Entfernungen«, gab der Direktor zu bedenken. »Möchten Eure Durchlaucht sich zunächst ausruhen?«

»Nein«, antwortete Vidian und marschierte so flott voran, dass die anderen Mühe hatten, Schritt zu halten. Er konnte sich jetzt schneller bewegen als jemals in seiner Jugend; körperliches Alter spielte keine Rolle mehr. Manche witzelten, dass Vidian ein halber Droide sei, aber er wusste, dass der Vergleich hinkte: Droiden machen irgendwann schlapp und schalteten sich ab. Vidian hatte bereits zu viele Jahre damit verbracht, tatenlos herumzuliegen. Also hatte er seinen Erfolg dadurch maximiert, dass er neunzig Prozent eines jeden Tages arbeitete. *»Bleib in Bewegung: Mit einem gesunden Körper kann der Geist alles erreichen!«*

Der Direktor führte Vidian aus dem Aufzug auf eine der unteren Bergwerksebenen und setzte sein Geplapper über die Wunder von Cynda fort, um plötzlich innezuhalten. »Bitte entschuldigt«, sagte er und präsentierte seinen Kommunikator. »Wollt Ihr Euer Schiff kontaktieren, um Eure Ankunft zu melden?«

»Das habe ich gerade getan, während Sie im Aufzug vor sich hin geschwatzt haben«, gab Vidian zurück.

Palfa wirkte verwirrt. Er hatte nichts gesehen oder gehört. Der Graf hatte eine Vielzahl von Kommunikator-Empfängern in seinen Ohrhörern anbringen lassen; indem er seine künstliche Stimme durch sie hindurchleitete, führte er regelmäßig Ferngespräche, ohne dass es auch nur so schien, als würde er den Mund öffnen. Vidian konnte es nicht ausstehen, Informationen über irgendwelche Zwischenstationen zu erhalten, die dann die Dinge oft im Sinne ihrer eigenen Absichten verzerrten; seine Kommunikationsfähigkeiten boten ihm nun einfach noch eine Methode mehr, um diese Zwischenstationen zu umgehen. *»Zerstöre Hindernisse: Hol dir deine Informationen direkt, wann immer es möglich ist!«*

»Dieser Stollen führt weiter zu einer unserer Minenebenen«, erklärte der Direktor und deutete auf die eilig umherschwirrenden Arbeiter. »Was Ihr seht, ist ein typischer Tag hier unten, der …«

»Das ist gelogen«, unterbrach ihn Vidian und ging weiter. »Während ich spreche, lese ich gerade die Direktübertragung Ihrer Berichte. Sie haben Ihr Arbeitstempo verdoppelt, aber sobald das Imperium nicht mehr hinschaut, wollen Sie zum alten Schlendrian zurückkehren. Seien Sie versichert: Ich werde dafür sorgen, dass das nicht passiert.«

Aus der Gruppe der umstehenden Repräsentanten der verschiedenen Bergbauunternehmen erhob sich ein unwilliges Rumoren. Aber es hatte keinen Sinn dagegenzuhalten. Mittels eines Befehls seiner Stimme, der keinerlei äußerlich hörbares Geräusch erzeugte, löschte Vidian die täglichen Produktionsberichte wieder von seinen visuellen Rezeptoren.

Bereits Jahre zuvor hatte er bemerkt, wie blind Führungspersonal – von Abteilungsleitern bis hin zu Geschäftsführern – oft für die grundlegenden Verhältnisse um sie herum war. Vidian hingegen wollte kein einziges Detail übersehen. Seine optischen Implantate verliehen ihm nicht nur ein außerordentliches Sehvermögen, sondern sie ersparten es ihm auch, auf Bildmonitore zurückgreifen zu müssen, indem sie ihm die übertragenen externen Daten direkt auf die eigenen Netzhäute projizierten. *Sieh alles: Wer die Daten hat, hat die Oberhand!*

Vidian warf einen Blick zurück auf die Gruppe beunruhigter Bergbaufunktionäre. Viele von ihnen, darunter eine Besaliskin, waren außer Atem von dem Versuch, mit ihm mitzuhalten. In Calcoraan Depot, seinem Verwaltungszentrum, arbeiteten auch einige dieser vierarmigen Humanoiden: Angehörige einer einigermaßen fleißigen, ansonsten aber wenig bemerkenswerten Spezies. Bevor er sich noch irgendwelche weiteren Gedanken über die Frau machen konnte, öffneten sich zu beiden Seiten der Höhle Lastenaufzüge. Sturmtruppler kamen herausgestürmt.

Genau pünktlich. Vidian wirbelte herum und zeigte auf fünf verschiedene Gänge, die vom Zentralraum wegführten. Wortlos teilte sich die Truppe auf und eilte in die Tunnel.

Direktor Palfa wirkte erschrocken. »Was geht hier vor?«

»Nur das, was ich angekündigt habe.« Vidians Stimme klang so beiläufig, wie die Bedeutung seiner Worte ominös war. »Sie sind Manager. Wir helfen Ihnen beim Managen.«

Hera hatte nicht vorgehabt, ihr Schiff ohne Genehmigung im Bergbaukomplex von Cynda zu landen. Doch indem sie sich dem Konvoi angeschlossen hatte, war sie nah an den Mond herangekommen, und sobald sie außer Sichtweite des Sternzerstörers gewesen war, hatte sie ihr Schiff im Orbit in Ruhestellung gebracht. Der kleine Erkundungsgleiter ihres Raumschiffes hatte sie den Rest des Weges befördert, hin zu einem kleinen Wartungsgebäude auf der Mondoberfläche.

Sie hatte gerade genug über den Bergbau gelernt, um zu wissen, wofür sie sich ausgeben musste: als Wartungstechnikerin für Großladerdroiden. Alles Übrige würde sie sich spontan einfallen lassen müssen.

»Das ist der falsche Eingang«, hatte der Typ an der Luftschleuse gesagt.

»Oh Mann, das tut mir aber leid. Heute ist mein erster Tag, und ich bin spät dran.«

»Und wo ist Ihr Abzeichen?«

»Habe ich vergessen. Können Sie das glauben? Mein erster Tag!«

Der Mann hatte es geglaubt und sie mit einem Lächeln passieren lassen, das so viel besagte wie: Hoffentlich irrst du dich bald mal wieder in der Tür. Vertreter der unterschiedlichsten Spezies empfanden Heras Anblick als ansprechend, und sie war froh, sich das zunutze machen zu können.

Aber während sie sich vorsichtig durch den Minenkomplex bewegte, wurde ihr zunehmend bewusst, wie schwierig die Erfüllung ihrer Aufgabe geworden war. Gorse und Cynda produzierten einen für das Imperium strategisch wichtigen Grundstoff, natürlich, doch dieses System befand sich weit entfernt vom galaktischen Zentrum. Dennoch entdeckte Hera eine Überwachungskamera nach der anderen – darunter so manche, die die Arbeiter offensichtlich nicht sehen sollten. Wenn jetzt selbst draußen in den Randwelten die Sicherheitsmaßnahmen so streng und gründlich waren wie auf Coruscant, musste das jedes Vorgehen gegen das Imperium umso schwerer machen.

Ein weiterer guter Grund, als Nächstes meinen Freund unten auf Gorse aufzusuchen, dachte sie, während sie gelenkig unter dem Sichtfeld einer weiteren geheimen Kamera hinwegglitt. Treffen mit geheimnisvollen Informanten waren gefährlich; das hatte sie in ihrer kurzen Laufbahn als Aktivistin rasch lernen müssen. Aber ihre Kontaktperson besaß erwiesenermaßen handfestes Wissen über die imperialen Überwachungsmöglichkeiten, und diese Kenntnisse würde sie brauchen, um später an die wichtigen Dinge heranzukommen.

Um jedoch mehr über Graf Vidians Methoden in Erfahrung zu bringen, würde sie auf die altmodischen Techniken des Schleichens und Spähens zurückgreifen müssen. Er befand sich jetzt hier auf Cynda, das wusste sie: Sie hatte ihn bereits einmal aus der Ferne gesehen, wie er zusammen mit einer Gruppe einen Rundgang durch die Höhlen unternommen hatte. Es war schwierig, näher heranzukommen. Die durchsichtigen Kristallsäulen waren hübsch anzusehen, boten aber nur eine miserable Deckung.

Sie huschte durch einen abgelegenen Nebengang, in der Hoffnung, auf eine Abkürzung gestoßen zu sein, um ihn überholen zu können. Stattdessen jedoch stieß sie auf etwas anderes.

»Halt!« Ein Sturmtruppler erschien am Ende des Gangs, den Blaster im Anschlag.

Hera blieb wie angewurzelt stehen. »Entschuldigung«, sagte sie, legte sich die Hand auf die Brust und atmete tief aus. »Sie haben mich aber erschreckt!«

»Wer sind Sie?«

»Ich arbeite hier«, antwortete sie und trat näher, als wäre alles in bester Ordnung. »Aber ich bin hier womöglich falsch. Heute ist mein erster Tag.« Sie lächelte.

»Wo ist Ihr Abzeichen?«

»Das habe ich vergessen.« Sie senkte verlegen den Blick und sah ihn dann wieder aus schwarzen Augen an. »Können Sie das glauben? An meinem ersten Tag!«

Der Sturmtruppler musterte sie für einen Moment, dann sah er den Blaster, den sie bei sich trug. Sie war schneller als er. Mit einem hohen Tritt schlug sie dem verblüfften Sturmtruppler seinen Blaster aus den Händen. Als seine Waffe über den Boden schlitterte, setzte er dem Blaster nach. Hera wich ihm mühelos aus und ließ ihn vorbei, wirbelte herum und sprang dem gepanzerten Mann in den Rücken. Er rutschte auf dem glatten Kristallboden aus, stürzte und wurde von ihrem vollen Körpergewicht mit dem Kopf gegen die Stollenwand geschmettert. Mit einem lauten Knall traf sein Helm die Wand, und er blieb reglos liegen.

»Tut mir leid«, flüsterte Hera über die Schulter des gestürzten Sturmtrupplers. »Charme funktioniert eben nicht bei jedem.«

6. Kapitel

»Tempo! Tempo!«

Skelly blickte verärgert zurück, während Tarlor Choh in der Kaverne hin und her hetzte und die Arbeiter antrieb. Tarlor war ein großer, hellhäutiger Kerl und der Vollidiot von Dalborg Mining für Zone 39 – nicht zu verwechseln mit all den anderen Vollidioten, die in diesen unterirdischen Gefilden die Geschicke der Firma managten. Skelly wusste, dass es auch in allen anderen Zonen offizielle Vollidioten gab – und wirklich nicht einer von ihnen hatte auch nur einen Hauch von Verstand.

Im Moment befanden sich alle in heller Aufregung. Seit Stunden hatten neu ankommende Arbeiter berichtet, dass sie vom Imperium zu größerem Tempo angetrieben worden seien, und nun war sogar die Geschichte im Umlauf, dass der Sternzerstörer einen Frachter abgeschossen hatte, weil sein Kapitän getrödelt habe. Jetzt hatte Tarlor auch noch die Nachricht erhalten, dass der oberste Effizienzexperte des Imperators, Graf Vidian, das Bergwerk inspizieren wolle.

Skelly betrachtete es als eine Erlösung. Der oberste Kontrolleur der Regierung kam direkt zu ihm? Nun ja, nicht gerade zu ihm persönlich natürlich, aber er kam ihm doch nahe genug. Und noch besser war, dass es sich dabei um niemand anderen als Denetrius Vidian handelte. Sicher, er war in Zeiten der Republik ein Wirtschaftsmogul gewesen, aber doch vielleicht der einzige, den Skelly respektierte. Vidian nährte sich von schlecht geführten Firmen und profitierte davon, die dort gemachten Fehler zu korrigieren. Vidians berühmte Abhandlung *Weg mit den alten Methoden* war das einzige Wirtschafts-Holo in Skellys Besitz.

Wenn Skelly Graf Vidian seine Forschungsergebnisse vorlegen konnte, würde das Imperium verstehen, was hier auf dem Spiel stand, und mit Sicherheit hatte es die Macht, das Treiben der Bergbaufirmen zu beenden.

Tarlor baute sich über ihm auf. »Skelly, sehen Sie zu, dass Sie diese Sprengladung fertig bekommen!«

Skelly seufzte einfach nur, dann richtete er seine Aufmerksamkeit auf die Kristallsäule, neben der er kniete. Nachdem er eine Mischung aus in Flüssigkeit aufgelöstem Baradiumbisulfat und Dichtungsmasse vorbereitet hatte, begann er einen Ring der teigigen Masse um den Fuß des Stalagmiten zu legen.

Was für eine langsame, mühselige Arbeit – und es war schwer, sie sauber und ordentlich hinzubekommen, während er sich über das Universum samt allem darin Befindlichen aufregte. Etwa Kanan, natürlich: Skellys Mund schmerzte immer noch von seinem Hieb. Für wen hielt der sich eigentlich? Tarlor machte ihm ebenfalls zu schaffen – zusammen mit all seinen Managerkonsorten, besonders seit Dalborg ihn, Skelly, erst kürzlich vom leitenden Sprengmeister zum einfachen Sprengtechniker degradiert hatte, der nur noch die Sprengsätze anbringen durfte.

Und mehr als alles andere hasste er seine rechte Hand, weil sie nutzlos war und ihn dazu zwang, alle Feinarbeiten mit der linken zu erledigen. Mittlerweile konnte er zumindest den *Anblick* der falschen Hand mit Mühe ertragen; die meiste Zeit seit jenem schrecklichen Tag damals in den Klonkriegen hatte er sie lieber zur Kralle gekrümmt.

Die Klonkriege waren für ihn ein weiterer Grund zur Aufregung. Alles an diesem Konflikt war eine Lüge gewesen. Die Separatisten waren angeblich ein *so* gefährlicher Riesenfeind gewesen, und doch waren sie, als das Imperium ausgerufen wurde, zu nichts dahingeschwunden, als hätte jemand einfach auf einen Knopf gedrückt. Die großen Firmen hatten die ganzen Sache inszeniert, davon war Skelly überzeugt. Mit so einem Krieg ließen sich mehr Raumschiffe, mehr Waffen und mehr medizinisches Gerät verkaufen. Und in den Klonkriegen waren selbst die *Soldaten* auf beiden Seiten Fabrikerzeugnisse gewesen.

Die Republik und die Konföderation waren Verbündete in dem gleichen korrupten Spiel gewesen. Und das Imperium, so Skellys Überzeugung, war wahrscheinlich einfach nur eine weitere Wiederholung von alledem; nicht mehr und nicht weniger unmoralisch. Für die Oligarchen waren neue politische Allianzen einfach eine Art Kleiderwechsel. In diesem Jahrzehnt war Zentralregierung in Mode. Bald würde wieder etwas anderes angesagt sein. Der Moloch musste gefüttert werden, mit Leben und abgehackten Körperteilen auf dem Schlachtfeld, mit dem Schweiß und Blut der Arbeiter.

Nur hatte man Skelly leider nichts anderes beigebracht, als alle möglichen Dinge in die Luft zu jagen.

Er gab nicht sich selbst daran die Schuld. Er war lediglich das Produkt eines Systems, das, so wie er es sah, nur aufbaute, um zu zerstören. Er hatte von den Besten gelernt – und er war ein guter Schüler gewesen. Alles lief immer auf die gleiche simple Liste hinaus, die man ihm während seines ersten Unterrichtstages als Sprengtechniker beim Militär eingebläut hatte: *Bring dein Sprengmaterial mit deinem Zünder zusammen. Zündung führt zur Reaktion, führt zur Detonation.* Egal, ob man es dabei mit einfachen Baradiumverbindungen zu tun hatte oder mit seinem weitaus explosiveren Isotop Baradium 357, diese Schritte bezogen sich stets auf eine Abfolge komplexer Reaktionen, an deren Ende das gleiche, einfache Ergebnis stand.

Nun, vierzigjährig, fand Skelly, dass sich diese Liste auch auf das Leben selbst anwenden ließ. Man beginnt mit einem belastenden Problem. Irgendjemand bringt eine Veränderung in Gang. Das System reagiert auf den entstehenden Druck. Und dann, peng, hat man eine Lösung. Das war auch immer seine Methode gewesen. Er war derjenige, der Veränderungen in Gang brachte, wann immer es möglich war. Das hatte schon damals auf dem Schlachtfeld angefangen. Darum hatte er sich auch für alles Mögliche freiwillig gemeldet. Wann immer Befestigungen sich als zu gefährlich erwiesen hatten, um sie zu stürmen, hatte Skelly sein Leben riskiert, um sich darunter zu graben und die Sprengladungen anzubringen, die die entscheidende Bresche schlugen. Das und noch viel mehr hatte er geleistet.

Bis zur Schlacht von Slag's Pit. Ein idiotischer Angriff wegen eines Schwachkopfs von General, der gehofft hatte, mit ein wenig Sprengstoff eine Separatistenfestung mit geringen Verlusten im Handumdrehen einnehmen zu können. Doch der Boden hatte sich als instabil erwiesen, und sie hatten den falschen Sprengstoff. Skelly hatte deswegen einen Riesenaufstand gemacht.

Niemand hatte auf ihn gehört. Nie hörte jemand auf ihn.

Der General war ein sehr hohes Tier gewesen. Skelly war nichts anderes übrig geblieben, als die Sache selbst zu übernehmen, mit in die Schlacht zu ziehen und sich auf sein angeborenes Talent zu verlassen, um seine Kameraden irgendwie heil wieder zurückzubringen.

Das hatte nicht ganz funktioniert.

Die Klonkriege waren zu Ende gegangen, während er noch im Koma gelegen hatte; später hatte er erfahren, dass keiner seiner Gefährten gerettet worden war. Die Sache mit seiner Hand bedeutete einen weiteren niederschmetternden Schlag. Die Sanitätsdroiden hatten zuvor der Truppe gegenüber angegeben, alle für eine ausreichende chirurgische Versorgung auf dem Schlachtfeld erforderlichen Transplantate mitzuführen. Aber sie hatten gelogen. Für Skelly hatte es nur noch eine klatooinianische Prothesenhand gegeben, die angesichts seiner menschlichen Neurologie nie richtig funktioniert hatte. Schlimmer noch, das Herumpfuschen der Droiden hatte seinen Arm so stark beschädigt, dass auch ein richtiger Ersatz niemals funktionieren würde. Skelly hatte einfach einen Handschuh über das dumme Ding gestreift und versucht, weiterhin klarzukommen.

Dann war die Armut gekommen. Er hatte keine andere Wahl gehabt, als zu seiner gewohnten Arbeit als Sprengtechniker zurückzukehren, nun im Bergbaubereich. Dort hatte er die Bestätigung für seine Überzeugung erhalten, dass es Unternehmen mit der Achtung der Gesetze und Vorschriften nicht sehr genau nahmen. Sie waren genauso leichtsinnig wie die Typen vom Militär.

Er hätte das nicht mehr länger ausgehalten, hätten seine Reisen ihn nicht schließlich nach Cynda gebracht.

Als jemand, der einen großen Teil seiner Lebenszeit unter der Erde verbracht hatte, hatte ihn die Schönheit der Höhlen des Mondes erstaunt. All die Gedanken, die viel zu schnell durch seinen Kopf jagten, schienen sich hier unten zu beruhigen. Er hatte sich eine Zeit lang vorgemacht, eine verantwortungsbewusste, vernünftige Position zu erfüllen: wenn der Mond schon ausgebeutet werden musste, würde er dafür sorgen, dass es auf eine umsichtige Weise geschah, die den Mond und die darauf arbeitenden Leute schützte. Auf Cynda gab es unzählige Höhlen; es war unvorstellbar, dass die Bergwerksgesellschaften sie alle zerstören konnten.

Aber mittlerweile konnte sich Skelly durchaus vorstellen, dass genau das passieren würde. Zu all den zerfetzten Leben würde mit Cynda nun auch ein zerfetzter Himmelskörper kommen.

Nachdem er die Sprengkapsel bestückt hatte, legte er den Applikator wieder in seinen Werkzeugkoffer zurück. Ein weiterer Stalagmit stand bereit, enthauptet zu werden. Langweilige Routinearbeit, aber gut gemacht. Irgendwer musste sich ja darum kümmern.

»Er ist dort drüben«, hörte Skelly den Aufseher sagen. Er stand von seiner Arbeit an dem Stalagmiten auf, drehte sich um und sah, von Tarlor angeführt, eine Gruppe von vier Sturmtrupplern.

Ah, dachte Skelly. Die Vorhut des Kontrolleurs schien etwas früh eingetroffen zu sein, aber das tat nichts zur Sache. »Hallo!«, rief er. Den Werkzeugkoffer immer noch in seiner rechten Hand, die zu sonst nicht viel taugte, salutierte er mit der linken. Eine impulsive Reaktion: Er gehörte nicht mehr zum Militär, aber die Panzerung der Sturmtruppler sah ganz ähnlich aus wie diejenige der Klonkrieger, mit denen er einst zusammen gedient hatte, und in jedem Fall war er froh, sie zu sehen. »Ich bin Skelly. Ich habe monatelang an Ihre Aufsichtsbehörde geschrieben und …«

»Was?«, platzte Tarlo heraus.

»... und ich bin froh zu bemerken, dass irgendjemand mir sein Ohr geschenkt hat.« Skelly blickte an den Sturmtrupplern vorbei, die weiter auf ihn zumarschiert kamen. »Ähm, ist Graf Vidian hier?«

Der Sturmtruppler, der die Führung innehatte, blieb stehen und hob sein Blastergewehr. Seine Gefährten taten das Gleiche. »Skelly, Sie stehen unter Arrest.«

Skelly lachte nervös auf. »Sie machen Witze. Warum?«

»Sie werden angeklagt, nachteilig über das Imperium gesprochen zu haben.«

Skellys Augen weiteten sich, und seine Gedanken rasten. »Moment! Hat Kanan mich angezeigt?«

Tarlo schüttelte seinen kahlen Kopf. »Machen Sie mit ihm, was Sie wollen. Skelly hat immer nur für Ärger gesorgt – und Dalborg Mining braucht niemanden, der Graf Vidian verstimmen könnte. Berichten Sie ihm bitte, dass wir uns rundum kooperativ gezeigt haben.« Er schaute zu Skelly hinüber und fügte mit bissiger Stimme hinzu: »Sieht so aus, als hätte ich gerade das große Los gezogen. *Sie sind gefeuert!*«

Skelly stammelte: »M-m-moment. Das ist ein Irrtum! Und Tarlor, Sie haben überhaupt nicht die Befugnis ...«

Bevor er seinen Satz beenden konnte, hatten die Sturmtruppler ihn schon fast erreicht. »Stellen Sie den Werkzeugkoffer ab!«, befahl der Anführer.

Skelly traf eine Entscheidung. Er hob die Linke und hockte sich hin. »In Ordnung, okay. Bin schon dabei. Nur eine Sekunde.«

Er kniete sich hin ...

... und griff sich die Fernbedienung, die er auf dem Boden liegen gelassen hatte. Er ließ sich hinter die Kristallsäule fallen, an der er sich zuvor zu schaffen gemacht hatte, und rollte sich zu einer Kugel zusammen, den Körper über den Werkzeugkoffer gelegt. Bevor die Sturmtruppler ihm folgen konnten, drückte Skelly auf den Auslöser.

Das Baradiumbisulfat, das Skelly an der Säule vor sich angebracht hatte, detonierte, und der massive, diamantharte Zylinder stürzte nach vorn, genau wie es Skelly erwartet hatte. Von ihm weg – auf die Sturmtruppler. Einer schrie laut auf, ehe er von der fallenden Säule zerquetscht wurde. Als sie auf dem Untergrund aufschlug, zerbarst das ganze Gebilde in dolchartige Splitter.

Skelly konnte sich kein Bild verschaffen, was mit den anderen Sturmtrupplern geschehen war, denn er war bereits losgerannt. Er sprintete in einen unbeleuchteten Verbindungsgang, der von Zone 39 in einen Versorgungsschacht führte. Er erinnerte sich, dass man von dort aus weiter zu verschiedenen Belüftungstunneln und anderen Gängen gelangte. Und in die gesamte riesige Unterwelt von Cynda.

Während er keuchend durch die Finsternis rannte, versuchte er zu verstehen, was soeben geschehen war. Also hörte *doch* jemand auf das, was er sagte. Nur, dass man ihn falsch verstanden hatte.

Na schön, dachte er. Etwas schlug im Rennen gegen seine Beine. Er bemerkte, dass er den Werkzeugkoffer voller Sprengstoff noch immer in seiner unbeweglichen rechten Hand hielt. Das hatte etwas Beruhigendes, und er musste lächeln.

Es gibt mehr als nur eine Möglichkeit, eine Nachricht zu senden.

7. Kapitel

Noch nie hatte Vidian einen Haufen Manager so schnell in alle Richtungen davonpreschen sehen. Seit er die höchste Sicherheitsstufe ausgerufen hatte, hatten ihm die Überwacher auf Gorse die Namen von sechsundvierzig potenziellen Unruhestiftern zukommen lassen, die in den Bergwerken auf Cynda arbeiteten. Vidians Ankündigung, dass die Sturmtruppler nun beginnen würden, Verhaftungen vorzunehmen, hatte dafür gesorgt, dass sich die Firmenbosse auf schnellstem Wege zu ihren Angestellten machten, um sie auf die bevorstehenden Untersuchungen aufmerksam zu machen.

Vidian fand, dass organische Wesen trotz ihres Empfindungsvermögens auch nicht besser waren als Droiden. Man konnte auch sie dazu bringen, rein programmgemäß zu handeln.

Wozu es natürlich der richtigen Ermunterung bedurfte. Flankiert von je einem Sturmtruppler links und rechts, sah der Graf den Gildemeister finster an; er war der einzige der Bergbaumanager, der noch verblieben war. »Palfa, Ihre Gildenmitglieder haben für jede Belegschaft einen Moralbeauftragten zu ernennen, um sicherzustellen, dass das Imperium in Wort und Tat unterstützt wird.«

Der Direktor senkte den Blick. »Herr Graf, ich weiß nicht, wie ein solches Programm aufgenommen werden wird. Das liegt an dem Schlag von Arbeitern, die wir hier üblicherweise haben. Wilde, raue Kerle. Es lässt sich nur schwer kontrollieren, was sie denken.«

»Wenn sie überhaupt denken. Betrunkene und Raufbolde kümmern mich nicht. Aber sie sind nicht alle harmlos. Hören Sie nur diesen Bericht, den ich soeben erhalten habe.« Vidian stellte kurz seine Ohrhörer ein, dann fuhr er fort: »Auf Ihrer Ebene 39 wurde der Versuch unternommen, jemanden zu verhaften, und der Verdächtige hat sich widersetzt und die Sturmtruppe angegriffen!«

Der Direktor schüttelte seinen großen Kopf. »Das ist ja schrecklich. Ich bin überzeugt, dass unser Sicherheitspersonal ihn gefangen genommen hat.«

»Leider nein. Aber meine Sturmtruppen werden ihn sich schon schnappen.« Vidian schaltete sein akustisches Kommunikationssystem für einen Moment aus, um einen Befehl zu erteilen. »Hören Sie«, sagte er dann wieder laut. »Ich habe Ihrem Büro eine Kopie meines politischen Programms übersandt, das hier Abhilfe schaffen soll. Sorgen Sie dafür, dass die in Ihrer Gilde organisierten Firmen es unverzüglich umsetzen.«

»Ja, Herr Graf.«

»Dann lassen Sie uns jetzt weitergehen.«

Der kleinlaut gewordene Direktor führte Vidian in einen Abbaustollen. Wie überall sonst auf diesem Mond wimmelte es hier von Wanderarbeitern – Wesen, die nur geringfügig effektiver waren als Droiden. Einige durchquerten den Raum mit Sprengstoffladungen, die für andere Bergwerksabschnitte bestimmt waren. Andere standen bis zu den Hüften in Bergen von geborstenem Kristall und schaufelten das in die Gesteinsbrocken eingeschlossene Roh-Thorilidium in die Transportbehälter, während ihnen der Schweiß in Strömen vom Körper troff. Das Innere von Cynda war von Natur aus staubtrocken; der leichte Nebeldunst in der Luft stammte ausschließlich vom Schweiß organischer Wesen. Vidian war froh, dass er keinen Geruchssinn mehr besaß.

Der Abschaum und der Abraum, dachte Vidian. Mit Gesindel dieser Art hatte er es bereits auf unzähligen anderen Produktionswelten zu tun gehabt, die zu sanieren seine Aufgabe gewesen war, und sie waren eine sehr ungnädige Rohmasse, die sich schwer zu gefügigem Arbeitsmaterial formen ließ. Selbst wenn man die Unruhestifter eliminierte, waren nur wenige von ihnen überhaupt fähig, etwas Neues zu lernen; und ihr Lebensstil außerhalb der Arbeit führte nur dazu, dass sie in ihrem Beruf noch ineffektiver wurden.

Aber sie waren immer in großer Zahl verfügbar, und so wusste er auch, was er zu tun hatte. Er trat zwischen die Arbeiter und schlug mit seinen Metallhänden einem nach dem anderen auf den Rücken.

»Du. Du. Du. Und du.« Alle schauten auf, von der Berührung des Cyborgs erschreckt. Menschlich oder nicht menschlich – das Einzige, was sie gemeinsam hatten, war ihre vorgerückte Zahl an Lebensjahren. »Zu alt. Zu langsam.«

Ohne den teils zornigen, teils gekränkten Blicken, die die Arbeiter auf ihn richteten, irgendeine Beachtung zu schenken, rief Vidian dem Gildemeister zu: »Palfa, noch eine Anweisung für Ihre Gildenmitglieder. Ab sofort gelten neue Altersobergrenzen für Arbeiter.«

Palfa stotterte: »Aber … aber sie sind immer noch produktiv!«

Vidian richtete den Blick seiner seelenlosen Augen auf Palfa. »Und *Sie* sind unproduktiv«, sagte er und schritt auf ihn zu. »Ihre Gilde ist ein Paradies für Verräter und Faulenzer!«

»Herr Graf, vielleicht kann ich eine Möglichkeit vorschlagen, wie …«

Vidian wartete nicht ab, was Palfa vorschlagen wollte. Sein Arm schnellte vor, und er packte den Direktor am Kragen. Er stieß ihn nach unten, zog dem schreienden Bürokraten den Umhang über den Kopf und drückte ihn auf den felsigen Untergrund. Die Sturmtruppler schauten zu, die Blaster in Händen, während Vidian wieder und wieder voller Wucht auf Palfar einschlug.

Der Graf trat befriedigt zurück, als der Leib des Gildemeisters unter dem Stoff aufgehört hatte, sich zu bewegen. Voller Bewunderung begutachtete Vidian seine Hände; sie glänzten immer noch in all ihrer makellosen Pracht.

»Herr Graf!«, sagte einer der Sturmtruppler.

»Hm?« Vidian sah den Soldaten an, dann blickte er wieder zu der Gruppe von Arbeitern hinüber, unter die er sich zuvor gemengt hatte. Sie alle starrten ihn an. »Betriebsunfall«, meinte er nur. »Macht euch an die Arbeit – es sei denn, ich habe euch befohlen zu verschwinden. Eure Firmen werden auf Gorse eine passendere Tätigkeit für euch finden. Arbeitslosigkeit in einem System mit Ressourcen von strategischer Bedeutung verstößt gegen das Gesetz. Das Imperium duldet keine Faulenzer.«

Die wachsamen Arbeiter gehorchen zu sehen gefiel Vidian, und er nickte befriedigt. *Management nach den Methoden des Imperiums.* Sie waren so viel effizienter, als es damals unter der Republik der Fall gewesen war – und es ging ihm alles so einfach von der Hand. Die Entlassung eines Managers feuerte lediglich die Ehrgeizlinge an, die seinen oder ihren Platz einnehmen wollten. Aber Mord motivierte alle. Er gehörte in den Werkzeugkasten eines jeden Supervisors.

Er änderte seinen Audiokanal. »Captain Sloane, sind Sie auf Empfang?«

Die Stimme des Captains der *Ultimatum* drang an sein Ohr. »Jawohl.«

»Melden Sie nach Coruscant, dass der oberste Posten in der Bergbaugilde von Cynda frei geworden ist. Bestimmt kann uns der Imperator jemand Passenden schicken.«

»Wird erledigt. Sloane, Ende.«

Vidian überließ es den Sturmtrupplern, die Arbeiter zu beaufsichtigen, während sie den Leichnam wegschafften, und setzte seinen Rundgang allein fort. Im nächsten Raum stieß er auf einen weiteren Trupp von Arbeitern, und obwohl er nicht vorhatte, jeden Faulenzer persönlich herauszufischen, konnte er der Versuchung nicht widerstehen, als er einen weißhaarigen Mann am Boden knien sah, der seine Spitzhacke säuberte.

»Du bist definitiv zu alt«, sagte Vidian und packte den Mann am Kragen.

»Ach ja? Nun gut, und du bist zu hässlich«, antwortete der Mann, bevor er sich überhaupt umgedreht hatte, um zu sehen, mit wem er es da zu tun hatte. Dann jedoch stieß er einen Schrei des Ekels aus. »Was willst *du* denn darstellen?«

Vidian reagierte nicht. Er las den Namen auf dem Dienstabzeichen des alten Mannes. »Okadiah Garson.« Keiner der Namen auf der Liste der Regimekritiker, aber das war auch egal. Er war hier unten fertig. »Gaff mich nicht an wie ein Idiot.«

»Entschuldigung.« Okadiah zeigte auf eine Stelle hinter dem Ohr des Cyborgs, wo dessen synthetische Haut das Narbengewebe darunter nicht vollkommen bedeckte. »Es ist nur ... Sie haben da eine Stelle übersehen.«

»Es geht hier nicht um Eitelkeit. Es geht um den Nutzen derjenigen, deren Leistungsfähigkeit nachlässt, sobald sie mit dem Außergewöhnlichen konfrontiert werden.« Er packte Okadiah nur noch fester am Kragen und schüttelte ihn. »Ich finde, dass es in dieser Galaxis bereits genug *gewöhnliche* Wesen gibt. Vielleicht möchtest du, dass man dir ebenfalls die Haut abzieht, einfach um zu sehen, wie sich das anfühlt!«

»Und vielleicht sollten Sie ihn besser loslassen«, ertönte eine Stimme von hinten.

Vidian blickte zurück und sah einen dunkelhaarigen jungen Mann mit einem schwer beladenen Schwebewagen in einer Tunnelöffnung stehen. Er zielte mit seinem Blaster direkt auf den Grafen.

»Nun, nun«, sagte Vidian, nicht im Mindesten um seine Sicherheit bekümmert. »Was haben wir denn da für einen Revolverhelden? Womöglich haben wir ja sogar unseren verschwundenen Saboteur gefunden!«

Auf seinen Reisen waren Kanan eine Menge Typen mit Prothesen begegnet. Die meisten waren anständige Leute gewesen, die Unfälle gehabt hatten und denen die Technik nun half, darüber hinwegzukommen. Aber der Cyborg, der Okadiah da am Kragen gepackt hielt, hatte sich diesbezüglich wirklich mächtig ins Zeug gelegt. Er sah wie ein Kriegsdroide aus, der bei einem Kostümfest einen Menschen spielte.

»Ich bin kein Saboteur«, sagte Kanan und hielt seine Waffe immer noch auf den Cyborg gerichtet. »Ich habe einen Schrei gehört – es klang, als wäre jemand in Schwierigkeiten. Was geht hier vor?«

»Ich bin Graf Vidian und im Auftrag des Imperators hier. Und ich tue seine Arbeit.« Vidian, den Kanans Blaster nicht im Mindesten zu beunruhigen schien, schickte sich an, den sich heftig windenden alten Mann am Hals hochzuheben.

Kanan hatte den Finger am Auslöser seiner Waffe. Er verspürte keinerlei Verlangen, sich mit dem Imperium anzulegen, erst recht nicht mit dem obersten Imperialen im ganzen Umkreis. Er war froh, dass ihm noch eine andere Möglichkeit einfiel. »Es gibt da etwas, das Sie wissen sollten.« Er ließ seinen Blaster sinken, während er vorsichtig in den Raum hineintrat. »Sie sind im Begriff, den Mann zu verstümmeln, der besser als jeder andere weiß, wie man Thorilidium abbaut.«

Vidian hielt inne. »Das wage ich zu bezweifeln. Ihm fehlt mit Sicherheit die Kraft, um eine größere Menge ausgraben oder transportieren zu können.«

»Er unterrichtet jene, die die Kraft dazu haben«, erwiderte Kanan. »Und Moonglow ist hier der leistungsstärkste Produzent.«

Vidian schüttelte Okadiah einen kurzen Moment lang, um ihn dann unvermittelt auf den Höhlenboden fallen zu lassen. »Endlich ... endlich versteht mal jemand, was zählt«, sagte er dann. »Du hast Glück, dass ich heute bereits jemanden totgeschlagen habe, Revolverheld. Ich habe einen Zeitplan einzuhalten.« Mit diesen Worten drehte sich der Cyborg abrupt um und verließ zusammen mit seinen Wachen den Raum.

Kanan steckte seinen Blaster in das Holster zurück und wandte sich wieder zu Okadiah um. Der alte Mann, um den sich bereits seine Kameraden kümmerten, rieb sich den Hals und sah Kanan an. »Du musst aber auch immer direkt in die Höhle des Gundarks stechen.«

»Ich folge nur deinem Beispiel«, gab Kanan zurück.

Yelkin, der Grubenarbeiter, mit dem er sich an diesem Morgen angelegt hatte, sah Kanan an und verdrehte die Augen. »Ich verstehe nicht, warum du diesen Widerling nicht einfach erschossen hast! Irgendjemand hat gesagt, er habe den Gildemeister getötet!«

»Ich suche mir selber aus, mit wem ich mich vergnüge«, sagte Kanan. Er ging zu dem Schwebewagen zurück und setzte ihn wieder in Bewegung. »Ich lege mich nicht mit dem Imperium an – und das Imperium legt sich nicht mit mir an.«

»Zone 42 wartet, meine Herren«, ließ sich Okadiah vernehmen. »Ich will diesen Arbeitstag hinter mich bringen.«

Weit weg am anderen Ende der großen Höhle setzte Hera ihr Elektrofernglas ab. Sie hatte im Laufe der letzten Stunde, als sämtliche Sturmtruppler ihren näheren Umkreis verlassen hatten, ein wenig Glück gehabt. Nach allem, was sie zu hören bekommen hatte, waren sie alle hinter jemandem her gewesen, der sich seiner Verhaftung gewaltsam widersetzt hatte. Sie war sehr daran interessiert, Näheres darüber zu erfahren, aber Vidian hatte nun einmal oberste Priorität. Und so war sie ihm weiterhin gefolgt und hatte versucht, in jeder der großen Höhlen einen sicheren Unterschlupf zu finden, aus dem heraus sie ihn beobachten konnte.

Sie war außerstande gewesen, näher als etwa hundert Meter an ihn heranzukommen, aber sie hatte genug gesehen, um zu wissen, dass er ein widerliches Stück Scheiße war und damit eines herausragenden Platzes an der Seite des Imperators absolut würdig. Sie hatte sowohl seinen Angriff auf den armen Gildemeister miterlebt als auch die Art, wie seine Eskorte darauf reagiert hatte: als wäre die Ermordung eines Gildemeisters das Normalste in der Galaxis. Und sie hatte ihn gerade eben auch den alten Mann schikanieren sehen. Es war reines Glück gewesen, dass dieser jüngere Typ vorbeigekommen war. Zumindest endlich mal jemand mit Rückgrat.

Hera sah zu, wie der dunkelhaarige Mann mit seinem Schwebewagen verschwand, und verspürte für einen kurzen Moment den Impuls, ihm zu folgen. Leute mit dem Willen, dem Imperium zu trotzen, waren es wert, dass man sie kannte. Aber dann fiel ihr ein, dass es auf dieser Reise nicht darum ging, Kämpfer zu rekrutieren. Sie durfte ihr Ziel nicht aus den Augen verlieren.

Vielleicht im nächsten Leben, Kumpel. Hera verließ ihren Aussichtsposten und schlich hinter Vidian her.

8. Kapitel

Weitere Sturmtruppler liefen an ihm vorbei, während Kanan den Schwebewagen den letzten Stollen zu Zone 42 hinunterschob. Zweifellos suchten sie immer noch nach dem Schwachkopf, der in Zone 39 ausgeflippt war und sie angegriffen hatte. Lal Grallik hatte ihrem Abbaustollen einen kurzen Besuch abgestattet und das Gerücht bestätigt, dass es sich bei dem Flüchtigen tatsächlich um Skelly handelte. Kanan war nicht im Mindesten überrascht – oder gar bestürzt. Zumindest blieb er ihm jetzt vom Leib.

Es war im großen Imperium keineswegs ungewöhnlich, Sturmtruppler zu sehen, Kanan war immer wieder welchen begegnet. Aber auf seinen Streifzügen hatte er sich in einer Spirallinie vom galaktischen Zentrum nach außen bewegt. Kernwelten, Kolonien, Innerer Rand: Jede dieser Regionen hatte eine neue Grenze für ihn bedeutet. Und jedes Mal war es das Gleiche gewesen: Die imperiale Präsenz hatte bei null angefangen und war langsam immer allgegenwärtiger geworden. Kanan fragte sich, wie die Uniformlieferanten der Sturmtruppler mit der Nachfrage Schritt halten konnten. Was würden die Imperialen anhaben, wenn sie den Rand der Galaxis erreichten?

Nicht, dass ihn der Anblick von Sturmtrupplern beunruhigte. Nein, sie waren schließlich alle Diener des Imperiums – wie die Frau, die von dem Sternzerstörer aus das Wort an ihn gerichtet hatte. Organische Droiden, dazu abgerichtet, auf eine bestimmte Weise zu reagieren und sich bestimmte Ziele vorzunehmen. Von alledem war Vidian vielleicht die reinste Verkörperung, der er bisher begegnet war: all ihre roboterhafte Tüchtigkeit und allgemeine Widerwärtigkeit konzentriert in einer Masse aus Metall, mit ein wenig Haut obendrauf. Die beste Art, um zu vermeiden, von ihnen schikaniert zu werden, bestand darin, einfach perfekt die Stereotypen zu erfüllen, die sie vorzufinden erwarteten.

Auf Welten wie Gorse erwartete das Imperium, Arbeiter zu finden, für die Tätigkeiten mit geringen Anforderungen und hohem Risiko attraktiv waren. Raufbolde und wilde Kerle – nur rebellisch durften sie nicht sein. Impulsiv und unüberlegt, sollten sie Bedrohungen für sich selbst und füreinander darstellen, niemals aber für das Imperium. Sie durften nicht politisch aktiv sein, ja nicht einmal ein politisches Bewusstsein haben.

Zufällig waren gerade das die Planeten, auf denen Kanan am meisten Spaß hatte. Die Rolle des Raubeins gefiel ihm. Er bereiste die Galaxis und sah sich die jeweiligen Sehenswürdigkeiten an – oder manchmal auch nur die Zimmerdecke, etwa nach einem Kampf oder einem heftigen Zechgelage. Er hatte mehr Orte besucht, als ihm in Erinnerung geblieben waren, und von Okadiah abgesehen hatte er sich nie die Namen der Leute in seiner Umgebung gemerkt. Wozu auch die Mühe, wenn man ohnehin bald wieder verschwinden würde?

Kanan schob den Wagen in Zone 42. Tief unter Cyndas Oberfläche gelegen, war das die größte bisher erschlossene Kammer. Wichtiger noch, Sensoren hatten weitere große Hohlräume hinter den Höhlenwänden gefunden: Bereiche, die fraglos voll mit abbaubarem Thorilidium waren. Wochenlang hatten verschiedene Mannschaften kontrollierte Sprengungen ausgelöst – fast übertönt von Skellys lautstarken Einwänden – und versucht, an die reichen Lagerstätten heranzukommen. In einer frisch in die Wand gegrabenen Nische arbeiteten gerade Moonglows Techniker an ihrem eigenen Versuch.

Kanan hielt seinen Wagen vor der Öffnung und hämmerte gegen die Außenwand. »Ich habe Durst. Bringen wir's hinter uns!«

Yelkin erschien aus dem Loch. Jetzt trug er eine weiße Sicherheitsweste. Als er Kanan sah, runzelte er die Stirn. »Du schon wieder.«

»Aber sicher doch.«

Gereizt musterte der Devaronianer den Wagen mit dem neu angelieferten Sprengstoff. »Wir messen gerade die Länge des Bohrlochs für die Sprengladung ab. Es sollte nur noch ein paar ...«

»Warte«, rief jemand aus dem Innern der Höhle. »Es gibt da ein Problem.«

Kanan seufzte, als Yelkin wieder hineinrannte. Er wollte gerade selbst mit dem Abladen der Kisten anfangen, da fiel sein Blick in die Höhlennische. Neben Yelkin sah er einen anderen Techniker einen langen Stock in das Loch schieben, das sie für die Sprengladung ins Gestein gebohrt hatten. Zumindest versuchte es der Mann. »Da ist bereits was drin!«

Kanans Augen weiteten sich, und zum ersten Mal blickte er auf den Boden vor dem kurzen Tunnelgang. Da war etwas, was er heute schon einmal gesehen hatte: klein und braun, in der Nähe abgestellt.

Skellys Werkzeugkoffer.

Kanan brüllte durch die Öffnung: *»Raus da! Sofort raus da!«*

Er brauchte kein drittes Mal zu brüllen. Die Techniker waren bereits in Aktion.

»Irgendwer hat da bereits etwas verdrahtet«, rief Yelkin panisch. »Mit einer Zeitschaltung! Dreißig Sekunden …«

Keine Zeit zum Entschärfen! »Vergiss es!«, schrie Kanan. »Nichts wie weg!«

Die Sprengtechniker von Moonglow waren mit einer tragbaren Sirene ausgestattet, wenn sie sich in der Sprengzone befanden; sie lag direkt vor Kanans Füßen. Er schaltete sie ein. Überall in Zone 42 rannten Arbeiter auf die Ausgangstunnel im Westen zu.

Vor ihm stolperte Yelkin auf dem unebenen Untergrund und stürzte zu Boden. Kanan, der Hals über Kopf losgerannt war, drosselte sein Tempo, als er sich nun dem Grubenarbeiter näherte – der einzigen anderen lebenden Seele, die noch in der riesigen Kristallhalle verblieben war. Aber Yelkin bat nicht um Hilfe. Stattdessen zeigte er auf etwas, was Kanan ganz vergessen hatte.

»Kanan! Dein Wagen!«

Kanan schaute zurück zu dem Schwebewagen, der mit Baradiumbisulfat vollgeladen war – hundertmal mehr Sprengstoff, als Skelly in seinem Werkzeugkoffer dabeigehabt haben konnte –, und er erinnerte sich an den alten Spruch der Sprengleute: *Das Nebensächliche macht den meisten Schaden.* Sein Wagen konnte die Hälfte des Höhlensystems zum Einsturz bringen.

Kanan sprang zurück zu der Öffnung und schnappte sich den Schwebewagen. Er drehte sich damit um, rannte los und schob den Wagen, so schnell er nur konnte, über die weite offene Fläche hinweg.

Er sah, dass Yelkin immer noch am Boden lag – er hatte sich den Knöchel verstaucht. Kanan lenkte den Wagen zu ihm hin. Seine Stimme hallte durch den Raum: »Yelkin! Halt dich fest!«

Danach war es nicht mehr ganz so leicht, etwas zu sehen oder zu hören.

Als Erstes kam das Licht der Explosion. Es flutete aus dem Sprengtunnel in den großen Abbaustollen hinein und wurde blendend hell von den Kristalltürmen über und zu beiden Seiten von Kanan reflektiert. Als Nächstes folgte das gedämpfte Donnern. Kanan hatte mit seinem Schwebewagen gerade Yelkin erreicht, als ihn die Druckwelle traf. Die Repulsoren des Wagens funktionierten noch; seine vordere Stoßleiste traf Yelkin in den Bauch – und jetzt wurden sie beide zusammen mit dem Schwebewagen vorwärtskatapultiert; Kanan klammerte sich an den Griff, als gelte es sein Leben.

Ein markerschütterndes Knistern und Knacken hallte in der großen Halle wider. Kanan, der wie Yelkin vom Wagen mitgerissen wurde, als wäre er ein Passagier, wusste, was jetzt kam. Wie Eiszapfen an einem Sommertag stürzten überall im Raum meterlange Stalaktiten in die Tiefe. Zuerst die spitzen Kristalldolche – und dann der Fels über ihnen. Alles fiel in die Tiefe und begrub den offenen Raum unter sich.

Als Kanan den ersten großen Kristallsplitter in der Nähe aufschlagen sah, stemmte er zum ersten Mal seit langen Sekunden seine Fersen auf den Boden. Ohne nachzudenken, sprang er.

Sprang, wie er seit fast zehn Jahren nicht mehr gesprungen war, und weiter, als es irgendein Sterblicher normalerweise konnte. Sprang auf die mit tödlichem Sprengstoff gefüllten Kisten auf dem schwankenden Wagen. Sprang so weit, dass er die Schulter des Devaronianers packen konnte, der von alledem nichts mitbekam.

Der Westausgang, durch den sich die anderen Minenarbeiter in Sicherheit gebracht hatten, befand sich nun direkt vor ihnen. Mit einer einzigen Bewegung zog Kanan den Pechvogel Yelkin vollends auf den Schwebewagen, dann sprang er links vom Wagen zu Boden. Er lenkte das in der Luft schwebende Gefährt wie jemand, der durch Wasser watet und dabei ein Floss vor sich herschiebt, und beförderte es mit einem gewaltigen Stoß Richtung Ausgangstunnel. Während er zu folgen versuchte, stolperte er, nur einen Schritt von der Sicherheit entfernt. Noch im Fallen drehte er sich mit dem Gesicht nach oben, dann schlug er auf dem Boden auf. Er blickte auf die heranbrausende Masse …

… und stoppte sie mit Geisteskraft.

Es war ein seltsames Gefühl, als würde man ein lange nicht mehr getragenes Kleidungsstück anziehen. Wie auch der Sprung eben war es etwas, was er nie mehr zu tun geschworen hatte. Jedenfalls nicht vor den Augen von irgendjemandem sonst, so viel stand fest.

Doch jetzt hatte er es getan. Alles Licht war erloschen, aber trotz des apokalyptischen Getöses überall um ihn herum konnte er spüren, wie die schwarze Trümmermasse einen Meter von seinem Kopf entfernt im Raum bebte. Instinktiv grub Kanan die Fersen fest in den Tunnelboden und zwang sich rückwärts. Sein Hemd schleifte über den Untergrund, bis er sich mit voller Körperlänge im sicheren westlichen Tunnel mit seinen verstärkten Wänden befand.

Und dann ließ er los. Ließ innerlich, mit Gedankenkraft, los und hörte zu, wie der in seine Schranken gewiesene Berg nun endlich auch den Raum fand, in den Kanan soeben gestürzt war.

Vidian befand sich auf einer der oberen Bergwerksebenen und richtete gerade das Wort an den Droidenmeister und seine drei verängstigten Gehilfen, als der Boden einstürzte.

Alles wurde dunkel, als Vidian, die Zuhörer seiner kleinen Audienz und alle Gegenstände im Raum in die Tiefe stürzten. Der Sturz war nur kurz. Auf dem härteren Untergrund unten wurde das zertrümmert, was einmal das darunter befindliche Stockwerk gewesen war. Ein gewaltiger Stoß erschütterte Vidian.

Bis zu den Hüften von Felsbrocken umgeben, brauchte er einen Moment, um die Orientierung wiederzufinden. Seine Augen wechselten in den Nachtsichtmodus, und er sah, dass sich unter dem Büro des Droidenmeisters eine Senkgrube aufgetan hatte, während – mehrere Meter über ihm – die Wände des Raums sowie der Gang davor unversehrt geblieben waren.

Vidian achtete nicht auf die Schmerzensschreie der anderen, die neben ihm im Schutt zappelten, sondern benutzte seine kybernetischen Arme, um sich aus dem Schutt zu graben. Dann kletterte er zu der Öffnung über sich hinauf.

»Wir sitzen hier unten in der Falle«, rief eine Stimme hinter ihm. »Helft uns!«

»Irgendjemand wird schon kommen und euch rausholen, bevor ihr verhungert seid«, erwiderte Vidian und griff nach der Türschwelle.

»Aber vielleicht gibt es Nachbeben …«

»Nachbeben? Unmöglich. Die Kristallsäulen dieses Mondes sollen solche Beben verhindern, wie es heißt«, gab Vidian zurück. Der Vorfall konnte kein natürliches Ereignis gewesen sein. Während er sich hinaufzog und in den unversehrten Flur kletterte, begann er zu argwöhnen, was hier geschehen war.

Sein Ärger erwachte von Neuem.

In der Dunkelheit spürte Hera, wie die Welt um sie herum rumorte. Sie hatte Vidian durch den Boden stürzen und in der Tiefe verschwinden sehen; sie hatte einige Sekunden gewartet und gehofft, dass er für immer fort war.

Pech gehabt, dachte sie, als sie seine Stimme aus dem Hohlraum über ihr hörte. Der Mond hatte ihn nur mal kurz gekostet und dann wieder ausgespuckt.

Sie hörte Stimmen auf den Gängen um sie herum und sah tragbare Lampen in alle möglichen Richtungen leuchten. Jetzt war hier viel zu viel los – jemand hatte mitten ins Insektennest gestochen. Sie musste die Dunkelheit ausnutzen, solange sie konnte.

Genug ausgekundschaftet, dachte die Twi'lek. Sie wandte sich von dem Raum mit Vidian darin ab und rannte den Gang hinauf.

Kanan zwang sich Stück für Stück weiter rückwärts, während hinter ihm Trümmer und Geröll herabstürzten. Schließlich, nach einer Zeit, die ihm wie eine Ewigkeit vorgekommen war, wurde es still.

Und dann tauchten die Grubenlampen auf.

Okadiah erschien an seiner Seite und kniete sich neben ihn. »Junge? Bist du in Ordnung?«

Kanan hustete etwas Staub und nickte. Er blinzelte, um die Staubpartikel aus seinen Augen zu bekommen. Dann sah er verschwommen seinen Schwebewagen vor sich, die Sprengstoffkisten, gut befestigt, noch immer obenauf. Und darüber lag Yelkin mit dem Gesicht nach unten und rang keuchend nach Luft.

»Was ist passiert?«, fragte Okadiah.

»Ich konnte nichts sehen«, antwortete Yelkin. Er blickte

zum Gang zurück, der nun durch Trümmerteile blockiert war. »Wahrscheinlich sind wir irgendwo abgeprallt und dann in den Tunnel geschlittert! Ich war mir sicher, dass es jetzt mit uns aus sein würde.«

»Eine Wahrscheinlichkeit von eins zu einer Million«, stellte Okadiah fest und kratzte sich am Kinn. Er blickte Kanan an. »Mein Junge, du bist wirklich ein wahrer Glückspilz.«

Kanan wusste, dass er alles andere als das war. Denn Kanan Jarrus war Caleb Dume, der Jedi, den es nie gegeben hatte.

Und noch etwas wusste er: dass es jetzt an der Zeit war zu gehen.

9. Kapitel

Die Macht war ein geheimnisvolles Energiefeld, das dem Leben selbst entsprang; so viel wusste jeder Jedi-Schüler. Sie verlieh Schutz, Überzeugungskraft, Weisheit – sie befähigte selbst zur Herrschaft über die Materie und konnte einen Jedi gewaltige körperliche Leistungen vollbringen lassen. All diese Dinge lehrten die Jedi ihre jungen Schüler.

Aber sie brachten ihnen nicht bei, wie man die Macht verschwinden ließ, wenn sie unerwünscht war. Und nichts anderes hatte Caleb – hatte *Kanan* – seit Jahren von der Macht erstrebt. Und nun war das verwünschte Ding auf Cynda einfach wieder aufgetaucht. Es hatte ihm die Haut gerettet, klar – aber wenn irgendjemand es mitbekommen hätte, wäre Kanans Leben keinen alten Credit der Konföderation mehr wert gewesen.

Er hatte einen Mond im Chaos hinterlassen. Die Decke von Zone 42 war eingestürzt und hatte Erschütterungen verursacht, durch die sich in einigen der höheren Stockwerke gefährliche Risse gebildet hatten. Glücklicherweise war in keinem der Förderstollen eine Öffnung zum Weltall hin entstanden. Sie befanden sich sämtlich zu tief unter Cyndas Oberfläche. Es war ein Wunder, dass niemand getötet worden war.

Kanan wusste nicht, ob sich Graf Vidian immer noch dort unten befand, und genauso wenig, ob das Imperium wohl Skelly im Verdacht hatte, die Sprengladungen angebracht zu haben, die zu dem Einsturz geführt hatten. Zumindest von Letzterem war aber auszugehen. Es war eben der Thorilidiumabbau in Zone 42 gewesen, vor dem Skelly gewarnt hatte; vielleicht hatte er entschieden, die Decke lieber selbst einstürzen zu lassen, bevor es plötzlich und unbeabsichtigt passierte. Cynda war von Tunneln durchzogen, aber die Imperialen waren zahlreich. Sie würden Skelly irgendwann finden, und er würde sein Fett abbekommen.

Kanan hatte Okadiah und seine Mannschaft unten zurückgelassen und einen der hinteren Nebentunnel genommen, um sich davonzumachen. Dann war er mit einem der gerade wenig benutzten Aufzüge zur *Expedient* hinaufgefahren und gestartet, bevor der Sicherheitsdienst auch nur das Geringste davon bemerkt hatte. Er hörte über den Sendeempfänger, dass bis auf Weiteres ein allgemeines Startverbot galt. Er bezweifelte jedoch, dass das für ihn ein Problem darstellte. Die Techniker von Moonglow unten würden bezeugen können, dass er sie gewarnt hatte; und zumindest würde niemand Kanan verdächtigen, den Sprengsatz angebracht zu haben. Er beförderte einfach sein Schiff sicher zu seiner Basis auf Gorse zurück, wie es sein Arbeitsauftrag vorsah.

Und das war's dann. Er würde nie wieder einen Fuß auf den Mond setzen. Und morgen würde er sich eine Gelegenheit suchen, von Gorse wegzukommen. Es war an der Zeit weiterzuziehen.

Er war in Bewegung seit jenem dunklen Tag vor etlichen Jahren. Dem dunkelsten aller Tage. Dem Tag, an dem das Leben, so wie er es bis dahin gekannt hatte, ein Ende gefunden hatte und zerfallen, zersprengt worden war, von etwas, was er damals nicht verstanden hatte. Er verstand immer noch nicht sehr viel mehr. Vierzehn Jahre alt war er damals gewesen und hatte sich sein Leben lang in allem und jedem auf den Jedi-Orden verlassen: Nahrung, ein Dach überm Kopf, Ausbildung und Sicherheit, für alles hatte der Orden gesorgt. Vielleicht nicht für Liebe, aber doch zumindest für stabile Lebensverhältnisse, Gelassenheit und einen Lebenssinn.

Und dann hatten sich urplötzlich die Republik und ihre Klonsoldaten gegen die Jedi gewandt. Depa Billaba hatte gekämpft, um ihn zu beschützen – und er hatte gekämpft, um sie zu beschützen. Sie war gestorben, er geflohen. Sie war gestorben, *damit* er fliehen konnte, aber wozu? Was hatte sie sich für ihn erhofft?

Der junge Caleb hatte es nicht gewusst. Er hatte nur gewusst, dass ihr die Macht am Ende nicht geholfen hatte. Und auch keinem der anderen Jedi, von denen er je etwas gehört hatte.

Die Macht ist nicht dein Freund, hatte er sich gesagt. Das war einer der Gründe, warum er sich weigerte, sich ihrer zu bedienen, und sei es auch nur, um sein Leben ein wenig leichter zu machen. Er hatte sich außerdem geweigert, mit seinem Lichtschwert zu kämpfen. Er besaß es immer noch: abgesehen von der launischen, wählerischen Macht war es seine letzte Verbindung zur Vergangenheit. Aber wozu waren Lichtschwerter schon nütze? Und wozu die Macht, wenn sie zuließ, dass ihre treuesten Anhänger durch den allerschlimmsten Verrat niedergemetzelt wurden?

»Ein Jedi nutzt die Macht, um sich von ihr leiten zu lassen«, hatte sein erster Lehrmeister gesagt. *Ja, mitten in eine verdammte Mauer hinein!*

Das Problem war, dass man die Macht nicht einfach ausschalten konnte, als gäbe es einen Schalter dafür. Viele der Vorzüge, die sie gewährte, waren zunächst fast unmerklich. Sie verstärkten gewisse Eigenschaften, ohne dass er sich bewusst anstrengen musste. Aber kein Willensakt konnte ihrem Wirken ein Ende setzen; keine Schwäche des Glaubens sie ganz verschwinden lassen. Kanan würde immer in einigen Dingen besser sein als andere. Und das war das Problem seines Lebens gewesen. Er wurde immer noch von einem inneren Antrieb befeuert, Arbeiten anzunehmen, die ihn interessierten, und darin Herausragendes zu leisten. Das war einfach seine Art.

Aber in seinen Tätigkeiten durch allzu große Leistungen zu glänzen – oder über einen zu langen Zeitraum hinweg – barg das Risiko, Aufmerksamkeit auf sich zu ziehen. Und ihm war beigebracht worden, das möglichst zu vermeiden.

Obi-Wan hatte das Leuchtsignal benutzt, um die Jedi zu veranlassen, sich zu verstecken. Kanan hatte nicht lange gebraucht, um den Grund dafür zu begreifen. Nachdem die Jedi-Generäle von ihren eigenen Klonsoldaten niedergemetzelt worden waren, hatte das Imperium noch über Tage und Wochen hinweg weiter Jagd auf Jedi gemacht, um sie zu töten. Es ging nicht nur darum, sich körperlich vor dem Imperium zu verstecken, sondern auch die Tatsache zu verbergen, dass man eine Verbindung zur Macht hatte.

Die Macht war ein todbringendes Mal.

Die ersten Monate waren für den jungen Caleb ein einziges verschwommenes Durcheinander der Angst gewesen. Er hatte ständig mit dem Albtraum des ihm drohenden Unheils gelebt. Das Imperium hatte nun die Kontrolle über das Jedi-Hauptquartier. Das schloss ohne Zweifel die Datenbank mit allen Informationen ein, die die Jedi über Caleb Dume gespeichert hatten. Sicher kannten sie seinen Namen, und wahrscheinlich hatten sie auch Bilder von ihm, die die Sicherheitskameras im Trainingszentrum aufgenommen hatten. Worüber verfügten sie sonst noch? Er hatte sich viele Male das Gehirn zermartert und versucht, sich daran zu erinnern, ob und wie viele biometrische Informationen die Jedi im Laufe der Jahre von ihm gesammelt hatten. Besaßen sie ein Klangbild von seiner Stimme? Genmaterial? Die Vorstellung, dass das Imperium womöglich mehr über seine Familiengeschichte wusste als er selbst, verunsicherte Kanan.

Was immer mit den anderen Jedi-Rittern und ihren Padawanen geschehen war, er musste jedenfalls davon ausgehen, dass der Imperator gründlich zu Werke gegangen war. Bestimmt hatten seine Leute entweder eine Liste der Ordensmitglieder gefunden oder selbst eine erstellt. Dann hatten sie jeden durchgestrichen, der gefallen war. Und so wussten sie, dass Caleb Dume nicht ebenfalls gefallen war, als Depa Billaba starb.

Also hatte Caleb erst einmal alles richtig gemacht. Wenn er Arbeiten annahm, um sein Leben fristen zu können, stellte er sicher, dass seine Leistungen die erwartete Norm nicht allzu sehr übertrafen. Seine angelieferten Sprengladungen persönlich auf Cynda zu verteilen war eine Art Überbleibsel dieser Strategie; das sorgte dafür, dass die Zahl seiner Flüge pro Tag eine Anzahl nicht überschritt, die zwar durchaus außergewöhnlich, aber doch nicht verdächtig war. Er widerstand der Versuchung, Freundschaften zu schließen oder langfristige Liebesbeziehungen einzugehen, und er hatte seine Impulse ritterlichen Edelmuts stets nach Möglichkeit unterdrückt. All das hatte er damals als Jugendlicher aus Angst davor unternommen, mitten in der Nacht Besuch von den Sturmtrupplern zu erhalten.

Aber dann waren Wochen zu Monaten und Monate zu Jahren geworden, und niemand war gekommen – weder in sein Haus noch an seine Pritsche, in sein Zelt oder zu seinem Fleckchen Boden an Bord irgendeines Raumschiffs –, um ihn zu wecken und ihn zu holen. Und der junge Mann, der jetzt als Kanan Jarrus bekannt war, entdeckte, dass sich mit Feiern und Zecherei all seine Sorgen gründlich vertreiben ließen.

Also hatte er fortan noch eine Schippe draufgelegt. Er hatte getrunken, um zu vergessen. Er hatte sich geprügelt, um Dampf abzulassen. Er hatte gefährliche Arbeiten angenommen, um seinen Lebensstil zu finanzieren – und dann ging das Zechen und Feiern weiter. Er war kein umherziehender Ritter, der sich ungesehen von Planet zu Planet schlich, gute Taten vollbrachte und wieder verschwand, wenn die Sache zu brenzlig wurde. Nein, er ging fort, wenn es *langweilig* wurde. Wenn ihm das Geld fürs Trinken ausging oder wenn die Tochter des Barbesitzers ihn plötzlich heiraten wollte. Kanan verschwand nicht etwa deshalb, weil sich das Imperium um ihn herum breitmachte: Er hatte schon zuvor Imperialen wie Vidian die Stirn geboten und es überlebt. Nein, er ging fort, weil dort, wo das Imperium auftauchte, normalerweise bald Schluss mit lustig war.

Und er ging außerdem, wann immer er sich irgendwo allzu wohl zu fühlen begann. Das war dann die Zeit, wo die Macht, der ständigen Unterdrückung überdrüssig, zu ihm zurückgeschlichen kam wie ein vernachlässigtes Schoßtier. Er wollte nicht, dass sie seine Welt verkomplizierte und ihm das Gefühl gab, wieder von irgendjemandem gejagt zu werden. Und es gefiel ihm nicht, daran erinnert zu werden, was in jenem anderen Leben geschehen war.

Während Kanan nun Kurs auf Gorse nahm und durch sein Cockpitfenster sah, wie die *Ultimatum* vor ihm größer und größer aufragte, dachte er zum x-ten Mal über den Textteil der damaligen Nachricht von Obi-Wan nach. *Streitkräfte der Republik wurden gegen die Jedi gewandt.*

Da war etwas Seltsames an dieser Formulierung: *wurden gewandt.* Es legte den Verdacht nahe, dass die Truppen selbst sich vielleicht nicht gegen die Jedi gewandt hatten, trotz der gegenteiligen Behauptungen des Imperators.

Das mochte Jahre zuvor eine Rolle gespielt haben, aber jetzt tat es wohl kaum mehr etwas zur Sache.

Er hatte sich immer darüber geärgert, wie knapp Obi-Wans Botschaft gewesen war. Sicher hatte er kaum Zeit gehabt. Und vielleicht hatte er auch noch gar nicht viel gewusst, als er die Warnung gesendet hatte. Aber warum hatte er dann keine weitere Nachricht nachfolgen lassen? Wenn er keinen Zugang zu dem Lichtsignal auf Coruscant mehr gehabt hatte, hätte er da später nicht einen anderen Weg finden müssen, um eine Nachricht zu verbreiten?

Kanan kannte die Antwort. *Weil es wahrscheinlich keine Jedi mehr gab, mit denen man sich hätte in Verbindung setzen können. Und weil vermutlich auch Kenobi selbst tot war.*

Früher einmal waren das quälende Gedanken gewesen; jetzt lösten sie bei ihm nur ein müdes Gähnen aus. Er konnte sich nicht vorstellen, dass Obi-Wan aus freien Stücken irgendwo auf einer fernen Welt herumhockte und darauf wartete, dass Gras über die Sache gewachsen war. Wenn er noch lebte, dann hätte er eine Mission zu erfüllen – eine wichtige Mission. Er würde wollen, dass alle davon erfuhren. Nein, würde Kenobi noch leben, dann hätte Kanan davon gehört.

Aber Kanan wusste, dass es ihn nicht scheren würde, selbst wenn der Jedi-Meister plötzlich auf dem Sitz direkt neben ihm auftauchte. Caleb Dume war noch kein Jedi-Ritter gewesen, und Kanan Jarrus war erst recht keiner. Nichts von alledem betraf ihn, brauchte ihn überhaupt je zu betreffen. Man hatte ihm sein Blatt gegeben, und er würde es spielen. Spielen, solange er konnte, und solche verrückten dummen Aktionen wie soeben unten auf Cynda vermeiden.

Hier würde er jedenfalls nicht mehr weiterspielen.

Er würde mit der *Expedient* zur Moonglow-Basis zurückkehren – wer ausgerechnet dieses Schiff klauen wollte, müsste schon ein ganz schön dummer Raumschiffdieb sein. Dann würde er sich seinen ausstehenden Lohn auszahlen lassen, seine wenigen Habseligkeiten zusammenpacken, noch bevor Okadiah nach Hause kam, und sich auf den Weg machen. Zwar befand sich der Sternzerstörer, wie er sich mit eigenen Augen vergewissern konnte, immer noch im Orbit, aber noch immer durften Handelsflüge Gorse verlassen. Er würde sich einfach für die eine oder andere Richtung entscheiden, und dann war er auf und ...

Kanan warf einen zweiten Blick auf den Sternzerstörer, der jetzt rechts vor ihm lag. Von der Unterseite der *Ultimatum* her tauchten zwei Staffeln von TIE-Jäger auf, die aus je vier Maschinen bestanden, und sie flogen in seine Richtung.

Schlagartig hellwach, beugte sich Kanan vor und griff nach dem Steuerhorn. Welche Richtung? Sie flogen direkt auf die *Expedient* zu. Sein Schiff verfügte über eine kleine Steinschleuder von Geschütz, mehr nicht – und es war seit heute Morgen nicht mehr neu aufgetankt worden, was nun vier Mondflüge zurücklag. Kanan schaltete im Kommunikationssystem von Kanal zu Kanal und suchte nach Captain Sloanes Stimme. Nach irgendjemandem oder irgendetwas, das ihm verriet, ob er jetzt besser kämpfen oder weiterfliegen sollte.

Die Stimme, die er dann tatsächlich hörte, kam von der

Rückbank – aber es war nicht Obi-Wan Kenobis Stimme und nicht einmal die des freundlichen alten Okadiah. »Sie sind nicht hinter dir her«, sagte die Stimme. »Sie suchen nach mir.«

Kanan fuhr herum.

Skelly!

10. Kapitel

»Du!« Kanan packte Skelly am Kragen, stieß ihn nach vorn und ließ ihn kopfüber gegen das Armaturenbrett der *Expedient* krachen. Kanans erster Impuls hatte darin bestanden, mit dem blinden Passagier fertigzuwerden, doch die Imperialen waren immer noch dort draußen, steuerten immer noch auf ihn zu.

»Schau nur!«, sagte Skelly. Er rang nach Luft und ruderte mit den Armen.

Kanan folgte dem Blick des mit dem Kopf nach unten in der Luft hängenden Mannes und sah hinter den TIE-Staffeln einen Shuttle der Lambda-Klasse die *Ultimatum* verlassen. Noch während sich seine trapezförmigen Flügel zur Flugposition entfalteten, folgte ein weiterer. Und dann noch einer – bis fünf Shuttles auf Kanan zugeflogen kamen. Zwei TIE-Jäger von jeder Gruppe verließen die Formation und flankierten nun die Shuttles, während die anderen vorausflogen und sicherstellten, dass der Flugkorridor frei war. Kanan sah ungläubig zu, wie die Schiffe auf ihrem Weg nach Cynda über seinen Kopf hinwegjagten.

»Ich hab dir ja gesagt, dass sie alle nach mir suchen«, bemerkte Skelly. »Nicht nach dir.«

»Herzlichen Glückwunsch«, erwiderte Kanan trocken. Er gestattete Skelly nicht, sich aufzurichten. »Dank dir sind jetzt gleich ungefähr hundert Sturmtruppler mehr auf Cynda. Ich hätte gute Lust, dich wieder zu ihnen zurückzuschicken!«

Skelly riss sich los – und Kanan versetzte ihm einen harten Schlag. Blut spritzte aus Skellys Nase. »Du Mistkerl! Was soll das?«, brüllte er.

»Du hast Zone 42 in die Luft gesprengt. Du hast versucht, uns umzubringen.«

»Nein, das habe ich nicht«, widersprach Skelly und befreite sich ein zweites Mal aus Kanans Griff.

»Du lügst!« Kanan packte Skellys linken Arm und drehte ihn ihm auf den Rücken. Er wandte sich um und begann, den unerwünschten Gast in Richtung Luftschleuse zu stoßen. »Sie suchen nach dir? Ich gebe dich ihnen zurück!«

»Pass auf! Nicht diesen Arm! Nicht diesen Arm!«, rief Skelly. Er streckte seine freie Hand – seine mechanische Hand – aus und packte den Griff neben der Tür zur Luftschleuse. Nach einigen Augenblicken Gezerre begriff Kanan, dass sich die Hand unlösbar festgeklammert hatte und dass Skelly nirgendwohin gehen würde.

»Na schön«, meinte Kanan. Er drehte sich um und packte sein Holster, das über der Rückenlehne seines Pilotensitzes gehangen hatte.

Skelly schaute zu ihm hinüber und grinste höhnisch. »Was, willst du mich jetzt erschießen?«

»Vielleicht.«

»Das nenne ich Dankbarkeit! *Ich habe dich gerettet!*«

Kanan hatte den Blaster schon ganz aus dem Holster gezogen, als endlich zu ihm durchdrang, was Skelly soeben gesagt hatte. »Moment. Wie bitte?«

»Ich habe dich gerettet«, wiederholte Skelly. »Dich und dein gesamtes beschissenes Firmenpack.«

»Gerettet …« Kanan verschlug es die Sprache. »Du hast einen Berg über meinem Kopf einstürzen lassen!«

Skelly verstummte.

Verärgert stand Kanan da und drehte sich dann wieder zu den Steuerarmaturen um, um die *Expedient* auf einen Kurs weit weg von jedweden anderen Konvois zu bringen. Er warf einen Blick zurück zu Skelly, der zusammengesackt an der Tür der Luftschleuse kauerte und sich die Hand massierte, die sich nun endlich vom Griff gelöst hatte.

Kanan ließ seine Pistole sinken, steckte sie aber nicht weg. Plötzlich erschöpft, warf er sich auf die Beschleunigungsliege gegenüber der Luftschleuse. »Ich brauche jetzt was zu trinken«, stellte er fest und rieb sich die Stirn. »Also, erzähl mir das noch einmal. Du hast uns gerettet, indem du uns *in die Luft gesprengt* hast?«

»Ich habe nicht versucht, euch in die Luft zu sprengen. Ich habe versucht, den Kontrolleuren des Imperiums klarzumachen, dass wir kein Baradium dazu verwenden sollten, neue Höhlenkammern zu erschließen. Cynda verkraftet das nicht.«

»Du hättest eine Menge Leute töten können«, sagte Kanan.

»Nein, nein«, widersprach Skelly. »Ihr Typen von Moonglow solltet eigentlich erst morgen in der Zone 42 arbeiten. Ich habe mir vorher den Zeitplan von Boss Lal angesehen!«

»Das war der alte Zeitplan – vor Eintreffen des Imperiums. Wir haben unser Arbeitstempo verdoppelt. Wir hatten unseren heutigen Plan bereits erledigt.«

»Ach so«, murmelte Skelly. Seine Stimme war kleinlaut geworden. »Ähm … also, *ist* denn jemand gestorben?«

»Schön, dass dir das wichtig ist«, sagte Kanan, griff nach

seinem Schulterholster und streifte es über. »Nein. Nicht dass ich wüsste.«

»Gut«, antwortete Skelly. »Ich habe nur versucht, etwas zu beweisen – und es hat funktioniert.« Er zog an seinem Kragen. »Die Bude ist eingestürzt, genau wie ich es prophezeit habe. Wenn sie Vidian gesagt haben, dass ich recht hatte, sucht er jetzt wahrscheinlich nach mir, um sich zu bedanken.« Er deutete mit der linken Hand auf das Cockpitfenster. »Deswegen all die Schiffe dort. Sie glauben, ich sei immer noch da unten. Ein Rettungsteam!«

»Aha. Was auch genau der Grund ist, warum du dich an Bord meines Schiffes versteckt hast, anstatt dortzubleiben.«

»Ich musste erst abwarten, ob das Imperium begreift, was passiert ist. Ich hatte ja keine Ahnung, dass du so schnell zurückkommen und losfliegen würdest!«

Kanan schüttelte den Kopf und steckte seinen Blaster in das Holster. Er wusste nicht, was er glauben sollte. Aber bevor er irgendetwas sagen konnte, stand Skelly auf und trat zielstrebig nach vorn, als habe er etwas ganz Bestimmtes im Sinn.

Kanan erhob sich. »Was hast du vor?«

»Was glaubst du denn? Ich kontaktiere den Sternzerstörer!«

Kanan stutzte. »Wie bitte?«

»Ich hab's dir doch gesagt, sie suchen nach mir.« Skelly streckte die Hand nach einem Schalter aus, nur um von Kanan auf den Passagiersitz gestoßen zu werden.

Kanan griff nach dem Haltegurt des Sitzes und schnallte Skelly an. Dann zog er seinen Blaster wieder heraus.

»He! Nicht schießen!«

Kanan schoss nicht. Stattdessen sicherte er die Waffe und drehte den Blaster in seiner Hand um. Mit dem Griff schlug er auf die Verschlussschnalle von Skellys Gurt, bis sie verformt war.

»Du hast sie kaputtgemacht. Ich kann nicht glauben, dass du so was getan hast.«

»Es ist nicht mein Schiff«, versetzte Kanan. Zumindest würde es nie mehr das seine sein, sobald er erst einmal gelandet war. Der Gurt würde Skelly jetzt festhalten. »Ich lasse nicht zu, dass du mit dem verfluchten Sternzerstörer Kontakt aufnimmst!«

Skelly schüttelte den Kopf. »Du kapierst es immer noch nicht.« Mit der linken Hand griff er in seine Weste und zog die Holodisc heraus, die er Kanan schon zuvor gezeigt hatte. »Ich brauche diese Informationen einfach nur Vidian vorzulegen und …«

»Vidian.« Kanan nahm wieder auf dem Pilotensitz Platz. Ihm schwirrte der Kopf. »Dieser schräge Vogel, den das Imperium geschickt hat?«

»Verfolgst du denn die Nachrichten nicht? Vidian ist der Mann des Imperiums zur Optimierung der Abläufe. Er ist wie ich – er sieht, was nicht stimmt, und er kümmert sich darum. Er lässt wahrscheinlich in ebendiesem Moment alle Arbeiten auf Cynda einstellen, um Untersuchungen durchzuführen. Ich brauche mich nur mit ihm in Verbindung zu setzen und ihm meine Fakten vorzulegen. Er wird diese Trantüten von Bergwerksdirektoren auf Trab bringen!«

Kanan schaute auf die *Ultimatum* hinaus, die im Steuerbordfenster immer kleiner und kleiner wurde – und blickte dann zurück zu Skelly. »Du glaubst das wirklich, oder? Dass das passieren wird?«

»Natürlich. Sobald sie begreifen, was ich ihnen zu zeigen habe, werden sie dich vielleicht sogar dafür belohnen, dass du mich zurückgebracht hast.«

Kanan richtete den Blick wieder auf seine Armaturen – und

schaute dann hoch. Aus der Dunkelheit von Gorses' ewiger Nachtseite sah er etwas Vertrautes in den Weltraum aufsteigen.

»Da hast du deine Antwort«, sagte er.

»Was?« Skelly wandte den Kopf. Er sah Dutzende von Schiffen: leere Frachtschiffe, Personentransporter und Sprengstofffrachter wie die *Expedient.* Alle nahmen sie Kurs auf Cynda. »Die nächste Schicht?«

Kanan lachte. »So viel also zum Skelly-Gedenkfeiertag.«

Er schaltete das Kommunikationssystem ein. Jeder imperiale Funkverkehr war verschlüsselt, aber auf dem Kanal von Moonglow war gerade Boss Lals Stimme zu hören. Minenbereiche, die von dem Einsturz betroffen waren, wurden abgesperrt, aber in allen anderen Förderstollen sollte die Arbeit weitergehen. »Das sind Graf Vidians Befehle«, sagte sie und fügte dann eine lange Liste von veränderten Landeanweisungen an.

Beim Zuhören verschlug es Skelly die Sprache – aber nur für einen kurzen Moment. »Sie haben gerade gesehen, was Sprengungen am falschen Ort anrichten können. Und trotzdem machen sie weiter?« Vor Zorn bebend spuckte er zischend sechs Wörter aus. Kanan konnte erkennen, wie sehr Skelly sie hasste. *»Der Betrieb geht weiter wie gewohnt.«*

Kanan schaltete das Kommunikationssystem aus und lehnte sich auf seinem Sitz zurück.

Skelly, der sich ja nicht bewegen konnte, starrte ihn an. »Und?«

»Und was?«

»Und was jetzt?«

»Ich fliege nach Hause«, antwortete Kanan.

»Nach Hause?«, fragte Skelly. »Wo ist zu Hause?«

»Ich bringe die *Expedient* zur Werft von Moonglow, wie immer. Ich stelle das Schiff dort ab, und dann werde ich dich dem Sicherheitschef übergeben, Lals Ehemann.« Kanan wandte seine Aufmerksamkeit wieder der Steuerung des Schiffes zu.

Skelly schüttelte den Kopf und senkte die Stimme. »Ein schöner Freund bist du!«

Kanan fuhr auf seinem Sitz hoch und drehte sich um. »Lass uns etwas klarstellen«, sagte er und deutete mit dem Finger in Skellys Richtung. »Ich bin nicht dein Freund. Ich bin nicht dein Komplize, und ich bin gewiss nicht dein Mitverschwörer. Ich habe dir bei dieser Angelegenheit nicht geholfen, und ich werde dir auch nicht helfen, da rauszukommen. Und damit fertig!«

Skelly sah Kanan einige Sekunden lang an, dann wandte er den Kopf ab. »Toll«, knurrte er. »Es ist genau wie immer. Niemand will …«

Im Fenster sah Skelly das Spiegelbild von Kanan, wie der aufstand. Er drehte den Kopf und sah Kanan nach hinten gehen. »Warte, wohin gehst du?«

»Irgendwohin, wo ich dich nicht hören kann.«

Als sie sicher wieder an Bord ihres Sternenschiffes gelangt war, schickte Hera die verschlüsselte Nachricht an ihren Kontaktmann auf Gorse. Sie war sich nun sicherer denn je, dass ein Treffen notwendig war. Dass das Imperium Arbeitsstätten in einem System ausspionierte, das strategisch wichtiges Material produzierte, war keine Überraschung. Aber es hatte auch keine Bedenken, derartige Technologien überall sonst einzusetzen, und ihr Kontakt würde ihr eine Menge über die neusten Überwachungsmöglichkeiten des Imperiums erzählen können – und darüber, wie man ihnen ein Schnippchen schlug. Sie musste das Wagnis eines Treffens eingehen, ob sie nun eine weitere Gelegenheit bekam, Vidian auszuspionieren, oder nicht.

Aber zunächst einmal verschaffte sie sich ein Bild von dem, was draußen vor sich ging. Sie spitzte die Ohren und nahm alles in sich auf. Das Imperium verschlüsselte seine Signale, aber die Bergbaugesellschaften taten das nicht, und sie erhielt nun einen deutlichen Überblick über die letzten Stunden auf Cynda.

Das imperiale Überwachungssystem hatte einen Bergarbeiter ausfindig gemacht, der als Unruhestifter oder Regimegegner eingestuft wurde. Aber dieser Sprengtechniker, Skelly, hatte seine Arbeitgeber, das Imperium sowie alle anderen überrascht, indem er sich mittels einer hochgehenden Sprengladung der Verhaftung entzogen hatte. Und nicht lange darauf hatte es in einem der Stollen die große Explosion gegeben – unplanmäßig und offensichtlich wesentlich zerstörerischer als alles, was bei normalen Sprengungen sonst der Fall war.

Das Imperium war sofort aktiv geworden und hatte über die Hälfte der Truppenshuttles des Sternzerstörers nach Cynda geschickt. Da sich keine Lazarettschiffe von Gorse aus auf den Weg gemacht hatten – die Kapazität der Klinik auf dem Mond war begrenzt –, konnte Hera annehmen, dass es keine Opfer gegeben hatte. Das bedeutete, dass die Sturmtruppler, die sich zweifellos in den Shuttles befanden, jedenfalls nicht Teil eines Rettungsmanövers waren. Sie waren vielmehr gekommen, um nach dem Attentäter zu suchen.

Aber zwischen den ersten Meldungen über die Explosion und der raschen militärischen Reaktion des Imperiums hatte sie noch etwas anderes bemerkt. Ein Sprengstofftransporter – Kennzeichen Moonglow 72 – war neben ihrem Schiff das einzige gewesen, das Cynda verlassen hatte, bevor der Befehl kam, dass alle Schiffe am Boden zu bleiben hatten. Sie hatte das Schiff eine rasche Ausweichbewegung vollführen sehen, als sich die TIE-Formationen näherten, und auch wenn das beim einfach gestrickten Lenker eines gewöhnlichen gewerblichen Dienstschiffes angesichts des plötzlichen Erscheinens der imperialen Jäger keine außergewöhnliche Reaktion sein mochte, waren die Flugbewegungen des Schiff danach doch sehr ungewöhnlich gewesen – als hätte es gar keinen Piloten. Schließlich war es auf einen Kurs nach Gorse eingeschwenkt, der einen weiten Bogen um die verkehrsreichen Korridore schlug.

Skelly, so schlussfolgerte Hera, befand sich in diesem Transporter.

Es war mehr als bloß eine vage Vermutung, aber man hätte es wohl kaum eine wissenschaftliche Schlussfolgerung nennen können. Sie wollte sich dadurch nicht von ihren eigentlichen Zielen abbringen lassen. Wie sie jetzt sah, hatte ihr Kontaktmann auf Gorse gerade den Zeitpunkt für ihr Treffen bestätigt. Das war das Wichtige.

Aber da sie jetzt ohnehin in die gleiche Richtung wie Skelly flog, entschied Hera, dass es nicht schaden könnte, mehr über seine Geschichte herauszufinden …

11. Kapitel

Kanan hatte jahrelang jeden Tag unter Stress gelebt, ohne es sich anmerken zu lassen. Das zu verbergen war in seinem Fall ein Ding der Notwendigkeit gewesen, aber es war auch eine bewusste Entscheidung. Trübsal zog Trübsal an, so sah er das nun mal. Wenn er sich wie ein Opfer verhielt, würde das alles nur noch schlimmer machen.

Gorse und Cynda boten da eine Art Fallstudie. Der Tanz der Anziehungskraft zwischen den beiden Welten bedeutete für beide eine ständige Belastung, aber Gorse machte dieser Stress mehr zu schaffen. Cynda mit seinem Innenleben aus Kristallgittern hielt die ganze Geschichte zusammen, ungeachtet irgendwelcher dummen Sabotageakte. Gorse litt unter ständigen Erdbeben, wenn ihm Cynda sehr nahe kam. Dass alle auf dem Planeten von ewiger Nacht umfangen waren, wirkte sich nicht gerade positiv auf die Gesinnung seiner Bewohner aus.

Aber selbst ein verstörter Verlierer, der nicht mehr weiß, wo ihm der Kopf steht, bekommt seine Verschnaufpausen, und Gorse bekam die seine bei jedem Vollmond. Dann hing Cynda für mehrere Standardtage hintereinander riesig und herrlich am Himmel. Die Straßenlaternen wurden gelöscht. Die Zahl der Verbrechen nahm ab, wenn auch nur geringfügig. Und das Leben auf Gorse schien plötzlich gar nicht so übel zu sein.

In einigen Tagen war es mal wieder so weit, Cynda würde als Vollmond am Himmel stehen, bemerkte Kanan, als er von der Rampe der *Expedient* auf die Rollbahn trat. Er würde nicht mehr lange genug bleiben, um das zu erleben. Als er zu der Gruppe niedriger Gebäude vor ihm hinüberschaute, sah er eine stämmige Gestalt mit vier Armen und mehreren um die Hüften geschlungenen Holstern auf sich zukommen. Es war Gord Grallik, Boss Lals Ehemann und Sicherheitschef. Gord war ein anständiger Kerl, fand Kanan: tüchtig, wenn er auch seine Gattin vielleicht ein wenig allzu abgöttisch liebte.

»Kanan! Ich habe von dem Einsturz gehört – freut mich, dass Sie in Sicherheit sind.«

»Und das bleibe ich jetzt auch«, antwortete Kanan und griff nach seiner Ausweiskarte. »Geben Sie mein Schiff jemand anderem.«

»Das kann ich Ihnen nicht verübeln«, meinte Gord. Er hob abwehrend zwei seiner Hände und wollte die Marke nicht nehmen. »Sie sollten zuerst mit Lal reden. Sie würde Sie nur ungern gehen lassen.«

»Ich werde es mir nicht anders überlegen.«

»Gehen Sie hinüber zu Cousin Drakka und essen Sie erst einmal etwas. Bis Sie fertig sind, sollte Lal hier sein.« Gord schaute zu dem Mond auf und schüttelte den Kopf. »Die Arme muss ganz schön erschöpft sein.«

Kanans Gedanken waren noch immer beim erwähnten Essen. Er musste ohnehin mit Lal sprechen, um seinen letzten Lohn zu bekommen. Dann fiel ihm noch etwas anderes ein, und er schnippte mit den Fingern. »Ach ja, und ich habe Ihnen ein Abschiedsgeschenk mitgebracht.«

Gord folgte Kanan die Rampe hinauf in das Schiff. Dort saß vorn auf dem Passagiersitz Skelly, immer noch an den Sitz gefesselt. In seinem Mund steckte ein Lappen, und in seinen Augen brannte der Hass.

»Mmmph! Mrrppph!«

»Was zum …« Gord schlug sich mit der Hand vor den Mund.

»Da haben Sie Ihren verrückten Bombenleger«, sagte Kanan. »Verzichte aufs Kopfgeld.«

Gord lachte herzhaft. Alle bei Moonglow wussten über Skelly Bescheid. Der Sicherheitschef untersuchte die deformierte Sicherheitsschnalle. »Ich werde ihn da rausschneiden müssen.«

»Ich schlage vor, dass Sie den ganzen Sitz rausnehmen und ihn mit«, meinte Kanan und klopfte Gord auf die Schulter, während er sich zum Gehen wandte. »Und passen Sie auf, dass ihm nicht der Lumpen aus dem Mund rutscht. Dann fängt er nämlich sofort wieder an zu plappern.«

Graf Vidian saß allein im Truppenraum der *Cudgel,* als sie von Cynda abhob. Die frisch eingetroffenen Shuttles waren hinter ihm gelandet, und es hatte keinen Sinn mehr, länger auf dem Mond zu bleiben. Die Sturmtruppler, seine eigene Eskorte eingeschlossen, waren zurückgeblieben, um Ermittlungen anzustellen.

Was immer unten in Zone 42 geschehen war, es hatte zur Folge gehabt, dass in mehreren Bereichen nicht mehr gearbeitet werden konnte. Falls es sich um einen vorsätzlichen Akt der Sabotage gehandelt hatte, würden Vidians Truppen es herausfinden. Und falls der Verantwortliche überlebt hatte, würde er das ebenfalls herausfinden. Entweder würden die Sturmtruppler den Schuldigen auf Cynda ausfindig machen, oder Transcept würde ihn auf Gorse aufspüren. Eine dritte Möglichkeit gab es nicht. Dem Imperium konnte man sich nicht widersetzen.

Nein – man *sollte* sich ihm auch nicht widersetzen. Das Imperium war der einzige Weg.

Das Imperium war, so wusste Vidian, das logische Ergebnis von tausend Jahren galaktischer Regierung. Jahrhundertelang hatte sich die Republik nicht durch Gewalt ausgedehnt, sondern indem sie im Stillen einen kraftvollen magnetischen Sog auf benachbarte Systeme ausgeübt hatte. Die Aussicht, mit den Kernwelten Handel zu treiben, war von großer Bedeutung und lockte Welten, die keine Mitglieder waren, unaufhaltsam in eine immer engere Kooperation hinein.

Aber die Republik hatte oft zu lange gebraucht, um neue Systeme einzuladen. Das hatte verschiedene Gründe. Durch die Aufnahme neuer Territorien wurde die politische Macht der bisherigen Senatoren eher verringert. Neue Mitglieder orientierten sich unweigerlich an den Blöcken ihrer eigenen galaktischen Nachbarschaft, doch die meisten Senatoren, die für die Beitrittsangebote zuständig waren, waren Repräsentanten von Welten in der Nähe des Kerns. Und es gab auch noch andere Interessensgruppen, die die Expansion verlangsamt hatten. Den Bürokraten der Republik waren die Kosten ein Dorn im Auge, die aufzuwenden waren, um die Dienste und den Schutz der Republik auf abgelegene Gebiete auszuweiten. Mit dem Ergebnis, dass man etliche nützliche Sternensysteme sozusagen an der politischen Türschwelle der Republik warten ließ, manche über Jahrhunderte hinweg, obwohl dies auf Kosten der Macht des Gesamtstaates ging.

Nach Vidians Meinung war mit Imperator Palpatine endlich Vernunft in die Wachstumspolitik der Republik eingekehrt. Indem er als Kanzler den Abtrünnigen die Stirn geboten hatte, hatte er signalisiert, dass die Republik kein Geselligkeitsverein mehr war, den man nach Belieben verlassen konnte. Dieser Schritt hatte Vidians Aufmerksamkeit erregt und ihn Palpatine finanziell unterstützen lassen. Jetzt, als Imperator, hatte Palpatine in Sachen Expansion großen Eifer gezeigt – nein, eine wahre *Hingabe.* Die Kernwelten waren immer das Herz der Republik gewesen, das seine Nahrung aus der Peripherie bezogen hatte. Der Imperator hatte dieses biologische Modell zur Grundlage genommen, es verfeinert und verbessert. Das Imperium wuchs nun kräftig, ohne dass das Fett der Bürokratie weiterhin seine Arterien und Venen verstopfte. Es wurde von einem einzigen Gehirn geleitet, nicht von einer Ansammlung von Köpfen mit widersprüchlichen Vorstellungen.

Der Imperator hatte alles richtig gemacht – bisher. Und den Grafen dazu auszuwählen, seine Interessen zu vertreten, war seine bislang beste Entscheidung gewesen. Ohne Frage könnte niemand sonst effektiver darin sein, die Ziele des Imperators zu unterstützen. Vidian war der perfekte Mann des Imperiums. Er sah, ohne zu fühlen, formte neu, was er vorfand, und ging zum Nächsten über.

Es gab nur ein einziges Ritual, an dem er festhielt – und selbst das war rein praktischer Natur. Während er im schwachen Licht dasaß und nur die üblichen Pfeiftöne aus dem Cockpit und das Sirren aus dem Bauch des Lambda-Shuttles hörte, befahl Vidian seiner Lunge, tief auszuatmen. Seine Augenprothesen besaßen keine Lider – die wären auch nicht notwendig gewesen –, also stellte er sie nun so ein, dass sie rein gar nichts mehr anzeigten. Was Vidian tat, verlangte nach so wenig Ablenkung wie möglich.

Vidians geistiges Vermögen war sein mächtigster Aktivposten, und doch hatte er jeden Tag mit dessen Grenzen zu kämpfen. Seine künstlichen Augäpfel zeichneten die Bilder seines ganzen wachen Lebens auf, aber seine Speicherkapazitäten waren begrenzt: Die Daten mussten bei jedem Schlafzyklus bereinigt werden. Wo Vidian einst in Bildern geträumt hatte, verlor er sie jetzt, wenn er schlief.

Es existierten inzwischen auch noch invasivere kybernetische Technologien, die Vidian eine beinahe totale Erinnerungsfähigkeit verliehen und ihm erlaubt hätten, alle Informationen zu verarbeiten, die ihm zur Verfügung standen. Aber er hatte sich gegen entsprechende Verbesserungen entschieden, weil er Angst hatte, damit jene spezielle Hirnchemie zu beeinträchtigen, der er seine außerordentliche Genialität verdankte. Eine irrationale Angst vielleicht – aber auch wenn er niemals an die geheimnisvolle »Macht« der Jedi geglaubt hatte, musste er gleichwohl einräumen, dass es, wo der menschliche Geist betroffen war, womöglich doch das eine oder andere gab, was der Logik zu trotzten vermochte.

Also setzte sich Vidian jeden Abend so wie jetzt hin, ging die Ereignisse des Tages noch einmal durch und entschied, welche Bilder er dauerhaft speichern wollte. Frachtschiffe auf dem Weg nach Cynda, ja. Die Hinterköpfe anderer Leute auf ungezählten Fluren, nein.

Er speicherte auch die Bilder vom Tod des Gildemeisters nicht ab. Er wusste, dass das Ableben des Mannes keine Konsequenzen haben würde, und er verspürte keine ungebührliche Freude angesichts von Gewalt, außer der Befriedigung, die er immer empfand, wenn er ein erfolgloses Unternehmen auf die rechte Bahn beförderte. Er speicherte das Bild des alten Mannes, den er zur Rede gestellt hatte, um ihn an die Einhaltung der neuen Altersbeschränkungen zu erinnern, aber das

Gesicht des lächerlichen Revolverhelden löschte er. Der Retter des alten Mannes war wahrscheinlich nur wieder einer dieser Aufschneider, zu mutig, um auch nur einen Funken Verstand zu haben. Auch hier also nichts Besonderes.

Aber ein Wort, das jener Mann gesagt hatte: *Moonglow.* Das ließ Vidian stutzen.

Der Name Moonglow Polychemical war ihm zum ersten Mal unter die Augen gekommen, als er seine Vorabrecherchen über Gorse angestellt hatte. Er hatte ihm kaum Beachtung geschenkt. Es war eine kleine Firma, wahrscheinlich eine Neugründung – oder vielleicht Teil eines aufgelösten Konglomerats, der jetzt von den ehemaligen Angestellten geleitet wurde. *Diese Masche funktioniert doch nie*, dachte er. Warum bestanden die Leute immer darauf zu versuchen, die Toten wiederzubeleben?

Doch als er über das HoloNetz die Daten der Firma aufrief, überraschten ihn deren Zahlen. Der Schwachkopf mit dem Blaster hatte recht gehabt, was die Leistungskraft des Unternehmens betraf. Dessen Produktionsziele waren im Vergleich zu anderen Firmen niedriger, aber Moonglow war mit Abstand das einzige Unternehmen, das diese Ziele zumindest ansatzweise auch erreichte. Vielleicht war da etwas, überlegte er: einige Ideen, die man stehlen und für andere Firmen verwenden könnte.

Ideen vom Grund des Abfalleimers kratzen, dachte Vidian. Es wurmte ihn, dass die Lage der Dinge auf Gorse so war, dass er zu Mitteln greifen musste, die …

»Eine Nachricht von Coruscant, Graf.«

Beim Klang der Stimme des Captains flackerten Vidians Augen und aktivierten sich von selbst. Um ihn herum nahm der Passagierbereich der *Cudgel* wieder Gestalt an. »Stellen Sie durch.«

In holografischer Form erschien vor ihm eine Gestalt. Der kräftige, aber elegant gekleidete blonde junge Mann legte die Hände aneinander und verneigte sich. »Graf Vidian! Wie wunderbar, Euch wiederzusehen.«

»Was gibt's, Baron?«

Es gab nur wenige, für die Vidian Nettigkeiten übrig hatte – und Baron Lero Danthe von Corulag gehörte ganz bestimmt nicht dazu. Der wohlhabende Spross einer Dynastie von Droidenfabrikanten hatte einen mit kaum Arbeit verbundenen imperialen Regierungsposten inne, trachtete aber immer danach, mehr daraus zu machen, für gewöhnlich auf Vidians Kosten. So wie auch jetzt wieder. »Der Imperator hat mehrere ganz erstaunliche neue Initiativen ins Leben gerufen«, berichtete Danthe strahlend. »Wir brauchen mehr Thorilidium.«

»Ich kenne die Quoten bereits ...«

»Das sind die alten Quoten. Der Imperator verlangt nach noch mehr.« Danthes Augen weiteten sich vor glückseliger Boshaftigkeit. »Fünfzig Prozent mehr.«

»Fünfzig?«

»Ich habe dem Imperator mitgeteilt, dass Sie direkt vor Ort sind, und wenn irgendjemand dafür sorgen könne, dann wären Sie das.«

»Da bin ich mir sicher.« Vidian wusste, dass Danthe ganz gewiss nie etwas Derartiges gesagt hätte. Schließlich hatte der Baron nur das eine Ziel, dem Cyborg in den Rücken zu fallen.

»Wenn meine Droidenfabriken in irgendeiner Weise behilflich sein können, brauchen Sie natürlich nur ...«

»Vidian, Ende.« Er schaltete die Übertragung ab.

Er kochte immer noch vor Wut, als er eine Minute später den dumpfen Aufschlag spürte, der ihm mitteilte, dass der Shuttle das Landedeck der *Ultimatum* erreicht hatte. Es gab keine »neuen Initiativen«, das wusste Vidian: Es war alles Danthes Werk, Teil seiner fortgesetzten Bemühungen, dem Grafen seine Position im Imperium streitig zu machen. Vidian hatte in der Vergangenheit die Pläne des Emporkömmlings jedes Mal zu vereiteln gewusst, aber hier lag der Fall nun etwas anderes. Nach allem, was Vidian auf Cynda gesehen hatte, wäre selbst schon eine fünfprozentige Steigerung eine Herausforderung.

Captain Sloane, ein Datenpad in der Hand, empfing ihn am unteren Ende der Landerampe. »Sie haben darum gebeten, in Sachen Stolleneinsturz alle halbe Stunde auf den neusten Stand gebracht zu werden«, sagte sie. »Wir haben nun den Beweis, dass Absicht dahintersteckte. Eine Sprengmannschaft hat da eine Vorrichtung gefunden – angebracht vom flüchtigen Skelly.«

Vidian war nicht überrascht. »Die Mannschaft hat also überlebt. Wie sind sie entkommen?«

»Irgendjemand hat den Helden gespielt«, antwortete sie. »Wir versuchen herauszufinden, wie ...«

»Vergessen Sie es«, unterbrach Vidian sie und blickte durch die Öffnung des magnetisch abgeschirmten Landeschachtes in den Weltraum hinaus. Nach einer längeren Weile nickte er. »Es wird Zeit für die nächste Phase.«

»Der Inspektion, meinen Sie?«

Vidian blickte wieder zu ihr. »Natürlich. Dafür sind wir ja hier. Die Thorilidiumminen auf dem Mond sind nur ein Teil des Problems. Auch die Raffinerien müssen auf Vordermann gebracht werden. Ich muss runter auf den Planeten.«

Sloane blinzelte ihn verwundert an. »Ich hatte gedacht, Sie hätten entschieden, es sei effizienter, sich hier oben per Hologramm mit den Managern von Gorse zu treffen.«

»Ich weiß, was ich entschieden habe. Stellen Sie mein Tun

nicht in Frage!« Eine Sekunde verstrich, und er senkte die Lautstärke seiner Stimme. »Meine Pläne haben sich geändert. Ich werde dort unten auf dem Boden Ihre Unterstützung brauchen.«

»Ich bin … mir nicht sicher, was Sie meinen, Graf. Die planetaren Sicherheitsmannschaften sollte in der Lage sein, Ihre Bemühungen zu koordinieren.«

»Captain, ich muss noch viele weitere Schritte ergreifen, die bei den *Massen* auf wenig Gegenliebe stoßen werden«, sagte er und spuckte das Wort »Massen« mit besonderer Geringschätzung aus. »Wie wir gerade gesehen haben, müssen diese Leute erst begreifen, dass auf meinen Aktionen das ganze Gewicht der imperialen Macht ruht.« Er musterte sie und dachte einen Moment lang nach, bevor er fortfuhr: »Sie haben nur so lange das Kommando der *Ultimatum*, wie Captain Karlsen anderweitig beschäftigt ist, habe ich recht?«

Sloane wandte den Blick kurz ab. »Ja, Graf. Es gibt nun mal mehr Kapitäne als entsprechende Posten.«

»Dann müssen wir schneller neue Sternzerstörer bauen. Vielleicht kann Karlsen dann ja einen von denen übernehmen, während Sie die *Ultimatum* behalten.«

Sie schaute zu ihm auf. »Aber er steht im Rang über mir.«

»Ich habe in gewissen Kreisen einiges zu sagen. Dienen Sie mir gut, und Sie werden vielleicht feststellen, dass Ihre Position hier von Dauer ist.«

Sloane schluckte, dann richtete sie sich kerzengerade auf. »Vielen Dank, Graf.« Sie salutierte überflüssigerweise und trat ab.

Vidian wandte sich wieder in die andere Richtung, um in den Weltraum zu schauen. Gorse lag dort unten, dunkel wie immer; einzig die Lichter, die hie und da durch die Wolken schimmerten, ließen darauf schließen, dass die schwarze Masse nicht einfach ein weiteres Stück leeres Weltall war.

Bereits in der Vergangenheit war Gorse eine Enttäuschung für ihn gewesen – auf eine besondere Weise, von der niemand etwas wusste. Und jetzt drohten der Planet und seine faulen Arbeiter noch mehr anzurichten, als einfach nur zu enttäuschen.

Aber er würde die Sache regeln. So effizient, wie nur er es konnte.

12. Kapitel

Es war, ohne jede Einschränkung, die schlimmste Arbeitsschicht gewesen, an die Zaluna sich erinnern konnte.

Nachdem die neue Sicherheitsstufe in Kraft getreten war, hatte sich die Arbeitsbelastung des Überwachungspersonals von Myders Mynocks vervierfacht. Während man den imperialen Sicherheitsbeamten sonst nur gelegentlich in den Aufzügen der World Window Plaza begegnete, wimmelte es nun überall von ihnen. Noch erschreckender für Zaluna war die Anwesenheit von Sturmtrupplern im Gebäude. Alle folgten den Hinweisen, die Zalunas Büro und andere aufgespürt hatten, und trafen Anstalten, die Unruhestifter zu verhaften. Zaluna vermutete, dass das alles im Vorfeld eines bevorstehenden Besuchs von Graf Vidian auf Gorse geschah.

Schon früher hatten hohe Tiere die Fabriken auf Gorse besucht, aber es war noch niemand von solch hohem Rang gekommen. Die Rolle, die Vidian in der Regierung des Imperators spielte, war kein Geheimnis. Er war ein wohlhabender Unternehmer gewesen, bevor er seinen Posten im imperialen Kabinett übernommen hatte. Der arme Planet und sein Mond voller Reichtümer waren die jüngsten Erweiterungen seines

Zuständigkeitsbereichs: Er hatte, soweit sie wusste, noch nie zuvor einen Fuß auf Gorse gesetzt. Die vorgenommenen Sicherheitsmaßnahmen, wie außergewöhnlich auch immer, waren also zumindest erklärbar. Gorse musste für den neuen Boss eine gute Show abliefern. Dass der Boss selbst diese Maßnahmen angeordnet hatte, war da nur ein zusätzlicher Ansporn.

Während ihre Mynocks Cyndas Höhlen nach Skelly absuchten, hatte Zaluna nach der dunkelhaarigen Gestalt Ausschau gehalten, mit der sie Skelly einige Zeit zuvor im Aufzug hatte streiten sehen. Vielleicht wusste der Mann ja irgendetwas. Transcept hatte bisher noch keine Akte über ihn angelegt – es dauerte eine Weile, bis Wanderarbeiter eine bekamen –, aber sie wusste, dass sie ihn in den letzten Wochen mehrmals über verschiedene Kameras gesehen hatte. Den »unerschütterlichen Piloten« hatte sie ihn genannt: Immer steuerte er seinen Wagen zielstrebig durch die Gänge und kümmerte sich nur um seine eigene Angelegenheiten – es sei denn, er tat genau das einmal nicht.

Sie hatte den Namen des Piloten gerade erst in den Personalakten von Moonglow gefunden, als sie auch schon über eine Kamera auf Cynda beobachtet hatte, wie er einen alten Mann rettete, der von dem furchterregenden Grafen Vidian misshandelt wurde. Vidian, der zuvor *irgendetwas* mit dem Gildemeister gemacht hatte: In der Übertragung war nicht zu sehen gewesen, was, aber Palfa war unmittelbar darauf tot gewesen, und Vidian hatte befohlen, dass alle Aufzeichnungen über ihre Begegnung zu löschen seien. Vorfälle dieser Art ereigneten sich in letzter Zeit allzu häufig.

Also hatte Zaluna beschlossen, dass sie Kanan Jarrus als Belohnung dafür, dass er Vidian die Stirn geboten hatte, in Ruhe lassen würde. Er war für heute bereits genug eingeschüchtert worden.

Eine ganze Weile lang war die Arbeit daraufhin normal weitergegangen. Dann kamen die Neuigkeiten von der Explosion und dem Einsturz in Cyndas Minen – und alle drehten durch.

Jetzt befanden sich die Imperialen auf ihrem Stockwerk, stellten Zaluna Fragen und gingen Aufzeichnungen der Ereignisse auf dem Mond durch. Seit Stunden waren sie mittlerweile schon damit beschäftigt. Während die öffentlichen Berichte, die von Cynda kamen, behaupteten, der Einsturz sei ein natürliches Geschehen gewesen, gingen die imperialen Sicherheitsbeamten und Offiziere offensichtlich davon aus, dass ein Attentäter dafür verantwortlich war, und sie hatten bereits alle Daten über Skelly sowie über ein Dutzend andere potenzielle Verdächtige beschlagnahmt, von denen bekannt war, dass sie sich auf dem Mond aufgehalten hatten. Was die Sache für die Mynocks noch schlimmer machte, war die Tatsache, dass offenbar nur wenige aus den Kreisen der Bergbaugesellschaften der offiziell vorgeschobenen Lügengeschichte Glauben zu schenken schienen – was wiederum für allerlei neue grenzwertige Äußerungen sorgte, die als aufrührerisch eingestuft werden konnten, sodass ihr Team ihnen nachgehen musste. Es schien, als habe jeder Bergarbeiter, der sich anschickte, Cynda für diesen Tag zu verlassen, an einem überwachten Ort *irgendetwas* zu diesem Thema gesagt.

Und schon die bloße Anwesenheit der Sturmtruppler machte alle nervös. Verstandesmäßig war Zaluna klar, dass die weiß gekleideten Gestalten auf der Seite von Frieden und Ordnung standen, aber sie sahen ohne Zweifel beängstigend aus. Sie hatte sich schon lange gefragt, was es wohl für ein Gefühl sein musste, wenn diese Leute einen zu Hause aufsuchten oder am Arbeitsplatz.

Und jetzt wusste sie es. Hetto – in der Sicherheit des Büros oder während seiner lauschigen Spaziergänge mit Zaluna normalerweise ein Lieferant für das eine oder andere kleine bisschen Hochverrat – wirkte offensichtlich unruhig. Er hatte kein Wort gesagt, seit die Imperialen in den Raum getreten waren, und hielt den Blick seiner dunklen Augen starr auf seine Arbeit gerichtet, wann immer die Offiziere in seine Nähe kamen.

Und einmal, als sie durch seinen Gang gekommen war, hatte er sie am Ärmel gezupft. »Reden die über mich?«, flüsterte er.

»Über Sie? Warum sollten Sie denn …«

»Vergessen Sie's.« Sie glaubte zu wissen, warum er sich Sorgen machte. Wenn Skelly auf dem Mond tatsächlich größeren Schaden angerichtet hatte, würde man ihrem Team die Schuld geben, dass sie nicht eher auf ihn aufmerksam geworden waren und ihn gemeldet hatten. Aber dagegen gab es natürlich Abhilfe: Sie mussten nur neue Erfolge vorweisen. Und so setzte sie ihre Durchsuchung des Überwachungsnetzwerks von Cynda fort und hoffte, auf eine Spur von Skelly zu stoßen.

Doch dann kam Zaluna plötzlich eine Erleuchtung. *Gorse!*

Sie brach das Durchforsten der Aufnahmen der Überwachungskameras auf dem Mond ab und nahm sich stattdessen jene auf Gorse vor. Das Programm brauchte keine Minute, um in Sachen Stimm- und Netzhauterkennung einen Treffer zu landen.

»Ich habe ihn«, verkündete Zaluna. Unten im Arbeitsbereich brachen die Imperialen schlagartig ihre Gespräche ab. »Skelly ist auf Gorse. Er befindet sich in den Büros von Moonglow Polychemicals, drüben in Shaketown.« Die Aufnahmen stammten aus einer der versteckten Sicherheitskameras der Firma.

»Hier auf Gorse?« Der Offizier, der den Trupp anführte, klang beunruhigt. »Wie ist er auf den Planeten gekommen?« Der stämmige Leutnant stapfte die Stufen zu Zalunas Podium hinauf und zwängte sich ohne viel Federlesens an ihr vorbei. »Lassen Sie mich sehen. Aus dem Weg, Kreatur!«

Zaluna überlegte, ob sie dem rüden Offizier nicht auf den Fuß treten sollte. Stattdessen lauschte sie der Nachricht, die sie über ihren Ohrhörer empfing. »Sie haben Skelly in Gewahrsam genommen. Der Fabrikmanager kontaktiert soeben die planetare Sicherheit.« Die Bilder zeigten, dass das zweifellos der Fall war: Sie und der Offizier konnten deutlich sehen, dass Skelly an einen Sitz gebunden war und von einem Besalisken bewacht wurde. Sie hatte den Sicherheitsmann im Laufe der Jahre schon viele Male gesehen.

Der Leutnant drehte sich um und bellte einen Befehl. Sofort verließen drei der Sturmtruppler den Raum. »Informieren Sie die *Ultimatum*«, befahl er einem seiner verbliebenen Begleiter, während er sich wieder an Zaluna vorbeiquetschte und ihr Podest verließ.

Der Boss bringt die Sache mal wieder in Ordnung, dachte Zaluna. Sie atmete aus und hoffte wider alle Vernunft, dass die unbehaglichen Momente für ihr Personal nun vorüber waren. Für die Beobachter war die Sache auch nicht einfacher als für die Beobachteten, und sie hatte den armen Hetto noch nie so verunsichert erlebt. Sie drehte sich zu seinem Arbeitsplatz um und hoffte, ihn erleichtert zu sehen.

Sie sah ihn überhaupt nicht.

Zaluna musste sich erst einige Sekunden lang umsehen, bis sie begriff, dass er hinter ihr durch die mit Pflanzen gefüllten Regale zu ihr aufsah. Er hatte sich zur Rückseite der erhöhten Ebene begeben, außer Hörweite der Imperialen.

»Sie haben mich jetzt aber erschreckt«, sagte sie mit einem erleichterten Lächeln. »Planen Sie etwa, jetzt mit Gärtnern anzufangen?« Sie bemerkte, dass Hetto – erfolglos – versuchte, lässig und entspannt zu wirken, während er mit den Fingern in der Erde ihrer gelben Stasias wühlte.

»Sie gehen noch immer nicht«, sagte er leise.

Zaluna warf einen schnellen Blick über ihre Schulter. Die weiß gepanzerte Horde stand immer noch an der Wand zusammen und tuschelte leise über irgendetwas. Sie schaute wieder zurück zu Hetto und sah ihn mit einem beruhigenden Blick an. »Keine Sorge. Wir haben Skelly ja wiedergefunden.«

»Darum geht es nicht.« Er blickte zu ihr auf. »Tun Sie so, als hätten Sie etwas fallen lassen.«

Zaluna hörte den ungewöhnlichen Ernst in seiner Stimme. Sie nahm einen der Töpfe von der oberen Fläche und kniete sich mit ihm hin, wobei sie vorgab, als wolle sie den Untersetzer des Topfes wechseln.

Das brachte sie auf Augenhöhe mit Hetto, der nun durch die Geländerstangen griff und ihre Hände packte. »Zaluna, ich ... ich bin in etwas *hineingeraten.* Es gibt da jemanden, mit dem ich im HoloNetz geplaudert habe. Es ging da um ... egal. Ich treffe mich ... *wollte* mich heute Abend mit dieser Frau treffen.«

»Moment mal. Was wollen Sie mir da ...«

Er ließ ihre Hände auf den Topf gleiten. »Die Adresse befindet sich auf der Notiz an der Außenseite. Gehen Sie allein. *Bitte*, Zal.«

Zaluna schaute auf den Topf hinab. Da steckte etwas halb vergraben in der Erde. Es sah aus wie ein Datenwürfel, ein Speichermedium von hoher Leistungskapazität. Ihre Augen wurden schmal, und sie schüttelte den Kopf. *Irgendeine Frau aus dem HoloNetz?* »Ach, Hetto, worauf haben Sie sich da eingelassen?«

»Auf nichts, was Sie nicht längst haben kommen sehen.« Er senkte den Kopf und sprach mit feierlich ernster Stimme, ernster, als sie es je von ihm gehört hatte. »Wenn meine Hilfe Ihnen jemals irgendetwas bedeutet hat, dann übergeben Sie das bitte. Und … Entschuldigung.« Mit diesen Worten ließ er ihre Hände los und trat wieder vom Geländer zurück.

Ganz verwirrt von ihrem Gespräch nahm Zaluna den Topf und stand auf, um nachzusehen, wohin Hetto gegangen war. Er war nicht schwer zu finden. Der große Imperiale war wieder zurück und hatte Hetto prompt angehalten – und es waren auch Sturmtruppler bei ihm.

»Sie heißen Hetto?«

Hetto funkelte ihn grimmig an. »Ja.«

»Sie stehen unter Arrest.«

»Wie lautet die Anklage?«

»Volksverhetzung. Wir haben da eine Akte über Ihre Bemerkungen. Bemerkungen, die das Ziel hatten, die Ordnung zu stören.« Der Leutnant zerrte Hetto an der Schulter. »Bemerkungen, während Sie hier gearbeitet haben – *hier!* Sie haben das Vertrauen des Galaktischen Imperiums missbraucht!«

Hetto verzog die Oberlippe zu einem trotzigen Grinsen. »Des Galaktischen Imperiums? Ich glaube, Sie verwechseln da etwas. Haben Sie nicht das Schild auf dem Gebäude gesehen? Ich arbeite für Transcept Media Solutions!«

»Das ist das Gleiche! Sie arbeiten für uns – und wir dulden keine Verräter in unserer Mitte.«

Die Augen des Leutnants verengten sich unter seinen buschigen roten Brauen, und er blickte sich argwöhnisch um. »Und was ist mit dem Rest von euch? Vielleicht habt ihr den Bombenleger auf Cynda ja gar nicht übersehen. Vielleicht habt ihr *alle* absichtlich weggeschaut!«

Ein schockiertes Murren erhob sich von den anderen Mitarbeitern des Überwachungsteams. Zaluna trat vor, um ihre

Leute zu verteidigen. »Also, Augenblick mal! Dieses Team hat alles getan, was das Imperium je von ihm verlangt hat!«

»Das sollten Sie auch hoffen.« Der Leutnant lächelte höhnisch. »Alles, was heute hier passiert ist, wird überprüft. Wenn es irgendetwas zu finden gibt, dann werden wir es auch finden.« Er deutete auf Hetto. »*Ihn* haben wir ja schon mal erwischt, nicht wahr?«

Hetto versuchte, sich zu bewegen, aber die Sturmtruppler packten ihn an den Armen. Sein Grinsen verschwand. »Hört Ihr das, Mynocks?«, rief er. »Ihr werdet selbst alle überwacht.« Er blickte den Leutnant böse an. »Uns, uns alle, zu überwachen! Nun, nur zu, bitte, überprüfen Sie, so viel Sie wollen. Niemand hier hat etwas mit Ihrem dummen Mineneinsturz zu tun – nicht, als würde Sie das überhaupt interessieren!«

»Vielleicht«, antwortete der Offizier. »Aber Sie wissen, was Sie in der Vergangenheit schon so alles über das Imperium gesagt haben, Hetto. Und wir wissen es ebenfalls.«

Zaluna kam von ihrem Podium herunter. Fast war sie bereit, es persönlich mit den Sturmtrupplern aufzunehmen, wenn es denn sein müsste. »Hetto, ich schwöre: Ich wusste nichts von alledem!«

Hetto sah sie an und nickte. »Ich weiß, Zal. Das hier ist nicht das einzige Stockwerk in diesem Gebäude. Heutzutage wird jeder beobachtet. *Jeder.* Ich bin einfach ein Idiot.«

Der Leutnant zeigte auf die Tür, und die Sturmtruppler schoben Hetto vor sich her. Von den anderen Angestellten waren Laute des Entsetzens zu vernehmen.

In der Tür schaute sich Hetto noch einmal um – aber er sah nicht zu Zaluna. Seine Augen ruhten auf der gelben Pflanze auf dem obersten Regal. Und dann waren Wächter und Gefangener fort.

Stille senkte sich über den Raum.

Mit feucht glänzenden Augen schaute eine junge Frau zu Zaluna auf. »Hetto hat seit über zehn Jahren bei uns gearbeitet.«

»Zwanzig.«

»Was wird mit ihm geschehen? Sie müssen doch wissen, was … was da los ist.«

Zaluna straffte sich. Sie fühlte sich zu unbehaglich, um irgendjemanden direkt anzusehen. »Ich versuche, nicht zu fragen. Wir alle zusammen sind ein Werkzeug, das in der Lage ist, schlimme Dinge aufzuhalten. Wie wir es auch mit diesem Vorfall auf Cynda heute getan haben – *hätten* tun können.« Sie schüttelte den Kopf. »Über alles Übrige weiß ich auch nicht mehr.«

Erneut traten imperiale Agenten in den Raum. »Zurück an die Arbeit, Mynocks«, sagte Zaluna. Ihre Stimme klang resigniert.

Aber sie klang eben nur so. Denn nachdem sie kurz überlegt hatte, stapfte sie wieder die Stufen zu ihrem Podium hinauf und tat so, als gieße sie ihre Pflanzen.

Es war ein Datenwürfel, tatsächlich. Und zusammen mit ihm in der Erde vergraben war eine kleine Notiz, schnell hingekritzelt, in Hettos Handschrift. Auf der Notiz stand der Name eines hiesigen Gasthauses. Und noch ein Wort:

HERA.

Hera würde schnell zur Tat schreiten müssen.

Sie hatte allzu lange gebraucht, um einen Landeplatz für ihr Sternenschiff zu finden. Gorse war ein einziges großes Flickwerk, in dem ein stillgelegtes Industriegebiet das andere überlagerte. Der schlammige Untergrund erlaubte hier keine turmhohen Wolkenkratzer wie auf den Straßenschluchtenwelten;

also dehnten sich auf Gorse die Stadtgebiete scheinbar unendlich am Boden aus. Zu guter Letzt hatte sie eine freie Stelle zwischen irgendwelchen verlassenen Gebäuden gefunden.

Sie hatte das Hauptquartier von Moonglow gerade noch rechtzeitig erreicht, um mitzubekommen, wie ein besaliskischer Sicherheitsmann und seine Helfer jemanden, der an den Beschleunigungssitz eines Raumschiffs gefesselt war, aus dem Sprengstofftransporter zogen, dem sie hierher gefolgt war. Dann waren die Männer im Fabrikgebäude verschwunden. Zu diesem Zeitpunkt war sich Hera bereits sicher gewesen, dass es sich bei dem Gefangenen um Skelly handelte.

Hera wollte mehr über diesen Mann erfahren, auch wenn sie immer noch nicht wusste, ob es die Mühe wert war. Skelly hatte die Imperialen offensichtlich auf die Palme gebracht, und das war schon einmal etwas Gutes. Vielleicht wusste er etwas Nützliches. Vielleicht war es aber auch nur Zeitverschwendung. Ihre Unternehmung erforderte eine disziplinierte Herangehensweise, keine impulsiven Aktionen. Und auch keine Leute, die zu impulsiven Aktionen neigten.

Ein Firmenshuttle landete, und eine Besaliskin stieg aus – die Chefin des Ganzen hier, schlussfolgerte Hera. Die Zeit lief ihr davon. Es musste eine Entscheidung getroffen werden, und das bald. Sie bemerkte, dass sich eine Gruppe von schattenhaften Gestalten vor dem Gebäude hinter ihr versammelt hatte: vermutlich Kriminelle, die sie jetzt beobachteten. Sie redeten miteinander und deuteten mit den Fingern. Was immer sie mit ihr vorhatten, es war bestimmt nichts Gutes.

Aber sie brachten sie auf eine Idee. Mit ihnen müsste sich doch etwas anstellen lassen.

13. Kapitel

Triff eine Entscheidung, die dein Leben verändert, niemals mit leerem Magen. Ein guter Rat von Okadiah. Aber was es bei ihm im *Asteroidengürtel* zu essen gab, war leider nur theoretisch genießbar, und auch wenn Kanan Jarrus von seiner Entscheidung, Gorse zu verlassen, nicht abrücken würde, sollte seine letzte Mahlzeit auf dem Planeten doch nicht gerade aus den Überresten der Snacks an der Bar bestehen. Vor allem nicht nach dem Tag, den er heute hinter sich hatte.

Das bedeutete Abendessen im Straßenrestaurant neben Moonglow. Nur wenige Meter auf der anderen Seite des Broken Boulevard befindlich – niemand gebrauchte je den offiziellen Straßenamen Bogan –, hatte das Lokal lange Jahre harter Zeiten in Shaketown überstanden. Und das nicht nur aufgrund der Qualität seiner Speisen, sondern auch wegen der Körperkraft seines Besitzers. Drakkas explosives Temperament hatte ihn für jede Anstellung im Bergwerksunternehmen seiner Cousine Lal disqualifiziert, doch hatte es ihn – im Verein mit seinen vier geradezu lächerlich muskulösen Armen – im höchsten Maße dazu befähigt, mit Unruhestiftern jedes Kalibers fertigzuwerden.

Außerdem fabrizierte er einen absolut umwerfenden Eintopf. »Danke«, sagte Kanan und nahm eine neue dampfende Portion entgegen.

Der Koch antwortete nicht, sondern beugte seinen mit einem knöchernen beigefarbenen Kamm besetzten Kopf wieder über seine Arbeit, während vier klobige Hände mit Töpfen und Pfannen hantierten.

»Ich werde diese tollen Gespräche vermissen«, fügte Kanan hinzu.

Drakka schaute lange genug auf, um ein Knurren von sich zu geben – ein unheimliches Geräusch, das durch die Art und Weise, wie der dicke Hautsack unter seinem Mund dabei wippte, nur noch unheimlicher wurde. Dann wandte er sich wieder seinen Töpfen zu.

Das war für Kanan völlig in Ordnung. Er hielt sich viel darauf zugute, allein klarzukommen. Sicher, er redete jeden Tag mit irgendwelchen Leuten: den Leuten, mit denen er zu tun hatte, um seine Arbeit zu erledigen. Meist jedoch redete er nicht mit mehr Leuten, als absolut nötig war. Es lag nicht an den Geheimnissen seiner Vergangenheit; es gefiel ihm einfach so. Leute konnten echte Nervensägen sein.

Okadiah war die Ausnahme. Der alte Mann war von Anfang an freundlich zu ihm gewesen, hatte einem Herumtreiber einen Platz zum Bleiben gegeben und ihm später auch eine Arbeit verschafft. Der Abbau von Thorilidium hatte sich von Gorse zur Gänze nach Cynda verlagert, aber die offenen Gruben im Süden der Stadt waren geblieben, und dort gab es jede Menge billige Immobilien. In einer davon hatte Okadiah seine Schenke aufgemacht, in einem Viertel, das unter dem Namen »Pits« bekannt war. Er hatte Kanan engagiert, seinen uralten Schwebebus zu fahren, um die Bergarbeiter zwischen dem Fabrikgelände von Moonglow und der Bar hin- und herzukutschieren. Später hatte er Kanan für die Stelle des Sprengstofftransporteurs für Moonglow empfohlen. Niemand auf Gorse war Neuankömmlingen gegenüber so freundlich wie er.

Trotzdem hatte Kanan den alten Mann immer ein wenig auf Abstand gehalten. Auf allen Planeten, die er besucht hatte, hatte es immer jemanden wie Okadiah gegeben: den einen, der bereit war, einem Fremden zu helfen, ohne Fragen zu stellen. Und Kanan hatte all diese Welten verlassen, ohne jenen Leuten Lebewohl zu sagen.

Allerdings hätte es auch etwas Ironisches, wenn sich Kanan jetzt über derartige Dinge den Kopf zerbrach. Die Jedi hatten ihren Schülern immer eingeschärft, keine engeren Verbindungen zu knüpfen, um zu verhindern, dass sie einzelnen Beziehungen allzu großen Wert beimaßen. Dadurch hatten sie ihren Schülern unbeabsichtigterweise auch beigebracht, die perfekten Flüchtlinge zu sein – jederzeit dazu in der Lage, sich von einem Moment auf den nächsten aus dem Staub zu machen. Solange sie nicht anfingen, besondere Gefühle für andere zu entwickeln, konnten sie auf ewig so weitermachen.

Trotzdem ist Okadiah ein wenig anders, dachte Kanan, während er aß. Kanan hatte seinen Vater nie gekannt; die Padawan-Kandidaten wurden in der Regel in sehr jungen Jahren von ihren Familien getrennt. Kanan hatte nur Mentoren gekannt, wie Meisterin Billaba, und auch wenn er es nicht aus eigener Erfahrung wusste, vermutete er doch, dass Eltern etwas ganz anderes waren. Eltern unterrichteten ebenfalls, aber ohne so viel zu werten. Jedenfalls galt das für gute Eltern. In dieser Hinsicht war Okadiah einem Vater wahrscheinlich ähnlicher, als alle anderen Gönner, die Kanan auf seinen vielen Reisen gefunden hatte, es gewesen waren. Okadiah störte sich nicht an Kanans Reizbarkeit, seiner Trinkerei oder an seinem oft genug ungeregelten Zeitplan; der alte Mann war mit allem einverstanden, jedenfalls die meiste Zeit. Und da Okadiah Dutzende von Minenarbeitern unter sich hatte, konnte Okadiah immer mit dem Finger auf jemanden deuten, der in all diesen Punkten schlimmer war als Kanan.

Aber aus irgendeinem Grund hatte Okadiah ihn nicht einfach wie ein x-beliebiges Mitglied seiner Truppe behandelt. Der alte Mann hatte etwas in ihm gesehen – was, das wusste Kanan nicht –, und er hatte alles richtig gemacht. Okadiah hatte nie versucht, dem Herumtreiber seine Hilfe aufzudrängen; er hatte es Kanan überlassen zu entscheiden, ob er Unterstützung annehmen wollte.

Es hatte funktioniert – meistens. Und so war Kanan länger auf Gorse geblieben, als er es eigentlich beabsichtigt hatte, auch wenn er seinem Mannschaftsführer nie irgendwelche Geheimnisse über seine Herkunft anvertraut hatte. Der Sprengstofftransporter, so schäbig er auch war, das Haus direkt gegenüber der Bar und Okadiah, sein Wirt: Sie alle hatten Gorse angenehmer gemacht als so manchen der anderen Orte, an denen er es zuvor versucht hatte.

Aber er hatte alles gesehen, was diese Welt zu bieten hatte. Und es gab hier auch alle möglichen Sachen, die er nicht vermissen würde. Eine davon stand in der Tür hinter ihm.

»Selbstmordflieger! Du wagst es, hier aufzukreuzen? Nach dem letzten Mal?«

Kanan schaute zum Spiegel hinter dem Grill auf, obwohl er die Identität des Sprechers bereits kannte. »Hallo, Charko«, sagte er. Er tastete nach seinem Schulterholster, bewegte sich ansonsten aber nicht.

Der Chagrianer Charko, dieses zwei Meter große gehörnte Stück Bosheit, hatte nicht vor, auch nur einen Fuß in Drakkas

Imbissstube zu setzen – der Koch bewahrte nicht nur einen, sondern gleich vier große Blaster hinter der Theke auf. Stattdessen brüllte Charko nur wie ein Idiot von der offenen Vordertür her. »Wir warten auf dich, Pilot. Komm raus und spiel mit uns.«

Der Koch fluchte und stapfte zu seinen Blastern hinüber. Charko wartete nicht ab. Die Tür knallte zu. Mit gleichgültiger Miene aß Kanan seinen Eintopf auf, während Drakka, vier Waffen in vier Händen, um die Theke herumtrat. Ein voll bewaffneter Besalisk, der sein Geschäft verteidigt, war ein echter Ruhepol.

Charko ging niemals irgendwo hin, ohne nicht mindestens ein halbes Dutzend Mitglieder seiner Bande mitzunehmen, der Sarlaccs. Ein Sarlacc war ein gefräßiges Ungeheuer, das aus nicht viel mehr als einem Maul bestand; Kanan fand, dass der Name passend gewählt war. Charkos Sarlaccs hatten einen unstillbaren Appetit auf die Credits von jedermann, der leichtsinnig und dumm genug war, durch die Straßen des Industrieviertels zu gehen. Die Aktivitäten der Gang hatten Okadiah eine Geschäftsmöglichkeit eröffnet: seine Schenke auf der anderen Seite der Stadt aufzumachen und die Minenarbeiter sicher per Bus durch die gefährlichen Viertel zu befördern.

Dreimal hatte Charko bisher versucht, Kanan um seine hartverdienten Credits zu erleichtern, als er den Broken Boulevard entlangspaziert war, und jedes Mal war er gescheitert. Beim dritten Mal hatte Kanan eines der Hörner auf Charkos Kopf abgebrochen, und der Chagrianer hatte ihm daraufhin Rache geschworen.

»Warten sie immer noch draußen?«, fragte Kanan, ohne aufzublicken.

»Sie sind ein Stück den Weg hinaufgegangen, um mit jemandem zu reden«, knurrte Drakka. »Aber, ja, sie sind immer noch da draußen. Idioten.« Er schloss die Tür und kehrte an seine Töpfe zurück.

Nun ja, es hat keinen Sinn, hier unerledigte Angelegenheiten zurückzulassen, dachte Kanan und wischte sich den Mund ab. Er schob mit einer Hand die Schale zurück und zog mit der anderen seinen Blaster. Dann ging er vorsichtig zur Tür, den Blaster in der Hand. Mit der Stiefelspitze schob er die Tür auf.

»He, du hässliche Visage!«, rief er. »Wo steckst du?«

Draußen entdeckte er Charkos unverkennbare, einhornige Silhouette als Teil einer dunklen Versammlung ein Stück weiter die Straße entlang. Es waren acht oder neun, allesamt Mitglieder von Charkos Bande, aber sie redeten mit jemand anderem und kümmerten sich nicht um Kanan.

Bevor Kanan mehr erkennen konnte, zerstreute sich die Gruppe schnell. Sie teilten sich in Dreiergruppen auf und verschwanden in den Gassen, während derjenige, mit dem sie gesprochen hatten, etwa zwanzig Meter von Kanan entfernt an der Straße stehen geblieben war.

Die Gestalt trug einen schwarzen Umhang, der nicht viel von der Person darunter erkennen ließ. Sie stand im Mondlicht da und sah nicht zu Kanan hinüber, sondern hielt ihren Blick auf die Moonglow-Gebäude an der anderen Straßenseite gerichtet. Offensichtlich handelte es sich dabei nicht um einen der Sarlaccs.

Irgendetwas sagte Kanan, dass er seine Waffe lieber wieder ins Holster zurückstecken sollte. Als er noch dabei war, drehte sich die spähende Gestalt zu ihm um und rief ihn an.

»Entschuldigung!« Er konnte das Gesicht des Sprechers nicht sehen, aber die Stimme war weiblich und klang geradezu melodisch. »Wo kann ich den Repulsorlift-Eingang von Moonglow finden?«

Im ruhelosen Boden unter Kanans Füßen grollte es, noch während sie sprach, aber er achtete nicht darauf. Er versuchte immer noch, diese Stimme irgendwie einzuordnen. Sie war so warm und so höflich, dass sie hier, auf einer Straße in Shaketown, völlig fehl am Platz wirkte. Es verwirrte ihn so sehr, dass er nur ein »Hm?« herausbringen konnte.

»Auch egal«, sagte die Gestalt knapp. »Ich werde ihn schon selbst finden.«

Mit wirbelndem Umhang ging sie in die andere Richtung davon.

Kanan, dessen Leben keine Bestimmung gehabt hatte, musste feststellen, dass es nun plötzlich doch eine hatte: herauszufinden, welchem Wesen eine solche Stimme gehören konnte. Gorse hielt nach allem also doch noch eine letzte Überraschung für ihn bereit. Es tat nichts zur Sache, dass sie ganz freundlich mit den Mitgliedern einer üblen Straßengang geplaudert hatte. Seine Füße begannen plötzlich, einen eigenen Willen zu entwickeln, und sie gingen ihr hinterher.

Sie kamen aber nicht weit, genauso wenig wie der Rest von ihm. Cousin Drakka erschien hinter ihm und ließ zwei Paar riesiger fettiger Hände auf Kanans Schultern klatschen.

Er hatte vergessen, seine Rechnung zu bezahlen.

14. Kapitel

»Ich habe gehört, dass Sie den Verdächtigen von Cynda festgenommen haben«, sagte die schimmernde holografische Gestalt Graf Vidians. »In Kürze wird eine Einheit Sturmtruppler eintreffen, die ihn in Gewahrsam nehmen wird.«

Skelly stierte ihn finster an. Indem er von hinten durch die Projektion hindurchsah, konnte er Vidian sehen, aber Vidian nicht ihn. Vielleicht aber ja doch. Lal hatte die Behörden gerade erst darüber informiert, dass sich Skelly bei Moonglow befand, als sich der imperiale Effizienzexperte auch schon bei ihr gemeldet hatte. Skelly dachte, dass es nur zu verständlich war, wenn das Imperium ein aufmerksames Auge auf alle Produzenten eines strategisch wichtigen Stoffes wie Thorilidium hatte.

Aber dieses Spionieren störte ihn nicht. Ihn störten vielmehr die dicken, vierarmigen Idioten, die sich mit ihm im Raum befanden, ihn noch immer nicht von seinem Sitz befreit und beschlossen hatten, seinen Knebel nicht zu lösen, als sich Vidian bei ihnen meldete; trotz Skellys verzweifelter, erstickter Rufe, mit denen er danach verlangte, sprechen zu dürfen.

»Moonglow. Ihre Firma ist eine der neueren?«, fragte Vidian.

»Nur unter diesem Namen, Graf«, antwortete Lal. »Ich arbeite seit über zwanzig Jahren in diesem Unternehmen.«

Skelly fragte sich, ob das Hologramm es wohl mitbekommen konnte, wie nervös es Lal machte, mit dem Vertreter des Imperiums zu sprechen. *Sie hat auch allen Grund, Angst zu haben,* dachte Skelly. Sobald das Imperium erst einmal erfahren hatte, was er wusste, konnte die ganze Bergbaugilde rasch arbeitslos sein.

Lal fuhr fort: »Wir sind eines der kleineren Unternehmen, aber wir haben in Sachen Effizienz bereits große Fortschritte gemacht. Ich kann Ihnen versichern, dass wir nicht das Geringste darüber wussten, dass dieser …«

»Machen Sie sich keine Gedanken über diese Sache mit dem Saboteur«, unterbrach sie Vidian. »Ich möchte mir gern einen Eindruck von diesen Effizienzsteigerungen verschaffen. Ich werde meine Inspektion bei Ihnen beginnen.«

»Hier?« Skelly sah, wie Lals Augen sich weiteten. Sie faltete beide Händepaare wie zum Gebet. »Graf – wir hätten gern ein wenig Zeit, um uns auf Eure Ankunft vorzubereiten. Wir haben jetzt das Ende eines sehr langen Arbeitstages. Bei uns hier gibt es natürlich keinen Morgen, aber wäre es eventuell möglich, dass …«

Vidian machte eine wegwerfende Bewegung mit seiner metallischen Hand. »Tageszyklen! Wie ärgerlich. Also gut. Dann also in zwölf Stunden – betrachten Sie es als eine Belohnung für Ihre Dienste. Aber nur, weil Sie mir heute Abend geholfen haben, werde ich in meiner kritischen Beurteilung Ihres Betriebs keine Nachsicht walten lassen. Ist das klar?«

»Ich würde auch gar keine erwarten, Graf. Moonglow wird bereit sein.«

»Sorgen Sie dafür«, kam die kühle Antwort. »Ein imperialer

Repulsorlift wird in fünf Minuten bei Ihnen eintreffen. Halten Sie den Gefangenen zur Übergabe bereit.« Vidian verschwand.

Lal saß sprachlos da und starrte in den leeren Raum, wo sich das Abbild des Grafen befunden hatte. An der Wand konnte Skelly ihren Ehemann und Sicherheitschef Gord sehen. Er kratzte sich am Kopf. »Hast du nicht gesagt, es wäre kaum damit zu rechnen, dass das Imperium hier eine Inspektion vornimmt?«, sagte Gord. »Wir seien zu klein?«

»Ich verstehe es auch nicht.« Lal warf einen Blick zu Skelly hinüber. »Ich nehme an, es ist wohl Ihretwegen?«

»Mmmh-mmmpf!«, antwortete Skelly.

»Ach so«, sagte Lal nervös. »Gord, nimm ihm das Zeug aus dem Mund!«

Gord murrte. »Also gut«, meinte er schließlich und baute sich über dem sitzenden Skelly auf. »Aber ich glaube nicht, dass es eine gute Idee ist.«

Als der Lappen endlich entfernt war, hustete sich Skelly erst einmal aus, um dann seinen Zorn auf die Besalisken zu richten. »Das war Vidian! Warum habt ihr mich nicht mit ihm reden lassen?«

Lal glotzte ihn an. »Ich habe jetzt schon Angst vor ihm. Ich hatte definitiv nicht vor, Sie mit ihm reden zu lassen!« Ganz benommen sackte sie auf ihren Bürostuhl. »Zwölf Stunden, um dieses Unternehmen für eine imperiale Inspektion auf Vordermann zu bringen?«

Gord sah sie an. »Das geht schon in Ordnung, Lal. Du führst ein gutes Unternehmen. Ich schicke die Cousins mit ein paar Schrubbern her, und dann kriegen wir das schon hin.«

Skelly verdrehte die Augen. Der Sicherheitschef himmelte seine Frau abgöttisch an, und die Gefühlsduselei der beiden war nun die Krönung eines furchtbaren Tages. »Sie sollten besser Angst davor haben, was Vidian sagen wird, nachdem er mit mir gesprochen hat. Nicht nur Sie hier bei Moonglow, sondern überhaupt jede Firma, die jemals Baby eingesetzt hat, um auf dem Mond eine Felswand aufzubrechen.«

»Vergiss diesen Kerl«, schaltete Gord sich ein. Er schnippte mit den Fingern. »Oh, Lal, das hätte *ich* beinahe vergessen: Dieser Typ, Kanan, hat gemeint, er würde kündigen.«

Lal schüttelte enttäuscht den Kopf. »Das hatte ich befürchtet. Es war für ihn heute der denkbar schlimmste Tag. Er wäre beinahe getötet worden. Aber ich wollte mich bei ihm bedanken. Letztlich hat er einigen meiner Leute das Leben gerettet.«

»Vielleicht kannst du es ihm ja noch ausreden«, meinte Gord. Ein Summer ertönte. »Das ist jemand am Tor für den Repulsorlift.«

»Das sind sicher die Sturmtruppler«, antwortete seine Frau. Sie sah Skelly bekümmert an. »Es tut mir *wirklich* leid.«

»Ja, klar«, sagte Skelly. »*Ihr* seid bald diejenigen, die hier zu bemitleiden sind.«

Gord stieß einen Pfiff aus. Zwei seiner Besalisken-Assistenten kamen herein und hoben Skelly mitsamt dem Sitz in die Höhe. Sie trugen ihn auf den mondbeschienenen Materiallagerplatz neben dem Gebäudekomplex hinaus. Entlang der hohen schwarzen Umzäunung waren alle möglichen Gerätschaften gestapelt. Dazwischen war eine Bahn frei geblieben, groß genug für einen Repulsorwagen.

Skelly wusste, was ihn erwartete: Er kannte die imperialen Truppentransporter, die hin und wieder durch Gorse City schwebten. Er hoffte, dass sie ihn diesmal direkt zu Vidian bringen würden. Er sah zu, wie Gord, der Skelly in der Obhut der anderen Wachmänner gelassen hatte, ans Tor trat und es öffnete.

Niemand kam herein.

Neugierig machte Gord einige Schritte auf die Straße hinaus. Eine Sekunde später drehte sich der stämmige Besalisk wieder um und rief zu seinen Gehilfen zurück: »Leute! Es ist Charko! Die Sarlaccs wollen unseren Schwebelaster stehlen!«

Wie auf Kommando zogen Gords Kollegen vom Sicherheitsdienst alle gleichzeitig ihre Blaster und rannten zu ihm hinaus. Plötzlich allein gelassen, schüttelte Skelly den Kopf. In Shaketown mit seiner hohen Kriminalitätsrate war keine einzige Lieferung sicher – nicht einmal wenn die Imperialen im Anmarsch waren. Er hörte Blasterfeuer von der Straße. Vielleicht würden sie sich ja alle gegenseitig erschießen.

Dann kam Skelly in den Sinn, dass es auch die Sarlaccs gewesen sein mussten, die den Türsummer betätigt hatten. *Aber wieso hätten sie das tun sollen?* Bevor er darüber nachgrübeln konnte, nahm er jemanden hinter sich wahr, und etwas zog an dem Riemen über seiner linken Schulter.

»Sind Sie Skelly?«

»Was?« Er schaute nach links und sah eine Gestalt im Umhang hinter seinem Sitz kauern. »Ja. Aber wer sind …«

»Hera«, antwortete die weibliche Stimme. Eine grüne Hand schob eine Vibroklinge unter eine seiner Fesseln. »Und Sie verschwinden von hier.«

»Nein, warten Sie«, gab Skelly zurück. »Ich kann nicht weg. Ich muss da eine Geschichte bekanntmachen!«

Für einen Moment hörte die Frau auf zu schneiden, als wäre sie verwirrt. Aber nur für einen Moment. »Ich kann Ihnen dabei helfen. Aber Sie müssen von hier weg!«

»Einen Augenblick!« Skelly hatte nicht die geringste Ahnung, wer sie war und wovon sie redete. »Hören Sie …«

»Ja, ich *werde* Ihnen zuhören. Aber Sie müssen weg von

hier«, beharrte sie und durchtrennte die letzte Fessel. Sie löste die Riemen von seinem Körper. »Ich habe Charko für die kleine Ablenkung bezahlt. Aber damit ist es bald wieder vorbei.«

Skelly schaute durch das Tor auf die Straße hinaus. Sie wirkte verlassen. Aber er hörte Gord und seine Wachmänner herumrennen und ihre Blaster abfeuern, und dahinter war das leise Heulen eines Repulsorfahrzeugs zu vernehmen.

Er wusste nicht, was er tun sollte. Die Sturmtruppler würden ihn zu Vidian bringen, der über die Macht verfügte zu beenden, was auf Cynda falschlief. Aber andererseits könnten sie vielleicht auch etwas anderes mit ihm vorhaben. Und die Frau im Umhang hatte etwas gesagt, das zu hören er nicht gewohnt war.

»Ich werde zuhören«, wiederholte sie. »Verschwinden Sie!«

Skelly schaute sich nach ihr um, doch sie war schon nicht mehr an seiner Seite. Er hörte Schritte, die sich dem Tor näherten, und zwang seine verkrampften Muskeln, seinen Körper aufzurichten. Unter Schmerzen machte er sich auf den Weg zum Tor.

»Wo finde ich Sie?«, rief er.

Der Antwortruf drang von draußen über den Zaun: »Ich werde Sie finden!«

Und schon war sie fort.

15. Kapitel

Kanan kam um die Ecke eines Gebäudes – nur um beinahe von einem imperialen Truppentransporter überfahren zu werden. Als er das kastenförmige Repulsorfahrzeug auf sich zurasen sah, ließ er sich fallen und warf sich platt auf die matschige Straße. Das lange Gefährt raste direkt über ihn hinweg. Die metallische Unterseite war nur Zentimeter von seinem Hinterkopf entfernt.

Jetzt lag er im Straßendreck an der Ecke einer Kreuzung in Shaketown, und da war immer noch keine Spur von der Frau mit der betörenden Stimme.

Kanan rappelte sich hoch, wischte sich seinen Kittel ab und stand auf, während von der anderen Straße her nun neuer Verkehr nahte, diesmal zu Fuß: Zwei von Charkos Bandenmitgliedern kamen in seine Richtung gestürmt, lange Brechstangen in den Händen. Hinter ihnen hörte er Blasterfeuer.

Kanan griff nach seiner Waffe, merkte aber schnell, dass es die Sarlaccs nicht auf ihn abgesehen hatten und die Blasterschüsse ihnen galten. Die Ganoven liefen, ohne anzuhalten, an ihm vorbei; rannten, was das Zeug hielt, um nicht von ihren Verfolgern eingeholt zu werden – die sich als Gord und seine Wachmänner herausstellten. Sie feuerten aus ihren Blastern.

»Wehe, wir kriegen euch, ihr Rotzlümmel!«, schrie Gord und feuerte Blaster aus allen vier Händen ab.

Kanan schaute ihnen nach und blickte dann hinauf, dorthin, woher die Imperialen gekommen waren. Er schüttelte den Kopf. *Ich bin einfach zu nüchtern,* dachte er. *Das passt alles nicht zusammen!*

Er ging um den Block herum. Am anderen Ende der Straße konnte er den Personaleingang von Moonglow sehen. Auch dort keinerlei Spur von einer Frau im Umhang; nur die Sturmtruppler von eben, die aus ihrem Repulsortransporter strömten. Kanan drehte sich hastig weg.

Sturmtruppler hin, Sturmtruppler her, hier war jedenfalls kein Ort, um sich völlig sinn- und nutzlos aufzuhalten. Diese Ecke von Shaketown, stellte er fest, hatte bei einem der letzten Beben schwere Schäden davongetragen; die Hälfte der Gebäude wurde gerade renoviert, viele waren verschlossen. Resigniert entschied Kanan, seine Suche einzustellen und zu Okadiah zu gehen. *Ich führe mich völlig närrisch auf,* dachte er. *Morgen ist Umzugstag. Zeit, mit dem Packen anzufangen.*

Da hörte er wieder die Stimme.

»Fünfzig vorher, fünfzig danach«, sagte die Frau. »Wie wir vereinbart haben.«

Kanan schaute die Gasse entlang und sah die Kapuzengestalt mit dem Rücken zu ihm vor Charko stehen, von mehreren Mitgliedern seiner Gang umgeben. Es war wie die Szene, die Kanan draußen vor dem Straßenrestaurant mit angesehen hatte – nur etwas anders. Dieser Ort war abgeschirmter: An den Gebäuden zu beiden Seiten ragten Baugerüste in die Höhe. Da lag eine neue Form der Bedrohung in der Art und

Weise, wie Charkos Freunde dastanden. Und Charko, der einen Haufen Credits in der Hand hielt, wirkte ganz und gar nicht glücklich.

»Wenn du hundert Credits hast, hast du vielleicht auch noch mal hundert«, sagte der Bandenführer mit nur noch einem Horn. Er trat einen Schritt auf sie zu, bis er hoch über der kleinen Frau aufragte. Dann deutete er auf ihren schwarzen Umhang. »Ich wette, du hast darunter Platz für eine Menge weiteres Bargeld.«

Am Ende der Straße trat nun Kanan vor. »Hey, Charko! Du hast nach mir gesucht. Hast du das vergessen?«

Charko und seine Kumpane blickten nun zu Kanan. »Auf keinen Fall«, sagte der Chagrianer. »Für dich habe ich immer Zeit!«

Kanan sah, wie die Blaster in die Höhe gingen. Seinen hielt er bereits in der Hand. *Sechs, nein, sieben gegen einen. Das passte in etwa.*

Aber bevor er schießen konnte, sah Kanan, dass die Frau plötzlich herumwirbelte. Mit einer einzigen schnellen Bewegung hatte sie ihren Umhang ausgezogen – und er wurde zu einer Waffe, die sie wie ein Netz in die Luft warf. Charko fuhr zu ihr herum, bekam eine Ladung Stoff ins Gesicht und ließ dabei seine Credits fallen.

Der Bandenführer stolperte zurück; ein hoher Tritt seiner Angreiferin hatte ihn erwischt. Seine Freunde drehten sich um und starrten an, was auch Kanan jetzt erblickte: eine wunderschöne, geschmeidige, grünhäutige Twi'lek, eine Hand im Handschuh, in der sie eine Pistole hielt.

Die Twi'lek schoss aus nächster Nähe auf einen der menschlichen Sarlaccs und stürmte vor. Als der stämmige Mann nach hinten stürzte, benutzte die Twi'lek seinen Körper als eine Art improvisierte Treppe, über die sie hoch genug steigen konnte, um zur waagrechten Verstrebung des nächsten Gerüsts hinaufzuspringen. Sie umklammerte die Stange mit ihrer freien Hand, schwang sich auf einen der senkrecht aufragenden Gerüstträger und ging dort in die Hocke. Dann drehte sie sich um und feuerte ihren Blaster in die erstaunte Menge.

»Schnappt sie euch!«, brüllte ein weibliches Bandenmitglied. Aber das Blasterfeuer kam nun auch aus einer anderen Richtung – Kanan hatte genug geglotzt und stürmte nun die Gasse hinunter. Die Sarlaccs stoben auseinander und wussten nicht, wen sie als Erstes aufs Korn nehmen sollten.

Mit einem zornigen Brüllen sprang Charko aus dem Straßendreck hoch, ohne auf das Kreuzfeuer ringsum zu achten. Er wandte sich der Twi'lek zu und ließ sich mit der Brust voraus in einen der Gerüstträger unter ihr krachen. Das Gerüst bebte, und die Twi'lek ließ ihren Blaster fallen. Jetzt, wo sie ihre Waffenhand frei hatte, kletterte sie flink wie ein Sandaffe höher auf das Gerüst hinauf – noch während es bereits begonnen hatte einzustürzen.

Kanan wusste, dass er sich beeilen musste. Er stürzte auf die nächste Angreiferin zu und packte mit der linken Hand ihren Blasterarm. Seine Bewegung lenkte ihren Schuss ungezielt in den Angreifer, der sich zu seiner Rechten näherte; dann versetzte er ihr einen Kopfstoß unters Kinn, der sie nach hinten schleuderte. Jetzt konnte er den tobenden Charko sehen, der versuchte, das Gerüst umzukippen. Er hechtete nach vorn, gerade als die Twi'lek hoch über ihm mit einem gewaltigen Satz in die andere Richtung zum Gerüst auf der gegenüberliegenden Seite der Gasse sprang.

Als Kanan nun Charko von hinten packte, musste der die Gerüststütze loslassen – und das ganze Ding begann herabzukrachen, alle fünf Etagen. Kanan sah nur einen Ausweg: das große Panoramafenster des Gebäudes, an dem das Gerüst angebracht war. Er katapultierte sich selbst mitsamt dem Chagrianer durch das Fenster, während ringsum ein Regen von Scherben niederging und sich eine Lawine von Gerüstbrettern und -trägern in die Gasse hinter ihnen ergoss.

Benommen kämpfte Kanan darum, in dem leeren Gebäude – ein geschlossenes Wirtshaus, wie er jetzt erkannte – wieder auf die Beine zu kommen. Bei dem Hechtsprung hatte er seinen Blaster verloren. Der Chagrianer hatte die Wucht des Aufpralls am stärksten abbekommen, trotzdem stand der Gangster immer noch aufrecht, bereit, die Sache auszukämpfen.

»Du befindest dich jetzt in meinem Revier«, erklärte Kanan und hob die Fäuste. »Ich absolviere mein gesamtes Training in Kneipen!«

Kanan und Charko standen einander in dem dunklen, vom Beben verwüsteten Raum gegenüber und tauschten Schläge aus. Kanan schnappte sich einen Stuhl, Charko die Hälfte eines zerbrochenen Tischs. Mit ihren improvisierten Waffen fochten sie einen rohen Kampf aus – es war eine Art von Duell, wie es die Jedi nicht lehrten, und Kanan passte diese Kampfweise bestens.

Hieb um Hieb drängte er Charko vor das einzige noch intakte Fenster im Raum. Von all den Anstrengungen erschöpft, begann der Chagrianer zu straucheln. Kanan sah seine Chance. Ein gezielter Tritt ließ seinen Gegner durch die Scheibe hinter ihm krachen.

»Sind wir so weit fertig?«, fragte Kanan und trat an das Fenstersims. Diesmal stand Charko nicht wieder auf. Aber die anderen waren noch dort draußen, wie sich Kanan erinnerte.

Er machte sich bereit und kletterte vorsichtig durch das zerborstene Fenster.

Aber es gab nichts mehr zu tun. Charkos Gefährten waren sämtlich ausgeschaltet. Einige hatte Kanan vorhin bereits erledigt; ein paar anderen hatte die Twi'lek den Rest gegeben. Die übrigen waren unter dem einstürzenden Gerüst zerquetscht worden. Und die Twi'lek selbst war nirgends zu sehen.

Kanan rieb sich seine aufgeschürfte Wange und suchte in den Trümmern nach seinem Blaster. Er hatte Schmerzen: nicht so schlimm, dass sie nicht vorübergehen würden, aber schlimm genug, um jede weitere Runde Kampf mit den Sarlaccs äußerst unangenehm zu machen. Als er seine Waffe endlich gefunden hatte, war ihm jedoch klar geworden, dass hier keine Gefahr mehr bestand.

Doch irgendetwas fehlte auf dem Kampfplatz. Die Credits, die Charko fallen gelassen hatte, waren aufgelesen worden, und kleine Fußstapfen führten von der Stelle weg, wo sie gelegen hatten.

Er sah den Umhang der Twi'lek in der Nähe, eingeklemmt unter einem schweren Stahlträger. *Sie hat mir also doch ein Souvenir dagelassen.* Mit großer Anstrengung zog er das Metall beiseite. Er nahm das Kleidungsstück in die Hände und hielt es hoch. *Ein guter Fund*, dachte er, während er sich umdrehte und aus der Gasse torkelte – denn er begann schon zu glauben, sie wäre vielleicht gar nie da gewesen.

Doch dieser Gedanke hatte sofort ein Ende, als er auf die Straße hinaustrat – und ihr unversehens in die Augen blickte.

»Aha«, sagte sie, als sie ihren Umhang sah.

»Aha«, wiederholte er. Kanan stand wie gelähmt da, als er sie nun im hellen Licht des Mondes ansah. Sie war kleiner als er, mit dunkelgrüner Haut, vollen Lippen und einem sehr hübschen spitzen Kinn. Auf dem Kopf hatte sie eine graue Pilotenmütze mit Öffnungen für ihre beiden Kopfschwänze, die ein Stück über die Schulter hinaus bis auf den Rücken reichten. Außerdem trug sie eine braune Weste, eine goldfarbene Hose mit Werkzeugtaschen und schwarze Handschuhe, die zu dem Umhang in seinen Händen passten.

»Wusste ich doch, dass ich etwas vergessen habe«, sagte sie und hatte ihm den Umhang auch schon aus der Hand gezogen – so geschickt, dass er es kaum bemerkt hatte. Dann sah sie ihn besorgt an. »Alles in Ordnung mit dir?«

Kanan nickte.

»Sprichst du Basic?«

»Mir fehlen die Worte.«

Sie lächelte. »Sieht ganz so aus.«

Es war nicht als Stichelei gemeint, oder wenn doch, dann kam es jedenfalls so freundlich rüber, dass es Kanan am besten gar nicht beachtete. Er warf einen Blick hinter sich. »War 'ne heftige Geschichte da hinten.«

»Ja«, bestätigte sie, während sie Dreck von ihrem Umhang schnippte. Sie sprach immer noch mit dieser wunderbaren Stimme. »Gut, dass ich hier war, um dich zu retten.«

Kanan legte die Stirn in Falten und fasste sie scharf ins Auge. »Um *mich* zu retten?« Er zeigte auf die am Boden liegenden Körper. »Da war eine ganze Bande hinter dir her!«

Die Twi'lek hob den Umhang hoch. »Ich hatte sie dafür bezahlt, einen Auftrag für mich zu erledigen. Es hat da eine kleine Diskussion über die Höhe der Geldsumme gegeben. Ich wäre schon selbst damit fertiggeworden.« Als sie sah, dass er sie mit offenem Mund anstarrte, griff sie ihm mit ihrer behandschuhten Faust sanft unter sein aufgeschürftes Kinn. »Aber du hast deine Sache ziemlich gut gemacht. Ich bin beeindruckt.«

Sie musterte ihn. »Du läufst also einfach ziellos in der Gegend herum und riskierst für andere Leute den Kopf?«

»Nein!«, antwortete Kanan. »Ähm … fast nie.« Er blinzelte, als sie nun die Hand zurückzog. »Warte«, sagte er dann und deutete auf die reglosen Körper in der Gasse. »Du hast diese Leute für einen Auftrag gebraucht?«

»Mm-hmm. Und jetzt ist die Sache erledigt.« Sie legte sich den Umhang wieder um die Schultern, drehte sich um und setzte sich in Bewegung.

»Ich erledige alle möglichen Aufträge«, sagte Kanan und stapfte hinterher. Sein gesamter Körper schmerzte nach dem Kampf, aber er wollte nicht, dass das Gespräch so schnell schon ein Ende nahm. »Wenn du etwas erledigt haben willst, ich stehe zur Verfügung.«

»Nein danke«, sagte sie und ging weiter. »Ich habe Termine.«

»Warte!«

Kanan versuchte, ihr zu folgen, aber sein Körper versagte ihm den Dienst. Er zuckte zusammen und griff sich ans Knie. Als er aufschaute, war sie wieder verschwunden, wahrscheinlich in eine der Nebengassen.

Zutiefst empört über das gesamte Universum brüllte er in die endlose Nacht von Gorse hinein. *»Wie heißt du?«*

Eine lange Zeit kam gar nichts.

Und dann wieder diese Stimme. Sie rief zurück.

»Hera.«

16. Kapitel

Sternenschiffe waren Siedlungen im Weltraum. Einige waren nur Dörfer; die *Ultimatum* war eine große Metropole. Und doch funktionierten Sternzerstörer genauso wie Kleinstädte. Sie waren ein einziger großer Pfuhl voller Klatsch und Tratsch – und wie in Kleinstädten neigte der Inhalt dieses Sumpfes dazu, sich in Richtung einer einzigen Person zu ergießen, so wie Wasser hin zum Abfluss fließt.

Sloane stand am Fenster, als Nibiru Chamas, besagtes inoffizielles »Abflussrohr« der *Ultimatum*, lässig auf dem Sitz in ihrem Büro Platz nahm. Die Bergbauschiffe flogen weiterhin zwischen Gorse und Cynda hin und her – jetzt natürlich schneller als zuvor –, aber Sloanes Gedanken waren bei der Liste, die Chamas gerade durchlas.

»Graf Vidian hat ein neues Verkehrsmodell für die zwischen den beiden Himmelskörpern pendelnden Frachtschiffe entworfen und bekanntgegeben«, berichtete Chamas. »Er hat mehrere Veränderungen an den Programmen der Droiden auf Cynda befohlen, die deren Produktivität erhöhen sollen. Er hat auch die Farbe der Teller verändert, die in der Gemeinschaftskantine benutzt werden, und ...«

»Wie bitte?«

Chamas kicherte. »Letzteres war ein Scherz.«

Sloane verdrehte die Augen. »Fahren Sie fort.«

»Er hat außerdem eine Überprüfung des Personals von Transcept angeordnet. Sie wissen schon, die Überwacher, die den Wahnsinnigen auf Cynda gefunden haben. Es hat bereits mindestens eine Verhaftung wegen verdächtiger Aktivitäten gegeben.«

»Gründliches Vorgehen«, bemerkte Sloane.

Sie war ebenfalls gründlich – oder hatte zumindest vor, es zu sein. Vidians Verhalten auf ihrer Brücke, als er *ihrem* Personal Befehle erteilt hatte, hatte sie unvorbereitet getroffen. Die *Ultimatum* hatte die Befugnis gehabt, das Frachtschiff *Cynda Dreaming* zu zerstören; Vidian hatte das offensichtlich gewusst. Aber auch wenn sie dieser Entscheidung zustimmte – sie war es sich schuldig, mehr über ihren Passagier und darüber, wie er mit anderen Crews umsprang, in Erfahrung zu bringen. Sie hatte nicht vor, einfach ein weiterer Erfüllungsgehilfe für ihn zu sein.

»Was hat er sonst noch unternommen?«

»Die Vorarbeiten für seinen Abstecher nach Gorse geleistet. Er hat bereits einen prall gefüllten Terminkalender. Er macht sich erst in etlichen Stunden auf den Weg hinunter, trotzdem hat er bereits drei Gilden neu organisiert, die Zusammenlegung mehrerer Ausrüstungslieferanten zu einer einzigen Firma angeordnet, sogar ein medizinisches Zentrum geschlossen und dessen Patienten in eine Einrichtung verlegen lassen, die den Fabriken näher ist, sodass sie schneller wieder an die Arbeit zurückkehren können.«

»Das ist alles?«

»Ist das nicht genug? Er hat sich mehrmals mit seinen Beratern getroffen, die er mit an Bord gebracht hat, und sich etliche Male mit seinem Hauptbüro in Calcoraan Depot in Verbindung gesetzt. Es gibt nur eins, was er nicht getan hat.«

»Geschlafen«, ergänzte Sloane. »Er hat keine Zeit dazu.«

»Er hat gar kein *Bett* dazu«, korrigierte Chamas. »Die Diener, die sein Zimmer in Ordnung bringen, haben den Raum völlig verwüstet vorgefunden. Die Möbel waren zu Kleinholz geschlagen.«

»Was? Wann war das?«

»Nachdem er vom Mond zurückgekommen ist – und nachdem wir ihm einen zweiten Anruf von Baron Danthe durchgestellt haben. Mir scheint, unser Graf hat ein heftiges Temperament.«

Sloane kicherte. Sie hatte bereits davon gehört, dass Vidian leicht der Geduldsfaden riss, und nach den Gerüchten, die von Cynda her an ihr Ohr gedrungen waren, hatte der Vorsteher der Minengilde das auf die schmerzhafte Tour erfahren müssen. »Ich hoffe, Sie haben ihm ein anderes Zimmer zur Verfügung gestellt?«

»Wir haben wahrlich genug. Keine Angst, das haben wir alles in Ordnung gebracht, bis unser – ähm, *eigentlicher* Captain eintrifft.«

Herzlichen Dank auch für die Erinnerung daran, dass ich nur eine Lösung auf Zeit bin, dachte Sloane und trat an ihren Schreibtisch. Aber Chamas' Bemerkung hatte ihr wieder ins Gedächtnis gerufen, was sie eigentlich wissen wollte. Und danach wollte sie sich nun etwas vorsichtiger erkundigen.

»Ein interessanter Mann, dieser Vidian – und erstaunlich, dass er in den Dienst der Regierung getreten ist. Sie sagten, er habe sich den Titel gekauft. Wissen Sie, woher Vidian stammt?«

»In seiner Biografie wird Corellia angegeben. In den Tagen der Republik war er Ingenieur für eine kleine Konstruktionsfirma, die für Schiffsbauer gearbeitet hat. Ein Rädchen in einem kleinen Getriebe. Die Verbesserungen, die er damals vorgeschlagen hat, wurden beständig zurückgewiesen. Dann erkrankte er am Shilmer-Syndrom, und während ihn die Krankheit bei lebendigem Leib auffraß, verbrachte er die nächsten fünf Jahre damit, von seinem Bett aus die Börsen zu erobern.«

»Und seine Firma?«

»Der *Legende* zufolge« – Chamas sprach das Wort mit einem verächtlichen Tonfall aus – »bestand Vidians erste Unternehmung, seine Beweglichkeit zurückzuerlangen, darin, dass er den Betrieb aufkaufte und die gesamte Belegschaft auf die Straße setzte. Aber ich weiß nicht einmal, was für eine Firma das ursprünglich war. Die Abfindungsvereinbarungen enthielten Schweigeklauseln. Er will vermeiden, dass ihn irgendjemand, den er über den Tisch gezogen hat, öffentlich attackiert und ihm so die Verkaufszahlen für sein nächstes Management-Holo ruiniert.«

Sloane wusste, dass Vidian dieses Geld sicher nicht brauchte, aber sie konnte sein Vorgehen gut nachvollziehen. Ein bisschen Rache wirkte Wunder für den Heilungsprozess. Es war außerdem eine menschliche Verhaltensweise – und es gab nicht viele menschliche Seiten an Vidian.

»Wenn er von Corellia stammt«, warf sie ein, »hat er wahrscheinlich Verbindungen zum Schiffbau – und zur Admiralität.«

Sie hatte ihre Äußerung irgendwo auf halbem Weg zwischen der Frage angesiedelt, die sie eigentlich stellen wollte, und der nüchternen Beobachtung, nach der sie klingen sollte. Aber Chamas war zu gerissen, um nicht sofort zu begreifen, worauf sie hinauswollte. »Mit anderen Worten«, begann er mit einem Lächeln im Gesicht, »die Frage ist, ob er Ihre Position hier zu einer Stellung auf Dauer machen kann – etwa indem er Captain Karlsen einen gemütlichen Posten in einer seiner Tochtergesellschaften anbietet. Fragen Sie ihn doch bitte auch nach einem Job für mich, wenn Sie schon dabei sind.«

Sloane starrte den Mann nur an und fühlte sich ertappt. »Was ist sein Plan für morgen?«

Chamas reichte ihr sein Datenpad, das ihr die Stationen von Vidians geplanter Inspektionsreise auf Gorse anzeigte. Es klang nach einem anstrengenden Tag.

Der erste Name auf der Liste machte sie neugierig. »Moonglow. Warum fängt er denn mit dieser kleinen Firma an?«

»Die haben anscheinend den Flüchtling von Cynda eingefangen – und vor ein paar Stunden ist er ihnen wieder durch die Lappen gegangen.«

»Dann wird es wohl richtig gut für sie laufen«, bemerkte Sloane und gab ihm das Datenpad zurück. Sie drehte ihren Sitz herum, um wieder aus dem Fenster und zu den Schiffen hinauszuschauen, die auf dem Weg nach Gorse waren. Mit gerunzelter Stirn versuchte sie, alles in sich aufzunehmen.

»Also spielen wir die Verkehrspolizisten, während er seine Besichtigungstour auf dem Planeten macht«, sagte Chamas und stand auf. »Halten den Pöbel zurück, während Vidian weiter an seinem Märchen bastelt. Wir sollten einen Teil der Tantiemen für seine nächste Holo-Publikation einfordern.«

Sloane lächelte insgeheim. Sie wollte bei alledem nur eine Nebenrolle einnehmen. Es war ihre Aufgabe, dem Imperium zu helfen; und ihren Teil dazu beizutragen, dem rechtmäßigen Kapitän der *Ultimatum* ein anderes Schiff zu besorgen, wäre da ein nettes Extra.

Sturmtruppler hatten wenige Stunden zuvor seine Wohnung durchwühlt. *Das ist das erste Mal, dass das Imperium den Häusern von Crispus Commons offiziell irgendeine Beachtung geschenkt hat,* dachte Skelly.

Crispus war ein Wohnbauprojekt für heimatlose Veteranen der Klonkriege in diesem Sektor, eine Idee, die in den letzten Tagen der Republik ausgebrütet worden war. Das Imperium hatte das Projekt weitergeführt und verfrachtete noch immer von Zeit zu Zeit neue Bewohner hierher, ohne den Komplex jemals zu vergrößern oder die Wohnbedingungen zu verbessern. Skelly fand, dass das Bände darüber sprach, was die Republik und das Imperium wirklich von jenen hielten, die gegen die Separatisten gekämpft hatten. *Bringen wir Sie irgendwo unter, wo die Sonne niemals scheint.*

Skelly war bis heute in seiner heruntergekommenen Wohnung geblieben, was auch daran lag, dass Crispus Commons mitten zwischen den verschiedenen Industriebezirken von Gorse City eingekeilt war. Auf diese Weise wurde sein Arbeitsweg nicht länger, ganz gleich, wer ihn gerade gefeuert hatte. Aber der andere Grund, warum er hier wohnen blieb, war das verrostete Gitter hinter dem Abfallcontainer des Wohnkomplexes, hinten am anderen Ende des rechteckigen Übungsgeländes – und das, was sich darunter befand.

Nachdem er sich vergewissert hatte, dass niemand sein Näherkommen beobachtet hatte, schlüpfte er hinter den Abfallcontainer und hinein in das Loch. Über sich schloss er das Gitter wieder. Unten angelangt, trat er unter einem improvisierten Vorhang hindurch und tastete nach dem Stromschalter. Ein kurzes Knistern später verfärbte sich die Dunkelheit um Skelly herum rot, beleuchtet von Computermonitoren und einer einzigen schwachen Deckenlampe.

Der Ort war als Luftschutzbunker gedacht gewesen – für den unwahrscheinlichen Fall, dass Graf Dooku oder General Grievous plötzlich ein Interesse an den Tag legen sollten, eine Kolonie von Soldaten im Ruhestand zu zerstören. Seine Mauern aus Permabeton waren dick mit Schimmel überzogen und der ganze Bunker völlig verwahrlost gewesen, als Skelly ihn für sich entdeckt hatte. Doch es gefiel ihm, dass er hier seinen eigenen Generator hatte, und der riesige Müllcontainer vor dem Eingangsgitter sorgte dafür, dass er kommen und gehen konnte, ohne dass irgendjemand ihn sah.

Alle von Skellys Computern waren aus Bausätzen zusammengebastelt worden, was sicherstellte, dass die herrschenden Mächte, ob Regierung oder Unternehmen, sie nicht hacken konnten. Nur ein einziger war mit dem HoloNetz verbunden, und das wiederum über die angezapfte Verbindung eines Imbisswagens, der jeden Tag auf der anderen Seite des Hofes stand. Indem er eine bewegliche Zwischenstation gewählt hatte, die nachts anderswo untergestellt war, hatte Skelly die Wahrscheinlichkeit, von Lauschern beobachtet zu werden, auf ein Minimum eingeschränkt.

Überall, nur nicht bei der Arbeit. Skelly hatte gewusst, dass einige der Unternehmen auf Cynda Überwachungseinrichtungen installiert hatten, aber er hatte angenommen, dass das nur geschehen war, um ein Auge auf die Produktivität zu haben und den Diebstahl von Sprengstoff zu verhindern, was früher einmal ein Problem gewesen war. Aber offensichtlich belauschten sie dort jetzt auch persönliche Gespräche. Es war Wahnsinn. Sie waren taub gegenüber all seinen Appellen in Sachen Sicherheit, aber in alles andere steckten sie ihre Schnüffelschnauzen hinein!

Skelly nahm schnell eine dürftige Mahlzeit aus Dosenbrei zu

sich, dann brach er erschöpft auf einer Matte auf dem Boden zusammen. Dieser Raum war seit Jahren seine Welt gewesen – seine *wirkliche* Welt. Die Tafeln an einer der Wände waren mit handgeschriebenen Notizen über den militärischen Industriekomplex und das komplizierte Netzwerk der jeweiligen Besitzanteile bedeckt. Eine zweite Wand beherbergte seine Studien zur Geschichte der galaktischen Konflikte – auch wenn die Seiten stets wechselten, blieben die Geschichten doch immer die gleichen. Wann immer die Titanen kämpften, waren es die Sklaven, die starben.

Die größte Sammlung von Notizen war jedoch die an der Wand direkt ihm gegenüber. Von der mit einem weiteren Vorhang verdeckten Öffnung, die zu einem kleinen Abstellraum führte, einmal abgesehen, war hier jeder Quadratzentimeter mit Notizen über Cynda und seine geologische Struktur übersät. Beim Anblick von alledem krampfte sich Skellys Magen zusammen. Er hatte lange befürchtet, dass einmal ein Tag wie dieser notwendig sein würde: ein Tag, an dem er alles würde riskieren müssen, um Aufmerksamkeit zu erwecken. Aber er hatte seine heutigen Entscheidungen ohne jede Vorbereitung improvisieren müssen, und er befürchtete, alles bereits in den Sand gesetzt zu haben.

Er war vom Moonglow-Gelände ohne jedes Nachdenken direkt hierhergerannt, nachdem ihm jemand, dem er noch nie zuvor begegnet war – und der ihm aller Wahrscheinlichkeit nach die Chance vermasselt hatte, mit Graf Vidian reden zu können –, ein spontanes Versprechen gegeben hatte. Er wusste immer noch nicht, warum er weggerannt war. Klar, es war nur normal, davor Angst zu haben, von Sturmtrupplern irgendwo hingebracht zu werden; die Fußsoldaten des Imperiums hatten nun mal die schlechte Angewohnheit, Gefangenen während ihrer Überstellung etwas anzutun. Und alle hatten seinen Versuch einer Erziehungsmaßnahme als Sabotage missdeutet. Doch Vidian war immer noch seine beste Aussicht auf Erfolg, die einzige Person mit der nötigen Macht, um eine Veränderung herbeizuführen. Würde Vidian Gorse verlassen, ohne mit ihm zu reden? Würde Vidian ihn überhaupt je zu Gesicht bekommen, jetzt, da er weggelaufen war?

Skelly starrte von seinem Platz auf dem Boden zu seinen gesammelten Schriften hinauf und stieß ein leises Stöhnen aus. *»Niemand hört zu.«*

»Was haben Sie denn zu sagen?«

Skelly schaute auf, erschrocken, die Gestalt im Umhang vor sich zu sehen, die ihn gerettet hatte. Sie nahm ihre Kapuze ab. »Sie sind *hier*!«

»Hera«, stellte die Twi'lek richtig. »Unterhalten wir uns doch.«

17. Kapitel

Skelly richtete sich erschrocken auf. »Wie haben Sie mich gefunden?«

Hera tätschelte sich die eigene Schulter. »Wenn Sie in die Tasche an Ihrer linken Schulter schauen, finden Sie darin einen Peilsender. Ich habe ihn hineingleiten lassen, als ich Sie losgeschnitten habe.« Sie lächelte. »Ich habe Ihnen ja gesagt, dass ich Sie finden würde.«

Skelly griff in die Tasche und entdeckte darin einen kleinen Chip. Er starrte sie wütend an. »Ich mag es nicht, wenn mir Leute nachspionieren.«

»Dann sind Sie hier im falschen System.« Hera hielt ihm einfach ihre im Handschuh steckende, geöffnete Hand hin. »Geben Sie ihn mir zurück. – Danke.«

»Sie haben meinen Namen genannt«, sagte er misstrauisch. »Woher kennen Sie mich?«

»Sie haben heute die Aufmerksamkeit sehr vieler Leute erregt. Ich habe davon gehört, was Sie auf Cynda gemacht haben. Sie wissen schon, die Sprengung, während sich der Bevollmächtigte des Imperators dort aufgehalten hat.« Sie machte eine Pause und ließ ihren Blick über die vielen Notizen über das Imperium auf der Wand zu ihrer Linken schweifen. »Ich würde gern von Ihnen hören, warum Sie das getan haben.«

Stirnrunzelnd stand Skelly auf. »Und warum kümmert Sie das?«

»Ich bin einfach nur … interessiert«, antwortete Hera.

Als er sah, dass sie seine Notizen las, schob sich der rothaarige Mensch zwischen sie und die Wand. »Hören Sie, lesen Sie meine Sachen bitte nicht. Ich kenne Sie nicht, gute Frau. Ich weiß nicht, ob es überhaupt irgendetwas nützt, mit Ihnen zu reden!«

Hera blickte nach rechts und sah die andere Wand mit den Aufzeichnungen zu Cynda. In ihren dunklen Augen begann es zu funkeln. »Würden Sie mich denn einweihen, wenn … wenn ich eine Reporterin für das *Umweltaktionsblatt* wäre?«

Skelly glotzte sie an. »Ich habe gedacht, das wäre eingestellt worden!«

»Nur eine technische Umrüstung«, erklärte Hera. »Sie könnten Teil der großen Neuausgabe sein.«

Skelly musterte sie nachdenklich. Er hatte nie zur Leserschaft dieser Veröffentlichung im HoloNetz gehört, aber sie war ihm im Laufe seiner Recherchen wiederholt untergekommen. Das *Umweltaktionsblatt* hatte bereits einer ganzen Reihe von üblen Geschäftspraktiken ein Ende gesetzt.

»Kommen Sie schon«, drängte sie und zog ein Datenpad aus ihrem Umhang. »Ich habe Sie schließlich freigelassen.«

Skelly holte tief Luft – und traf eine Entscheidung. »In Ordnung.«

Er eilte zu seiner Wand, zeigte auf ein Diagramm nach dem anderen und begann seine Theorien darzulegen. Einige der Kristallstalaktiten und -stalagmiten aus dem Gestein zu lösen war kein Problem; sie waren nur nebensächliche Fortsätze der geologischen Strukturen, die Cynda zusammenhielten. Das war, als würde man dem Mond einen neuen Haarschnitt verpassen. Aber mittels Sprengstoff neue Höhlen zu öffnen war eher so, als bräche man seine Knochen.

»Jede neue Kammer, die sie entdecken, enthält mehr Thoridium als die vorangegangene«, berichtete Skelly. »Und deshalb setzen sie immer mehr Energie ein, um weiter vorzustoßen.«

»Und das führt zu den Einstürzen, die die Arbeiter gefährden.« Hera nickte und machte sich Notizen auf ihrem Datenpad. »Während sie zugleich eine wunderschöne Naturstätte zerstören.«

»Jetzt haben Sie es verstanden!« Triumphierend stieß Skelly seine Faust gegen die niedrige Decke.

»Okay, gut«, sagte Hera mit sanfter Stimme.

Skellys Gesicht versteinerte. *»Gut?«*

Sie lächelte ihn nachsichtig an. »Das alles ist keine große, schockierende Neuigkeit, Skelly«, erklärte sie freundlich und steckte das Datenpad wieder ein. »Das Imperium bringt Arbeiter zu Schaden und macht Dinge kaputt. Das tut es ständig und überall.«

»Und?«

»Sie haben das gleiche Problem wie eine Milliarde anderer Leute in der Galaxis. Eines Tages werden wir alle etwas dagegen unternehmen. Es ist gut, davon zu wissen, und ich empfinde Mitgefühl für alle Beteiligten. Aber ich bin mir nicht sicher, ob jetzt der richtig Zeitpunkt ist, das publik zu machen.«

Skelly war aufgebracht. »Sie werden es nicht veröffentlichen? Nach alledem? Was ist denn das für eine Geschichte? Ich habe gedacht, Sie wären Journalistin!«

Die Frau trat einen Schritt zurück – offensichtlich nicht aus

Angst vor ihm, sondern einfach, um ihm genügend Platz zum Toben zu lassen. »Im Moment geht es mir wirklich mehr darum, Informationen zu sammeln, Skelly. Vorbereitungen zu treffen für …« Sie brach ab, dann deutete sie mit dem Kopf auf die Wand mit den Notizen über Cynda. »Was Sie beschrieben haben, ist schlimm, aber es ist nicht gerade ein Weltuntergang.«

»Oh doch, das ist es!« Skelly riss die Holodisc aus seiner Westentasche und hielt sie zwischen Daumen und Zeigefinger. »Weil ich nämlich glaube, dass das Imperium, wenn es so weitermacht, den ganzen Mond in Stücke sprengen könnte!«

Hera hob die Hand. »Hören Sie, jetzt bitte keine Übertreibungen. Wie groß wäre der Schaden, von dem Sie sprechen, tatsächlich?«

»Ich übertreibe nicht!«, protestierte Skelly. Er steckte die Holodisc wieder ein, drehte sich zur Wand zurück und begann mit seiner unversehrten Hand, unter den daran befestigten Notizen etwas zu suchen. »Der Mond ist jetzt schon brüchig und instabil. Seine elliptische Umlaufbahn bedeutet, dass sowohl Gorse als auch die Sonne ständig an ihm zerren. Im Fall von Gorse entlädt sich diese belastende Spannung durch Erdbeben, aber was Cynda angeht, bleibt all diese Energie im Inneren aufgestaut, weil sich die Kristallgitter so weit in die Tiefe erstrecken, dass …«

»Kommen Sie bitte zum Fazit.«

»Man braucht nur genügend Sprengstoff an den entscheidenden Stellen hochzujagen, und von Cynda bleibt nicht viel mehr übrig als von den Versprechungen eines Senators.«

Hera starrte ihn einen Moment lang an. Skelly starrte zurück.

»Das ist einfach … unglaublich«, stammelte sie schließlich. »Man verfügt also über die Fähigkeit, einen Himmelskörper von dieser Größe zu zerstören? Schwer zu glauben, dass es so etwas gibt.«

»Aber es ist so. Es ist möglich. Und allmählich glaube ich, es ist denen völlig egal.«

Hera trat an die Wand und begann zu lesen. »Diese Notizen wirken völlig zusammenhanglos«, bemerkte sie. »Auf ein paar von ihnen kann ich mir überhaupt keinen Reim machen.«

»Vertrauen Sie mir«, sagte Skelly. »Ich bin ein Experte.«

»Sie sind Planetengeologe?«

»Nein, ich bin Bombenbauer.«

Hera spitzte die Lippen. *»Ah.«* Sie zog die Silbe in die Länge.

»Ich weiß, wie das klingt«, fuhr er fort. Er nahm einige der Notizen von der Wand und umklammerte sie mit seiner starren rechten Hand. »Aber es ist wahr. Die Bergbaufirmen wissen davon, weil ich es ihnen gesagt habe. Aber sie vertuschen die Sache, weil sie alle Teil der Verschwörung sind.«

»Der Verschwörung?«

»Das Thorilidium-Dreieck«, antwortete Skelly, erstaunt, dass sie noch nie davon gehört hatte. Er ging durch den Raum zu der Wand mit den gesammelten Schandtaten der Firmen hinüber. »Die Bergbauunternehmen sind korrupt. Sie stecken mit den Schiffbauern, die dem Imperium ein Bauprojekt nach dem anderen angedreht haben, unter einer Decke, sind durch Aufsichtsräte, Besitzanteile und so weiter eng mit ihnen verwoben. Oh, es geschieht natürlich alles im Geheimen, aber man kann nun mal nicht alles geheim halten. Eine Milliarde Sternzerstörer sind noch nicht genug. Sie bauen Super-Sternzerstörer und Super-Super-Sternzerstörer und wer weiß was sonst noch alles!«

»Ich verstehe«, antwortete Hera und trat vorsichtig einen Schritt zurück. »Und woher wissen Sie das alles?«

»Aus dem HoloNetz!«

»Ah«, sagte Hera. »Aus dem HoloNetz.«

»Es ist alles ein einziges großes Netz, und es erstreckt sich bis in alle Ewigkeit«, fuhr Skelly fort, den Blick auf die gegenüberliegende Wand gerichtet. Er trat hinüber und begann wieder, in den Notizen zu stöbern. »Haben Sie eigentlich gewusst, dass es die Interessen der Großfinanz waren, wodurch die Klonkriege überhaupt erst angezettelt wurden? Es gab da einen Hersteller von Kampfdroiden, der zu große Lagerbestände hatte, und da …«

Skelly spürte Heras Blick auf sich, und alle Luft entwich aus seiner Lunge. Er hörte auf zu reden. Die Notizen, die Ausschnitte, alles verschwamm vor seinen Augen, ergab plötzlich keinen Sinn mehr.

Er hatte es schon wieder getan.

»Entschuldigen Sie vielmals, dass ich Sie belästigt habe«, hörte er sie wie aus weiter Ferne sagen. »Viel Glück.«

Skelly hielt seinen Blick weiter starr auf die Wand gerichtet. »Hören Sie, ich weiß, wie es klingt. Ich habe … nun ja, ich habe eine Menge schlimmer Dinge durchgemacht. Ich rede mich in Rage. Ich drücke mich nicht immer richtig aus. Aber was ich weiß – es ist trotzdem die Wirklichkeit.« Er holte tief Luft. *»Ich bin nicht verrückt.«*

Als er sich umdrehte, war sie fort. Er hörte Schritte leichtfüßig die Leiter hinaufklettern. Er folgte ihr, sah aber nichts als den Müllcontainer und den dunklen Hof um ihn herum.

Ernüchtert stieg Skelly wieder hinunter und schloss das Gitter hinter sich.

Schweigend saß er unten auf dem Boden des Schachtes. Sein Kopf summte, und er schmerzte, wie er das schon seit Langem tat. Skelly hatte seit seiner Übersiedlung nach Gorse keinen richtigen Schlafrhythmus mehr gefunden, und die viele Zeit in den stets taghellen Höhlen auf Cynda hatte ihn nur noch weiter durcheinandergebracht. Das Chaos in den Notizen, die er immer noch mit seiner so stark in ihrer Funktionsfähigkeit beeinträchtigten Hand umklammert hielt, war eine der Folgen davon. Aber er konnte sich immer noch auf das eine oder andere konzentrieren. Die Daten auf der Holodisc – von denen wusste er, dass sie stimmten. Sie waren sein Testament, seine letzte Chance.

Skelly erinnerte sich an Vidians holografisches Erscheinen bei Lal Grallik. Der Graf würde zu ihr kommen, ja. Und Vidian konnte ihm immer noch zuhören und dann das Richtige tun. Aber er würde weitere Leute vom Imperium bei sich haben, und die konnten immer noch das Falsche unternehmen.

Skelly sprang auf und betrat aufs Neue sein Allerheiligstes. Er öffnete den Vorhang zu der Abstellkammer, hinter dem seine geheime Werkbank versteckt war. Und darunter befanden sich, in versiegelten Päckchen, die gewaltigen Vorräte an hochexplosivem Baradium, die er über die Jahre herausgeschmuggelt hatte. Aufgrund seiner Befürchtungen, was Sprengungen auf Cynda anging, hatte er jedes Mal, wenn er eine Sprengladung angebracht hatte, um eine Wand aufzureißen, nicht alles verwendet. Er hatte einfach nur nicht zurückgegeben, was übrig geblieben war.

Aber wenn sie jetzt nicht auf ihn hörten, würde er alles zurückgeben. Alles auf einmal und das so, dass sie es garantiert bemerkten.

Ja, genau das würde er tun.

Hera schüttelte den Kopf, als sie wieder auf die Straße hinaustrat.

Sie war ein kalkuliertes Risiko eingegangen, als sie Skelly befreit hatte. Ihrem Umweg hatte die Annahme zugrunde gelegen, dass jeder, der sich in irgendeiner Weise gegen das Imperium stellte, es wert war, genauer in Augenschein genommen zu werden. Manche dieser Leute könnten durchaus eine Hilfe sein. Vielleicht noch nicht jetzt, aber sobald sich die kommende Bewegung einmal erhob. Es war wichtig, sich ein Bild von ihren Fähigkeiten zu verschaffen.

Aber Skelly würde nie von irgendwelchem Nutzen sein, und so legte sie ihn im Geiste zu den Akten – zu all den vielen Dutzend ähnlichen anderen Fällen, denen sie begegnet war. Politischer Aktivismus lockte immer überdurchschnittlich viele Verrückte an. Einige waren verständlicherweise von den Mächten, gegen die sie kämpften, in den Wahnsinn getrieben worden; einige hatte der Krieg traumatisiert, was, wie sie vermutete, auch bei Skelly der Fall war. Andere hatten keine Entschuldigung. Aber während solche Leute immer die Ersten waren, die revoltierten, führten sie doch praktisch nie erfolgreiche Revolutionen an. Alle Aktionen gegen das Imperium mussten sorgfältig überlegt sein – und jetzt umso mehr.

Bisher war Gorse ein Reinfall gewesen, in mehr als nur einer Beziehung dunkel und ohne Sonne: Seine Bewohner trotteten roboterhaft durchs Leben, auf der einen Seite die Plackerei der Arbeit und auf der anderen die Gefahren der Straßen; und weder das eine noch das andere schienen sie richtig wahrzunehmen. Selbst der Mensch, der ihr beim Kampf mit der Straßenbande geholfen hatte – erst jetzt erinnerte sie sich daran, dass er derselbe war, der auch dem Alten auf Cynda zu Hilfe geeilt war –, ließe sich mühelos in ein bereitliegendes Schema passen: der Herumtreiber, der nach einer Rauferei Ausschau hält. Es wäre enttäuschend, aber nicht überraschend, wenn es sich tatsächlich so verhielt. Wie alle anderen auf Gorse war er gefangen in genau der Rolle, die das Imperium für ihn parat hielt. Niemals würde er eine Bedrohung für es darstellen. Wirklich schade. Er schien etwas vom Kämpfen zu verstehen.

Aber Hera schlug sich den Kerl aus dem Sinn. Skelly war nur ein kleiner Abstecher gewesen; was wirklich zählte, lag noch vor ihr. Und sie würde es in dem Etablissement finden, dessen wenig subtile Reklame nun vor ihr auf ihrem Datenpad erschien:

Der *Asteroidengürtel*
Pits, Gorse City – Besitzer Okadiah Garson
Die ganze Nacht geöffnet
Kommen Sie rein und lassen Sie sich umgürten!

18. Kapitel

»He, Lady! Ich rede mit Ihnen!«

Der große Schlägertyp redete in der Tat mit Zaluna, sonst war niemand auf der Straße. Aber sie hatte sich dafür entschieden weiterzugehen – bis er ihr folgte. Nur wenige Schritte hinter ihr schrie er wieder: »Ich habe gesagt, ich rede mit Ihnen!«

»Tun Sie aber nicht«, widersprach sie und stapfte weiter durch den Straßenmatsch. »Wenn Sie mit mir reden würden, würden Sie mich mit meinem richtigen Namen anreden.«

Der Betrunkene beschleunigte sein Tempo und lachte auf. »Woher soll ich denn wissen, wie Sie heißen?«

»Eben!« Zaluna wirbelte herum und fixierte ihn unter ihrer dünnen Kapuze hervor. »Dann haben Sie auch keinerlei Anlass, mich anzusprechen und mit mir zu reden, Ketticus Brayl. Gehen Sie nach Hause zu Ihrer Frau und Ihren Kindern.«

Im Licht des Mondes war zu sehen, wie das Gesicht des Kolosses bleich wurde. »Moment mal. Woher wissen Sie, wer ich bin?«

»Das ist hier nicht wichtig«, gab sie zurück und ließ ihre rechte Hand in dem langen, weiten Ärmel ihres Ponchos verschwinden. Der Poncho war das luftigste Kleidungsstück in ihrem Besitz, das ihre Züge zu verbergen versprach. »Wichtig ist, dass Sie mich jetzt endlich in Ruhe lassen werden.«

Brayl brach in schallendes Gelächter aus. »Und wenn ich das nicht tue?«

»Dann wird der da mit Ihnen reden.« Ihre rechte Hand tauchte wieder aus dem Ärmel auf und hielt jetzt einen schlanken Blaster. »Sind wir jetzt fertig?«

Der Betrunkene starrte aus großen Augen die plötzlich erschienene Waffe an. Dann wandte er sich ab und torkelte in die schwülheiße Nacht davon. Zaluna setzte ihren Weg fort und schob den Blaster wieder in sein Versteck zurück, froh, dass niemand wusste, dass er in den dreiunddreißig Jahren, seit ihre Mutter ihr die Waffe vermacht hatte, kein einziges Mal abgefeuert worden war.

Sie kannte natürlich nicht wirklich alle und jeden auf Gorse und Cynda vom Sehen, aber fast ein Dritteljahrhundert Überwachung hatte eine Menge Unruhestifter auf ihrer Beobachtungsliste auftauchen lassen. Und viele von ihnen schienen irgendwann hier unten zu landen, in den Pits. Einige Bergarbeiter verhielten sich ganz so, als wäre dieses Viertel, das den aufgelassenen Gruben so nahe lag, jetzt, wo der Tagebau schon lange eingestellt worden war, ein ganz passabler Ort zum Leben. Für diese Leute verhielt es sich vielleicht wirklich so. Aber Zalunas Erfahrung nach waren diese Gelegenheitsarbeiter nichts als potenzielle Unruhestifter. Sie hatte zu viele Kneipenschlägereien in den Pits überwacht und zugesehen, wie Dutzende von Leuten ihres Geldes wegen oder auch einfach nur zum Spaß auf den Straßen ausgeraubt worden waren. Was immer die Unternehmen den Bergarbeitern zahlten, es war jedenfalls nicht genug, um zu verhindern, dass einige von ihnen brave Leute dazu zwangen, ihr Geld rauszurücken.

Andererseits, wenn sie mehr zahlen würden, würden die Arbeiter noch mehr trinken – und das schien nur ihre schlimmste Seite hervorzukehren.

Die Begegnung von eben war nur eine weitere Sorge an einem Tag voller Sorgen gewesen. Nach Hettos Verhaftung hatten die verbliebenen Angestellten der Überwachungsabteilung von Transcept ihre Überstunden in Schweigen abgeleistet. Alle hatten Angst gehabt, etwas zu sagen. Wenn man jenem imperialen Leutnant Glauben schenken durfte, konnte nun der Hintergrund eines jeden Überwachers Gegenstand einer genaueren Untersuchung werden. Zaluna hatte gehofft, durch ihr erneutes Aufspüren des Verdächtigen Skelly eine Art Wiedergutmachung dafür leisten zu können, dass die Mynocks ihn nicht schon vorher dingfest gemacht hatten, aber ihre diesbezüglichen Hoffnungen waren dahingeschwunden, als sie erfahren hatte, dass Skelly noch vor Eintreffen der Sturmtruppler wieder aus den Büros von Moonglow geflohen war.

Zumindest hatte niemand die Mynocks unter Verdacht, ihm einen Hinweis gegeben zu haben. Die Fabrikaufseherin von Moonglow hatte eine Stunde damit verbracht, ihre Sicherheitsmannschaft gegen die Beschimpfungen der Sturmtruppler zu verteidigen. Trotzdem rechnete Zaluna damit, dass für alle im Büro von Transcept nun schwierige Tage bevorstanden.

Und selbst wenn nichts geschah, würde ihr ihre Arbeit, die sie doch so gern gemacht hatte, nie wieder Freude bereiten.

Es war seltsam. So viele Leute auf Gorse lebten in ständiger Angst – vor allem Sullustaner wie sie sowie andere Wesen von eher kleiner Gestalt. Doch durch ihre Arbeit mit den Mynocks hatte sie sich irgendwie dagegen immun gefühlt. Ihre Isoliertheit und ihr Zugang zu all den vielen Informationen hatten ihr ein Gefühl von Sicherheit vermittelt. Gewiss, ihre

Art von Arbeit konnte andere leicht in Schwierigkeiten bringen. Aber bisher war sie allen möglichen Bedenken in dieser Hinsicht mit der Begründung entgegengetreten, dass so viele der Leute, die sie belauschte, eben üble Charaktere waren, die dazu neigten, auf dunklen Straßen arme, berufstätige Frauen zu schikanieren.

Aber.

Mit der Zeit waren immer weniger dieser Grobiane und Raufbolde ins Visier genommen worden, um ausgeschnüffelt zu werden, und stattdessen immer mehr Leute wie – nun ja, wie Hetto. Und jetzt sogar Hetto selbst, den ein ungewisses Schicksal erwartete. Niemand auf ihrem Stockwerk hatte sich einen Reim darauf machen können. Sicher, Hetto hatte sich über die Arbeitsbedingungen und die schlechte Bezahlung beschwert, aber wer tat das nicht? Ja, er war der Ansicht gewesen, es sei abscheulich, was das Imperium mit den einst so prächtigen Höhlen auf Cynda angestellt hatte, aber das war erstens nichts Neues und zweitens ein auf ganz Gorse weit verbreitetes Empfinden.

Aber der Datenwürfel war nun eine andere Sache – und Zaluna wusste jetzt, dass dieser Würfel der wahre Grund war, warum Hetto ins Visier der imperialen Überwacher geraten war. Nach Ende ihrer Schicht war sie schnellstens nach Hause geeilt, um sich einen Eindruck zu verschaffen, was genau Hetto ihr da zugesteckt hatte. Er hatte ihr zwar nicht die Erlaubnis erteilt zu lesen, was sich auf dem Datenwürfel befand, aber es war schließlich nicht das erste Mal, dass sie ihre Nase in die Angelegenheiten anderer Leute steckte. Und sie hatte gar nicht die Absicht, irgendetwas an diese »Hera« weiterzuleiten, ohne sich zuvor ein Bild davon gemacht zu haben, worum es sich handelte.

Sie hatte dazu ein Lesegerät genommen, das ihr schon als Teenager gehört hatte und das hundertprozentig vom Holo-Netz abgekoppelt war; zur Sicherheit hatte sie sich zur Begutachtung des Datenwürfels obendrein in ihr Abstellkämmerchen verzogen. Sein Inhalt war mit einem handelsüblichen Programm verschlüsselt, aber Zaluna hatte mehrere Jahre im Bereich der elektronischen Datensammlung gearbeitet und fand schnell eine Möglichkeit, um alle Schutzmechanismen zu umgehen.

Was sie fand, erstaunte sie. Irgendwie hatte Hetto es geschafft, sämtliche Dateien herunterzuladen, die Transcept über alle angelegt hatte, die das Unternehmen auf Gorse und seinem Mond beobachtet hatte, von den Zeiten der Republik bis hin zur Gegenwart.

Einen Moment lang überlegte sie, ob diese »Hera« nicht vielleicht für eine der konkurrierenden Überwachungsfirmen arbeiten könnte. Ein Fall von Firmenspionage – ein Ausspionieren der Spione um des Profits willen. Vielleicht hatte Hetto, ständig pleite wie er war, ja gehofft, dafür ein ordentliches Sümmchen zu kassieren. Mit einem solchen Geschäft wollte Zaluna jedenfalls nichts zu tun haben. Aber als sie länger darüber nachdachte, ging ihr auf, dass Transcept ja ständig Daten an seine Konkurrenten verkaufte, und das manchmal sogar in ganz großem Ausmaß. Ein solches Vorgehen wäre also völlig unnötig.

Zaluna sah sich die Daten genauer an und stellte fest, dass das eigentlich Wichtige an diesem Datenwürfel gar nicht die Fülle der darauf gespeicherten Informationen über alle möglichen Personen war. Die Existenz dieser Daten diente vielmehr nur als Anhaltspunkt, um den Stand der Technik im Bereich der aktuellen Überwachungsmöglichkeiten zu demonstrieren. Jedes Bild in den Dateien, jede Stimmenaufzeichnung, jeder Bioscan, jede mit Namen verknüpfte elektronische Kommunikation war mit Hinweisen versehen, die vermerkten, auf welchem Wege diese Information gewonnen worden war. Auf diese Weise konnte der Leser dieser Informationen den Standort jedes Überwachungspunktes auf dem Raster von Transcept lokalisieren.

Wem konnte so etwas von Nutzen sein?

Vielleicht handelte es sich bei der Person hinter »Hera« ja um so etwas wie einen weiteren Skelly – irgendein Sonderling oder verrückter Bombenleger, der die Fähigkeiten und Möglichkeiten des Imperiums auskundschaften wollte, um neues Unheil zu stiften. Auch mit so etwas wollte sie nichts zu tun haben.

Aber Hetto selbst gehörte nicht zu dieser Art Leute. Und das rückte wieder einen anderen Typ von Interessenten ins Blickfeld: jemanden, der sich darum sorgte, was das Imperium mit den Leuten von Gorse machte.

Jemanden, der sich genauso sehr darum sorgte wie Zaluna.

Und wenn auch nur der Hauch einer Chance bestand, dass »Hera« zu diesem Typ gehörte, war ein Gespräch mit ihr wirklich sinnvoll, ganz gleich, welche Gefahr das für Zaluna bedeutete. Ein einziges Gespräch, nicht mehr; sie hatte keinerlei Bedürfnis, so zu enden wie Hetto. Aber das war sie ihm schuldig.

Es musste jedoch heimlich stattfinden – und deshalb war sie über ihr Ziel irritiert. Der *Asteroidengürtel*? Sie hatte seit dreißig Jahren keinen Fuß mehr in eine Kneipe gesetzt, aber sie hatte sich genug Videoaufzeichnungen angesehen, um sich zu fragen, wie überhaupt je irgendwer einen solchen Ort für ein heimliches Treffen auswählen konnte. *So viele Augen! So viele Ohren!* Ganz zu schweigen von den Sinnesorganen anderer

Natur, die sie sich gar nicht vorzustellen vermochte und mit denen womöglich etliche all der anderen Spezies aufwarteten, die solche Schenken besuchten.

Das Adrenalin pulste durch ihre Adern, als sie nun ihr gesammeltes Werkzeug aus diversen, lange Jahre zurückliegenden Trainingsprogrammen hervorkramte, bei denen sie gelernt hatte, wie und wo man am besten versteckte Kameras und Mikrofone platzierte – und wie man vorhandenes Überwachungsgerät über dessen Subraum-Strahlung am besten ausfindig machte. Nur das, so dachte sie, würde ihr einen Vorteil verschaffen können: Sie musste die Überwachungseinrichtungen zuerst entdecken, bevor diese *sie* entdecken konnten.

Sie sah das Kneipenschild vor sich. Es hatte keinen Sinn, noch länger draußen zu warten. »Hetto, du arme draufgängerische Seele, das mache ich alles nur für dich.« Sie zog ihren Umhang fest um sich und trat auf das Gebäude zu.

19. Kapitel

Der Bergarbeiter mit dem abgebrochenen Zahn entdeckte Kanan sofort, als der Pilot in den *Asteroidengürtel* gestampft kam. »Ich hab schon nach dir gesucht«, knurrte der vierschrötige Mann. »Wir müssen unseren Kampf von gestern Abend noch zu Ende bringen!«

So lädiert und schmutzig er nach dem Zwischenfall in Shaketown auch war, Kanan kam sofort auf ihn zumarschiert. Seine behandschuhte Hand schoss vor und packte den Bergmann an seinem haarigen Nacken. Mit einer ruckartigen Bewegung knallte Kanan den Mann mit dem Kopf auf den Nachbartisch und warf dort die Karten und Chips eines in Gang befindlichen Sabacc-Spiels durcheinander. Die erschreckten Kartenspieler sahen verdutzt zu, wie Kanan den benommenen Mann von ihrem Tisch zerrte – um dann selbst daraufzusteigen.

»Hört mal alle her«, rief er den Dutzenden von Gästen zu, die das große Gasthaus bevölkerten. »Ich habe genug für heute. Wenn mir jetzt noch einer krumm kommt, findet er sich im medizinischen Zentrum wieder.«

»Das Imperium hat das medizinischen Zentrum geschlossen!«, schrie jemand.

»Kleine Korrektur: Jeder, der mir krumm kommt, landet direkt in der Leichenhalle. Das wär's auch schon.« Mit einer einzigen schnellen Bewegung griff er nach dem Bierkrug zu seinen Füßen – er hatte bisher dem Burschen gehört, der nun auf dem Boden lag –, leerte ihn in einem Zug und stieg dann vom Tisch.

Von seinem üblichen Platz hinter der Theke aus musterte ihn der alte Okadiah. »Du erstaunst mich, Kanan. Du siehst aus, als hättest du bereits eine Kneipenschlägerei hinter dir, und doch könnte ich schwören, dass du gerade erst reingekommen bist.«

»Liegt wohl daran, dass ich eine Kneipenschlägerei *hatte*«, sagte Kanan und rieb sich das Kinn. »Drüben in Shaketown, *Philos Tankstelle* heißt der Schuppen.«

»Aber diese Kaschemme sollte doch eigentlich erst in drei Monaten wieder aufmachen.«

»Wird jetzt vermutlich noch ein bisschen länger dauern«, gab Kanan zurück, griff über die Theke und schnappte sich eine Flasche.

»Hm.« Okadiah polierte ein Glas. »Da kann ich nur mutmaßen, dass eine Frau mit im Spiel war.«

»Füge noch einen Schuss Dummheit dazu und schüttle alles gut durch«, erwiderte Kanan. »Aber was für eine Frau! Sie trug eine Kapuze, als ich sie das erste Mal gesehen habe. Aber ihre Augen sind der Wahnsinn. Und wie sie sich bewegt. Ich sag dir, Oke, wenn sie jetzt einfach hier reinmarschiert käme …«

»Ich glaube, dein Wunsch geht in Erfüllung!«, sagte Okadiah und deutete zur Tür.

»Hä?« Kanan drehte sich erwartungsvoll um. Eine Sullustanerin in einem rosaroten Poncho lugte durch die halbgeöffnete Tür. Sie hielt eine kleine blaue Tasche in Händen und ließ ihren Blick vorsichtig umherschweifen.

»Kapuze stimmt. Augen auch«, sagte Okadiah und grinste. »Aber ich werde wohl nie so recht begreifen, auf welchen Typ du eigentlich stehst.«

Die Frau huschte in den Raum. Die Tür schlug lautstark hinter ihr zu, was sie kurz zusammenfahren ließ. Doch dann steuerte sie schnell einen Tisch in der Ecke an – darauf den nächsten und wieder den nächsten. So arbeitete sie sich durch den Gastraum, als wollte sie vermeiden, von irgendjemandem oder irgendetwas, das nur sie wahrnahm, gesehen zu werden.

Kanan beobachtete sie erstaunt. »Was hältst du von der Sache?«

»Vielleicht ist der Steuereintreiber hinter ihr her?«, schlug Okadiah vor.

Als sie endlich die Theke fast erreicht hatte, blickte die Sullustanerin noch einmal in drei verschiedene Richtungen. Dann machte sie einen Satz durch den Raum und setzte sich auf einen Hocker am Ende der Theke, unweit von Kanan.

Okadiah verbeugte sich. »Willkommen in meinem Hause, junge Dame. Mein Freund hier ist ein großer Bewunderer von Ihnen.«

Kanan warf Okadiah einen grimmigen Blick zu. »Das ist nicht die Richtige, du Trottel!«

Okadiah lächelte. »Womit können wir Ihnen helfen?«

Sie sah Kanan mit großen Augen an – und ihr angespannter Ausdruck wurde etwas sanfter, als würde sie ihn erkennen. »Ja, da gäbe es schon etwas. Die Theke. Würde es Ihnen etwas ausmachen, wenn ich auf die andere Seite komme?«

Kanan sah sie mit großen Augen an. »Sie wollen hinter der Theke sitzen, wo der Wirt hingehört?«

»Das macht Kanan ständig«, erklärte Okadiah. »Er schläft sogar da.«

»Gute Dame«, sagte Kanan, »hinter der Theke gibt es keine Hocker.«

»Das ist schon in Ordnung«, erwiderte die Frau, während sie mit den Augen die Decke absuchte. »Ich brauche keinen Stuhl. Ich möchte auf dem Boden sitzen.«

Kanan und Okadiah sahen sich über die Theke hinweg irritiert an. Dann zuckten beide die Achseln – und die Frau flitzte durch die seitliche Öffnung auf die andere Seite der Theke. Kanan sah sie drüben verschwinden.

»Ich verpasse wirklich nur ungern etwas«, sagte Okadiah, »aber als Wirt muss ich meine Gäste unterhalten. Jarrus, alter Knabe, halt du hier die Stellung.« Er warf Kanan sein Handtuch zu und verneigte sich vor der Frau. »Wir unterhalten uns ein anderes Mal«, sagte er und trat hinter seiner Theke hervor.

Kanan hielt Okadiah am Hemd fest, als er an ihm vorbeiwollte. »Das ist echt schräg. Was soll ich ihr denn sagen?«

»Du stehst da hinter der Theke und hast jede Menge Alk zur freien Verfügung. Biete ihr was zu trinken an. Oder schenk dir selbst was ein.«

Kanan überdachte das Ganze und begriff, dass sein Freund einen ausgezeichneten Vorschlag gemacht hatte. Er schwang sich über die Theke. Auf der anderen Seite sah er die Sullustanerin auf dem Boden kauern. Sie hatte sich zurückgelehnt, sodass Kopf und Schultern in dem kleinen Raum unter der Spüle steckten.

»He! Was machen Sie da drin?«

»Nur eine kleine Sekunde«, rief sie.

Kanan wartete. Vielleicht hatte sie sich ja ihr Leben lang gewünscht, Klempner zu werden.

Sie blickte aus dem Schrank auf. »Entschuldigen Sie. Können Sie mir den Seitenschneider aus meiner Tasche reichen?«

Verblüfft tat Kanan, worum sie ihn gebeten hatte. Die kleine Tasche war bis zum Rand mit elektronischen und mechanischen Gerätschaften gefüllt.

»Danke«, sagte sie und nahm das Werkzeug entgegen. Ein paar Sekunden später kam sie mit einem zufriedenen Gesichtsausdruck wieder zum Vorschein. »Na also. Das wäre erledigt.«

Kanan bot ihr die Hand, um ihr aufzuhelfen. »Was haben Sie da unten gemacht?«

»Die Überwachungskameras hier drin außer Gefecht gesetzt«, erklärte sie und stand auf. »Danke für Ihre Hilfe.«

»Hier drin gibt es Kameras?«

»Überall gibt es Kameras«, unterstrich die Frau und klopfte sich den Staub ab. Sie wirkte jetzt wesentlich entspannter, als sie ihren Poncho ablegte, unter dem dunkle Kleider zum Vorschein kamen. »Deshalb habe ich mich, als ich hereinkam, erst einmal gezielt von einem blinden Fleck zum nächsten bewegt. Ich hatte mir schon gedacht, dass Transcept das Transmitter-Relais unter der Theke versteckt hat. Das ist ein beliebter Platz in Gasthäusern – unter der Spüle will niemand saubermachen.« Sie steckte die kleine Zange zurück in ihre Tasche. »Ich habe dem ganzen System den Saft abgeklemmt.«

Kanan sah sich im Raum um. Er konnte immer noch keine Kamera entdecken.

»Keine Sorge – ich habe es so aussehen lassen, als habe sich irgendein Nagetier darüber hergemacht. Das kommt andauernd vor. Nächste Woche wird jemand vorbeischauen, der vorgibt, ein Bierfahrer zu sein, und alles wieder reparieren.«

»Wenn Sie es sagen.« Kanan atmete tief durch und fragte sich, ob er in dieser Kneipe jemals etwas anderes getan hatte, als sich volllaufen zu lassen. Da er aber wusste, dass das, von den üblichen Schlägereien abgesehen, nicht der Fall war, schüttelte er die kurze Anwandlung von Paranoia wieder ab. »Woher wissen Sie das alles, Zaluna?«

Sie starrte ihn an, plötzlich wieder ganz ernst. Ihre großen Augen wurden noch größer. »Woher … woher wissen Sie, wie ich heiße?«

»Es steht auf Ihrem Namensschild«, erklärte Kanan und deutete darauf.

Die Frau sah erst ihn an und blickte dann auf ihr offizielles Namensschild, das noch immer an ihrer Arbeitsuniform steckte. »Oh«, sagte sie erschrocken, riss sich das Schild herunter und steckte es sich in die Tasche. »Ich bin wohl wirklich nicht so gut bei so was.«

»Bei was?«

Zaluna hatte sich wieder gefasst, sah Kanan an und lächelte artig. »Ich bin einfach nur irgendeine Kneipenbesucherin. Sie sollten mir keine besondere Beachtung schenken.«

»Okay«, sagte Kanan und wandte sich den Flaschen zu.

»Aber ich könnte noch etwas Hilfe gebrauchen.«

Kanan warf einen Blick über seine Schulter. »Madam, ich hatte einen langen Tag. Ich bin wirklich nicht in der Stimmung, irgendjemandem zu helfen.«

»Aber das werden Sie.« Zaluna lehnte sich an die Theke und lächelte sanft. »Ich kenne Sie. Ich habe Sie arbeiten sehen – auf Cynda.«

»Wie das? Ich habe Sie dort nicht gesehen.«

Zaluna gab ihm keine Erklärung. »Sie helfen den Leuten. Ich habe das heute nicht zum ersten Mal gesehen. Doch heute habe ich mitbekommen, wie Sie Ihren Freund vor Graf Vidian gerettet haben.«

»Sie haben mich gesehen?«

Zaluna ging nicht näher darauf ein. Aber sie lächelte – etwas verschämt darüber, was sie soeben verraten hatte. »Das ist eine der seltenen Freuden meiner Welt. Man verbringt seine ganze Zeit damit, nach schlechten Menschen Ausschau zu halten, und möchte am liebsten vergessen, was man sieht. Aber die guten, an die erinnert man sich.«

Kanan starrte sie an. Nichts von dem, was Zaluna sagte, ergab für ihn irgendeinen Sinn. Die Frau, ging ihm auf, erinnerte ihn an Jocasta Nu, die Bibliothekarin der Jedi. Sie sah ihr natürlich kein bisschen ähnlich. Aber Jocasta schien auch immer alles zu wissen und hatte zugleich so getan, als sei diese Allwissenheit das Normalste von der Welt. Und diese Frau hier war definitiv vom gleichen Schlag.

»Wobei brauchen Sie denn Hilfe?«

Zaluna besah sich das Menschengewimmel ringsum. »Ich soll hier jemanden treffen, aber ich weiß nicht, wie die betreffende Person aussieht.«

»Kennen Sie denn nicht jeden auf Gorse?«

»Nein, in diesem Fall nicht. Und ich muss mich verborgen halten. Könnten Sie sich für mich umsehen?«

»Zaluna, ich weiß nicht, wer Sie sind und für wen Sie mich halten – aber Sie kennen mich jedenfalls nicht. Ich laufe nicht einfach so in der Gegend herum und helfe irgendwelchen Leuten!«

»Da habe ich aber anderes gehört«, kam eine Stimme vom anderen Ende der Theke. *Die Stimme.*

Kanan beschloss, sich nichts anmerken zu lassen, und wandte sich um. *Irgendwie finden sie dich immer, Bruder.* »Hallo, Hera«, sagte er und lächelte selbstbewusst. »Was darf's sein für dich?«

20. Kapitel

Der Orden der Jedi war mehr als eine ehrenamtliche Polizeitruppe und mehr als irgendein Übungsverein gewesen, der sich mit Metaphysik abgegeben hatte. Er hatte eine Lebensweise verkörpert, die auf dem Kodex der Jedi beruhte – und auf vielen weiteren Lebensregeln, die nicht zum Kodex gehörten, sondern erst später ergänzt worden waren. Eine davon besagte, dass ein Jedi es vermeiden sollte, sich auf Liebesbeziehungen einzulassen. Seit seiner Flucht war es Kanan Jarrus sehr leichtgefallen, diese Regel zu vergessen.

Heras Besuch im *Asteroidengürtel* war natürlich keinesfalls ein Rendezvous oder dergleichen – aber sie war ohne Zweifel eine schöne Frau, die sich nun ungestört mit ihm unterhalten wollte, und er kannte aus früheren Erfahrungen den geeigneten Platz dafür. Hinten im *Asteroidengürtel* gab es einen schönen lauschigen Tisch mit gedämpftem Licht, wo man nicht von den übrigen herumstolpernden Trunkenbolden und Krawallmachern belästigt wurde.

Aber zu all seinen bisherigen Abstechern an diesen Tisch hatte er noch niemals eine kleine, graue Anstandsdame mitgebracht – und jetzt redete Hera sogar mehr mit Zaluna als mit ihm. Nachdem Hera ihn zum dritten Mal an die Theke geschickt hatte, um irgendetwas zu besorgen, war Kanan der Verdacht gekommen, dass die Twi'lek in Wirklichkeit wegen Zaluna hergekommen war und gar nicht auf der Suche nach ihm.

Die beiden hatten die Köpfe zusammengesteckt und tuschelten miteinander, als Kanan mit den Untersetzern zurückkam, um die Hera gebeten hatte. Es war an der Zeit, die Dinge etwas in Bewegung zu bringen. »Ihr braucht nicht weiter darüber zu reden, wie sehr ihr mich doch vermisst, meine Damen – da bin ich wieder!«

»Ja, super«, sagte Hera mit einer Stimme, die nun zum ersten Mal nicht wie Musik in Kanans Ohren klang. Sie schien vielmehr verärgert, dass er sie unterbrochen hatte, aber davon würde er sich nicht abschrecken lassen.

Dann sah er, dass der Stuhl, auf dem er gesessen hatte, ein ganzes Stück vom Tisch weg und in den Durchgang hineingeschoben worden war. Hera hatte ihn einfach mit dem Fuß weggestoßen, begriff er. *So viel also zu ihrer Dankbarkeit für seine Rettungstat.* »Heute sind sonst nur noch Stehplätze verfügbar«, sagte er, nahm sich den Stuhl und grinste sie an. »Echt gut, dass mir den noch keiner weggeschnappt hat.«

»Echt gut«, echote Hera.

Kanan drehte den Stuhl herum, setzte sich rittlings darauf, verschränkte die Arme und legte sie vor sich auf die Rückenlehne – das sollte reichen, um ihn wieder voll und ganz ins Gespräch zurückzubringen. »Also, was habe ich verpasst?«

Hera blickte ihn ungeduldig an – bis Zaluna die Finger auf ihre Hand legte. »Ich glaube, Sie können ihm vertrauen. Ich beobachte ihn schon länger als Sie. Er hilft anderen Menschen – auch wenn er sich gerne so aufführt, als wäre es anders. Er hat heute sogar Vidian die Stirn geboten.«

»Das habe ich gesehen«, sagte Hera.

»Das hast du gesehen?«, fragte Kanan und ihm klappte die Kinnlade herunter.

Hera schien Zalunas Vorschlag Kopfzerbrechen zu bereiten. »Es ist trotzdem unklug. Man schützt Geheimnisse, indem man den Kreis der Mitwisser so klein wie möglich hält.«

»Und man schützt sich selbst durch Zeugen«, sagte Zaluna. »Ich bin mein ganzes Leben lang Zeugin von Beruf gewesen. Und wenn wir diese Sache jetzt wirklich durchsprechen wollen, dann möchte ich einen Zeugen dabeihaben.« Sie musterte Kanan. »Er dürfte völlig ausreichen.«

Kanan ließ sich auf seinen Stuhl herabsacken und zuckte die Achseln. »Aha, ich dürfte völlig ausreichen.« *Was geht hier eigentlich vor?*

Hera schien mit einer Entscheidung zu ringen. Schließlich beugte sie sich mit zusammengelegten Händen über den Tisch. »Also gut. Ich bin hergekommen, um diesen Kerl zu treffen, den ich vom HoloNetz her kenne ...«

»Ah, okay, aber da hast du schon deinen ersten Fehler gemacht«, warf Kanan ein. »Ich hätte dir gleich sagen können ...«

Doch bevor er den Satz beenden konnte, schenkte ihm Hera ein kurzes Lächeln, das nur ein *klein wenig* herablassend war. »Kann das bitte warten?«

Die sanfte Rüge veranlasste Kanan, den Mund zu halten.

»Ich war auf der Suche nach einem Mann namens Hetto. Sowohl er als auch Zaluna arbeiten für eine Gesellschaft, die im Auftrag des Imperiums Überwachungen durchführt. Hetto hat sich zunehmend besorgt über bestimmte Vorgehensweisen gezeigt, die er als Machtmissbrauch ansah. Und er hat bereits mit anderen ... *betroffenen Gruppen* Kontakt aufgenommen.«

An der Art, wie Hera dies aussprach, konnte Kanan erkennen, dass sie nicht konkreter werden wollte. Aber sie hatte immerhin gesagt, dass sie diesen Hetto hatte treffen wollen.

»Er ist verhaftet worden, weil er versucht hat, sich mit Ihnen zu treffen«, sagte Zaluna und schüttelte den Kopf.

»Es war mehr als nur das«, antwortete Hera. Ihr Tonfall klang beschwichtigend. »Und das wissen Sie auch. Hetto war ein aufgeweckter Kerl, Zaluna. Er war sich dessen bewusst, was das Imperium anstellt. Unser Treffen? Das Ganze ging von ihm aus. Er wollte Kontakt aufnehmen, hat versucht, etwas zu unternehmen. Es war mutig von Ihnen, sich der Sache anzunehmen und zu Ende zu bringen, was er angefangen hat.«

»Ich bin nicht mutig«, widersprach Zaluna, und ihre Stimme zitterte ein wenig. »Ich bin eine alte Närrin. Ich erinnere mich an viel zu vieles. Ich weiß noch, wie es früher einmal war – und wie es dann immer schlechter wurde, schon vor dem Imperium. Ich kann mich an Zeiten erinnern, in denen es unmöglich gewesen wäre, dass jemand einfach mal so einen Gildemeister umbringt und dann weitermacht, als sei nichts geschehen.« Ihre schwarzen Augen glänzten. »Und ich erinnere mich, dass meine Leute sicher waren. Die Menschen, die für mich arbeiten, sind meine Kinder, und jetzt steckt einer von ihnen in ernsten Schwierigkeiten.« Sie fasste Hera starr ins Auge. »Wird man Hetto umbringen?«

Hera schien nicht recht zu wissen, was sie sagen sollte. Bekümmert schloss Zaluna ihre großen Augen. Kanan tätschelte ihr tröstend die Hand. »He, langsam, vielleicht ist Ihr Freund ja bloß in einem Arbeitslager gelandet.«

»Kanan hat recht«, sagte Hera – ein Satz, der sich, wie er fand, aus ihrem Mund einfach wunderbar anhörte, ganz gleich, ob sie es nun ernst meinte oder nicht. »Hetto ist begabt, und die Leute vom Imperium werden sich seine Fähigkeit weiter zunutze machen wollen, vielleicht sogar durch eine ähnliche Arbeit wie bisher. Nur irgendwo anders.«

»Ja, und vielleicht gibt es dort ja sogar Tageslicht«, ergänzte Kanan. Er lächelte Hera linkisch an und zuckte die Schultern.

Zaluna gewann ihre Fassung wieder, griff in ihre Tasche und brachte einen Datenwürfel zum Vorschein. Er war größer als der Datenspeicher, mit dem Kanan Skelly hatte herumwedeln sehen. »Das hier wollte Hetto Ihnen zukommen lassen.« Sie blickte Hera an. »Sie wissen, was sich darauf befindet?«

»Ich glaube schon«, antwortete Hera. Sie griff in eine Tasche und zog ein kleines Lesegerät hervor. »Darf ich?«

Zaluna zögerte, als sträube sie sich plötzlich. »Jetzt ist es so weit, nicht wahr? Jetzt ist der Augenblick gekommen.« Sie ließ den Blick durch den Schankraum schweifen und holte tief Luft. »Es ist geradezu aufregend, sich auch einmal auf dieser Seite der Überwachungskameras zu befinden. Man fragt sich, wer hier sonst noch alles unterwegs ist.«

»Es sind jedenfalls keine Agenten des Imperiums hier, falls Sie darauf abzielen«, erwiderte Kanan. Er sah sich ebenfalls um. »Das sind alles zu einhundert Prozent echte Trunkenbolde, die tagsüber die Schaufel schwingen. Ich habe mich bereits mit zu vielen von ihnen angelegt, als dass Spitzel des Imperiums darunter sein könnten.«

Hera sah ihn an. »Und wie denkst *du* über das Imperium?«

»So wenig wie möglich«, gab er zurück. »Ich nehme es, wie es kommt.«

»Hm.«

Sie klingt enttäuscht, dachte Kanan, *aber nicht allzu sehr*. Offensichtlich hatte Hera ein politisches Bewusstsein; er kannte die Sorte, nachdem er auf etwas gehobeneren Welten der einen oder anderen (und insgesamt ziemlich vielen) studierten Frau den Hof gemacht hatte. Aber diese Frauen hatten immer auf Biegen und Brechen versucht, ihn dazu zu bringen, sich ihre gerade aktuellen Anliegen zu eigen zu machen. Hera dagegen ließ ihn in Ruhe, wenigstens für den Augenblick. *Gut für sie.*

»Sie können sich die Daten ansehen«, entschied Zaluna schließlich und hielt Hera den Datenwürfel hin. »Das hat Hetto gewollt. Aber ... vielleicht geben Sie ihn mir anschließend gleich wieder zurück. In Ordnung?«

»In Ordnung«, antwortete Hera. Sie nahm den Würfel, schloss ihn an ihr Lesegerät an und machte sich an die Arbeit. Kanan sah, wie sich ihre Augen beim Lesen weiteten, und er begriff, dass sie es auskostete, einen ganz besonderen Fang gemacht zu haben.

»Pikante Einzelheiten?«

»Hmhm.« Sie beschäftigte sich noch einige weitere Minuten mit dem Datenwürfel. »Das ist einfach Wahnsinn. Er enthält nicht nur die gesammelten Informationen selbst – sondern auch Informationen über die Art und Weise, wie sie gesammelt werden. Das Imperium ist überall.«

»Aber es ist nicht allwissend«, gab Zaluna zu bedenken. »Augen und Ohren können versagen oder Fehler machen.« Sie deutete mit dem Kopf auf den Würfel, den Hera immer noch in Händen hielt. »Sie brauchen diese Daten nur lange genug unter die Lupe zu nehmen, um festzustellen, wo die Schwachpunkte sind.«

»Dieser Unterordner hier. Was haben diese Namen zu bedeuten?«

Zaluna schaute sich an, was Hera meinte, und räusperte sich. »Das ist wieder etwas anderes. Das sind alles Anfragen an die Datenbank von Transcept, die über den Kanal des Imperiums hereingekommen sind. Die Namen der Leute, für die sie sich interessieren. Überprüfung der Vergangenheit und der Zuverlässigkeit; Videodateien, die bei uns angefordert wurden.«

Kanan erhaschte einen flüchtigen Blick auf die Inhalte, während Hera die Namenslisten durchging. Er konnte immer noch nicht recht glauben, dass das alles Wirklichkeit war.

»Es sieht so aus, als habe Hetto bis ein paar Minuten vor seiner Verhaftung noch Material heruntergeladen«, sagte Zaluna. »Einige dieser Namen sind brandaktuell.«

Hera deutete auf einen Namen. »Was ist mit dem Allerletzten hier – *Lemuel Tharsa*?«

»Das ist eine der Anfragen von der Kommandoebene des Sternzerstörers. Irgendein hohes Tier wollte etwas über ihn wissen.«

»Kommandoebene? Also etwa der Captain? Oder Graf Vidian?«

»Anzunehmen.«

»Und wer ist dieser Lemuel Tharsa?«

»Der Name kommt mir nicht bekannt vor«, meinte Zaluna. Sie nahm Hera Würfel und Lesegerät ab und startete einen Suchlauf. »Irgendjemand dieses Namens hat dem Planeten vor zwanzig Jahren einen Besuch abgestattet – zumindest hat damals jemand einen Ordner über ihn angelegt. Aber es gibt keine Einzelheiten dazu.«

»Was könnte sie jetzt veranlassen, nach jemandem wie ihm zu suchen?«, fragte Hera.

»Keine Ahnung. Tut mir leid, dass da nicht mehr zu finden ist – damals, als die Überwachung noch kommerziell betrieben wurde, unterlagen wir stärkeren gesetzlichen Einschränkungen.« Zaluna reichte Hera den Würfel und das Lesegerät wieder. »Natürlich habe ich den Kerl damals vermutlich gesehen, wenn es sich wirklich um die gleiche Person handelt. Vielleicht hilft irgendetwas meinem Gedächtnis auf die Sprünge.«

Kanan musste kichern. »Nun ja, ihr Typen spioniert Millionen von Leuten hinter. Da kann man ja wohl kaum erwarten, dass Sie sich ...«

»Kanan Jarrus, männlich, Mensch, Anfang zwanzig«, sagte Zaluna und starrte ihm ins Gesicht. »Frachterpilot für Gefahrguttransporte. Fluggenehmigung Klasse sieben. Vor fünf Monaten nach Gorse übergesiedelt, und zwar von ...«

Kanan griff nach ihrem Handgelenk. »Also gut. Sie sind wirklich unheimlich. Ich hab's kapiert.« Seine Kehle war plötzlich wie ausgedörrt, und er griff nach seinem Glas.

»Das ist toll«, sagte Hera, trennte das Lesegerät von dem Datenwürfel und gab diesen der Sullustanerin zurück. »Echt großartig; dafür hat sich Hettos Opfer wirklich gelohnt – und das Ihre. Darf ich den Würfel lange genug haben, um alles zu kopieren? Ich habe wegen der Sache, die mich hierher geführt hat, zwar alle Hände voll zu tun, aber dafür würde ich mir Zeit nehmen.«

Kanan zog die Augenbrauen in die Höhe. »Ich habe gedacht, du wärest *ihretwegen* hergekommen – um sie zu treffen.«

Hera sah ihn mit einem gütigen Blick an. »Kanan, ich weiß es sehr zu schätzen, was du drüben in Shaketown für mich getan hast – und auch, dass du uns hier so freundlich bewirtest. Aber ich habe bereits alles getan, was mir möglich ist, um deine Neugierde zu befriedigen, also ...«

»Oh nein!«

Hera und Kanan warfen Zaluna überraschte Blicke zu.

»Er ist hier«, sagte die Sullustanerin und starrte in die Menge. »Wieso kommt er ausgerechnet jetzt hierher?«

Kanan sah sich um, bemerkte aber nichts als das gewöhnliche Gewimmel von Gästen. »Was denn? Wer?«

»Was ist los, Zaluna, wer ist hier?«, fragte Hera besorgt. »Das Imperium?«

Aber Zaluna hatte ihre Entscheidung bereits getroffen. Sie schob den Datenwürfel in ihre Tasche zurück und stand auf. »Das ist zu viel für mich. Ich muss gehen.« Sie wandte sich vom Tisch ab und steuerte auf die Seitentür zu. »Auf Wiedersehen!«

Kanan und Hera sahen einander verwundert an – bis sie ganz in der Nähe eine Gestalt in einem hellbraunen Mantel bemerkten.

»Kanan! Genau nach dir habe ich gesucht«, sagte Skelly und spähte unter seiner Kapuze hervor. »Aha, und meine Freundin hast du also auch schon kennengelernt!«

21. Kapitel

»*Du!* Ich habe gedacht, ich wäre dich endlich losgeworden!«

Skelly streckte ihm die Arme entgegen und schenkte Kanan ein breites Lächeln. »Freue mich auch, dich zu sehen«, sagte er mit lauter Stimme. »Bleib ruhig sitzen.«

Aber Kanan blieb nicht sitzen. Er sprang auf, packte den verdutzten Flüchtling im Nacken und drückte ihn auf den Sitz, wo soeben noch Zaluna gesessen hatte. »Der ganze Raum ist voller Bergleute, die glauben, du hättest versucht, sie in die Luft zu sprengen!«

»Das stimmt alles nicht.« Skelly wollte sich wieder erheben. »Schau mal, ich könnte ihnen ja erklären, dass ...«

»Setz dich!«, bellte Kanan und drückte ihn wieder nach unten. Dann sah er sich um, ob jemand den Neuankömmling bemerkt hatte. Glücklicherweise herrschte das ganz normale Chaos – ein Begriff, mit dem man mehr und mehr auch den gesamten Abend hätte beschreiben können.

»Warum ist ...«, begann Hera. »Unsere Freundin, die Sullustanerin. Sie ist sofort von hier weggerannt, als sie Sie gesehen hat. Warum?«

»Keine Ahnung«, meinte Skelly.

»Vielleicht ist sie ihm irgendwann mal in einem Aufzug begegnet«, schlug Kanan vor.

Skelly deutete mit seiner gesunden Hand auf Hera. »Du solltest in der Gegenwart dieser Frau vorsichtig sein, Kanan. Ich glaube nicht, dass sie diejenige ist, für die sie sich ausgibt.«

»Danke für den guten Rat. Aber mir gegenüber hat sie sich noch für überhaupt niemanden ausgegeben.«

Hera erhob sich und warf Kanan einen raschen Blick zu. »Ich sollte nachsehen, wo sie hingelaufen ist.«

»Nein, warte.« Er stand nun ebenfalls auf und legte ihr eine Hand auf die Schulter. »Bleib bei Skelly. Pass gut auf, dass er nichts ... nun ja, dass er am besten gar nichts unternimmt. Nicht das Geringste.«

Kanan schritt rasch an der Theke entlang zur Seitentür, aber draußen sah er nichts außer Okadiahs betagten Schwebebus, der dort im Mondlicht parkte.

Als er zurückkam, tuschelten Skelly und Hera leise miteinander. *Kannten sie einander wirklich?*

»Konnte sie nirgends entdecken«, verkündete er.

Hera runzelte die Stirn. »Sie muss gewusst haben, dass Skelly gesucht wird«, überlegte sie.

»Vielleicht kommt sie zurück, sobald er wieder weg ist.« Kanan setzte sich und fixierte Skelly. »Was willst du überhaupt hier? Wer hat dich laufenlassen?«

Skelly hob den Finger. »Sie!«

Kanan starrte Hera ungläubig an. »Wie bitte?«

Hera nickte nur – und zuckte die Achseln.

»Wann? Wo?«

»Bei Moonglow«, sagte sie. »Er wurde dort gefangen gehalten. Ich habe ihn befreit.«

»Warum?«

»Es schien mir einfach das Richtige.«

»Was? Warum nicht gleich eine thermische Sprengkapsel zünden!« Kanan konnte es nicht fassen.

Sie wirkte ungerührt. »Es schien mir ungefährlich. Es gab keine Berichte von irgendwelchen Opfern auf dem Mond ...«

»Ich wäre beinahe eins gewesen. Er ist eine biologische Waffe.« Kanan packte Skelly am Ärmel. »Wärst du jetzt bitte so gütig und würdest von hier verschwinden?«

»Ich geh ja gleich«, sagte Skelly. »Aber ich bin hergekommen, weil ich dich um einen Gefallen bitten wollte.«

»Das ist nicht zu fassen!«

»In ein paar Stunden wird Vidian eine Inspektion bei Moonglow durchführen«, fuhr Skelly fort.

Heras Interesse war sofort geweckt. »Das ist aber merkwürdig. Ich habe gedacht, Moonglow wäre nur eine kleine Firma.«

»Ich habe gehört, wie er es Lal angekündigt hat. Die Sturmtruppler haben die umliegende Gegend von Shaketown bereits abgeriegelt. Deshalb brauche ich deinen Ausweis, damit ich auf das Gelände gelangen kann, alter Freund.«

Kanan nahm einen großen Schluck aus seinem Glas und fragte dann: »Meinen was?«

»Du hast doch gesagt, du würdest sowieso kündigen, nicht wahr? Leih mir einfach deine Ausweiskarte. Ich geb sie dir zurück, sobald ich Vidian mein Anliegen vorgetragen habe.«

»Ich werde sie nicht zurückbekommen – weil sie dich nämlich erschießen werden! Und Vidian wird sich prächtig amüsieren, während er zusieht.« Kanan schüttelte den Kopf. »Dieser Typ ist einfach entsetzlich.«

»Er ist genial. Er lässt sich von diesen Industriellen nichts vormachen«, pries Skelly sich selbst.

»So viel steht fest«, ergänzte Hera. »Er bringt sie einfach um.«

»Ich kenne so ein paar, die das auch verdient haben. Nach dem, was ich gehört habe, tut er einfach, was nötig ist.« Skelly deutete mit seiner linken Hand auf seine unbewegliche Rechte. »Und er schämt sich nicht für seine Kybernetik. Ich glaube, wir zwei sprechen die gleiche Sprache. Wir werden uns unterhalten wie zwei Fachleute. Ich werde den Mond retten. Und dann hau ich von hier ab.«

»Das ist der dümmste Plan, den ich je gehört habe.« Kanan sah Hera ungläubig an. »Das ist der Mann, den du freigelassen hast.«

Hera seufzte. »Ich bin da jemandem begegnet, der ein drückendes Anliegen hatte, das er loswerden wollte. Ich wollte einfach wissen, worum es sich handelt, bevor das Imperium ihn ausradiert. Ich wollte wissen, ob er es wert war, ihn zu kennen.« Sie blickte Kanan unverwandt an und fuhr mit ruhiger Stimme fort. »Man kann nicht immer im Voraus wissen, welche Rolle jemand spielen wird.«

»Man kann sich seine Freunde nicht aussuchen, willst du sagen?«

»Oh, ich bin sehr wählerisch.«

»Das möchte ich meinen.«

»Ich lege hohe Maßstäbe an«, erklärte Hera. »Und nur ein paar wenige ganz besondere Leute sind im Augenblick in der Lage, mir zu helfen.«

»Solche wie Skelly? Oder die da?« Kanan deutete mit dem Daumen zur Tür, durch die Zaluna verschwunden war.

»Nein, vermutlich nicht.« Sie lächelte gütig. »Noch nicht einmal du kannst mir helfen. Ich danke dir für das, was du heute für mich getan hast, aber auch du wirst mir jetzt nicht helfen können.«

»Helfen bei was denn?«

Sie fuhr fort, milde zu lächeln. »Wenn du da erst fragen musst, bist du noch nicht bereit, es zu erfahren.« Sie stand auf. »Und jetzt muss ich wirklich gehen. Das Imperium sucht immer noch nach Skelly – und wenn es diesen Leute gelingt, Hetto zum Reden zu bringen, dann könnten sie rasch auch von meiner Verabredung hier wissen.«

Bevor Kanan etwas erwidern konnte, hörte er, wie die Vordertür aufgetreten wurde. Zwei Sturmtruppler erschienen in der Öffnung. Als er sich umwandte, sah er zwei weitere durch den Seiteneingang hereinkommen.

Hera sah sie ebenfalls. Sie seufzte. »Wenn man vom Imperium spricht ...«

Hinter eine Mülltonne gekauert, versuchte Zaluna ihre Fassung zurückzugewinnen. Sie hatte recht daran getan, sofort zu verschwinden. Jeder Imperiale auf Gorse suchte nach Skelly, und inzwischen war vermutlich schon ein Kopfgeld auf ihn ausgesetzt. Sie wusste nicht, ob er des Vergehens schuldig war, dessen man ihn bezichtigte, aber sie würde jedenfalls nicht herumsitzen und möglicherweise das Imperium verraten, solange er irgendwo in der Nähe war.

Verrat! Das war es, was sie gerade begangen hatte, begriff sie. Ihr Atem ging in schnellen Stößen, als sie in ihre offene Tasche auf dem Boden blickte. Da lag der Datenwürfel und glänzte im Mondlicht. Indem sie Hera ihn und seinen Inhalt gezeigt hatte, hatte Zaluna soeben über dreißig Jahre gewissenhaften Dienstes einfach weggeworfen – und wofür? Um einer Frau zu helfen, die womöglich mit einem wahnsinnigen Bombenleger im Bunde stand? Skelly hatte ganz den Eindruck erweckt, als kenne er Hera. Waren all seine Streitigkeiten mit

Kanan auf dem Mond nur gespielt gewesen, um ihr eine Falle zu stellen?

Eine Falle hatte sie von Anfang an befürchtet, und sie hatte einige Schritte unternommen, um sich dagegen zu wappnen. Ein Fluchtweg vom Hintereingang dieses Gebäudes aus hatte allerdings nicht dazugehört. Als sie nun das Scheppern der Rüstungen vorbeilaufender Sturmtruppler hörte, hielt Zaluna unauffällig Ausschau nach einem möglichen Versteck für den Datenwürfel – oder nach irgendetwas, mit dem sie ihn zerstören konnte. Aber es gab nichts. Selbst die Mülltonne war verschlossen.

Von der nächsten Straße hörte man bereits einen weiteren Transporter herankommen, da sah Zaluna ihre einzige mögliche Zuflucht groß und dunkel in der Gasse aufragen. Sie schnappte sich die Tasche und rannte los. Entweder würden sie all die Jahre, die sie im Fitnessraum von Transcept verbracht hatte, jetzt retten – oder sie taten das eben nicht.

Der Lärm im *Asteroidengürtel* ließ nur geringfügig nach, als die Sturmtruppler, ein Mann und drei Frauen, in den Gastraum traten. Sie hielten ihre Blaster in Händen, hatten sie aber noch nicht erhoben. Kanan sah, dass Okadiah sein Sabacc-Spiel gerade lange genug unterbrach, um sie zu begrüßen. »Willkommen, meine Damen und Herren Offiziere, willkommen! Hier ist heute den ganzen Abend Happy Hour!«

Kanan warf Hera einen besorgten Blick zu. »Es gibt nur zwei Wege hinaus«, erklärte er.

»Ich weiß. Ich habe mich vergewissert, bevor ich hereingekommen bin.«

Natürlich hast du das, dachte Kanan.

Skelly erhob sich und griff nach seiner Kapuze. »Mir reicht's jetzt«, meinte er und begann, sich die Kapuze vom Kopf zu ziehen. »Ich versuche sowieso, mich mit Vidian zu treffen. Ich werde einfach mit ihnen gehen!«

»Nein!«, sagten Kanan und Hera wie aus einem Munde, packten Skelly von beiden Seiten an den Armen und drückten ihn auf seinen Sitz zurück. Kanan zog ihm die Kapuze wieder über den Kopf, bis sie ihm fast bis zur Nase hing.

Die Sturmtruppler arbeiteten sich nach und nach durch den Schankraum vor und sprachen mit einzelnen Gästen. Die Betrunkenen waren nicht sehr kooperativ, und die Sturmtruppler waren dementsprechend nicht besonders freundlich.

»Die Nebentür?«, fragte Hera.

Kanan schüttelte den Kopf. »Hörst du das?«

Hera konzentrierte sich für einen Augenblick. »Nur den Kneipenlärm.«

»Draußen ist ein Truppentransporter vorgefahren. Da müssen noch mehr Sturmtruppler sein.«

Hera blickte zum Eingang. »Könnte das nicht der Schwebebus sein?«

»Der hört sich anders an.« Außerdem hatten sowieso nur er und Okadiah den Aktivierungscode für den Bus. Kanan sah sich noch einmal verstohlen um, bis sein Blick schließlich auf den kurzen Flur direkt hinter ihrem Tisch fiel.

Kanan blickte noch einmal kurz in den Gastraum, um sicherzugehen, dass die Sturmtruppler nicht zu ihm herüberschauten. Als er den richtigen Moment gekommen sah, stand er auf und fasste Skelly am Arm. »Schnell«, sagte er und ging zum Flur. »Du auch!«

»Aber dort geht es nicht raus«, gab Hera zu bedenken.

»Komm einfach mit – und tu genau das, was ich sage.«

22. Kapitel

»Sie da!«

»Ich da«, antwortete Kanan und trat mit einem weißen Geschirrtuch in der Hand allein aus dem kurzen Flur. Es war noch keine Minute vergangen, und zwei der Sturmtruppler hatten den Tisch erreicht, an dem sie zuvor gesessen hatten.

»Wir durchsuchen dieses Lokal«, erklärte der Sturmtruppler. Die Stimme war weiblich.

»Wonach?«

»Nach einem Spion, der sich hier mit einem Verräter treffen will.« Der männliche Sturmtruppler schob sich an Kanan vorbei in den Flur.

»Sie machen wohl Witze.« Kanan lachte. »Sehen Sie sich doch um«, meinte er, nahm ein leeres Glas vom Tisch und wischte die Tischplatte mit dem Tuch ab. »Wenn euer Spion heute Abend hier ist, dann kann er jedenfalls einpacken!«

Der weibliche Sturmtruppler ließ den Blick über die lärmende Menge schweifen. Ein nur etwa einen Meter großer betrunkener Ugnaught mit einer großen Schnauze ritt auf dem Kopf eines nicht minder besoffenen Ithorianers. Der Gigant mit brauner Haut und Hammerkopf hielt in jeder seiner langfingrigen Hände ein Glas und tapste schwankend herum, während er versuchte, sowohl sich selbst als auch seinem kleinen Reiter gleichzeitig etwas Nachschub einzuflößen, ohne dabei Bier zu verschütten.

Ein in jeder Hinsicht normaler Abend im *Asteroidengürtel*.

»Vielleicht ist ja das da Ihr Verräter«, sagte Kanan und zeigte mit einem Lächeln auf die beiden.

»Wie auch immer«, sagte der Sturmtruppler. »Wir suchen auch nach einem Piloten von Moonglow. Wir haben noch keine Bilder von ihm, aber er ist ein Zeuge – der Bombenleger hatte sich auf seinem Schiff versteckt. Man hat uns gesagt, er wohne hier.«

»Vielleicht im oberen Stock«, schlug Kanan vor und ging zur Theke hinüber, um das leere Glas dort abzustellen. »Diese Piloten tauchen an einem Abend auf, und am nächsten sind sie wieder verschwunden.« Er griff sich eine leere Flasche und warf sie in den Mülleimer. »Ich bin hier bloß der Barkeeper. Darf ich Ihnen etwas anbieten?«

Aus dem kurzen Flur rief der andere Sturmtruppler: »Da ist irgendjemand hinter dieser Tür!«

»Hoppla!«, sagte Kanan und beeilte sich, als Erster an Ort und Stelle zu sein. Am Ende des Flurs befand sich an der linken Seite eine kleine Tür, und der Sturmtruppler im Gang machte Anstalten, sie einzutreten. Kanan ging dazwischen und hob die Hand. »Sie sollten da vielleicht besser nicht reingehen.«

Der Sturmtruppler sah Kanan erstaunt an.

Und dann hörten sie es alle: Ein an Lautstärke kaum zu übertreffendes widerwärtiges Würgen schallte durch die Tür. Dann das Knallen von etwas Metallischem gegen die Wand, dann gegen die Tür, bevor das entsetzliche Würgen und Erbrechen wieder losging.

»Das ist einer der Wookiees«, erklärte Kanan und schüttelte den Kopf. »Glaubt immer wieder, er könne das Bier von Trandosha einfach so wegstecken. Dabei kann man mit dem Zeug den Lack von einem Landgleiter ätzen.«

Die Sturmtrupplerin ließ nicht locker. »Aber das klingt nicht nach einem ...«

Sie wurde unterbrochen durch eine schreckliche Kakofonie von Kotzgeräuschen, lauter als zuvor. Kanan blickte an den beiden gepanzerten Soldaten vorbei. »Bring das schwere Gerät, Layda!«

»Entschuldigen Sie bitte!« Hera, eine lange Schürze um die Hüften, erschien in dem offenen Durchgang am anderen Ende des Flurs. Aus der Vorratskammer brachte sie in der einen Hand einen Mopp und in der anderen einen Behälter mit besonders scharfem Industriereiniger mit. Während die Sturmtruppler ihr zusahen, setzte sie den Behälter vor der Tür ab und zog mehrere Mundschutzmasken aus Stoff hervor. Sie band sich erst eine übers Gesicht und dann noch eine zweite. »Sie treten besser etwas zurück«, sagte sie an ihre Zuschauer gewandt, während sie sich auch noch das dritte Schutztuch vors Gesicht band. »Ich weiß nicht, ob Ihre Uniformen Sie schützen werden.«

»Rrrraaa-arrghhhh-arrggh-arrrrgh!«, ertönte ein weiteres grässliches Heulen aus dem verschlossenen Raum. Und das Schlagen fing wieder an.

»Ich glaube, wir gehen besser weiter«, sagte die Sturmtrupplerin. Ihrem Kollegen war die Erleichterung an der Körperhaltung abzulesen. »Lassen Sie es uns wissen, wenn Sie irgendwelche verdächtigen Gestalten sehen«, setzte die Frau noch hinzu.

»Verstanden«, erwiderte Kanan.

Sobald sich die Eingangstür hinter den Sturmtrupplern geschlossen hatte, zog Kanan einen Schlüssel aus der Tasche und schloss die Tür auf der anderen Seite des Flures auf. In dem kleinen Lagerraum hockte ein verängstigter Skelly, einen Stahleimer in der Hand. »War das laut genug?«, fragte er. Er rief es immer noch mit lautem Widerhall in den Eimer hinein.

»Komm raus da«, sagte Kanan und packte ihn. »Und dann fort mit dir!«

Kanan achtete darauf, dass die Kapuze vollständig über Skellys Kopf gezogen war, als er ihn nun an der Theke entlang durch den Schankraum und zur Seitentür hinausschubste. Die Sturmtruppler und ihr Transporter waren verschwunden; nur noch Okadiahs Schwebebus stand draußen.

Als er die Vortreppe erreicht hatte, hob Skelly seine Kapuze und fragte mit weinerlicher Stimme: »Also, bekomme ich nun deine Ausweiskarte oder nicht?«

Kanan antwortete, indem er die Tür zuschlug und den Schlüssel im Schloss herumdrehte. Als er sich wieder umwandte, stand Hera ohne Schürze an der Theke.

»Gute Strategie, Kanan.« Er sah ihrer Miene an, dass er sie beeindruckt hatte. »Wenn du willst, dass sie gehen, dann sorg dafür, dass *sie selbst* gehen wollen. Sehr gewieft.«

»Ich habe viel Erfahrung damit, Sturmtrupplern aus dem Weg zu gehen.«

»Aha?«, sagte sie. »Wie kommt das?«

»Ich mag nicht, was sie anhaben – kein Sinn für Mode.«

Sie lächelte. »Komm mal her.«

Das tat Kanan – und war angenehm überrascht, dass sie die Hand ausstreckte und ihn berührte. »Du hast mir da etwas verheimlicht«, fuhr sie fort und strich ihm mit dem Finger über den Hemdkragen.

»So etwas würde ich nie tun.« Er rückte näher an sie heran, überrascht, wie aufgeschlossen sie sich plötzlich zeigte. Falls Aufregung und Nervenkitzel sie freundlicher stimmten, so hatte er nichts dagegen. »Du kannst von mir haben, was du willst.«

»Großartig«, sagte sie. »Ich will deinen Moonglow-Ausweis.«

»Ich würde …«, begann Kanan, bevor ihre Antwort überhaupt richtig bei ihm angekommen war. Dann stutzte er. »Du willst was?«

»Deinen Ausweis«, wiederholte sie und griff ihm tastend in den Ausschnitt. Ihre Hand kam mit der goldfarbenen Karte wieder zum Vorschein, die er an einer Schnur um den Hals trug. »Du arbeitest bei Moonglow. Davon hatte ich keine Ahnung, bis Skelly es vorhin erwähnt hat. Ich möchte deinen Ausweis haben, um auf das Gelände zu gelangen.«

»Ich glaube nicht, dass du einfach so …«

»Ich habe mir das Tor angesehen. Es funktioniert automatisch.« Sie machte eine Wischbewegung mit der Hand. »Ganz simpel.«

»Moment mal. Warum willst du denn in die Fabrik hinein?«

»Wegen Denetrius Vidian.«

»Igitt!«, entfuhr es Kanan. Er ging wieder an die Theke, von wo aus ihm seine trostbringenden Freunde in ihren schmucken Glasbehältern zuwinkten, sich doch zu bedienen. »Glaub mir, Süße, ich sehe wirklich sehr viel besser aus.«

»Ich weiß, wie er aussieht«, sagte sie und folgte ihm an die Theke. »Er ist der Grund, warum ich hier bin.«

»Das ist ja noch schlimmer«, meinte Kanan. Er schenkte zwei Gläser voll. »Schau mal, ich weiß, dass sich über Geschmack nicht streiten lässt. Aber du bist viel zu gut für jemanden wie ihn.«

»Ich habe kein Verhältnis mit ihm. Ich versuche herauszufinden, warum er hier ist.«

»Ich hätte gedacht, das wäre offensichtlich. Er ist hier, um mehr Saft aus den Steinen zu quetschen – beziehungsweise mehr Thorilidium aus den Kristallen.«

Er reichte ihr das eine Glas und kam auf ihre Seite der Theke herüber. Ihr schien es mit dieser Sache wirklich ernst zu sein – *was immer* sie vorhatte. »Ich habe allerdings bis heute noch nicht begriffen, warum das Imperium so viel Thorilidium braucht.«

Hera schüttelte den Kopf. »Das ist eigentlich kein Geheimnis. Sie bauen Sternzerstörer in einem Tempo, dass bald jeder einen im Garten stehen hat. Das Geheimnis ist vielmehr: warum gerade Gorse? Und warum gerade jetzt?«

»Was meinst du damit?«

»Sie haben euch doch schon den Arsch aufgerissen, um Tempo zu machen, bevor Vidian hier aufgetaucht ist. Deswegen hat doch dein Kumpel Skelly …«

»Er ist nicht mein Kumpel!«

»… deswegen haben Skelly und eine Menge anderer Leute, die so ticken wie er, so lautstark Protest erhoben. Gorse und Cynda waren keine Welten, die das Imperium mit Vernachlässigung beehrt hätte.«

»Vorsicht«, sagte Kanan und nahm es als Vorwand, dichter an sie heranzutreten und ihr sein gewinnendstes Lächeln zu präsentieren. »Das sind verräterische Äußerungen.«

»Ich glaube, ich kann mich darauf verlassen, dass Zaluna die Überwachungsanlage abgeschaltet hat. Also, erklär mir mal Folgendes«, forderte sie. »Vidians Verwaltungssitz befindet sich auf Calcoraan, ganze Sektoren weit von hier entfernt. Aber in letzter Zeit scheint seine gesamte Karriere im Imperium ihn nur ein einziges Ziel ansteuern zu lassen: die Zuständigkeit für Gorse und Cynda zu erlangen. Und in dem Augenblick, da ihm das gelungen ist, fordert er auch schon eine imperiale Eskorte an, um ihn herzubringen.« Sie zählte die Reihe der Merkwürdigkeiten an ihren Fingern ab. »Nun, kommt dir das nicht seltsam vor?«

»Mir kommt seltsam vor, dass eine kluge Person sich mit nichts Besserem zu beschäftigen weiß als mit dem Leben irgendeines Verrückten aus dem Imperium«, erwiderte Kanan und schüttelte ungläubig den Kopf. »Warum kümmert dich das alles?«

»Weil überall, wo Vidian auftaucht, ihm Schmerz und Leid auf dem Fuß folgen. Freunde von mir sind verschwunden, ihre Welten haben Schlimmes durchgemacht. Aber wenn ich herausfinde, worum es Vidian eigentlich geht, kann ich vielleicht etwas dagegen unternehmen.«

Kanan schüttelte den Kopf. Wie alt war sie – achtzehn vielleicht? Und sie legte sich mit einem der einflussreichsten Politiker des Imperiums an? »Im Ernst, wie bist du an all die Informationen gekommen?«

»Ich habe Augen und Ohren. Ich lese. Ich spreche mit den Leuten. Ich höre zu.«

»Wenn du mit Leuten wie Skelly und Zaluna sprichst, dann musst du ja wirklich verzweifelt sein. Skelly ist am Ende. Und es hat sich nicht gerade so angehört, als wäre Zaluna scharf darauf, in diese Sache verwickelt zu werden. Sie hat nur jemandem seinen letzten Wunsch erfüllt, aber nicht vor, ihr Leben einer neuen Bestimmung zu widmen.«

Etwas Abwesendes trat in ihren Blick. *Sie schaut ein bisschen traurig*, dachte er. »Nein«, sagte sie, »sie sind eigentlich nicht die Sorte Leute, die für mich in Frage kommen, um sie …« Sie brach ab und fing noch einmal von vorn an. »Sie sind nicht die Leute, nach denen ich suche.«

»Das hätte ich dir gleich sagen können. Hab ich ja auch getan.« Er legte sich die Hand auf die Brust. »Bei mir sieht das ganz anders aus. Ich bin sehr verlässlich. Und ich bin gerade verfügbar.«

»Verfügbar wofür?«

»Wofür auch immer.« Kanan richtete sich straff auf. »Ich werde diesem Planeten den Rücken kehren – und ich empfehle dir das Gleiche. Es hat Spaß gemacht, dir zu begegnen, selbst mit den Straßenkämpfen und so weiter. Vergiss diese Sache mit Vidian, und wir reisen zusammen durch die Galaxis.«

Sie musterte ihn zugleich skeptisch und amüsiert. »Ich glaube, eher nicht«, erwiderte Hera. »Wir haben uns gerade erst kennengelernt. Ich weiß noch nicht mal, was du für ein Typ bist.«

»Frag, wen du willst.« Kanan gestikulierte über die Köpfe der betrunkenen Gäste hinweg. »Okadiah! Erzähl ihr was von mir!«

Ohne aus der Menge der Betrunkenen aufzutauchen, rief Okadiah: »Ein guter Pilot, gelegentlich gar so etwas wie ein Menschenfreund und ein irgendwie ganz erträglicher Gast. Heirate ihn, Süße!«

»Ist das eine Art Lob und Unterstützung?«, fragte Hera und bemühte sich herauszufinden, von woher die Stimme gekommen war. »Kann er mich denn überhaupt sehen?«

»Das spielt keine Rolle«, meinte Kanan. »Jeder wird dir das Gleiche sagen. Ich krieg einfach alles hin.«

»Ich brauche dich aber für nichts.«

»Ich kenne den Sektor. Ich kenne Leute. Ich kenne Leute, die andere Leute kennen.« Er wandte sich um. »Also, pass mal auf. Wie war noch mal dieser Name von Zalunas Liste?«

»Der Bursche, über den das Imperium Nachforschungen anstellt?« Sie war sofort im Bilde. »Lemuel Tharsa.«

Er ließ den Blick durch den Raum schweifen. »Kleinen Moment«, sagte er. *»Okadiah!«*

Der alte Mann trat aus der Menge auf sie zu. »Du hast gerufen?« Als er Hera sah, verbeugte sich der Alte voller Bewunderung. »Nicht nur ich komme hier wie gerufen.«

Hera schlug die Augen nieder und grinste.

»Hast du mal einen Lemuel Tharsa gekannt?«, fragte Kanan.

»Ich habe vielleicht alle möglichen Lemuel Tharsas gekannt. Gibt's da gerade einen Engpass bei der Sorte?«

»Er muss sich vor zwanzig Jahren oder so hier in der Gegend aufgehalten haben«, erklärte Hera. »Ich habe mich gefragt, ob Sie vielleicht noch wissen, wer er war?«

Okadiah schüttelte den Kopf. »Es tut mir leid, Sie zu enttäuschen, meine Liebe. Aber nein. Er gehörte niemals zu einer meiner Mannschaften.«

Hera nickte. »In Ordnung. Danke.«

Okadiah, der sich bereits zum Gehen gewandt hatte, drehte sich noch einmal um. »Also, wenn er für die Raffinerien oder die Gildenverwaltung gearbeitet hat, hätte ich ihn auch nicht zu Gesicht bekommen, es sei denn, er wäre hier in der Bar aufgetaucht. Sie sollten Boss Lal fragen. Sie ist schon ihr Leben lang bei Moonglow – war schon damals dabei, als der Laden noch Introsphere hieß. Sie hat vielleicht noch eine Personalakte.«

»Danke!«

»Aber bitte schauen Sie sich bei der Gelegenheit nicht meine an«, fügte Okadiah hinzu. »Sie müssen ja nicht unbedingt erfahren, dass ich zu alt für Sie bin.«

»Jetzt mach mal die Fliege«, sagte Kanan und schob seinen

Freund zur Seite. »Er hat Nierensteine, die so alt sind wie du«, teilte er Hera mit.

»Deine Bemerkung verletzt mich«, versetzte der ältere Mann und entfernte sich.

Hera blickte zu Kanan auf. »Wie auch immer, ich will dort drüben *wirklich* irgendwie reinkommen. Wirst du mir nun deinen Dienstausweis geben oder nicht?«

Kanan rieb sich die Stirn. »Ich wusste, dass du das jetzt fragen würdest. Schau mal, es war ein langer Tag. In ein paar Stunden muss ich diese Leute hier zur Frühschicht zurück nach Moonglow bringen – jedenfalls die, die bis dahin wieder bei Bewusstsein sind. Ich muss dort außerdem noch meinen restlichen ausstehenden Lohn einstreichen. Du kommst einfach mit uns. Wenn du darauf bestehst, bringe ich dich hin und sorge dafür, dass du hineingelangst.« Er hob die Hände. »Aber dabei bleibt es dann, klar? Kein dummes Zeug.«

Sie musterte ihn für eine Weile. Schließlich nickte sie. »Einverstanden. Nur das, und dabei bleibt es.« Sie hob ihr Glas. »Und kein dummes Zeug. Das ist überhaupt mein Motto.«

Hera kehrte auf ihr Schiff zurück, ohne auf Kanans Angebot einzugehen, im *Asteroidengürtel* abzusteigen. Es stellte sich heraus, dass »Betrunkene, die auf dem Boden schlafen«, mehr war als nur eine scherzhafte Redensart. Okadiah Garson gehörte auch das Haus auf der anderen Seite der Gasse, wo sich erschöpfte Zecher für die wahrhaft stattliche Summe von einem Credit pro Nase eine Nacht lang den Luxus von Matten auf dem harten Boden gönnen durften. Kanan hatte angeboten, Hera in den vergleichsweise ungestörten Räumen über der Schenke unterzubringen – ob nun mit ihm zusammen oder ohne ihn –, aber sie hatte sich entschieden, sein Angebot nicht anzunehmen. Es gab so viel, was sie erst verarbeiten musste.

Zaluna war nicht wieder aufgetaucht, und Hera bezweifelte, dass es irgendeinen Sinn hatte, weiterhin den Kontakt zu ihr zu suchen. Wenn Hera früher eingetroffen wäre oder wenn die Sullustanerin nicht in Panik die Flucht ergriffen hätte, dann befänden sich die Informationen des Datenwürfels von Transcept jetzt vielleicht in Heras Besitz – offensichtlich eine wahre Fundgrube von Informationen über alle möglichen Leute sowie über die Überwachungsmethoden des Imperiums. Aber Hera zürnte weder dem Schicksal, noch ärgerte sie sich über sich selbst. Jeder Plan unterlag dem Risiko, dass unerwartete Entwicklungen ihn scheitern ließen. Selbstvorwürfe und Schuldzuweisungen waren pure Zeitverschwendung.

Aber Kanan Jarrus hatte sie überrascht, und das passierte ihr nur selten. In Shaketown hatte sie einen Raufbold gesehen, einen typischen Rabauken. Doch in der Bar hatte sie erlebt, wie er mit Witz und Fingerspitzengefühl vorgegangen war – einmal abgesehen von seinem romantischen Interesse an ihr, das sie beschlossen hatte einfach nur amüsant zu finden.

Ihr eigentliches Zielobjekt blieb unverändert. Vidian erwartete von dieser Welt offensichtlich eine Steigerung der Produktion; dass sein Besuch mit solcher Eile erfolgt war, verlangte jedoch nach einer zusätzlichen Erklärung. Da ging es noch um irgendetwas anderes. Falls Vidian im Rahmen einer geheimen Mission hier war – was eine geheime Mission im Auftrag des Imperators sein konnte –, dann wollte sie es wissen.

Und dann war da noch Lemuel Tharsa. Von ihrem Schiff aus hatte sie im öffentlich zugänglichen HoloNetz nachgeforscht und herausgefunden, dass Tharsa noch lebte und irgendwo außerhalb dieser Welt auf freiberuflicher Basis als Bergbauexperte für das Imperium tätig war. Warum also wollte irgendjemand auf der *Ultimatum* seine ferne Vergangenheit auf Gorse näher beleuchten? War er vielleicht ein potenzieller Verräter unter Vidians Leuten – und könnte er damit für sie ein möglicher Verbündeter sein, den sie warnen musste?

Morgen würde sie bei Moonglow nach Antworten suchen. Sie würde die Wahrheit herausfinden – und die Wahrheit würde ihr sagen, was zu tun war. Wie das immer der Fall war.

Sie zwang sich einzuschlafen.

Stufe 2

REAKTION

»Der Imperator eröffnet ein neues medizinisches Zentrum für Veteranen auf Coruscant«

»Suche nach Vermisstem nach Bergbauunglück auf Cynda in vollem Gang«

»Graf Vidian zu Inspektionen auf Gorse eingetroffen, Verkehrsbehinderungen möglich«

Schlagzeilen der *Imperialen HoloNews*
(Ausgabe Planet Gorse)

23. Kapitel

Zum ersten Mal seit ihrer Aufnahme in die Akademie verspätete sich Rae Sloane zu einem vereinbarten Termin. Aber das Galaktische Imperium hatte den Terminplan eigenmächtig festgelegt. Es konnte ihn genauso eigenmächtig auch wieder umwerfen.

Es war ohnehin nicht ihre Schuld. Während des Landeanflugs durch die Atmosphäre von Gorse hatte Graf Vidian die Passagierkabine verlassen und war auf der Brücke aufgetaucht, um den Shuttle des Kapitäns – die *Truncheon* – in ein Gebiet südlich des Industriegeländes umzuleiten. Er hatte einen Überflug über das Krankenhaus für Grubenarbeiter angeordnet, das er soeben hatte schließen lassen.

Sie hatte nicht verstanden, welchen Sinn dieser Umweg haben sollte, wenn sie dort nicht landen wollten. Im Dunkeln gab es ohnehin kaum etwas zu sehen. Doch dann war ihr der Grund blitzartig klar geworden – beziehungsweise *mit einem Blitz*, als nämlich das würfelförmige Gebäude plötzlich in sich zusammenstürzte. Während Sloane geschlafen hatte, war Vidian aktiv gewesen und hatte die Verlegung des Personals, der noch brauchbaren Ausrüstung und – jedenfalls soweit sie wusste – aller Patienten aus dem medizinischen Zentrum verfügt. Viele der gerade Evakuierten hatten sich noch auf dem Gelände befunden und aus ihren Transportern zurückgeblickt, während die Sprengmannschaften des Imperiums mit dem Gebäude kurzen Prozess machten. Schwere Lastfahrzeuge zum Abtransport der Trümmer waren bereits vorgefahren; Vidian plante, auf dem Grundstück ein dringend benötigtes Treibstoffdepot anzulegen. Ganz seinem Ruf entsprechend arbeitete der Mann unglaublich schnell. Sloane fragte sich, welche Gedanken den verstörten Patienten wohl durch den Kopf gegangen waren, als sie ihr bisheriges Zuhause in sich zusammenfallen sahen.

Sie verschwendete allerdings keinen Gedanken darauf, was wohl Vidian gedacht hatte. Der Mann hatte den Einsturz des Gebäudes ohne eine Regung verfolgt und war dann wieder in den rückwärtigen Teil der Raumfähre zurückgekehrt. Ihr war es egal. Ihre Aufgabe bestand darin sicherzustellen, dass nichts geschah, was seinen Besuch störte. Was auf Cynda passiert war, würde sich hier unten nicht wiederholen.

Der Graf hatte verschiedene Stationen überall in der schlammigen Riesenstadt eingeplant; deshalb hatte sich Sloane dagegen entschieden, ihn mit Bodenfahrzeugen von einem Ort zum anderen zu befördern, um nicht allzu viele Wege absichern zu müssen. Stattdessen würde die *Truncheon* von einer Station zur nächsten fliegen – mit einer eigenen Einheit von Sturmtrupplern an Bord und in der Luft durch entsprechende elektronische Maßnahmen vor Boden-Luft-Angriffen geschützt. Solche Angriffe waren zwar extrem unwahrscheinlich, aber Sloane war bemüht, alle Möglichkeiten zu bedenken.

Es hatten also überall Landezonen vorbereitet und gesichert werden müssen. Was kein Problem gewesen war. Der Kapitän eines Sternzerstörers war natürlich ein Offizier der Raumflotte, aber gleichzeitig verkörperte Sloane in ihrem Amt auch die imperiale Macht. Und obwohl sie offiziell keine Verfügungsgewalt über die lokalen Behörden des Imperiums auf Gorse besaß – es sei denn unter besonderen Umständen –, wurde der Kapitän eines so großen Raumschiffs dennoch wie ein kleiner Gouverneur behandelt. Kaum ein kleiner Bürokrat wollte sich mit jemandem herumstreiten, der mit einem einzigen Komm-Befehl ein Dutzend AT-AT-Läufer in Stellung bringen konnte. Also hatten sich die örtlichen Polizeikräfte von Gorse mit den Sturmtrupplern der planetaren Garnison zusammengetan, um alles für Vidians Ankunft vorzubereiten.

Sloane könnte sich daran gewöhnen, über so viel Macht zu verfügen. Auf alle Fälle wünschte sie es sich.

»Shaketown«, verkündete sie, als das Schiff zur Landung in einem der Industriegebiete ansetzte. »Wie es leibt und lebt.«

Der Ort trug seinen Namen zu Recht, fand sie: Sloane verspürte ein leichtes Beben, als nun die Landevorrichtungen des Schiffes im Morast Fuß fassten. Ihre Vorab-Erkundungsmannschaft hatte entschieden, die *Truncheon* nicht auf der Landefläche von Moonglow landen zu lassen, wo sie zwischen den Sprengstofftransportern hätte geparkt werden müssen; schließlich war der gesuchte Flüchtige auf einem dieser Transporter vom Mond Cynda zurückgekehrt, und er befand sich immer noch auf freiem Fuß. Stattdessen war für die Landung die Straße vor dem Haupttor von Moonglow als Empfangsbereich abgesperrt worden – auch wenn offenbar der Besitzer eines dort befindlichen Imbisslokals, ein Besalisk, heftige Einwände dagegen erhoben hatte.

Wie es leibt und lebt. Sobald die Landerampe herabgelassen war, verschaffte sich Sloane einen ersten Überblick. Für Vidians offiziellen Besuch – und selbst schon für *ihren* Besuch – auf einer anderen Welt wären eigentlich ein gewisser Pomp und die entsprechenden Vorbereitungen angemessen gewesen, ganz gleich wie kurzfristig dieser Besuch auch angekündigt war. Hier waren, zusätzlich zur Beleuchtung durch den zunehmenden Mond, lediglich rasch ein paar Lampen aufgebaut worden, und jemand hatte ein paar Bretter über die schlammige Straße gelegt. Etwa zwei Dutzend Bürger standen etwas abseits, flankiert von Sturmtrupplern, und sahen zu, wie sich eine traurige kleine Prozession der *Truncheon* näherte. Das war nicht gerade die Begrüßung, die sie angeordnet und die ihr gefallen hätte, aber sie wusste, dass Vidian keinen Wert auf dergleichen legte.

Der Graf erschien in der Türöffnung hinter ihr. Bisher hatte sie immer nur erlebt, dass sich Vidian direkt irgendwohin begab, ohne Zeit zu verschwenden – aber hier blieb er erst einmal stehen und sah sich sorgfältig in alle Richtungen um. Meist hatte er die Fabrik gegenüber im Blick, auf der er seine schauerlichen Augen lange ruhen ließ. Das, so vermutete sie, gehörte wohl zu seinen üblichen Vorbereitungen für die Inspektion eines derartigen Ortes. Aber sie konnte auch nicht ausschließen, dass er einfach nur dort stand und den Speiseplan für den nächsten Tag las, der oben in der Messe der *Ultimatum* aushing.

Eine braunhäutige Frau winkte ihnen zu; sie wurde von zwei Besalisken begleitet. Sloane erkannte sie aus ihrer holografischen Unterhaltung als die Bürgermeisterin von Shaketown. »Willkommen, Graf Vidian. Willkommen, Captain. Darf ich Ihnen Lal Grallik vorstellen, die Geschäftsführerin von Moonglow Polychemical?«

Vidian erwachte aus seiner Trance und schritt die Rampe

hinunter. Er reichte niemandem die Hand. Sloane ging neben ihm über die Bodenbretter.

Lal, die einen dunklen Geschäftsanzug trug, verbeugte sich und deutete auf den anderen Besalisken. »Das ist mein Mann, Gord – Chef des Boden-Sicherheitsdienstes.«

»Ich glaube nicht, dass wir ihn benötigen werden«, sagte Sloane und folgte Vidian. »Und ich bin überrascht, dass er noch hier arbeitet, nachdem er den Mann hat entkommen lassen, der für die Sprengung verantwortlich war.« Sie fasste Lal ins Auge. »Ganz gleich, ob er zur Familie gehört oder nicht!«

Der männliche Besalisk knurrte. »Wenn Sie meinen, Sie hätten das besser machen ...«

Seine Frau bedeutete ihm zu schweigen. »Ich bin überzeugt, dass es jetzt keine Probleme mehr geben wird, Captain. Gords Leute haben jeden Quadratmeter des Geländes dreimal abgesucht.«

»Aha.« Als sie ein sich von Süden her näherndes hohes Heulen hörte, drehte sich Sloane um und sah einen ramponierten Schwebebus draußen vor der Absperrung landen. »Was ist das dort?«

»Ein Teil der nächsten Schicht für Cynda«, antwortete Lal mit einem allzu breiten Lächeln. »Hier wird immerzu gearbeitet!«

Die Sturmtruppler winkten den verbeulten Schwebebus durch die Kontrolle. Seine normale Lebensdauer hatte der Mark Six Smoothride bereits hinter sich gehabt, als Okadiah ihn gekauft hatte: Früher einmal war er hoch oben durch die Lüfte gesegelt, aber inzwischen wagte nicht einmal mehr Kanan, ihn mehr als einen Meter über dem Boden schweben zu lassen. Okadiah hatte so große Angst davor, dass die Kiste unkontrolliert abheben könnte, dass er immer einen Fallschirm unter dem Fahrersitz hatte. Kanan hingegen hielt das für sehr unwahrscheinlich. Viel eher würde der Bus wohl einfach auf der Straße liegen bleiben, wie es ihm schon wiederholt passiert war. Er war nur noch für einen einzigen Zweck zu gebrauchen: verkaterte Bergleute zurück nach Moonglow zu bringen, damit sie genügend Credits verdienen konnten, um sich abends erneut zu betrinken.

Die imperiale Lambda-Fähre parkte direkt vor ihnen und blockierte den Eingang zu Drakkas Straßenrestaurant völlig. Kanan war sich sicher, dass dessen Betreiber darüber nicht allzu erfreut sein würde. Vor dem Shuttle von Sienar Fleet Systems entdeckte Kanan jetzt den Ehemann seiner Chefin, der einige Schritte hinter einer etwas größeren Gesellschaft herging. Als sie den Schwebebus sah, winkte Lal herüber: »Hallo, Kanan! Schön zu sehen, dass du doch nicht hingeschmissen hast!«

Kanan antwortete mit einem angedeuteten Winken – um seinen aus dem Fenster gestreckten Kopf schnellstens wieder zurückzuziehen, als er Vidian draußen entdeckte. Er biss fest die Zähne zusammen. Gestern war er bereit gewesen, Gorse für immer hinter sich zu lassen. Heute kehrte er aus freien Stücken zurück und fand ein regelrechtes Heerlager vor. Aber es handelte sich ja nur um einen einzigen zusätzlichen Tag, und es gab einen glänzenden Grund dafür, noch zu bleiben. Wenn er hinter sich in den Gang des Busses blickte, konnte er diesen Grund leutselig mit den Bergleuten reden sehen. Sie waren ganz hingerissen von Hera. Er konnte es ihnen nicht verdenken.

Die Sturmtruppler leiteten den Schwebebus zum Personaleingang um. Der Smoothride ächzte in der scharfen Kurve, und für einen kurzen Moment glaubte Kanan von irgendwo hinten im Bus einen dumpfen Knall zu hören. Das konnte alles bedeuten, überlegte er. Jede Fahrt konnte für diesen Bus die letzte sein. Selbst die Toilettentür klemmte.

»Ich hatte ein sehr anregendes Gespräch mit deiner kleinen Freundin«, berichtete Okadiah, als er von hinten an den Fahrersitz trat. »Wir haben beschlossen, auf Naboo Urlaub zu machen. Du darfst uns fahren.«

»Nimm dich vor ihr in Acht. Sie ist eine Frau mit einer Mission«, sagte Kanan, als nun das stählerne Ungetüm hart im Schlamm aufsetzte. Die Türen gingen auf, und seine Passagiere strömten an ihm vorbei hinaus. Kanan blieb sitzen.

»Fliegst du heute keine Sprengsätze?«, fragte Okadiah.

»Nein«, antwortete Kanan und deutete mit dem Kopf nach hinten. »Ich möchte jemandem die hiesigen Attraktionen zeigen.«

Okadiah tätschelte ihm die Schulter. »Die einzige Aufgabe von Wichtigkeit. Viel Glück.«

Kanan lächelte dem alten Mann leise hinterher, während der ausstieg. Okadiah hatte die Reisetasche unweit vom Fahrersitz auf dem Boden nicht bemerkt – Kanans Siebensachen, die er zusammengepackt hatte, als der Alte nicht hingesehen hatte. Er würde Okadiah vermissen, und das gerade war jetzt vermutlich ihr Abschied gewesen. Aber das nächste Kapitel seines Lebens, das spürte er, hatte bereits begonnen.

Auch wenn es etwas merkwürdig begann. »Willst du das wirklich tun?«, fragte er Hera. Sie stand jetzt hinter dem Fahrersitz am Fenster und blickte sich um.

»Ja«, sagte Hera. »Das will ich.«

Sie schlüpfte aus ihrem Umhang. Darunter war sie ganz in Schwarz gekleidet. *Gut, um an einem Ort herumzuschleichen, wo die Sonne nicht scheint*, dachte Kanan – und außerdem stand es ihr auch gut. Sie überprüfte, ob ihr Blaster sicher im Holster steckte. »Ich finde wirklich, du solltest das hier knicken und deine Zeit besser anderweitig nutzen«, meinte er.

Hera sah ihm fest in die Augen. »Du hast da bestimmt schon den einen oder anderen Vorschlag auf Lager.« Sie streckte fordernd die Hand aus.

»Also gut.« Kanan reichte ihr zögernd seinen Moonglow-Dienstausweis. »Du brauchst damit nur vor dem Sensor an der inneren Tür herumzuwedeln. Ich werde hier draußen auf der Straße beim Bus bleiben und so tun, als gäbe es Probleme mit dem Triebwerk.« Dazu würde er kaum lügen müssen, wie er wusste. »Sobald du zurück bist, hole ich mir meinen noch ausstehenden Lohn von Lal und bringe dich zum Raumhafen – dann können wir zu jedem Planeten fliegen, zu dem du willst.«

»Das werden wir, ja?« Hera rollte die Augen.

»Auf jeden Fall.«

»Ich habe mein eigenes Schiff.« Sie stieg aus dem Bus.

Echt? Eine interessante Neuigkeit, dachte er, während sie ausstieg.

Kanan lenkte den Schwebebus durch das Tor zurück und parkte ihn in Sichtweite der Raumfähre. Als er ausstieg, sah er, dass es ringsum noch immer nur so von Sturmtrupplern und örtlichen Sicherheitskräften wimmelte. Die Vorführung konnte beginnen.

Und ein Gutes hatte die Sache immerhin: Skelly war doch nicht aufgetaucht. *Niemand ist derart dämlich!*

»Das ist Kanan, gut, gut.« Skelly beobachtete von seinem versteckten Ausguck zwischen den Kaminen auf dem Dach von Drakkas Restaurant die Neuankömmlinge. Nur das eine Okular seines uralten Fernglases war zu gebrauchen, aber es reichte, um ihm zu zeigen, was er wissen musste.

Er hatte inzwischen begriffen, dass er sich nicht einfach so zeigen konnte. Die Leute von der Bergbaugesellschaft wollten nicht, dass er mit Vidian redete, und nach der Sache auf dem Mond mochte er auch nicht darauf vertrauen, dass die Sturmtruppler ihn zum Grafen bringen würden. Er würde vielmehr an den Grafen herantreten müssen, wenn der allein war – und das hieß wiederum, dass Skelly in die Fabrik hineinmusste. Thorilidiumraffinerien waren komplizierte Betriebe: Sie bestanden aus zahlreichen riesengroßen Anlagen, die oft auf engem Raum untergebracht waren und viele Versteckmöglichkeiten bereithielten.

Und bei Moonglow gab es darüber hinaus noch etwas Besonderes: eine alte Verbindung zum inzwischen seit Langem stillgelegten Kanalisationssystem von Shaketown. Gorse zeichnete sich nicht durch übermäßig hohe Niederschläge aus, aber sein Grundwasserspiegel stieg und fiel dramatisch mit dem Wechsel der Mondgezeiten. Cyndas Ellipsenbahn quetschte den Planeten regelmäßig wie einen Schwamm zusammen, sodass oft unvermittelt hier und da Wasser aus der Erde hervorschoss und Tümpel bildete. Aber die Schäden durch die häufigen Erdbeben hatten das Kanalisationssystem unbrauchbar gemacht, und nur noch Leute, die sich für dergleichen interessierten, wie Skelly, wussten, dass diese Kanäle überhaupt existierten.

Und er wusste auch, wie man hineinkam. Er steckte das Fernglas in seinen riesigen Rucksack und schnallte ihn sich um. Dann tastete er nach der Leiter, die zur Gasse hinter dem Restaurant hinunterführte. Dort, in der Mitte einer flachen Brackwasserpfütze, befand sich der runde Deckel, nach dem er gesucht hatte.

Unter der schweren Last seines Rucksacks tastete Skelly unter Wasser nach den Griffen des Gullydeckels. Er fand sie, schob die Finger darunter und spannte eine geschlagene Minute lang die Muskeln an. Aber der Deckel rührte sich nicht vom Fleck. Er versuchte, sich aufzurichten – nur um festzustellen, dass sich seine steife Hand unter dem Griff verklemmt hatte und er sie nicht mehr lösen konnte.

Großartig, dachte Skelly. *Was kann sonst noch alles schiefgehen?*

Er sollte es sofort herausfinden.

»Wer treibt sich hier hinten rum?« Drakka, der riesige Besalisk und Restaurantbesitzer, tauchte hinter ihm auf, mit einer riesigen gusseisernen Bratpfanne bewaffnet – als hätte er das überhaupt nötig. Er packte Skelly mit seinen drei freien Händen und versuchte ihn zu sich herumzudrehen. Skelly schoss der Schmerz durch den Arm. Seine Hand ließ sich noch immer nicht von dem Gullydeckel lösen.

»Halt, halt!«, rief Skelly. Er war sich darüber im Klaren, dass er unerlaubterweise hier eingedrungen war – aber der Besalisk sollte eigentlich wissen, wer er war. »Ich bin's, Drakka! Skelly! Du kennst mich doch!«

»Du sagst das, als wäre es etwas Gutes!« Der Besalisk zog weiter an ihm. »Du bist bei mir eingebrochen!«

»Halt, nein!« Skelly wand sich vor Schmerz. »Ich will hinüber zu Moonglow, um mich mit den Imperialen zu treffen!«

Drakka hört damit auf, an dem Mann vor ihm zu zerren. Er runzelte die Stirn. »Wegen dieser Idioten ist mein Laden heute geschlossen.« Skelly musterte ihn einen Augenblick lang nervös; dann hatte der Riese entschieden, was jetzt zu tun war.

Er griff hinter Skelly und riss den Gullydeckel vom Einstieg, wodurch er zugleich Skellys Hand befreite. »Bei uns Besalisken gibt es ein Sprichwort«, sagte er. »Wenn dein Nachbar dir Ärger macht, dann schick ihm deine Ratten ins Nest.« Bevor Skelly so etwas wie Erleichterung verspüren konnte, hatte ihn Drakka schon in die Höhe gehoben und in das Loch hinuntergeworfen.

»Danke, Kumpel!«, rief Skelly vom nassen Kanalboden herauf. Was für ein Glück, dass er so gute Freunde hatte, die immer hilfsbereit waren.

24. Kapitel

Vielleicht ist es doch nicht so erstrebenswert, unten auf dem Erdboden über Macht zu verfügen, dachte Sloane. Nicht jedenfalls, wenn es bedeutete, sinnlose Besichtigungen örtlicher Fabriken zu absolvieren. Sie selbst stammte aus der Industrie-Welt Ganthel und hatte dort wahrlich genug Werften und Verladeeinrichtungen gesehen. Sie war zur Akademie gegangen, um nicht ihr Leben lang an solchen Orten arbeiten zu müssen.

Aber Lal Grallik hatte darauf bestanden, die Vorzüge jedes einzelnen Details ihres Betriebes zu preisen. Nun führte sie sie gerade in den neuen Bereich, der unter ihrer Ägide errichtet worden war: Als die Thorilidiumlagerstätten von Gorse erschöpft gewesen waren und der Bergbau auf dem Mond begonnen hatte, war der Bau einer neuen Entladestation nötig geworden. *Als Nächstes wird sie uns die Schränke des Hausmeisters vorführen,* dachte Sloane.

Sehr zu ihrer Überraschung hatte Graf Vidian während der Besichtigungstour bisher nur wenig gesagt. Das war umso merkwürdiger, als er ja hier war, um Anweisungen zu geben, und wenn irgendjemand dem zeitraubenden Geschwätz der Besaliskin ein Ende machen konnte, dann er.

Stattdessen wurden sie nun vom Piepen eines Kommunikators im hinteren Teil ihrer Begleitmannschaft aufgehalten. »Lal!«, rief der Sicherheitschef seiner Frau zu. »Wir haben Meldung erhalten, dass jemand in der Fabrik herumschleicht. In der Personalabteilung.«

»Dieser Typ, Skelly?«, fragte Vidian.

»Die Person war nicht zu erkennen«, erwiderte Gord Grallik. Er schob sich den Kommunikator in die Tasche und drehte sich um. »Ich werde die Sache überprüfen.«

Sloane deutete auf die Sturmtruppler in ihrer Begleitung. »Geht nachsehen.«

»Nein, nein«, sagte der Sicherheitsmann und machte sich auf den Weg. »Das hier ist mein Zuständigkeitsbereich.«

»Es ist alles unser Zuständigkeitsbereich«, erwiderte Sloane. Sie zeigte auf den davoneilenden Besalisken. »Ihm nach!«

Skelly beobachtete das Geschehen von seinem Versteck hinter einem laufenden Förderband aus. Er hatte Glück gehabt. Direkt an einem der neuen Gebäude führte ein alter Regenwasserüberlauf in den Erdboden; Skelly hatte zwar seinen Rucksack unten zurücklassen müssen, um hinaufklettern zu können, aber es war ihm gelungen, ungesehen ins Innere der Fabrik zu huschen.

Seither war er durch die Halle mit der hohen Decke geschlichen und hatte auf seine Gelegenheit gewartet, sich Vidian zu nähern. Soeben war irgendetwas vorgefallen, was Gord dazu veranlasst hatte, sich vom Besuchertrupp zu trennen, und der Kapitän des Sternzerstörers hatte dem Sicherheitschef ihre Sturmtruppler hinterhergeschickt. Skelly kroch näher heran. Schließlich konnte er sogar die Gespräche mitverfolgen, selbst über den Lärm der laufenden Förderbänder hinweg.

»… und das hier werden Sie besonders interessant finden, Captain Sloane.« Es war die Stimme von Lal, die gerade am Fuß eines zehn Meter hohen Titaniumklotzes am anderen Ende der Halle stand. »Das ist unser Hochleistungsmassenlader, der neueste, den es auf Gorse gibt. Oben in der Steuerkanzel sieht es fast so aus wie in den Führerkabinen Ihrer gepanzerten Läufer: Sie kommen vom gleichen Hersteller. Wenn Sie mal reinschauen wollen, zeige ich es Ihnen.«

Skelly sah die Frauen die Stahlleiter hinauf und in die Steuerkanzel der riesigen Maschine steigen. Als er weiterkroch, sah er Vidian allein unten am Boden; er schritt den langen Gang zwischen zwei Förderbändern entlang. Skellys Herz begann zu hämmern. Ganz gleich, ob Vidian nur für einen Augenblick oder für eine Minute allein war, das war nun seine Gelegenheit!

»Sie können jetzt herauskommen.« Skelly kannte die laute Stimme aus einem Dutzend von Management-Lehraufnahmen. »Ich kann Sie sehr gut hören, selbst an einem Ort wie diesem.« Graf Vidian wandte sich um und sah direkt in seine Richtung. »Der Saboteur, nehme ich an.«

»Das bin ich aber nicht«, sagte Skelly und stand auf. Er klopfte sich den Staub von den Kleidern. »Ich bin ein Enthüller und Informant, Graf Vidian. Ich bin wie Sie … ich finde, dass sich die alten Methoden, wie wir die Dinge angehen, ändern müssen. Ich sehe, was die Leute falsch machen!«

»Ich sehe auch einen, der etwas falsch macht.«

Skelly war froh, dass Vidian überhaupt sprach. Er hatte von den kybernetischen Fähigkeiten des Mannes gehört: Wenn er mit Skelly redete, bedeutete das, dass er nicht gleichzeitig über seinen eingebauten Kommunikator Hilfe herbeiholte.

»Wenn Sie mich kennen«, fuhr der Graf fort, »dann wissen Sie auch, dass ich Probleme selbst zu lösen pflege.«

»Dann werden Sie das hier haben wollen«, erwiderte Skelly und zog die Holodisc aus seiner Westentasche. »Meine Forschungsergebnisse. Sie müssen die Sprengungen auf Cynda einstellen. Sie könnten versehentlich den ganzen Mond in Stücke reißen!«

»Sie sind verrückt.« Vidian trat direkt auf ihn zu. »Und selbst wenn es möglich wäre und das Imperium sich dazu entschiede, es zu tun, würden wir gewiss nicht Sie um Erlaubnis fragen.«

Skelly starrte in Vidians schauerliches Gesicht, und er taumelte zurück.

»Ich versuche, Ihnen zu helfen!«

»Helfen Sie, indem Sie sterben.« Mit einem gewaltigen Schlag schleuderte Vidian die Disk beiseite. Sie landete unter einem Förderband auf dem Boden. Der zweite Schlag traf Skelly ins Gesicht.

Die letzten beiden Tage waren nicht gerade ideal zum Herumschnüffeln und Spionieren gewesen, fand Hera. Während der Graf den Landeplatz besichtigte, hatte es keine Möglichkeit gegeben, an Vidian heranzukommen, also hatte sie in der Personalabteilung angefangen, um nachzusehen, ob Lemuel Tharsa – der Mann, an dem das Imperium Zalunas Aufzeichnungen zufolge ein besonderes Interesse hatte – irgendeine wichtige Persönlichkeit war. Er war nie ein Angestellter des Unternehmens gewesen, aber er hatte Moonglow verschiedentlich besucht: Bei mehreren Gelegenheiten vor über zwanzig Jahren waren ihm Besucherausweise ausgehändigt worden. Doch bevor sie noch mehr in Erfahrung hatte bringen können, hatte jemand sie entdeckt. Das war eben das Problem, wenn man sich an einem Tag, an dem das Imperium zur Inspektion kam, in eine Fabrik mit laufender Produktion einschlich. Kein einziger der Angestellten hatte sich krankgemeldet.

Normalerweise schreckte sie vor keiner Herausforderung zurück. Aber nachdem sie nun die Sicherheitsleute von Moonglow einerseits und die Sturmtruppler andererseits von beiden Seiten in die Zange genommen hatten, war ihr bald nur noch die letzte Zuflucht eines Spions geblieben: die Lüftungsschächte. Glücklicherweise war das Belüftungssystem in diesem neuen Gebäude nicht so mangelhaft, wie sie es bereits in anderen Fabriken erlebt hatte.

Als sie nun durch ein weiteres Gitter in die Tiefe spähte, sah sie unter sich den Sicherheitschef wieder – »Gord« hatte Kanan den Ehemann der Firmenchefin genannt. Der Besalisk erklärte seinen Leuten gerade, dass sie ihr Versagen vom Vortag, als ihnen Skelly durch die Lappen gegangen war, wiedergutmachen müssten. Hera empfand eine kurze Anwandlung von Schuldgefühlen, weil sie dem Burschen nun neue Schwierigkeiten bescherte – sowohl mit seiner Frau als auch mit dem Imperium. Aber damit war es rasch vorbei, als Gord nun aufschaute und in ihre Richtung deutete, nachdem er offensichtlich die Einbeulung im Lüftungsgehäuse bemerkt hatte. Im gleichen Moment ging auch schon das Blasterfeuer los.

Jetzt reicht's aber, dachte sie und kroch durch ein anderes Rohr. Es war an der Zeit, dass sie Vidian ausfindig machte.

Als Sloane aus der Kanzel des Massenladers stieg, sah sie Vidian ein paar Dutzend Meter entfernt unten auf dem Hallenboden unbarmherzig auf Skelly einschlagen. Sie aktivierte den Kommunikator an ihrem Handgelenk und zog ihren Blaster. »Soldaten, zu mir!«

Vidian hob den Eindringling hoch und schleuderte ihn

durch die Halle. Mit zappelnden Gliedern überschlug sich Skelly in der Luft. Sein Flug endete mit einem harten Aufschlag auf der Kontrollkonsole für eines der Förderbänder.

»Alles unter Kontrolle«, erklärte Vidian und ging ganz entspannt zu der Konsole hinüber.

Trotzdem eilte Sloane so schnell wie möglich die Stufen hinunter. Sie sah, dass Vidians Kontrahent blutete und sich die Brust hielt. Skelly hatte sich hochgerappelt und stand dem näher kommenden Cyborg einen Moment lang benommen gegenüber, um dann verzweifelt auf den Steuerstand hinaufzuklettern. Mit einem Sprung erreichte er die vorspringende Kante darüber und versuchte sich hinaufzuhieven.

»Halt!« Sloane hob ihre Waffe.

Mit einer für sie überraschenden Kraftanstrengung zog sich Skelly hoch und schwang sich auf das laufende Förderband. Sloane schoss – aber das Band hatte ihn bereits um eine Biegung befördert, sodass ihr Schuss ihm höchstens das Schienbein versengt haben konnte.

Sloane blickte auf und entdeckte Lal, die verängstigt in sicherer Entfernung auf der Stahlleiter stehen geblieben war. »Stoppen Sie alle Bänder!«, rief der Captain. Lal sprang hastig die Sprossen hinunter und hetzte zu den Kontrollreglern.

»Zu spät!«, sagte Vidian, der sie beobachtet hatte. Das Förderband führte nach draußen zur Entladestation. Als Sloanes Sturmtruppler durch einen Seitengang wieder zu ihnen stießen, deutete Vidian nach draußen. »Ihm nach!«

Sloane trat zu Vidian. »War er das? Skelly?«

Vidian nickte und setzte sich den Gang entlang in Bewegung.

»Er wird das Gelände nicht verlassen. Ich werde alle in Alarmzustand versetzen«, versicherte sie.

»Das habe ich gerade getan«, sagte Vidian mit gesenktem Blick. Sie begriff, dass er nach etwas suchte, und zwar unter einem der Förderbänder. »Aber Sie sollten rausgehen und die Suche überwachen. Jemand mit Entscheidungsbefugnis sollte dort draußen sein.«

Die ganze Episode kam Sloane reichlich merkwürdig vor. »Was wollte Skelly denn erreichen? Was hatte er vor?«

Vidian kniete sich hin. Er hob etwas vom Boden auf. »Er wollte mir das hier geben«, teilte er ihr mit. Es war eine Holodisc, wie Sloane erkannte. »Die Sache hat nichts zu bedeuten. Wenn Sie ihn finden, sagen Sie ihm, ich hätte das Ding zerstört. Er soll in dem Bewusstsein sterben, dass es vergebens ist, sich dem Imperium in den Weg zu stellen.«

Zum vierzehnten Mal löste Kanan einen Bolzen aus dem Triebwerk des Smoothride. Dann setzte er das Ding gemächlich wieder an seinen Platz zurück.

Er riskierte nicht für viele so eine Menge – eigentlich für so gut wie niemanden! –, doch Hera hatte irgendetwas an sich, das ihn bisher bei der Stange gehalten hatte. Er versuchte immer noch herauszubekommen, was genau das war. Natürlich sah sie gut aus – aber darüber hinaus wusste sie auch, wie man sich stets gelassen und unbeteiligt gab, und das gefiel ihm sehr. Sie schien außerdem ziemlich fähig zu sein – bei seinem Täuschungsmanöver in der Schenke hatte sie sofort begriffen, was Sache war, und mitgespielt. Alles gute Eigenschaften, die sie für das, was sie da im Schilde führte, sehr gut geeignet machten – was immer das sein mochte. Kanan hatte es auch jetzt noch nicht herausbekommen, aber das ging schon in Ordnung. Er konnte in jedem Fall mitspielen, konnte gute Miene dazu machen, wie er es schon so oft getan hatte, wenn etwas oder jemand für eine Weile sein Interesse geweckt hatte. Er hatte ja sonst nichts zu tun.

Draußen heulte eine Sirene. Halb von der Motorhaube des Schwebebusses verdeckt, konnte Kanan erkennen, dass mehrere Sturmtruppler auf Düsenschlitten in die Sicherheitszone gerast kamen und zu den Toren der Fabrik eilten. Einige nahmen auch Kurs auf die Landebasis von Moonglow, wo zwischen den anderen Raumfahrzeugen auch die *Expedient* parkte. Andere Sturmtruppler waren zum Hauptgebäude unterwegs.

So viel zum Thema »ziemlich fähig«, dachte er. Es sah ganz so aus, als stecke Hera in Schwierigkeiten.

Er warf die Motorhaube zu und rannte Richtung Fabrik. Er hatte seine Ausweiskarte nicht bei sich, aber er wusste, dass es gleich um die Ecke herum eine Möglichkeit gab, über den Zaun zu klettern, der sich rings um das Flugfeld zog.

Als er die gesuchte Stelle erreicht hatte, machte Kanan einen großen Sprung und schwang sich hinüber. Er ließ sich auf dem weichen Untergrund der anderen Seite abrollen und ...

... fand die Blaster mehrerer Sturmtruppler auf sich gerichtet.

Grelles Licht flutete den Randbereich des Flugfeldes und blendete ihn. Er konnte nicht mehr erkennen als eine braunhäutige Frau in der Uniform eines Kapitäns des Imperiums, die nun auf ihn zutrat.

»Und wo wollen *Sie* denn hin?«, fragte sie barsch.

Skelly hatte das Kanalgitter über sich gerade rechtzeitig geschlossen. Er hörte oben bereits die Stiefel der Sturmtruppler vorbeirennen, während er sich noch bemühte, die Stahlstufen der Leiter hinabzusteigen.

Unten angekommen, sank er in dem knöcheltiefen Brackwasser zusammen, übel geschunden und in jeder Beziehung am Ende. Er blutete aus verschiedenen Wunden am Kopf, und seine Wangenknochen fühlten sich an, als hätten sie sich unter seiner Haut in Bewegung gesetzt. Er versuchte mit den Fingern seiner linken Hand, seine Zähne zu ertasten – und stellte bekümmert fest, wie viele fehlten. Angestrengt mühte er sich ab, sich herumzuwälzen, und war sich sicher, dass seine Rippen gebrochen waren.

Skelly musste husten. Er war völlig durcheinander. Vidian hätte doch eigentlich ganz anders reagieren sollen. Der Mann, der sich nicht an die Regeln hielt. Der die starren Muster aufbrach. Er war sowohl in der Privatwirtschaft als auch im politischen Leben ganz nach oben gekommen, indem er die Bürokratie und deren Gepflogenheiten missachtet hatte, indem er auf jeden und alles gehört und dann seine unabhängigen Entscheidungen aufgrund von Fakten getroffen hatte.

Und dennoch hatte er sich jetzt einfach als ein weiterer dieser Sadisten erwiesen, als noch immer so taub und blind, wie er gewesen war, bevor er seine Prothesen bekommen hatte.

Als er seinen Rucksack in der Nähe erblickte, kämpfte Skelly gegen seine Schmerzen an und schleppte sich Stück für Stück dorthin. Da drinnen befand sich seine Erste-Hilfe-Ausrüstung – und noch mehr. Viel mehr.

Wenn der Mond mit Worten nicht zu retten war, dann wurde es Zeit für Plan B!

25. Kapitel

Nur wenige andere Spezies, fand Vidian, brachten es fertig, auf eine vergleichbare Weise jämmerlich auszusehen wie die Besalisken. Mit ihren breiten Mündern und den darunter herabhängenden schlaffen Hautsäcken konnte man ihnen selbst noch vom Weltraum aus am Gesicht ablesen, wenn sie missmutig waren.

Graf Vidian interessierte sich weder für Lal Gralliks Verlegenheit angesichts von Skellys Einbruch noch für die Entschuldigungen, die sie vorbrachte. Der Zwischenfall mit dem Saboteur hatte ihn von seinem eigentlich geplanten Zeitplan abgebracht. Sie hatte ihn daraufhin ohne weitere Verzögerungen zum Raffineriegebäude geleitet: dem ältesten Teil von Moonglow, wie sie sagte – er stammte noch aus der Zeit, als die Fabrik zu Introsphere gehörte.

Sie zeigte ihm beflissen die Modernisierungen, die sie hatte vornehmen lassen – und er ignorierte ihre offensichtliche Unzufriedenheit darüber, dass er sie auf der Stelle rückgängig machte, indem er eine der von ihr getroffenen Sicherheitsvorkehrungen nach der anderen wieder abschaffte. Das Freiwerden von Giftstoffen am Arbeitsplatz war ein geringer Preis, den er gerne zu zahlen bereit war, um die Produktionsquoten des Imperators zu erfüllen.

Vidian fand es unerträglich, zur Thorilidiumproduktion auf am Erdboden errichtete Raffinerien angewiesen zu sein: Seine Kometenfänger-Förderraumschiffe kamen mit nur wenigen Arbeitern aus und gelangten dichter an die Quellen heran. Außerdem war das Thorilidium, das auf Kometen vorkam, bereits mikroskopisch fein, während die Kristallsplitter, die auf Cynda abgebaut wurden, erst auf eine raffinierbare Größe verkleinert werden mussten, ohne das darin enthaltene wertvolle Rohmaterial zu beschädigen. Die Sache wurde nicht besser dadurch, dass thorilidiumhaltige Kometen außerordentlich selten waren und der unstillbare Rohstoffhunger des Imperiums sie bereits größtenteils aus der Galaxis hatte verschwinden lassen. Das hatte viele von Vidians gigantischen Förderschiffen zur Untätigkeit verurteilt – und den Taugenichtsen hier in diesem System die Arbeitsplätze gesichert. Es würde ewig dauern, die Raffinerie-Infrastruktur von Gorse auf Cynda selbst aufzubauen: Das hieß, er würde für immer auf Idioten wie Lal Grallik angewiesen sein.

Vidian besaß die Lizenz für die Thorilidiumerzeugung im ganzen Imperium – und das Gleiche galt auch für einige weitere strategisch wichtige Materialien. Dass er bislang in der Lage war, diese Substanzen in ausreichendem Umfang zu liefern, hatte ihm erst zu seiner Macht und seiner Stellung verholfen. Aber jetzt konnte er den Bedarf des Imperators nicht mehr decken. Und Vidians Rivalen wussten es.

Das hatte ihn beschäftigt, seit ihn am Abend zuvor auf der *Ultimatum* Baron Danthes zweite Nachricht erreicht hatte. Zumindest hatte sich Danthe diesmal nicht deshalb mit ihm in Verbindung gesetzt, um ihm mitzuteilen, dass der Imperator die Produktionsquoten erneut erhöht habe, aber was er ihm mitteilte, war fast genauso schlimm gewesen. Eine weitere Flotte von Kometenfängern war nach Calcoraan zurückgekehrt, nachdem sie einen einst reichen Bestand von thorilidiumhaltigen Kometen vollständig ausgebeutet hatte.

Schlimmer noch, Vidian hatte über seine Berater erfahren, dass Danthe gegenüber dem Imperator im Geheimen abfällige Bemerkungen über Vidians gesamten Produktionsplan gemacht hatte. Der Graf wusste, welches Ziel Danthe verfolgte: Er plante, Gorse in einen weiteren Markt für die Fertigungsdroiden seiner Familie zu verwandeln. Vidian hatte keinerlei Probleme mit Droiden – in vielen Fällen arbeiteten sie sehr viel effizienter als organische Wesen. Aber er war nicht willens, Danthe einen Industriebereich an sich reißen zu lassen, der allein ihm gehörte. Vidian hatte seinen Zorn an seiner Kabine ausgelassen – aber er hätte viel darum gegeben, Danthes Hals zwischen seine Roboterhände zu bekommen.

Grallik führte ihn zu einer schmalen Tür in der Wand am anderen Ende der Halle. Dahinter befand sich ein weiterer großer Raum mit gewaltigen Röhren, die unter der Decke entlangführten, und langen Becken, die in den Boden eingelassen waren. Sie waren langgestreckt und schmal wie die Zuchtbecken in einer Farm für Meereslebewesen. Hier gab es ebenfalls Droiden; einige schaufelten Wagenladungen von Kristallen in die brodelnde grüne Flüssigkeit, andere fischten die Becken mit langen Werkzeugen ab.

»Hierauf sind wir besonders stolz, Herr Graf. Das ist mein Vorzeigeprojekt – das einzige automatisierte Xenobor-Säurebad auf Gorse. Die Kristalle von Cynda werden hierhergebracht, und die Droiden erledigen den Rest.«

Vidian blickte in eines der Becken. Es war tief und lang, ein siedender Kessel mit endlosem Appetit nach Materialnachschub. »Und wie viele Tage verlieren Sie dadurch, dass bei Erdbeben Droiden in die Becken fallen? Organische Wesen könnten besser ihr Gleichgewicht halten.«

»Ja, Herr. Aber die Dämpfe und die spritzende Flüssigkeit wären für sie gefährlich – und natürlich wäre es viel schlimmer, wenn so ein lebendes Wesen hineinfällt, als wenn es sich um einen Droiden handelt.«

»Wieso schlimmer? Das Bad ist zur Thorilidiumreinigung unbrauchbar, bis der störende Fremdstoff aufgelöst ist. Und es dauert viel länger, bis sich ein Droide aufgelöst hat.«

Das machte Lal sprachlos. Vidian war das völlig gleichgültig. Ihn erreichte gerade ein Funkspruch. Er stellte sein Gehör auf den Kommunikatormodus um.

»Commander Chamas an Bord der *Ultimatum*, Graf. Eine Nachricht von Coruscant.«

»Stellen Sie durch.«

Lero Danthe erschien vor seinen elektronischen Augen. »Meine hochachtungsvollen Grüße, Graf Vidian.«

Was von Vidians Stimmbändern noch übrig geblieben war, zog sich zu einem Knurren zusammen, einem Laut, für den es in seinem elektronischen Arsenal keine Entsprechung gab. Der junge Mann erschien in Lebensgröße vor ihm und überlagerte Vidians Umgebung: Hier gab es zwar keinen Holoprojektor, aber die Sache funktionierte im Prinzip ganz genauso. »Was gibt's?«, fragte er schließlich.

Der blonde Baron lächelte. »Ich komme gerade aus einer weiteren Reihe von Besprechungen der leitenden Instanzen des Imperiums, bei denen wir auf höchster Ebene unsere Arbeit an Projekten von größter …«

Vidian hörte nicht mehr zu. Er war zu sehr damit beschäftigt, den Kopf hin und her zu bewegen und das digitale Bild des schwätzenden Barons in ein Säurebecken nach dem anderen zu tauchen.

»... und um all das zu ermöglichen, verlangt der Imperator eine Verdopplung der Thorilidiumlieferungen. Mit sofortiger Wirkung.«

Vidian riss die Augen auf und schnappte nach Luft. »Was? *Eine Verdopplung?*«

»Korrekt.«

»Also eine Verdopplung der ursprünglichen Produktionsquote.«

»Nein«, erwiderte Danthe in einem erklärenden Tonfall, als spräche er mit einem kleinen Kind. »Ihre Quote ist gestern um die Hälfte heraufgesetzt worden, Sie erinnern sich doch? Also ...«

»Also ist es in Wirklichkeit eine Verdreifachung.« Vidian spürte, wie sein Zorn überkochte, wie er ätzender wurde als sämtliche Säurebecken im Raum. »Und Sie haben dagegen keine Einwände geltend gemacht? Dieses Ziel lässt sich unmöglich erreichen. Der Misserfolg wird auch auf Sie zurückfallen.«

Der Baron zuckte die Achseln. »Ich bin Ihrer Behörde zugeteilt, Graf, aber ich diene in allem dem Imperator.« Er machte eine kurze Pause, um dann in einem behutsameren Tonfall fortzufahren. »Ich habe in der Tat ein paar Dinge vorgeschlagen, die ich unternehmen könnte, um zur Erfüllung dieser Ziele beizutragen – aber natürlich würde das voraussetzen, dass Sie einige Ihrer Territorien mir übergeben.«

»Klar haben Sie das, was denn auch sonst«, fauchte Vidian. »Die Sache ist noch nicht ausgestanden, Danthe!«

»Was soll ich dem Imperator also sagen?«

»Dass ich das schaffen werde! Vidian, Ende!«

Vidian kochte. Dies war eine groß angelegte Intrige. Vidian hatte sich nie auf diese höfischen Spielchen verstanden; das war seine größte Schwäche. Die anderen Aristokraten wussten das, und einer hatte nun schließlich zugeschlagen. Man hatte seine Position untergraben, und das restlos und vollständig, auf eine Weise, wie er es seit vielen Jahren nicht mehr erlebt hatte. Und damals war er noch ein ganz anderer gewesen ...

Lal stand an einem der Säurebecken und sah ihn verwirrt an. »Ist alles in Ordnung, Graf? Sie, äh ... Sie haben sich seit einer geraumen Weile nicht mehr bewegt.«

Vidian zeigte äußerlich keinerlei Emotionen, wie immer. Die Antwort drang aus seinem Hals. »Ich will, dass die Produktion dieser Fabrik verdreifacht wird, und das ab sofort.«

Lal lachte laut auf. Natürlich brach sie sofort wieder ab und schlug sich verlegen zwei ihrer Hände vor den breiten Mund. »Entschuldigen Sie bitte. Das können Sie doch nicht ernst meinen, oder?«

Vidian drehte sich um und schritt auf sie zu. »Ich meine es immer ernst.«

Sie wich ängstlich zurück. »Das können wir nicht. Wir hatten schon Mühe, die ursprünglichen Ziele des Imperiums zu erreichen.«

»Und Sie haben sie trotzdem stets verfehlt.« Vidian trat dicht vor sie hin. Lal zitterte und starrte ihn angsterfüllt an. »Können Sie diese Ziele erreichen?«

»N-n-nein.«

»Wozu sind Sie dann nütze?« Vidian ließ seine Arme ausfahren und schob Lal mit den Handflächen von sich weg. Sie stolperte zurück und stürzte in eine der brodelnden Wannen.

Sie schrie auf, während die Säure rings um sie aufschäumte. »Hilfe! B-b-bitte!«

Vidian wandte sich um und entdeckte eine der langen Rührstangen, die aus einem Spezialmaterial angefertigt wurden, dem die ätzende Säure in den Becken nicht viel anhaben konnte. Aber statt sie damit herauszufischen, stieß er Lal nur noch tiefer in das Becken hinein.

»Ich helfe«, sagte Vidian, und seine elektronischen Augen strahlten. »Ich brauche diesen Bottich rasch wieder für die Produktion. Also beeilen Sie sich und lösen Sie sich auf.«

Hera hörte den Schrei.

Während sie die Träger unter der Decke der Raffineriehalle entlangrannte, war sie dem Besalisken-Sicherheitschef immer ein paar Schritte voraus gewesen. Für jemanden, der so gewandt war wie sie, boten die Röhren und Stahlstege dort oben Wege genug. Sie hatte schon gehofft, kehrtmachen und sich in Richtung Personalabteilung zurückbegeben zu können, um dort die Suche fortzusetzen, derentwillen sie hergekommen war – als sie den Schrei hörte. Er war entsetzlich und anders als alles, was sie je gehört hatte.

Sie konnte nicht anders, als direkt darauf zuzurennen.

Als sie eintraf, war es schon zu spät. Von ihrem hochgelegenen Aussichtspunkt konnte sie den Körper gerade noch in den Tiefen des aufgewühlten Beckens erkennen, aber es gab für sie keine Möglichkeit, dort hinunterzugelangen, ohne selbst hineinzustürzen. Graf Vidian stand mit einer langen Stange am Rand des Beckens. Es konnte niemand sonst sein; es gab keinen anderen, der so aussah. Er ließ kurz den Blick über das Becken schweifen, dann warf er die Stange zur Seite, wandte sich ab und ging davon.

Ein Stück weiter vorn entdeckte Hera eine Stelle, wo sie sicher von ihrem Träger hinunterspringen konnte. Sie bahnte sich einen Weg auf den Boden der Halle.

Aber Gord Grallik war vor ihr da – und sein Anblick brach ihr schier das Herz.

26. Kapitel

Gord Grallik heulte auf.

Der Sicherheitschef war auf der Suche nach Hera in die Halle geeilt. Sie kam gerade die Treppen hinunter, als er zwischen den schäumenden Säurebecken verharrte und sein Blick an etwas haften blieb. Hera hatte bereits von oben sehen können, dass die vierarmige Gestalt im Säurebad unverkennbar ein Besalisk war.

»Lal!« Gord sah sich hastig um und suchte nach einer der säurefesten Stangen. Als Hera unten angekommen war, hatte er seine Suche bereits aufgegeben. Er wandte sich dem Becken zu, bereit, in die Säure zu springen, um seine Frau zu retten.

»Nein!«, rief Hera. Sie kam gerade noch rechtzeitig zum Stehen, um sie nicht beide in das Becken zu katapultieren, und hielt den Sicherheitschef am Arm fest. »Es ist schon zu spät!«

Gord wehrte sich. »Ich muss es tun!«

Hera klammerte sich verzweifelt an ihn. Sie wusste nicht einmal, ob er sie überhaupt wahrnahm, während er angestrengt das Becken zu erreichen versuchte. Er war um so vieles schwerer als sie. Unter Aufbietung all ihrer Kräfte bemühte sie sich, ihn von seinem Vorhaben abzuhalten.

»Das … dürfen … Sie … nicht … tun!«

Schließlich hörte Gord auf, sich zu wehren. Sie wusste nicht, ob er einfach endlich ihre Anwesenheit bemerkt und begriffen hatte, dass er sie unweigerlich mit sich ins Becken stürzen würde – oder ob er schließlich wahrgenommen hatte, wie wenig nur noch von Lal übrig geblieben war. *Sehr* wenig. *»Nein«*, flüsterte er. Er sank auf die Knie. »Nein.«

Die Twi'lek hing weiter an seinen Armen. »Es tut mir so leid«, sagte sie. Sie versuchte, ihn vom Beckenrand wegzuziehen, hatte aber nicht viel Erfolg.

Gord blickte sie an – und seine Augen blitzten vor Wut. »Haben Sie das getan?«

»Nein! Ich schwöre, das ich es nicht war. Das war Vidian!« Hera wich ein Stückchen vor ihm zurück, aber sie rannte nicht weg. »Schauen Sie sich die Aufzeichnungen der Überwachungskameras an. Dann wissen Sie es!«

Starke Besaliskenhände griffen nach ihr. Mit Hera im Schlepptau und Mordlust in den Augen eilte Gord zur Kontrollstation am anderen Ende der Halle. »Ich werde es gleich wissen«, knurrte er.

Vidian stand draußen vor der Raffinerie und blickte zum Mond hinauf. Er hatte schon wieder den Führer seines Besichtigungsrundgangs getötet, ja, aber es hatte nun auch wirklich keinen Sinn mehr, diese Inspektion fortzusetzen oder irgendeine weitere vorzunehmen. Moonglow war die am besten geführte Fabrik auf Gorse. Selbst wenn das Imperium die direkte Kontrolle über alle Unternehmen auf dem Planeten übernahm – eine Maßnahme, die, wie er gelernt hatte, zu gemischten Ergebnissen führte –, wären die neuen Produktionsziele des Imperators unmöglich zu erfüllen.

Und die ersten Lieferungen waren bereits in einer Woche fällig.

Vidian drehte sich um und versetzte der Wand einen Faustschlag. Seine Hand rammte in den Permabeton und hinterließ eine Delle im Mauerwerk. Baron Danthe war schuld daran – sein vorgeblicher Untergebener, der ihn nun in einen weiteren x-beliebigen Angestellten verwandelt hatte, der sich abmühte, ein Ultimatum zu erfüllen. Vidian wusste bereits, dass es unmöglich war, in seinem Zuständigkeitsbereich – oder auch in dem irgendeines anderen – genug verfügbares Thorilidium zu finden. Nicht, ohne den Mond völlig in Stücke zu reißen …

Vidian hielt inne. Er spulte zurück, was seine Augen und Ohren zuvor aufgezeichnet hatten, das Gefasel dieses Wahnsinnigen, Skelly.

Sie müssen die Sprengungen auf Cynda einstellen. Sie könnten versehentlich den ganzen Mond in Stücke reißen!

Er erinnerte sich und griff in seine Tasche. Da war die Holodisc, die er hatte zerstören wollen.

Vidian schritt entschlossen auf ein nahes Bürogebäude zu. Keine Frage, für einen Mann, der keine Zeit verschwendete, wäre es mit an Sicherheit grenzender Wahrscheinlichkeit eine Zeitverschwendung, sich das Ding anzuschauen. Die Tatsache, dass er es überhaupt in Erwägung zog, zeigte die wahre Verzweiflung seiner Situation.

Sloane war nicht der erste Kapitän des Imperiums, dem Kanan begegnet war. Aber sie war mit Sicherheit der am besten aussehende – selbst wenn sie darauf bestand, dieses wunderschöne schwarze Haar unter diese kleine Mütze zu zwängen. Einer ihrer Leute leuchtete ihm mit einer Lampe ins Gesicht, was unter dem hellen Licht des Mondes eigentlich völlig unnötig war.

»Es heißt, Sie seien in die Sicherheitszone eingedrungen, weil Sie Bergarbeiter zu ihrer Arbeit transportiert haben«, sagte die Frau. »Wenn Sie Busfahrer sind, warum haben Sie dann versucht, in die Fabrik zu gelangen?«

»Ich war auf dem Weg, meinen Lohn abzuholen.« Die Hände hinter seinem Rücken in Handschellen, warf Kanan ihr ein kurzes Lächeln zu. »Sobald ich ihn ausgezahlt bekommen habe, kann ich Sie gern ein bisschen in der Stadt herumkutschieren, wenn Sie wollen.«

Sloanes braune Augen verengten sich. »Einen Moment mal. Ich kenne Sie doch! Sie sind dieser Pilot des Sprengstofftransporters. *Das Großmaul.*«

»Sie haben also einen Namen für mich.« Kanan grinste. »Das ist toll. Ich wusste, Sie würden nicht einfach so wegfliegen können. Und jetzt sind Sie den ganzen Weg hierhergekommen, um mich zu treffen?«

Sloane trat einen Schritt vor, griff hinter seinen Kopf, um seinen Pferdeschwanz zu fassen zu bekommen, und zog daran. »Sie haben mir keine Aufgaben zuzuweisen, Pilot«, blaffte sie und zwang ihn, zu Boden zu gehen. »Ihre kleinen Spielchen mögen bei anderen funktionieren. Was mich betrifft, so könnte ich Sie zum Beispiel zwangsrekrutieren lassen und dazu abstellen, fortan Müllpressen zu warten. Oder Sie am besten gleich in eine hineinstoßen!«

»Schon gut, schon gut.« Fest in ihrem Griff zuckte Kanan, so gut es ging, die Achseln. »Aber wenn Sie wissen, dass ich Pilot bin, dann wissen Sie auch, dass ich hier arbeite.«

»Ohne einen Zugangspass für das Gelände?«

»Lal Grallik kennt mich. Fragen Sie sie.«

»Na, neue Freunde?« Hinter Sloane vernahm Kanan eine inzwischen vertraute Stimme. Der Kapitän fuhr herum, ohne

Kanans Zopf loszulassen, und verrenkte ihm dabei den Hals. Hera trat aus der Fabrik, Kanans Pass in den Händen. »Du hast deinen Ausweis in der Fabrik liegen lassen, Kumpel.«

Die Imperialen richteten ihre Lampen nun auf Hera. Sloane musterte sie für einen Moment, um dann wieder zu Kanan zurückzublicken. Kanan nickte, so gut er das konnte, solange der schöne Kapitän sein Haar festhielt. »Ich hab's Ihnen ja gesagt.«

Sloane ließ Kanan los, indem sie ihm einen Stoß gab, der ihn rückwärts in den Schlamm warf. Dann wandte sie sich zu Hera um. »Und wo ist Ihr Dienstausweis?«

Hera grinste. »Nun ja, ich muss ja wohl einen haben. Wie wäre ich sonst hier hereingekommen?«

Sloane blickte gen Himmel und knurrte frustriert. »Ich habe genug von euch Typen. Am besten, wir lassen Sie alle verhaften wegen …«

»Sloane!«

Sie griff nach ihrem Kommunikator. »Graf Vidian«, sagte sie. »Wir sind immer noch dabei, Skelly einzufangen – und alle möglichen Komplizen.«

»Vergessen Sie's«, antwortete Vidian.

»Graf?«

»Die Inspektion. Alles. Vergessen Sie alles. Ich habe hier unten genug gesehen. Ich verfolge jetzt eine neue Strategie, die die Zwecke des Imperators besser erfüllen wird. Wir müssen sofort zur *Ultimatum* zurückkehren. Rufen Sie Ihre Mannschaft zusammen. Wir treffen uns am Shuttle.«

Sloane nahm den Befehl zur Kenntnis und schaltete ihren Kommunikator aus. Sie bedeutete einem Sturmtruppler, Kanan die Handschellen abzunehmen. Ein anderer gab ihm seinen Blaster mitsamt Holster zurück. »Ihr Glückstag«, bemerkte Sloane.

»Ohne Frage«, antwortete Kanan und nickte in Richtung Hera. »Mit euch beiden hier bei mir …«

Hera trat hastig vor und packte ihn am Arm. »Danke, Captain. Wir müssen jetzt leider gehen.« Unter Sloanes eisigem Blick begann sie, Kanan Richtung offenes Tor zu schieben. »Entschuldigen Sie die Störung.«

»Ja, und viel Glück bei Ihrer Inspektion«, setzte Kanan noch hinzu, bevor ihn Hera mit sanfter Gewalt durch den Mitarbeitereingang stieß.

Hera schob Kanan um die Ecke und zum Schwebebus zurück. Sie wirkte beunruhigt. »Du weißt wirklich nicht, wann es genug ist, oder?«

Kanan zuckte die Achseln. »He, es hat schließlich funktioniert, nicht?« Er wischte sich den Dreck von der Hose. »Es bringt sie nur auf dumme Gedanken, wenn man feindselig oder wortkarg ist. Um Imperiale loszuwerden, muss man so glücklich sein, sie zu sehen, dass sie sich freuen, wenn man weg ist. Klappt zumindest bei einigen von ihnen.«

Hera hob abwehrend die Hände in die Höhe. »Wir haben für so etwas jetzt keine Zeit. Da drinnen ist etwas Schreckliches passiert, und …« Sie stockte, schaute zu Boden und musste kurz würgen. Ihm wurde plötzlich bewusst, dass er sie bisher stets nur in einem Zustand der perfekten Selbstbeherrschung erlebt hatte. Jetzt wirkte sie erschöpft.

»He«, sagte er und griff nach ihrem Handgelenk. »Im Ernst? Etwas Schlimmes ist passiert?«

»Vidian hat die Geschäftsführerin getötet.«

»Was, Lal?« Kanan war geschockt. »Er hat sie getötet? Warum?«

»Weil er die Möglichkeit dazu hatte«, antwortete sie und schaute ihm in die Augen. »Ihr Ehemann hat es gesehen, ist davongerannt und hat sich auf die Suche nach Vidian gemacht. Und dieser Anruf auf dem Kommunikator hörte sich danach an, als würde Vidian noch etwas ganz anderes im Schilde führen!«

»Und zwar ungefähr direkt dort drüben.« Kanan zeigte auf den imperialen Shuttle. Ihm gegenüber, auf der anderen Seite des schlammigen Broken Boulevard, öffnete sich nun das Haupttor von Moonglow. Vidian erschien im Tor und rief etwas zur Crew seines Schiffes hinüber. Sloane und ihre Sturmtruppler gesellten sich zu ihm.

»Wir müssen ihnen folgen«, stellte Hera fest.

»Ich kann einem Shuttle nicht mit einem Schwebebus folgen!«

»Es ist ein Mark Six Smoothride«, beharrte sie. »Der wird schon fliegen!«

»Vor einer Million Jahren vielleicht«, seufzte Kanan. Er drehte sich wieder um und sah Vidian entschlossen über die Straßenbretter auf den Shuttle zumarschieren. Sloane blieb mit den anderen am Tor stehen und erteilte offensichtlich Befehle, die mit ihrem Aufbruch in Zusammenhang standen.

Als er dann seinen Blick wieder zurück Richtung Lambda schweifen ließ, sah er, dass unter das Brett, das dem Schiff am nächsten war, etwas geklemmt worden war. Es sah aus wie ein kleiner Beutel. Er befand sich mehrere Meter von etwas entfernt, bei dem es sich um ein Kanalgitter zu handeln schien.

Ein *offenes* Kanalgitter.

Kanan brauchte die Macht nicht, um zu wissen, dass er jetzt Hera packen musste. »Runter!«

Die Nacht von Shaketown leuchtete hell auf. Der imperiale Shuttle explodierte und ließ brennende Trümmerteile in alle Richtungen fliegen. Drüben auf der Straße holte die Detonationswelle Vidian ein und schleuderte ihn voller Wucht gegen den Außenzaun der Fabrik. Im gleichen Moment flammte am Himmel darüber ein Feuerball auf.

Kanan erhaschte nur einen kurzen Blick auf das Schicksal des Cyborgs, während er, Heras Schultern in seinen behandschuhten Händen, mit ihr hinter den Smoothride hechtete. Metalltrümmer schossen in alle Richtungen durch die Luft, und einige bohrten sich donnernd in den Schwebebus. Die Düsenschlitten, die die zur Verstärkung angerückten Sturmtruppler zuvor in der Nähe geparkt hatten, wirbelten wild herum; Kanan sah, wie einer sich in dem Zaun hinter ihm aufspießte.

Dann verebbte der Lärm. Sobald sich Kanan vergewissert hatte, dass Hera nichts passiert war, zog er seinen Blaster und ging vorsichtig um das Gefährt herum. Weiter oben an der Straße war Vidian in die Knie gegangen, aber er lebte; sein künstlich verstärkter Körper gab ihm offenbar einen gewissen Schutz. Aber die Straße direkt vor der Fabrik war ein flammender Krater, und der Gebäudeblock dahinter, das Lokal des armen Drakka eingeschlossen, brannte jetzt lichterloh. Kanans erster Impuls war, dort hinzurennen und nachzusehen, ob dem besaliskischen Koch etwas zugestoßen war.

Aber zuerst erregte etwas anderes seine Aufmerksamkeit: eine dunkle Gestalt, die jetzt aus dem offenen Kanalschacht herausgekrabbelt kam, der Kanan unmittelbar vor der Explosion aufgefallen war. Der Schacht war von Flammen umgeben, aber sie hatten ihn selbst noch nicht erreicht. Schnell humpelte die Gestalt, die einen großen Rucksack auf dem Rücken trug, davon. *Skelly!*

Auf seinem Weg fand Skelly einen funktionsfähigen imperialen Düsenschlitten. Er warf noch einen raschen Blick zurück. Dann saß er auf und war verschwunden.

27. Kapitel

Hera atmete tief durch, als sie das Dach auf dem zweiten Stockwerk erreichte. Die Gebäude an der Straße gegenüber vom Moonglow-Hauptquartier waren nicht hoch, aber sie verfügten alle über Leitern oder andere Notausgänge. Auf Gorse rechnete jeder mit Erdbeben. Doch was jetzt geschehen war, war eine andere Geschichte.

Von einer geschützten Stelle aus schaute sie verwundert hinunter auf die Straße. Das imperiale Schiff brannte, zerstört von jemandem, den diese Leute gekränkt und zurückgestoßen hatten. Hera hatte damit gerechnet, dass so etwas eines Tages geschehen würde, hatte es immer schon kommen sehen. Nur nicht so bald und nicht auf diese Weise. Sie wusste nicht, was Skelly dazu getrieben hatte, aber nach dem, was Kanan beobachtet hatte, war es sicherlich er, der dahintersteckte.

Hera hatte nach der Explosion nicht unten auf dem Boden bleiben wollen. Die Straße sah aus wie ein Schlachtfeld, und das Attentat würde die Imperialen gewiss zum Äußersten treiben und sie mit aller Härte reagieren lassen. Nachdem sie dennoch so lange, wie sie es wagte, bei den Such- und Rettungsmaßnahmen geholfen hatte, wollte sie nun einen Weg auskundschaften, der sie und Kanan aus dem von Sicherheitskräften abgesperrten Bereich herausführen konnte. Ohnehin hatte ja nur Kanan irgendeine Form von Genehmigung, sich auf dem Gelände aufzuhalten, und er war dort unten geblieben und hatte versucht, Leute zu retten. Dass er das tat, steigerte sein Ansehen bei ihr beträchtlich. Es passte so gar nicht zu dem Image vom sorglosen Draufgänger, der sich um nichts und niemanden kümmerte, um das er sich offensichtlich bemühte.

Sie war noch immer innerlich aufgewühlt – der Moment in der Fabrik, als sich Gord Grallik die Aufzeichnung von Vidians Mord an seiner Frau angesehen hatte, hatte sie tief erschüttert. Gord war ein typischer Sicherheitsmann, ein rauer, harter Bursche, doch in diesem Augenblick war seine gesamte Welt um ihn herum zusammengebrochen. Es zerriss ihr immer noch das Herz, wenn sie daran dachte.

Aber das war noch nicht das Schlimmste, begriff sie jetzt, als sie zur Straße hinabschaute. Vidian, der Brandverletzungen davongetragen hatte, aber ansonsten offenbar weitestgehend unversehrt geblieben war, wurde von seiner Eskorte eilig weggebracht, als nun Gord am Tor erschien. Der Besalisk stürmte mitten durch die flammende Glut hindurch, nur um von den Sturmtrupplern aufgehalten zu werden. Sie konnte ihn aus dieser Entfernung nicht hören, aber er bat und bettelte, flehte sie an. Vermutlich wollte er erreichen, dass sie Vidian verhafteten. Ein Moonglow-Mitarbeiter reichte Gord ein Datenpad: Hera nahm an, dass es sich um die Bilder der Sicherheitskamera handelte. Der verzweifelte Besalisk zeigte sie einem Sturmtruppler nach dem anderen, aber sie wollten ihn trotzdem nicht vorbeilassen.

Hera wollte nicht weiter zuschauen – es gab hier nicht das Geringste, was sie hätte tun können, nicht hier, nicht jetzt.

Aber sie zwang sich dazu. Gord versuchte nun trotzdem, Vidian zu folgen, wurde aber von den Sturmtrupplern festgehalten. Es waren vier von ihnen nötig, um den Sicherheitschef mit den massigen Schultern zu stoppen: einer für jeden Arm.

Dann schlugen sie ihn: So verhielt es sich im Imperium mit der Gerechtigkeit.

Als die Sturmtruppler auseinandergingen, sah Hera Gord zurück zum Tor von Moonglow kriechen. Sie blinzelte eine Träne des Zorns aus dem Auge. Ja, sie musste sich diese Dinge anschauen, um nie zu vergessen, wofür sie kämpfte.

Hera kniff die Augen zusammen und versuchte durch die verqualmte Düsternis hindurch zu erkennen, wo Vidian hingegangen war. Sie entdeckte ihn zusammen mit Sloane, flankiert von einer Reihe von Sturmtrupplern. Die beiden waren in eine heftige Diskussion vertieft und befanden sich auf direktem Weg zum …

Nein, das wird Kanan bestimmt nicht gefallen.

»Das ist jetzt nicht dein Ernst, oder?« Nach Abschluss seiner Suche hatte sich Kanan zu Hera auf das Dach gesellt und starrte nun zu der leeren Stelle auf der Straße hinab. »Ich kann es nicht fassen. Sie haben den Schwebebus geklaut!«

»Ich glaube, sie nennen es *amtliche Beschlagnahme*«, korrigierte Hera, hockte sich an die Dachkante und deutete nach Osten. Kanan sah den Schwebebus schon in einiger Entfernung über die Straße schaukeln. »Bestimmt sind sie auf dem Weg zum imperialen Raumhafen, um sich einen anderen Shuttle zu besorgen.«

Kanan runzelte die Stirn. »Na ja, warten wir mal, bis sie merken, dass die Toilettentür klemmt.« Er schnippte nasse Asche von seinen Kleidern. Er hatte Drakka hinter seinem Gefrierschrank eingekeilt gefunden, und es hatte ihn lange Minuten gekostet, ihn zu befreien. Dann war der Koch hinausgestürmt, um den Imperialen über seinen ruinierten Betrieb die Meinung zu geigen. Kanan hatte von seinem Blickpunkt aus erkennen können, dass das Gespräch nicht sonderlich gut verlief, aber er hatte seine eigenen Probleme. »Der Raumhafen befindet sich in Highground. Wie soll ich jetzt dort hinkommen?« Das war eine Entfernung von zehn Kilometern.

»Ich bin mehr daran interessiert, erst einmal von hier *wegzukommen*«, sagte Hera und erhob sich. »Auf einen Abgesandten des Imperators wurde ein Anschlag verübt – jeder ist ein Verdächtiger. Wir müssen dieses Stadtviertel verlassen, bevor das halbe Imperium hier aufkreuzt!« Sie trat von der Dachkante zurück. »Vielleicht wieder über die Gassen Richtung Süden?«

»Es ist Okadiahs Bus«, betonte Kanan. »Das kann ich nicht einfach so zulassen.« Er verschwieg, dass eben genau das das Problem beim Schließen von Freundschaften war: Sie machten es einem unmöglich, wirklich frei zu sein.

Er schaute zurück und ließ seinen Blick über den Broken Boulevard schweifen – jetzt passte der Ausdruck noch besser als gewöhnlich. Dabei bemerkte er einen schwerfälligen grauen Schwebelaster, der gerade das Ladedock von Moonglow verließ. »He, warte mal«, rief er und packte Heras Handgelenk, bevor sie sich zum Gehen wenden konnte. »Ich glaube, wir können beide Probleme gleichzeitig lösen.«

Er deutete auf den Schwebelaster. »Der ist voll mit hochreinem Thorilidium.« Es schien, dass nicht einmal unbefugtes Eindringen, Mord und Sabotage die Thorilidiumproduktion zum Erliegen bringen konnten: Alle sechs Minuten verließ ein Transporter die Anlage. »Er fährt zum …«

»… imperialen Raumhafen«, beendete Hera den Satz. »Das habe ich gestern bei meinen Erkundungen herausgefunden.«

Ihre Blicke trafen sich – und einen Herzschlag später stürmten sie beide so schnell wie möglich über die Fabrikdächer. Hera war ebenso flink wie gelenkig, nahm ein Hindernis nach dem anderen und sprang über gähnende Abgründe hinweg. Ab und zu drehte sie sich um, ob Kanan noch mit ihr Schritt hielt.

»Geht schon«, sagte er. Er war einige Meter hinter ihr. »Ich versuche nur, dich nicht über den Haufen zu rennen.«

Sie lächelte und sprang über die nächste klaffende Öffnung. Er folgte ihrem Beispiel.

Als sie das Ende des Blocks erreichten, fanden sie eine Tür und hasteten eine Treppe hinunter. In der Türöffnung unten blieben sie stehen und atmeten tief durch, gerade rechtzeitig, um den Schwebelaster ankommen zu sehen. Ein Sturmtruppler winkte das Gefährt und seinen goldenen Chauffeurdroiden vorbei.

Sobald der Sturmtruppler seinen Kopf abgewandt hatte, rannten Kanan und Hera auf den näher kommenden Schwebelaster zu. Kanan sprang auf das Trittbrett an der Beifahrerseite.

»Entschuldigung«, sagte der Droide. »Es dürfen hier keine Passagiere …«

Hera hatte sich inzwischen an die andere Tür gehängt; sie legte einen Schalter am Hals des Droiden um und brachte ihn zum Schweigen. Kanan kletterte in die Kabine, griff nach dem Steuerhorn und duckte sich. Das Gefährt beschrieb eine weite Linkskurve am letzten Kontrollpunkt der Sturmtruppler vorbei; der Wachposten bekam die Frau, die außen an der Tür hing, gar nicht erst zu sehen. Geschickt öffnete Hera die Tür und schob den Roboter aus dem Weg.

»Nichts gegen dich«, sagte sie und streckte die Hand nach den Steuerhebeln aus. »Aber ich fahre lieber selbst.«

Kanan schloss die Beifahrertür und streckte die Beine aus. »Du darfst mich überall hinfahren, Süße.« Er blickte auf das Chaos zurück, in das sich Shaketown verwandelt hatte. »Solange es nur von hier weggeht!«

Kanan fand, dass Hera nicht viel redseliger war als der deaktivierte Droide. Sie hatte noch kein Wort darüber gesagt, was in der Fabrik vorgegangen war, bevor sie die tote Lal gefunden hatte.

Er wusste über Lals Ehemann nicht viel, außer dass ihm leicht die Sicherungen durchbrannten und er eine große Blastersammlung besaß. Und noch etwas anderes wusste er über ihn. »Dieser Bursche hat nur für Lal gelebt«, sagte er.

»Das habe ich gemerkt. Es war schlimm.«

Kanan musterte sie, und es kam ihm so vor, als seien ihre Worte eher noch eine Untertreibung. »Na ja, immerhin hast du eins über Vidian in Erfahrung gebracht: Er ist das Böse in Höchstkonzentration.«

»Böse zu sein ist in der Hierarchie des Imperiums kein Hindernis. Es hilft vielmehr.« Sie seufzte. »Ich konnte dieses Mal nicht einmal in seine Nähe vordringen – aber ich glaube, ich habe herausgefunden, was zu erfahren ich nach Gorse gekommen bin: Das Geheimnis von Denetrius Vidians Effizienz ist der Mord.«

»Und wohin bringt dich diese Erkenntnis?«

»Jedenfalls bringt sie mich nicht weiter.« Sie schüttelte den Kopf. »Und über Tharsa konnte ich nur herausfinden, dass er vor langer Zeit einige Male bei Moonglow Werksbesuche gemacht hat. Sonst habe ich nichts in Erfahrung bringen können. Zuerst hat sich mir Gord an die Fersen geheftet, und dann sind sie alle wie wild herumgelaufen und haben nach Skelly gesucht.« Sie steuerte den Schwebelaster um eine Kurve und seufzte erneut. »Ich weiß nicht, was Skelly glaubt auf diese Weise erreichen zu können. Diese menschliche Kanone mit ihren gemeingefährlichen Aktionen – das führt zu nichts.«

»Und wo sollen deine Aktionen dich hinführen?« Er musterte sie eindringlich. »Ich hatte eigentlich damit gerechnet, dass du mich eiskalt abservierst, sobald du deinen kleinen Einbruch erst einmal durchgezogen hast. Und gerade hast du gesagt, dein Hauptgrund, nach Gorse zu kommen, hätte sich jetzt erledigt. Aber du sitzt immer noch hier.«

Sie rollte die Augen. »Ich helfe dir, deinen Schwebebus zurückzubekommen.«

»Och ja.« Kanan kicherte.

»Nein, nein, es ist das Mindeste, was ich tun kann«, versicherte Hera. »Du bist extra noch mal hineingegangen, wolltest nach mir suchen. Das war unnötig – und es hätte dich beinahe in ernste Schwierigkeiten gebracht. Aber ich weiß es zu schätzen.«

»Nun ja, du bist auch das einzige Wesen auf diesem Planeten, für das ich dieses Risiko eingehen würde.« *Das sollte sie sich zu Herzen nehmen*, dachte er.

»Ich bin mir nicht sicher, ob ich dir das glaube. Du bist noch einmal zurückgegangen, um diesem Besalisken-Koch zu helfen – und Okadiah hat mir im Bus erzählt, dass du ihn vor Vidian gerettet hast.« Sie lächelte. »Und in der Schenke hast du sogar Skelly gerettet.«

Er hob abwehrend die Hände. »He, jeder macht mal Fehler!«

»Gut, wir werden ja sehen«, meinte sie und ließ es dabei bewenden. Kanan gefiel der Blick, mit dem sie das sagte. Er drückte aus, dass sie inzwischen fand, dass er es wert sei, im Auge behalten zu werden.

Kanan schaute zu den Gebäuden hinaus, die draußen vorbeizischten, und musste lachen. »Alles dreht sich hier nur ums Thorilidium, deshalb gibt es auch diese mordsmäßigen Sicherheitsmaßnahmen; aber wir sind gerade mit einem Lastwagen voll von diesem Zeug einfach davongedüst.«

»Wir bringen es genau dorthin, wo es auch hinsoll«, gab sie zu bedenken. »Wir suchen uns ja nicht jemanden, an den wir es verhökern können.«

Kanan schüttelte den Kopf. »Weißt du, ich habe nicht einmal den blassesten Schimmer, wofür dieser Quatsch gebraucht wird.«

»Thorilidium?«, fragte Hera. »Es wird zur Festkörper-Schwingungsdämpfung eingesetzt. Sie brauchen es auf Sternzerstörern, damit die Turbolasertürme an ihrem Platz bleiben, nachdem sie gefeuert haben.«

»Schon wieder gemeingefährliche Kanonen!« Kanan gluckste. »Dafür nehmen diese Leute so viel Mühe auf sich?«

»Sie haben nun mal eine Menge Kanonen!« Heras Augen weiteten sich, während sie darüber nachdachte. »Für einen Sternzerstörer bedarf es sechzehn Millionen unterschiedlicher Komponenten, von denen siebenundzwanzigtausend nur in jeweils einem einzigen System wie auf Gorse produziert werden.« Mit leidenschaftlich bewegtem Gesicht sah sie ihn an. »Deshalb braucht der Imperator ein Imperium, Kanan. Es ist wie eine gewaltige Nacktschnecke, die durch den Weltraum kriecht und deren einzige Funktion darin besteht, am Leben zu bleiben. Es muss konsumieren, konsumieren und noch mal konsumieren.«

»Du klingst allmählich wie Skelly.«

»Er liegt ja auch nicht völlig falsch«, erwiderte sie und lenkte den Schwebebus nach Highground. »Aber er liegt definitiv auch nicht in allem richtig.«

Skelly hatte den Düsenschlitten über die Hausdächer in Richtung Highground gesteuert. Dabei flog er möglichst niedrig, um nicht von der Überwachung des Luftverkehrs aufgespürt zu werden. Da sich die Aufmerksamkeit der Imperialen weitestgehend darauf konzentrierte, Polizeifahrzeuge nach Shaketown zu befördern, ging Skelly davon aus, dass die Landefelder weniger stark überwacht würden. Trotzdem wusste er, dass er den Düsenschlitten nicht einfach über die Schutzmauer fliegen konnte. Aber er wollte auch nicht von ihm absteigen, da jeder Meter, den er zu Fuß ging, sehr schmerzhaft war.

Doch jetzt, am dunklen Ostende des Geländes angelangt, leistete ihm seine im Krieg erworbene Erfahrung darin, sich einen Weg unter Barrikaden hindurch zu bahnen, einmal mehr gute Dienste. Auf seinen Flügen nach Cynda hatte er gesehen, dass das Highground-Areal von tiefen Abflussgräben durchzogen war, die zu der tiefer gelegenen Seite des Geländes hinabführten. Dort, in der Dunkelheit draußen vor der Mauer, fand er einen Abwasserkanal, der groß genug sowohl für ihn als auch für den Düsenschlitten war. Angesichts der Sprengstoffmengen, die er in seinem Rucksack bei sich trug, waren die Gitterstäbe, die das Ablaufrohr sicherten, nur ein Kinderspiel. Es amüsierte ihn, dass die gleiche Technik, mit der er auf Cynda die Minenarbeiten für das Imperium vorangebracht hatte, ihn jetzt ins Innere der imperialen Basis brachte.

Einige wenige gedämpfte Explosionen später setzte er sich wieder in Bewegung, schmerzhaft tief über den Düsenschlitten gebeugt, der nun ihn und sein Rachegepäck durch den Tunnel trug. Im Inneren des Geländes flog er den Düsenschlitten auch weiterhin möglichst tief durch die Abflusskanäle, die die verschiedenen Landezonen voneinander trennten. Die Lampen waren hier alle nach oben gerichtet; wäre irgendjemand auf die Idee gekommen hinunterzuschauen, hätte ihm der Anblick eines menschlichen Kopfes, der aus dem Untergrund ragte und ganz ruhig über den Boden dahinglitt, womöglich zu denken gegeben.

Aber niemand bemerkte ihn. Im Schatten des Kontrollturms des Raumhafens hielt Skelly an und fuhr sich mit Tupfern aus seinem Erste-Hilfe-Päckchen über das geschwollene Gesicht. Er fasste den Ankunftsbereich für die Transporter ins Auge, wo alle paar Minuten ein weiterer von Droiden gesteuerter Schwebewagen mit neuem Thorilidium für die wartenden imperialen Frachter erschien.

Dieser Weltraumhafen hier war genau der richtige Ort, fand er. Die letzte Station, bevor sich all die Schönheit von Cynda, kleingemahlen und gereinigt, nach Calcoraan Depot auf den Weg machte, um von dort aus in all die irrsinnigen Schiffsbauprojekte des Imperiums zu gelangen. Blanke Wut erfüllte Skelly bei dem Anblick.

Die Zeit verging. Eine Minute lang befürchtete er, aufs falsche Pferd gesetzt zu haben. Er war davon ausgegangen, dass Vidian, nachdem er die Raumfähre verloren hatte, die ihn von Gorse wegbringen sollte, als Nächstes hierherkommen würde. Doch nun öffnete sich das Tor, um ein Gefährt einzulassen ... *Moment mal: Okadiahs Schwebebus?*

Skelly zwinkerte ungläubig, als er ihn sah. Was wollte dieser Bus hier? Dann sah er eine Gruppe von Sturmtrupplern aussteigen, gefolgt von Vidian und dem Kapitän. *Kein Wunder, dass ich schneller hier gewesen bin als sie*, dachte er. Ein Pilot, der es in dem alten Smoothride mit dem zielstrebigen Fahrer eines Düsenschlittens aufzunehmen vermochte, müsste schon ein ganz besonderes Genie sein.

Als er sich zurücklehnte, um sich gegen die Außenmauer des Kontrollturms zu kauern, spürte er heftigen Schmerz in seinen Rippen. Doch das Adrenalin pulste ihm durch die Adern und hielt ihn aufrecht; und die Pillen aus seinem Erste-Hilfe-Set hatten für einen zusätzlichen Stimulus gesorgt. Er würde sich von alledem nicht beirren lassen.

Einmal hatte er Vidian verfehlt. Das würde ihm nicht wieder passieren.

28. Kapitel

Graf Vidian blickte über den Kontrollturm hinweg zum Himmel hinauf. Die *Cudgel* senkte sich aus dem Weltraum herab. Sie war vom Sternzerstörer ausgesandt worden, um ihn in den Orbit zurückzubringen. Er wollte keinen weiteren Augenblick auf Gorse verschwenden. Für seine Pläne war es unnötig, länger auf dem Planeten zu bleiben.

Jetzt hatten sich seine Pläne geändert. Er hatte keine Zeit dafür, die Leute von Gorse hin- und herpendeln zu lassen, um die Thorilidiumlagerstätten auf ihrem Mond abzubauen. Selbst seine weitestgehenden Überlegungen, nämlich auf Cynda selbst Wohnanlagen zu bauen und die Arbeiter zu zwingen, dorthin zu ziehen, würden zu ihrer Umsetzung zu viel Zeit beanspruchen. Jetzt schwebte ihm eine andere Alternative vor – die ihm die denkbar merkwürdigste Quelle geliefert hatte.

Skelly war geistesgestört, einfach nur einer dieser traumatisierten Veteranen der Klonkriege. Aber ein schneller Blick auf das von ihm gesammelte Material hatte darauf hingedeutet, dass er vielleicht doch auf etwas Nützliches gestoßen war. Vidian würde sich mit seinen Mitarbeitern und den Experten der *Ultimatum* beraten müssen, um sicherzugehen.

Der beschlagnahmte Schwebebus war zum Erreichen des Raumhafens das ineffektivste Mittel gewesen, das er sich vorstellen konnte; selbst diejenigen Besatzungsmitglieder von Sloanes Shuttlecrew, die überlebt hatten, waren nicht in der Lage gewesen, es höher als einen Meter über dem Boden schweben zu lassen. Aber er hatte die Fahrtzeit gut genutzt und Sloane seine Absichten erklärt. Sie hatte mit der für die Raumflotte typischen Vorsicht auf seine Pläne reagiert. Beim gesamten Militär war er noch nie auch nur auf ein Fünkchen Fantasie gestoßen. Immerhin, Sloane war jung und ehrgeizig – und jetzt wusste sie auch mögliche Lösungen zu unterbreiten.

»Die Ausstattung der *Ultimatum* sollte alles vorrätig haben, was Sie benötigen, Graf. Es ist nicht nötig, irgendjemanden auf Gorse hinzuzuziehen.«

Die Tore schwangen weit auf, um den Schwebelaster mit dem Thorilidium einzulassen. Der Droide – den sie reaktiviert, aber stummgeschaltet hatten, um zu verhindern, dass er erneut über seine Abneigung, Anhalter mitzunehmen, zu plappern anfing – lenkte das Gefährt ins Innere, ganz wie es seiner Programmierung entsprach. Kein Wachposten sah Hera und Kanan, die sich tief duckten. Binnen Sekunden befand sich das große Fahrzeug im Parkbereich und am Ende der Schlange, die darauf wartete, ihr Thorilidium auf die Frachter am anderen Ende zu verladen. Kanan streckte vorsichtig den Kopf hoch und sah, dass die Schlange sie in Kürze auf gleiche Höhe mit dem geparkten Schwebebus bringen würde.

Das bedeutete eine Erleichterung. Er fand, dass es für ihn allmählich an der Zeit war, mal ein Päuschen einzulegen.

Als er sich wieder neben Hera auf den Boden fallen ließ, kicherte er. »Mit dir zusammen ist es immer ein Abenteuer, was?«

Hera lächelte. »Klar, und dabei geht es ja einfach nur darum, dir wieder deinen fahrbaren Untersatz zu besorgen.«

»Ich habe Okadiahs Busführerschein dabei – ich sollte also ohne Probleme wieder hinausfahren können«, antwortete Kanan. »Ich glaube allerdings nicht, dass ich einfach hingehen und sie um den Bus bitten könnte, ohne dass wieder ein Haufen Zeit verschwendet wird. Und es gibt so ein paar Orte, wo ich noch ...«

Als er ihr ausdrucksloses Gesicht bemerkte, brach Kanan ab. »Moment mal«, sagte er. »Du bist gar nicht mit mir hergekommen, weil du einfach ein wenig plaudern oder mir irgendwelche Scherereien wegen der Beschlagnahme ersparen wolltest. Du willst nur wieder in der Gegend herumschleichen und dir diesen Vidian noch ein wenig genauer vornehmen!«

Hera antwortete mit einem leisen Lächeln.

»Das bringt doch nichts!« Er deutete durch die Windschutzscheibe zum imperialen Shuttle hinüber, der sich gerade auf die Landung vorbereitete. »Vidian macht die Flatter. Was brauchst du noch mehr zu wissen?«

»Irgendetwas hat ihn hierhergeführt«, erklärte sie. »Und irgendetwas veranlasst ihn jetzt, vorzeitig wieder zu verschwinden.«

»Wie wäre es zum Beispiel mit Skelly und seiner Bombe?!«

Hera schüttelte den Kopf. »Das ist nicht der Grund, Kanan. Ich habe ihn durch mein Elektrofernglas beobachtet, als er Moonglow verlassen hat. Er ist ... anders als zuvor. Irgendetwas hat sich geändert. Er hat jetzt ein neues Ziel.«

»Wie willst du denn den Gesichtsausdruck eines menschlichen Droiden lesen?« Kanan schaute verärgert zu Boden, während ihr Gefährt bebend zum Stehen kam. Ihm kam zu Bewusstsein, dass Hera die Dinge ganz auf die alte Jedi-Weise erledigte. Meisterin Billaba oder Obi-Wan oder sonst wer hatten sich immer einfach etwas in den Kopf gesetzt und ihren Plan dann quer durch die ganze Galaxis hindurch verfolgt, hatten sich dazu, wenn nötig, in Abstellkammern versteckt oder waren durch Belüftungsschächte gekrochen, um zu spionieren.

Selbst wenn es offenkundig überhaupt nichts zu sehen gab, so wie hier. Kanan richtete sich vorsichtig auf, spähte nach draußen und öffnete die Tür, die der linken Seite des Schwebebusses zugewandt war. Durch den Smoothride vor den Blicken der Imperialen geschützt, schlüpfte er hinaus auf den geschotterten Untergrund. Einen Moment später war hinter ihm auch Hera leichtfüßig abgesprungen.

»Schau mal«, sagte er, drehte sich um und blickte sie im Dämmerlicht an. Die beiden Fahrzeuge standen sehr eng nebeneinander, sodass er und Hera einander sehr nahe waren. »Ich reise normalerweise immer allein. Aber ich finde, mit dir macht es Spaß, wenn du nicht gerade davonläufst und irgendetwas Seltsames anstellst.« Er deutete mit dem Daumen auf den Schwebebus. »Ich werde den da zu Okadiah zurückbringen, und dann mache ich mich auf den Weg zum öffentlichen Raumhafen. Du kannst mitkommen oder mich auf deinem Schiff mitnehmen, von dem du erzählt hast, was auch immer das für ein Schiff ist. Aber ich habe die Nase voll davon, hier herumzuschnüffeln – und ich finde, du solltest das jetzt besser ebenfalls bleiben lassen.«

Sonst gab es da nichts zu sagen. Obi-Wans Warnung und der Zorn des Imperators hatten ihn dazu veranlasst, einen Teil seiner selbst zu verbergen. Aber er würde sein tägliches Leben nicht damit verbringen, heimlich durch die Welt zu schleichen, nur um sich der Gesellschaft einer Frau erfreuen zu können – oder um ihr Anliegen zu unterstützen, was immer es war. So tickte er nicht. Kanan arbeitete sich langsam an der linken Seite des Schwebebusses vor, froh darüber, dass dessen Türen auf beiden Seiten offen standen. Er würde warten, bis Vidian verschwunden war, und dann sein Leben nach seinem zurechtgelegten Plan fortsetzen. Entweder würde Hera Vernunft annehmen – oder eben nicht.

Er blieb stehen, um zurückzublicken. Hera befand sich nun am Heck des Schwebebusses und versuchte, außen herum zu den Imperialen hinüberzuspähen. Er schüttelte den Kopf. *Anscheinend eher nicht,* dachte er. *Wie jammerschade. Sie ist schon etwas Besonderes gewesen.* Kanan stellte seinen Fuß auf die Einstiegsschwelle ...

... und hörte laute Rufe von der anderen Seite her. Erschrocken schaute er zu Hera hinüber, aber sie hatte sich bereits umgedreht und kam in seine Richtung gerannt. »Was ist los?«

»Weg da!« Ohne ein weiteres Wort stieß sie ihn in den Schwebebus. Er stürzte auf den Boden, und sie fiel über ihn. Während sie ihn so mit ihrem Gewicht herunterdrückte, begann er in Gedanken sogleich eine Bemerkung darüber zu formulieren, dass sie offenbar nicht ohne ihn leben konnte – als er aus den Augenwinkeln einen Blick darauf erhaschte, was draußen vor der Tür auf der rechten, den Imperialen zugewandten Seite vor sich ging.

Fünfzig Meter entfernt rannten Vidian, Sloane sowie mehrere Sturmtruppler von dem Shuttle der Lambda-Klasse weg, der soeben gelandet war. Im Mondlicht konnte Kanan gerade noch erkennen, dass aus dem Schatten des nahen Kontrollturms etwas auf die Raumfähre zugeschleudert wurde.

Kra-bumm! Zum zweiten Mal in kaum mehr als einer Stunde sah die bewohnte Seite des Planten Gorse etwas, was das Licht des Tages zu sein schien, aber einfach nur ein imperialer Shuttle war, der explodierte. Kanan legte die Hand über die Augen, um sie vor dem grellen Blitz zu schützen – und tat dann alles, um sich irgendwie festzuhalten, als die Druckwelle den Smoothride traf und hin und her warf. Als er wieder aufschaute, sah er ringsum überall Trümmer auf das Landefeld hageln, und dann hörte er, wie Teile des Lambda rechts gegen den Rumpf und auf das Dach des Schwebebusses krachten.

Als das Getöse nachließ, löste Hera ihren Griff, mit dem sie sich an Kanan geklammert hatte. »Ich glaube, das war's«, meinte sie. Sie stand auf, und er folgte ihrem Beispiel. Vorsichtig stiegen sie auf der rechten Seite aus dem Bus und schlichen ein Stück nach vorn, um sich einen besseren Überblick zu verschaffen.

Rauch und Feuer verschluckten das Licht des Mondes. Aber sie konnten erkennen, dass Vidian und all seine Begleiter, einschließlich Sloane, von der Explosion zu Boden geworfen worden waren. Einige hatte die Druckwelle mehrere Meter weit geschleudert. Kanan sah, dass Vidian noch lebte und sich nun wieder hochrappelte – aber er torkelte unübersehbar.

»Komm jetzt«, sagte Kanan und griff nach Heras Arm.

»Ja, verschwinden wir besser!«

Sie waren bereits beim ersten Attentat in der Nähe gewesen. Ein zweites Mal würde man sie sicher nicht unbehelligt gehen lassen. Aber noch bevor sie die Tür des Schwebebusses wieder erreicht hatten, hörte Kanan ein hohes, sirrendes Heulen hinter sich – es kam aus der Richtung der Explosion. *Kommen immer noch weitere Trümmerteile geflogen?* Es spielte keine Rolle. Diesmal warf Kanan Hera zu Boden …

… gerade als eine Masse aus Metall direkt über ihre Köpfe hinwegpfiff. Etwas krachte frontal in den Schwebebus und zerschmetterte weitere Fenster. Kanan legte seine Arme schützend über seinen und Heras Kopf.

Als er endlich aufzuschauen wagte, sah er etwas, was ihn sprachlos machte. Das Ding war ein Düsenschlitten – von der Art, wie die imperialen Sturmtruppler sie fuhren. Zumindest ein Teil davon: Der langgestreckte Bug des Düsenschlittens war in eines der Fenster des Schwebebusses gerast, was seinen Flug gestoppt und das größere Fahrzeug förmlich aufgespießt hatte.

Draußen vor dem Schwebebus hing Skelly kopfüber von dem gründlich verkeilten Düsenschlitten herab, die rechte Hand unlösbar um den Lenker verklammert. Er sah aus, als sei er durch einen von Okadiahs Küchenmixern gewirbelt worden. Sein geschundener Körper baumelte schlaff vom Sitz des Düsenschlittens herab, und ein großer Rucksack hing ihm gefährlich locker um den Leib und drohte ganz herabzugleiten.

Eine weitere, kleinere Explosion ging auf dem Landefeld hinter ihnen hoch – aber Kanan konnte nur verblüfft auf Skelly starren. Der Bombenleger öffnete die Augen und erkannte ihn.

»K-k-ka …«, stammelte Skelly. Sein Gesicht war geschwollen, sein Mund blutverschmiert. »Kanan.«

»Was?«

»Der Rucksack. Schnapp ihn dir.«

Ohne nachzudenken, griff Kanan nach dem Rucksack und schaute hinein. »Er ist voller Sprengsätze!«

»Nicht gut«, sagte Hera und hielt seinen Arm fest. Während von der anderen Seite des Landefelds Rettungsmannschaften aus dem Kontrollturm gelaufen kamen, um das Feuer zu löschen, stand Vidian auf. Er hatte Kanan und die anderen noch nicht bemerkt; es waren zu viele brennende Trümmerteile zwischen ihnen. Aber Kanan konnte die unheimlichen glühenden Augen des Cyborgs sehen, wie er nun seinen Blick über das Umfeld schweifen ließ. Neue Sturmtruppler rannten vom Kontrollturm her zum Explosionsort, und mehrere von Vidians Begleitern erhoben sich nun wieder, suchten nach ihren Waffen. Über ihnen schrillte eine Sirene, und das Landefeld war plötzlich überall von Suchlichtern erhellt, die den Rauch durchschnitten.

»Da! Bei dem Schwebebus!«, brüllte Vidian, der seine künstliche Stimme auf maximale Lautstärke eingestellt hatte.

Kanan drehte sich zu der drei Metern entfernten Tür des langen Schwebebusses hin, nur um zu sehen, wie ein Blasterschuss die Außenseite direkt neben dem Türrahmen traf. Aus den Augenwinkeln sah er mindestens ein Dutzend Sturmtruppler hinter Trümmerteilen in Stellung gehen. Noch niemand hatte bisher Kanan selbst aufs Korn genommen, aber der Bus war da eine andere Geschichte. Hera wusste ebenfalls, was die Stunde geschlagen hatte. Sie stand, genauso wie er, zwischen den Sturmtrupplern und dem Schwebebus, den Blick auf den Bus gerichtet. Obwohl sie die Hand auf ihrem Blaster liegen hatte, hatte sie die Waffe nicht gezogen. Sie sah ihn kopfschüttelnd an. »Falscher Ort, falsche Zeit.«

Das ist die Geschichte meines Lebens, dachte Kanan. Fast automatisch ließ er den Rucksack mit Skellys Sprengsätzen los und ließ ihn zu Boden gleiten. Nichts explodierte, und fast schon fand er, dass das doch eigentlich jammerschade war.

»Legen Sie die Hände hinter den Kopf!«, ertönte Vidians Lautsprecherstimme von hinten.

Links oben über Kanan rutschte Skelly von seinem Düsenschlitten, nachdem seine Hand endlich nachgegeben hatte. Mit einem dumpfen Aufprall landete er auf dem geschotterten Untergrund.

»Skelly, ich muss jetzt sterben«, sagte Kanan und starrte wütend zu dem am Boden liegenden Mann hinunter. »Aber zuerst bring ich dich um.«

29. Kapitel

Wenn dein Gegenüber eine ganze Armee mitgebracht hat, ist es das Beste, dich nicht weiter mit ihm anzulegen. Kanan hielt das Gesicht weiter dem Schwebebus zugewandt. Er konnte hören, wie Blaster entsichert wurden, während weitere Sturmtruppler von Deckung zu Deckung hasteten und sich über das Landefeld vorarbeiteten.

Auch Hera hatte sich nicht von der Stelle gerührt, aber er konnte sie denken sehen. Da der Rauch den Mond verdunkelte, hatten die Imperialen die Gesichter der beiden noch nicht deutlich zu sehen bekommen, aber das würde sich ändern, wenn er sich umdrehte, um wegzurennen – oder zu kämpfen. Doch zumindest Letzteres schien unmöglich. Sie hatten es in dem ganzen Chaos des Tages noch nicht direkt mit den Imperialen aufnehmen müssen, und er wollte jetzt nicht damit anfangen. Die Chancen standen einfach zu schlecht.

Skelly hockte etwa einen Meter von seinem Rucksack entfernt am Boden und sah zu ihm hoch. Vidian mit seinen scharfen Augen bemerkte es sofort. »Nicht anfassen!«

Kanan schaute wieder zu Hera hinüber. *Bisher lief es doch ganz gut,* sagte er sich. Er legte die Hände hinter den Kopf.

»Legen Sie die Waffen weg!«, ertönte eine andere Stimme, rechts hinter Kanan.

»Wir haben keine Waffen in der Hand!«, brüllte Kanan.

»Dich habe ich nicht gemeint!« Einen kurzen Moment lang kam Kanan die Stimme seltsam bekannt vor, bis er begriff, dass er sie in der Tat kannte. Kanan und Hera schauten nach rechts und sahen Gord entschlossen aus der Richtung der Frachtannahmestation kommen. *»Ich bin wegen Vidian hier!«*

Kana konnte sehen, wie übel zugerichtet der massige Sicherheitschef war: Hera hatte ihm erzählt, wie sie mit angesehen hatte, dass Gord zusammengeschlagen worden war. Der Besalisk war außerdem bis an die Zähne bewaffnet, bereit, mit allen vier Händen Tod auf seine Feinde regnen zu lassen. Er war auf die gleiche Weise hergekommen wie sie, begriff Kanan – auf einem der anderen Thorilidiumtransporter. Er hatte den Sicherheitschef nie so finster und bedrohlich blicken gesehen.

»Graf Vidian! Ich bin Gord Grallik, Sicherheitschef von Moonglow. Hiermit verhafte ich sie wegen der Ermordung unserer Betriebsleiterin – meiner Frau!«

»Wer hat das veranlasst?« Das war die Stimme von Sloane; sie klang völlig vor den Kopf geschlagen.

»Ich«, antwortete Gord. »Gorse City hat ein Gefängnis. Man wird Ihnen eine gerechte Behandlung zukommen lassen – gerechter, als Sie es eigentlich verdienen!«

»Genug davon«, brüllte Vidian. »Erschießt ihn!«

Gord schoss als Erster. Und als Zweiter. Und als Dritter. Der Besalisk bewegte sich mit verblüffender Schnelligkeit, während er die Sturmtruppler mit seinem Blasterfeuer durchsiebte. Die Verteidigungsstellungen der Imperialen schützten sie vor einem Angriff vom Schwebebus aus, aber nicht gegen

Schüsse aus Gords Winkel zu ihrer Rechten. Bevor irgendjemand das Feuer erwidern konnte, schleuderte Gord etwas aus seiner vierten Hand: eine Schallgranate. Sie detonierte inmitten der Gruppe der ihm am nächsten stehenden Sturmtruppler. Ihr ohrenbetäubendes Kreischen trieb die Soldaten taumelnd auseinander.

Hera zog die Hände hinter ihrem Kopf hervor und sah Kanan an. »Denken wir gerade das Gleiche?«

Kanan nickte. »Los!«

Sie rannten auf den Schwebebus zu – nur um sich beide sofort wieder zu Boden zu werfen, als aufmerksame Sturmtruppler die Bustür beschossen. Während die Schüsse den Schotter vor ihnen hochwirbeln ließen, kroch Kanan weiter und verschaffte ihnen die einzige Deckung, die zu finden war: ein Trümmerstück des Sublicht-Ionentriebwerks, das zuvor das Dach des Schwebebusses getroffen hatte und dann heruntergerutscht war.

»Zeit, bei der Party mitzumachen«, meinte Hera und riss ihren Blaster heraus. Sie beugte sich über ihr metallisches Schutzschild, zielte und feuerte. Einer der Scharfschützen stellte den Beschuss des Schwebebusses umgehend ein.

Kanan sah sie an und zog seine Waffe. Er hatte sein Bestes getan, eine solche Situation zu vermeiden, aber nun saß er sowieso schon in der Patsche. *Na schön!* »Gehn wir tanzen!«

Kanan schoss. Von Norden her beharkte Gord immer noch die Sturmtruppler. Er hatte einen Streifschuss am linken Bein abbekommen, aber das schien ihm irgendwie nichts auszumachen. Hera und Kanan unterstützten ihn mit ihren Blastern. Solcherart ins Kreuzfeuer genommen, sahen sich die Imperialen gezwungen, sich mit Vidian und Sloane auf eine geschütztere Position zurückzuziehen.

Kanan schoss weiter und weiter. Allmählich machte er sich Sorgen, dass ihnen jemand von rechts in die Flanke fallen oder sie von hinten her angreifen könnte. Nach Süden hin sah die Sache ganz gut aus, stellte er fest. Und der Schwebebus, hinter ihm ...

... *bewegte* sich!

Kanan warf einen schnellen Blick dorthin, wo Skelly gelegen hatte. Der Rucksack mit den Sprengsätzen war fort. Er stieß Hera an. »Der Bus! Er ist schon wieder gestohlen worden!«

Während die imperialen Blasterschüsse wirkungslos an ihm abprallten, hob sich der Schwebebus einen Meter in die Höhe – und krachte dann wieder auf den Boden, wobei er beinahe umgekippt wäre. Eine Art mechanisches Stöhnen übertönte das Gewehrfeuer, und das Gefährt erhob sich abermals. Doch nur ein Teil davon: Das eine hintere Eck weigerte sich standhaft abzuheben, und der lange Bus schleifte es über den Boden, während er zu beschleunigen versuchte.

Hera spähte blinzelnd durch den Staub. »Ist das Skelly, der da fährt?«

Kanan brüllte zurück. »Ich würde es nicht fahren nennen!« Skelly versuchte – wahrscheinlich mit nur einer Hand und ohne Zweifel in blindwütiger Panik –, den Smoothride zum Fliegen zu bringen. Aber Kanan wusste, dass der Bus dazu nicht mehr in der Lage war. Zumindest diente er ihnen als eine Art Feuerschutz und fing das Blasterfeuer ab, das für sie bestimmt war.

Mit einem Mal löste sich das hintere Eck des Schwebebusses doch noch vom Boden. Der plötzliche Ruck brachte das übrige Fahrzeug ins Schlingern, und es begann wild in ihre Richtung zu wippen. Kanan brüllte: »Vorsicht!«

Er und Hera warfen sich flach auf den Boden, während sich zehn Tonnen Metall direkt über ihren Köpfen auf die Seite legten und vor ihnen knirschend die Trümmerteile wegschleiften, die ihre Deckung gewesen waren.

Kanan hob den Kopf und sah Gord über das offene Landefeld in Richtung der Imperialen rennen – mit irrem Blick und ohne dem Schwebebus irgendeine Beachtung zu schenken, der sich jetzt noch tiefer zur Seite neigte, während er einen weiten Bogen auf den Besalisken zu beschrieb.

»Gord, Vorsicht!« Es war unmöglich, dass ihn der Besalisk in all dem Chaos hören konnte. Der rotierende Bus raste dicht an Gords Stellung vorbei, wodurch der Besalisk das Gleichgewicht verlor und zwei seiner Blaster fallen ließ. Gord sprang den Waffen hinterher, nur um einen Blasterstreifschuss an der Brust zu kassieren. Das verschaffte Vidian die Gelegenheit, auf die er gewartet hatte. Er sprang aus seiner Deckung auf Gord zu. Benommen hob der Besalisk seine fleischigen Arme, bereit, sich in den Kampf zu stürzen. Aber Vidian stürmte nur vor und warf seinen Angreifer zu Boden.

Kanan hatte keine Schussmöglichkeit. Er zuckte zusammen, als er Vidian die Fäuste heben sah – und dann senkte er sie, wieder und wieder. Doch bevor Kanan sich irgendwelche Gedanken über das Schicksal des Sicherheitschefs machen konnte, hatte der unberechenbare Schwebebus eine weiteres Mal gewendet und steuerte nun wieder Kanan und Hera an. Sie hatte es ebenfalls gesehen, war bereits auf den Beinen und steckte ihren Blaster in das Holster. »Komm!«

Ohne auf die Blastersalven zu achten, die in seine Richtung gefeuert wurden, sprang Kanan vom Boden auf und eilte ihr hinterher. Wild schlingernd nahm der Smoothride Kurs auf sie, nun höher in der Luft als zuvor. Mitten im Rennen machte

Hera einen Hechtsprung und klammerte sich an die Unterseite des Busses. Kanan folgte eine Sekunde später.

Hera wurde dafür belohnt, dass sie als Erstes zur Stelle gewesen war. Sie hielt sich an einer der Verstrebungen im Fahrgestell des Schwebebusses fest. Kanan hatte es dagegen nur geschafft, mit der rechten Hand einen der am hinteren Mantelstromtriebwerk befestigten Ringe zu fassen zu bekommen – was bedeutete, dass ihm die Abgase des auf Hochtouren laufenden Triebwerks direkt ins Gesicht bliesen.

Der Schwebebus hob sich und sank dann wieder tiefer, sodass er seine beiden lebendigen Anhängsel beinahe an einem in die Höhe ragenden Hindernis abgestreift hätte. Kanan begriff erst im Nachhinein, dass es sich um die Außenmauer des imperialen Raumhafens gehandelt hatte. Sie hatten es geschafft, waren unterwegs – irgendwohin!

Von ihrer Position hinter dem Bruchstück des Shuttleflügels aus, hinter dem sie in Deckung gegangen war, verfolgte Sloane ganz benommen, wie es dem schwerfälligen Metallgefährt entgegen aller Wahrscheinlichkeit gelang, über die Wand aus Permabeton hinwegzuschweben. Sie hielt ihren Kommunikator bereits in der Hand bereit. »Alle Mann diesem Ding hinterher, sofort!«

Sie kletterte hinter dem verzogenen Metallkeil hervor und rannte auf ihren Schutzbefohlenen zu. »Graf Vidian! Graf Vidian!«

»Brüllen ist unnötig.« Seine Stimme erfüllte sie zur Abwechslung einmal mit Erleichterung. Aber nur für einen Augenblick. Vidian erhob sich vom Leichnam des Besalisken, seine hoheitsvolle Kleidung war blutverschmiert und zerrissen. »Ich lebe; was ich nicht Ihren Soldaten zu verdanken habe.

Eine zweite Bombe – und jetzt diese Angreifer. Und das nennen Sie Sicherheit?«

Sloane kämpfte gegen den Impuls zu widersprechen an. Den Landebereich zu sichern war die Aufgabe der hiesigen Garnison der imperialen Armee, nicht ihre, doch jetzt war nicht der rechte Zeitpunkt, um über solche Kleinigkeiten zu streiten. Jetzt war Jagdzeit. Kompakte graue Truppentransporter des Imperiums, die mit Sturmtrupplern beladen waren, verließen bereits das Westtor, und Sloane hatte nicht vor, es nur dabei zu belassen.

»Weisen Sie die lokalen Behörden an, an jeder Kreuzung Straßensperren zu errichten, sodass sie aus Highground nicht herauskommen können!«, rief sie in ihren Kommunikator. »Kontaktieren Sie Boden- und Satellitenüberwachung und sorgen Sie dafür, dass wir in jedem Moment wissen, wo sich das gesuchte Fahrzeug befindet!«

Und auf der anderen Seite der Landebahn, weit entfernt vom Schauplatz der Explosion, entdeckte sie etwas, worüber sie in der Tat die unmittelbare Verfügungsgewalt hatte: Dort waren zwei TIE-Jäger geparkt und warteten. »Lassen Sie die da starten«, befahl sie dem Vorsteher des Raumhafens.

»Sofort, Captain!«

»Es waren noch andere Personen bei dem Saboteur«, unterstrich Vidian und blickte zu den Offizieren hinüber, die nun zu den TIEs gelaufen kamen. »Das macht die Sache zu einer Verschwörung. Ich will, dass dieser Skelly auf der Stelle erschossen wird, aber bringen Sie die anderen zu mir!«

Sloane hatte die beiden Gestalten, die vor dem Schwebebus gestanden hatten, nicht gut sehen können, und sie bezweifelte, dass irgendjemand einen besseren Blick auf sie gehabt hatte. Einer der Verräter hatte auf die einzige Überwachungskamera in diesem Bereich geschossen; dieser jemand hatte ganz genau gewusst, was er oder sie tat. Aber Skelly musste auffallen; und mit diesem Ungetüm, mit dem sie da unterwegs waren, würden sie sicherlich nicht weit kommen.

»Ich will, dass diese Banditen geschnappt werden«, rief sie den Sturmtrupplern zu. »Sofort!«

30. Kapitel

Die Angst, wenn man direkt an der Kante des Abgrunds steht, bändigt man, indem man nicht daran denkt, bis man von der Kante weg ist, hatte Meisterin Billaba gesagt. Schon damals war Kanan der Ansicht gewesen, dass man diesen Rat auf zwei verschiedene Weisen deuten konnte. *Von der Kante weg* konnte bedeuten, dass man in Sicherheit war – oder dass man sich im freien Fall befand. Dieses Problem schienen viele der Sprichwörter der Jedi zu teilen: Sie gingen immer davon aus, dass alles schon irgendwie gutgehen würde.

Kanan ging im Moment nicht davon aus. Die Unterseite eines Landgleiters bot normalerweise keinen Platz für blinde Passagiere – und der Smoothride mochte zwar zum freien Flug geschaffen worden sein, war aber seit Jahren nicht viel mehr als ein Landgleiter gewesen. Wenn man ihn weiter als einen Meter über den Boden steigen ließ, geriet das Ding aus dem Gleichgewicht und wackelte in gefährlicher Schieflage hin und her. Okadiahs Fahrern war das allen nur zu gut bekannt.

Aber Skelly war keiner von Okadiahs Fahrern. »Vorsicht!«, rief Kanan Hera zu, als das Gefährt nun an Höhe verlor. Hera riss die Beine hoch, um zu verhindern, dass sie über die morastige Straße schleiften. Kanan, der größer war, spürte, wie seine Stiefelspitzen aufschlugen.

Er spannte die Muskeln an und zog sich hoch, damit er einen zweiten sichereren Halt zu fassen bekam. Vor sich sah er Hera gelenkig das Bein nach oben schwingen, um zwischen den Verstrebungen des Fahrgestells Halt zu finden. Für ihn bot sich diese Möglichkeit nicht – nicht, solange er die wirbelnden Schaufelblätter des Triebwerks direkt vor sich hatte.

Während er sich hochzog, sah er die Verfolger. Zwei, nein, *drei* imperiale Truppentransporter schossen hinter dem Schwebebus die dunkle Fahrbahn entlang, nur gelegentlich vom Gegenverkehr kurz aufgehalten. Skelly kümmerte sich nicht im Geringsten um den sonstigen Verkehr, begriff Kanan: Alle paar Sekunden krachte der Bus links oder rechts gegen irgendetwas – oder schnellte rasch nach oben und sprang gewissermaßen einfach über das Hindernis hinweg. Wenn das Gefährt sich dann wieder herabsenkte, musste sich Kanan jedes Mal hochwuchten, um nicht über den Boden geschleift zu werden und seinen Halt zu verlieren. Aber ihm blieb nichts anderes übrig, als am Busboden zu hängen – nicht, solange die Imperialen hinter ihnen her waren und vor ihm Hera in Gefahr war.

Als der erste Blasterschuss aus dem Geschützturm des vordersten Transporters einige Meter neben dem Schwebebus einschlug, hatte Kanan genug. Als er eine kleine Einbuchtung an der Seite des rückwärtigen Fahrgestells entdeckte, warf er die Beine hoch und fand auf dem hervorspringenden Rand mit den Stiefeln Halt. Das ermöglichte es ihm, einen sichereren Griff auf der linken Seite zu packen zu bekommen und sich vom Triebwerkgehäuse wegzubewegen.

So vorsichtig wie im peitschenden Wind möglich, tastete

sich Kanan durch die Dunkelheit und arbeitete sich dann über den Boden des Smoothride Stück für Stück rückwärts. Er fühlte sich ein wenig wie ein Mynock, der die Stelle verloren hat, an der er sich die ganze Zeit über festgesaugt hatte. Vor Anstrengung stöhnend stemmte er sich über die freie Fläche in der Mitte hinweg zu einer Stelle am hinteren Ende des Fahrwerks, wo er sich festhalten konnte.

Dort wartete er, schwer atmend, während der Schwebebus schlingernd auf und ab hüpfte. Das Warten war quälend, aber er musste warten – bis der richtige Augenblick gekommen war. Endlich war es so weit. Der Schwebebus prallte hart gegen etwas auf der linken Seite, sodass er sich beinahe nach rechts überschlagen hätte. Als Kanan zwischen sich und dem unter ihm hinwegrasenden Boden plötzlich Luft sah, rollte er sich herum und auf die hintere Stoßstange.

Als sich der Smoothride wieder aufrichtete, schlug er nun tatsächlich am Boden auf, mit der Folge, dass Kanan rückwärts von der Stoßstange rutschte.

»Ich habe dich, Kanan!«

Kanan sah erstaunt hoch. Es hatte ihn tatsächlich jemand gepackt und festgehalten. Aus dem zerbrochenen Heckfenster hing Skelly, seine bionische rechte Hand in Kanans Gürtel gekrallt. Skelly schrie auf vor Schmerz, als Kanan über seine Schultern und durch die Reste der Scheibe in den Bus hineinkletterte.

Keuchend klatschte Kanan hinten auf den Boden des Busses. Aber er konnte nicht liegen bleiben. Der Schwebebus war auf die Straße geprallt – jeder, der sich darunter befunden hatte, musste dadurch abgeschüttelt worden sein. »Wir müssen zurück und Hera holen!«, rief er. Dann blinzelte er Skelly überrascht an. »Wer fährt denn überhaupt?«

Noch bevor er eine Antwort erhielt, holperte der Smoothride wieder über irgendetwas hinweg, was Kanan rücklings den Mittelgang hinaufschlittern ließ, als sich das Gefährt nun tief nach unten neigte.

Mit dem Kopf zuerst neben dem Fahrersitz angelangt, schaute er hoch. »Entschuldige«, sagte Hera grinsend. »Ich habe den Bogen leider immer noch nicht ganz raus. Aber willkommen an Bord!«

Kanan rollte sich herum und rappelte sich hoch. Er sah, dass auch Skelly es irgendwie nach vorn geschafft hatte. Der kleinere Mann hatte offensichtlich große Schmerzen, fand aber keine Ruhe. Nun saß er auf den Stufen der offenen linken Tür, den rechten Arm um das Haltegeländer gelegt, während er mit der anderen Hand in seinem Rucksack wühlte. Einen Moment später warf Skelly eine kleine Rohrbombe aus der Tür.

Die Landgleiter, die auf der linken Seite der Straße geparkt waren, verwandelten sich in ein flammendes Inferno, das die Umgebung erhellte und ihren Schwebebus auf den Kopf stellte. Die Druckwelle traf den hinteren Teil des Smoothride und drehte den Bus, der gerade auf eine Kreuzung zujagte, schräg nach rechts. Kanan hielt sich an der Haltestange fest, während Hera durch ein gekonntes Manöver die Kontrolle über das Fahrzeug zurückgewann und zugleich den Schwung der Druckwelle dazu benutzte, das Gefährt in eine Nebenstraße zu lenken.

Skelly grinste nur, wodurch seine schwarzen, geborstenen Zähne sichtbar wurden. Er griff wieder in seine Tasche.

»Kannst du ihn irgendwie dazu bringen, damit aufzuhören?«, rief Hera.

»Mit Freuden«, antwortete Kanan. Er trat vor und riss Skelly den Tornister aus den Fingern.

»He!«, protestierte Skelly, griff wieder nach dem Rucksack – und wäre um ein Haar durch die offene Tür gefallen.

Kanan hielt ihn fest – und bereute es auf der Stelle. »Ich sollte …«

Bevor er den Satz beenden konnte, zerschmetterte Blasterfeuer die Fenster auf der linken Seite. Kanan duckte sich und versuchte, den Kopf vor umherfliegenden Scherben zu schützen. Durch die offene Tür konnte er sehen, woher die Schüsse kamen: Einer der Aufklärungstransporter hatte ihnen in einer Nebenstraße einen Hinterhalt gelegt. Eine Sekunde später zerbarsten die Fenster auf der rechten Seite durch Schüsse, die aus der gegenüberliegenden Richtung kamen.

»Wir sind zur Zielscheibe in einem Schießstand geworden!«, brüllte Kanan. Sie mussten unbedingt hier rauskommen – aber das bedeutete auch, dass sie zunächst einmal herausfinden mussten, wo sie überhaupt waren. Er warf sich den Rucksack über die Schulter, zog seinen Blaster und kletterte auf einen der Sitze.

Es war beinahe unmöglich, irgendetwas zu erkennen, das da in der Dunkelheit vorbeizischte. Okadiah hatte das Navigationssystem des Schwebebusses niemals in Gang bringen können: Für die Fahrten zur Kneipe und wieder zurück war das auch alles andere als notwendig. Aber nun suchte Kanan verzweifelt nach irgendeinem Anhaltspunkt.

»Da!« Der seltsame Kegel des World Window Plaza der Firma Transcept, wie immer von innen und außen beleuchtet, sauste an ihnen vorbei. »Nach rechts«, schrie Kanan. »Die alte Grubenarbeiterstraße. Sehen wir zu, dass wir es bis zu den Pits schaffen!«

Der Smoothride schwankte und schlingerte. Hera verlangsamte das Gefährt kaum, und doch nahm sie die Kurve auf die

Zufahrtsrampe mühelos. Die alte, erhöhte Durchgangsstraße hatte den Vorteil, nur begrenzt zugänglich zu sein: Jetzt passierten sie – statt Seitenstraßen mit imperialen Schützen – zu beiden Seiten nur Gebäude und Dächer. Zwar waren sie dazwischen eingezwängt, aber auf der alten Hochstraße gab es ohnehin nur noch sehr wenig Verkehr, und Hera drückte nun mächtig auf die Tube. Kanan kletterte wieder vom Sitz und lief nach hinten.

Er sah, dass die Aufklärungstransporter nun hinter ihnen herrasten. Er nahm Skellys Rucksack von der Schulter. Darin befand sich immer noch fast ein Dutzend selbst gebastelter Sprengkörper. Jetzt, da sie aus dem dichteren Verkehr heraus waren, war die Wahrscheinlichkeit größer geworden, sie nützlich verwenden und nicht nur willkürlichen Sachschaden damit verursachen zu können. Er fragte Skelly, der sich immer noch irgendwo in der Mitte des Schwebebusses befand: »Wie kann ich diese Dinger scharf machen?«

»Steck die Drähte rein, und dann lass die Puppen tanzen.«

Kanan zog einen Zylinder heraus, der nicht viel größer war als ein Schnapsglas, und verband schnell die beiden daran befestigten losen Drähte miteinander. Er schaute zurück und zielte. Dann schleuderte er den Sprengsatz durch das Heckfenster und sah zu, wie er vom Düsenabgasstrahl mitgerissen wurde, der ihn den näher kommenden Imperialen entgegentrug.

Eine Feuerwand erhob sich vor dem ersten Aufklärungstransporter. Das Gerüst der Hochstraße darunter, von den jahrelangen Erdbeben ohnehin schon übel in Mitleidenschaft gezogen, erzitterte bedenklich. Der erste Transporter überschlug sich, als er versuchte, der Detonation auszuweichen, und schleuderte die auf seinem offenen Deck sitzenden Sturmtruppler durch die Luft. Doch erging es ihnen damit noch besser als den anderen, da die nachkommenden Fahrzeuge nun alle frontal in das erste krachten.

»Drei auf einen Streich!«, brüllte Kanan und schwenkte die Faust in der Luft.

»Wir haben größere Probleme!«, schrie Skelly.

Kanan schaute erschrocken nach vorn. Er hatte nicht damit gerechnet, dass sie die ganze Strecke freie Fahrt haben würden, aber die nächste Auffahrtsrampe war noch kilometerweit weg. »Es sollte eigentlich niemand vor uns sein!«

Aber noch bevor er nach vorn laufen konnte, um sich selbst zu vergewissern, flammten draußen vor den Fenstern rechts und links Lichter auf, die ihn blendeten. Als er eine plötzlich anbrandende Hitzewelle spürte, begriff er, dass es nicht Suchscheinwerfer waren, die den Schwebebus in ihr grelles Licht tauchten, und auch kein Beschuss mit den Handfeuerwaffen der Imperialen. Ein hohes Heulen glitt über sie hinweg. »Ist das ein …«

»Ein TIE!«, brüllte Hera.

Der Sternjäger schoss über sie hinweg, ein weißer Kolben zwischen zwei sechseckigen schwarzen Flügeln. Kanan blickte zurück und sah die doppelten Lichter seiner Ionentriebwerke in der Ferne verschwinden – nur um zu spüren, wie die Welt nun wieder in Bewegung kam, als ein zweiter Sternjäger, der nun frontal auf die Hochstraße zugerast kam, den Bus unter Beschuss nahm.

Hera ließ den Smoothride eine abrupte Drehung zur Seite vollziehen, die ihre beiden Passagiere durch den Raum purzeln ließ. Es gab keinen Schutz gegen den Angriff des TIE-Jägers – außer durch die Straße selbst. Unter dem ächzenden Protest der Triebwerke des Smoothride neigte Hera den Schwebebus um neunzig Grad und glitt nun nicht mehr über die eigentliche Straßenoberfläche hinweg, sondern vielmehr über die linke Schutzmauer der Hochstraße. Das Geschützfeuer des TIEs, der im Vorbeiflug sehr tief gezielt hatte, beschoss nun mehr den Permabeton der Straße als sein beabsichtigtes Ziel.

Hera riss den Smoothride wieder herum, sodass er wieder gerade über der Straße flog. Mit tosendem Gebrüll begann der TIE über ihnen eine Schleife zu ziehen, dann war der erste Angreifer wieder da und donnerte die Hochstraße entlang in ihre Richtung. Diesmal trat Hera mit aller Kraft in die Bremsen, sodass der Schwebebus ins Schleudern geriet, sich um sich selbst drehte – und in die andere Richtung zurückzurasen begann. Das Manöver verringerte den Abstand zu dem TIE, der sie verfolgt hatte, sodass seine Schüsse gefahrlos über sie hinweggingen.

Kanan rappelte sich hoch. Hera war die beste Fahrerin, die er je erlebt hatte, und brachte den Smoothride dazu, Manöver zu vollbringen, die er nie für möglich gehalten hätte. Aber so konnte die Sache nicht weitergehen, besonders da sie nun wieder in rasendem Tempo auf die Aufklärungstransporter zufuhren, die sich lichterloh brennend übereinandergeschoben hatten. Es musste etwas geschehen.

Kanan lief durch den Bus. Vorn angelangt, kam er schlitternd zum Stehen, machte einen Hechtsprung auf den Boden und landete direkt an Heras Beinen.

»Was machst du denn da?«, fragte Hera verwirrt.

Kanan griff an ihren Füßen vorbei nach einem Gegenstand unter dem Fahrersitz. »Diese Mühle konnte früher mal fliegen, erinnerst du dich?« Er zerrte ein braunes Päckchen mit Riemen daran hervor – Okadiahs uralten Fallschirm.

»Du willst rausspringen und uns im Stich lassen?«

»Wohl kaum!« Kanan stand auf, stellte sich in die Busmitte und sah zur Decke hinauf. »Runter vom Gas. Wenn ich dir ein Signal gebe, gib Gummi!« Er drehte den Kopf. »Skelly! Ich brauche deine Hilfe!«

»Na super!« Skelly blickte ihn erschöpft an. »Und ich brauche Medikamente.« Aber er stand auf.

In der Decke genau in der Mitte des Busses befand sich der Notausgang aufs Dach: keine schlechte Sache auf einem Planeten, wo Erdbeben und Schlammlawinen an der Tagesordnung waren. Als Skelly bei ihm angelangt war, kletterte Kanan auf die Rückenlehne eines der Sitze und rüttelte mit aller Gewalt an der rostigen Luke. »Du musst hier raufkommen und mich festhalten!«

Als Kanan auf das Dach hinauskroch, kam gerade der zweite TIE-Jäger die Hochstraße entlanggerast. Kanan begriff, dass es wenig erfolgversprechend war, einfach eine Bombe nach ihm zu werfen. Als er aufstand, erwischte ihn der Wind mit voller Wucht. Skelly hatte sich in die Öffnung hinter Kanan geklemmt und hielt ihn hinten am Gürtel fest, während sich Kanan nun ohne jede Waffe einem TIE-Jäger in den Weg stellte, der mit feuerbereiten Lasergeschützen auf ihn zugerast kam.

Aber er hatte einen Plan.

»Hera, jetzt!«

Hinter ihm brüllte Skelly das Kommando zu Hera hinunter. Sie drückte aufs Gaspedal – genau in dem Moment, als Kanan den Fallschirm öffnete. Ohne an einem Gewicht befestigt zu sein, fing der Windsack den Fahrtwind voll auf und blähte sich hinter ihnen in der Luft. Er entfaltete sich groß und breit und genau in der Flugbahn des TIE-Jägers. Der Jäger schwenkte nach rechts ab, mit der Folge, dass sich Seile und Leinwand am Solarmodul auf seiner Steuerbordseite verhakten. Die verhedderten Seile brachten die Maschine ins Schwanken, und die Leinwand versperrte dem Sternjägerpiloten die Sicht, sodass der abgelenkte Mann den Mikrowellenturm in seiner Flugbahn übersah.

»Wow!«, sagte Kanan, als das Schiff auf wahrhaft spektakuläre Weise explodierte, und hätte fast seinen Halt verloren. Einer erledigt. Aber mit dem anderen mussten sie auch noch fertigwerden, wie er nun erkannte, als er sich umdrehte und nach vorn blickte. Und zwischen dem Schwebebus und dem TIE-Jäger sah Kanan den rauchenden Schrotthaufen, der von den Aufklärungstransportern übrig geblieben war. Seine Drecksarbeit von vorhin lag nun vor ihnen – jetzt als ein den Weg versperrendes Hindernis –, und für den Fall, dass Hera den Versuch unternehmen würde, eine weitere Hundertachtziggradkehre hinzulegen, befürchtete Kanan vom Dach zu fliegen. Die Sache wurde dadurch noch verschlimmert, dass sich nun Sturmtruppler auf der Straße befanden, die sich aus den Trümmern gerettet hatten. Sie eröffneten das Feuer mit ihren Handfeuerwaffen – und der Bus raste direkt darauf zu!

»Zieh mich wieder rein!«

Doch Skelly war nicht in der Verfassung, Kanan irgendwohin zu ziehen. Aber er verlor seinen Halt an der Dachluke und stürzte in den Schwebebus hinunter, wodurch Kanan ein Stück nach hinten auf das Loch zustolperte. Er fand wieder Halt, versuchte sich umzudrehen und die Beine durch die Luke zu strecken.

Er hörte etwas von unten. »Hera sagt, wir sollen uns festhalten!«

Kanan, halb in der Luke, mit beiden Händen auf dem Dach, blinzelte ungläubig. »Hera, was hast du …«

Bevor er den Satz beenden konnte, raste der Schwebebus

mitten in die Sturmtruppler auf der erhöhten Fahrbahn vor ihnen hinein und ließ mehrere seitlich in die Tiefe stürzen. Überzeugt, dass der Schwebebus nun unweigerlich in die rauchenden Trümmer prallen musste, hielt sich Kanan den Arm vors Gesicht …

… und spürte unter sich einen gewaltigen Stoß, als der Schwebebus tatsächlich auf das Hindernis traf. Er schlug dagegen und stieg über es hinweg; die Trümmer dienten seinen Repulsorlift-Düsen als eine Art improvisierte Rampe. Der Smoothride erhob sich in die Luft – und erwachte wieder voll zum Leben. Seine uralten Triebwerke erinnerten sich daran, wozu sie einst fähig gewesen waren.

Hera hatte den Bus zum Fliegen gebracht! Zur Überraschung von Kanan und gewiss auch zum Schrecken des überlebenden TIE-Piloten, der rasch auswich, um einen Zusammenstoß zu vermeiden – nur um in einen Schornstein zu krachen und die Katastrophe perfekt zu machen.

Der Smoothride blieb in der Höhe, verließ die Hochstraße und jagte über die Dächer hinweg. Kanan traute seinen Augen nicht. Er schlüpfte nun ganz durch die Dachöffnung nach innen, landete unsanft auf dem Boden und stürmte zu Hera nach vorn. »Dieses Ding ist seit Jahren nicht mehr richtig geflogen!«

»Man muss nur richtig mit ihm reden«, antwortete sie lächelnd.

»Und ich habe geglaubt, *ich* wäre ein guter Pilot. Aber du – du bist einfach umwerfend.«

»Danke. Doch wir sollten jetzt vermutlich ein Ziel ansteuern.«

Kanan blinzelte verwirrt. »Ah ja, stimmt.« Er streckte deutend die Hand aus. »Zurück nach Süden, zu den Pits, in der Nähe der Schenke.«

Sie sah ihn besorgt an. »Sie haben Satelliten, werden dieses Ding ausfindig machen. Wir müssen einen Platz finden, wo wir es abstellen können.«

»Das«, versicherte Kanan, »dürfte auch kein Problem sein.«

31. Kapitel

Worte konnten die Dinge verändern. Das hatten die Jedi Kanan beigebracht, und im Fall eines kurzen Dokuments aus dem Hause Minerax Consulting traf das mit Sicherheit auch zu: Vier Jahre vor dem Ende der Republik hatte es das Gesicht von Gorse verändert.

Bis dahin war ausnahmslos alles Thorilidium im System von Gorse auf den weiten sumpfigen Ebenen im Süden der Riesenstadt abgebaut worden. Dann kam das Gutachten von Minerax, das zu dem Ergebnis gelangte, dass auf beiden Seiten des Planeten keine nennenswerten Thorilidiumlagerstätten mehr übrig seien. Noch ehe die Minen auf Gorse einen Beweis hierfür hätten erbringen können, waren alle Investitionsgelder bereits nach Cynda geflossen, wo die Thorilidiumproduzenten nun neue Betriebe aufbauten. Binnen eines einzigen Jahres hatten sich die an die Stadt angrenzenden und bis dahin immer hell erleuchteten Tagebaustätten daraufhin in eine Landschaft von völlig im Dunkeln liegenden Halden verwandelt. Die letzte Zeche auf Gorse hatte an dem Tag, an dem die Klonkriege endeten, ihre Tore geschlossen.

Es gab so viele von diesen aufgelassenen Minen – Okadiah

nannte sie »Gorse' verstopfte Poren« –, dass sich Kanan gar kein besseres Versteck für den Schwebebus vorstellen konnte. Der endlos große Schrottplatz war die letzte Ruhestätte vieler Fahrzeuge, die ihre Besitzer hier liegen gelassen hatten, darunter auch mehrere Smoothrides – ja, dort hatte Okadiah das ramponierte Ding überhaupt erst aufgegabelt. Kanan hatte begriffen, dass hier der einzige Ort war, den sie nach diesem langen und schwierigen Tag noch ansteuern konnten, um überhaupt die Möglichkeit zu haben, eine von Obi-Wans Anweisungen zu befolgen.

»Lasst euch nicht aufspüren«, murmelte Kanan vor sich hin.

Während sie wieder unter der linken Seite des Armaturenbretts hervorkroch, schaute Hera zu ihm auf. »Wie bitte?«

Er lehnte sich gegen den Fahrersitz. »Nichts.« Er zuckte die Achseln. »Ich habe nur laut gedacht – so viel zum Thema ›Immer schön unauffällig bleiben‹.«

»Wie es aussieht, hab ich deinem Bus den Garaus gemacht«, sagte Hera und löschte ihre Lampe. »Fliegen kannst du jedenfalls vergessen – ich glaube nicht, dass er sich überhaupt noch einmal zum Fahren bringen lässt.«

Kanan sah zu, wie sie das Werkzeugfach schloss. Der Schwebebus hatte so viele Beulen und Einschlaglöcher, wo ihn die Blasterschüsse getroffen hatten, dass Kanan sich wunderte, dass das Ding nicht einfach in Flammen aufgegangen war.

Hera trottete mit hängenden Schultern am Fahrersitz vorbei. Sie wirkte müde. »Ich glaube nicht, dass ich schon einmal einen solchen Tag hatte.«

»Du musst nur hier auf Gorse bleiben«, versetzte Kanan und ging hinter ihr den Gang entlang. »Jeder Tag ist ein Ausflug in den Zoo.«

Hera baute sich vor Skelly auf, der zwei Reihen weiter hinten seine Wunden versorgte. Ihre Stimme war frostig. »Was haben Sie sich nur dabei gedacht?«

Von seinen Schmerzmitteln betäubt, starrte Skelly ins Leere. »Mein Fluchtweg war bis ins kleinste Detail durchgeplant. Euer Schwebebus war im Weg.«

»Im Weg?«, fragte Kanan. »Damit du stattdessen gegen die Mauer rasen konntest?«

»Das meine ich nicht«, warf Hera ein. »Ich meine, dass Sie mit uns im Schlepptau ausgerechnet eine Hauptstraße genommen haben – und dann haben Sie planlos mit Bomben um sich geworfen. Sie wären für uns beinahe eine noch größere Bedrohung als für das Imperium gewesen.«

Skelly wirkte gekränkt. »Ich versuche hier, etwas zu retten. Ich habe versucht, die Opferzahl zu minimieren.«

»Du klingst, als würdest du einen Krieg führen«, bemerkte Kanan.

»Das tue ich auch«, antwortete Skelly. »Er hat nie geendet.« Er wedelte demonstrativ mit seiner Handprothese.

Hera schüttelte den Kopf, dann wandte sie sich ab. »Vidian hat Gord getötet. Ich habe es gesehen.«

Kanan nickte. »Vermutlich hat Gord einfach nicht ohne Lal leben können.«

»Er wollte Gerechtigkeit«, sagte Hera mit leiser Stimme und starrte an die Wand. »Aber zu erwarten, dass das Imperium einen der eigenen Leute gerichtlich belangt, ist …«

»Töricht?«, fragte Skelly.

Hera schüttelte den Kopf. »Ich wollte sagen: *Etwas, das zu erwarten wir eigentlich ein Recht hätten.* Und genau deshalb haben die Leute so ihre Zweifel in Bezug auf das Imperium. Es ist nicht hier, um uns zu helfen. Es existiert nur, um sich selbst zu helfen.«

»Mann, das ist richtig«, pflichtete Skelly ihr bei und rieb sich die Stirn. »Ich habe diesen Vidian wirklich völlig falsch verstanden.«

Kanan fand, dass das ein ganz anderes Thema war – und dass jetzt ohnehin nicht mehr die Zeit zum Reden war. Jetzt ging es darum, sich in Bewegung zu setzen, bevor das Imperium seine Suchschiffe startete. »Los, komm«, wandte er sich an Hera. »Wir sind hier nicht weit weg vom *Asteroidengürtel.* Wir können dort entscheiden, was wir nun tun wollen.«

Sie reagierte nicht. Er griff nach ihrem Arm und winkte zu Skelly hinüber. »Du hast den Schwebebus haben wollen, Skelly? Kannst ihn behalten. Wir sind dann mal weg.«

»Moment«, schaltete sich Hera ein. »Du willst ihn einfach hier zurücklassen?«

»Falsch. *Wir wollen* ihn einfach hier zurücklassen. Denk doch mal nach. Ich glaube nicht, dass irgendwer dich und mich drüben am Raumhafen deutlich gesehen hat, aber *ihn* haben alle gesehen. Und dann diese Frau und ihr Überwachungsunternehmen – dessen Kameras hängen überall in der Stadt. Willst du da wirklich noch lange hier herumtrödeln?«

Hera runzelte die Stirn. »Aber er ist verletzt.«

»Was er sich selbst zuzuschreiben hat.« Kanan sah ihr in die Augen. »Ich weiß nicht, was du überhaupt erreichen willst, aber was immer es ist, dieser Bursche wird dir dabei jedenfalls keine Hilfe sein.«

Sie musterte ihn mehrere Sekunden lang. Für einen Moment glaubte Kanan, sie habe ihre Entscheidung getroffen.

Und dann hörte er es klopfen.

Das Geräusch kam aus dem mittleren Bereich des Busses, genauer: aus der nicht viel mehr als schrankgroßen Toilette. Infolge der Beschädigungen hatte sich der Türrahmen leicht verzogen, wodurch ein schmaler Spalt entstanden war. Als Kanan darauf zuging, wurde das Hämmern lauter.

»Ich weiß, dass wir uns hier auf einer Müllhalde befinden«, ließ sich Skelly vernehmen, »aber das ist das größte Nagetier, das ich je gehört habe.«

Verwundert holte sich Kanan vom hinteren Ende des Busses ein Stemmeisen. Als er zurückkam, hatten Hera und Skelly nahe der Tür Stellung bezogen. »Diese Tür klemmt schon immer«, erklärte Kanan. »Und dann schließt sie sich selbst ab und Schlimmeres. Okadiah hat mal seine Sommerferien dort drin verbracht.« Er stieß die Kante des Stemmeisens in den Spalt und drückte. Irgendetwas schnappte aus der Fassung.

Die Tür sprang auf – und eine sehr müde Sullustanerin kullerte heraus.

»Zaluna?«

Zaluna Myder rollte keuchend über den Boden. Sie hielt ihre Tasche umklammert. »Luft! Luft!« Sie wirkte sehr erschöpft. Kanan bemerkte, dass sie die gleiche dunkle Kleidung trug wie vergangene Nacht.

Skelly beäugte sie erstaunt. »Waren Sie die ganze Zeit da drin?«

»Während des ganzen Gepolters und all der Knallerei«, antwortete sie mit ausgedörrter Kehle. »Die dumme Tür ist so dick. Ihr habt mich nicht hören können!« Zaluna blickte zu Hera und Kanan auf und schien erleichtert, sie wiederzuerkennen. Dann fiel ihr Blick auf Skelly. *»Sie!«*

Skelly wirkte verwirrt, als die Frau zurückschreckte und auf den Busboden zurücksank. »Was haben Sie denn? Ich kenne Sie nicht. Woher wissen Sie, wer ich bin?«

»Sie sind der Bombenleger«, sagte Zaluna, und ihre großen Augen wurden noch größer. »Ich war für die Überwachungskamera zuständig, die zu Ihrer Verhaftung geführt hat.«

Skelly blinzelte verdutzt. »Sie waren was?« Als er begriff, was sie gesagt hatte, schob er sich auf seinem Sitz zu ihr vor. »Sie waren *was*?«

Zaluna griff in ihrer Tasche und zog ihren Blaster hervor. »Halten Sie ihn von mir fern.«

Kanan ließ die Hände auf Skellys Schultern klatschen und schob ihn zurück. »Er wird Ihnen nichts zuleide tun. Zuerst einmal muss er Prügel Nummer eins bis sieben von mir einstecken.«

»*Drei* bis sieben. Vidian hat seinen Teil schon vor dir erledigt. Und du hast mir gestern auf dem Mond Prügel Nummer eins verpasst.« Er sah Zaluna böse an. »Haben Sie das *auch* gesehen?«

»Ja«, antwortete Zaluna und blickte zu Boden. »Ich finde, Kanan hätte Sie nicht schlagen sollen.«

»Danke«, grunzte Kanan. Er sah Hera achselzuckend an. »Siehst du, was es mir einbringt, wenn ich anderen helfe?«

Zaluna steckte ihren Blaster wieder weg. Hera trat zu ihr, um ihr auf einen der Sitze zu helfen. Sie warf einen Blick in den engen Toilettenraum. »Wie lange waren Sie da drin?«

»Seit gestern Abend, als wir Skelly in die Schenke haben kommen sehen«, erklärte Zaluna und versuchte mühsam aufzustehen. »Die Sturmtruppler waren draußen. Ich habe nach einem Ort gesucht, wo ich mich verstecken konnte, und dann stand da dieser Bus. Doch dann hat die Tür geklemmt. Ich konnte kein Signal senden, und die Tür ist so dick, dass Sie mich die ganze Zeit nicht hören konnten.«

Kanan schüttelte kichernd den Kopf. »All diese Bomben sind hochgegangen, so viele Leute haben auf uns geschossen. Und Sie sind die ganze Zeit mit dabei gewesen!«

»Ich würde es nicht weiterempfehlen.« Zaluna richtete ihren Blick auf Hera. »Die Sache mit Hettos Datenwürfel werden wir ein andermal bereden müssen. Ich muss nach Hause. Ich habe heute in der Arbeit gefehlt!«

Hera warf Kanan einen besorgten Blick zu. »Zaluna, Sie sollten vielleicht besser nicht nach Hause oder zurück zur Arbeit gehen.« Hera schüttelte leise den Kopf. »Das Imperium sucht nun nicht mehr nur nach Skelly. Sie sind auch hinter diesem Bus her und vermutlich auch hinter uns. Wir wissen es nicht. Und bis wir wissen, was sie über Sie denken, ist es für Sie nicht sicher zurückzukehren.«

Zaluna sah todunglücklich aus. »Ich bin da wirklich in etwas hineingerutscht, nicht wahr?«

»Es ist kein Schlamm«, sagte Kanan.

Die Sullustanerin schloss die Augen und holte einige Male tief Luft. Nach einem Moment öffnete sie die Lider wieder und wirkte beinahe, als habe sie mit der Sache ihren Frieden gemacht. »In Ordnung. Ich war gut dreißig Jahre auf der einen Seite der Kameras. Es wird mir nicht schaden zu erfahren, wie es ist, auf der anderen Seite zu sein.« Sekunden später kletterte sie auf ihren Sitz und streckte ihren Arm nach der gewölbten Deckenlampe aus. Sie kam gerade eben so ran. »Wenn Leute davonrennen, machen sie das selten auf die kluge Weise«, erläuterte sie und fuhr mit den Fingern über die gewölbte Innenseite der Lampe. »Das Geheimnis besteht darin, dafür zu sorgen, dass die Beobachter nicht wissen, wer da wegläuft.«

Hera wirkte alarmiert. »Was heißt das? Es ist doch keine Überwachungskamera hier an Bord, oder?«

»Dieser Bus war früher mal ein städtischer Transportbus. Er wurde vor dreißig Jahren für unsere kommerziellen Überwachungsmaßnahmen ausgerüstet.« Als sie nichts fand, kletterte Zaluna wieder herunter und ging weiter zum nächsten

Sitz. Sie stieg hinauf und wiederholte ihre Prozedur bei der nächsten Deckenlampe.

Kanan riss die Augen auf. »Warum sollten die einen Schwebebus verwanzen?«

»Damals? Um festzustellen, welche Getränke die Leute auf ihrem Arbeitsweg am liebsten getrunken haben«, antwortete Zaluna und fummelte mit ihren Fingern herum. »Heutzutage geschieht es aus dem gleichen Grund, aus dem das Imperium auch eine Schenke oder einen Aufzug überwacht. Um mögliche Bedrohungen ausfindig zu machen, bevor sie zu echten Bedrohungen werden.«

Skelly verschränkte die Arme vor der Brust. »Durchsage an alle, die mich paranoid genannt haben: Bitte hier anstellen zur Entschuldigung.«

Zalunas überhängende Kinnbacken verzogen sich zu einem sullustanischen Lächeln, und sie holte ein kleines Gerät aus der Deckenlampe. »Aha. Genau, wie ich es mir gedacht habe. Eines unserer längst veralteten Aufzeichnungsgeräte. Keine Direktübertragung der Daten. Wird einmal die Woche alles zusammen zum Satelliten hochgeladen.« Sie warf Hera das Ding zu, und Kanan half ihr herunter.

Hera rollte das unglaublich kleine Aufzeichnungsgerät in ihrer Hand hin und her. »Jetzt kann es nichts mehr senden, oder?«

»Nein, ich habe es vom Übertragungsgerät abgekoppelt. Aber ich gebe zu, dass es mich interessieren würde zu sehen, was so drauf ist. Ich habe den ganzen Tag da drinnen im Dunkeln gesessen. Ich wüsste gern, was es mit all dem Lärm so auf sich hatte.«

»Sie können froh sein, dass Sie dort waren, da sind Sie besser davongekommen«, versicherte Kanan. »Ich würde es gerne wieder vergessen können!«

Hera stand in der Tür und sah ihn an. »Kannst du uns alle in der Kneipe verstecken, bis wir uns unserer Lage vergewissert haben? Es ist wohl sicherer, wenn wir zusammenbleiben.«

Kanan begriff, dass Murren keinen Sinn hatte. Wenn er eines gelernt hatte, dann, dass er Hera nicht mehr umstimmen konnte, wenn sie sich erst einmal etwas in den Kopf gesetzt hatte. »In Ordnung«, sagte er. »Aber beim leisesten Anzeichen eines Sturmtrupplers bin ich dir niemals begegnet, Skelly!«

»Die *Bastinade* ist eingetroffen«, verkündete Sloane, während sie an ihrem Becher nippte, und deutete auf den Lambda, der sich gerade anschickte zu landen.

»Können Ihre Leute sicherstellen, dass diese Raumfähre nicht ebenfalls in die Luft gesprengt wird?«, fragte Vidian. »Sie haben nur noch neun weitere Shuttles.«

Sloane verbarg ihren Gesichtsausdruck hinter ihrer Tasse. Der Kaf, den es hier im Kontrollturm gab, war fürchterlich, aber nach den letzten Stunden war ihr jede Ruhepause willkommen. Sie hatten mehrere Aufklärungstransporter und zwei TIE-Jäger verloren, und das Schlimmste von allem: Ihnen war ihre Jagdbeute durch die Lappen gegangen – in einer Landschaft mit aufgelassenen Gruben voller Müll, Dreck und Abwasser, wie sie dergleichen noch nie gesehen hatte. Die Satellitenüberwachung hatte den Schwebebus in diesem Areal bereits nach einigen Sekunden aus dem Blick verloren. Bis die Sturmtruppler das gesamte Gebiet durchkämmt hatten, konnte es Monate dauern.

Bis jetzt hatte Vidian noch kein Wort über den Zwischenfall verloren, sondern es vorgezogen, sich wieder der Angelegenheit zuzuwenden, die sie zuvor miteinander durchgesprochen hatten, nachdem sie den Schwebebus beschlagnahmt hatten.

Eine sehr ungewöhnliche Angelegenheit, fürwahr – und eine mit möglicherweise einschneidenden Konsequenzen für jedermann, der auf Gorse lebte. Wenn die Sache funktionierte, würde das womöglich eine stattliche Anzahl von bisher vorbildlichen Bewohnern in völlig durchgeknallte Skellys verwandeln.

Wahrscheinlich würde die Sache aber wohl eher nicht funktionieren. Doch wie auch immer – Sloane konnte es kaum erwarten, von diesem Planeten wegzukommen, bevor noch mehr passierte. *Noch mehr Zeit hier auf Gorse,* dachte sie auf dem Weg zum Shuttle, *und ich werde vielleicht nicht einmal wieder ein Ersatzkommando für ein Raumschiff bekommen!*

32. Kapitel

Es war seltsam, allein im *Asteroidengürtel* zu sein. Noch waren keine Gäste eingetroffen, und er erwartete auch keine. Drüben bei Moonglow wimmelte es zweifellos immer noch von Imperialen, und da der Schwebebus nun nicht mehr fuhr, würde Okadiah eine andere Möglichkeit finden müssen, um seine Stammkunden zur Schenke und zurück zu befördern.

Kanan hatte eine Million Mal darüber nachgedacht, die anderen einfach sitzenzulassen. Aber er wollte Hera nicht verlassen, und sie war wiederum überzeugt, dass eine Gefangennahme Skellys das Imperium direkt zu ihnen führen würde. *Wer weiß, vielleicht hatte sie ja recht.* Und ohne Zaluna würde sie nicht gehen wollen – nicht, solange die Sullustanerin noch immer den Datenwürfel hatte, auf den Hera so scharf war.

Zumindest hatte sich Zaluna als nützlich erwiesen und sie Wege entlanggeführt, von denen sie wusste, dass sie nicht überwacht wurden. Sobald sie bestätigt hatte, dass die Kameras in dem Gebäude immer noch außer Funktion waren, hatte Kanan alle nach oben in die Dachbodenwohnung geschickt. Er war unten in der dunklen Bar geblieben und hatte zusammengetragen, was immer er an Essbarem finden konnte.

Kanan war an diesem Morgen in der Annahme weggegangen, dass er diesen Ort nie wiedersehen würde. Jetzt hatte er auch nicht den blassesten Schimmer, wo er sich wohl in zwölf Stunden befinden würde. Er ging nicht davon aus, dass irgendwer im imperialen Raumhafen einen genaueren Blick auf sein Gesicht hatte werfen können, aber er wollte sich lieber nicht darauf verlassen.

Und irgendetwas musste er wegen seiner Gäste unternehmen.

Jemand machte sich am Schloss der Seitentür zu schaffen. Kanan zog schnell seine Reisetasche von der Theke und stellte sie zu seinen Füßen auf den Boden. Herein kam Okadiah. Er sah heute noch grauer aus als gewöhnlich.

»Du bist früher hier, als ich erwartet hätte«, bemerkte Kanan.

»Bei Moonglow ist irgendetwas im Gange«, antwortete Okadiah. Mit düsterem Blick hängte er seine Jacke an den Haken. »Hast du das mit Boss Lal gehört?«

Kanan nickte erst, dann schüttelte er den Kopf. »Ich habe nicht die ganze Geschichte gehört. Was ist passiert?«

»Es heißt, ein Erdbeben habe sie in der Fabrik in eines der Säurebäder geworfen. Sie sei zu nahe an den Rand getreten«, erzählte der alte Mann.

Kanan schüttelte den Kopf. »Schrecklich.«

»Eine schreckliche Lüge, meinst du wohl.« Okadiah trottete durch die Dunkelheit und rückte Stühle zurecht. »Ich habe Lal Grallik länger gekannt, als du auf der Welt bist, mein Junge. Sie wusste, wo sie hintrat. Nur dass sie dabei einem teuflischen Cyborg im Weg gestanden hatte – genauso wie es dem Gildemeister passiert ist.« Okadiah machte eine Pause, um sich etwas aus dem Auge zu wischen. Dann drehte er sich um. »Sie haben all unsere Personentransporter auf das Feld von Calladan umgeleitet. Ich bin mit einem Schwebetaxi hergekommen.«

»Das erklärt, warum es hier so brechend voll ist«, meinte Kanan und versuchte, so beiläufig wie üblich zu klingen, während er sich in der leeren Bar umsah. »Wird vermutlich ein ruhiger Abend werden.«

»Das ist der eine Grund«, sagte Okadiah. Er trat an die Theke und legte beide Hände darauf. »Einige *Herren* haben mich bei meiner Landung in Empfang genommen.«

Kanan fand einen Lappen und begann die Oberfläche abzuwischen. »Waren sie in Weiß gekleidet?«

»Das ist eigentlich ziemlich dumm, wenn man bedenkt, wie schlammig dieser Planet doch ist, nicht?« Der alte Mann schritt zum anderen Ende der Theke hinüber und drehte sich um. Als er zurückblickte, sah er die Tasche voller Lebensmittel zu Kanans Füßen. Offensichtlich entschied er sich, so zu tun, als würde er sie nicht wahrnehmen, und kam zu Kanan hinter die Theke. »Es heißt, die Imperialen mussten den Smoothride beschlagnahmen, um mit ihm zum Raumhafen zu fahren – und dass ihn dann dort wieder jemand gestohlen hat, um damit eine private Vergnügungsfahrt zu unternehmen.«

»Überraschend«, meinte Kanan. »Man sollte meinen, ein großes Imperium müsste vorsichtiger mit dem Eigentum anderer Leute umgehen.«

»Das könnte man sich jedenfalls mal vornehmen. Wäre eine gute Angewohnheit.« Okadiah öffnete eine Flasche und stellte zwei Gläser bereit. »Wer auch immer diese Vergnügungsfahrt unternommen hat, hat offenbar einen ganzen Haufen Sturmtruppler erschossen und Sachschäden in Höhe von über hunderttausend Credits angerichtet.« Ohne Kanan anzusehen, befüllte Okadiah die Gläser. »Gibt es da irgendetwas, was du mir gern sagen möchtest?«

Kanan stand mit versteinerter Miene da. »Nein, eigentlich nicht.«

Okadiah nahm die beiden Gläser und fixierte ihn. »Könnte es sein, dass diese junge Frau dich da in irgendetwas mit reinzieht?«

Kanan antwortete nicht.

Okadiah musterte den jungen Mann einen kurzen Moment, bevor er mit den Getränken zu ihm kam. »Du bist mir immer wie ein Kerl vorgekommen, der keinen Ausweg mehr hat, Kanan – aber nie wie ein Mann auf der Flucht.« Er hielt seinen Blick fest auf Kanan gerichtet. »Keinen Ausweg mehr zu haben ist besser. Da kommen nicht so viele Leute vorbei und fragen nach einem.«

Kanan nickte. »Ich verstehe«, sagte er und nahm das angebotene Glas. Er deutete auf eine Stelle unter der Theke. »Übrigens, wenn du den Safe aufmachst, findest du drinnen ein paar Credits. Ich glaube, jemand hat sie hinter einem Tisch fallen lassen.«

»Ja?«

»Es reicht als Anzahlung für einen neuen Schwebebus«, fuhr Kanan fort und zuckte unruhig mit den Füßen. Es war die Hälfte seines angesparten Geldes. »Ähm – der ist dann vermutlich nicht so nagelneu wie der alte.«

»Dann ist das Glück heute wenigstens einem hold gewesen«, gab Okadiah zurück. Er hob sein Glas und prostete Kanan zu. »Möge der Sensenmann einen kleinen Schreibfehler machen und vergessen, dass es dich gibt.«

»Genau«, sagte Kanan. Dann fügte er hinzu: »Auf Boss Lal.«

»Auf Lal.«

Kanan kippte den Drink und stellte sein Glas in die Spüle.

Dann griff er nach der Tasche mit den Lebensmitteln und ging zur Treppe.

Die erregten Stimmen hinter der Tür verstummten sofort, als Kanan anklopfte. Der Riegel wurde zurückgeschoben. Als sie ihn sah, senkte Hera ihren Blaster und ließ ihn herein.

Das Zimmer war nur nach den Verhältnissen auf Gorse ein Wohnraum. Ein Schornstein führte durch die niedrige, schräge Decke nach oben; von der Straße aus wies absolut nichts darauf hin, dass das Gebäude überhaupt ein oberes Stockwerk hatte. Rohre liefen über den Boden und unterteilten den modrigen Raum in zwei Segmente. Das einzige Licht lieferten tragbare Lampen. Jemand hatte eine Matratze über ein paar Kisten geworfen, um ein behelfsmäßiges Bett zu schaffen.

Zaluna saß am Fußende des Bettes und rieb sich die Knöchel. Die Toilettenzelle war sehr eng gewesen, und sie hatte schlecht geschlafen – wenn sie überhaupt geschlafen hatte. Skelly saß vor einem kleinen Waschbecken und gab sich alle Mühe, seine Wunden zu säubern. Und Hera stand an der Tür und sah so frustriert aus, wie er sie noch nie erlebt hatte.

»Ein Problem?«

»Wir haben gerade über die Ereignisse des Tages gesprochen«, antwortete Hera in betont gelassenem Tonfall. Sie warf einen Blick in Richtung Skelly. »Insbesondere über ein paar Dinge, die man vielleicht … *anders* hätte machen können.«

»Genau das fehlt dieser Truppe noch: ein Lebensberater.« Kanan begann Lebensmittel zu verteilen. Zaluna und Skelly streckten eifrig die Hände danach aus. Kanan trat ans Bett, setzte sich, bot auch Hera einen Platz an und reichte ihr, was er sonst noch in der Tasche hatte. »Ihr reservierter Tisch, gnädige Frau.«

Nach einem Moment setzte sie sich neben ihn.

Alle aßen schweigend.

»Ich meine es ernst«, ergriff Hera schließlich das Wort, als sie fertig gegessen hatte. »Sie haben die Sache völlig falsch angepackt, Skelly. Sie müssen das anders machen. Weg mit den alten Methoden.«

»Das klingt irgendwie vertraut«, brummelte Skelly.

Kanan kicherte. »Was hat Skelly denn jetzt schon wieder falsch gemacht?«

»Ich habe ihm das schon vorhin zu erklären versucht«, antwortete Hera und knüllte die Tasche zusammen. »Gord, der sich Vidian in den Weg stellt. Skelly, der alles, was ihm vor die Augen kommt, in die Luft sprengt – das ist Selbstmord. Es ist die falsche Methode.«

»Methode wofür?«

»Um gegen das Imperium eine ...« Hera brach ab. Sie holte tief Luft und senkte die Stimme. »Es ist die falsche Methode, um die Dinge gegenüber dem Imperium zu verändern.«

»Diese Leute versuchen nicht, etwas zu verändern«, entgegnete Kanan und gab jedem etwas von den noch übrigen Lebensmitteln. »Sie versuchen einfach zurückzuschlagen.«

»Und ich verstehe das auch. Aber wenn die Leute, die mit dem Imperium hadern, ausschließlich in ihrem eigenen Interesse handeln, wird es niemandem sonst etwas nützen. Es könnte dadurch für jede Art von richtiger Rebellion sogar schwieriger werden, sich zu entfalten und ...«

»Rebellion?«, blaffte Skelly. »Wer redet hier von Rebellion?«

Neben ihm schnalzte Zaluna mit der Zunge. Mit singender Stimme sagte sie, an niemand Bestimmtes gewandt: »So gerät man in Schwierigkeiten.«

»Niemand redet hier von Rebellion, so viel steht fest«, unterstrich Kanan. Zaluna hatte den Raum auf Abhörgeräte abgesucht, aber sie fühlte sich offenkundig nicht wohl bei dem, was sie soeben vernommen hatte.

Hera verdrehte die Augen. »Nein, wir reden natürlich nicht davon. Würden wir niemals tun. Aber rein *theoretisch* …« Sie sprach das Wort laut und betont aus und sah Zaluna dabei ermunternd an.

»Diese Leute mögen es *wirklich* nicht, wenn man Theorien verbreitet«, antwortete die Sullustanerin kichernd.

Hera fuhr fort: »Rein theoretisch könnten wir uns, sagen wir mal, Tausende von Leuten – nein, Tausende *von Systemen* – vorstellen, die über die Methoden eines hypothetischen Galaktischen Imperiums in einer fernen Galaxis aufgebracht sind. Aber sie regen sich alle über ihre lokalen Probleme auf, ihre ganz speziellen Missstände, und sie schließen sich nie wegen irgendeiner Sache zusammen. Also gewinnen sie keine zahlenmäßige Bedeutung, verfügen nicht über die strategischen Vorteile, wie sie aus einer Zusammenarbeit resultieren. Sie sind leicht zu spalten und zu besiegen. Und das Schlimmste von allem: Es entwickelt sich nie eine Art von Gemeinschaftsgeist.«

Skelly sah sie ungläubig an. »Sie wollen damit sagen, dass wir uns nicht zur Wehr setzen sollen?« Seine Stimme hallte in dem kleinen Raum wider. »Was sie mit dem Mond tun. Was sie Lal angetan haben. Was sie *mir* angetan haben …«

»… ist schrecklich gewesen, Skelly.« Hera stand auf, trat zu ihm und legte ihm die Hand auf die Schulter. »Aber Sie sind nicht von einer Einzelperson verletzt worden.«

»Da haben Sie recht. Es fühlte sich an wie eine ganze Armee.«

»Sie sind von einem Regime verletzt worden. Sie können sich vielleicht an der Hand rächen, die Sie verletzt hat oder die Lal getötet hat. Aber Sie werden keine Gerechtigkeit bekommen. Nicht, solange nicht alle Gerechtigkeit bekommen.«

Skellys Augen verengten sich, und schweigend senkte er wieder den Blick.

Unten auf dem Boden zog Zaluna ein weiteres kleines Gerät aus ihrer Tasche und begann daran zu hantieren. »Ich sehe nach, ob ich Nachrichten erhalten habe«, teilte sie den anderen im Raum mit. »Da kann nichts passieren.«

Hera nickte. Skelly starrte untätig auf Stängel und Blätter des einzigen Stücks Gemüse, das Kanan in der Speisekammer der Schenke hatte finden können. »Wisst ihr, damals im Krieg haben eine Menge von uns Gliedmaßen verloren. Von den Ärzten wollten wir nichts weiter, als wieder das tun zu können, was wir früher tun konnten. Wir haben uns nicht freiwillig gemeldet, um uns in Killermaschinen verwandeln zu lassen.« Benommen beugte er sich vor. »Was stimmt denn nicht mit dieser Type da?«

Kanan ging davon aus, dass es sich um eine rhetorische Frage handelte. Er merkte nun außerdem, dass Skelly schlimmer verprügelt worden war, als er gedacht hatte.

Zaluna schnappte nach Luft und ließ das Gerät fallen, das sie in Händen gehalten hatte.

Die Twi'lek sah sie besorgt an. »Was ist denn los?«

Die Hände auf die Knie gelegt, starrte Zaluna ungläubig auf das kleine Gerät zu ihren Füßen. »Ich … ich habe mich gerade bei Transcept eingewählt. Mein gesamtes Team wurde zwangsweise beurlaubt. Und da ich heute nicht zu meiner Schicht erschienen bin, hat mich das gleiche Schicksal getroffen.« Ihr versagte die Stimme. »Dreißig Jahre mit einer makellosen Arbeitsakte sind dahin.«

Hera schlug sich die Hand vor den Mund. »Oh, Zaluna, das tut mir leid.«

»Es ist mehr als nur das. Das Imperium weiß jetzt auch, dass ich mit Hetto befreundet war. Sie werden herausfinden, wo ich heute war. Ich werde meine Arbeit ganz verlieren – oder es passiert noch Schlimmeres!«

»Schöne Arbeit, jedermann auszuspionieren«, murmelte Skelly und schreckte aus seinem lethargischen Zustand hoch.

»Es ist wichtig!«, gab Zaluna zurück. »Zumindest war es das – früher einmal. Wir haben wichtige Dinge geleistet.«

»Ich verstehe das nicht«, warf Kanan ein. Er stand auf, ging zur Tür und lehnte sich mit verschränkten Armen dagegen. Es war natürlich nicht so, dass ihn die Schnüffelei des Imperiums überrascht hätte. Sie schien ihm einfach nur eine gewaltige Zeitverschwendung zu sein. »Was nutzt es, einen Haufen jämmerlicher Leute zu beobachten, die ihr langweiliges Leben führen?«

»In den alten Tagen, unter der Republik, haben wir mehr als nur das getan«, erklärte Zaluna lebhaft. »Wir haben Vermisste wiedergefunden. Wir haben Verbrechen ein Ende gesetzt. Wir haben verhindert …«

»Verhindert, dass Leute irgendetwas in Frage gestellt haben!« Skelly warf den grünen Stängel zu Boden, den er noch immer in der Hand gehalten hatte. »Sie haben dem Imperium geholfen, die Produktion zu überwachen. Haben seinen Leuten geholfen, jeden festzusetzen, der aus der Reihe getanzt ist!«

»Das ist *jetzt*«, rief Zaluna mit sich überschlagender Stimme. Sie starrte Skelly an, und die Worte sprudelten jetzt nur so aus ihr heraus. »Ist in Ihrem Leben mal irgendetwas Schlimmes passiert? Etwas Schlimmes, das man hätte verhindern können, wenn nur irgendwer besser aufgepasst hätte?«

Skelly holte Luft und nickte. »Mehr als einmal.«

»Und wie sieht es bei Ihnen aus, Kanan? Gibt es etwas

Schlimmes, das hätte verhindert werden können, wenn jemand über Sie gewacht hätte?«

Kanan trat von einem Fuß auf den anderen. Hera hörte aus ihrer Ecke stumm zu, aber jetzt spürte er, wie sich ihre Aufmerksamkeit auf ihn richtete. »Ich weiß es nicht«, antwortete er schließlich, die Hände in den Taschen.

»Bei *jedem* gibt es etwas«, betonte Zaluna. »Was wir tun – was wir getan haben –, war gut und richtig.« Sie ließ verdrossen ihren Kopf sinken. »Und jetzt bin ich erledigt.«

Kanan suchte nach etwas, was er darauf erwidern konnte. Ihm fiel nichts ein. Doch als er die Hand aus seiner Tasche nahm, fand er das Aufzeichnungsgerät, das Zaluna im Schwebebus entdeckt hatte. »Wenn nicht irgendwer die Katastrophen des heutigen Tages noch einmal durchleben will«, verkündete er, »werde ich dieses Ding jetzt zerstören.«

»Nein, warte«, widersprach Hera und trat auf ihn zu. Sie streckte die Hand danach aus. »Zuvor sind die Imperialen für eine Weile mit dem Bus gefahren. Vidian und der imperiale Captain.«

»Ich habe niemanden gehört«, sagte Zaluna und hielt Hera ihr Holo-Abspielgerät hin. »Aber andererseits hat ja auch niemand mich gehört.« Hera verband die beiden Geräte miteinander und spulte die Aufzeichnung um mehrere Stunden zurück.

Sie saßen schweigend da und sahen sich das Material aus der Überwachungskamera des Schwebebusses an. Als sie damit fertig waren, blickte Kanan verblüfft auf. »Skelly hatte recht. *Sie wollen tatsächlich den Mond in die Luft sprengen.*«

33. Kapitel

»… also müssen wir Cynda gar nicht mittels Minen ausbeuten. Wenn das, was dieser Bombenleger gesagt hat, wahr ist, könnte man den ganzen Mond einfach pulverisieren und sein Thorilidium direkt im Weltraum fördern und verarbeiten. Wir können auf all die langsamen Bergarbeiter verzichten und genauso auf die kostspieligen Weiterverarbeitungsbetriebe auf Gorse …«

Hera schaltete das Abspielgerät aus. Sie wirkte konfus.

Skelly raste vor Wut. »Er hat meine Idee gestohlen!«

»Deine Idee gestohlen …« Kanan grinste. »Du hast ihm deine Idee *geschenkt.* Wärest beinahe getötet worden, weil du ihm unbedingt deine Idee schenken wolltest!«

»Hey, als ich dir erzählt habe, dass das Imperium darauf zusteuert, diese Welt versehentlich zu zerstören, hast du mich für verrückt gehalten«, unterstrich Skelly. »Jetzt wissen wir, dass sie sie absichtlich zerstören wollen. Sieht ganz so aus, als sei ich nicht verrückt *genug* gewesen!«

»Das ist also der Grund, warum Vidian Moonglow so abrupt verlassen hat.« Hera schüttelte den Kopf.

»Eine Wahnidee«, warf Kanan ein. Ihm war aufgefallen, dass Sloane während der gesamten Aufzeichnung kaum ein Wort gesagt hatte. Er fragte sich, ob auch sie glaubte, dass Vidian wahnsinnig war. »Man kann nicht einfach einen ganzen Mond *auflösen*!«

»Soll ich dir zeigen, wie das geht?«, blaffte Skelly. »Ich besitze eine Unmenge von entsprechenden Untersuchungen, die ich dir zeigen kann!«

»Alle an der Wand eines Luftschutzbunkers am anderen Ende der Stadt«, sagte Hera. Sie runzelte die Stirn. »Ich habe es ihm auch nicht geglaubt. Skelly, sind Sie sich da wirklich sicher?«

»Ich bin mir sehr sicher! Natürlich bin ich das«, stellte Skelly klar. Er deutete auf sein geschundenes Gesicht. »Meinen Sie, ich hätte all das riskiert, wenn ich mir nicht sicher gewesen wäre?«

Es klang alles entschieden zu unglaubhaft für Kanan. Nahm Vidian die ganze Sache überhaupt ernst?

Andererseits: Hatte Skelly nicht mit einer einzigen wohlplatzierten Bombe gleich mehrere Stockwerke der Höhlenkammern in Cyndas Untergrund einstürzen lassen?

»Das könnte schon möglich sein«, schaltete sich Zaluna an. »Ich bin von uns die Einzige, die auch hier geboren worden ist. Ich erinnere mich noch, als ich klein war, hat meine Mutter immer gesagt, der Mond sei ganz zerbrechlich geworden, weil Gorse ihn liebe und ihn ständig allzu heftig umarme. Und der Mond versuche andauernd, sich loszureißen.«

Eine gute Metapher für so manche meiner Beziehungen, schoss es Kanan durch den Kopf.

»Sie meinte, Cynda würde eines Tages zerbrechen und vom Himmel fallen. Wir alle haben diese Geschichte als Schulkinder gehört.« Sie kicherte düster. »Vielleicht ist das einer der Gründe, warum die Leute auf Gorse so in den Tag hinein leben – weil irgendwann der Tag des Verhängnisses kommt.

Aber man hat uns erzählt, es würde erst in Tausenden von Jahren passieren, also müssten wir uns keine Sorgen machen.«

Hera nickte. »Aber was ist, wenn es schon *morgen* passiert?«

Die junge Frau im Rang eines Leutnants erschien grinsend in der Tür zum Kapitänsbüro der *Ultimatum*. »Die Prognosen sind durchgeführt, Graf Vidian.«

»Und?«

Die Spezialistin für Planetarwissenschaft der *Ultimatum* salutierte verspätet vor Sloane und zitierte aus ihrem Bericht. »Der Bombenleger hatte recht«, erklärte Leutnant Deltic, »jedenfalls zum Teil. Der Mond Cynda könnte durch die Detonationen an den von ihm angegebenen Belastungspunkten in der Tat zertrümmert werden, aber es wäre dazu viel mehr Sprengstoff nötig und auch von einer höheren Sprengkraft als alles, was Gorse auf Lager hat.«

»Ich habe in Calcoraan Depot jede Menge Baradium 357«, sagte Vidian und sah Sloane dabei vielsagend an. »Und außerdem ein Förderraumschiff, mit dem man das Thorilidium eines zerborstenen Kometen einsammeln kann. Würden die Trümmer des Mondes im Orbit verbleiben, sodass sie ausgesiebt werden können?«

»Die stark eliptische Umlaufbahn von Cynda macht es unwahrscheinlich, dass das Material einen Ring um den Planeten bilden würde«, erklärte der Leutnant. »Zumindest ein Teil der Trümmer würde aus dem System herauskatapultiert werden; andere würden auf den Planeten herabstürzen. Vorausgesetzt, das Thorilidium wird bei alledem nicht zerstört, würde Ihr Förderschiff mehr als genug haben, um in Aktion zu bleiben.« Die junge Frau kicherte düster. »Die Sache mit dem Planeten ist eine andere Geschichte.«

»Über Gorse benötige ich keine Informationen«, stellte Vidian fest.

»Aber ich«, warf Sloane ein. Schließlich arbeitete Leutnant Deltic für sie.

»Nun, zuerst ist da der direkte Einschlag der Trümmerteile – dessen Auswirkungen hängen davon ab, wo und mit welcher Energie die Zerstreuung des Materials stattgefunden hat. Es schlagen natürlich mehr Meteoriten nach einer Sprengung ein, wenn der Mond in maximaler Planetennähe ist, wie es bald der Fall sein wird, und die Einschläge sind schwächer, wenn die Sprengung erst in einigen Wochen erfolgt, wenn der Mond weiter entfernt ist. Die Bruchstücke werden nicht allzu groß sein, aber ihre Zusammensetzung erschwert es der Atmosphäre, sie verglühen zu lassen.«

»Und die seismischen Reaktionen auf Gorse?«, hakte Sloane nach.

»Puh«, meinte die Frau im Leutnantsrang, und ihre Miene legte den Schluss nahe, dass sie sich nun weit im Bereich der Spekulation befanden. »Zuerst würde sich nur wenig ändern, aber das System würde sich weiterentwickeln. Die Anziehungsverhältnisse würden sich verändern, und der Planet Gorse würde entsprechend reagieren. Das Ganze könnte ziemlich problematisch werden.«

»Erdbeben und ein Meteoritenregen!« Sloane richtete den Blick auf Vidian. »Klingt nach einer planetaren Katastrophe.«

»Das ist noch nicht einmal alles«, ergänzte der Leutnant. »Der Planet könnte anfangen, sich wieder zu drehen.«

»Was?«

»Der Mond ist im Tanz zwischen Gorse und seiner Sonne der kleinere Partner, aber doch ein außerordentlich wichtiger. Die Dynamik der Atmosphäre von Gorse ist extrem empfindlich für

Veränderungen – es ist schon jetzt ein Wunder, dass auf der dunklen Seite des Planeten überhaupt Leben möglich ist!«

»Fazit?«, fragte Vidian lakonisch.

Deltic warf einen Blick auf ihre Notizen. »Vielleicht passiert gar nichts. Kann aber auch sein, dass in zehn Jahren das gesamte Biom zerstört ist.«

Sloane war verblüfft. »In zehn Jahren!«

»Oder auch nicht«, fügte Leutnant Deltic hastig hinzu. »Man sollte es fast machen, einfach nur um herauszufinden, was dann geschieht.«

»Genug davon«, sagte Sloane und verdrehte die Augen. Sie schaute zum Mond hinaus, der groß und leuchtend vor dem Aussichtsfenster ihres Büroraums hing, und erinnerte sich an etwas, was der Leutnant zuvor gesagt hatte. »Sie haben gesagt, ›*vorausgesetzt* das Thorilidium wird bei der Zerstörung des Mondes nicht zerstört‹. Warum könnte das der Fall sein?«

»Ich bin keine Chemikerin«, antwortete die junge Frau. »Aber ich weiß, dass das Thorilidiummolekül nicht sehr stabil ist und schnell dazu neigt, sich in seine einzelnen Elemente zu zerlegen. Das ist auch der Grund, warum Cynda so eine einzigartige Quelle für die Thorilidiumgewinnung ist. Die Kristalle, in denen das Thorilidium von Cynda enthalten ist, schützen es zugleich. Aber es gibt einen Unterschied zwischen sorgfältig kontrollierten kleineren Sprengungen und dem, wovon wir hier reden. Man kann unmöglich wissen, ob die Kristalle unzerstört bleiben, es sei denn, man macht zuvor einen Test.« Sie hielt inne. »Ansonsten wäre es Verschwendung eines guten Mondes.«

Sloane schaute Vidian an und dann zurück zu der jungen Frau. »Wegtreten.«

Leutnant Deltic salutierte und verließ den Raum. Der Kapitän sah Vidian an. »Der Imperator dürfte erwarten, dass wir einen solchen Test durchführen«, sagte sie.

Vidian musterte gelangweilt seinen Handrücken. »Ich habe diesen Punkt bereits erwogen. Einer der Spezialisten in meinem Gefolge, die mit mir gekommen sind, hat versichert, dass er die erforderlichen wissenschaftlichen Beobachtungen mithilfe der Sensoren der *Ultimatum* durchführen kann.«

Wie praktisch, dachte Sloane.

»Also können wir schnellstens ein entsprechendes Experiment durchführen. Wir werden natürlich all unsere Ergebnisse dem Imperator vorlegen«, unterstrich Vidian.

Natürlich. Es ging alles so unglaublich schnell, vor allem, wenn man die möglichen ernsten Folgen dessen berücksichtigte, was sie da planten. »Man kann sich das alles trotzdem nur sehr schwer vorstellen. Das Leben auf Gorse innerhalb von nur *zehn Jahren* auszulöschen?«

»Das kann man in Kauf nehmen«, erwiderte Vidian, bereits auf dem Weg zur Tür.

»Wir würden eine bewohnbare Welt zerstören«, wandte Sloane ein, zugleich abgestoßen und verblüfft.

»Wir würden das Thorilidium ohnehin nicht mehr auf Gorse raffinieren, sondern im Weltraum mit meinen Förderschiffen«, gab Vidian zurück. Er war in der Tür stehen geblieben und betrachtete Cynda. »Personen mit den entsprechenden Fähigkeiten könnten sich bewerben, um die Crews meiner Schiffe zu verstärken.«

»Und der Rest?«

»Der Rest ist nur von geringem Nutzen und kümmert mich nicht. Diese Leute können sich ihre eigenen Möglichkeiten suchen, um von Gorse wegzukommen, und sich andernorts nützlich machen. Aber mit unserer neuen Entdeckung kann es keinen Zweifel mehr geben: Das Imperium hat mehr von ihrer Welt, wenn sie tot ist.«

»Was zunächst noch von jenem Test abhängt«, ergänzte Sloane.

»Natürlich.« Er wandte sich ab und ging.

Hera hielt Wache, während die anderen schliefen.

Nur Kanan war nicht geblieben. Das Gespräch hatte sich, nachdem Vidians Pläne hinsichtlich Cynda enthüllt waren, ziellos nach hierhin und dorthin gewandt, und Skelly hatte im Minutentakt neue haarsträubende Theorien geschmiedet. Zaluna, die bis dahin bemerkenswert robust und unverwüstlich gewirkt hatte, war mit wachsender Müdigkeit immer bekümmerter geworden. Hera hatte versucht, dem Gespräch eine Form und Richtung zu geben, und die anderen regelrecht beschworen, bei der Sache zu bleiben – und ihre Bemühungen hatten Kanan anscheinend nur umso mehr verärgert.

»Ist dir denn eigentlich alles völlig egal?«, hatte sie gefragt, bevor er den Raum verlassen hatte, um nach unten zu gehen.

»Es ist nie gut, wenn einem zu viel an irgendetwas liegt«, hatte er in seinem üblichen schnippischem Tonfall erwidert. »Man wird unweigerlich enttäuscht.«

Jetzt musste sie entscheiden, was sie zu tun hatte. Nachdem nun einige Stunden in ungestörter Ruhe verstrichen waren, rechnete sie nicht mehr damit, dass Kanan in dem imperialen Raumhafen erkannt worden war. Das bedeutete, dass draußen vor dem *Asteroidengürtel* keine Sturmtruppler warteten. Sie könnte nun vielleicht zu ihrem eigenen Schiff zurückschleichen. Zaluna hatte ihr endlich den Datenwürfel gegeben, den Hetto für sie vorbereitet hatte. Das, so wusste sie, würde weiteren Regimekritikern anderswo helfen.

Und sie hatte alles über Vidian erfahren, was zu erfahren sie erwartet hatte: Der berühmte Wirtschaftsexperte, der sich entgegen aller Wahrscheinlichkeit ganz nach oben gearbeitet hatte, war ein mörderischer Schurke und offensichtlich bereit, die ungeheuerlichsten Pläne zu entwickeln und durchzuführen. Wie Kanan bezweifelte auch sie, dass die Zerstörung des Mondes möglich war; es war einfach ein allzu großes, zu fantastisches Vorhaben, es überstieg ihre Vorstellungskraft. Technische Unternehmungen dieses Ausmaßes gab es einfach nicht, oder zumindest hatte sie noch nie davon gehört. Vidian würde sicher herausfinden, inwieweit sein Plan machbar war. Zumindest so lange würde er keine weiteren sadistischen »Inspektionen« durchführen. Es bestand also kein gewichtiger Grund für sie, noch länger auf Gorse zu bleiben.

Doch zuvor war sie es Zaluna schuldig, sie irgendwo in Sicherheit zu bringen, bevor das Imperium sie verhaftete. Das würde es gewiss tun: In diesem Punkt gab sich Hera keinerlei Illusionen hin. Aus irgendeinem Grund, über den sie sich selbst nicht im Klaren war, wollte sie auch noch ein letztes Gespräch mit Kanan führen. Er war ein egozentrischer Hedonist, so viel stand fest – aber da hatte es Augenblicke gegeben, in denen noch etwas anderes in ihm aufgeblitzt war, Augenblicke, in denen sie sich gefragt hatte, wer er wirklich war und woher er kam. Er war gut darin, dem Imperium immer einen Schritt voraus zu sein, und sie hatte ihn bemerkenswerte körperliche Leistungen vollbringen sehen.

Aber nichts von alledem fiel ins Gewicht, wenn der Mann kein Gewissen hatte. Es brauchte mehr als nur besondere Begabungen, um eine Revolution in Gang zu bringen. Man brauchte auch das Temperament, die richtige Einstellung dazu.

Und die hatte nicht jeder.

34. Kapitel

Einer der Vorteile eines Lebens an einem Ort ohne Tageslicht bestand darin, dass er all jenen, die nicht gesehen werden wollten, eine große Zahl von Möglichkeiten bot. So empfand es jedenfalls Kanan.

Eine Gruppe von Touristen hatte vor einigen Wochen bei einer Runde Sabbacc ihre Oberteile – genauer, ihre edlen, teuren Umhänge – an Kanan verloren. Die Kleidungsstücke hatten seither nutzlos im Lagerraum der Schenke gelegen, und er hatte sie nicht verpfänden können. Es hatte sich herausgestellt, dass die Umhänge im Dunkeln genauso aussahen wie die Roben, die eine Gruppe von Anhängern eines seltsamen Blutkultes trug, wenn sie bei Vollmond durch die Straßen zogen, ihre Mantras sangen und nach entlaufenen Haustieren suchten, an denen sie die Praktiken ihrer Religion durchführen konnten. Das Imperium tolerierte diesen Kult und seine Anhänger nicht nur, es hatte auch die Abteilung zur Tierüberwachung in Gorse City geschlossen, um die Gelder zu sparen.

Kanan hatte seine Sabbacc-Mitspieler im Nachhinein verflucht, da sie mit Sicherheit gewusst hatten, dass »unheimlicher Irrer« ein Mode-Message war, die niemand gern aussandte. Aber jetzt führten er und die anderen die Umhänge einer passenden Verwendung zu. »Immer weitergehen«, sagte er unter seiner Kapuze, während er seine Begleiter die lange Straße entlangführte, die durch den Industriebezirk führte. »Wenn euch irgendwer über den Weg läuft, haltet den Kopf gesenkt und knurrt, als hättet ihr Hunger.«

Niemand behelligte sie. Es war nicht mehr lange bis Vollmond, und so waren die echten Anhänger des Blutkultes bereits unterwegs und suchten Friedhöfe auf, wo sie gern ihre Riten abhielten. Es war die passende Zeit, um als schauerliche Gestalt umherzuziehen. Unter seinem Umhang hatte sich Kanan seine Reisetasche auf den Rücken geschnallt – verrückte Mönche trugen kein Gepäck, und außerdem fand er, dass der Buckel eine passende Ergänzung seines Erscheinungsbildes darstellte.

»Es scheint zu funktionieren«, meinte er. »Die Sache funktioniert sicherlich nur einmal, aber so schaffen wir es jedenfalls ans andere Ende der Stadt.«

»Du überraschst mich immer wieder«, bekannte Hera. Sie ging direkt hinter Kanan und hielt vorsichtig in alle Richtungen Ausschau.

»Jawohl, die ganze Familie von Irren geht heute Abend bummeln«, erwiderte Kanan. »Mama, Papa, Oma und der perverse Onkel, den wir sonst unten im Keller halten.«

»*Sie* sind die Oma«, versetzte Zaluna.

Kanan grinste. Die Sullustanerin war am Abend zuvor völlig am Ende gewesen, aber der Schlaf hatte ihr Temperament anscheinend zurückkehren lassen. Er hielt sie immer noch für ein wenig seltsam, aber dennoch war sie ohne Frage erstaunlich. Er war Jahre zuvor aus seinem geregelten Lebensablauf herausgerissen worden, aber er hatte nicht annähernd so lange völlig zurückgezogen gelebt wie sie. Und doch schien sich

Zaluna nicht unterkriegen zu lassen. Er fragte sich, was wohl ihr besonderes Geheimnis war.

Skelly befand sich in einer weit schlimmeren Verfassung. Er bewegte sich jetzt langsamer als zuvor: Die letzte Dosis Medikamente hatte nicht für den ganzen Marsch gereicht. Immer wieder blickte er zum Mond auf. »Weißt du«, sagte er plötzlich, »ich glaube, ich wollte im Grunde immer ein Mann der Steine sein.«

Kanan sah ihn an. »Ein was?«

»Ein Mineraloge. Diese Jungs haben Cynda erforscht, bevor sie angefangen haben, den Mond in Stücke zu reißen. Aber um das zu werden, hätte ich zur Schule gehen müssen – alles, was ich weiß, habe ich mir selbst beigebracht. Doch es war schön hierherzukommen. Ich habe dadurch erfahren, dass das Innere eines Planeten mehr ist als nur ein Platz, um Bergwerke anzulegen.«

»Oder Leute abzulegen.« Kanan deutete nach vorn. »Beggar's Hill, meine Damen und Herren.«

Beggar's Hill war überhaupt kein Hügel. Der Friedhof dieses Namens verfügte lediglich über eine quadratische Lichtung, von wenig benutzten Straßen umgrenzt. Er war gefüllt mit den oberirdischen Grabmalen, die der nasse Boden auf Gorse unabdingbar machte. Nachtfarn und Kriechender Jettich hatten die meisten der uralten Grüfte überwuchert und alle Namen unkenntlich gemacht. Jetzt, wo der Friedhof vom nahen Mond Cynda ein wenig erhellt wurde, erinnerte er an eine friedvolle Ansammlung von Grotten.

Kanan ließ seinen Blick auf Hera ruhen, als sie den schmalen Pfad zwischen den Gräbern hinabging, Mondlicht in den Augen. *Sie ist wirklich etwas Besonderes.*

Skelly kam nun ebenfalls angewankt und sah sich um. »Ich

schätze, für Lal – oder für Gord – wird es keinen Ort wie diesen hier geben. Ich bin mit den beiden nicht gut ausgekommen, aber trotzdem ...«

»Ja«, sagte Kanan, aber er dachte nicht lange darüber nach. Totenwachen waren nichts für ihn. Für die Jedi waren Begräbnisse ein großes Ding gewesen, aber niemand hatte irgendeinem von ihnen einen Gedenkstein gesetzt. Ein Todesfall bedeutete, dass es für die Lebenden Zeit war weiterzuziehen.

Und so war es auch jetzt. »In Ordnung, ich habe getan, was ich konnte«, verkündete Kanan. »Wir befinden uns nun am Westende von Shaketown. Moonglow ist nur einige wenige Straßenzüge entfernt. Wir befinden uns hier ziemlich genau in der Mitte von allem. Hera, du hast gesagt, du hättest dein Schiff zwei Kilometer westlich geparkt. Zalunas Wohnung befindet sich zwei Häuserblocks weit weg im Südosten. Und der nächstgelegene Handelsraumhafen liegt zehn Blocks in diese Richtung.« Er drehte sich um und zeigte nach Norden. »Also, wo immer jeder von uns hingehen will, wir sind fast da.« Er zog seine Kapuze vom Kopf. »Das war es also.«

Hera schaute zu Zaluna hinüber, die zwischen den Grabmalen umherwanderte und sich die Gräber ansah. »Haben Sie sich entschieden?«

»Ich will mit Ihnen kommen«, antwortete Zaluna, »in Ihrem Schiff.« Sie deutete auf die Gräber. »Fast jeder, den ich auf diesem Planeten gekannt habe, ist nur noch nur ein Name auf einem Bildschirm. Oder ein Name auf einem Stein. Ich will nicht mehr bei Transcept arbeiten, selbst wenn sie mich ließen. Und es wäre schön, irgendwo mal einen echten Sonnenaufgang zu sehen.«

»Sollen wir noch zu Ihrer Wohnung gehen und Ihre Sachen holen?«

Zaluna schüttelte den Kopf. »Sicher überwachen sie die Wohnung mittlerweile. Und mein eigentliches Leben habe ich ohnehin nicht dort gelebt.« Sie blickte zum Mond auf. »Gehen wir's an.«

Hera drehte sich zu Skelly um. »Und was werden Sie nun tun?«

Skelly öffnete seinen Umhang und klopfte mit der linken Hand auf seinen Rucksack. »Ich werde dieses Problem an der Quelle bekämpfen, indem ich die Sprengstofffabrik in der Nähe des Raumhafens hochgehen lasse. Wenn sie kein Baradium von Gorse hinaufbringen können, können sie den Mond auch nicht zerstören!«

Hera sah ihn tadelnd an. »Sie wissen aber schon, dass es außerhalb von Gorse noch andere Quellen für Sprengstoff gibt, nicht?«

»Wenn ich sie nur einen Tag lang aufhalten kann, hätte es sich bereits gelohnt.« Skelly reckte das Kinn trotzig in die Höhe. »Außerdem«, fügte er hinzu, »was gibt es denn sonst noch für mich zu tun?«

Gegen seinen Willen musste Kanan zustimmend nicken. Skelly hatte es erfasst: Allen auf Gorse blieben nur fruchtlose Bemühungen. Kanan wusste natürlich, was es hieß, in der Luft zu hängen und nichts und niemanden zu haben, der einem sagte, was man als Nächstes zu tun hatte. Und er war auch hinter das Geheimnis gekommen: Der Schlüssel, um damit zurechtzukommen, bestand darin, sich nie wieder mit irgendetwas oder irgendjemandem so stark zu identifizieren, dass die Angst, dieses Etwas oder diesen Jemand zu verlieren, einem alle alternativen Handlungsmöglichkeiten raubte. Aber es war ja nicht jeder so schlau wie er.

Er trat auf Hera zu. »Also, wo willst du hin, nachdem wir

Zaluna abgesetzt haben? Das Wor-Tandell-System ist richtig hübsch. Es gibt auch ein paar Kasinoplaneten, wo es dir bestimmt gefallen wird.«

Hera schüttelte den Kopf. »Ich klinge wirklich nur sehr ungern wie dieser Droide von gestern, Kanan, aber ich nehme keine Passagiere mit.«

Ihr ernster Tonfall erschreckte ihn. »Was sagst du da?«

»Ich bereise die Sterne nicht auf der Suche nach Begleitung oder nach Orten, die ich mir anschauen kann«, antwortete Hera. »Ich habe Ziele. Ich brauche niemanden, der nicht an ihnen interessiert ist und mich nur aufhalten würde.«

»Aber Zaluna …«

»… hat der Galaxis einen Dienst erwiesen, indem sie Daten über die Methoden des Imperiums geliefert hat. Außerdem muss sie jetzt irgendwo, wo sie in Sicherheit ist, ein neues Leben anfangen. Du wiederum passt dich, soweit ich das erkennen kann, einfach überall an, was auch immer geschieht – und an jeden, der gerade das Sagen hat, wer auch immer das ist.«

»Das ist hart.«

»Das ist nun mal mein Eindruck von dir«, erwiderte sie. Sie hielt ihm die Hand hin. »Trotzdem danke ich dir für das, was du getan hast. Und ich wünsche dir viel Glück.«

Sprachlos schüttelte ihr Kanan die Hand. »In Ordnung«, sagte er schließlich. »Und du bist dir auch wirklich sicher?«

Hera nickte freundlich, löste ihre Hand aus der seinen und wandte sich ab. »Ach so«, fiel ihr ein, und sie griff in ihren Umhang. Dann drehte sie sich wieder zu ihm um, zog einen kleinen Beutel hervor und begann imperiale Credits abzuzählen. »Für deine Hilfe.«

Kanan war wie vor den Kopf gestoßen. »Für wen hältst du mich? Bin ich etwa ein Söldner?«

»Nein. Aber ich habe gesehen, wie du das Geld in Okadiahs Safe zurückgelegt hast, um für den Schwebebus zu bezahlen.« Sie hielt ihm das Geld hin. »Nimm es. Du hast einen weiten Weg vor dir.«

Dann bin ich jetzt also ein Lohnarbeiter, dachte Kanan. *Na ja, von mir aus.* Er steckte das Geld ein.

Er sah Skelly und Zaluna an. »Also, bis dann«, sagte er und ging zurück Richtung Straße. Es würde ein langer Marsch zum Raumhafen werden, und er würde unter seinem Umhang mächtig schwitzen. Er zog das Ding aus und schleuderte es in die Nachtfarne. Er würde volles Risiko gehen, wie immer.

Wo der Pfad auf die Straße traf, drehte er sich um, um einen letzten Blick auf Hera zu erhaschen. Sie standen alle immer noch dort und machten sich gerade bereit, ihrer jeweiligen Wege zu gehen. Er schüttelte den Kopf und fragte sich, was ihn noch aufhielt. Kanan Jarrus blickte niemals zurück. Er blickte immer nach oben, nach vorn, folgte dem Sog dessen, was jenseits von ihm lag. Cynda hing groß und bauchig am Himmel und war das Licht, das den Weg in seine Zukunft wies. Hinauf in den Himmel, wo ...

Der Mond explodierte!

Die Skyline von Gorse leuchtete auf, zum ersten Mal in einem ganzen geologischen Zeitalter vom Licht der Morgendämmerung angestrahlt. Keine von Skellys Explosionen hatte die Stadtlandschaft derart erhellt – und das brachte Kanan leicht aus dem Tritt, der eigentlich ein folgendes Donnern erwartet hatte. Aber das blieb aus. Und als der Blitz verschwunden war und sich Kanans Augen an die neuerliche Dunkelheit gewöhnt hatten, sah er, dass der Mond gar nicht explodiert war.

Er war aber auch nicht heil geblieben. Nahe am verdunkelten unteren Rand der fast vollen Scheibe breitete sich eine riesige weiße Wolke nach unten und zu den Seiten hin aus. Es wirkte beinahe so, als weine Cynda eine Träne – eine Träne mit einem Durchmesser von hundert Kilometern, die sich immer weiter vergrößerte.

Kanan hatte bereits gesehen, wie Kometen und Meteoriten auf Monden einschlugen. Das sah ganz anders aus, als dies hier. Dies war eine Eruption. Eine Eruption auf einer Welt ohne jede vulkanische Aktivität.

Und er kannte diese Stelle auf Cynda. Er landete dort jeden Tag.

Aller Verkehr auf der Straße war inzwischen zum Erliegen gekommen. Die Bewohner des Planeten waren aus ihren Fahrzeugen gestiegen, standen neben ihren Düsenschlitten und schauten mit einer Mischung aus Faszination und Grauen nach oben. Kanan sah an ihnen vorbei zu der großen, leuchtenden Uhr auf dem Gebäude der Wasserwerke hinter ihm. Sie bestätigte ihm, was ihm das flaue Gefühl in seinem Magen bereits verraten hatte: Es war die Zeit von Okadiahs Schicht auf dem Mond.

Überall begannen Leute gleichzeitig zu reden, es war wie das aufgeregte Stimmengewirr bei einem sportlichen Ereignis. Kanan konnte auch Heras Stimme hören, die Stimme, die er so gern hörte und die ihm von hinten etwas zurief. Aber er hörte nicht zu. Er lief zu einem Düsenschlitten, der mitten auf der Straße stehen geblieben war, und riss ihn seinem perplexen Fahrer aus den Händen. Hera und der Besitzer des Düsenschlittens schrien ihm immer noch nach, als Kanan bereits über die Durchgangsstraße schoss und nach Shaketown raste.

Die Welt erbebte unter Skellys Füßen. Neben ihm ertönte Zalunas von Grauen erfüllte Stimme. *»Es ist so weit.«*

»Nein«, widersprach Skelly und schaute staunend auf, als nun auch der Untergrund zu rumoren begann. »Das gleichzeitige Erdbeben ist bloß ein Zufall. Nennen Sie es den Schmerz der Anteilnahme.«

Er hatte seine Kapuze abgenommen. Niemand würde ihn anschauen. Nicht jetzt. Und ein Friedhof schien ihm der absolut passende Ort, um Zeuge des beginnenden Endes der Welt zu sein. Als das Beben nachließ, schaute er wieder zu Hera hinüber. »Das war noch gar nichts im Vergleich zu den Beben, die wir erleben werden, wenn sie so weitermachen.«

»Das Imperium zieht die Sache durch«, konstatierte Hera und schaute in ungläubigem Erstaunen zum Himmel hinauf. »Eiskalt.«

»Haben Sie das denn noch immer nicht geglaubt?«, fragte Skelly.

»Was sie tun können, das tun sie auch.« Sie schüttelte den Kopf. »Ich habe einfach nur nicht geglaubt, dass es möglich ist – und dass es so schnell gehen würde.«

Zaluna zupfte am Ärmel der Twi'lek. »Müssen die Leute jetzt von hier fortgehen, Hera? Wird dem Planeten etwas zustoßen?«

»Skelly meint, es sei so weit alles in Ordnung. Aber wir sollten zusehen, dass wir zu meinem Schiff kommen – nur für den Fall des Falles.« Sie richtete ihren Blick wieder auf die Straße. »Das habe ich auch Kanan noch mitzuteilen versucht.« Hera hielt etwas in ihren Händen, sah Skelly – ein Gerät, mit dem sie sich schon die ganze Zeit über abgemüht hatte, seit sich Kanan aus dem Staub gemacht hatte. »Ich habe versucht, so viele Informationen zu sammeln, wie ich kann, aber es gibt einfach zu viele Funkstörungen.«

»Alle reden durcheinander«, begriff Skelly.

Ein Aufklärungstransporter fuhr vorbei, als sei überhaupt nichts geschehen, und richtete ein Suchlicht in die von ihnen abgewandte Richtung. Skelly hörte, wie sich noch ein weiterer Transporter aus einer Querstraße näherte.

»Sie sind immer noch hinter uns her«, murmelte er mürrisch. »Trotz allem, was dort oben los ist.«

»Dann dürfen wir nicht trödeln«, meinte Hera und steckte ihr Gerät ein. »Sieht ganz so aus, als wären Ihre Pläne von den Ereignisse eingeholt worden, Skelly. Sehen wir zu, dass wir zu meinem Schiff kommen.«

»Um *wohin* zu fliegen?«, fragte Zaluna.

»Ich kann Sie beide an einem sicheren Ort absetzen«, antwortete Hera und zog ihren Umhang aus. »Aber zuerst muss ich vielleicht noch Kanan aufhalten, bevor er etwas Überstürztes unternimmt.« Sie schaute voller Sorge zum Himmel auf. »Ich glaube, ich weiß, wo er hinwill. Nur ein Pilot von einer Million könnte durch diese Trümmer da oben fliegen. Ich habe wirklich Angst, dass …« Sie brach ab. »Gehen wir.« Sie ging den Weg entlang, der aus dem Friedhof hinausführte.

Skelly versuchte, ihr zu folgen. Aber bevor er auf die Straße humpeln konnte, ertönte von oben das Dröhnen von Triebwerken. Und Lichter strahlen auf. Nicht so hell wie zuvor, aber näher und zielgerichteter. Skelly brüllte: »Das Imperium hat uns aufgespürt!«

»Das glaube ich nicht«, meinte Hera, während sich vor ihnen die dunkle Masse eines Raumschiffs auf die Straße herabsenkte.

»Ist das Ihr Schiff?«, fragte Zaluna. Sie zitterte am ganzen Körper.

»Es ist Kanan!«, rief Skelly, der die Konturen des Raumschiffs erkannt hatte. »Es ist die *Expedient*!«

Die hintere Rampe wurde heruntergelassen. Der Sprengstofftransporter ging einen halben Meter über der Straße in Schwebestellung. Oben in der Öffnung erschien Kanan. »Beeilung«, rief er in Richtung Hera. »Du musst mich dorthin bringen, wo diese Explosion stattgefunden hat. Verglichen mit dir bin ich ein Anfänger!«

Hera deutete auf ihre Begleiter. »Sie müssen mitkommen!«

»Ist mir egal. Ich habe über den Kommunikator einen Hilferuf von Okadiahs Leuten empfangen«, setzte Kanan hinzu. »Sie sterben!«

35. Kapitel

Die *Expedient* schoss durch die Exosphäre in den Weltraum hinauf. Kanan hatte richtiggelegen. Er hatte zwei Arbeitsschichten versäumt, aber da Lal nun tot war und der von Vidian ernannte Verwalter sein Amt noch nicht angetreten hatte, war Kanans Schiff noch niemand anderem zugeteilt worden. Seine Ausweiskarte hatte Kanan Zugang zum Landebereich verschafft, aber momentan achtete ohnehin niemand darauf, was unten auf Gorse passierte. Der Passagiersitz der *Expedient* war ersetzt worden, doch war das Schiff noch nicht wieder mit Sprengstoff beladen worden. Letzteres erleichterte die Bedienung der *Expedient* ganz ungemein.

Nur, dass jetzt nicht er derjenige war, der das Schiff bediente.

»Viel Betrieb«, kommentierte Hera und dirigierte das Schiff mit dem Steuerhorn. Vom Passagiersitz aus konnte Kanan sehen, dass sich all der Verkehr, der zu dieser Zeit normalerweise in Richtung Cynda unterwegs war, den Schiffen angeschlossen hatte, die von dem Mond flüchteten. Ein gewaltiger Kegel aus silbrigen Trümmerteilen erhob sich von Cyndas südlicher Hemisphäre in den Weltraum und bewegte sich schimmernd nach außen wie Schneefall in die falsche Richtung. Eine Kollision mit den sich schnell bewegenden Trümmern der Auswurfmasse konnte katastrophale Folgen haben, und die anderen Frachterpiloten waren sich dessen sehr wohl bewusst.

Kanan wusste es ebenfalls, und genau deshalb hatte er Hera die Steuerung des Schiffs überlassen. Nach ihren gemeinsamen Erfahrungen mit dem Schwebebus war ihm zweifelsfrei klar geworden, dass Hera mehr war als nur eine gute Pilotin: Sie war überragend. Im Augenblick war er aufgeregt und nicht Herr seiner Gefühle. Und er wusste, wie sehr das die erforderliche Konzentrationsfähigkeit und Reaktionsschnelligkeit für das ihnen bevorstehende Steuermanöver beeinträchtigen konnte: Sie mussten an genau den Ort fliegen, von dem alle anderen flüchteten.

»Keine weiteren Informationen über den Kommunikator«, berichtete er. Seit er den Notruf von Okadiahs Mannschaft erhalten hatte, war seit langen Minuten nichts mehr als Rauschen zu hören gewesen. Die Kanäle der anderen Firmen waren gleichermaßen tot. Als er durch das Teleskop blickte, konnte er den Grund dafür erkennen. Die Trümmerteile kamen von einem Punkt, der weniger als einen Kilometer vom Haupteingang des Bergwerkkomplexes entfernt war. Er konnte keinen einzigen Orientierungspunkt mehr ausmachen. Was nicht nach außen hin explodiert war, war eingestürzt.

Hera schlängelte die *Expedient* durch den Ansturm der entgegenkommenden Frachter hindurch. Die Hälfte von ihnen schien überhaupt kein konkretes Ziel zu haben, so Kanans Eindruck: Alle suchten Zuflucht, entweder auf Gorse oder in der Nähe. »Sie haben Angst, dass es wieder passieren wird.«

»Womit sie wohl richtigliegen«, antwortete Hera. »Aber nicht für heute.«

Vielleicht ist es einfach eine Naturkatastrophe, dachte er. Oder ein Industrieunfall. Er wünschte von ganzem Herzen, dass er mit seinen schlimmsten Ängsten falschlag. Würde das Imperium – würde denn überhaupt irgendjemand – wirklich eine abwegige Theorie überprüfen wollen, während alle noch bei der Arbeit waren? Es ergab keinen Sinn. Aber dann schaute er zur *Ultimatum* hinaus – das einzige Schiff, das nicht in Bewegung war. Es hing einfach bewegungslos im Orbit: der unbeteiligte Beobachter in sicherer Entfernung. Es waren keine Rettungsschiffe ausgesandt worden. Nur einige Analysedroiden hatten sich auf den Weg zum Trümmerfeld gemacht.

Hera steuerte das Schiff aus dem dichten Verkehr und näherte sich dem Mond auf einer weit ausholenden Flugbahn. Kanan warf einen Blick in den fensterlosen hinteren Teil des Cockpits. Das von Cynda reflektierte Licht war heller geworden und warf Kanans und Heras Schatten dunkel über ihre Passagiere. Skelly saß ungewöhnlich stumm und in sich gekehrt auf der Beschleunigungsliege links, den Kopf gesenkt. Zaluna hockte auf dem kleinen Sitz hinter Kanan, den Kopf in die andere Richtung gedreht. Nachdem der Start des Schiffes anfänglich eine große Aufregung für sie bedeutet hatte, hatte sie nicht mehr durch das vordere Aussichtsfenster blicken wollen, sobald sie sich dem Schauplatz der Katastrophe näherten.

»All diese Leute«, murmelte sie leise. »Ich habe sie jeden Tag beobachtet.« Auf eine ungewöhnliche Weise, so dachte Kanan, war diese Frau jahrelang mit ihnen zur Arbeit auf den Mond gekommen.

Kanan schaute nach vorn, als Hera die *Expedient* gekonnt eine Rolle beschreiben ließ. Er sah jetzt die Länge und die Form des Trümmerfeldes. »Sieht ja *überhaupt nicht* verdächtig aus«, meinte sie. »Es ist wie ein Trichter.«

»Ja. Ein Trichter, der alles nach außen befördert.« Er blinzelte verwundert. »Nichts fällt wieder herunter!«

»Das wird es auch nicht«, meldete sich Skelly mürrisch zu Wort. »Eine normale Explosion würde kugelförmig ausstrahlen. Eine Menge Trümmer würden wieder herunterregnen. Hier ist eine sogenannte Hohlladung hochgegangen – es hat eine ganze Reihe von gleichzeitigen Explosionen gegeben. Die Sprengladungen wurden so angeordnet, dass die meisten Trümmerteile mit Fluchtgeschwindigkeit in die Höhe und vom Mond weggeschleudert worden sind.«

Kanan starrte zu der unnatürlich wirkenden Bodenformation hinab. »Woher weißt du das alles?«

»Es war meine Idee.« Skelly stöhnte. »Es war auf der Holodisc.«

Kanan wurde übel, als er nun die Sensoren einer Prüfung unterzog. »Im Hauptlandeschacht tritt Sauerstoff aus. Der Komplex ist regelrecht zerrissen worden.« Er öffnete seinen Haltegurt und steuerte den rückwärtigen Bereich des Raumes an. »Ich muss da runter.«

Hera betätigte mehrere Knöpfe. »Ich kann uns unter die Wolke manövrieren. Wo willst du landen?«

Skelly schnallte sich ebenfalls los und kam nach vorn. Er begutachtete die Szenerie und streckte dann die Hand aus. »Zum Nebenschacht!«

Schon halb in dem Weltraumanzug, den er sich geholt hatte, trat Kanan vor und blickte in die Richtung, in die Skellys Hand wies. »Ja, ich glaube, du hast recht.«

Skelly lotste Hera zu einer kleinen, dunklen Vertiefung außerhalb der Explosionszone. Der Nebenschacht war der Verladebereich für einen kleineren Verbund von Förderschächten gewesen, die seit Langem zugunsten der reicheren Lagerstätten im Hauptbereich aufgegeben worden waren. Eine Luftschleuse trennte die beiden Bereiche. Sie war aufgrund von Befürchtungen, dass durch den alten Komplex Sauerstoff in den Weltraum austreten könnte, eingerichtet worden.

Jetzt, wo es vielmehr den Hauptbereich getroffen hatte, vermutete Kanan, dass der Nebenschacht den einzigen Weg hinein bot.

Hera lenkte das Schiff in einen tiefen Krater. Die Oberfläche unter ihnen war mit Ascheresten der Explosion bedeckt, aber die in die südliche Wand eingelassene rechteckige Öffnung war unversehrt geblieben.

»Das magnetische Feld ist noch intakt«, erklärte Hera. »Aber es ist dunkel.«

»Die Beleuchtung hängt an einem anderen Stromnetz«, antwortete Kanan und zog seine Stiefel an. »Kriegst du das hin?«

»Natürlich.« Hera steuerte die *Expedient* ohne Mühe auf die gähnende Öffnung zu.

Als das Schiff in die Finsternis eindrang, schaltete Hera die Außenscheinwerfer an. Sofort war die Besatzung der *Expedient* wieder in helles Licht getaucht – ihr eigenes, das sich funkelnd in den tausend Stalagmiten an der Decke der Höhle brach.

»Wir haben auf diese Weise eine Menge Licht gespart«, bemerkte Skelly.

Zaluna lehnte sich vor und blickte seitlich an Kanans Sitz vorbei, um zuzusehen, wie die *Expedient* landete. Die Schönheit des Anblicks verschlug ihr den Atem – und dann fuhr sie wieder auf ihren Sitz zurück, als der Untergrund von Cynda erbebte. Soweit sich Kanan erinnern konnte, hatte es zuvor auf dem Mond noch keine Erdbeben gegeben, aber er kümmerte sich nicht weiter darum. Er stülpte sich bereits den Helm des

Raumanzugs über. Die Luft im Schacht war in Ordnung, aber in dem Bereich, der vor ihm lag, würde es vielleicht anders sein. »Ich logge den Kommunikator meines Raumanzugs in den Audiokanal von Moonglow ein. Haltet hier die Stellung.«

»Ich komme mit«, sagte Hera und stand auf. »Du hast zwei Anzüge.«

Kanan stopfte Sauerstoffmasken in einen Beutel und schüttelte den Kopf. »Ich brauche dich hier. Irgendjemand muss die anderen von hier wegfliegen.«

Doch sie war bereits dabei, den zweiten Anzug anzuziehen. »Ist das hier eine Rettungs- oder eine Selbstmordaktion? Mach schon die Rampe auf, denn ich geh jetzt raus!«

Kanan fühlte sich wie ein Insekt, das durch ein Gewirr von Dornengestrüpp kriecht – in der Dunkelheit. Etwas ganz Ähnliches war aus dem Bereich hinter der gesicherten Luftschleuse geworden. Ehemals waagerechte Stollen und senkrechte Schächte führten nun schräg in die Tiefe.

Die thorilidiumhaltigen Kristalle, auf die es das Imperium abgesehen hatte, waren letztlich der einzige Grund, warum man sich überhaupt noch durch die Gänge bewegen konnte: Selbst nach den Beschädigungen durch die Sprengung wiesen sie immer noch eine kaum glaubliche Reißfestigkeit auf, was den unterirdischen Räumen nach wie vor zumindest einen gewissen Anschein von Struktur und Statik verlieh. Kanan hatte keine Zeit, über diese Ironie nachzudenken. Er ging weiter hinab, weiter ins Innere, immer tiefer in die Finsternis hinein, die nur von Kanans und Heras Helmlampen erhellt wurde.

Hera hatte irgendwie mit ihm Schritt halten können, selbst während er über Hindernisse hinweg, unter ihnen hindurch und um sie herum gekrochen war. Im Gehen rollte sie ein Kabel aus Mikrofaser ab, das sie im Landeschacht gefunden hatten; nur so waren sie in der Lage, ihren Weg zum Schiff zurück zu finden.

Kanan verfügte über keine technischen Mittel zur Positionsbestimmung, die ihn hier in der Unterwelt leiten konnten. Er hatte nur das Notsignal in seinem Helm; von irgendwo mitten in diesem Chaos hatte er immer noch schwachen Empfang. Ab und zu stießen sie auf ein Zeichen der früheren Bergbauaktivitäten: ein zerbrochener Wagen, der auf der Seite lag, ein Bein oder der Arm eines Droiden. Aber bis jetzt hatten sie noch keine Hinweise auf Leben gefunden.

Vor sich entdeckte er eine dunkle dreieckige Öffnung. Als er mit seiner Lampe hineinleuchtete, sah er, dass es dahinter zum nächsten Stollenboden mehrere Meter in die Tiefe ging. Er löste die Schlaufe des Kabels, das er mitgenommen hatte, von seinem Arm und befestigte sie an einer tragfähig wirkenden Kristallsäule. »Warte hier«, sagte er in sein Helmmikrofon.

»Nein.«

Sie hatten keine Zeit, um stehen zu bleiben und sich Streitereien zu liefern. Er glitt an der Wand hinab und baumelte am Kabel, während er versuchte, irgendwo unter sich festen Boden zu finden. Dann ließ er los und schlug auf dem Boden auf – um nur noch tiefer in die Dunkelheit hinabzurutschen.

»Kanan!«, rief Hera.

»Alles in Ordnung«, antwortete er und leuchtete ringsum. »Wir sind nah dran.«

Sie seilte sich an dem Kabel ab und kam hinter ihm herabgeschlittert. »Nah dran? Woher willst du das wissen? Man kann hier kaum etwas sehen!«

»Ich weiß es eben«, gab Kanan zurück. Er richtete sein Licht auf einen zerschmetterten Kopf, der aus der Decke ragte.

»Oh«, stöhnte sie.

»Ja.« Es war Yelkin. Sein Körper war zerschmettert, steckte fest in den neu gebildeten Gesteinsschichten des Mondes.

Kanan merkte, dass der Anblick Hera frösteln ließ. Ihm selbst tat er auch nicht gut. Aber als der Boden nun ebener wurde, sahen sie weitere Leichen, die zwischen den gebrochenen Kristallsäulen wie Stöcke in diese oder jene Richtung gefallen waren. Es war, als hätten sie sich einen Tunnel in einen Friedhof hineingegraben. Kanan erkannte als Nächstes eine Uniform – und dann einen Schwebewagen wie den, den er täglich benutzt hatte. Er war hier am richtigen Ort.

»Kanan!«, rief Hera.

Er kroch über einen Trümmerhügel und sah sie neben einer halb vergrabenen Konsole knien. »Von hier hast du das Notsignal erhalten«, erkannte sie und schaute sich um. »Aber ich kann nicht sehen, dass …«

»Okadiah!«

Kanan sprang in der Dunkelheit über die aus dem Boden ragenden Hindernisse und eilte zu einer Stelle vor ihm. Es war eine zusammengequetschte Liftkabine, die aber von den Rahmenträgern ihres einstigen Schachts immer noch gehalten wurde und so ihre Form nicht völlig verloren hatte.

Okadiah lag darunter. Kanan leuchtete mit seinem Licht ins Gesicht des alten Mannes. Okadiahs Haut war blau angelaufen, und seine Lippen und Augen waren mit Reif überzogen. Das Volumen an Luft und Sauerstoff in dem unterirdischen Netz von Stollen war im Verhältnis zu den neuen Öffnungen zum Weltraum hin, durch die die Luft ausströmte, recht groß, und weitere Einstürze hatten diese Zugänge wieder verschlossen. Doch der Druck war beträchtlich gesunken, und die verbliebene Luft war eisig. Kanan riss seinen Beutel auf und zog eine Sauerstoffmaske heraus. Er band sie sorgfältig um den Kopf des Bergarbeiters – und zu seiner großen Erleichterung hörte er den alten Mann husten.

»*Kanan …*«

»Nicht bewegen«, sagte Kanan.

»Ist das … ein Scherz? Nicht witzig.«

Kanan zog die Thermodecke aus seiner Tasche und legte sie Okadiah über Brust und Schultern. Dann warf er einen Blick auf die Beine des alten Mannes. Sie waren unter der Kabine eingequetscht worden, steckten aber nicht völlig fest. »Halte durch!«

Kanan drehte sich um und suchte nach etwas, das er als Hebel benutzen konnte. Hera war sofort zur Stelle und hielt einen stabil wirkenden, abgebrochenen Stalaktiten in der Hand. Kanan nahm ihn ihr ab und schob ihn seitlich unter die Fahrstuhlkabine. »Du ziehst ihn raus«, wies er Hera an – und stemmte die Kabine hoch. Die bereits schief in der Luft hängende Metallmasse sackte in die andere Richtung weg und kippte ein Stück zur Seite, sodass Hera den alten Mann herausziehen konnte.

Kanan ließ sich keuchend neben Okadiah auf den Boden fallen.

Okadiah mühte sich, etwas zu sagen. »St-st-Sturmtruppler …«

»Was?«

»Sturmtruppler. Sind hereingekommen … haben uns befohlen, Zone 66 zu verlassen. Hatten ihre eigenen Sprengsätze …«

Kanan stieß heftig die Luft aus. »Wusste ich's doch.« Als er spürte, dass die Kraft in seine Muskeln zurückkehrte, stemmte er sich auf die Knie. »Wir bringen dich hier raus.«

»Zu … spät«, sagte Okadiah.

Kanan sah zurück zu Hera. Sie wandte den Blick ab und schaute respektvoll in die Dunkelheit.

»K-k-komm hierher«, murmelte Okadiah. »Wo ... ich dich sehen kann.«

Kanan umfasste den zerschundenen alten Mann mit den Armen. »Was ist los, Okadiah?«

»Nicht ... du«, sagte Okadiah und hustete wieder. »Die ... Hübsche.«

Hera trat auf die andere Seite von Kanan und kniete sich nieder. »Ich bin hier.«

»Ah.« Er lächelte, als wäre ihr Anblick schon Medizin genug. »Hör ... zu. Dieser Junge ... es ist gut, ihn in der Nähe zu haben.« Okadiah hustete abermals, diesmal viel heftiger. »Du solltest ... bei ihm bleiben. Ich glaube ... er braucht ...«

Okadiah verstummte und schloss die Augen. Das Innere der durchsichtigen Sauerstoffmaske, das eben noch beschlagen gewesen war, wurde wieder klar.

Nein. Kanan streckte die Hände nach der Brust des Mannes aus. Er war sich sicher, dass er jetzt irgendetwas tun musste, wusste aber nicht, was. Er kannte sich mit der herkömmlichen Ersten Hilfe aus, aber Okadiahs Verletzungen schienen über dieses Stadium hinauszugehen. Er fühlte sich nutzlos, so nutzlos wie an dem Tag, als Meisterin Billaba gestorben war – und der Aufruhr jenes Augenblicks vermischte sich nun mit der Erschütterung dieses neuen Moments und trübte seine Konzentrationsfähigkeit. Er mühte sich, klar zu denken ...

... nur um die sanfte Berührung von Heras Hand auf seinem Arm zu spüren. Sie schüttelte den Kopf. »Er ist tot, Kanan.«

»Ich habe es versucht.«

»Ja, das hast du«, sagte sie, und ihre Berührung verwandelte sich in einen festen Griff. »Wir müssen jetzt gehen.«

Kanan erwiderte ihren Blick und schüttelte den Kopf. »Nein. Nicht ohne ihn.«

36. Kapitel

»Es ist ein Triumph«, verkündete Graf Vidian. »Schlicht und einfach ein Triumph!«

Er schritt auf die Brücke und hielt ein Datenpad in die Höhe. Er selbst brauchte es nicht, aber nicht alle hatten solche Augen wie er. »Das ist der Bericht meines führenden Wissenschaftlers«, erklärte er und trat auf Kapitän Sloane zu. »Siebenundneunzig Prozent der Thorilidiummoleküle in dem freigesetzten Material sind intakt geblieben. Nur ein kleiner Teil ist zerfallen.«

»Ich kenne den Namen nicht«, bemerkte Sloane und deutete auf den Namen besagten Wissenschaftlers. »Lemuel Tharsa. Ist er an Bord?«

»Teil meines Teams. Er ist mit mir an Bord gekommen.« Ungeduldig warf ihr Vidian einen finsteren Blick zu, verärgert, bei der Verkündung seiner guten Neuigkeiten gestört worden zu sein. »Sie können seinen Namen auf der Passagierliste finden. Was macht das auch für einen Unterschied? Wichtig ist, was er *sagt.*«

Sloane las aus dem Bericht vor. »›Durch besonders tief in den Untergrund eingebrachte Zündsätze könnte der Mond

Cynda erfolgreich pulverisiert werden, wodurch eine Menge an verfügbarem Thorilidium freigegeben würde, die derjenigen entspricht, zu deren Gewinnung mit konventionellen Methoden eine Zeitspanne von zweitausend Jahren erforderlich wäre …‹« Sie schaute ungläubig auf. *»Zweitausend Jahre?«*

»Stellen Sie sich die Reaktion des Imperators vor!«

»Das nenne ich in der Tat eine Effizienzsteigerung.«

Vidian schaute an ihr vorbei und auf den Himmel draußen vor der *Ultimatum* hinaus. »Wie ist der Stand in Sachen Frachtflotte der Minengesellschaften?«

»Wir haben jedem leeren Schiff den Befehl gegeben, auf seiner Position zu bleiben und auf das nächste Kommando zu warten«, berichtete sie und gab das Datenpad einem Assistenten. »Zweihundertsiebzig Schiffe, die Thorilidiumfrachter und Sprengstofftransporter eingeschlossen.«

»Wir werden sie alle benötigen«, versicherte Vidian. »Und auch alle, die sich unten auf Gorse befinden. Wir werden Tausende von metrischen Tonnen Baradium 357 aus Calcoraan Depot mitbringen. Wir können die Thorilidiumtransporter dort entsprechend umrüsten.«

Sloane trat vor, um einen Blick auf einen Monitor zu werfen. »Außerdem scheint auf Cynda zumindest ein intakter Sprengstofffrachter verblieben zu sein.«

»Der muss aber sehr robust sein.«

»Oder die Besatzung sehr tollkühn. Unsere Sensoren haben gezeigt, dass er noch nach der Explosion zum Mond *hinauf*geflogen ist. Da war irgendwer absolut entschlossen, seine Ladung abzuliefern.« Sloane prüfte den Bildschirm genauer, um dann besorgt aufzuschauen. »Wir zählen sechsunddreißig zerstörte Schiffe in Cyndas Haupthangar, sowohl Personen- wie Frachtschiffe. Alles Bedienungspersonal ist vermutlich tot.«

»Das ist hinnehmbar«, sagte Vidian. »Wenn wir die Bergarbeiter vor dem gewarnt hätten, was wir vorhatten, hätte es echte Unruhen gegeben. Es hätte Dutzende Leute wie diesen Bombenleger gegeben.«

»Einer hat schon gereicht.« Sloane stellte sich mit gestrafftem Oberkörper vor ihn. »Aber werden sich die Leute auf Gorse nicht fragen, was passiert ist?«

Vidian ging zurück zum Aufzug. Sloane folgte ihm. »Ich habe eine Alarmmeldung vorbereitet, die wir senden werden«, erklärte er. »Darin wird das Ereignis als Kometeneinschlag ausgegeben. Diese Erklärung beantwortet nicht nur, warum die Arbeiter überrascht worden sind, sondern sie liefert zugleich auch einen Grund für Cyndas bevorstehendes endgültiges Schicksal.«

»Effizient.«

»Wir werden ohnehin keine Bergarbeiter mehr brauchen, wenn unser Plan aufgeht.«

Die dunklen Augenbrauen des Captains fuhren in die Höhe. »*Unser* Plan?«

»Die Sache könnte sich für Sie bezahlt machen, Sloane«, antwortete Vidian. Er stand bereits in der Tür des Aufzugs. »Ich werde in Kürze meine letzten Anweisungen durchgeben.«

»Wir sind bereit, Graf.«

Vidian nickte, trat zurück und sah zu, wie sich die Tür vor ihm schloss. Er konnte nicht mehr lächeln, aber er spürte es: Es *war* ein Triumph.

Aber dieser Triumph war nicht »schlicht und einfach«. Er hatte Sloane nicht alles erzählt. Sicher, die Zerstörung des Mondes würde ihm fürs Erste helfen, die Zielvorgaben des Imperators zu erreichen – aber was danach kam, war eine andere Geschichte. Dieser unbequeme kleine Unterschied war ihm in der vergangenen Stunde deutlich geworden, und er hatte niemandem etwas davon erzählt.

Doch er hatte solche Eventualitäten bereits ins Auge gefasst, und er verfügte über die Mittel, damit zurechtzukommen. Er war nun in der Lage, seine schwierige momentane Situation zu bewältigen – und dann würde er Baron Danthe eine Falle stellen, der dieser niemals entkommen konnte. Vidian wusste etwas, was Danthe nicht wusste; er kannte ein Geheimnis, das all seine Probleme lösen würde.

Auf einen Streich würde er sich sowohl die Gunst des Imperators bewahren und seinen Hauptrivalen ein für alle Mal aus dem Weg räumen. Effizient, wie immer.

Mit Heras Hilfe war es Kanan gelungen, Okadiahs Leichnam den langen, gewundenen Weg hinauf zum immer noch unter Druck stehenden und mit Sauerstoff versorgten Nebenlandeschacht zu schaffen. Nachdem sie ihre Raumanzüge ausgezogen hatten, fanden sie dort Skelly und Zaluna draußen vor dem Schiff. Skelly lag auf dem Rücken und schaute zu den Lichtern empor, während Zaluna ganz benommen durch den Raum ging und die kaleidoskopischen Effekte bewunderte.

»Ich habe diesen Ort jahrelang mithilfe der Kameras abgesucht«, hatte sie gesagt. »Aber ich hätte mir trotzdem nie vorgestellt, dass etwas so schön sein könnte.«

Kanan hatte erwogen, den toten Okadiah nach Gorse mitzunehmen und dort zu begraben. Aber nach genauerem Nachdenken schien ihm Cynda ein viel passenderer Ruheplatz für seinen Freund zu sein. Er und Hera hatten eine kleine Nebengrotte gefunden, wo sie den Leichnam niederlegten und mit Steinen bedeckten.

Nachdem der Bergbaukomplex nun so stark beschädigt

worden war, konnte sich Kanan nicht vorstellen, dass irgendjemand je wieder auf dem Mond Bergbau betreiben würde, jedenfalls nicht auf die gewohnte Art und Weise. Das bedeutete, dass sich das Imperium auf den Plan, den Mond in die Luft zu jagen, festgelegt hatte.

»Du blinkst«, sagte Skelly und schaute zu Kanan hoch.

Kanan bemerkte nun ebenfalls das blinkende Licht auf dem Gerät an seinem Gürtel. »Eine Nachricht kommt rein.« Es war seltsam, das ausgerechnet jetzt zu erleben. »Es ist mein Moonglow-Rufempfänger.«

Er schaltete den Empfänger ein, und Vidians Stimme hallte durch die gewaltige Höhlenkammer. »Achtung! An alle Schiffe der Bergbaugilde. Alle leeren Minenfrachtschiffe auf Gorse oder im Orbit haben sich der *Ultimatum* anzuschließen und ihr zum Calcoraan-System zu folgen. Alle Piloten auf Gorse, die momentan nicht im Dienst sind, haben sich zu melden, um all die Schiffe zu fliegen, die sonst noch verfügbar sind.«

Skelly riss die Augen auf und versuchte zu rechnen. »Das müssen tausend Schiffe sein!«

Die Übertragung ging noch weiter, nur dass es jetzt Sloane war, die sprach. »Dieser Alarm betrifft die Luftverkehrskontrolle von Gorse. Kein sonstiger Verkehr irgendeiner Art darf Gorse bis auf Weiteres verlassen. Die Flugbahnen müssen bis zu unserer Rückkehr freigehalten werden. Wir lassen eine TIE-Patrouille auf Gorse zurück, um die Einhaltung dieser Einschränkungen des Flugverkehrs sicherzustellen.« Die Nachricht war zu Ende.

»Niemand darf Gorse verlassen?«, fragte Zaluna besorgt.

»Und falls wir zurückkehren, sitzen wir fest«, bemerkte Skelly. »Wir können die Leute also nicht warnen.«

»Was soll das Ganze?«, fragte Kanan. »Was ist Calcoraan?«

Hera, die in der Nähe des Ausgangs zum Landeschacht kniete, schaute durch den Magnetschild in den Weltraum hinaus. »Das ist Vidians Operationsbasis. Ein Lebensnerv des Imperiums und ein Drehkreuz für seine Versorgung in diesem Sektor.«

Skelly schnippte mit den Fingern. »Drei-fünf-sieben!«

Kanan blinzelte ihn an. »Wie? Du meinst *Baradium* 357?«

»Ich habe auch in diesem Punkt Nachforschungen angestellt«, erklärte der Bombenleger. »Ich habe alles für den schlimmsten Fall durchgerechnet – was benötigt würde, um den Mond zu sprengen. Das einfache herkömmliche Baradiumbisulfat schafft das nicht, nicht einmal wenn man tausend Schiffe voll davon hätte. Aber dieses Isotop wäre dazu in der Lage. Das ist das wirklich heftige waffenfähige Zeug.«

Du bist der Experte, dachte Kanan. »Und das lagern sie dort?«

»Sie haben es dort erfunden«, erklärte Hera und trat zu ihnen.

Zaluna fragte mit besorgter Stimme: »Also, was machen wir jetzt?«

Niemand sagte ein Wort.

Schließlich zuckte Kanan die Achseln und deutete auf die *Expedient.* »Wir könnten tun, was sie von uns wollen.«

Hera drehte sich zu ihm um. »Ach ja?«

»Das Ding ist ein Sprengstofftransporter. Ich bin Pilot im Dienst einer der Bergbaufirmen. Ihr habt gerade gehört, welcher Befehl an mich ergangen ist. Wir können höchstwahrscheinlich sonst nirgendwohin gehen – nicht kampflos.« Er hielt sich die offenen Hände umgekehrt vor die Brust und zuckte mit den Schultern. »Also gehen wir.«

»Wir folgen Vidian?« Skellys Augen wurden schmal. »Was sollen wir da tun?«

Kanan blickte ihn grimmig an. »Wir werden sein Depot jedenfalls nicht in die Luft sprengen, so viel kann ich dir versichern!«

»Aber *vielleicht*«, begann Hera, »vielleicht müssen wir ihnen auch nicht folgen.«

Kanan musterte das Schiff und sann über ihre Möglichkeiten nach.

»Wir können nicht einfach ohne die Zustimmung aller beschließen, dorthin zu fliegen«, wandte Hera ein. »Das sind die Methoden des Imperiums.«

Kanan sah sie ungläubig an. »Was, du willst abstimmen? Wir können nicht in einem Kreis herumsitzen und ein Jahr lang debattieren.«

Hera trat in die Mitte der Gruppe, drehte sich abwechselnd zu jedem von ihnen und richtete das Wort an sie. »Hört zu, Leute, ich denke, wir begreifen alle, was hier auf dem Spiel steht. Zumindest hoffe ich das. Ihr wisst, dass das, was das Imperium hier vorhat, verhindert werden muss, und ihr habt außerdem eure persönlichen Gründe, warum euch das wichtig ist. Aber damit wir irgendeine Chance haben, wirklich zusammenzuarbeiten, müssen wir uns auch einig sein. Wir müssen uns alle das gleiche große Bild vor Augen halten.«

Zaluna musterte sie. »Dann erzählen Sie uns davon.«

»Ich bin viel herumgereist, um mir dieses Bild zu verschaffen. In der ganzen Galaxis. Wir haben es hier mit einem Imperium zu tun, das durch Habgier angetrieben wird und für Ungerechtigkeit sorgt. Das durch Angst herrscht und dessen Wohlstand und Erfolg auf Betrug gründen.« Hera zählte die Punkte an den Fingern ab. »Habgier, Ungerechtigkeit, Angst, Betrug. Von all diesen Punkten könnt ihr euch hier mit eigenen Augen überzeugen, nicht wahr?«

»Die Sache mit der Habgier beherrschen sie jedenfalls gut«, sagte Skelly und schaute zur Decke empor. »Ich kann gar nicht glauben, was sie bereits getan haben und was sie diesem Ort noch antun wollen. Und wofür?« Er machte eine wegwerfende Bewegung mit seiner gesunden Hand. »Wie auch immer. Ich bin dabei. Und ich glaube, wenn Gord Grallik noch leben würde, wäre er auch in Sachen Ungerechtigkeit ganz Ihrer Meinung.«

Hera nickte. Als Nächstes wandte sie sich an Zaluna. »Wollen Sie wieder nach Hause zurückkehren, Zaluna? Denn wenn Sie es tun, werden wir alle mitkommen. Niemand wird Sie deshalb verurteilen.«

Zaluna schwieg für einige lange Sekunden.

Schließlich nahm sie ihren Mut zusammen, suchte nach Worten und begann zu sprechen: »Wissen Sie, ich habe mir immer gern eingeredet, ich wäre mutig. Aber Tatsache ist, ich bin ein Feigling gewesen.« Sie senkte den Blick. »Der Ort, wo ich mich am sichersten gefühlt habe, ist ein Ort gewesen, von dem aus ich andere überwachen konnte. Aber das hat sich inzwischen geändert. Hetto und Skelly sind da nicht mehr die Einzigen. Ich habe gesehen, wie *Hunderte* von Leuten verhaftet worden sind. Als Folge von Dingen, die ich sie sagen gehört oder tun gesehen habe.« Sie schüttelte den Kopf. »Und ich habe keinen Einzigen von ihnen je wieder auf den Bildschirmen entdeckt. Niemand kommt zurück!«

»Das Imperium wacht nicht über sie, um sie zu schützen, Zaluna. Es wacht über sie, um ihnen Angst einzuflößen.«

»Ich weiß. Ich *bin* für sie die Angst und der Terror gewesen.« Die Augen voller Trotz starrte sie zu Hera hinüber. »Ich will keine unschuldigen Leute mehr einschüchtern. Und ich will auch nicht, dass *die* es tun.«

Hera lächelte freundlich. Kanan wusste, dass Hera es sich nicht anmerken lassen wollte, aber er konnte erkennen, dass sie ungeheuer stolz auf Zaluna war.

»Wir ... wir werden niemandem etwas antun, oder?«, fragte die Sullustanerin.

»Nicht, wenn wir es vermeiden können«, antwortete Hera.

Jetzt richtete sie ihren Blick auf Kanan. »Und wie sieht es mit dir aus?«

»Ich habe den Überblick verloren«, gab Kanan zurück. »Was hast du für mich übrig gelassen, Ungerechtigkeit?«

»Betrug«, bot Skelly ihm an.

»Nun gut, ich meine, den Punkt kann ich abdecken«, sagte Kanan und deutete hinter sich. »All diese Toten dort unten. Die hätten alle nicht hier sein müssen.«

Er kratzte sich den Bart und dachte darüber nach, ob er noch irgendetwas hinzufügen sollte, als ihm die nächsten Worte wie von selbst entschlüpften. »Und sie sind nicht die einzigen Freunde von mir, die das Imperium betrogen hat.«

Hera musterte ihn und überlegte sich womöglich, ob sie ihn bitten sollte, das näher auszuführen. Stattdessen lächelte sie schwach. »Also, was schlägst du in dieser Sache vor?«

»Irgendetwas.« Kanan machte eine Pause. »Ich weiß nicht, was. Aber jemand hat einem ahnungslosen Freund von mir etwas Schlimmes angetan. Das werde ich diesen Leuten nicht durchgehen lassen.«

»Das reicht mir.« Hera reckte sich und deutete auf die Rampe. »Es ist dein Schiff, Captain.«

»Du bist die Pilotin.«

»Und du bist der Taktikchef.« Sie grinste. »Lass mal sehen, wozu du in der Lage bist.«

Die Sache war mehr als nur riskant, fand Hera: In diesem Stadium des von ihr geplanten Vorhabens ein imperiales Depot anzusteuern, grenzte an Wahnsinn. Das Imperium hatte sie bisher noch nicht identifiziert. Wenn das jetzt geschah, war das genauso schlimm, als würde sie geschnappt werden.

Aber was auf Gorse und Cynda passierte, war mehr als nur bedenklich. Es war die Art von Geschehnissen, denen eines Tages ein Ende zu setzen sie gelobt hatte. Dieser Tag war nun einfach früher gekommen – allzu früh, noch bevor sie eine tüchtige Mannschaft um sich versammelt hatte. Das war nicht gerade die neue Morgendämmerung, die ihr vorgeschwebt hatte.

Skelly wäre verhaftet worden, wenn sie die anderen auf Gorse zurückgelassen hätte, davon war sie noch immer überzeugt; und das hätte das Imperium auf ihre Spur setzen können. Aber er war nicht aus dem Holz geschnitzt, aus dem man Revolutionäre machte. Und Zaluna war jetzt entschlossen, aber sie würde bald schon überfordert sein.

Nein, es war Kanan, den sie in Aktion sehen wollte. Sie beobachtete ihn vom Pilotensitz aus, während er Hyperraumkoordinaten in den Navigationscomputer eingab. Er kam ihr jetzt anders vor. Nicht besessen, nicht so wie Skelly – sondern konzentriert und zielgerichtet. Sie hatte ihn schon mehrmals über kurze Phasen hinweg so handeln sehen, wenn Heldentum erforderlich war. Jetzt jedoch war es ein kontinuierliches Bemühen. Es war offensichtlich, dass das, was auf Cynda geschehen war, ihn zutiefst betroffen gemacht hatte.

Sie hatte vorhin nicht gelogen. Sie wollte tatsächlich sehen, wozu er in der Lage war. Aber vor allem interessierte sie sich dafür, was er nun wirklich *tun* würde.

Stufe 3

DETONATION

»Graf Vidian führt Bergbaugilde bei heroischer Anstrengung zur Mond-Stabilisierung«

»Nach Explosion richten Ermittler ihren Blick auf Bergbaufirmen«

»Beobachter der Tourismusbranche prognostizieren lebhafte Reisesaison«

Schlagzeilen der *Imperialen HoloNews*
(Ausgabe Planet Gorse)

37. Kapitel

Eine Schneekugel für Kinder, gefüllt mit Blut. So hatte einer der ersten Besucher von Calcoraan diese Welt beschrieben. Es war ein Wunder, dass angesichts dieser Beschreibung je jemand von dort zurückgekehrt war; Rae Sloane zumindest fand sie sehr treffend.

Wenn sie von der Brücke der *Ultimatum* hinabschaute, sah sie einen Planeten, dessen aufgewühlte Oberfläche, die sich hob und senkte, blutrot war – sie bestand aus einem einzigen riesigen Ozean aus Chromylchlorid. Dort unten gab es nichts, was lebte – in einem Meer, in dem ein einziger Tropfen Wasser ausreichte, um nicht nur eine, sondern gleich zwei aggressive Säuren freizusetzen, war jedes Leben unmöglich. Aber sowohl diese Flüssigkeit als auch der Meeresboden darunter enthielten Stoffe, die zur Herstellung von Raumschiffen gebraucht wurden, und so hatte man auf einer Umlaufbahn um den Planeten Calcoraan Depot erbaut, einen Zulieferer für die vielen bereits im Weltraum befindlichen Roboterfabriken.

Calcoraan war einfach nur eine weitere bizarre Station bei etwas, was für Sloane zu einer Reise zu den seltsamsten Planeten der Galaxis geworden war. *Das Imperium scheint diese le-*

bensfeindlichen Umwelten zu mögen, dachte sie – wie ein an extreme Umweltbedingungen angepasstes Bakterium in einem Vulkanschlot. Von einem philosophischen Gesichtspunkt betrachtet schien ihr das durchaus passend: Wahre Macht konnten nur jene beanspruchen, die mutig genug waren, ihren Anspruch auch überall durchzusetzen.

Und Gorse konnte schon bald zu einem weiteren dieser Höllenorte werden, dabei auch noch das unterdurchschnittliche Maß an Bewohnbarkeit verlieren, das der Planet im Moment besaß.

Calcoraan Depot war Vidians Entwurf und sein Reich, und das Ding schien ein architektonischer Ausdruck seiner Grundsätze zu sein. Die gewaltige, vielflächige Zentrale des Depots saß im Mittelpunkt wie das größte Atom in einem komplexen Molekül und war mit all den anderen Fabriken im Planetenorbit durch ein Gitter von Verbindungswegen verknüpft, die zusammen ein großes Dreieck bildeten. Neue Lieferungen bewegten sich durch diese Verbindungsröhren hin zu der Zentrale und ihrer zentralen Lagerhalle oder auf schnellstem Wege direkt zu den abfliegenden Schiffen. Von seiner Position im Mittelpunkt von Calcoraan Depot hatte das Personal der Zentrale zudem alles im Blick, was ringsum vorging, einschließlich natürlich der herannahenden Flotte der Frachtschiffe von Gorse. Seine drei Leitsätze – *Bleib in Bewegung! Zerstöre Hindernisse! Sieh alles!* – waren in Vidians Hauptquartier also mustergültig umgesetzt.

Sloane sah auch Vidians dienstbare Geister in voller Aktion, emsig beschäftigt mit einem eigenartigen Riesen von Raumschiff, das sich am anderen Ende des weit verzweigten Komplexes befand. Vidian war jetzt dort drüben, überwachte die letzten Vorbereitungen und meldete sich alle dreißig Sekunden bei ihr, um sich zu erkundigen, wann der Rest der Frachtflotte von Gorse eintreffen würde. Sloane hatte noch nie ein ähnliches Schiff gesehen. Mit seinen sieben prallen schwarzen Kugeln, die über eine lange Achse verbunden waren, sah es aus wie ein Insekt mit vielen Segmenten. Aber wo ein Insekt Beine gehabt hätte, hatte das Schiff lange, antennenähnliche Fortsätze, die über die gesamte Länge des Schiffes reichten.

»Die *Forager«,* sagte die Wissenschaftsoffizierin mit aufgeregter Stimme. »Sie ist eine wahre Schönheit.«

Der Kapitän nickte. Leutnant Deltic ging ihr auf die Nerven, aber Sloane hatte ihr trotzdem befohlen herzukommen. Sie war der Ansicht, dass sie das Geschehen verstehen musste, über das zu wachen man ihr aufgetragen hatte. »Was sind diese langen Dinger da überall oben über dem Raumschiff?«

»Elektrostatische Türme. Sechzehn insgesamt.« Die junge Frau im Leutnantsrang fummelte an den Anstecknadeln ihrer schief sitzenden Kopfbedeckung herum. »Sie drehen sich nach außen, wenn das Schiff in Aktion tritt, und werden sozusagen zu den Speichen für das Fangrad. Ich habe ein solches Schiff einmal in vollem Betrieb gesehen. Es pflügt sich einfach durch das Trümmerfeld und schnappt sich all die Leckerlis.«

»Die Leckerlis?« Sloane schüttelte den Kopf. »Ich glaube, das wird mir allmählich zu viel technische Fachsprache.«

»Ich meine die Thorilidiummoleküle. Sie werden von den Speichen angezogen und in das Schiff hineinbefördert. Es gibt automatisierte Verarbeitungsbereiche in jeder einzelnen dieser großen Kapseln – sie erfüllen praktisch die gleiche Funktion wie die Raffinerien auf Gorse. Jene letzte Kapsel hinten, über den Schubdüsen, beherbergt die Landestationen für die Frachtraumschiffe, um das fertige Produkt zu verladen. Das Schiff wird in einer Stunde mehr reines Thorilidium produzieren, als es die Bergarbeiter auf Gorse in einem Monat geschafft haben.«

Sloane nickte. Das Schiff war gut geschützt von zahlreichen Deflektorschilden, wie es ein Schiff auch sein musste, dessen Weg durch Asteroidenfelder und Kometenschweife führte. Die Turbolaserkanonen auf der Außenseite jeder Kapsel sowie auf dem Kommandozentrum vorne konnten die möglichen Schäden durch herumfliegende Trümmerteile wahrscheinlich ebenfalls verringern. Sobald die *Forager* erst einmal vor Ort war, würde Gorse sein eigenes Depot nach dem Muster von Calcoraan haben – so lange, wie es dort Thorilidium gab.

Was eine Ewigkeit sein könnte. Der Wissenschaftsoffizierin waren ihre Zahlen regelrecht zu Kopf gestiegen. »Selbst wenn neunzig Prozent der Trümmer auf den Planeten stürzen würden, könnte dieses Schiff *hundert* Imperien von der Größe des unseren ein Jahrhundert lang versorgen!«

»Es gibt nur ein einziges Imperium«, sagte Sloane streng. Dann sah sie den Leutnant an. »Neunzig Prozent der Trümmer könnten auf den Planeten stürzen? Ist das denn möglich?«

Die jüngere Frau zuckte die Achseln. »Ich habe es Ihnen ja gesagt. Es könnte ein Tropfen sein, es könnte aber auch eine Sintflut sein.« Sie grinste. »Wir haben da in unserer Abteilung eine Wette laufen. Wenn in diesem Kalenderjahr irgendetwas das World-Window-Plaza-Gebäude in Gorse City zerstört, nehme ich Bodenurlaub und fliege nach Aldaraan!«

»Wegtreten!«, befahl Sloane. *Hinaus aus der Luftschleuse,* hätte sie am liebsten hinzugefügt.

Trotzdem hatte sie erfahren, was sie wissen wollte. Es war erstaunlich, aus der Nähe zu sehen, wie viel Arbeit notwendig war, um nur einen einzigen Bestandteil des imperialen Rohstoffarsenals zu gewinnen und zu liefern. Und das hier war nur eine von unzähligen derartigen Einrichtungen. Wie viele andere Projekte gab es dort draußen, die dem ähnelten, was Vidian mit Cynda vorschwebte? Wie viele Unternehmen arbeiteten für ihn, und wie viele davon leitete er persönlich?

Zuerst war Sloane nicht daran interessiert gewesen, für einen Effizienzexperten den Leibwächter zu spielen. Aber jetzt erkannte sie deutlich, dass ihre Mission eine der grundlegenden Strategien des Imperiums erfüllte: immer weiterzumachen. Immer weiter zu wachsen. Sloane drängte sich die Vermutung auf, dass Vidian auf seine eigene exzentrische Weise von ebenso entscheidender Bedeutung für den Imperator war wie Lord Vader – und dass es wichtiger war, Vidian zu schützen, als irgendwo im Outer Rim auf Piraten Jagd zu machen. Projekte mussten durchgeführt, Fabriken gebaut werden.

Gedeih oder Verderb aller interstellaren Reiche hingen zu guter Letzt an einer einfachen, wenig aufregenden Sache: an ihrer Fähigkeit, die richtige Logistik bereitzustellen. Während ihrer Studien zur Militärgeschichte hatte sie von den Kriegsschmieden der Vergangenheit und deren damaliger großer Bedeutung gehört. Sie zweifelte nicht daran, dass Vidian sich ebenfalls mit diesem Teil der Geschichte beschäftigt hatte. Er könnte durchaus einmal der große Waffenschmied zukünftiger Legenden sein – und sie seine Stellvertreterin.

Es war für sie nur immer noch ein wenig überraschend, dass bei seinen Schmiedearbeiten womöglich eine ganze planetare Bevölkerung zwischen Hammer und Amboss geraten sollte. Selbst wenn es sich dabei um einen so bunt aus zahlreichen Spezies zusammengewürfelten Haufen wie die Bewohner von Gorse handelte. Die Arbeiter auf Sloanes Heimatwelt, die dem galaktischen Zentrum so viel näher war, legten ein weitaus besseres Benehmen an den Tag.

Commander Chamas näherte sich von der Tür, die zu ihrem Bereitschaftsraum führte. »Ich sehe, Leutnant Seltsam hat Sie nun in Ruhe gelassen.«

Sloane verdrehte die Augen. »Wollen Sie etwas Bestimmtes von mir?«

»Sie haben einen Anruf«, antwortete ihr Erster Offizier. »Ich glaube, Sie werden ihn entgegennehmen wollen. Eine sehr wichtige Person.«

»Schon wieder Vidian?«

Chamas feixte. »Eine andere wichtige Person.«

Sie war ihm einmal begegnet, anlässlich ihrer Abschlussfeier an der Akademie. Er hatte oben auf der Bühne gestanden und Hände geschüttelt. Nicht die ihren, aber trotzdem war er eine Person, die man nicht so leicht vergaß. Baron Lero Danthe gab für einen einzigen Anzug mehr aus, als ihre Familie für ihr ganzes Haus auf Ganthel.

»Baron«, begann sie. »Welchem Umstand verdanke ich die Ehre?«

»Sie und Ihre Crew erweisen uns mit Ihrem Dienst große Ehre«, gab der junge Mann zurück und verbeugte sich. »Ich habe von den Anschlägen auf Graf Vidians Leben gehört. Ich rufe Sie an, um Ihnen dafür zu danken, dass Sie ihn beschützen.«

»Das ist überaus freundlich von Ihnen.« *Extrem* freundlich, wenn man wusste, dass zwischen Vidian und seinem Untergebenen in der imperialen Regierung offenbar ziemlich böses Blut herrschte. »Der Saboteur, der die Pläne des Imperiums durchkreuzen könnte, ist noch nicht geboren worden.«

Der Mann mit dem goldblonden Haar lächelte. »Ich bin sehr froh, Sie in unserem Team zu haben.«

Sie hörte das gern. Auch wenn sie durch Stand und Vermögen weit voneinander getrennt waren, waren sie und Danthe doch beide Repräsentanten der sogenannten Neuen Imperialen – das Schlagwort der Medien für die erste Generation von Leuten, die unter dem Imperium erwachsen geworden waren. Mit wenigen Ausnahmen waren Sloanes Vorgesetzte bei der Raumflotte allesamt Vertreter einer Gruppe, die darum gekämpft hatte, nach oben zu kommen, nur um dann erleben zu müssen, wie nun alle Regeln sich änderten. Jetzt mussten sie sich jeden Moment ihres täglichen Lebens anstrengen, um Schritt zu halten. *Vielleicht nicht gerade Vidian*, dachte sie. Aber es war kraftraubend, mit all diesen Leuten zurechtzukommen. Um das Imperium würde es besser bestellt sein, sobald erst einmal Leute in ihrem und Danthes Alter das Sagen hatten.

Aber im Militär wie auch in der Regierung musste die Lehrzeit ernst genommen und beachtet werden. Sie wusste, dass Danthe schon jetzt sagenhaft reich war, nachdem er die Leitung einer Firma geerbt hatte, welche Hochleistungsdroiden herstellte, die auf Feuerwelten wie Mustafar eingesetzt wurden. Vidians Besitztümer allerdings waren noch wesentlich größer, und der Graf hatte sich bereits einen Namen gemacht. Und angesichts der unverwüstlichen Gesundheit des Cyborgs konnte sie sich nicht vorstellen, dass er seine Macht in den nächsten Jahrzehnten abgeben würde.

Nicht, dass der junge Mann nicht genau darauf scharf gewesen wäre. »Der Graf hatte keine Zeit, mich über dieses spezielle Projekt hinsichtlich des Mondes Cynda ins Bild zu setzen. Was haben denn Sie für einen Eindruck, wie die Sache läuft?«

»Da vermag ich mir kein Urteil zu erlauben, Baron. Ich bin lediglich sein Begleitschutz.«

»Hmm.« Danthe runzelte kaum merklich die Stirn. Dann hellte sich seine Miene sofort wieder auf. »Nun, ich bin mir sicher, dass Sie Ihre Sache sehr gut machen werden. Sie sollen wissen, Captain, sollten Sie jemals auch nur das Geringste benötigen, dann setzen Sie sich bitte sofort mit mir in Verbindung. Meine Leute werden Sie direkt zu mir durchstellen.«

»Ich … danke Ihnen, Baron.« Die Übertragung war beendet.

Erst Vidian und jetzt Danthe? Waren denn alle Interimskapitäne bei der Elite so beliebt?

38. Kapitel

Durch sein eigenes Spiegelbild im Fenster des Passagierabteils hindurch konnte Kanan einen Blick auf ganz Calcoraan Depot werfen. Es war nicht das erste Mal während seiner Reisen, dass sich ihm ein solcher Anblick bot: riesenhafte Beispiele für den Einfallsreichtum und die Unmäßigkeit des Imperiums. Und sie schienen mit jedem Jahr riesiger zu werden.

Aber seine Konzentration galt seinem Spiegelbild – und der Frage, die er sich jetzt stellte. *Caleb, was tust du da?*

Er hatte diesen Namen seit Jahren nicht mehr verwendet, und er fand auch nicht, dass er zu der Person passte, die er jetzt war. Doch wann immer Kanan mehr riskierte, als angenehm war, war im Allgemeinen Caleb Dume der Schuldige. Caleb, der kleine Jedi, dessen Ausbildung jedoch bereits vor seinem Rendezvous mit dem Schicksal ein Ende genommen hatte und aus dessen Karriere als die Galaxis rettender Superheld nichts geworden war. Er konnte inzwischen kaum mehr glauben, dass er jemals dieser Mensch gewesen war. Dieser Junge hatte nicht gewusst, was echtes Leben war. Und wie man wirklich Spaß hatte. Er war ein Niemand, ein Niemals. Ein unwillkommener Hausbesetzer irgendwo tief hinten in Kanans Oberstübchen. Wann immer Kanan eine Idee hatte, der Caleb Dume zugestimmt hätte, dann war es für gewöhnlich besser, lieber einfach drinnen zu bleiben und sich einen Doppelten zu bestellen.

Caleb mit seiner ständigen Trauer und Reue war nicht minder als der Imperator dafür verantwortlich gewesen, Kanan seine Jugendjahre zu vermiesen. Caleb war eine ganz und gar kontrafaktische Existenz, ein Was-wäre-wenn, ein wiederholtes Durchspielen des Todes von Depa Billaba und all der anderen Jedi; immer auf der Suche nach einer Möglichkeit, wie sich diese Katastrophe hätte abwenden lassen. Es war nur gut, dass er in diesen Jugendjahren andere Leute gemieden hatte, denn das alles hatte den jungen Flüchtling unerträglich missmutig gemacht. Während die anderen Halbwüchsigen in den Kneipen, wo er versucht hatte, sich unauffällig in der Menge zu verbergen, an Wettrennen mit Rennkapseln dachten, saß er in der Ecke und überlegte, wie sich Jedi-Meister Ki-Adi-Mundi auf Mygeeto wohl hätte besser schützen können, oder Meister Plo Koon auf Cato Neimoidia. Jeder Name, von dem er in jenen Tagen gehört hatte, hatte das Ganze wieder von vorn in Gang gesetzt und es ihm unmöglich gemacht zu vergessen.

Reine Zeitverschwendung. Mit einer Ausnahme: All diese Gedanken und das ständige Sichverstecken in jenen frühen Tagen hatten ihn gelehrt, Situationen schnell und gründlich zu analysieren. Jene taktische Intelligenz, die Hera so sehr zu gefallen schien, hatte ihren Ursprung in jener Zeit. In dieser Hinsicht, so fand er, war doch etwas Gutes aus alledem erwachsen. Denn als er Hera jetzt so ansah, wie sie in ihrem Pilotensitz saß, war er entschlossen, ihr überallhin zu folgen.

Wenn er ihr nicht zuerst den Tod brachte. Oder umgekehrt sie ihm.

Hera war deutlich aufgekratzt, als sie nun die *Expedient* abbremste. »Ich habe dir ja gesagt, dass wir sie noch einholen würden«, meinte sie, als sich das Schiff der Nachhut des Frachterkonvois näherte. Lange Zeit war es eher die Frage gewesen, ob sie überhaupt je ankommen würden. Die *Expedient* hatte Cynda genau zu dem Zeitpunkt verlassen, als gerade die letzten Nachzügler unter den Frachtern der *Ultimatum* in den Hyperraum gefolgt waren. Kanan, der noch nie den Hyperantrieb der *Expedient* eingesetzt hatte, war besorgt gewesen, dass er vielleicht gar nicht funktionieren würde. Die Schiffe, die zum Mond pendelten, flogen genau deshalb nur diese Route, weil ihre Tage für Langstreckenflüge vorbei waren. Aber die Tatsache, dass all die anderen Schiffe auch nicht besser dran waren, sorgte dafür, dass sie sich vom richtigen Piloten auch einholen ließen, und nachdem Hera ihr Händchen für die *Expedient* bewiesen hatte, bekam sie auch, was sie wollte. Das schien bei ihr die Regel zu sein.

Bei ihm hatte das schließlich genauso funktioniert. Es gefiel ihm, dass Hera so zielgerichtet und voller Elan war. Alle Frauen waren für Kanan magische Geschöpfe, aber es gab da die glücklichen Waldnymphen, und dann gab es die genialen Zauberinnen. Da war noch so viel an Hera zu entdecken, und es würde wohl Tage, Wochen oder Jahre dauern, um herauszufinden, was sie antrieb.

So viel Zeit hatte er – allerdings würde er nicht mehr lange in ihrer Nähe bleiben, wenn das zugleich bedeutete, ständig nach Caleb Dumes Pfeife tanzen zu müssen. Hera hatte offenbar diesen alten Instinkt, pflichtschuldig zu gehorchen, in ihm gespürt und an ihn appelliert – wodurch sie ihn überhaupt erst dazu gebracht hatte, sie so weit zu begleiten. Das Problem bestand darin, dass diese Person, der er da gehorchte, jemand war, der er selbst nie wirklich gewesen war und der er nie würde sein können. Okadiahs Tod verdiente eine entsprechende Reaktion, ja, und Gorse musste, soweit es möglich war, geschützt werden. Aber bei beidem handelte es sich um eine Verantwortung von einer Art, wie er sie jahrelang gemieden hatte. Und er beabsichtigte, eine solche Verantwortung lieber auch weiter zu meiden.

Hera war klug und hübsch, und er liebte ihre Stimme. Doch wenn die einzige Möglichkeit, sie auch weiterhin zu hören, darin bestand, bei ihren abenteuerlichen Aktionen mitzuziehen, würde er sich vielleicht umgehend auf den Weg machen – besten Dank für die schönen Erinnerungen.

»Okay, du bist dran«, sagte Hera.

»Hm?«

»Ich bin hier nicht der offizielle Pilot«, erklärte sie und stand von ihrem Sitz auf. Sie näherten sich der äußeren Sicherheitsabsperrung, die von einem unsichtbaren Energieschild gebildet wurde, der Calcoraan Depot umgab. TIE-Jäger umkreisten das Gebiet und zeigten an, wo sich die Grenze befand.

»Stimmt.« Kanan zwängte sich an ihr vorbei – nicht gerade ein unangenehme Erlebnis –, um wieder seinen gewohnten Platz einzunehmen. Er schnappte sich das Steuerhorn und verlangsamte die *Expedient*, sodass sie kurz vor der auf seinem Sichtschirm zu erkennenden Barriere zum Halten kam.

Eine schroffe Frauenstimme meldete sich über das Kommunikationssystem. »Ihr Kennzeichen?«

»Moonglow 72«, antwortete Kanan.

»Nicht mehr.«

Die Antwort verdutzte Kanan für einen Moment. »Wie meinen Sie das?« Er drückte auf einen Knopf. »Hier, ich habe meinen ID-Transponder eingeschaltet. Sie können erkennen, wer ich bin. Ich komme von Moonglow …«

»Und ich habe gesagt: nicht mehr«, entgegnete die Frau. »Sie sind jetzt Provisorisches Imperialschiff 72. Name, Lizenz und Besatzung.«

»Kanan Jarrus. Gildenlizenz fünf-vier-neun-acht-eins.« Er machte eine kurze Pause und drehte sich um. »Passagiere: drei Arbeiter.«

»Das sind zwei mehr, als Sie eigentlich transportieren dürfen.«

»Wir werden umso schneller beladen können«, gab Kanan zurück. »Was kümmert Sie das?«

»Es kümmert mich überhaupt nicht. Behalten Sie Ihren Kurs bei, bis Sie Landestation 77 erreicht haben. Folgen Sie den Lichtern und fliegen Sie langsam.«

Kanan tat, wie ihm geheißen. Die *Expedient* schwebte nun in eine der größten und vielfältigsten Ansammlungen von Raumschiffen hinein, die Kanan je untergekommen waren. Jeder Baby-Transporter, dem er je im Weltraum zwischen Gorse und Cynda begegnet war, befand sich hier, und weitere waren von anderswo hergekommen. Und doch bewegten sich all diese Schiffe auf eine geordnete und genau festgelegte Art und Weise – anders als auf der Strecke zum Mond. Er begriff bald den Grund dafür, als die *Expedient* nun erzitterte und er spürte, wie das Steuerhorn in seinen Händen plötzlich nicht mehr funktionierte.

»Parkwächter mit Traktorstrahlen«, erklärte Kanan. »Hübsche Sache. Ich hoffe, niemand verlangt ein Trinkgeld von uns.« Er lehnte sich zurück, nun wieder bloß ein Passagier wie all die anderen.

Hera sah zu, wie die *Expedient* eine Kreislinie um das Depot beschrieb. »Werden wir ein Problem damit haben, wieder herauszukommen?«

Kanan schüttelte den Kopf. »Wohl eher unwahrscheinlich. Diese Strahlen sind nur für die Verkehrsführung gedacht. Dieser Ort ist so gut geschützt, dass sie keine Traktorstrahlen brauchen, fliehende Schiffe vom Himmel zu ziehen.«

»Das beruhigt mich.«

Kanan stand auf, vertrat sich die Beine und überlegte. Die Kontrolleurin hatte da eben etwas gesagt, was ihn beunruhigte. »Eigenartig. Sie haben unser Rufzeichen geändert.«

»Ich weiß, warum«, rief Zaluna. Kanan drehte sich zu ihr um. Sie saß auf dem Platz gegenüber von Skelly. Sobald sie den Hyperraum verlassen hatten, hatte sie ihr Datenpad hervorgeholt und begonnen, auf den öffentlichen Kanälen nach Nachrichten zu suchen. »Sie haben den Namen geändert, weil es kein Moonglow mehr gibt.«

»Was?«

»Moonglow ist für die große Explosion auf Cynda verantwortlich gemacht worden.«

Auf der anderen Seite des Gangs riss Skelly die Augen auf. »Das kann nicht wahr sein!«

Zaluna schüttelte den Kopf. »Es war eine Mannschaft von Moonglow, die Ihre erste Bombe gefunden hat, erinnern Sie sich?«

Kanan verdrehte die Augen. »Ich war ja dabei. Erinnern Sie mich nicht daran.«

»Ich habe mich im Monitorraum von Transcept befunden, als die entsprechende Meldung rausging«, fuhr Zaluna fort. »Sie haben es als ein natürliches Vorkommnis bezeichnet, damit sich niemand über die Praktiken der Minengesellschaften beunruhigen würde.«

»Oder wissen würde, dass es da einen Regimegegner gibt«, warf Hera ein.

»Richtig. Jetzt haben sie diese Geschichte völlig verändert und behaupten, sowohl dieser erste Einsturz als auch die Riesenexplosion seien das Werk von Moonglow gewesen. Die Firma ist aufgelöst worden, und ihre Vermögenswerte wurden unter die Kontrolle des Imperiums gestellt.«

»Es geht doch nichts darüber, den guten Namen einer Person zu besudeln, nachdem man sie getötet hat«, stellte Kanan fest. Lal Grallik war nett zu ihm gewesen. Was Graf Vidian ihm schuldete, nahm allmählich gigantische Ausmaße an.

Die *Expedient* beschrieb einen weiten Bogen auf eine riesige kreisförmige Landestation zu, die über gewaltige Röhren mit den übrigen Bereichen des Depots verbunden war. Durch mehrere offen stehende Tore war ein weitläufiger Ladebereich zu erkennen.

Das Kommunikationssystem erwachte wieder zum Leben, als das Schiff in die Landebucht einflog. »Sobald Sie gelandet sind, gehen Sie von Bord und beginnen das Material einzuladen, das auf den Fließbändern ankommt. Halten Sie die Standard-Vorsichtsmaßnahmen ein. Sie befinden sich jetzt auf unserem Gebiet.«

»Großartig«, sagte Kanan, als die Übertragung zu Ende war. »Jetzt arbeite ich also für das Imperium.« Er sah Hera an. »Wie lautet der Plan?«

»Der Plan ist, dass du einfach tust, was sie dir sagen«, antwortete sie, stand auf und überprüfte ihren Kommunikator. »Belade das Schiff. Und warte auf meinen Anruf.«

Kanans Augen weiteten sich. »Moment mal. Du gehst weg?«

»Genau«, antwortete sie und rückte ihren Blaster im Holster zurecht. »Ich habe vor, diese Raumstation zu zerstören.«

39. Kapitel

Kanan wäre beinahe über Heras Füße gestolpert, als er versuchte, zwischen sie und die Tür zu gelangen. »Diese Raumstation zerstören?« Er traute seinen Ohren nicht. »Ich habe gedacht, dir ginge es immer darum, vorsichtig und im Verborgenen zu agieren. Wer unternimmt nun hier die gemeingefährlichen Aktionen?«

»Ich weiß, was ich tue.« Hera schaute ihm direkt ins Gesicht und erklärte ihr Vorhaben – etwas weniger geduldig, als sie es bisher gewesen war. »Cynda ist nicht einfach bloß ein kleiner Gesteinsbrocken am Himmel über Gorse, Kanan. Ich habe, als du geschlafen hast, im galaktischen Lexikon des Schiffes gelesen. Zaluna hatte recht. Es handelt sich bei Cynda nämlich vielmehr um einen vagabundierenden Planeten, der in das System eingetreten ist und gefangen wurde – groß genug, dass beide Planeten in einer Million Jahren vielleicht anfangen, sich umeinander zu drehen, falls Cynda nicht zuvor zerbricht.«

Sie deutete mit dem Daumen auf das Heck des Schiffes. »Aber du hast gesehen, wie viele Raumschiffe sich hier befinden. Sie werden nach Cynda zurückkehren und den Mond mit Sicherheit zerstören, und das nicht erst in einer Million Jahren.

Sie tun es *jetzt*. Die Leute unten auf Gorse sind *jetzt* in Gefahr. Also muss jetzt etwas getan werden.«

Kanan weigerte sich, sich von der Stelle zu rühren. »Und da habe ich geglaubt, *ich* sei hier der Selbstmordflieger.«

»Ich nenne es Logik.« Sie verschränkte die Arme vor der Brust und klopfte ungeduldig mit dem Fuß auf das Deck. »Also, gehst du mir jetzt endlich aus dem Weg oder nicht?«

Kopfschüttelnd trat Kanan von der Tür zur Luftschleuse weg.

Sie sah zu den anderen hinüber. »Es tut mir leid, dass sich die Dinge so entwickelt haben. Wenn ich nicht zurückkomme, solltet ihr versuchen, die Leute auf Gorse irgendwie zu warnen. Und dann kann Kanan euch an einen sicheren Ort bringen.« Sie machte eine Pause. »An einen anderen Ort als Gorse.«

Kanan musterte Zaluna, die ihre Tasche fest an sich presste und bei dem Gedanken, ihre Heimatwelt zu verlieren, den Kopf schüttelte. »Früher haben sich die Jedi um solche Dinge gekümmert.«

Die Bemerkung verblüffte Kanan. Die Jedi waren ein Thema, über das die Leute eigentlich nicht sprechen durften. »Was wissen Sie über die Jedi, Zaluna?«

»Mehr als diese dumme Geschichte, die das Imperium über sie verbreitet hat.« Sie schaute auf, und ein sehnsüchtiger Blick trat auf ihr Gesicht. »Ich habe Jedi in Aktion gesehen, wissen Sie, lange bevor Sie geboren wurden. Wenn unschuldige Leben bedroht waren, dann kümmerten sie sich darum. Selbst in einer aussichtslosen Situation.«

Hera nickte. »Wir könnten jetzt einen Jedi gebrauchen.«

»Oder vielleicht ist es Zeit, dass die Leute ihre eigenen Jedi werden.« Das Thema hatte Zaluna mutig gemacht, und sie blickte selbstbewusst von Hera zu Kanan hinüber. »Sie waren keine Götter – sondern einfach nur Leute wie wir, die eine Notwendigkeit zu handeln gesehen haben. Wenn die Jedi einen Ausweg hätten finden können, bin ich mir sicher, dass wir es auch können.«

Vielleicht, dachte Kanan.

Und dann fiel ihm etwas ein.

»Einen Augenblick noch«, sagte er, als Hera sich nun anschickte, die Tür zu öffnen. »Sagen wir mal, du schaffst es irgendwie, dieses ganze scheußliche Ungetüm hier in die Luft zu jagen. Gibt es noch weitere solche Depots wie dieses?«

Hera sah ihn an und nickte. »Nicht genau wie dieses hier, aber es gibt in jedem Sektor Depots.«

»Wenn also der Imperator bereits jetzt der Ansicht ist, der Besitz von einem Haufen leicht verfügbarem Thorilidium sei es wert, das System Gorse zu zerstören, würde er es dann nicht einfach wieder versuchen?«

»Ich nehme es an.«

»Dann verstehe ich nicht, was du erreichen willst«, antwortete Kanan. »Du bist doch diejenige, die meint, dass fruchtlose Aktionen nur dumm sind.«

»Ich schinde Zeit.«

»Wofür? Willst du dich opfern, nur um das Unausweichliche etwas hinauszuzögern?«

Hera zuckte die Achseln. »Ich will mich nicht opfern, nein. Aber was du sagst, läuft darauf hinaus, sich einfach zurückzulehnen und das Imperium tun zu lassen, was immer es will.«

»Nein, nein. Es gibt eine andere Lösung. Es reicht nicht aus, ihr Vorhaben jetzt zu verhindern. Wir müssen sie vielmehr irgendwie dazu bringen, es nie wieder zu versuchen.«

Kanans Gedanken rasten. Hera sah ihn neugierig an. »Sprich weiter.«

Er begann zu reden, obwohl er sich noch nicht darüber im Klaren war, worauf er überhaupt hinauswollte. »In Ordnung. Schau mal: Das Imperium ist noch nicht einmal auf diese idiotische Idee gekommen, bis ihnen Skelly die Sache gesteckt hat …«

»Idiot, der ich bin«, warf Skelly mit bitterer Stimme ein.

»… und dann haben sie sie getestet, dort oben auf dem Mond, mit dieser großen Sprengung. Aber woher haben sie gewusst, dass der Test funktioniert hat – dass die Explosion nicht das Thorilidium zerstören würde, das sie freisetzt?«

»Ich habe Analysedroiden die Trümmer untersuchen sehen«, fiel Hera ein.

»Ich auch«, sagte Kanan. Er begann, auf und ab zu gehen. »Vidian würde einen Mond nicht einfach ohne den Befehl des Imperators zerstören. Er würde zuerst berichten müssen.« Kanan hielt inne und schnippte mit den Fingern. »Also schicken wir einen anderen Bericht – oder wir müssen den, den Vidian absenden will, entsprechend ›korrigieren‹.«

»Ja, lass mich das nur übernehmen«, schaltete sich Skelly interessiert ein. »Ich kann ihm die ganze Sache madig machen. Ich werde behaupten, dass die Zerstörung des Mondes genau das zerstören wird, worauf sie es abgesehen haben!«

»Also behaupten wir, dass der Test nicht funktioniert hat.« Hera nickte. »Es würde Verwirrung stiften und sie vielleicht aufhalten, bis wir die Leute haben warnen können. Aber wie bekommen wir es hin, dass die Sache auch offiziell aussieht?«

»Kein Problem«, meldete sich Zaluna zu Wort. »Wo würde etwas Derartiges aufbewahrt werden?«

»Bei Vidian«, antwortete Kanan. Er kratzte sich am Kopf und sah Zaluna an. »Wären Sie in der Lage, ihn mithilfe der Überwachungsmonitore der Raumstation ausfindig zu machen?«

»Vielleicht«, gab sie zurück. Dann fügte sie hinzu: »Ja. Bringen Sie mich einfach zu einem Terminal, das ich anzapfen kann.«

Hera wirkte erfreut. »Ich muss sagen, das gefällt mir besser, als das Ganze hier in die Luft zu jagen. Aber es ist auch schwieriger und lässt sich nicht einfach nur dadurch bewerkstelligen, dass ich hier durch die Gegend schleiche. Skelly ist den Imperialen schon bekannt, und möglicherweise könnten wir alle es inzwischen sein.«

Kanan nickte. Dann sagte ihm etwas, dass er sich umdrehen sollte. Draußen erregte ein farbiges Aufblitzen seine Aufmerksamkeit. »Augenblick«, sagte er, als er erkannt hatte, worum es sich handelte. »Seht euch das an!«

Hera und Skelly traten zu Kanan hin und schauten auf das Landedeck der Verladungsstelle hinaus. Vor ihnen parkte ein Dutzend anderer Schiffe mit heruntergelassenen Rampen – sowohl Baby-Transporter wie auch ehemalige Thorilidiumfrachter. Unter den wachsamen Augen zahlreicher Sturmtruppler stiegen alle möglichen Wesen, kleine wie große, aus den Schiffen, alle von Kopf bis Fuß in leuchtend orangefarbene Anzüge gekleidet.

»Hazmat-Anzüge«, bemerkte Hera.

»Wir sind also tatsächlich hier, um Baradium 357 zu laden«, erklärte Kanan. »Das ist das *Böse Baby.*«

Skelly stütze sich an der Rückenlehne des Passagiersitzes ab und nickte. »Es ist so, wie wir vermutet haben. Sie brauchen die heftigen Sachen, um den Mond zu zerstören. Ich habe in meinem Bericht die Zahlen dazu geliefert – ich wäre froh, wenn ich es nicht getan hätte.«

Hera starrte hinaus. »Wofür sind diese Anzüge gut? Explodiert das Zeug schon beim bloßen Anhauchen?«

»Das ist nicht der Grund«, erwiderte Skelly und humpelte zurück zu seinem Sitz. »Die Behälter haben eine Außenhülle, die mit einem hochgiftigen Kühlmittel gefüllt ist. Widerliches Zeug, wenn so ein Ding leckt.«

»Stirbt man dadurch?«

»Vielleicht. Aber zuerst wird man *selbst* erst einmal einen Haufen andere Leute ins Jenseits befördern. Das Zeug ist eine psychoaktive Substanz, die irrationale, gewalttätige Impulse in einem weckt.«

Kanan lachte. »Schau mal bei dir zu Hause nach, ob da nicht irgendwas von diesem Zeug herumschwimmt, Skelly. Das würde eine Menge erklären.« Dann dämmerte ihm etwas. Er schnippte mit den Fingern und drehte sich um. Der Materialschrank der *Expedient* befand sich zwischen dem Cockpit und dem Frachtbereich. Er öffnete die Tür und fand dort, fein säuberlich aufgereiht von einer Stange hängend, seinen eigenen Vorrat an leuchtend orangefarbenen Anzügen vor. Die dazugehörenden Masken befanden sich auf einem der oberen Regale. »Ich habe die hier schon gesehen, sie aber nie benutzt.«

Hera stand vor der Tür und riss die Augen auf. »Du hast hier deinen eigenen Kleiderschrank mit dem Zeug?«

Kanan zog einen der Anzüge heraus. »Das war eine von Lals Ideen. Wir haben nie gewusst, welche Fracht wir vielleicht am nächsten Tag befördern würden, und sie wollte nicht, dass irgendwer von uns Schaden nimmt. Die Anzüge sind dazu gedacht, nach Gebrauch weggeworfen zu werfen, sie waren also ziemlich billig. Und sie haben Einheitsgröße. Die meisten jedenfalls.«

Effizient, dachte Kanan bei sich, entschied sich aber dagegen zu erwähnen, dass diese Sache wahrscheinlich Vidians Beifall gefunden hätte. Er blickte Skelly und Zaluna an. »Ihr solltet uns möglichst beide begleiten. Es könnte gefährlich werden …«

»Quatsch«, sagte Zaluna und stand auf. »Wir wissen, was hier auf dem Spiel steht.«

Skelly rollte die Augen. »Machen wir uns auf den Weg, bevor die Wirkung meiner Medikamente nachlässt und ich wieder anfange, klar zu denken.«

»In Ordnung.« Hera nahm die Masken vom Regalfach. »Wir versuchen, die Sache auf deine Weise durchzuziehen. Aber wenn es nicht funktioniert, nehmen wir uns wieder meinen Plan vor.«

»Sterben ist nie ein guter Plan. Aber abgemacht!«

40. Kapitel

Calcoraan Depot war eine der wenigen Raumstationen, an die ein Sternzerstörer andocken konnte. Zu den zahlreichen Ausrüstungsgegenständen von Calcoraan Depot gehörte auch eine lange Astrobrücke, die an eine Luftschleuse am Rumpf der *Ultimatum* angekoppelt werden konnte. Sloane nahm an, dass Vidian sicherlich ausgerechnet hatte, dass ihm eine solche Vorrichtung eine minimale Zeitersparnis einbrachte.

Er hatte sie am Verbindungsdurchgang getroffen. *Begrüßt* wäre ein zu starkes Wort, da er wie gewöhnlich gerade über seinen Kommunikator in eine leise Unterredung mit jemand anderem vertieft war. Angesichts der Zahl von Sehenswürdigkeiten, die sie unterwegs passierten, erschien ihr die gemeinsame Bahnwagenfahrt von Verzweigungsknoten zu Verzweigungsknoten wie eine Besichtigungstour – eine Besichtigungstour allerdings, bei der der Tourführer kaum irgendein Wort sagte.

Sie kamen an einem Bereich vorbei, wo mit einer dicken Panzerung überzogene Roboter zerlegt wurden. Sie hatte noch nie etwas Ähnliches gesehen. »Was sind das für Dinger?«

»Droiden.«

»Welcher Art?«

»Hitzebeständige. Das Depot beliefert Projekte im ganzen Sektor, nicht nur auf Gorse.«

Sie brannte darauf zu demonstrieren, was sie wusste. »Hitzefest. Dann hat also Baron Danthes Unternehmen sie hergestellt? Er hat das Monopol darauf.«

Vidian wurde bei der Erwähnung des Namens sichtlich ungehalten. »Ja. Viele Betriebe beliefern das Imperium, der seine eingeschlossen.«

»Aber es sind Angestellte von einem Ihrer Unternehmen, die sie da auseinandernehmen.« Sie erkannte das Firmenabzeichen auf den Uniformen.

»Eine gängige Wartungsmaßnahme.« Vidian beschleunigte den Bahnwagen, um deutlich zu machen, dass das Thema für ihn beendet war.

Sie fuhren noch an mehreren weiteren Abzweigungen vorbei, die Gelegenheit boten, sich einen tieferen Eindruck von den Verschiffungskapazitäten des Depots zu verschaffen – und außerdem Anlass für neue, äußerst knappe Wortwechsel mit Vidian. Sloane fragte sich, ob Vidian sich überhaupt daran erinnerte, dass er selbst sie gebeten hatte, hierher mitzukommen.

»Es ist ein wirklich erstaunlicher Ort hier«, bemerkte sie schließlich. »Ich weiß die Gelegenheit zu schätzen, ihn mir ansehen zu können.«

»Ist die logistische Welt nicht zu langweilig für Sie?«, fragte er, während ihr Wagen langsamer wurde.

»Es ist das, was das Imperium am Laufen hält.«

»Dem stimme ich zu«, erwiderte Vidian. Er deutete auf einen kleinen Schrank in dem Wagen. »Sie werden brauchen, was sich dort drin befindet.«

Sloane öffnete das Schrankfach und nahm eine durchsichtige Gesichtsmaske heraus. Noch während sie sie sich überzog, sah sie vor ihnen ein Schild auftauchen: Landestation 77. Überall auf dieser Ebene befanden sich Arbeiter in Hazmat-Anzügen, die meterhohe Zylindertrommeln aus Rohren zogen und sie zu den Frachtern brachten. Vidian deutete darauf. »Der Sprengstoff«, erklärte er. »Er wird hier und an sieben weiteren Knotenpunkten für die Verschiffung nach Cynda verladen. Tests haben ergeben, dass organische Wesen Sprengstoff schneller befördern können als Droiden. Angst ist ein nützlicher Motivator.«

»Natürlich.« Sie sah Vidian an, der sich keine Maske aufgesetzt hatte. »Bräuchten Sie nicht auch …?«

»Meine Lunge wurde so verbessert, dass sie Gifte abstößt.«

Der Wagen blieb nun stehen, und Vidian trat auf die Verladeebene hinaus. Sloane folgte ihm.

»Der Sprengstoff muss mithilfe von Schächten, die an genau bestimmten Stellen gebohrt werden, tief ins Innere von Cynda befördert werden.« Er machte eine Pause und sah sie an. »Meine Vorbereitungsmannschaften sind bereits auf dem Weg zum Mond, aber Ihre Militäringenieure könnten helfen, die Dinge zu beschleunigen.«

Jetzt kommen wir zum Thema, dachte Sloane. »Natürlich. Sie stehen zu Ihrer Verfügung.«

»Gut.« Ein rot gekleideter Mensch trat vor Vidian und hielt ihm ein Datenpad hin. Der Graf reichte es an Sloane weiter. »Übermitteln Sie Ihrer Crew diese Anweisungen.«

Als gerade zwei Arbeiter mit Trommeln vorübergingen, traf aus einer anderen Richtung ein weiterer Bahnwagen ein. Vidian deutete auf die Verladeebene. »Ich muss meinen Bericht für den Imperator fertig machen. Bleiben Sie hier und machen Sie sich allein kundig.« Er schritt zu dem Gefährt. Dann blieb er stehen und sah sie noch einmal an. »Es ist gut, eine Verbündete beim Militär zu haben, die versteht, was ich tue.«

Von allem, was sie bisher mit ihm erlebt hatte, war das eben die Äußerung gewesen, die echter Herzlichkeit noch am nächsten kam. Sie neigte den Kopf. »Ganz wie Ihre Durchlaucht befehlen.«

»Da ist ja unser Knabe«, murmelte Kanan, als er einen Behälter auf das Deck der Verladeebene stellte.

Hera nickte. In ihrer orangefarbenen Kluft wirkte sie völlig anonym – bis auf die großen Höcker auf der lose sitzenden Kopfbedeckung, unter der ihre Kopfschwänze verborgen waren. »Er hat den Bericht noch nicht abgeschickt«, eröffnete sie den anderen. Ihre schöne Stimme wurde durch die Maske gedämpft. »Unser Glück, dass er gerade hier vorbeikommt!«

»Wenn man es so nennen kann.«

»Skelly!«, rief Hera.

Kanan wirbelte herum und sah Skelly, durch seine Schutzkleidung verhüllt, zwischen den vielen geschäftigen Arbeitern auf Vidian zuhumpeln. Schlimmer noch, er trug auch seinen Beutel mit Sprengstoff bei sich. Kanan gefror das Blut in den Adern, als er nun den nächsten Baradiumbehälter anhob und in Skellys Richtung eilte.

Skelly befand sich ein Dutzend Meter von Vidians Rücken entfernt und griff gerade nach seiner Tasche, als sich Kanan dazwischenstellte. Er drückte Skelly den Behälter in die Hände. »Los geht's, Kumpel. Zurück zum Schiff.«

Skellys Miene war unter dem von außen her undurchsichtigen Gesichtsschutz nicht zu erkennen. Doch schien er fest entschlossen weiterzugehen. »Siehst du denn nicht?«

Vidian? Aber sicher, wollte Kanan sagen. Stattdessen wirbelte er Skelly energisch herum. Er nickte einem der wachhabenden Sturmtruppler zu. »Tut mir leid. Alles so groß hier. Da geht man leicht mal in die falsche Richtung.«

Skelly wehrte sich, als Kanan ihn von der Bahn wegzog. Vidian saß bereits im Wagen und schien nichts mitbekommen zu haben. »Skelly, hast du den Verstand verloren?«

»Aber er ist direkt hier, Kanan!«

»Nicht jetzt!« Kanan zog ihn mit sich zurück, dorthin, wo die *Expedient* stand. »Willst du uns alle in die Luft jagen?«

»Er oder wir.«

»In dem Fall wären es er *und* wir«, wandte Hera ein. Sie trat zu ihnen und nahm Skelly den Behälter aus der Hand, während Kanan ihm die Tasche mit dem Sprengstoff von der Schulter streifte.

»Behalte ihn im Auge«, sagte Kanan und drehte sich zur Rampe der *Expedient* um. »Ich bringe das irgendwohin, wo er nicht drankommt.«

Er schüttelt den Kopf, als er den Beutel mit den Bomben wegschloss. Die Zeit schien die Verletzungen, die Vidian Skelly zugefügt hatte, nur noch verschlimmert zu haben; es wurde immer schwerer, ihn trotz all seiner Schmerzen dazu zu bringen, Vernunft anzunehmen. Als er das Schiff wieder verließ, sah Kanan, dass Hera Skelly mit einem Datenpad an der Rampe positioniert hatte, wo er so tat, als mache er eine Bestandsaufnahme ihrer Ladung. Das war im Moment auch der beste Platz für ihn.

Zaluna näherte sich mit einem Behälter, den sie so behutsam hielt, als trage sie einen Säugling. »Gehen sie in die Luft, wenn man sie fallen lässt?«

»Nur ein klein wenig«, antwortete Skelly.

»Er macht nur Spaß«, erklärte Kanan. »Aber für den Fall, dass Ihnen wirklich mal einer runterfällt, sollten Sie sicherstellen, dass Ihre Kapuze auch wirklich dicht ist.« Er wollte sich Zaluna lieber nicht auf einem durch chemische Substanzen veranlassten Amoklauf vorstellen.

Minuten später kehrte Hera von einem beiläufigen kleinen Spaziergang über das Verladedeck zurück. »Okay, Vidian hat sich in die Zentrale begeben«, berichtete sie mit leiser Stimme. Der Grundriss des Depots befand sich jetzt auf Skellys Datenpad, nachdem Zaluna ihn von einem nahen Terminal heruntergeladen hatte – aber es hatte zu lange gedauert, an ihn heranzukommen, und die *Expedient* war nun fast voll beladen. Man würde von ihnen erwarten, dass sie die Raumstation sofort anschließend wieder verließen.

»Wir müssen die Sache hier verlangsamen«, fügte Hera hinzu. »Und ich weiß nicht, wie wir dort hinüberkommen können.«

Kanan unterdrückte ein Kichern. »Und dabei hast du ja sicher geglaubt, wir würden hier lauter offene Türen vorfinden.«

»Ich kann unsere Gruppe nicht durch das Rohrleitungssystem befördern«, erklärte sie und sah sich um. »Und die Sturmtruppler sind überall und sorgen dafür, dass wir nirgendwo hingelangen, wo wir uns nicht aufhalten sollen.«

Kanan schaute zurück in die Richtung, in die Vidian verschwunden war. Da gab es drei parallele Wege, die hinausführten. Einmal ein Versorgungsgang, links davon die pneumatische Beförderungsröhre für die Sprengstoffbehälter und nach rechts hin die Bahnwagenröhre. Kanan streckte den Finger in die Höhe. »Dort ist die Antwort«, stellte er fest. »Wir wechseln einfach den Ort, an dem wir uns befinden sollen.«

Bevor sie ihn irgendetwas fragen konnte, war Kanan bereits gegangen.

Vor sich hin pfeifend schlenderte er betont lässig zum Beförderungsrohr, wo die Behälter, die vorsichtig auf einem Luftkissen transportiert wurden, im Ladebereich auftauchten. Dann schaute Kanan nach links und nach rechts, und als er niemanden entdeckte, der zu ihm hinsah, verschwand er in dem Versorgungstunnel.

Er sah dort, was er bereits zuvor gesehen hatte, als er schon einmal dort vorbeigekommen war: Ein spindeldürrer silberner Droide bediente die Steuerelemente an der Außenseite der Röhre. Kanan ging an ihm vorbei zu einer Wartungstür, die sich ebenfalls an der Außenseite der Röhre befand. Mit einer raschen Drehung riss er die Luke auf.

»Moment mal!«, zirpte der Droide. »Das dürfen Sie nicht!« Er kam klappernd auf Kanan zu – der ihn packte und in das einen Meter breite Rohr warf. Mit einem Stoß rammte er den Körper des Droiden nach hinten, sodass er sich in voller Länge im Inneren der Röhre befand. Anschließend klappte Kanan das Wartungselement wieder zu.

Das Warnlicht, das eine Verstopfung der Röhre anzeigte, hatte bereits draußen vor der Öffnung zu blinken begonnen, als Kanan wieder auf die Verladeebene hinaustrat. Er warf einen Blick auf das Licht und fluchte laut. »Das blöde Ding steckt fest.«

Arbeiter scharten sich um die Öffnung. Sloane kam herbeimarschiert. »Was ist hier los?«

»Ich kann Ihnen sagen, was hier los ist«, antwortete Kanan und spähte in die dunkle Öffnung hinein. »Ihr dämlicher Droide hat den ganzen Betrieb lahmgelegt.«

Sloane wedelte herablassend mit der Hand. »Jemand soll eine Reparaturmannschaft anfordern.«

»Ja, machen Sie das«, antwortete er. Im Weggehen war er

froh, dass sie nicht durch den Gesichtsschutz seines Hazmat-Anzugs blicken konnte. Er wandte sich von der Gruppe ab und stapfte zurück zur *Expedient*.

»Einen Augenblick mal«, rief der Kapitän. »Was glauben Sie denn, wo Sie hingehen?« Aber Kanan war bereits auf dem Weg die Rampe hinauf.

Als er zurückkam, sah er Sloane mit einem bewaffneten Sturmtruppler warten. »Platz da«, rief er und schob den Ersatzschwebewagen der *Expedient* die Rampe hinunter. Er war kleiner als der, auf dem er auf Cynda in Richtung Überleben gerast war, und er hüpfte durch die Luft, als Kanan ihn nun in Richtung Sloane schob. »Ich habe feste Zeitvorgaben einzuhalten, Lady. Treten Sie zur Seite.«

Sloane wich zurück, anscheinend von seiner Kaltschnäuzigkeit überrascht. »Was machen Sie denn da?«

»Sie bezahlen uns dafür, dieses Zeug zu transportieren«, erklärte Kanan. »Wenn Ihr Depot diesen Kram nicht zu mir bringen kann, werde ich ihn mir holen.« Er warf einen Blick zu Hera zurück. »Komm, Layda. Bring deine Kumpel mit.«

Hera salutierte und rief die anderen zu sich. Sie folgten Kanan und seinem Schwebewagen zum Versorgungsgang, während bereits weitere Arbeiter auf der Verladeebene auf die gleiche Idee kamen und ihre eigenen Wagen holen gingen.

Sloane zuckte verärgert die Achseln und trat zurück. Sie sah den Sturmtruppler an ihrer Seite an. »Dafür bin ich wirklich nicht auf die Akademie gegangen.«

41. Kapitel

Skelly lehnte sich keuchend an einen Pfeiler. »Nächstes Mal … nehmen wir die Bahn.«

»Ja, das wäre auch völlig unverdächtig«, erwiderte Kanan und schob den Wagen einen neuen, scheinbar endlosen Flur entlang. Sie waren niemandem begegnet, außer Wartungsdroiden wie dem, den er zuvor behelligt hatte, aber die zu überbrückende Entfernung war die wahre Herausforderung. Sie hatten sich von einem Knotenpunkt zum nächsten bewegt und sich so immer weiter in Richtung Zentrum vorgearbeitet.

Er schaute genervt auf den Schwebewagen hinab. *Ich hatte geglaubt, ich hätte diesen Job ein für alle Mal an den Nagel gehängt, als ich bei Moonglow gekündigt habe!*

Hera, die neben Kanan herging, hielt nun an und blickte zurück. Sie zog ihn am Arm, und Kanan drehte sich um. Skelly saß mitten auf dem Boden. »Alles in Ordnung«, sagte der Bombenleger. »Kommt … einfach zurück und … nehmt meine Leiche mit.«

Kanan blickte Hera an. Er konnte ihr Gesicht nicht sehen, sich aber dessen besorgten Ausdruck vorstellen. So würde es nicht klappen. Sie hatten beide auf der Reise von Cynda hierher bemerkt, dass Vidian Skelly schwerer verletzt hatte, als dieser sich anmerken ließ; er war überhaupt nur so weit gekommen, weil er sich mit den Medikamente aus ihrer Erste-Hilfe-Versorgung vollgepumpt hatte, aber nun wurde er immer schwächer.

Kanan blieb stehen und drehte den leeren Wagen zu Skelly hin um. »Hier«, sagte er und half Skelly, auf die Ladefläche zu klettern. »Wenn du auch nur einen einzigen Witz darüber machst, dass ich jetzt deine Krankenschwester bin, fliegst du runter.«

»Verstanden.« Skelly ließ sich flach auf den Rücken fallen.

Hera schaute zu der dicken Scheibe an der Decke vor ihnen auf. »Was haben wir denn da, Zal?«

»Das sind Fabrik-Überwachungskameras, Modell Visitractic 830«, erklärte Zaluna. Sie ging der Gruppe voran und wedelte nun mit einem ihrer Geräte wie ein Wünschelrutengänger mit seiner Rute. »Qualitativ hochwertig – davon gibt es auf Gorse nur sehr wenige. Sie werden nicht für die Gesichtserkennung verwendet. Mehr um sicherzustellen, dass die Produktion in Gang bleibt.«

»Können Sie das Ding ausschalten?«

»Ich halte sie an, bevor wir in Sicht kommen. Solange niemand sonst hier anspaziert kommt, wird es nicht auffallen.«

»Das können Sie tun?«, fragte Kanan. »Haben Sie nicht eben gesagt, es seien Kameras von hoher Qualität.«

»Das sind sie auch«, bestätigte Zaluna und nahm ihre Kapuze ab. »Aber nichts verlässt eine Fabrik für Überwachungskameras ohne einen Code, mit dem es sich knacken lässt. Zu viele Führungskräfte, die zur Veruntreuung neigen, sind durch ihre eigene Technologie erwischt worden. Als ich jünger war, haben wir die Codes benutzt, um anderen Überwachern ein

Schnippchen zu schlagen. Sie können auf Hettos Datenwürfel mehr darüber erfahren.«

Hera zog nun ebenfalls ihre Kopfbedeckung herunter und lächelte Kanan an. »Und genau *dafür* bin ich nach Gorse gekommen.«

Kanan riss sich seine eigene Kapuze herunter. Er war schweißgebadet. »Diese Masken sind definitiv nicht für Marathonläufe geeignet. Wie weit ist es noch bis zur Zentrale?«

Hera schaute auf ihr Datenpad. »Fünfhundert Meter bis zur nächsten Abzweigung, und dann noch einmal achthundert. Es gibt einen Grund dafür, warum sie hier Rutschen und Förderbänder haben.«

»Ich will nie wieder ein Förderband sehen«, murmelte Skelly.

»Moment mal.« Kanan fiel etwas ein. »Zaluna, wird Ihr Kameratrick auch funktionieren, wenn wir uns schneller bewegen?«

»Die Sache funktioniert über ein Infrarotsignal. Es hält die Kameras an, sobald wir auf Reichweite herankommen.«

»Schön. Marsch auf den Wagen zu Skelly, ihr beide«, kommandierte er und ließ die Knöchel knacken. Er schaltete die Repulsoren des Schwebewagens auf Maximum und griff nach dem Schubbügel. »Ich habe das schon gemacht, als eine Höhlendecke auf mich gestürzt ist. Macht euch auf etwas gefasst und haltet euch gut fest!«

Als er nun hinter einer Wand von Containern im riesigen Lagerbereich der Zentrale von Calcoraan Depot stand, entschied Kanan, dass er nun für sein ganzes Leben endgültig genug davon hatte, einen Schwebewagen zu steuern. Die Fahrt durch Cyndas unterirdische Stollen inmitten einer Schuttlawine war schon traumatisch genug gewesen, aber indem er seine außergewöhnliche Muskelkraft nun dazu eingesetzt hatte, erst einen großen Anlauf zu nehmen, bevor er auf die hintere Stoßstange des Wagens gesprungen war, hatte Kanan das schwebende Ding in ein ungesteuertes Geschoss verwandelt, das von den Wänden des Ganges abprallte. Hera, die vorn saß, hatte sich fast die Absätze von ihren Stiefeln gerieben, um den Wagen am Ende der zweiten, längeren Fahrtstrecke zum Halten zu bringen.

Nachdem sie am Eingang ihre Gesichtsmasken wieder aufgesetzt hatten, hatten sie festgestellt, dass die Zentrale von Calcoraan Depot genauso geschäftig und laut war, wie Kanan es erwartet hatte. Roboterarme, Vakuumschläuche und Magneten kamen zum Einsatz, pickten Materialien aus einem Wald turmhoher Lagereinheiten und schickten sie an die äußeren Teilbereiche der Raumstation. Zaluna hatte mit trockenem Humor auf einen Drahtbehälter von der Größe der *Expedient* hingewiesen, der aussah, als enthalte er Ersatzriegel für Toilettentüren.

»Wenn wir diesen Ort hier in die Luft jagen«, meinte Skelly, »können wir die Besatzung der halben imperialen Flotte dazu zwingen, auf dem Örtchen die Tür von innen zuzuhalten.«

Zumindest schien sich Skelly nun etwas besser zu fühlen. Bei Kanan war das nicht der Fall. Sie hatten einen ruhigen Winkel gefunden – wobei »ruhig« relativ zu verstehen war –, um den Schwebewagen in der Nähe einer der hinteren Wände zu parken, während Hera die Umgebung auskundschaften ging und nach einem Weg zu Vidians persönlicher Zentrale suchte, von der aus er das Depot leitete. Zalunas Lageplan zeigte, dass sie sich hier irgendwo hinter den Wänden befinden musste – das allerdings mindestens ein Stockwerk über ihnen –, doch enthielt er keinerlei Details darüber, wie man dort hingelangte. Die Gerüste und Stege, die über das Hauptstockwerk hinwegführten, hatten sich als Sackgassen erwiesen. Die Aufzüge waren gesichert und bewacht. Die Wartungsluke in der Wand hinter Kanan war ihre letzte Möglichkeit.

Kanan starrte auf Heras Hazmat-Anzug hinab, der zu einem Bündel zusammengerollt auf dem Schwebewagen lag. Sie hatte den unförmigen Anzug ausgezogen, um mehr Bewegungsfreiheit zu haben, wenn sie umherschlich. Er fragte sich, wo sie jetzt wohl gerade war, und dachte daran, die Tür zu öffnen, um ihr zu folgen.

Bevor er aus einem Impuls heraus handeln konnte, zog Hera selbst die Tür von innen einen Spaltbreit auf. Sie wirkte frustriert.

»Das bringt uns nichts«, sagte sie und öffnete die Luke ganz. Der Flur dahinter verlor sich im Dunkeln. Sie hob ihre Lampe. An beiden Seiten eines Korridors, der sich endlos vor ihnen zu erstrecken schien, wurden schmale Öffnungen sichtbar. »Der Eingang befindet sich am anderen Ende, die Treppe hinauf, aber es ist ein langer Flur, der von Sturmtrupplern bewacht wird. Und wir müssen an einem ganzen Haufen von Vidians rot gekleideten Leuten an ihren Schreibtischen vorbei, bevor wir bei ihm sind.«

»Wir könnten doch einfach sagen, dass wir das Mittagessen bringen«, meinte Kanan. Er wollte es gerade aufgeben, hier weiter nach Möglichkeiten zum Vorwärtskommen zu suchen, als er sah, wie sich hinter Hera etwas bewegte. Es war aus einer der schmalen Öffnungen auf der rechten Seite gekommen. »Sieh mal, dort!«

Das Ding war groß und mechanisch und trat in einiger Entfernung vor ihnen auf den dunklen Flur. Kanan schlüpfte durch die Luke, um besser sehen zu können. Der Droide hatte einen röhrenähnlichen grauen Körper und einen flachen Kopf, der im Kreis um seinen Hals rotierte und dabei ein einzelnes rotes Licht ausstrahlte.

»Das ist kein Wachdroide«, stellte Hera fest, während sie zusah, wie der Droide durch eine kleine Öffnung auf der linken Seite des Gangs wieder verschwand. »Das ist ein Medtech. FX-irgendwas.«

»Hat man in einem Bürokomplex denn viele Sanitätsdroiden?«, wunderte sich Kanan. Er bedeutete den anderen draußen vor der Luke, ihm nach innen zu folgen. »Seid vorsichtig. Es ist ziemlich dunkel hier drin.«

»Kein Licht ist kein Problem«, erklärte Zaluna. Ihre großen sullustanischen Augen weiteten sich, als sie eintrat.

»Ich gehe überall hin, wenn ich nur von hier wegkomme«, meinte Skelly und rieb sich das Ohr. »Hier bekomme ich zu allem anderen auch noch Kopfschmerzen.«

Nachdem sie die Tür hinter sich verschlossen hatten, folgten sie Heras Führung und krochen auf den verdunkelten Ausgang zu, den der Droide genommen hatte. »Hier bin ich noch nicht langgekommen«, flüsterte sie.

»Lass mich mal.« Kanan zog seinen Blaster und schlich um die Ecke. Nichts sprang ihn aus der Dunkelheit an. Heras Licht traf auf die gleichförmig angeordneten Metallträger und warf lange dunkle Schatten über eine breite, runde Fläche. Der Raum war leer, abgesehen von einigen Gegenständen, bei denen es sich um eingelagerte Möbel zu handeln schien, darunter ein Bett, mehrere Operationstische verschiedener Art, ein Kleiderschrank und ein Stuhl, der groß genug für einen Thron gewesen wäre.

Der Sanitätsdroide schenkte ihnen keine Beachtung, als sie

den Bereich betraten. Er glitt einfach neben etwas, bei dem es sich um eine Konsole zu handeln schien, und blieb dort stehen.

Skelly blinzelte. »Was sollen wir …«

»Moment mal«, unterbrach ihn Kanan. Von einer viereckigen Öffnung in der Decke über dem Sanitätsdroiden fiel Licht in den Raum. Mit einem mechanischen Surren erhoben sich sowohl der Roboter als auch die Konsole in Richtung Dachträger – von einer hydraulischen Plattform in die Höhe gehoben. Die Lichtstrahlen von oben erhellten auch den Rest des Raums vor ihnen, bis sich die Tür in der Decke wieder schloss. »Wir befinden uns direkt unter Vidians Gesundheitszentrum!«

»Großartig«, murmelte Skelly und stolperte benommen auf einen der Schränke zu. »Das könnte ich jetzt gut gebrauchen.« Er öffnete eine Schublade und sackte seitlich gegen den Schrank. Die anderen sahen zu, wie er begann, mit seiner verkümmerten rechten Hand ziellos gegen den Schrank zu schlagen, wobei er das Innere der Schublade um Längen verfehlte.

Zaluna sah Hera besorgt an. »Werden wir ihn wieder hinbekommen?«

»Je schneller wir dort rein- und wieder rauskommen, umso besser für ihn.« Kanan sah, dass die Twi'lek die anderen Möbel einer Prüfung unterzog: Sie alle standen auf ähnlichen Podesten. »Aber jetzt wissen wir, wie wir hineinkommen.«

»Du sagst beständig *wir*«, bemerkte Kanan.

»Das hier war schließlich deine Idee, und der letzte Meter ist immer der anstrengendste. Außerdem hatten wir bisher ja Glück.« Sie grinste. »Vielleicht schläft er ja.«

»Oder er bekommt gerade eine Persönlichkeitstransplantation.« Kanan seufzte, während er den Reißverschluss seines Anzugs hochzog. »Aber das bezweifle ich. Die Leute bekommen nie das, was sie wirklich brauchen.«

42. Kapitel

Vidian saß im Zentrum seines Spinnennetzes und überblickte alles.

Sein Zuhause war wie alles andere auf Calcoraan Depot nach seinen genauen Angaben gebaut worden. Der halbkugelförmige Raum genau in der Mitte der Zentrale der Raumstation diente ihm dazu, über seine Pläne nachzusinnen, während er sich von den regelmäßigen Wartungsoperationen erholte, die seine Sanitätsdroiden durchführten. Er brauchte keine prächtigen Fenster mit Blick nach draußen oder riesige Karten der galaktischen Sternensysteme in der Kuppel der Decke. Er konnte sich von seinen kybernetischen Augen alle Bilder zeigen lassen, die er sehen wollte.

Anderen war es selten gestattet, diesen Raum zu betreten, aber wenn es doch einmal der Fall war, sahen sie nur eine neutrale graue Decke, von einem Ring aus Lampen schwach beleuchtet. Aber wenn Vidian – dessen Brust jetzt mit einem postoperativen weißen Kittel bedeckt war – nach oben schaute, sah er die Weltraumstation in Aktion, als könne er durch die Wände blicken. Er bewohnte jeden Winkel des Durastahlbaus, verfolgte, wie die Materialien angeliefert und für die Weiterverteilung sortiert wurden. Er sah die Bewegungen der Schiffe außerhalb der Raumstation und ihre Bestimmungsorte in weiter Ferne. Die ganze Galaxis breitete sich vor ihm aus, bereit, durch seine Willenskraft verwandelt zu werden.

Es war nicht immer so gewesen. Früher einmal war er auf eine Weise machtlos gewesen, von der niemand etwas wusste. Vidians offizielle Biografie stellte ihn als einen heldenhaften Enthüller von Missständen dar, der für einen militärischen Auftraggeber gearbeitet hatte, aber in Wahrheit hatte er den nutzlosesten aller Berufe ausgeübt: Er war ein Sicherheitsinspektor für eine interstellare Bergbaugilde gewesen.

Er hatte damals unter einem anderen Namen gelebt. Zu jener Zeit hatte er alles gelernt, was man über den Thorilidiumhandel wissen musste. Und da hatte er auch die Scheinheiligkeit all jener durchschaut, die Geld und Macht hatten. Die Leben ihrer Arbeiter bedeuteten den Unternehmern, die er aufsuchte, nichts, und so viele seiner Vorgesetzten wurden bestochen, dass die Berichte, die er anfertigte, mehr als nutzlos waren.

Es war ausgerechnet auf einer Inspektionsreise nach Gorse gewesen, als er endlich die Nase voll gehabt hatte. Damals hatte er beschlossen, selbst bei diesem Spiel mitzumischen, und von mehreren der Firmen, die er besuchte, Bestechungsgelder verlangt und auch erhalten. Aber bevor er auch nur einen Credit hatte ausgeben können, war er im Empfangsbereich eines der Bergbauunternehmen krank geworden. Im medizinischen Zentrum für Bergarbeiter erfuhr er dann, dass seine vielen Reisen ihm zum Verhängnis geworden waren. Die Gifte, die er eingeatmet hatte, die biologischen Wirkstoffe, mit denen er in unzähligen schmutzigen Fabriken in Kontakt gekommen war, hatten bei ihm eine degenerative Krankheit ausgelöst, die nun seinen Leib zerfraß. Es war kein theatralisches Ende wie etwa ein Sturz in ein Becken mit Säure, aber es forderte den gleichen Tribut. Schon bald war von dem einst so energiegeladenen jungen Mann nicht viel mehr übrig gewesen als ein verdorrter Sack voller Organe, die durch die Bemühungen der Chirurgen irgendwie dazu gebracht werden konnten, ihre Funktionen nicht gänzlich einzustellen.

Er hatte, wie er selbst einräumte, nie ein besonders eindrucksvolles Erscheinungsbild abgegeben, aber nach seiner Erkrankung war nun auch das wenige weg, was er gewesen war. Was blieb, war ein gefangener Geist ohne eine Möglichkeit, mit der Außenwelt in Kontakt zu treten. Er lag verloren da, am Rande des Wahnsinns, und dachte über seine Existenz nach – oder vielmehr über das Fehlen einer solchen. Und er kochte vor Wut über das machtlose Leben, das er geführt hatte, und vor Hass auf jene, die immer gewonnen hatten, solange er nach deren Regeln gespielt hatte. Nachdem die ätzende Säure seines Geistes zwei Jahre lang sein Wesen durchdrungen hatte, entdeckte er eine Möglichkeit, auf einer rudimentären Ebene mit einem der Pflegedroiden zu kommunizieren.

Und das Totenbett jenes Gilde-Inspektors wurde zum Geburtsort von Denetrius Vidian.

Von nun an war sein Leben in größerer Übereinstimmung mit der wohlbekannten Legende verlaufen – das war der einzige Teil seiner Biografie, der zumindest ansatzweise der Wahrheit entsprach. Um sich an den hohen Tieren der Industrie zu rächen, erforderte es eine neue Identität, eine Persönlichkeit, die den gleichen oder einen noch höheren Rang innehatte als sie. Vidian begann als eine Ziffer, als ein Name auf einem elektronischen Bankkonto. Aber schon bald wurde er der größte Firmenjäger, den die Republik je gesehen hatte, und das alles, während er sich noch zur Pflege in dem medizinischen Zentrum befand.

Während der Klonkriege hatte die Republik die Thorilidiumindustrie gegen Unternehmensaufkäufer geschützt, also hatte er Anteile an Firmen erworben, die Kometenfängerraumschiffe bauten. Im Geheimen hatte er sich auch bei Minerax Consulting eingekauft und zahlreiche Berichte verfasst, die zur Folge gehabt hatten, dass dem Tagebau auf Gorse und anderen Welten der Garaus gemacht wurde. Viele der Unternehmen, die er einst inspiziert hatte, gingen in Konkurs – darunter auch die Vorgängerfirma von Moonglow.

Schon möglich, dass es sich da um Rache handelte, aber im Grunde war es ihm egal. Dank seiner kybernetischen Prothesen war er inzwischen wieder mobil geworden, hatte Gorse und seine schlechten Erinnerungen hinter sich gelassen und gegen Reichtümer und den Ruhm als Finanzmann eingetauscht. Er hatte alles hinter sich gelassen. Er war zu einem mächtigen Mann geworden, etwas, was er in seinem alten Leben nie gewesen war – und wenn ihm Palpatine auch nicht unbedingt sein Ohr schenkte, so hatte er sich doch zumindest dessen Respekt verdient. Die Republik war voller schlecht geführter Industriebetriebe. Vidian galt als der Mann, der sie auf Vordermann brachte.

Er hatte nicht die Absicht, seine Position von einem rotznäsigen Emporkömmling wie Baron Danthe untergraben zu lassen. Der Imperator begünstigte einen energischen Wettbewerb in der Verwaltung des Imperiums – eine vernünftige Strategie, die jedermann dazu zwang, sein Bestes zu geben. Aber Danthe war zu nicht mehr in der Lage, als am Stuhl der Talentierteren zu sägen. Der Baron hatte verzweifelt nach einer Waffe gesucht, die er gegen Vidian einsetzen konnte; das war einer der Gründe dafür, warum der Graf danach gestrebt hatte, dass ihm die Befehlsgewalt über Gorse übertragen wurde. Es war ihm gelungen, das medizinische Zentrum, den Ort seiner einstmaligen Gefangenschaft, zu zerstören – und mit ihm jede Spur seiner wahren Vergangenheit –, ohne dass jemand etwas von seinen eigentlichen Gründen mitbekommen hatte.

Dennoch gab Danthe, dieser Narr, nicht auf. Der Baron hatte Vidian heute wieder einmal kontaktiert und versucht, Informationen über seine Pläne aus ihm herauszukitzeln. Die Überwacher von Calcoraan Depot hatten sogar einen Anruf von Danthe bei Kapitän Sloane abgehört, bei der er das Gleiche versucht hatte. Es war Sloane zugutezuhalten, dass sie dem Mann nichts verraten hatte.

Es gab keinen Grund, noch länger zu warten. Vidian stand von seinem Stuhl auf und ließ ihn wieder im Untergeschoss versinken. Er ging zu dem speziell gesicherten Terminal auf der anderen Seite des Raums hinüber und gab seinen Sicherheitscode ein. Mit einem Knopfdruck übersandte er das bereits vorbereitete Dokument nach Coruscant. Es war mit größter Sorgfalt erstellt worden; der Imperator würde seinen Plan zweifellos unterstützen. Mit seinem gegenwärtigen Kurs ging Vidian ein Risiko ein, das war richtig, aber er hatte auch eine Falle gestellt, die dafür sorgen würde, dass Danthe ihn ein für alle Mal in Ruhe lassen musste. Auch Sloane war ein Teil seines großen Plans, ebenso wie die Droiden, die er ihr zuvor gezeigt hatte.

Wenn alles erledigt war, würde Vidian weiterhin in der Gunst des Imperators stehen, und dadurch würde das Imperium ungestört weiterwachsen können. Und vielleicht gab es ja sogar einen besonderen Bonus für ihn. Vidian wusste, dass der Imperator an Projekten interessiert war, um riesige Droh- und Einschüchterungswaffen zu entwickeln. Er war nicht über alles informiert, was es in diesem Bereich gab, aber es war schwierig, vor jemandem viel verborgen zu halten, der in so vielen strategischen Versorgungsnetzwerken seine Finger hatte. Und die Zerstörung Cyndas, wenn sie denn wirklich zu bewerkstelligen war, könnte durchaus von militärischem Interesse sein. Zwar gab es nur wenige Monde, die eine ähnlich eigenartige Zusammensetzung und eine vergleichbare enge Umlaufbahn aufwiesen, aber in einer so großen Galaxis zahlte es sich aus, auch über eine große Palette von Einsatzmitteln zu verfügen.

Vidian beendete seine Verbindung mit der Welt des imperialen Throns – und stutzte. Es war ganz still im Raum; einmal abgesehen von dem Surren und Klappern des FX-4, der sich zwischen dem Operationstisch und der großen Diagnostikkonsole hin und her bewegte. »Ich weiß, dass Sie hier sind«, sagte der Graf, dem übrigen Raum den Rücken zugewandt.

Erst hörte er nichts. Dann aber waren da leichtfüßige Schritte zu vernehmen, die einen Punkt links von ihm ansteuerten, hinter der Reihe von Computern rechts des verschlossenen Eingangs. Vidian trat ungerührt vom Kommunikationsterminal weg und erteilte einen weiteren stummen Befehl. Ein neuer Operationstisch, diesmal mit Haltefesseln versehen, fuhr aus dem Boden hoch. »Ich habe Sie gehört, seit Sie in den Raum gekommen sind. Alle *beide*. Sie sind hinter meinem Stuhl heraufgefahren.« Er schritt an dem Sanitätsdroiden vorbei. »Es gibt keine Überwachungsvorrichtungen in diesem Raum. Ich bin allein. Ich habe Ihre Bewegungen gehört, Ihren Herzschlag. Ich habe Ihren Atem das Infrarot färben sehen. Zwingen Sie mich nicht, Jagd auf Sie zu machen. Es ist ermüdend und lästig.«

Vidian wirbelte herum, sprang zurück und machte einen

Satz zu dem Terminal an der Wand rechts vom Eingang. Er blickte darüber hinweg und sah dahinter eine junge Twi'lek mit grüner Haut hocken, einen Blaster auf sein Gesicht gerichtet. »Sie sind neu«, bemerkte er.

Er hörte, dass sich hinter ihm jemand bewegte. Vidian stand still wie ein Granitfelsen, als der Schlag kam: Ein metallisches Operationsgestell wurde ihm über den Hinterkopf geschmettert. Die Twi'lek zuckte zusammen, als der Aufsatz des Gestells abbrach und klirrend von der Konsole herabfiel. Vidian fuhr blitzschnell herum und stürzte sich mit einer einzigen Bewegung auf seinen Angreifer.

»Sie sind *nicht* neu«, sagte er und packte den dunkelhaarigen Mann am Hals. Das zerbrochene Unterteil des Operationsgestells steckte immer noch in den von Handschuhen bedeckten Händen des Mannes. Vidian hob ihn vom Boden in die Höhe und sah ihm scharf in seine blauen Augen. »Der Revolverheld von Cynda. Ich mag Ihr Bild gelöscht haben, aber einen schwachköpfigen Idioten vergesse ich niemals. Ich bin fasziniert zu erfahren, was Sie hierher geführt hat.«

43. Kapitel

Halb erstickt mühte sich Kanan vergeblich, mit dem, was von seiner improvisierten Waffe noch übrig war, auf Vidian einzuschlagen. »Erschieß ihn!«, stieß er zwischen zwei Röchelgeräuschen hervor. »Schieß auf ihn!«

Hera tat genau das, beugte sich über die Computerkonsole und feuerte aus nächster Nähe in Vidians Rücken. Plasma ergoss sich funkelnd über Vidian und drang Kanan wie ein Schock in den Körper. Während ihn der Schmerz überwältigte, sah Kanan, dass unter dem zerfetzten Kittel, der Vidians Brust bedeckte, ein silbriges Leuchten hervorschimmerte.

»Ich würde das nicht noch einmal machen«, bemerkte Vidian und riss sich mit seiner freien Hand die Fetzen des Kleidungsstücks vom Leib, ohne den Griff, mit dem er Kanan festhielt, auch nur im Mindesten zu lockern. »Mein Hauttransplantat besteht aus einem dichten Gewebe aus Cortosis – ein Überbleibsel aus der Zeit, als ich gegen Ende der Klonkriege Firmen beraten habe, die diesen Stoff produzierten. Ich kann Ihnen versichern, junge Dame, dass jede Salve, die Sie auf mich abfeuern, direkt Ihren Freund treffen wird.«

Kanan sah Hera aufrecht dastehen, den Blick auf Vidian gerichtet. »Sie wollen wissen, warum wir hier sind? Setzen Sie ihn ab!«

»Gewiss.« Vidian ließ Kanan sinken – doch gerade als die Zehenspitzen des Jüngeren den Boden berührten, versetzte ihm der Graf mit der linken Hand eine mächtige Ohrfeige. Kanan spürte, wie ihm der Kiefer zur Seite rutschte, sodass er beinahe ausgerenkt worden wäre.

Und immer noch hielt ihn Vidian an der Kehle gepackt. Kanan mühte sich zu sprechen, doch nur unverständliche Laute kamen heraus.

Vidian lockerte seinen Griff ein wenig. »Wie bitte? Sie wollen Gnade?«

Kanan hustete einmal und funkelte ihn grimmig an. »Ich habe gesagt, dass Sie da eben eine billige Nummer abgezogen haben.«

»Freut mich, dass es Ihnen gefällt.« Vidian sah wieder zu Hera hinüber, deren Blick rasch zwischen ihm und der Tür hin- und herging. »Sie brauchen sich keine Sorgen zu machen. Die Wände hier sind schalldicht, und ich habe nicht um Hilfe gerufen. Ich empfange nur selten Gäste. Ich will nicht, dass sich hier irgendjemand einmischt.«

Hera blickte Vidian an – dann schwang sie sich mit einem athletischen Sprung über die Konsole. Als sie drüben aufkam, feuerte sie mit ihrem Blaster knapp an Vidians Kopf vorbei und verfehlte ihn mit Absicht. Dann stürmte sie auf den Cyborg zu. Von dem frontalen Angriff überrascht, streckte Vidian beide Arme aus, um sie zu packen, und ließ dabei Kanan los. Hera wechselte sofort wieder ihr Ziel, hechtete nach unten und packte Kanan um die Hüften. Vidians Hände griffen ins Leere. Die Wucht ihres Sprungs riss sie und Kanan zu Boden, sodass sie zwei Meter hinter dem Grafen landeten.

Während die beiden aufstanden, wirbelte Vidian herum. Er wirkte eher erheitert als alarmiert. »Gut gemacht.«

Kanan rang nach Luft und schob Hera zur Seite, als nun Vidian auf sie zugestürmt kam. Der Graf war jetzt nichts anderes als ein halbnackter Raufbold in einem Käfig: die Art von Gegner, mit der Kanan schon in so mancher Schenke fertiggeworden war. Er empfing den herannahenden Cyborg mit einem Rundumtritt, der ihn mitten ins Kreuz traf. Es fühlte sich an, als trete er gegen einen mit Titaniumkugeln gefüllten Sack, und Kanan kam sich reichlich dumm vor, als Vidian sich nun sein Bein schnappte und kräftig daran zog. Kanan fiel nach hinten und krachte durch einen Labortisch.

Hera eröffnete erneut das Feuer auf Vidian, offensichtlich überzeugt, dass niemand von draußen auf das Blasterfeuer reagieren würde. Vidian ließ sich davon nicht beeindrucken und stürzte sich auf sie. Sie sprang hoch und schwang sich über seinen Rücken, als er auf sie zuhechtete. Aber diesmal hielten seine Beine das Gleichgewicht, und er wirbelte schnell genug herum, um sie an einem ihrer tentakelartigen Kopfschwänze zu fassen zu bekommen. Vidian riss daran und schleuderte sie brutal durch den Raum.

»Hera!«, brüllte Kanan, als er sich aus den Trümmern des Labortischs erhob. Vidian hatte Hera mit genügend Wucht geworfen, um sie gegen die gegenüberliegende Wand zu schmettern, und doch war sie dort überhaupt nicht angekommen. Das blaue Licht eines an der Decke angebrachten Statikstrahls hielt sie mitten in der Luft gefangen.

Der Graf schaute in beschwingter Stimmung zu ihr empor. »Wunderbar! Perfekt gezielt. Jetzt keine Bewegung.«

Natürlich konnte sie sich gar nicht bewegen. Doch bevor Kanan sich fragen konnte, wieso Vidian in seiner Wohnung einen lähmenden Aufhängestrahler angebracht hatte, kam der Cyborg wieder auf ihn zu. »Also, wo waren wir stehen geblieben? Früher habe ich im Rahmen meiner Krankengymnastik immer Übungskämpfe gemacht.«

»Ach ja? Ich habe die Krankengymnasten immer mit Kunden versorgt.« Kanan trat beherzt auf ihn zu.

Vidian ließ seine Rechte nach vorn schießen. Kanan trat schnell zur Seite, und der Schlag ging an ihm vorbei. Er ballte seine behandschuhte Faust und traf Vidians linkes Ohr. Der Rest des Mannes mochte von etwas Hartem umkleidet sein, aber Kanan wettete, dass Vidian seine Ohren genau wie alle anderen brauchte, um sein Gleichgewicht zu halten. Er hatte recht. Der Cyborg zuckte zumindest für einen Augenblick zurück. Das gab Kanan die Zeit, um Vidian brutal an dem Teil seines Körpers zu packen, der sein Ohr darstellen sollte. Er riss den Kopf des Grafen herum, schoss nach vorn und schmetterte Vidian mit dem Gesicht voraus gegen einen Schrank. Ein gewaltiges Scheppern wurde laut.

Wie eine federgespannte Waffe fuhr Vidian wieder herum. Sein Gesicht war ausdruckslos, aber seine mechanische Stimme verriet Erregung. »Jetzt kommen wir zur Sache.«

Während einiger langer Sekunden schlugen Kanan und Vidian aufeinander ein. Kanan setzte seine ganze Schnelligkeit ein, um Vidian daran zu hindern, einen Wirkungstreffer zu landen – und sein gesamtes technisches Können, um sich an der metallischen Haut des Grafen nicht die Hand zu brechen. Er hatte gegen genug Gegner mit dicker, harter Haut gekämpft, um zu wissen, dass er Schläge auf den Kopf sowie alles, was für ihn selbst gefährlicher war als für seinen Gegner, vermeiden musste. Aber das ließ ihm nicht mehr viele Möglichkeiten übrig, es sei denn zu versuchen, Vidian aus dem Gleichgewicht zu bringen.

Er versuchte es – und der Raum bekam es ab, als er nun zwei umgekippte Schränke und weitere Gestelle und Ständer in ihr Handgemenge einband. Aber der Cyborg war einfach zu schnell.

»Jetzt reicht's«, verkündete Vidian und ließ seinen rechten Arm ausfahren. Er umfing Kanans Handgelenk mit seinem Schraubstockgriff und landete einen Schlag mit der Linken an seiner Schläfe. Danach sah Kanan einige Sekunden lang gar nichts mehr. Aber er spürte Bewegung, als Vidian seinen Kittel packte und ihn wegstieß.

Als die Lichter in seinem Kopf zu blinken aufhörten, begriff Kanan, dass Vidian ihn gegen den großen Operationstisch gedrückt hielt. Der Graf ließ Kanans rechte Hand in eine metallene Haltevorrichtung einrasten. Als Kanan sich zu wehren versuchte, ohrfeigte ihn der Cyborg wieder. Einen Moment später waren Kanans Hände und Füße an die Oberfläche des Operationstisches gekettet.

Vidian straffte und reckte sich, als habe er sich nur ein wenig erfrischt. »Das war belebend.« Er sah sich um. »Noch irgendwelche anderen Gäste? Sind wir fertig? Keine trauernden Besalisken, die euch zu Hilfe kommen?«

Als er keine weiteren Neuankömmlinge bemerken konnte, drehte sich Vidian um. »Also gut«, sagte er und blickte Hera und Kanan an. »Es ist an der Zeit, dass wir einander kennenlernen.«

Kanan schluckte und richtete seinen Blick auf Hera, die es, immer noch in der Luft schwebend, immerhin schaffte, den Kopf zu schütteln. Skelly im Untergeschoss war in einem zu schlechten Zustand, um irgendetwas zu unternehmen, und Zaluna würde niemals nach oben kommen, um sich in einen Kampf zu stürzen. Das würden sie auch gar nicht von ihr wollen.

Vidian kramte in einem Schrank herum. »Sie sind für Moonglow geflogen, Revolverheld. Und ich habe Ihren Boss getötet. Sind Sie deshalb hergekommen?« Vidian zog ein goldfarbenes Oberhemd hervor und zog es an. »Freundschaften sind eine kostspielige Sache. Sie bringen einen dazu, Dinge zu tun, die nicht im besten eigenen Interesse liegen.«

Kanan antwortete nicht.

»Ich bin mir sicher, dass Sie meinem Verhördroiden mehr erzählen würden«, bemerkte Vidian und stapfte durch das Chaos, in das sich sein Zimmer verwandelt hatte. »Und ich habe vielleicht auch noch eine andere Verwendung für Sie.«

Hera kämpfte gegen den Statikstrahl an, der sie gefangen hielt. Sie funkelte Vidian böse an. »Was meinen Sie damit?«

»Ich könnte Sie meinen Droiden zu Übungszwecken überlassen.« Er drehte sich zu Kanan um und kratzte sich am Kinn – eine Bewegung, die eher wie eine affektierte Ziererei wirkte. »Können Sie es sich vorstellen, wie es ist, ohne Sinne zu leben, ohne irgendeine Möglichkeit, mit Ihrer Umwelt zu kommunizieren?«

»Nach ein paar Drinks.«

»Der eigene Geist ist wie ein Dynamo in der Dunkelheit, ein endlos laufender Motor, der nichts antreibt. Er schlägt in der Nacht wild um sich, sucht das Tageslicht und erfindet sich sein eigenes Licht.« Er ging um den Tisch herum und suchte nach dem Operationsgestell. Als er ein verbogenes Tablett fand, kniete er sich daneben und begann sorgfältig, die im Raum verstreuten chirurgischen Instrumente daraufzulegen. Er hielt sich ein Skalpell vor die Augen. »*Nichts kontrollieren zu können.* Stellen Sie sich das mal vor! Die ganz Jungen und die Alten erleben das: den Kampf mit der Wirkungslosigkeit. Nichts kontrollieren zu können bedeutet den wahren Tod.«

Das Tablett in Händen erhob er sich. »Aber ich bin von den Toten zurückgekehrt. Und durch mich wird das Imperium alles kontrollieren.« Er stellte das Tablett zurück auf das Gestell. »Sie kennen vielleicht mein Motto: *Bleib in Bewegung, zerstöre Hindernisse, sieh alles?«*

»Ich habe Sie einmal in einem Raumhafen im HoloNetz sprechen hören«, erwiderte Kanan. »Niemand hat hingesehen.«

»Das kränkt mich nicht. Ein paar abgedroschene Management-Ratschläge. Aber für jemanden, der von allem abgeschnitten ist, bedeutet es mehr. Es ist ein Lebensrezept.« Mit dem Skalpell in der Hand ging Vidian wieder zu Kanan hinüber. »Ich war zwei Jahre lang ohne Kontakt zur Außenwelt. Lassen Sie uns mal sehen, was passiert, wenn Sie zehn Jahre lang so leben. Wer weiß? Vielleicht werden Sie dann sogar interessant.«

»Moment mal!«, sagte Hera, die immer noch in der Luft baumelte.

Vidian sah ungeduldig zu ihr hinüber. »Ja?«

»Ich habe gedacht, Sie wollten uns zuerst verhören.«

Kanan verdrehte die Augen. »Oh ja, foltern Sie mich, bevor Sie mich foltern. Das will ich mir doch wirklich nur ungern entgehen lassen!« Was dachte sie sich dabei?

Vidian legte das Skalpell beiseite. »Sie hat ganz recht.« Er schwieg für einen Moment. »Ich habe gerade nach meinem Assistenten geschickt. Haben Sie Geduld.«

Ein weiterer Schlitz im Boden öffnete sich. Eine schwarze Kugel mit Insektenaugen schwebte nach oben durch die Öffnung. Während er sich in seinen Fesseln wand, erkannte Kanan in der Kugel einen imperialen Verhördroiden. Sie genossen allseits einen ganz besonderen Ruf – und die große Spritze, die der Droide schwang, war unmissverständlich zu erkennen.

»Halten Sie still«, befahl Vidian. »Es ist in einer Sekunde vorüber.«

Kanans Gedanken rasten, als ihm das Ding nun näher kam. Meisterin Billaba hätte ihm geraten, sich der Macht zu bedienen. *Wirf das Ding an die Wand! Öffne deine Fesseln! Hypnotisiere Vidian und lass ihn einen langen Spaziergang aus einer kurzen Luftschleuse machen!* Er hatte bisher versucht, sich niemals vor den Augen anderer der Macht zu bedienen, aber hier ging es um Leben und Tod. Kanan begann sich zu konzentrieren ...

... aber bevor er irgendetwas unternehmen konnte, drehte sich der Verhördroide um nur einige wenige Grad und steckte seine Nadel direkt in die Injektionsöffnung an Vidians entblößtem Hals.

»Was?« Vidian schlug nach dem schwebenden Droiden und schleuderte ihn gegen die Wand auf der anderen Seite des Raumes. Dann stürzte er selbst auf Hände und Knie.

Eine große Tür öffnete sich im Boden. Vidians Thron schob sich in den Raum hinauf. Darauf saß Skelly, und daneben stand Zaluna, die Fernbedienung für den Droiden in der Hand.

»Ich glaube nicht, dass das Wahrheitsserum ist«, bemerkte Hera.

»Mit Sicherheit nicht.« Skelly tätschelte den kleinen Berg von Ampullen auf seinem Schoß. »Ich kenne meine Pharmaka.« Durch seine abgebrochenen Zähne grinste er Vidian an. »Gute Nacht, mein Süßer.«

Skelly, der schräg über einem anderen Tisch neben dem Tisch mit Vidian lag, ließ sich von einem der Sanitätsdroiden des Grafen mit Bacta einreiben, was er sichtlich genoss. »Ich weiß nicht, wie es euch geht«, begann er, »aber ich glaube, wir sollten ihn auslöschen. Genug ist genug.«

Kanan rieb sich die Kehle. »Sollen wir darüber per Handzeichen abstimmen?«

Skelly stemmte seine rechte Hand mit der linken in die Höhe.

Hera schüttelte den Kopf. »Ich will hier das Richtige tun«, erwiderte sie. »Ich bin nicht dagegen zu töten, wenn es notwendig ist. Aber es geht da etwas Seltsames vor sich. Ich will mir sicher sein, dass Vidians Tod nicht zu etwas noch Schlimmerem führt!«

»Schlimmer, als dass er den Mond in die Luft sprengt und Gorse in einen Friedhof verwandelt?«, fragte Skelly.

Hera schüttelte den Kopf. »Nein, ich meine – schlimm, aber anders. Wenn wir Vidian hier und jetzt umbringen und wir geschnappt werden, wird das Imperium denken, es gebe eine Rebellion auf Gorse!«

»Eine Rebellion? *Dort?*« Kanan kicherte. »Der Planet ist nicht gerade ein Nährboden für politisches Denken.«

»Es wird dort bald anders zugehen, wenn die Säuberungen beginnen«, gab Hera zurück. Sie zeigte auf Zaluna, die an einer Konsole arbeitete. »Zal weiß es besser als irgendjemand sonst: Sie haben Namenslisten angelegt. Es wird kein rein willkürliches Vorgehen sein, nicht so wie vom Himmel geworfene Steine. Sie werden gezielt vorgehen.« Hera blinzelte. »Oder vielleicht gehen sie doch willkürlich vor und lassen aus dem Orbit Brandbomben auf ganze Wohnviertel regnen, nur um ein Exempel zu statuieren!«

Zaluna riss die Augen auf. »Ist ... ist so etwas früher schon passiert?«

Hera wandte den Blick ab. »Sie sehen nicht alles, Zaluna«, sagte sie leise.

Stille senkte sich über den Raum. Vidian hatte zumindest in einigen Punkten die Wahrheit gesagt: Soweit sie wussten, hatte niemand draußen etwas davon gehört, was in diesem Raum vor sich ging, und niemand hatte den Kampf mitbekommen. Zaluna hatte den Raum bereits nach Kameras abgesucht. Kanan hatte sich gefragt, warum Vidian Schutz vor den Augen seiner eigenen Leute wünschte. Aber zumindest herrschte in seinem Zimmer kein Mangel an Fesselvorrichtungen. Sie würden ihn ins Statikfeld befördern, sobald er sich zu regen begann, aber dem Sanitätsdroiden zufolge würde Skellys Medikamentencocktail dafür sorgen, dass er noch einige Stunden ohne Bewusstsein blieb.

Und es sah so aus, als würden sie diese Zeit auch brauchen.

»Ich komme einfach nicht in dieses System rein«, berichtete Zaluna frustriert.

Hera schüttelte den Kopf. »Hängt die Sache immer noch am letzten Sicherheitscode?«

»Es ist ein Code, der von Hand eingegeben werden muss«, antwortete die Sullustanerin. »Er konnte es nicht über seine Stimme tun. Wenn es hier eine Kamera oder so etwas gäbe, hätte sie es vielleicht aufgezeichnet. Dann gäbe es etwas, was ich mir ansehen könnte. Aber da ist nichts.«

Wieder wurde es still im Raum.

Kanan starrte sie an. »Eine Sekunde mal. Vielleicht gibt es da doch etwas.« Er trat an Vidian heran und drehte seinen Kopf zur Seite. Dort bemerkte er in seinem linken Ohr eine kleine Datenschnittstelle. Einen Moment packte ihn Ekel, doch das ging wieder vorbei. »Okay«, sagte er. »Wer möchte Vidians Gehirn herunterladen?«

44. Kapitel

Zaluna saß an dem tragbaren Terminal neben Vidians Bett und blickte über den durchsichtigen dünnen Draht hinweg, der mit einer im Ohr des Grafen versteckten Datenschnittstelle verbunden war. »Das ist das Seltsamste, was ich je getan habe. Und nach den letzten Tagen will das einiges heißen.«

Kanan lachte. »Es ist alles vorbereitet«, erklärte er. »Zeigen Sie uns, was er zu bieten hat.«

»Ich habe seine Augen und Ohren deaktiviert, sodass sie nichts aufzeichnen, und ich habe außerdem die gesamte Begegnung mit uns gelöscht«, antwortete Zaluna. »Das ist ziemlich einfach. Aber ich kann Ihnen nur zeigen, was er am letzten Tag gesehen hat. Das muss wohl das Speicherlimit seines Subsystems sein.« Sie drückte auf einen Knopf. »Da, schauen Sie.«

Die Lichter im Raum verdunkelten sich. Gegenüber von Vidians Thron erschienen lebensgroße holografische Bilder, die ein Strahler an der Decke in den Raum projizierte. Die Hologramme waren einfache 3-D-Aufzeichnungen, die aus den Bildern von Vidians linkem und rechtem Auge zusammengesetzt waren, aber sie hatten eine ungewöhnliche Schärfe und Tiefe.

Hera schüttelte staunend den Kopf. »Wir sehen mit Vidians Augen!«

»Ja«, antwortete Kanan. »Man möchte am liebsten kotzen.«

Zaluna spulte die Bilder vor und zurück, durchsuchte den gespeicherten Zeitraum und hielt die Aufzeichnung immer nur für Sekundenbruchteile an, bevor sie weiterspulte. Die Bilder kamen und gingen so schnell, dass Kanan oft überhaupt nicht erkennen konnte, was er da sah, doch die Sullustanerin schien es zu wissen. »Sie können sich das alles so schnell ansehen?«, fragte er.

»Dreißig Jahre lang jeden Tag«, erwiderte Zaluna und steuerte die Regler. Sie schien sich dabei wohler zu fühlen, als er es bisher jemals erlebt hatte. »Das Leben der meisten Leute ist nicht sehr interessant. Man lernt, sich ziemlich schnell durchzuzappen.«

Sie kam zu einem Bereich, der anscheinend erst kürzlich aufgezeichnet worden war, hier in Vidians Allerheiligstem. Ein Datenterminal kam in Sicht – es war dasjenige, das sich auf der anderen Seite des Raums befand. »Dort drüben«, sagte Hera.

Zaluna war bereits viel weiter. »Er gibt seinen Datencode ein«, erklärte sie und spulte Bild für Bild rückwärts. »Genau ... *da!*«

Hera las schnell den Code ab und flitzte zum Terminal hinüber. Einige Sekunden später rief sie glücklich zurück: »Wir sind drin!«

Skelly, medikamentös gut eingestellt, humpelte zu ihr hinüber. »Was haben Sie gefunden?«

»Die Liste der über den Subraum nach Coruscant verschickten Datennachrichten«, erklärte Hera, während sie weiterlas. Sie runzelte die Stirn. »Er hat die Testergebnisse von Cynda bereits an den Imperator geschickt.«

Skelly suchte sich einen Stuhl, zog ihn heran und setzte sich neben sie. »Finden Sie das Original. Wir werden eine überarbeitete Version erzeugen und behaupten, die Tests seien fehlgeschlagen. Wir sagen, es habe einen Messfehler gegeben.«

»Ich weiß nicht, ob wir überhaupt irgendetwas senden können. Es sieht so aus, als erfordere es einen anderen Code, um Zugang zum direkten Kanal des Imperators zu bekommen. Vidian muss ihn schon vorher eingegeben und sich dann ausgeloggt haben.«

»Das muss ein ganze Weile zuvor gewesen sein«, meinte Zaluna, die immer noch die Bilder seiner Augen durchstöberte. »Da wurde kein anderer Code eingegeben.«

»Wir können nicht zweimal Glück haben«, meinte Hera. »Aber vielleicht gibt es noch eine andere Möglichkeit.« Ihre Finger bewegten sich schnell über die Regler. »Hier ist der Ordner mit den Testergebnissen vom Mond. Schauen wir uns die mal an.«

Skelly sah zu, während Hera zu lesen begann. Nach einigen Sekunden hielt sie inne und starrte verblüfft auf den Bildschirm. »Das bringt mich jetzt völlig durcheinander.«

»Vermutlich ist es der Fachjargon«, sagte Kanan. »Deshalb haben wir ja Skelly mitgenommen – damit er ihnen in ihrer Sprache etwas vorlügt.«

»Es ist nicht deshalb verwirrend«, erwiderte Hera und nahm sich ein anderes der Dokumente vor. »Ich kann es gar nicht machen.«

»Du kannst die Veränderungen nicht vornehmen?«

»Ja, weil es gar nicht nötig ist«, erklärte sie, gleichzeitig überrascht und verwirrt. »Die Originalergebnisse bestätigen bereits, dass die Testsprengung zur Folge gehabt hat, dass der größte Teil des Thorilidiums zerfallen ist. *Die Version, die Vidian an den Imperator geschickt hat, war eine Lüge.*«

»Wie bitte?« Kanan glaubte allmählich, dass für ihn auch ein ganzes Jahr nicht ausreichen würde, um die Welt des Grafen zu verstehen.

Hera las laut vor. Der ursprüngliche Bericht besagte, dass in den Trümmerteilen, die die Probesprengung in den Weltraum hinausgejagt hatte, zwar Thorilidium enthalten sei, dass aber ein Großteil davon auf der Stelle zerstört worden sei. Beim Rest sei ein sich exponentiell verstärkender Zerfallsprozess in Gang gesetzt worden, mit der Folge, dass sich innerhalb von einem Jahr alles bis dahin nicht abgefischte Thorilidium in seine Bestandteile aufgelöst haben würde. Und doch hatte Vidian dem Imperator berichtet, es gebe einen Vorrat für zweitausend Jahre. Hera war sprachlos. »Warum sollte er Cynda zerstören wollen, wenn er damit genau das vernichtet, was er sich von dort holen will?«

Kanan hatte fast die gleiche Frage. »Wer kommt auf die Idee, etwas zu zerstören, was der Imperator haben will?«

Zaluna sah Hera an. »Sie denken doch nicht etwa ...«

»Dass er ein Revolutionär ist wie ich?« Hera unterdrückte ein Lachen. »Das wage ich zu bezweifeln. Scheint mir eine gute Methode, um Kopf und Kragen zu riskieren.«

»Oder um sich einen Bürojob auf Kessel einzuhandeln, auf dem er dann versauern kann«, meinte Kanan.

Skelly rieb sich einen seiner blauen Flecken. »Nun gut, wir wissen ja, dass er ein sadistischer Irrer ist. Vielleicht reicht das in seiner Welt schon für so etwas Irrsinniges aus.«

Hera schüttelte den Kopf. »Er ist nicht lebensmüde. Es muss einen Grund geben, warum er das tun will und warum er sich da keine Sorgen macht.«

Stille senkte sich über den Raum. Das einzige Geräusch war das leise Klicken des Steuerelements, mit dem Zaluna das Hologramm bediente, während sie Vidian weiterhin durch seinen Tag folgte.

Kanan fand Vidians Stuhl und ließ sich darauffallen. Er warf seinen müden Blick auf die Flut von Bildern. Er hatte geglaubt, das sei jetzt das ultimative Spionagewerkzeug – aber alles, was es ihnen bisher eingebracht hatte, war der Zugangscode gewesen. Er blickte zu Boden.

Und dann wieder nach oben, wo ein Bild seine Aufmerksamkeit erregte. »Spulen Sie das zurück«, verlangte er.

Zaluna gehorchte. »Also, da haben wir einen gut gekleideten Mann«, sagte sie. Es war ein junger blonder Mensch, der eine pompöse Geschäftskleidung trug: einen reich dekorierten Anzug mit goldenen Knöpfen und einen Halbkörperumhang, den er sich über die rechte Schulter geworfen hatte. Aber das Bild schien sich von all den anderen zu unterscheiden, die sie zuvor gesehen hatten. »Die Auflösung dieses Bildes ist anders als die aller anderen. Merkwürdig.«

Hera warf einen Blick auf die Gestalt. »Das ist Baron Danthe, der Droidenmagnat.« Hera schien, wie üblich, alles zu wissen, aber jetzt wirkte sie verwirrt. »Er gehört ebenfalls zur imperialen Regierung. Er ist Vidians Attaché auf Coruscant. Ich kenne ihn aus meinen Nachforschungen. Er war hier?«

»Er war *nicht* hier«, sagte Kanan und schnippte mit den Fingern. »Er sieht anders aus, weil er ein Hologramm ist.«

»Ein Hologramm in einem Hologramm? Sollte er dann nicht blau und verschwommen sein?«

Zaluna schüttelte den Kopf und stellte die Regler nach. »Nicht, wenn Vidian Nachrichten direkt an seine Augen übermitteln lässt. Und es ist eindeutig eine Nachricht. Es sieht so aus, als habe Vidian auch eine Audioaufnahme von dem Gespräch gemacht und abgespeichert.«

Die Bilder begannen sich zu bewegen, und sie hörten Vidians körperlose Stimme. *»Baron Danthe, wie kann ich meine Arbeit tun, wenn Sie mich nicht in Ruhe lassen?«*

»Ich bin nur der Bote. Der Imperator will eine sofortige Garantie, dass Sie die für dieses Jahr festgesetzte Thorilidiumquote einhalten können«, antwortete der junge Mann.

»Meine Unternehmungen werden alles liefern, was der Imperator benötigt, vorausgesetzt, Sie überreden ihn nicht wieder, die Gesamtquote zu erhöhen.«

»Graf, ich bin gekränkt. Ich würde doch niemals …«

»Verschonen Sie mich damit. Ich stehe gerade im Begriff, Seiner Imperialen Majestät den Bericht zu übersenden.«

»Wunderbar. Wenn Sie auch mir eine Kopie zukommen lassen könnten …«

»Das werde ich nicht tun. Das hier ist mein Zuständigkeitsbereich, nicht der Ihre.« Er machte eine Pause. *»Aber wenn Sie sich so sehr nach der Verantwortung sehnen, Baron Danthe, bitte schön. Sobald ich die Förderziele des Imperators in diesem Jahr erfolgreich eingehalten habe, werde ich darum bitten, dass er die Zuständigkeit für Gorse fortan Ihrem Büro überträgt.«*

»Das ist sehr freundlich, Graf. Ich weiß nicht, was ich darauf …«

»Sagen Sie nichts. Halten Sie sich einfach aus meinen Angelegenheiten heraus!« Das Bild des Barons verschwand.

»Mannomann, die beiden können einander aber gar nicht ausstehen«, bemerkte Kanan. »Habt ihr das Grinsen auf dem Gesicht dieses Barons gesehen? Ich würde ihm nicht einmal vertrauen, wenn er mir die Tür aufhält.«

»Jetzt passt alles zusammen«, meinte Hera. »Der Imperator

verlässt sich auf Vidian, dass er die von ihm festgesetzte Förderquote einhält, also muss Vidian Cynda aufschlagen wie ein rohes Ei. Er kann dann ein Jahr lang Thorilidium fördern, also schafft er seine Quote. Und wenn das Zeug dann vorzeitig ausgegangen ist, ist Danthe derjenige, der nun mit leeren Händen dasteht und die Sache ausbaden muss.«

»Verdammt böse«, meinte Kanan und betrachtete den reglos daliegenden Vidian. »Wusste ich's doch, dass er es ganz schön in sich hat.«

»Einen Moment mal«, schaltete sich Skelly ein. »Der Imperator würde sich sicherlich nicht einfach auf Vidians Wort verlassen, was diesen Bericht betrifft. Vidian ist ein Manager, kein Wissenschaftler. Wie lautet der Verfassername auf dem Bericht?«

Hera schaute wieder auf den Bildschirm. »Kaum zu glauben, dass ich das übersehen habe. *Lemuel Tharsa!*«

Kanan blinzelte verwundert. »Schon wieder dieser Name. Wer ist dieser Mann denn?«

Hera zog ein Datenpad aus ihrer Tasche. »Das Folgende habe ich bereits herausgefunden: Dem HoloNetz zufolge hat Lemuel Tharsa fünfzehn Jahre lang als Chefanalytiker für Minerax Consulting gearbeitet und Rohstoffstudien für Privatleute und in jüngerer Zeit auch für die imperiale Regierung verfasst.«

Zaluna merkte auf. »Das ist der Mann, nach dem sich irgendjemand auf dem Sternzerstörer bei uns erkundigt hat. Auf dem Datenwürfel war nicht viel über ihn zu finden, nur der standardmäßige Bioscan am Zoll.«

Hera sah sie an. »Überprüfen Sie die Raffinerie Moonglow vor ungefähr zwanzig Jahren. Ich habe herausgefunden, dass ihm damals ein Besucherausweis ausgestellt wurde.«

»Ah.« Zaluna öffnete ihre Tasche und holte Hettos Datenwürfel hervor. Dann schaltete sie die Verbindung zu Vidians visueller Erinnerung ab und verband den Würfel mit dem Terminal, an dem sie arbeitete. »Moonglow hieß damals noch Introsphere. Ich weiß ganz sicher, dass wir das Gebäude überwacht haben.«

Skelly verdrehte die Augen. »Warum überrascht mich das nicht?«

»Ein Großteil dieses alten Materials ist noch nicht durchforscht worden. Wir wussten wahrscheinlich gar nicht, wo wir anfangen sollten, als die Suchanfrage hereinkam.« Zalunas geschickte Finger flogen über die Konsole. »Ich führe eine visuelle Suche nach dem Namen durch, begrenzt auf die entsprechend gekennzeichneten Aufnahmen der Sicherheitskameras.«

»Was können Sie denn eigentlich *nicht* tun?« Kanan rieb sich die Stirn. Jetzt erschien es ihm sogleich wesentlich sinnvoller, dass er seine Fähigkeiten in Sachen Macht sogar vor sich selbst verbarg.

»Ich habe ihn«, verkündete Zaluna. »Hier ist er.« Der Holoprojektor wurde wieder aktiviert, und ein männlicher Mensch erschien. Kanan stand auf und näherte sich dem lebensgroßen Bild.

Die biometrischen Daten, die Zaluna in den Dateien des Zolls gefunden hatte, gaben an, dass der Mann zur Zeit seines Besuchs knapp dreißig gewesen war, aber er sah viel älter aus: wie ein gestresster Manager auf mittlerer Führungsebene, der vorzeitig eine Glatze bekam und nur noch ein paar wenige Büschel rostfarbenen Haares auf dem Kopf hatte. Sein Anzug war schäbig, seine Schuhe abgetreten. Er hätte jeder sein können.

Und doch fand Kanan, dass Lemuel Tharsa etwas seltsam

Vertrautes an sich hatte. Seine Haltung, seine Gestik, während er einen führenden Mitarbeiter beschimpfte, dem seine Worte offensichtlich gar nicht gleichgültiger hätten sein können. »Was sagt er denn?«, fragte Kanan.

»Sieht so aus, als hätten wir nur einen kurzen Fetzen davon erwischt.« Zaluna drückte auf einen Knopf.

»... brauche ich euch Leuten nicht noch einmal zu erzählen, was die Sicherheitsregeln der Gilde vorsehen. Es ist überall in diesem Gewerbe das Gleiche. Ihr habt es völlig falsch angestellt. Weg mit den alten Methoden!«

Skelly lachte. »Da haben wir das Motto des alten Vidian, bevor dieser es selbst gesagt hat.«

Kanan und Hera sahen einander an, blickten dann auf den reglos daliegenden Grafen und wieder zurück auf das Bild. Die Stimme war anders, ohne Frage, aber die Betonung war ähnlich. Hera stand auf und trat zu Zaluna. »Sie haben gesagt, Sie hätten biometrische Daten von Tharsa?«

»Genau, hier.« Zaluna rief die entsprechenden Daten auf. »Wir arbeiten bei Transcept hin und wieder damit. Der große Raumhafen verlangt dies von allen ankommenden Besuchern.«

Kanan war empört. Er war froh, dass er als Mitfahrer auf einem vagabundierenden Frachter gekommen war, der sich dieser Prozedur entzogen hatte.

»So unfassbar es mir selbst vorkommt, aber ich muss das jetzt fragen.« Hera schaute zu Vidian hinüber. »Befinden sich Vidians Biodaten in dieser Konsole?«

»Das sollten sie.« Zaluna hatte begriffen, worauf Hera hinauswollte, und begann sogleich mit einem Abgleich der Daten. Die Ergebnisse erschienen auf ihrem Bildschirm. »Die Markergene sind identisch mit der Probe, die man Tharsa bei seiner Einreise abgenommen hat. Zwar gibt es keine Möglichkeit, Augen, Stimme oder Fingerabdrücke zu vergleichen, aber irgendwo da drinnen handelt es sich um ein und denselben Menschen.«

»Donnerwetter«, sagte Skelly und blickte zwischen Vidian und dem Bild von Tharsa hin und her. Er kratzte sich am Kopf. »Nein, nein. Das kann aber nicht stimmen. Ich habe diese biografische Sendung im HoloNetz gesehen. Vidian war ein Unternehmer, der für das Militär gearbeitet hat und dann beinahe am Shilmer-Syndrom gestorben wäre. Er war nicht irgendein Sicherheitsinspektor.« Er kicherte. »Wie ironisch wäre das denn?«

»Sehr ironisch.« Hera prüfte die Ergebnisse. »Aber das ist er zweifellos.«

Skelly war verblüfft. »Dann war Vidians ganze Kriegsbiografie ein Schwindel? Er war angeblich ein Enthüller und Informant, der den Truppen geholfen hat!«

Hera bedachte Skelly mit einem mitleidigen Blick. »Ich bitte Sie, sind Sie da wirklich überrascht?«

Skelly warf die Hände in die Höhe. »Es macht mir mehr Spaß, wenn *ich* es bin, der die Komplotte schmiedet und Verschwörungen vermutet.«

»Also ist Tharsa erkrankt und zu Vidian geworden.« Kanan verschränkte die Arme vor der Brust. »Ist das vielleicht ebenfalls auf Gorse geschehen? Gibt es Unterlagen aus dem medizinischen Zentrum?«

»Die Republik hatte damals Gesetze, die die Privatsphäre schützten«, antwortete Zaluna. »Es war der einzige Bereich, zu dem wir keinen Zugang hatten. Die einzigen Unterlagen dazu könnten nur direkt vor Ort zu finden sein.«

»Oder auch nicht.« Hera legte die Stirn in Falten. »Vidian

hat bei seinem Besuch auf Gorse ein medizinisches Zentrum niederreißen lassen. Aber ich verstehe nicht, warum es ihm wichtig sein sollte, seine Spuren gerade jetzt zu verwischen – oder warum jemand auf der *Ultimatum* sich nach Tharsa erkundigen sollte.«

Kanan sah sie verwirrt an. »Das ist nicht das Einzige, was ich nicht kapiere. Warum hat er seinen ursprünglichen Namen nicht beibehalten?«

Hera dachte einen Moment lang nach, dann hellte sich ihre Miene auf. »Weil er Tharsa am Leben erhalten wollte. Er wird in den imperialen Verzeichnissen immer noch als Berater geführt, erinnert ihr euch?« Sie eilte zu dem Terminal auf der anderen Seite des Raumes zurück und zeigte auf den Bildschirm. »Und seht euch mal an, wofür er verantwortlich ist!«

Kanan trat hinter sie und las. Es war eine lange Liste von Posten, einige mit jüngerem Datum versehen. »Ich … verstehe nicht recht. Was sind das für Unterlagen?«

Hera ließ den Finger über die Einträge auf dem Bildschirm gleiten. »Technische Berichte von Minerax Consulting. Tharsas Name ist auf vielen von ihnen als deren Ersteller zu finden.« Sie überflog die Titel. »Es handelt sich um Dutzende von Projekten in Dutzenden von Welten. Einige davon sind Unternehmungen, an denen Vidian für das Imperium gearbeitet hat, und andere stammen aus der Zeit davor, noch aus den Tagen der Republik.«

»Er ist also sein eigener unabhängiger Betriebsprüfer?« Skelly stieß ein johlendes Lachen aus. »Eine wahrhaft effiziente Möglichkeit, um Kunden hinters Licht zu führen. Er überprüft seine eigenen betrügerischen Berichte!« Er grinste zu dem reglosen Vidian hin. »Ich bin beeindruckt. Sie sind der Meister. Wirklich.«

Kanan nickte. Jetzt fügte sich das eine zum anderen. Wenn ein Imperialer angefangen hatte, sich nach Tharsa zu erkundigen, dann hatte Vidian seine Spuren auf Gorse vielleicht deshalb verwischt, damit niemand eine Verbindung zwischen ihm und Tharsa herstellen konnte. Tharsas Name würde beim Imperator nach wie vor gut angeschrieben sein, vorausgesetzt, er schöpfte keinen Verdacht; Vidians Plan, den Mond zu zerstören, würden keinerlei Steine in den Weg gelegt werden.

Hera blinzelte aufgeregt. »Hier ist noch eine Datei, die mit Tharsas Namen markiert ist, älter, aber erst heute abgerufen. Doch ich kann sie nicht öffnen.«

»Kein Problem.« Kanan drehte sich um. »Zal?«

»Ich höre«, erwiderte Zaluna und sprang über das Kabel, das an Vidians Kopf angebracht war.

Hera stand auf und trat neben Kanan. Er lächelte sie an. »Da haben wir doch schon mal was, nicht?«

»Auf alle Fälle«, bestätigte sie und warf einen prüfenden Blick über die Außentüren hinweg. »Ich bin mir nur noch nicht sicher, *was* wir da haben.«

»Ganz einfach: Wir schicken die richtige Version an den Imperator«, schlug Kanan vor.

»Nicht auf diesem System«, antwortete Hera. »Und ich glaube im Übrigen auch nicht, dass sich der Imperator selbst um die Nachrichten kümmert, die er erhält – vor allem nicht, wenn es sich um Nachrichten von irgendwelchen x-beliebigen Regimekritikern handelt.«

Sie sah zur Decke empor. Erneut hatte sie diesen Ausdruck im Gesicht, der besagte, dass sie ihm in dem Spiel, das sie da spielte, mal wieder fünf Züge voraus war. Kanan gefiel dieser Gesichtsausdruck, selbst wenn ihm dabei ein wenig unbehaglich war. Er drehte sich zu Zaluna um. »Klappt es, Zal?«

»Ich kann es nicht entschlüsseln.« Zaluna seufzte. »Ich bin kein Hacker. Entführen Sie das nächstes Mal einen Experten auf diesem Gebiet.«

Kanan sah zu Vidian hinüber. Die Zeit lief ihnen davon. Sie konnten dem Grafen noch eine weitere Dosis Narkosemittel verabreichen, aber irgendwann würde unweigerlich jemand kommen, um nach ihm zu sehen.

Kanan blickte Hera an. »Glaubst du wirklich, dass in dieser Datei etwas Wichtiges steht?«

Sie nickte. »Sie ist die einzige, die auf diese Weise geschützt ist. Und«, fügte sie mit bedächtiger Stimme hinzu, »ich habe da so ein Gefühl.«

»Das reicht mir«, sagte Kanan. Er ging zu Vidians Tisch hinüber. »Holt diesen Sanitätsdroiden wieder her. Ich hab da einen Plan.«

45. Kapitel

»Etwas mehr Tempo da drüben! Wenn Sie *mein* Schiff mit Torpedos beladen und dabei so trödeln würden, würde ich als Nächstes *Sie* abschießen!«

Die orange gekleideten Arbeiter begannen sich eine Spur schneller zu bewegen, aber zugleich achteten sie auch darauf, einen Bogen um Sloane zu machen, was jeden Zeitgewinn durch erhöhte Geschwindigkeit zunichtemachte. Es lief nicht gut. Drei der Bergarbeiter von Gorse hatten Behälter fallen lassen, was für austretende Kühlflüssigkeit gesorgt und jedes Mal zur Folge gehabt hatte, dass die Verladeebene für zehn Minuten gesperrt werden musste. Und beim Versuch den Trottel von Droiden aus der pneumatischen Röhre zu entfernen, der es irgendwie geschafft hatte, sich dort einzuklemmen, hatten die Reparaturarbeiter einen langen Riss in der gepolsterten Innenwand hinterlassen. *Diese unfähigen Zivilisten!*

Immerhin strafte dieses Ereignis die Legende vom alles überwachenden Vidian zumindest ein klein wenig Lügen, wie Sloane fand. Wenn Calcoraan Depot das Reich des Mannes sein sollte, der angeblich alles sah und alles auf Trab hielt, dann schlief er heute offensichtlich bei der Arbeit.

Davon abgesehen gab es indes keine Anzeichen für Ärger und Schwierigkeiten. Im Bewusstsein, dass unter den Arbeitern, die beauftragt waren, den Sprengstoff zu verladen, womöglich auch der Bombenleger von Gorse sein konnte, hatte sich Sloane von den Sturmtrupplern einen Blaster samt Holster geben lassen. Es wäre jedoch nicht notwendig gewesen. Gut auch, dass kein einziger der Arbeiter auch nur im Leisesten zu ahnen schien, wozu sie hier alle wirklich Hilfe leisteten: zur möglichen Zerstörung ihrer eigenen Heimat. Anderenfalls, dessen war Sloane sich bewusst, konnte die Sache wirklich hässlich werden.

Ihr Kommunikator piepte. Sie griff danach. »Sloane.«

»Captain«, dröhnte eine vertraute Stimme.

»Graf Vidian«, begrüßte sie ihn energisch. »Die Verladung ist nun beinahe abgeschlossen. Wir sind in Kürze zur Rückkehr nach Gorse bereit.«

»Ich brauche Sie. Suchen Sie mich unverzüglich in meiner Zentrale auf – allein.«

Sloane legte die Stirn in Falten. »Hat es etwas mit dem Bericht an den Imperator zu tun?«

»Das kann man wohl sagen«, kam die Antwort. »Machen Sie sich sofort auf den Weg.«

»Ja, Graf.« Mit einer unwirschen Bewegung schaltete sie den Kommunikator aus. Sie hatte es allmählich satt, andauernd nach Vidians Pfeife zu tanzen. Doch der reguläre Kapitän der *Ultimatum* konnte jeden Moment auftauchen, um sein Kommando zurückzufordern, und sie wieder zu allen anderen auf der Warteliste zurückbefördern. Sie musste tun, was der Graf sagte.

Während sie auf einen wartenden Bahnwagen zuschritt, kam sie an einem Leutnant vorbei. »Richten Sie Commander

Chamas aus, dass er die Beladung überwachen soll«, befahl sie. »Ich bin in Kürze wieder da.«

Vidians Vorzimmer war üppig und kostbar eingerichtet, aber die Leute darin schienen ihre Umgebung nicht wahrzunehmen. Zwei Dutzend Männer und Frauen verschiedener Spezies, alle durch kybernetische Computerimplantate »verbessert«, gingen in dem luxuriösen Raum auf und ab wie Mönche und nickten, als hörten sie über Kopfhörer Musik. Nicht einer bemerkte Sloanes Eintreffen. Jeder war vertieft in Ereignisse, die viele Systeme entfernt stattfanden, und alle waren sie damit beschäftigt, den Strom von Waren und Dienstleistungen zu steuern, der für das Funktionieren des Imperiums in Vidians Zuständigkeitsbereich unerlässlich war. Sloane fragte sich unwillkürlich, ob wohl irgendjemand von ihnen schon einmal in einen offenen Aufzugsschacht getreten war, während sich seine Gedankenwelt ganz darauf konzentriert hat, irgendwelche Geräte von Wor Tandell zu verschiffen.

Sie wies sich gegenüber dem wachhabenden Sturmtruppler aus und trat in einen langen Flur. Die Doppeltüren am Ende öffneten sich, als sie sie erreichte. Der Raum dahinter lag im Dunkeln.

Sloane verdrehte die Augen. Neue Schrulligkeiten. Sie holte tief Luft und trat ein. »Graf Vidian?«

Ein weiterer Schritt – und die Türen hinter ihr schlossen sich mit einem lauten Klirren. Sloane hörte eine Bewegung in der Dunkelheit. Sie griff nach der Waffe an ihrer Seite, nur um einen Schmerz in ihrem Handgelenk zu spüren, als ihr jemand den Blaster aus der Hand trat. Die Waffe fiel in der Dunkelheit zu Boden. Eine schattenhafte Gestalt huschte geschmeidig nach rechts an ihr vorbei: ihr Angreifer.

Sloanes nächster Griff galt ihrem Kommunikator – als jemand von hinten fest ihre Arme packte, sie herumwirbelte und ihr einen Stoß versetzte. Sloane fiel aber nicht auf den Boden oder schlug gegen sonst irgendetwas. Sie hörte das Summen in der Luft über ihr und spürte den starken Griff einer unsichtbaren Kraft, die sie in der Luft festhielt. Es war ein Statikfeld, wie das in ihrem Schiffsgefängnis. Die Person, die sie gestoßen hatte, schritt vor ihr durch die Dunkelheit. Dann drehte sie sich um und leuchtete ihr mit einer hellen tragbaren Lampe ins Gesicht.

»Captain Sloane?« Es war die Stimme Vidians. Sie kam aus der Richtung des Lichts.

»Graf Vidian? Was geht hier vor?«

Das Licht bewegte sich weiter – und Sloane sah, dass, auch wenn es zweifellos Vidians Stimme gewesen war, die zu ihr gesprochen hatte, der Graf selbst jedoch reglos an einen Tisch gefesselt war. Das Licht glitt langsam über den Körper des Grafen. Da war eine dunkle Vertiefung an seinem Halsring, wo sich eigentlich sein elektronisches Sprechgerät befinden sollte.

»Freut mich, dass Sie meine Nachricht erhalten haben.« Diesmal begriff Sloane, dass die Stimme von der Person mit der tragbaren Lampe kam. Wenn sie die Augen verengte, konnte sie gerade eben erkennen, dass die Gestalt etwas gegen ihren eigenen Hals drückte. »Raffiniertes kleines Dingsbums. Funktioniert über die Halsmuskeln.«

»Sie haben sich für Vidian ausgegeben!«

»Und es hat gut geklappt«, antwortete der Sprecher, immer noch über das Gerät. Der Schein seiner Lampe wanderte zurück zu Vidian, und der Sprecher wandte ihr den Rücken zu. »Bring das Ding wieder dorthin, wo es hingehört«, hörte sie ihn mit einer anderen, weicheren Stimme zu irgendwem sagen. Jemand schlurfte zu Vidians Tisch hinüber.

Sloane gab sich alle Mühe, etwas zu sehen, sich zu bewegen, irgendetwas zu tun.

»Lassen Sie uns jetzt frei«, raunzte sie in ihrem schärfsten Befehlston. »Damit kommen Sie nicht durch!«

Keine Antwort.

»Der Graf sollte besser lebendig und unversehrt bleiben – sonst wird in jedem System der Galaxis ein Kopfgeld auf Sie ausgesetzt!«

Immer noch keine Antwort.

Sloane wurde zunehmend unruhig. Fanatikern wie dem Bombenleger von Gorse war es vielleicht völlig egal, ob sie mit dem Leben davonkamen. Nach einem kurzen Schweigen entschied sie sich für eine andere Taktik.

»Hören Sie«, sagte sie ruhiger, »ich kann dafür sorgen, dass Ihre Beschwerden angehört werden. Aber das wird nur geschehen, wenn Sie mich und den Grafen unverzüglich freilassen.«

Die Gestalt mit der Lampe leuchtete ihr wieder ins Gesicht. »Ach, gehen Sie doch nicht schon so bald wieder. Es ist doch unser erstes Rendezvous!«

Sie erkannte diese Stimme. Mit verblüfft aufgerissenen Augen rief sie: »Sie sind dieses Großmaul von Pilot!«

Er hielt sich das Licht unters Kinn und schenkte ihr ein teuflisches Lächeln. »Schön, dass man sich an mich erinnert.«

Sloane war völlig entgeistert. »Wir haben auf Gorse Ihren Ausweis überprüft. Kanan irgendwas.«

»Kanan Irgendwas reicht mir schon.« Er richtete den Lichtstrahl wieder auf sie.

Sie zählte nun eins und eins zusammen. »Ein Pilot von Moonglow. So konnten Sie hierherkommen.« Sie starrte erzürnt in das Licht. »Sie sind ein wenig vom Kurs abgekommen, mein Herr.«

»Ich musste Sie einfach sehen«, säuselte er mit zuckersüßer Stimme. »Sie haben mich vermisst, nicht wahr?«

»Kanan!«, zischte es aus der Dunkelheit. Sloanes Blick fuhr zu der Sprecherin herum. »Ach. Die Mitarbeiterin bei Moonglow.« Sie war es gewesen, die vorhin nach ihr getreten hatte, begriff sie. Und da waren noch andere schattenhafte Gestalten in der Dunkelheit, darunter auch eine schlanke Person am Tisch, die mit Vidians Vocoder herumhantierte. »Sie sind *alle* mit ihm gekommen? Sie sind seine Komplizen. Was hat er von Ihnen verlangt?«

»Vergessen Sie die anderen.« Kanan winkte ab. »Haben Sie noch immer nicht begriffen? Ich bin in der Tat ein Eindringling – aber in einer Mission, die Sie sicherlich gutheißen werden. Ich diene dem Imperator.« Er machte eine Pause, um dann hinzuzufügen: »Ganz direkt.«

Sloane starrte einige Sekunden lang zu Kanan hinab. Dann brach sie in Gelächter aus. »Sie, ein Agent im Dienste des Imperators?«

»Was denn?« Kanan runzelte finster die Stirn. »Ist doch möglich.«

Sie mühte sich, ihr Lachen zu unterdrücken. »Ich glaube, er kann etwas Besseres bekommen als ausgerechnet *Sie*! Was macht ihr Selbstmordflieger eigentlich so? Trinkt euch von Hafen zu Hafen? Sind Sie Ihrem Aufpasser entlaufen?«

Kanan schlug sich auf die Brust. »Ich bin ein Mann mit einer Mission.«

»Sie sind ein verblendeter Esel! Wissen Sie, welche Strafe darauf steht, sich fälschlich für einen persönlichen Agenten des Imperators auszugeben?«

»Nein.«

»Ein persönlicher Agent des Imperator wüsste es!«

»Sie irren sich. Es gibt keine Strafe, weil niemand so etwas je tun würde.« Kanan stellte die Lampe so auf den Boden, dass sie Sloane anleuchtete. Er trat an eine Konsole in der Nähe der Stelle, wo sie in der Luft schwebte, und berührte ein Eingabefeld. »Jetzt sage ich Ihnen, wie die Sache ablaufen wird. Ich leite Ihnen meine Botschaft weiter, und dann mache ich hier den Abflug. Wenn der Timer des Statikfeldes Sie loslässt, haben Sie noch genügend Zeit, um zu erledigen, was Sie zu tun haben, bevor Vidian aufwacht. Ist das klar?«

»Lassen Sie *mich* Ihnen sagen, wie die Sache stattdessen ablaufen wird«, widersprach Sloane. »Sie lassen mich jetzt herunter, schalten das Licht ein, befreien Vidian, und dann bringen wir Sie hinunter in den Internierungsbereich. Sie können dann alles mit einem Verhördroiden bereden.«

»Das wäre ein Fehler.« Kanan begann in dem verdunkelten Raum auf und ab zu gehen. »Ich verfüge über Informationen, die von größter Wichtigkeit für Sie sind. Und für den Imperator.«

»Falls Sie der Agent des Imperators sind, werden Sie ihm ja wohl bereits direkt Bericht erstatten. Was wollen Sie also von mir?«

»Vidian kontrolliert alle Kommunikationswege, die aus diesem Depot herausführen. Ich muss unbedingt verhindern, dass diese Nachricht irgendwie abgefangen wird. Dafür benötige ich einen imperialen Kapitän, der über seine eigenen Mittel und Wege verfügt.« Er sah sie verschmitzt an. »Sie finden doch immer Mittel und Wege, nicht wahr?«

»Und ich merke es, wenn man mit mir spielt.« Sie versuchte, sich gegen den Statikstrahl zu stemmen. »Genug davon. Irgendwer wird bald herkommen, um nach mir zu suchen.«

»Dann sollte ich wohl schneller sprechen«, antwortete Kanan. »Und Sie sollten zuhören. *Als würde Ihr Leben davon abhängen.*«

46. Kapitel

Wieder in seinem Hazmat-Anzug, hievte Kanan einen weiteren Behälter mit Baradium 357 vom Schwebewagen in eines der Regalfächer in der *Expedient.* »Die Saat ist gelegt.«

Durch ihre Maske sah Zaluna ihn an. »Das war sowohl das Aufregendste als auch das Anstrengendste, was ich je im Leben getan habe. Was machen wir jetzt?«

Er ließ den Zylinder in eine magnetische Halterung einrasten. »Diese Dinger für immer wegschmeißen«, antwortete Kanan, schälte sich seine Hazmat-Maske vom Gesicht und warf sie aufs Deck. Sobald die Behälter gesichert waren, brauchten sie die unförmige Schutzkleidung nicht mehr.

Als Zaluna ihre Maske herunterzog, bemerkte Kanan, wie erschöpft die Sullustanerin aussah. »Ich meine, was machen wir, wenn die Sache nicht so funktioniert, wie Sie sie geplant haben?«, fragte sie. »Das dort oben, mit der Frau Kapitän?«

»Keine Sorge, es wird funktionieren«, versicherte Kanan, während er aus seinem Anzug stieg. »Sloane ist darauf angesprungen. Das konnte ich sehen.«

»Ja, das konntest du wirklich?« Sobald die Luftschleusentür hinter ihr verschlossen war, nahm auch Hera ihre Maske ab und legte finster die Stirn in Falten. »Sloane hat dich für verrückt gehalten.«

Kanan wedelte herablassend mit der Hand. »*Skelly* ist verrückt. Ich habe mich angehört wie ein verantwortungsbewusster Erwachsener.«

»Der ihr auch noch einen Drink ausgeben wollte. Diese Tour von wegen ›Ich lasse meinen Charme spielen‹ klappt nicht in jeder Situation, Kanan.« Hera drängte sich an ihm vorbei und rutschte auf den Pilotensitz. »Kümmer dich mal um Skelly.«

Skelly lag mit dem Gesicht nach unten auf der Beschleunigungsliege. Kraftlos versuchte er, sich mit seiner gesunden Hand die Kapuze herunterzuziehen. Er hatte erst Erfolg, als nun auch Kanan an der Maske zerrte. Der Bombenleger war in einem ziemlich üblen Zustand. Sie hatten noch den übrigen Sprengstoff laden und damit schnell zum Schiff zurückkehren müssen – und auf dem Schwebewagen war für Skelly kein Platz mehr gewesen. Die Strecke zum Schiff zu Fuß zu gehen war sehr beschwerlich für ihn gewesen, und Hera und Zaluna hatten ihn, so gut es ging, gestützt. Sie waren die letzte Mannschaft gewesen, die zu ihrem Schiff zurückkam, und sie hatten es nur mit Ach und Krach geschafft, keine Aufmerksamkeit zu erregen.

Skelly schaute mit schmerzverzerrtem Gesicht auf. »Ich finde immer noch … wir hätten ihn töten sollen.«

Kanan schüttelte den Kopf. Er wollte es nicht noch einmal erklären müssen. Er schob Skelly in seinen Sitz, sodass er aufrecht saß, und zog ihm eine Sauerstoffmaske über das Gesicht. »Vertraut mir – ihr alle. Die Sache wird funktionieren.«

»Wenn … wenn nicht«, stieß Skelly zwischen zwei heftigen Atemzügen hervor, »müssen wir … Gorse warnen.«

»Wozu?«, fragte Kanan und ging wieder nach vorn. »Der Imperator hat befohlen, dass kein Schiff von dort starten darf. Niemand kann den Planeten verlassen.«

»Es gibt dort Tunnel«, beharrte Skelly. »Und Luftschutzbunker.«

»Von Hera habe ich erfahren, dass sie wahrhaft prächtige Wohnungen abgeben«, antwortete Kanan und ließ sich im Passagiersitz neben ihr nieder. »Hoffen wir mal, dass es nicht so weit kommt.«

Zaluna schaute nach vorn hinaus, als nun die Triebwerke aufheulten. »Sie müssen zu allen auf dem Planeten gleichzeitig sprechen …«

Kanan schaute zu ihr hin. »Haben Sie da eine Idee?«

Sie schüttelte den Kopf. »Nein … nicht so recht.« Sie sackte müde in ihrem Sitz zusammen. »Wir haben schon so viel getan – zu viel.«

Hera drehte sich zu Zaluna um. »Kommen Sie, Zal. Sie kennen eine Möglichkeit, die uns helfen könnte, nicht wahr?«

Zaluna stieß seufzend ihren Atem aus. »Ja, ich glaube, da gibt es eine Möglichkeit«, antwortete sie schließlich. »Aber ich kann das mit dem Transmitter dieses Schiffes nicht bewerkstelligen. Ich brauche etwas, was in den letzten tausend Jahren gebaut wurde.«

»He, ich bin mir sicher, die Mühle ist erst vor einem Jahrhundert überholt worden«, erwiderte Kanan und schaute an den Stahlwänden des Schiffes entlang. Er hatte keine Lust, sich für die *Expedient* rechtfertigen zu müssen, ganz gleich, was er und das Schiff zusammen durchgemacht hatten. Er sah Hera an. »Wie wär's denn mit deinem hübschen Flugapparat?«

»Der verfügt über alles, was das Herz begehrt«, erklärte sie und zog das Steuerhorn zurück. Die *Expedient* erhob sich vom Ladedeck. »Mein Schiff sollte auf dem neuesten Stand sein –

wofür immer Sie es brauchen, Zal. Vorausgesetzt, wir können auf Gorse landen und es erreichen.«

»Wir werden auf dem Weg hinunter und dann wieder nach oben beschossen werden«, gab Kanan zu bedenken.

»Das ›nach oben‹ macht mir keine Sorgen.« Sie lächelte.

Ich muss mir dieses Schiff unbedingt mal anschauen, dachte Kanan nicht zum ersten Mal, als sich die *Expedient* nun in der Luft drehte. »Was haben Sie denn im Sinn, Zaluna?«

»Ich habe noch immer Vidians Zugangscode von vorhin. Wenn wir ein Signal aussenden können, das einen Eingriffsbefehl des Imperiums imitiert, können wir eine Notfallnachricht an jedes elektrische System auf Gorse senden, das von Transcept ausspioniert wird.« Sie sah Kanan beklommen an. »Das könnten wir jedoch nur ein einziges Mal tun. Sie würden sofort dafür sorgen, dass es nicht wieder geschehen kann.«

»Gut, also dann eine einzige Nachricht. Das wird genügen müssen«, sagte Hera, während sie das Schiff durch das Magnetfeld in den freien Weltraum steuerte. »Wir müssen nach Gorse gelangen und die Sache durchziehen, bevor er den Zugangscode ändert.«

»Wenn er überhaupt bemerkt, dass wir da irgendetwas angestellt haben«, meinte Kanan. »Und das wird er nicht.« Er zeigte nach vorn. Der Verkehr um die Raumstation herum bewegte sich in normalen Bahnen, und Kanan konnte die TIE-Jäger auf ihren Routineflügen vorbeiziehen sehen. »Seht ihr? Niemand schießt uns vom Himmel.«

»Das liegt nur daran, dass deine *neue Freundin* noch nicht die schwere Artillerie alarmiert hat«, wandte Hera ein …

… und während sie noch sprach, erzitterte die *Expedient* heftig. Zaluna stieß einen spitzen Schrei aus. Kanan und Hera warfen einander besorgte Blicke zu.

»Das ist nur der Traktorstrahl, der uns aus der Parkzone herausführt«, begriff Kanan schließlich und deutete mit dem Kopf nach vorn. Das Schiff drehte sich und näherte sich der Außengrenze des Stationsbereichs.

Hera holte tief Luft und stieß einen Pfiff aus. »Hoffen wir mal, dass dieses Ding uns loslässt, bevor der Statikstrahl Sloane loslässt.«

»Ich sag dir, wir brauchen uns keine Sorgen zu machen«, betonte Kanan, lehnte sich zurück und streckte die Beine aus. »Dazu besteht gar kein Anlass. Vidian ist erledigt. Sloane ist darauf angesprungen. Wir haben sie überzeugt.«

»Graf! Graf Vidian!«

Graf Vidian erwachte. Nach dem Schlafen, ob auf medizinischem oder natürlichem Wege herbeigeführt, kam er immer sehr schnell wieder zu Bewusstsein. Seine Augen aktivierten sich eine Sekunde nach seinen Ohren, und er sah, wie sich der Kapitän des Sternzerstörers mit angespanntem Gesicht über ihn beugte.

»Sloane? Was ist hier los?«

Sie zerrte an den Riemen, mit denen er an den Operationstisch gebunden war. »Sie waren bewusstlos«, erklärte sie, während sie sich abmühte, eine der Handschellen aus Durastahl zu entfernen, mit denen seine Handgelenke festgebunden waren. »Sind Sie in Ordnung?«

»Ich glaube, ja.« Er flüsterte einen Befehl und spulte alles zurück, was seine Augen während der letzten Stunden aufgenommen hatten. Doch da war nichts aus der Zeit, während er unter Narkose gestanden hatte – nicht einmal die optischen Resonanzen, die seine Albträume in letzter Zeit hervorbrachten. Und auch von der Stunde zuvor hatten seine Sinne nichts aufgezeichnet: der Zeit während des Kampfes mit dem Piloten und seinen Gefährten. Eine Störung, verursacht durch einen beim Kampf entstandenen Schaden?

Die Antriebselemente in seinen Hüften aktivierten sich, und er richtete sich auf dem Tisch auf. Er ließ seinen Blick über das Chaos in seinem Wohnbereich schweifen. »Jemand hat mich narkotisiert.«

»Es sind Eindringlinge hier gewesen«, berichtete Sloane, während sie sich nun mit den Schellen um seine Fußgelenke beschäftigte. »Sie haben auch mich angegriffen, als ich eingetroffen bin. Sie haben mich in Ihrem Statikstrahl gefangen. Dann sind sie wieder gegangen.«

Vidian sah sich um. »Durch den Boden?«

Sloane nickte. »Es war dunkel. Ich konnte nicht viel erkennen. Was wollten sie?«

»Mich.« Vidian beugte sich vor und riss mit seinen Metallhänden an den Fesseln um seine Knöchel. Die Fußfesseln waren Spezialanfertigungen, um auch standzuhalten, wenn er wild um sich schlug, und doch waren sie jetzt seiner überbordenden Wut nicht gewachsen. »Ich wünsche eine gründliche Durchsuchung der gesamten Anlage. Stellen Sie sicher, dass niemand die Raumstation verlassen kann!« Er öffnete einen Kanal seines internen Kommunikators und bereitete sich darauf vor, den entsprechenden Befehl zu erteilen.

Sloane ergriff das Wort, noch bevor er so weit war. »Graf ... einer von ihnen hat mit mir *gesprochen.*« Ihre dunklen Augen waren voller Sorge. »Er hat behauptet, ein Agent des Imperators zu sein.«

»Was?« Vidian schaltete den Audiokanal ab und starrte sie an. »Wer?«

»Einer der Leute, die mir aufgelauert haben«, antwortete sie.

»Ein Agent des Imperators?« Vidian erhob sich vom Tisch und stand auf, wobei er dem Captain den Rücken zukehrte. »Was ... hat er gesagt?«

»Einen Haufen Unsinn. Er hat behauptet, Sie würden das Gorse-Projekt entgegen den Interessen des Imperators vorantreiben. Dass es Ihr Plan sei, den Mond und sein Thorilidium zu zerstören, ganz ungeachtet der Ausbeute.«

Vidian erstarrte. Zögernd drehte er sich zu ihr um. »Sehr amüsant. Bitte verraten Sie mir, welchen Grund diese geheimnisvolle Person angegeben hat, warum ich so etwas tun sollte?«

»Es war sinnloses Gefasel, Graf Vidian. Ich habe nicht zugehört.«

»Vielleicht hält er mich für eine Art von Verräter? Eine Art Spitzel in den oberen Rängen des Imperiums?«

Sloane lachte. »Ich glaube, er war einfach wahnsinnig.« Sie sah ihn an. »Haben Sie den Sicherheitsdienst bereits verständigt, oder soll ich das tun?«

»Ich werde es jetzt tun«, erwiderte Vidian. Aber als er nun die Überwachungsberichte der Raumstation überprüfte, fand er herzlich wenig, anhand dessen sein Personal sich hätte orientieren können. Auf ganz Calcoraan Depot war in den letzten Stunden nichts Ungewöhnliches bemerkt worden. Er hatte den Revolverhelden von Cynda erkannt, und er erinnerte sich auch daran, Skelly gesehen zu haben. Aber all die Arbeiter auf der Station hatten Hazmat-Masken getragen, und ihre Schiffe waren bereits wieder gestartet. Selbst eine Überprüfung der Datenaufzeichnungen seiner Sanitätsdroiden im Raum hatte nur bestätigt, dass ihre gespeicherten Daten gelöscht worden waren.

Die Eindringlinge, um wenn auch immer es sich gehandelt haben mochte, waren sehr fähig gewesen.

Berichte von den TIE-Überwachern an der Außengrenze des Stationsumfelds bestätigten, dass alle Schiffe mit dem gleichen Ziel in den Hyperraum eingetreten waren – Richtung Cynda, wie angeordnet. Wenn seine Angreifer nicht mehr hier im Depot waren, so gab es nur einen einzigen anderen Ort, wo sie sich befinden konnten.

Vidian überlegte rasch, wie sein nächster Schritt auszusehen hatte. Er wusste nicht genau, wer diese Angreifer waren, allerdings wusste er genauso wenig, was sie wohl aussagen würden, wenn man sie schnappte. Es zählte nur, dafür zu sorgen, dass nichts der Zerstörung Cyndas in den Weg trat.

Und er hatte eine Möglichkeit, dafür zu sorgen. »Wird die *Ultimatum* das System von Gorse vor den letzten Baradiumtransportern erreichen?«

Ein wenig verwundert über den Themenwechsel nickte Sloane. »Der Frachter, den ein Sternzerstörer nicht einholen kann, ist noch nicht gebaut worden.«

»Gut. Ich will, dass sämtliche Ihrer Jäger eingesetzt werden. Besorgen Sie sich von hier zusätzliche TIEs und befördern Sie sie in den Gozanti-Frachterträgern. Wenn irgendeiner der Transporter auch nur einen Zentimeter aus der Reihe tanzt, will ich, dass das Schiff zerstört wird, mit Fracht und allem. Egal, ob die Mannschaften Ihrer Jäger dadurch in Gefahr geraten oder nicht. Ist das klar?«

»Sie werden alle ihre Pflicht tun. Für mich.« Sloane sah ihn forschend an. »Sie glauben, dass die Eindringlinge auf dem Weg nach Gorse sind?«

»Es zahlt sich aus, vorbereitet zu sein.« Vidian schritt durch den Raum und trat zu einem der umgefallenen Schränke. Er stellte ihn wieder auf und dachte dabei über sein anderes Problem nach. Er bezweifelte stark, dass der Revolverheld tatsächlich ein Agent des Imperators war; auch wenn Palpatine eine Schwäche dafür hatte, die Ergebenheit seiner Untertanen auf die Probe zu stellen, geschah das doch nie so unbeholfen wie in diesem Fall. Aber ebenso wenig konnte er sich vorstellen, dass ein Haufen blutiger Amateure erfolgreich in seine Station hätte eindringen können, einfach nur weil sie für Lal Gralliks Tod Rache nehmen wollten.

Was sich Vidian allerdings sehr gut vorstellen konnte, war, dass der Pilot und seine Freunde Teil einer Verschwörung waren, die von einem seiner vielen Rivalen ausging. Und das bedeutete, dass er vorsichtig sein musste. Er hatte keine Ahnung, was der Pilot Sloane gesagt hatte, aber er musste sichergehen, dass sie ihm loyal verbunden war – und dass an seinem letztendlichen Erfolg kein Zweifel bestehen konnte. »Ich weiß es zu schätzen, dass Sie mich befreit haben, Sloane. Die ganze Sache hätte richtig … *peinlich* werden können.«

Sie zuckte die Achseln. »Meine Pflicht gilt Ihnen, Sir.«

»Dann werde auch ich meine Pflicht Ihnen gegenüber erfüllen.« Er pausierte mehre Sekunden, bevor er sich mit lauter Stimme wieder an sie wandte. »Ich habe gerade dem Personal in meinen Büros auf Corellia Anweisung erteilt. In einigen Tagen wird Captain Karlsen ein sehr lukratives Angebot erhalten, in die Privatwirtschaft überzuwechseln.«

Überrascht hob Sloane die Hand, um zu protestieren. »Sir, ich hatte nicht erwartet …«

»Und sobald das geschehen ist, werden Sie das Kommando über die *Ultimatum* dauerhaft behalten können.«

Die Neuigkeit schien ihr den Atem zu verschlagen. *Gut,* dachte Vidian. »Kehren Sie wie geplant mit der *Ultimatum* ins System Gorse zurück, während ich die Vorbereitungen an Bord des Förderschiffs beende. Sobald der Mond zerstört ist und sich die *Forager* an die Arbeit macht, wird das glänzende Ergebnis von alledem unsere Zusammenarbeit vor dem Imperator rechtfertigen.«

»Unsere Zusammenarbeit, Graf?«

»Sie werden den verdienten Lohn für Ihre Hilfe bekommen, durch die das alles überhaupt erst so schnell geschehen konnte. Ich werde vielleicht sogar darum bitten, dass die *Ultimatum* dauerhaft meinem Kommando unterstellt wird.« Er musterte sie mit einem prüfenden Blick. »Wer ist wohl der jüngste Admiral der Raumflotte, was meinen Sie?«

47. Kapitel

Es gab meist nicht allzu viel zu tun, wenn sich ein Schiff im Hyperraum befand, dem interdimensionalen Reich zwischen den Sternen. Noch weniger gab es zu tun, wenn man die *Expedient* flog, ein Schiff, in dem es weder eine Kombüse noch Wohnquartiere gab. Was noch schlimmer war: Der Cockpit-Bereich bot nicht die geringste Privatsphäre; Skelly schnarchte auf seinem Sitz, und Zaluna, die so lange nicht aus der Ruhe zu bringen gewesen war, hatte begonnen, nervös den Inhalt der Tasche mit ihren magischen Utensilien zu durchwühlen. Nun ja, selbst die Stärksten erreichten irgendwann ihre Grenzen – vor allem, wenn der Tod im Anmarsch war, um sich ihre Heimatwelt zu holen.

Der einzige Zufluchtsort im Schiff befand sich an seinem hinteren Ende, in einem der verzweigten Gänge des Frachtraums. Und genau dort, inmitten der Regale voller gesicherter Behälter mit Baradium 357, wartete ganz am Ende des Ganges die Person, die er sehen wollte.

»Gemütlich hier hinten«, bemerkte Kanan. »Wir könnten uns Kuchen kommen lassen.«

»Sehr witzig.« Heras Lächeln verschwand schon nach einem

kurzen Moment wieder aus ihrem Gesicht. Sie wirkte müde. »Wir müssen reden.«

»Mit Vergnügen.« Kanan fand ein Plätzchen am Ende des Gangs, das auf beiden Seiten frei von Behältern war, sodass sich zwei Leute auf improvisierten Sitzen in den untersten Regalfächern einander gegenübersetzen konnten. »Ich habe den ID-Transponder nach deinen Anleitungen umgerüstet. Er wird angeben, dass wir ein anderes Schiff sind als das, welches auf Calcoraan Depot gelandet ist – für den Fall, dass sie doch noch herausgefunden haben, dass wir diejenigen waren, die sich da mit Vidian angelegt haben.«

Er bemerkte, dass Hera noch immer die gleiche besorgte Miene zeigte. »Ich vermute mal, du hast ein anderes Problem?«, fragte Kanan.

»Es geht um Skelly«, antwortete sie mit leiser Stimme und deutete mit dem Kopf in Richtung Cockpit. »Ich glaube, er ist in ernsten Schwierigkeiten.«

»Er steckt immer in Schwierigkeiten.«

»Ich glaube, er *stirbt*«, betonte sie. »Die lockeren Sprüche und Scherze sind nur eine Tarnung. Er ist in sehr schlechter Verfassung.«

Kanan atmete tief durch und nickte. Ihm war das Gleiche aufgefallen. »Vidian hat ihn übel zugerichtet. Gebrochene Knochen, innere Blutungen.« Er schüttelte den Kopf. »Ich habe einen Blick auf die Analysedaten und Messwerte geworfen, die dieser Sanitätsdroide aufgezeichnet hat. Er hatte ihn gleich an Ort und Stelle operieren wollen.«

»Wir müssen ihn in ein medizinisches Zentrum bringen«, sagte Hera. »Er hält sich nur noch mit reiner Willenskraft aufrecht.«

»Davon hat er jede Menge. Aber wohin könnten wir ihn

bringen? Wir stehen im Begriff, allen auf Gorse mitzuteilen, dass sie um ihr Leben rennen sollen.«

Hera seufzte. »Du hast recht. Diese Leute haben Vorrang. Er wird wohl einfach irgendwie durchhalten müssen.«

Sie warf einen Blick auf das kleine Aussichtsfenster links von ihr, am Ende des Gangs. Sterne schossen draußen vorbei. Kanan fand, dass sie selbst jetzt, im Angesicht ihrer drohenden Niederlage, umwerfend aussah. »Das war nicht so ganz der Grund, warum du nach Gorse gekommen bist, oder?«

Sie kicherte düster. »Nicht einmal annähernd. Ich war dabei, mit Leuten zu sprechen, die einen Groll gegen das Imperium hegen, aber nur um mir ein Bild von der Tragweite dessen zu verschaffen, was da im Gange ist, um in Erfahrung zu bringen, was wohl möglich ist. Ich bin nicht davon ausgegangen, tatsächlich irgendetwas gegen das Imperium zu unternehmen. Jedenfalls noch nicht. Noch lange nicht.«

»Tja, das ist das Problem mit den Leuten«, erwiderte Kanan. »Wenn sie Hilfe brauchen, dann jedenfalls nie nach deinem Zeitplan – sondern immer nur nach ihrem.«

Sie nickte. Dann sah sie ihn wieder an. Nachdem sie ihn eine ganze Weile lang gemustert hatte, fragte sie: »Woher kommst du, Kanan?«

»Von da und dort«, wich er aus. »Und du?«

»Auch.«

»In Ordnung.«

Sie lächelte leise. »Das war ohnehin nicht die Frage, die ich eigentlich hatte stellen wollen.«

Kanan grinste. »Dann schieß mal los.«

»Warum machst du das?«

»Bei dir sitzen? Weil ich es mir nicht entgehen lassen will.«

»Nein, ich meine *das.* Ich meine, Flüchtlinge durch die Gegend zu kutschieren und zu versuchen, es Vidian heimzuzahlen. Ich weiß, warum Skelly und ich oder sogar Zaluna es tun«, setzte sie hinzu. »Aber bei dir weiß ich es nicht.«

Er zuckte die Achseln. »Ich mag es einfach, wenn's ordentlich rundgeht.«

»Jetzt im Ernst.«

Er kratzte sich den Bart. »Du warst dabei. Du hast gesehen, was mit Okadiah geschehen ist und mit all den anderen ...«

»Und das ist schrecklich. Aber du hast selbst eingestanden, dass du viel herumziehst. Du wolltest Gorse gerade für immer verlassen, als ich dich kennengelernt habe. Also, obwohl ich es natürlich zu schätzen weiß, dass du hier mit dabei bist, frage ich mich doch, ob da vielleicht noch etwas anderes eine Rolle spielt.« Sie musterte ihn. »Ich meine, du bist jedenfalls nicht aus politischen Gründen dabei.«

Er lachte. »Definitiv nicht.«

Sie lächelte. »Ja, du kommst mir auch nicht wie ein Opfer von Unterdrückung vor.«

Kanans Grinsen wurde etwas schmaler, als er ihre Worte hörte, und er wandte den Blick ab. »Das kann man nie wissen«, murmelte er. »Der äußere Schein kann trügen.«

»Was sagst du da?«

Er spürte ihren Blick auf sich, wandte sich ihr wieder zu und lächelte. »Nichts. He, es ist so, wie ich es schon zu Anfang gesagt habe. Ich gehe einfach nur dahin, wo du hingehst.«

Hera zog die Nase kraus. »Hm«, meinte sie nach einem Moment.

»*Hm* was?«

»Ich glaube, mir hat deine erste Antwort besser gefallen.«

Zaluna stand vor den anstürmenden Sternen. Es war ein umwerfendes Spektakel, etwas, was sie niemals zu sehen erwartet hatte. Ihr Lohn hatte nicht gereicht, um weit zu reisen, und außerdem gab es für sie keinen Ort, an den sie gehen konnte. Ihr Büro war ihr ganzes Universum gewesen.

Und jetzt, da Skelly schlief und Kanan und Hera fort waren, irgendwo im hinteren Teil des Schiffs, war nun ihre letzte Chance gekommen, es vielleicht doch wieder zurückzubekommen.

Ihre letzte Chance, ihre Meinung zu ändern.

Sie hatte in den vergangenen Tagen ihr ganzes Leben ruiniert. Sie hatte nur Hettos letzten Wunsch erfüllen wollen, aber keinerlei Absicht gehegt, wie eine Art Geheimagent durch die Galaxis zu ziehen. In ein imperiales Depot einzudringen? Sich nicht nur an den Computern eines wichtigen Regierungsvertreters zu schaffen zu machen, sondern sogar an seinem Körper selbst herumzupfuschen? Wer *war* diese Person, die zu so etwas in der Lage war? Es war mit Sicherheit nicht die Frau, für die sie sich bisher gehalten hatte.

Aber hier hatte sie nun eine Gelegenheit, alles ungeschehen zu machen. Sie hatte zuvor das große rote Licht am vorderen Kontrollfeld direkt neben dem Komm-System gesehen: Es hatte angezeigt, dass das Schiff im Begriff stand, den Hyperraum zu verlassen. Jetzt war es wieder erloschen.

Sie wusste nur zu gut, wie man das Komm bediente. Sobald sie wieder in den Realraum eingetreten waren, konnte sie das Imperium kontaktieren und aus dieser Unternehmung hier aussteigen.

Sie würden ihr vielleicht immer noch glauben. Sie konnte behaupten, sie sei entführt und dazu gezwungen worden, diesen Möchtegernradikalen zu helfen. Skelly und Kanan waren gewalttätige Naturen, die Vertreter des Imperiums angegriffen hatten. Hera war die Drahtzieherin, die versuchte, sie dazu zu verleiten, das Imperium zu verraten. Zaluna selbst war unschuldig, nur ein Spielball der anderen, eine einfältige Frau, die nichts als gute Absichten hatte. Sie konnte behaupten, sie hätte versucht, die Aufrührer in eine Falle zu locken, und sei dann selbst gefangen genommen worden. Sie hatten sie in Gefahr gebracht. Sie schuldete ihnen gar nichts.

Und der Mond konnte vielleicht immer noch gerettet werden. Wenn Vidian etwas unternahm, was er nicht tun sollte, würde das Imperium ihn stoppen, oder etwa nicht? Und was ging sie das alles überhaupt an? Vielleicht waren die mörderischen Voraussagen, was da zu passieren drohte, auch falsch. Wer war sie, Entscheidungen in Frage zu stellen, die so weit oben getroffen worden waren? Es wäre ein wahrlich unvernünftiges Imperium, das das Wohl seiner Bürger mit Füßen trat.

Nur ... das Imperium *hatte* genau das viele Male getan, wie sie es selbst erlebt hatte. Und seine dienstbaren Geister hatten noch nie zuvor auf das gehört, was die Bürger des Imperiums zu ihrer eigenen Verteidigung vorzubringen hatten. Sie hörten nur darauf, was Leute über das Imperium selbst sagten. Zaluna wusste es aus erster Hand, da sie jahrelang selbst die Augen und Ohren des imperialen Staates auf Gorse und Cynda gewesen war. Sie hatte gehört – aber niemals begriffen. Sie hatte zugeschaut, aber niemals erkannt.

Und jetzt hatte sich das zu ändern begonnen. Die anderen hatten sie zum Nachdenken gebracht.

Hera hatte sich während ihrer Reise mehrmals geduldig Zalunas Sorgen angehört, und jedes Mal hatte sie offen und entschieden gesprochen. Angst war verständlich und verzeihlich, und niemand erwartete von Zaluna, dass sie mehr tat als das, was in ihren Fähigkeiten stand. »Aber zu sehen und nichts zu tun ist nicht das Schlimmste«, hatte Hera betont. *»Das Schlimmste ist es, zu sehen und sich nicht darum zu scheren.«*

Zaluna hatte die imperialen Speichellecker vielerlei Dinge tun sehen. Schlimme Dinge, bei denen den Beobachtern von Transcept befohlen worden war wegzuschauen. Sie hatte getan, wie ihr geheißen, aber sie hatte das nie verstanden. War es nicht ihr Beruf, eine Beobachterin zu sein? Was nutzte es, eine Zeugin zu sein, wenn die Gesetzgeber die Gesetze nach Lust und Laune ändern konnten?

Und dann war da Skelly. Sicher, er war ein Unruhestifter, aber ihr war mittlerweile klar geworden, dass er ein aufrichtiges Interesse daran hatte, Cynda und Gorse zu schützen. Das Imperium scherte sich nur wenig um jene, die in den Klonkriegen versehrt worden waren, und noch weniger um Leute, die Bedenken hinsichtlich der industriellen Aktivitäten des Imperiums hatten. Zaluna begriff, dass die bevorstehende Zerstörung des Mondes für Skelly ungefähr so war, als müsse er einem nahen Angehörigen beim Sterben zusehen.

Und schließlich war da noch Kanan, der von Katastrophe zu Katastrophe zu marschieren schien, als spaziere er von der einen Kaschemme in die nächste. Nichts schien ihn wirklich zu berühren – und doch wusste sie, dass das nicht stimmte. Ja, er spielte den Hilfsarbeiter und Handlanger, übernahm gefährliche Arbeiten und zahlte es denen, die ihm krummkamen, mit gleicher Münze heim. Aber jener Tag zusammen mit Okadiah war nicht das erste Mal gewesen, dass sie gesehen hatte, wie er jemandem zu Hilfe eilte. Es waren immer scheinbare Kleinigkeiten gewesen; oft hatte derjenige, dem er geholfen hatte, nicht einmal etwas davon bemerkt. Kanan schien es aus irgendeinem Grund so zu wollen.

Sie konnte außerdem erkennen, dass er es müde war, so zu leben, wie er gelebt hatte: Er hatte es satt, von einem sinnlosen Job zum nächsten zu wechseln und nach einem Ort zu suchen, wo er sein Leben auf seine eigene Weise leben konnte. Sie hatte diesen Gesichtsausdruck schon Hunderte Male auf den Gesichtern anderer Wanderarbeiter gesehen – und das Imperium hatte diesen Blick für viele zu einem Dauerzustand gemacht. Kanan war jung, aber seine verborgene Seele war viel älter. Und Zaluna wusste, dass das Imperium irgendwie dafür verantwortlich war.

Aber Zaluna hatte ebenfalls das Recht auf ein Leben ihrer Wahl, und ihr lief die Zeit davon.

Das rote Licht auf dem Navigationscomputer blinkte. Ein Summer, halb kaputt und kaum hörbar, ertönte. Ihr Blick wanderte zu den Reglern des Kommunikationssystems. Es wäre so einfach ...

»Dein einziger Wert für das Imperium besteht darin, was du für es tun kannst«, ließ sich eine Stimme hinter ihr vernehmen.

Es hatte Zaluna nicht überrascht, Heras Stimme zu hören. In Gedanken wog sie ihre Worte ab. »Wissen Sie«, antwortete sie mit ruhiger Stimme, »Hetto pflegte genau das Gleiche zu sagen.«

»Er hatte recht.«

Zaluna sah Heras Spiegelbild im Sichtfenster, vor dem Hintergrund der vorbeirasenden Sterne. Sie stand reglos hinter ihr, ohne näher zu kommen. »Haben Sie denn keine Angst?«, fragte Zaluna.

»Jeder hätte Angst. Aber die Jedi hatten da einen Spruch, was Angst betrifft. Sie führe letztendlich zum Leid.« Hera schwieg für einen Moment. »Irgendjemand muss die Fesseln zerreißen.«

»Die Leute dürfen heute nicht mehr über die Jedi reden.«

»Vielleicht sollten sie es doch tun.«

Zaluna nickte und richtete ihren Blick wieder auf das Kontrollfeld. »Damals war es wirklich besser.« Sie fühlte, wie ihre Kraft wieder zurückkehrte. Sie war mehr als ein zusätzliches Paar Augen und Ohren für einen sadistischen Cyborg – und einen fernen Imperator. Sie war keine Revolutionärin, aber sie konnte zumindest versuchen, diese Leute jetzt aufzuhalten.

Zaluna bewegte die Hand zum Navigationscomputer und schaltete den Summer aus. »Ich wollte Sie gerade holen gehen«, sagte sie. Sie drehte sich zu Hera um und lächelte. »Wir sind da.«

48. Kapitel

Kanan wusste, dass es, laut ausgesprochen, ziemlich dumm klang, aber das Verlassen des Hyperraums war genauso wie der Eintritt in den Hyperraum, nur umgekehrt. Die Sterne hinter dem vorderen Sichtfenster wurden von verschwommenen Linien wieder zu funkelnden Punkten. Allerdings konnte er diesmal aus dem Cockpit der *Expedient* kaum welche sehen. Cynda hing über dem Schiff, aus ihrem Blickwinkel ein strahlender Halbmond, während der große Planet Gorse vor ihnen lag, seine Städte wie immer in ewige Nacht getaucht.

Und da war noch etwas anderes: mehr TIE-Jäger, als er je gesehen hatte. Ganze Schwärme lauerten ihnen voraus im Weltraum, von denen sich nun Vierergruppen lösten, als die *Expedient* in ihre Nähe kam.

»Vektorbahn rechts, sieben-fünf Grad, Achse zwanzig Grad geneigt«, blaffte eine Stimme durch das Komm. »Folgen Sie der Formation, wenn Ihnen Ihr Leben lieb ist.«

Kanan zuckte zusammen. An diesem Punkt hätte er die Imperialen normalerweise mit der einen oder anderen Unverschämtheit bedacht, aber er saß nicht am Steuerhorn, und es wäre auch nicht klug gewesen. Nicht jetzt. Hera gehorchte, drehte das Schiff bei und brachte es auf eine Linie mit der Schlange von Schiffen weit vor ihnen. Jeder Frachter wurde von zwei TIEs begleitet, die entweder über oder unter ihm oder auch zu beiden Seite flogen, sodass sie einen Flugkorridor vorgaben: Kanan konnte von den Sensoren ablesen, dass zwei TIEs auch die *Expedient* an Backbord und Steuerbord flankierten. Geradeaus vor ihnen verdunkelte sich der Himmel für einen Moment, als der sechseckige Flügel eines weiteren TIEs an ihrem Sichtfeld vorbeischoss.

»Sie kreuzen«, erklärte Kanan. »So halten sie uns alle voneinander getrennt.«

Hera runzelte die Stirn. »Und dadurch begrenzen sie den Schaden, den ein Saboteur anrichten könnte. Sie haben Angst, dass noch ein weiterer Skelly hier draußen ist.«

»Da könnten sie recht haben«, rief Skelly von hinten. Er hielt sich den Bauch, als er nun nach vorn ins Cockpit gehumpelt kam. Dann streckte er die Hand nach der Seitenlehne von Kanans Sitz aus und verfehlte sie. Zaluna sprang auf und hielt ihn fest. Skelly schien die Frau, die ihn stützte, kaum wahrzunehmen. Sein Blick war starr nach draußen gerichtet. »Irgendjemand meint es da ernst.«

Die *Expedient* folgte dem Konvoi über den Terminator hinweg, der auf Cynda Tag und Nacht trennte. Dann sahen sie vor ihnen mitten im Weltraum den Dirigenten ihrer Frachtflotte. Zaluna verschlug es bei dem Anblick den Atem. »Noch ein Sternzerstörer!«

»Nein, derselbe«, berichtigte Hera.

Kanan nickte. Es war eine der irritierenden Folgen, wenn Schiffe verschiedener Geschwindigkeit den Hyperraum nutzten. Als sie auf Lichtgeschwindigkeit gegangen waren, war die *Ultimatum* noch in ihrer Heckkamera zu sehen gewesen, wie sie über Caloraan Depot im Weltraum lag; jetzt befand sie sich vor ihnen über Gorse und spuckte immer noch neue TIE-Jäger aus.

Hera verfolgte das Geschehen mit beunruhigtem Staunen. »Diese TIEs können nicht alle vom Sternzerstörer kommen. Ein Schiff der Imperial-Klasse besitzt sechzig, vielleicht siebzig davon.«

Kanan machte weitere Schiffe im Orbit über Cynda aus. Lang und sperrig wie die Thorilidiumfrachtschiffe, besaßen die Schiffe Andockbuchten für jeweils vier TIE-Jäger. »Sieht so aus, als hätte das Imperium die alten Gozanti-Kreuzer überholt.«

»Und uns haben sie ebenfalls überholt!« So sauer hatte er Hera noch nicht gesehen. Sie war es offensichtlich gewohnt, ein schnelleres Schiff zu fliegen. »Wir können noch froh sein, dass sie nicht auch noch Zeit für einen kleinen Landurlaub hatten.« Sie warf einen Blick auf ihre Monitore und hob frustriert die Hände. »Ich habe nicht die geringste Ahnung, wie wir durch diese Blockade hindurch überhaupt nach Gorse kommen können.«

»Ich habe gedacht, du wärst gut«, gab Kanan zurück.

»Nicht *so* gut. Nicht in dieser Mühle.«

Die TIEs führten den Konvoi auf einer langen Bahn der Oberfläche Cyndas entgegen. Hera drehte die *Expedient* um hundertachtzig Grad, damit man vom Cockpit aus den Mond besser sehen konnte. »Bauarbeiten voraus«, erkannte Kanan. Er legte einen Schalter um, was den Zoom des Sichtfensters aktivierte.

Skelly taumelte vorwärts und wäre fast zwischen Hera und Kanan an der vorderen Konsole zusammengebrochen. Die Arme über die Armaturen gestreckt, um sich festzuhalten, riss er die Augen auf, erschreckt von dem Anblick, der sich ihm da bot. »Wir kommen zu spät«, murmelte er und starrte auf einen großen Metallturm auf der Mondoberfläche.

»Wie bitte? Was ist das denn?«, fragte Kanan. Er konnte mindestens sechs weitere solcher Türme sehen, scheinbar willkürlich über die Oberfläche des Mondes verteilt.

»Die Einlassstellen. Sie pumpen Xenoborsäure hinein und reißen so Löcher tief in den Mantel. Als Nächstes werden sie die Baradiumsprengladungen an Suprafasern hinablassen.« Skelly schaute von Turm zu Turm. »Tief in seinem Inneren hat Cynda Sprünge und Fehler, genau wie ein Diamant mit Einschlüssen. Sie werden die Sprengungen in einer präzisen Reihenfolge vornehmen, in einem Abstand von wenigen Sekunden. Die Primärzündungen werden den Mond aufreißen. Die Sekundärzündungen werden ihn zermalmen. Und die Tertiärzündungen ihn zerstäuben.«

Kanan starrte ihn an. »Woher weißt du das alles?«

»Es war meine eigene Idee. Für mich war das Ganze nur ein Gedankenexperiment – nur um meine Überlegungen zu untermauern. Es war alles auf der Holodisc.« Er seufzte und sackte zu Boden. »Warum nur muss ich immer recht behalten?«

Hera beobachtete die Arbeiter auf dem Mond. »Sie haben es sehr eilig«, bemerkte sie.

»Vidian hat es sehr eilig«, korrigierte Kanan. »Er muss den Mond zerstören, bevor der Imperator erfährt, was er hier tut.« Er feixte. »Und genau das ist es, was hier fehlt: er und sein großes Förderschiff, um das Thorilidium zu sammeln. Ich hab euch ja gesagt, ihr braucht nur darauf zu vertrauen, dass ich schon alles …«

»Achtung, neu eintreffende Frachter«, ertönte eine vertraute Stimme aus dem Komm. »Hier spricht Captain Sloane von der *Ultimatum.* Ich habe wichtige Informationen über eine Planänderung.«

Kanan lächelte die anderen an und reckte triumphierend den Daumen. »Jetzt kommt's!«

»Der Unfall vor ein paar Tagen hat die Minen des Mondes gefährlich instabil gemacht«, fuhr Sloane fort. »Imperiale Wissenschaftler sind zu dem Schluss gekommen, dass die einzige Möglichkeit zur Vermeidung künftiger Katastrophen darin besteht, alle Spannungen, die sich im Inneren aufgebaut haben, jetzt, solange niemand in den Minen ist, zu lösen. Indem wir das tun, stellen wir sicher, dass hier weiter gefahrlos Bergbau betrieben werden kann, im Namen des Imperiums.«

»Ja, das Imperium passt wirklich auf seine Arbeiter auf«, bemerkte Skelly. »Sie beschwatzen unsere eigenen Leute dazu, Selbstmord zu begehen!«

»Sie werden an die vorgesehenen Stellen auf der Oberfläche von Cynda geleitet, wo Sie Ihre Fracht abladen und dann sofort wieder abheben«, setzte Sloane hinzu.

Kanan runzelte die Stirn. »Einen Moment mal. Das war aber nicht, was sie hätte sagen sollen. Sie sollte uns eigentlich erzählen, dass Vidian erledigt ist – und uns alle nach Hause schicken!«

»Das klingt nicht nach einer Frau, die gerade Vidians geheime Pläne an den Imperator verpetzt hat«, stellte Hera fest.

Kanan starrte auf das Komm. »Nein, tut es nicht.« Er schüttelte den Kopf.

Der Alarm für Störungen des Hyperraums blitzte blau auf und gab einen lauten Kreischton von sich. Vor ihnen erschien Vidians gigantischer Thorilidiumernter an der einzigen freien Stelle im Weltraum vor Cynda, die noch zur Verfügung stand.

»Willkommen, *Forager«,* grüßte Sloane über das Kommunikationssystem. »Die letzten Frachter sind eingetroffen, und die letzten Zündsätze werden in vierzig Minuten in den Untergrund eingesetzt sein. Sie sollten in einer Stunde eine Datenverbindung mit der Sprengsteuerstelle erhalten.«

»Hervorragende Arbeit, Captain Sloane«, hörten sie Vidian sagen. »Sie werden eines Tages einen prächtigen Admiral abgeben.«

Kanan sah Hera an. »Ich muss gleich kotzen. Die beiden turteln miteinander.«

»Eifersüchtig?«

»Verflixt, ich habe gedacht, sie würde auf mich hören!« Er hämmerte mit der Faust auf die Armaturen. »Aber so sind die Imperialen, wirklich! Sie fallen ihren Freunden dauernd in den Rücken!«

Sloane sprach weiter und klang nun besorgter. »Graf Vidian, die Zeit drängt. Leutnant Deltics Stab sagt, sobald die Verbindung mit der Sprengsteuerung hergestellt ist, bleibt Ihnen noch eine Stunde, um den Prozess in Gang zu bringen.«

»So viel Zeit werde ich nicht brauchen«, antwortete Vidian knapp. »Ich bin hier zur Stelle – und die *Forager* wird bereit sein.«

»Um das Thorilidium einzusammeln, nachdem er den größten Teil davon in die Luft gesprengt und zerstört hat – zusammen mit dem Mond«, murmelte Skelly, als die Übertragung geendet hatte. »Sinnlos.« Er drehte sich auf dem Boden herum, und sein Rücken sackte gegen die Konsolen des Cockpits. Er wischte sich mit der Hand über die Nase. Da war Blut. »Setzt mich einfach irgendwo ab. Vielleicht kann ich auf Cynda sterben, bevor sie den Mond in die Luft sprengen.«

Hera sah Skelly für einen Moment an, dann schaute sie wieder nach draußen. Ihr Blick richtete sich auf etwas vor ihnen.

»Skelly, warum hat sie gesagt, dass für die Detonation des Sprengstoffs, den sie im Mond vergraben, nur eine bestimmte Frist zur Verfügung steht?«

Skelly rieb sich mit geschlossenen Augen die linke Schläfe. »Es liegt an der Xenoborsäure, die sie hineinpumpen. Wenn man zu lange wartet, frisst sich das Zeug, das sich dort unten im Mond befindet, auch durch die Baradiumbehälter und die Verbindungskabel. Und dann knallt es eben nicht mehr.«

Hera sah Kanan an. Er begriff, worauf sie hinauswollte. »Skelly, du hast gesagt, das Ganze sei eine Kettenreaktion – dass einige dieser Türme für die Primärzündungen verantwortlich sind?«

Skelly schniefte und öffnete die Augen. »Ja. Vier von ihnen.«

»Welche vier?«, hakte Kanan nach.

»Ich versuche, mich zu erinnern. Ich muss einen Blick draufwerfen.« Skelly versuchte aufzustehen, fiel jedoch nur wieder auf den Hintern zurück. Zaluna sprang erneut von ihrem Sitz auf und half ihm, wieder hochzukommen, wobei sie sich zwischen den beiden vorderen Sitzen abstützte. Skelly schaute mit zusammengekniffen Augen auf Cyndas helle Oberfläche hinaus.

»Wird eine Zerstörung der Türme die Reaktion stoppen?«, wandte sich Kanan an Skelly.

»Ja. Aber das dort unten sind unsere Leute, die an den Türmen arbeiten und ihre Fracht dorthin bringen.«

»Ich weiß.« Kanan griff nach seinem Kopfhörer mit Mikrofon und setzte ihn auf.

»Das Ding ist nur mit dem lokalen Kommunikationsnetz verbunden«, bemerkte Hera. »Zalunas Warnung können wir damit nicht aussenden.«

Er reagierte nicht darauf, sondern machte sich an dem Riegel der Abdeckplatte vorn vor seinen Knien zu schaffen. Ein Türchen öffnete sich. Kanan zerrte an dem Gegenstand, der sich dahinter befand. Widerstrebende Angeln knarrten und ächzten. Mit einiger Anstrengung zog er eine mit Griffen versehene Zielvorrichtung zu seinen Schultern hinauf.

»Sollte ich wissen wollen, was er da anstellt?«, fragte Zaluna.

Hera starrte ihn konfus an. »Ich bin mir da selbst nicht so sicher.«

»Der Meteoritenjäger«, erklärte Kanan und wedelte mit der Hand in Richtung Decke. Das Einzelgeschütz, das über dem Raum für die Crew angebracht war, hatte ein Schussfeld, das einen breiten Radius von der einen bis zur anderen Seite der *Expedient* abdeckte. »Jeder Baby-Transporter verfügt über so ein Geschütz. Das Baby mag keine Zusammenstöße.«

»Ich auch nicht«, sagte Skelly und sah ihn nervös an. »Du kannst doch nicht erwarten, dass du damit die Imperialen zurückschlagen kannst?«

»Nur ein paar von ihnen«, gab Kanan zurück und prüfte, ob sein Mikrofon funktionierte. »Aber wenn ich es richtig mache, sind ein paar auch schon genug!«

49. Kapitel

Die Kommandozentrale des Förderschiffs wirkte wie die Kathedrale einer uralten Religion, und Vidians Kommunikationsstation in der Mitte des Raums ähnelte einem Altar. Allerdings waren das nutzlose Vergleiche. Die Realität jedoch ging nicht an Vidian vorbei. Von hier aus würde er den Mond seinem Imperator opfern und sich damit für ein weiteres Jahr dessen Gunst versichern. Und die Asche dieser zerstörten Welt würde seinen Rivalen ein für alle Mal ersticken.

Ob beabsichtigt oder nicht, die Konstrukteure des Förderschiffs hatten der Brücke der *Forager* eine Aura des Übernatürlichen verliehen. An vorderster Front der ersten Kugel in der Reihe von miteinander verbundenen Kapseln gelegen, wölbten sich in dem riesigen runden Raum hohe Fenster zu der in zwanzig Metern Höhe befindlichen Decke hinauf und nach vorn zum Weltraum hin. Weitere Konsolen wie diejenige vor Vidian waren um ihn herum kreisförmig im Raum aufgestellt, als wären es Miniatur-Megalithen an einer heiligen Stätte für die Riten von Götzenanbetern. Ein Art Galerie lief zwei Ebenen weiter oben um die vordere Wölbung des Raumes herum und bot zwischen den Fenstern zusätzliche Arbeitsplätze für Vidians Droiden und seine kybernetisch verbesserten Assistenten. Er konnte die metallischen Gestalten auf dem durchsichtigen Bodenbelag umhergehen sehen, digitale Priester, von einem funkelnden Mond von hinten beleuchtet.

»Förderspeichen zum Einsatz vorbereitet, Herr Graf«, sagte einer von ihnen. »Wir sind bereit für den Sammelvorgang.«

Vidian nickte. Jetzt waren erst einmal Sloane und ihre Leute dran. Er schaltete seine optische Datenübertragung von Direkt- auf Fernkamera um und verschaffte sich einen Überblick über den Fortschritt der Arbeiten auf Cynda. Was er sah, gefiel ihm: Sloane hatte Erstaunliches geleistet und das in die Tausende gehende Personal der *Ultimatum* zu einem Projekt vereint, das noch Tage zuvor nur eine Fantasie auf der Holodisc eines geistesgestörten Attentäters gewesen war. Jetzt dagegen waren sie nur noch dreißig Minuten davon entfernt, etwas zu vollbringen, was bisher noch außerhalb der Grenzen der imperialen Möglichkeiten lag: die Zerstörung eines Mondes und vielleicht auch der Welt, die unter diesem Mond lag.

Es war von entscheidender Bedeutung gewesen, sich frühzeitig Sloanes Kooperation zu sichern. Jeder zusätzliche Zeitverlust, jedes Zögern und jede Überlegung hätten die Ingenieure des Imperators auf den Plan gerufen, und sie hätten die Ergebnisse der Testsprengung in Frage gestellt. Vidian konnte sich Tharsas Namen bedienen, um einen Bericht zu fälschen und einen ehrgeizigen Kapitän zu täuschen, aber mehr wäre schwierig geworden. Und sein Unternehmen konnte nicht warten. Während sich Vidian die neusten Nachrichten vor seinen Augen anzeigen ließ, stieß er nicht nur auf weitere Botschaften des lästigen Danthe, sondern fand auch mehrere aus dem inneren Kreis des Imperators. Alle waren in einem geradezu lächerlich dringlichen Ton gehalten – sie drohten nachgerade damit, dass die ganze imperiale Flotte eingemottet werden müsste, sollte Vidian nicht auf der Stelle Thorilidium in Rekordmengen liefern können. Der Baron hatte sich wirklich ganz schön ins Zeug gelegt, um die Leute des Imperators zu bearbeiten.

Nun, Vidian würde dem allem bald genug ein Ende setzen. Er würde Thorilidiummengen liefern, die auch die kühnsten Fantasien aller überstiegen, und dann würde er dem grinsenden Danthe eine tickende Zeitbombe hinterlassen.

Einer von Vidians kybernetischen Assistenten trat an ihn heran. »Da kommt gerade eine Meldung herein, Meister, auf dem Kanal der Minengilde.«

»Wie?« Vidian flüsterte einige Befehle, bis auch er die Meldung hören konnte.

»... weiß wirklich nicht, was da los ist. Fühle mich so ... so komisch. Diese verdammten Baby-Behälter ... ein paar von ihnen haben anscheinend angefangen, diese, ich weiß nicht ... diese *Dämpfe* abzugeben ...«

»Was ist das für ein Unsinn?«, fragte Vidian laut vernehmlich.

»... hab keine Ahnung, wie es passiert ist. Fehlerhafte Ladung, fehlerhaftes Material, fehlerhaftes Irgendwas ... genau wie alles bei dieser elenden Plackerei. Ich habe das alles gehasst, wisst Ihr.« Die Stimme wechselte von einem wirren, benebelten zu einem verbitterten Tonfall. »Und ich habe *euch* alle gehasst.«

»Es kommt von einem der Frachter«, erklärte Vidians Assistent unaufgefordert. »Das Kühlmittel in der Außenschicht der Baradium-357-Behälter ist dafür bekannt, dass es psychotische Schübe auslösen kann, wenn es in die ...«

»Ja, ihr kennt mich«, ging der Sprecher dazwischen, der mit

jedem Wort wütender klang. »Ihr kennt meine Stimme. Ich habe euch alle ertragen, mir alles von euch gefallen lassen, um Okadiahs willen. Unten in den Bergwerken, im Schwebebus, an der Bar. Jede Menge Penner seid ihr alle. Und dabei haltet ihr euch auch noch für *so* superharte Burschen. Ich könnte kotzen!«

Vidian schäumte vor Wut, als er die Stimme erkannte. *Der Revolverheld!* »Findet heraus, woher diese Übertragung kommt«, befahl er. »Schnappt euch den Kerl!«

Der Sprecher tobte jetzt hemmungslos. »Schmutzige, stinkende Bergarbeiter! Ich kann eure ID-Transponder sehen. Ich weiß, wer ihr seid. Ihr haltet euch für heiße Typen, weil ihr Bomben transportieren dürft. Schauen wir mal, wie heiß *ich* die Sache machen kann!«

Vidian schaltete in den Kommunikatormodus um. »Alle herhören! Hier spricht Graf Vidian. Schenken Sie diesen Übertragungen keine Beachtung und liefern Sie Ihre Fracht ab! Sie haben gerade das Gefasel eines Verrückten gehört, eines Provokateurs …«

Der Pilot donnerte: »Ich bin verrückt? *Ich bin verrückt?* Na gut, von mir aus. Mich scheren Ihre beschissenen Sternjäger nicht, Imperium-Mann. Ich sage euch allen nur eins: Wenn ihr mich kommen seht, haut besser ab, denn ich werde jedes Schiff in die Luft jagen, das mir in den Weg kommt! Und mit den Bergarbeiterschiffen fange ich an!«

Ein durch Mark und Bein gehendes schrilles Geräusch drang durch das Kommunikationssystem der *Expedient:* Das Imperium hatte einen Störsender über den Kanal der Minengilde gelegt. Hera sah Kanan bestürzt an. »Ich habe gedacht, du wolltest sie wegen des Mondes warnen!«

»Sie hätten es nicht geglaubt. Ich glaube es ja selbst kaum. Im Moment haben sie nur Angst vor den TIE-Jägern. Aber vor mir werden sie gleich noch viel größere Angst bekommen!« Kanan warf ihr einen wilden Blick zu. »Du musst jetzt fliegen wie ein Wookiee, dessen Pelz in Flammen steht – und der glaubt, *alle* hätten ihr Streichholz darangehalten. Schaffst du das?«

Sie schien allmählich zu verstehen, was er vorhatte – wenn auch nur widerstrebend. »Kapiert.«

Er deutete auf den TIE-Jäger, der soeben über dem Flugkorridor des Frachterkonvois kreuzte.

Der imperiale Sternjäger kam in ihr Gesichtsfeld geschossen, und seine Flügel verwandelten sich in große sechseckige Zielscheiben. Genau das waren sie für Kanan auch, der nun auf den Auslöser seiner Geschützregler drückte. »Jetzt, Hera!«

Orangefarbenes Feuer schoss aus dem Geschützturm, der ein Stück über und hinter ihren Köpfen positioniert war, und traf genau in die Mitte des Flügels des vorbeifliegenden TIE-Jägers. Hera riss das Steuerhorn nach vorn und gab Gas, was die *Expedient* abtauchen ließ. Der TIE explodierte über ihnen in leuchtenden Flammen – aber jetzt war vor ihnen nur noch Cynda zu sehen, und die eisige Oberfläche des Mondes füllte das Sichtfenster ganz aus.

Zaluna, die neben Kanans Sitz gestanden hatte, verlor ihren Halt und stürzte nach vorn, schleuderte Skelly gegen die vordere Konsole. Er schrie vor Schmerz.

»Festhalten!« Hera steuerte die *Expedient* in eine Rolle, wodurch einer der beiden imperialen Jäger, die sie flankiert hatten, in Kanans Blickfeld geriet. Er feuerte erneut. Hera wartete das Ergebnis nicht ab, sondern hatte bereits ein neues Abtauchmanöver begonnen. Cyndas Schwerkraft begann sich bemerkbar zu machen.

Zaluna versuchte, Skelly aufzuhelfen. »Entschuldigt bitte vielmals«, sagte sie. »Ich bin so etwas nicht gewohnt!«

»Wer wäre das schon?«, gab Skelly zurück. Mit kraftlosen Bewegungen wollte er ihre Versuche, ihn hochzuziehen, abwehren und bettelte ins Leere: »Bitte, lassen Sie mich einfach hier unten sitzen und …«

»Wir brauchen dich hier«, versetzte Kanan, während er sich mühte, den Jäger auf der anderen Seite ins Visier zu bekommen. Der TIE beschoss sie: Kanan sah das Aufblitzen hochenergetischer Teilchen zu seiner Rechten. »Wo ist dieser Bursche?«

»Genau hier«, antwortete Hera und schlug auf den Regler für die Bremsdüsen. Die glühenden Ionentriebwerke des dritten TIEs tauchten vor ihnen im Weltraum auf. Kanan schwang sein Zielgerät herum und drückte auf den Auslöser. Hera riss die Faust hoch, als sich der Sternjäger selbst in Stücke sprengte.

Kanan warf einen raschen Blick auf Skelly, der sehr wackelig auf den Beinen war, als Zaluna ihm nun aufhalf. Skelly war schwerer als sie, aber sie tat ihr Bestes, ihn aufrecht zu halten. Kanan flehte ihn an: »Komm schon, Skelly. Wir sind gleich da. Konzentrier dich!«

Skelly kniff die Augen zusammen und blinzelte zur Mondoberfläche hinab, als Hera das Schiff nun immer tiefer sinken ließ. Fern am Horizont erhob sich ein Turm, nicht mehr als eine Nadel über einem Ozean aus Weiß. Man sah eine Gruppe von Schiffen auf das Gebiet zufliegen. »Dorthin!«

Ein durchdringendes Alarmsignal schrillte auf der Brücke der *Ultimatum.* »Alarmstart Geschwader vierzehn, fünfzehn, siebzehn«, befahl Sloane. »Verfolgt diesen Frachter, Bezeichnung von nun an ›Staatsfeind eins‹. Holt ihn runter, Jungs!«

Der Kapitän stand neben dem holografischen Peilmonitor und verfolgte das Treiben fassungslos. Sie hatte dem Sternzerstörer Anweisung gegeben, an Ort und Stelle zu bleiben, den Korridor des Konvois zu überwachen und die *Forager* zu schützen – aber was auf der Oberfläche von Cynda geschah, war einfach nur unglaublich. Und es hatte alles mit dieser bizarren Nachricht von Kanan begonnen.

»Staatsfeind eins verfolgt die anderen Baradiumtransporter«, berichtete ein Fähnrich mit jugendlichem Gesicht. Der junge Cauley hatte sein Bestes getan, den im Zickzack fliegenden Abtrünnigen zu verfolgen, aber in dessen Verhalten war keinerlei System zu erkennen.

»Versuchen die Leute in diesem Schiff, die Frachter zu zerstören?«

»Nein, Captain. Nur die TIE-Jäger, die sie begleiten. Die Frachter wären leichtere Ziele, aber die Sache ist einfach …« Der Fähnrich, der ein Headset aufhatte, starrte mit offenem Mund auf seinen Monitor. Sloane trat hinter ihn, um die Jagd zu beobachten. Der Ausreißer drängte die Begleitjäger von den voll beladenen Transportern ab und schoss dann nach ihnen – aber offenbar absichtlich daneben, indem er nur knapp vor die Frachter zielte.

»Störfeuer«, erklärte sie. Kanan – ein Pilot, ein Aufrührer, ein angeblicher imperialer Agent? Was immer er war, er war definitiv an Bord dieses Schiffes und versuchte, die anderen daran zu hindern, ihre Fracht abzuladen. Seine bedrohliche Nachricht hatte die Voraussetzungen dafür geschaffen, ringsum für Chaos zu sorgen. »Sein Wahnsinn hat Methode. Er will sie verscheuchen.«

»Und er macht seine Sache gut«, bemerkte Fähnrich Cauley. Er deutete auf den Bildschirm. »Er braucht nur in die Nähe eines der Frachter zu kommen, und sie versuchen sogleich auszuscheren.«

Sloane schaute wieder zum holografischen Peilmonitor hinüber. Einer nach dem anderen schalteten die Baradiumfrachter ihre ID-Transponder ab, weil sie Angst hatten, dass sich Kanan ihnen an die Fersen heften könnte. Das verstärkte die Verwirrung nur. *Ob wohl jedermann auf Gorse irgendwann mal mit diesem Typen aneinandergeraten war?*

Cauley klopfte auf seinen Ohrhörer. »Gerade meldet sich bei mir ein TIE-Pilot, der hinter dem Transporter her ist, den er eskortieren soll. Der Transporter nimmt Reißaus, weil er Angst davor hat, von Staatsfeind eins aufs Korn genommen zu werden. Unser Pilot fragt an, ob er den Transporter abschießen darf.«

»Was? Nein!« Sloane erstarrte. Sie hatte Vidian zugesichert, dass sie keinerlei Störung der Sprengstoffanlieferung zulassen würde, und sie hatten mehr Baradium anliefern lassen, als zum Gelingen seines Projekts erforderlich war. Aber wie viel mehr? »Befehlen Sie unserem Piloten, so gut er kann, bei dem Schiff zu bleiben, das er begleitet, bis unsere Verstärkung eintrifft. Sagen Sie ihm, er soll ihm möglichst den Rücken freihalten und …«

»Vergessen Sie's«, murmelte Cauley und nahm seinen Kopfhörer ab. »Staatsfeind eins hat unseren Piloten gerade runtergeholt.«

Sloane ballte die Fäuste. »Ziehen Sie alle eskortierenden Geschwader in diesem Areal ab. Lassen Sie sie alle Jagd auf Kanan machen!«

»Auf wen bitte, Captain?«

»Staatsfeind eins!« Zitternd vor Zorn zeigte sie nach draußen. *»Auf den Burschen, der auf sie alle schießt!«*

50. Kapitel

Kanan stellte erneut seine Zielvorrichtung ein, als Hera die *Expedient* in eine neue S-Kurve zog. Sie hatte das Schiff zwischen dem Sprengstoffturm auf der Oberfläche von Cynda und dem nahe gelegenen Landebereich hindurchgeschlängelt, wo unten am Boden Raupenfahrzeuge des Imperiums die Baradiumbehälter von den Transportern über das Eis zu den Türmen verfrachteten.

Er hatte nicht vor, irgendetwas direkt aufs Korn zu nehmen: Skelly hatte gesagt, dass schon ein Beschießen des Turms möglicherweise versehentlich jene Reaktion auslösen könnte, die den ganzen Mond in die Luft jagen würde. Und würde er die Bergarbeiter in den Frachtern oder auf den Raupenfahrzeugen töten, wäre er auch nicht besser als Vidian. Stattdessen fuhr er damit fort, die Bereiche unter Beschuss zu nehmen, die die Arbeiter zu durchqueren hatten, während er zugleich weitere Schiffe an einer Landung hinderte. Er wollte keine Zivilisten töten, aber er hatte nichts dagegen, sie für einen guten Zweck gehörig zu erschrecken.

»Nicht gerade die ideale Weise, ein Gemeinschaftsbewusstsein aufzubauen«, meinte Hera, als er eine weitere Salve direkt unter einem Frachter abfeuerte, der eine Landung versuchte.

»Rekrutier deine Verbündeten in der Freizeit. So erregt man hier auf Gorse Aufmerksamkeit!«

Das Problem war nur, dass ihm allmählich die Ziele ausgingen. »Skelly, wo ist der nächste Turm für die Primärzündung?«

»Vergiss es«, blaffte Hera. Sie riss am Steuerhorn und jagte die ächzende und sich sträubende *Expedient* in einer Spirale nach oben. Kanan sah den Grund, als sich das Schiff drehte: Der Himmel war voller TIE-Jäger, die auf sie zugeschossen kamen.

Ein lautes Piepen drang aus seinen Zielkontrollen. Eine Anzeige warnte, dass der Geschützturm überhitzt war. Er sah Hera an und schüttelte den Kopf. »Das Ding ist eben nur dazu gedacht, ein paar Steinchen abzuschießen. Das ist so ziemlich alles.«

»Und ich habe den Eindruck, unsere Triebwerke könnten jeden Moment den Geist aufgeben.« Sie seufzte verärgert, als die *Expedient* nun in den Orbit zurücksauste.

»Das Sicherste an Bord ist das Baradium!« Damit hatten sie auch ein perverses Glück, fand Kanan: Die vielen heftigen Stöße, Erschütterungen und Beinahezusammenstöße, die die *Expedient* mittlerweile hinter sich hatte, hätten seine übliche Ladung binnen eines Herzschlags in die Luft gehen lassen. Das Baby mit der so irrwitzig größeren Sprengkraft, das er nun an Bord hatte, hatte zumindest den Vorteil, dass die Behälter in ihren Regalen gesichert waren.

Wieder erschien Gorse vor ihnen, und davor prangte riesig die *Forager* im Raum. Die Förderspeichen ihrer Fangräder waren geöffnet und klafften an der Vorderseite des Schiffs wie die gigantischen Blätter einer metallenen Blüte. Die gewaltige

Größe des Schiffs ließ Kanan erbleichen. »Können wir dieses Ding abschießen?«

Hera prüfte ihre Instrumente und schüttelte den Kopf. »Starker, ausgedehnter Energieschild.« Sie steuerte die *Expedient* nach außen und weg von der immer näher kommenden Welle von TIE-Jägern. Ihr Manöver eröffnete ihnen einen besseren Blick von der Seite auf die *Forager,* aber das war auch schon alles. Es war nutzlos. Der Versuch, gegen sie etwas auszurichten, hatte keinen Sinn.

Kanan ließ die Zielvorrichtung los. Er bemerkte, dass seine Hände deutliche Abdrücke auf dem Gerät hinterlassen hatten. Er rieb sich die Stirn. »Hat jemand einen Plan auf Lager?«

Einen Moment lang sagte niemand etwas.

Dann kam eine Stimme von hinten. »Ich denke, wir könnten es mit Plan zwei probieren.«

Kanan schaute zu Zaluna zurück, die gerade versuchte, sich an Skelly vorbeizudrängen. Sie hatte den Blick nach draußen auf die *Forager* gerichtet. »Was war noch gleich Plan zwei?«, fragte Kanan.

»Ich habe gedacht, Plan zwei sei die Verlangsamung des Einlagerungsvorgangs«, meldete sich Skelly und klammerte sich an Heras Sitz fest.

Zaluna schüttelte den Kopf. »Nein, das ist Plan drei. Plan eins war es, Informationen über die Pläne von Graf Vidian zu verbreiten. Plan zwei war es, die Leute zu warnen. Plan drei war die Verlangsamung des Einlag…«

»Können wir damit jetzt bitte aufhören?«, drängte Hera. Sie deutete mit dem Kopf nach links und lächelte Zaluna höflich an. »Wir sollten nicht vergessen, dass wir in zwei Minuten eine ganze TIE-Jäger-Flotte am Hals haben.«

Die Sullustanerin zeigte auf die *Forager.* »In Ordnung.

Schauen Sie, dort oben.« Hinter dem randlosen Wagenrad der Vorrichtung, mit der das Thorilidium eingefangen werden sollte, erstreckten sich sieben in einer geraden Reihe hintereinander angeordnete und miteinander verbundene Kugeln. Auf der vordersten des Schiffes, den Förderspeichen am nächsten gelegen, befand sich oben ein erleuchteter Crewbereich – über dem wiederum eine große runde Scheibe angebracht war. »Das dort ist ein imperialer Subraum-Sender.«

»Den hab ich nicht gesehen«, sagte Kanan. »Gute Augen.«

»Dafür haben sie mich auch bezahlt.« Zaluna grinste. »Ich kann die Transcept-Systeme in diesem Ding anzapfen und so unsere Warnung nach Gorse schicken. Sie dürften diese Übertragung nicht stören können.«

Kanan starrte sie an. »Auf diesem Schiff befindet sich gerade Vidian selbst. Wir müssten Sie irgendwie dort hineinbekommen, damit Sie Ihr Ding machen können.«

Zaluna zuckte ein wenig zusammen, als sie das hörte, machte aber keinen Rückzieher. »Ich weiß.«

»Und vielleicht können wir Vidian sogar daran hindern, den Auslösebefehl nach Cynda zu übermitteln«, fiel Hera ein.

»Zwei zum Preis von einem«, sagte Kanan. »Happy Hour.«

»Du wirst ein paar starke Drinks nötig haben, wenn wir hier durch sind«, bemerkte Hera und lenkte die *Expedient* in einem weiten Bogen um die *Forager*. Sie sah ihn an. »Es ist nicht gerade etwas, bei dem man von einem garantierten Gelingen sprechen kann. Bist du dir auch sicher, dass du es wagen willst?«

Kanan holte tief Luft. Eine tollkühne Mutprobe, auf die man sich höchstens im Vollrausch einlässt, war nichts im Vergleich dazu. Es war schlichtweg reiner Wahnsinn – aber die ganze Aktion war Wahnsinn gewesen. Und er musste zugeben, dass er sich während dieser letzten von Taten erfüllten Tage – selbst wenn es dumme Taten gewesen waren –, besser gefühlt hatte als in all den Jahren seines Davonlaufens. »Ich habe ja sonst nichts zu tun. Packen wir's an.«

»Alles klar.« Hera fasste die Sullustanerin ins Auge. »Schnallen Sie sich an, Zal. Alle anderen – festhalten!«

Vidian hatte genug von Leuten, die ihm sagten, was er nicht tun durfte.

Als Sicherheitsinspektor der Gilde hatte er polizeiliche Verordnungen erlassen, aber keine Macht gehabt, deren Einhaltung auch durchzusetzen, da seine korrupten Dienstvorgesetzten seine Bemühungen beständig untergraben hatten. Er hatte mittlerweile dafür gesorgt, dass sich sein Ansehen und seine Position derart gewandelt hatten, dass ihn heute niemand mehr boykottierte – und doch versuchten es die Leute immer noch, wollten ihre alten Methoden, die Dinge anzugehen, vor ihm schützen.

Der Revolverheld und seine Freunde, das war nun offensichtlich, versuchten, ihn daran zu hindern, den Mond zu zerstören. Waren sie Saboteure, die für Baron Danthe arbeiteten? Der Baron hatte die beinahe unerreichbare Sollproduktionsmenge für Vidian festgesetzt; er könnte womöglich die imperiale Anerkennung fürchten, die ein Erfolg dem Grafen einbringen würde. Und Vidian wusste, dass der Baron überall Spione hatte, die Nachforschungen nach Vidians »unabhängigem Berater« Lemuel Tharsa anstellten. Wenn es sich in der Tat so verhielt, dann war Vidian nur umso mehr dazu bereit, den Mond zu zerstören. In diesem Punkt durfte es kein Zurück geben.

Jetzt saß er dank seiner Logik und seiner umsichtigen Vorbereitungen am längeren Hebel. Die rasenden Possen des närrischen Piloten hatten nichts daran geändert. Er hatte Skellys Plan um seine eigenen Vorsichtsmaßnahmen erweitert – und dazu zählte, mehr Baradiumtransporter auf den Mond zu entsenden, als notwendig waren. Schon jetzt drangen die eigentlich überflüssigen Schiffe in den Bereich ein, wo dieser Staatsfeind jüngst sein verheerendes Unwesen getrieben hatte. Das alles bedeutete nun nur noch ein wenig verlorene Zeit – lange nicht genug, als dass die Xenoborsäure die Sprengladungen zerstören konnte, die er in den Mond einbringen ließ. Es war die gleiche Art von Säure, in die diese Lal auf Gorse gefallen war, eine für den Prozess der Raffinierung unerlässliche Substanz; die *Forager* war bis oben voll mit dem Zeug. Aber er würde nicht zulassen, dass sein Plan auf ähnliche Weise zersetzt wurde.

Und die eine verbliebene unberechenbare Zufallsgröße würde sogleich aus seiner Gleichung herausgekürzt werden. Der Frachter, der Amok gelaufen war, hatte nun keinen Platz mehr auszuweichen, eingezwängt zwischen den Waffen des Förderschiffs und dem Schwarm von TIE-Jägern, die jetzt auf der Bildfläche erschienen. Vidian hatte an alles gedacht. Das war seine Stärke, seine Macht. Eines Tages würde der Unterschied zwischen dem Erfolg und dem Versagen des Imperiums vielleicht eine simple Kleinigkeit sein, etwas, das ein anderer übersehen würde. Es wäre nicht seine Schuld, und es würde niemals in seinem Zuständigkeitsbereich geschehen. Er würde immer alles sehen und entsprechend handeln.

»Wir befinden uns in sicherem Abstand vom Zielmond«, sagte er. »Wenden Sie das Schiff so, dass wir direkt auf ihn ausgerichtet sind.«

Die Triebwerke brummten, und Cynda kam voll und glitzernd in Sicht. Vidian war der Anblick keine Sekunde seiner Zeit wert.

»Bringen Sie mich auf den neusten Stand, was unseren Feind angeht«, befahl Vidian seiner nächststehenden kybernetischen Assistentin. Vidian nannte die kahle Frau nie beim Namen; es schien ihm nach ihrer chirurgischen Behandlung nicht mehr notwendig.

»Der Frachter hat nicht angegriffen«, kam ihre monotone Antwort. »Er kreist. Erkundet den Energieschild der *Forager.*«

»Gibt es da eine Schwachstelle?«

»Nein, Herr Graf. Die einzige Lücke im Energieschild befindet sich achtern, entlang der Längsachse des Schiffes. Ionentriebwerke erzeugen einen Induktionsfluss, wenn sie gezündet werden.«

Vidian erstarrte. Die Triebwerke waren erst einige Sekunden zuvor in Gang gesetzt worden. Und genau über dem hinteren Ende des Schiffes, über den Ionentriebwerken, befanden sich die Andockbuchten, zum Weltraum hin offen …

»Alarm in unmittelbarer Nähe!«, rief der weibliche Cyborg. »Nicht autorisiertes Schiff im Anflug!«

Vidian hatte seine optische Datenübertragung bereits auf eine der rückwärtigen Außenkameras umgeschaltet und verschaffte sich ein Bild der Vorgänge. In rasender Verfolgungsjagd von einem halben Dutzend TIE-Jäger bedrängt – und das waren nur diejenigen, die bereits in Waffenreichweite waren –, schoss der irrlichternde Frachter auf das Heck der *Forager* zu. »Worauf warten Sie?«, fragte Vidian. »Alle Geschütze Feuer frei!«

Draußen raste die *Expedient* durch das Kreuzfeuer auf das rückwärtige Ende der *Forager* zu. Ober- und unterhalb der glühenden Ionentriebwerke befanden sich Reihen von Landebuchten, und sie waren zum Weltraum hin offen. »Eine offene Tür ist so gut wie eine Einladung«, bemerkte Hera.

Aber der Frachter fliegt viel zu schnell, dachte Kanan. »Das wird eine knappe Sache!«

Im letzten Moment ließ Hera die Lagekontrolldüsen der *Expedient* aufheulen und wirbelte das Schiff um hundertachtzig Grad herum. Der Frachter sauste mit dem Heck zuerst in die Landebucht und durchbohrte den Magnetschild. Hera zündete die Haupttriebwerke, um ihr Tempo zu verringern – und zugleich den Ladedroiden in ihrem Umkreis das Chrom vom Leib zu brennen.

Die *Expedient* schlug auf die Landefläche auf und kratzte lautstark über das Deck, als sie nach innen schlitterte. Es war ein langer Hangar, und der Frachter brauchte dessen gesamte Länge, um sein Tempo zu drosseln. Kanan umklammerte die Armstützen, denn er wusste, dass dort irgendwo eine Wand hinter ihnen sein musste …

Ein heftiger Ruck erschütterte das Schiff und brachte Graf Vidians Untergebene ins Taumeln. Über ihm rutschte ein Droide zwischen Galerie und Geländer hindurch und fiel mit lautem Krachen auf das Hauptdeck.

Vidian, der auf den Aufprall vorbereitet gewesen war, blieb unerschüttert. »Alle Truppen an Bord der *Forager* machen sich sofort bereit, um die Eindringlinge abzuwehren«, übermittelte er über seinen Kommunikator. »Genug ist genug!«

51. Kapitel

»Wir leben noch!«

Skelly hatte das gesagt, aber Kanan war genauso erstaunt wie alle anderen. Doch Hera zog einfach ihre Handschuhe glatt, als wäre nichts geschehen.

»Du bist unglaublich«, sagte Kanan. »Ich ziehe jetzt dauerhaft auf den Kopilotensitz um.«

»Erst mal ist jetzt Zeit, von ihm runterzukommen.« Hera stand auf, sah nach ihren Waffen und schritt zur Luftschleuse. »Kommen Sie, Zal!«

Zaluna holte tief Luft und zog die Tasche mit ihrem elektronischen Zauberwerkzeug hinter der Beschleunigungsliege hervor. Sie trat zu Hera an die Tür.

Es war nahezu sicher, dass sich Vidian an der Spitze der *Forager* aufhielt, wo sich auch die Sendeanlage befand. »Hast du nicht noch irgendetwas anderes an Bord, das uns vielleicht nützlich sein könnte?«, wandte sich Hera an Kanan. »Wir kennen die Anlage dieses Raumschiffs überhaupt nicht.«

»Ich glaube schon.« Kanan rückte sein Holster zurecht und ging den Gang hinunter zu einem der Gepäckfächer. Er kniete sich vor den Behälter und öffnete ihn. Dort lag neben Skellys Tasche mit den selbst gebastelten Sprengsätzen, die Kanan hier sicher verstaut hatte, ein Teil der Notfallausrüstung für die Minen auf Cynda: eine Seilschusspistole mit automatischer Winde. Er reichte sie Hera.

Er wollte das Fach gerade wieder schließen, als sein Blick auf seine Reisetasche fiel, die er mitgenommen hatte, als er Gorse verlassen hatte. Ihm kam ein Gedanke. Er zog den Reißverschluss auf und tastete nach etwas im Innern der Tasche.

Sein Lichtschwert.

Da war es, unauffällig verborgen in einer Transporthülle aus Leinwand, die eigentlich für das Zielfernrohr eines Blastergewehrs gedacht war. Kanan zögerte einen Moment lang, bevor er die Hülle herausnahm und sie sich an sein linkes Bein band, gegenüber von seinem Holster. Er würde das Schwert natürlich nicht benutzen, aber anders als zuvor auf Calcoraan Depot war die Wahrscheinlichkeit hier ziemlich groß, dass das Schiff durchsucht werden würde. Er wollte nicht, dass irgendjemand das Schwert fand.

Er drehte sich um und sah, dass Skelly ihn beobachtet hatte. Einen Moment lang war Kanan beunruhigt, dass er nach dem Inhalt der Etuihülle für das Zielfernrohr fragen könnte – er hatte schließlich gar kein entsprechendes Gewehr dabei –, aber er begriff schnell, dass Skelly vielmehr seine eigene Tasche des Todes im Blick hatte.

»Ich lasse nicht zu, dass du uns alle in die Luft jagst«, erklärte Kanan und hob Skellys Tasche hoch. »Das da nehme ich lieber in sichere Verwahrung.«

»Du läufst nur Gefahr, dich selbst in die Luft zu sprengen, wenn du sie einfach so mit dir herumträgst.« Skelly zwang sich aufzustehen. »Ist schon in Ordnung. Lass das Ding hier. Ich komme mit euch.«

Kanan runzelte die Stirn. »Du kannst ja kaum noch laufen!«

»Also kann ich die Nachhut bilden. Leg das weg, und auf geht's.«

Das Innere der *Forager* bildete eine riesige, automatisierte Fabrik, erkannte Kanan. Die sieben Kugeln, aus denen sich der Rumpf des Schiffs zusammensetzte, waren auf einer Zentralachse angeordnet, wodurch eine einzige, mehrere Stockwerke hohe Halle entstand, die sich weiter erstreckte, als das Auge reichte. Große Flüssigkeitsbehälter, Zentrifugen, Förderbänder, pneumatische Röhren – es war eine typische, mustergültige Produktion nach den Maßstäben von Denetrius Vidian.

Einen Moment lang blieb Hera staunend an einem Geländer mit Blick über das Areal vor ihr stehen. »Es ist, als hätte jemand sämtliche Raffinerien von Moonglow in ein Raumschiff gezwängt.«

»Beeil dich lieber, damit wir die richtigen Raffinerien retten können«, gab Kanan zurück. Er konnte jetzt die Sturmtruppler unten auf der Hauptebene sehen, die vom anderen Ende her auf sie zugelaufen kamen. Eine Metalltreppe führte zu dieser Hauptebene hinunter, die sich fast über die gesamte Länge eines Sternzerstörers in die Weite erstreckte. Mehr als ein Kilometer harten Kampfes lag dort unten vor ihnen.

»Darf ich ... zurückgehen ... und meine Bomben holen?«, fragte Skelly, der keuchend am Geländer stand. Auf der vergleichsweise kurzen Strecke von den Landebuchten hierher war er bereits zweimal zurückgefallen – und einmal auch hingefallen.

Kanan schüttelte den Kopf und sah Hera an. Sie schaute zu den Deckenträgern hinauf. »Hast du was gefunden?«

»Das ist doch schon einmal ein Lichtblick«, antwortete sie und streckte deutend die Hand aus. »Dort oben!«

Kanan kniff die Augen zusammen. Über ihnen befand sich eine Bahnwagenspur, die von der Decke herabhing und zwischen zwei Reihen von Industrielichtern über den ganzen langen Raum hinwegführte. Kanans Blick wandte sich wieder seinem Standort zu – und dabei entdeckte er an der Wand hinter ihnen die Sprossen einer Leiter, die mindestens fünfzehn Meter in die Höhe führte. Die Leiter war die einzige Möglichkeit, um zu der Bahnwagenspur hinaufzukommen: Das Seil aus Kanans Seilschusspistole konnte unmöglich mehr als immer nur einen tragen.

Hera hatte die Idee, und Kanan schmiedete einen Plan daraus. So lief das zwischen ihnen. Kanan schickte Hera als Erste die Leiter hinauf und schärfte ihr ein, in regelmäßigen Abständen stehen zu bleiben und sich umzudrehen, damit sie ihnen, wenn nötig, Feuerschutz gegen etwaige herannahende Imperiale geben konnte. Als Nächstes ließ er Zaluna hinaufsteigen, die seinen Anweisungen klaglos folgte. Höhen waren anscheinend auch so etwas, wovor Zaluna keine Angst hatte.

Doch sein Problem war Skelly. Er müsste vor ihm hinaufsteigen, so hatte es sich Kanan überlegt – oder er würde überhaupt nicht hochkommen. Das aber machte ihr Vorwärtskommen unglaublich langsam. Skelly hatte große Schmerzen – und er zögerte, sich mit der rechten Hand festzuhalten.

»Mach schon, Skelly!«, brüllte Kanan, nachdem Skelly das dritte Mal erschöpft aufgegeben hatte.

Skelly baumelte gefährlich über dem Abgrund, seinen rechten Arm um eine Sprosse geschlungen. »Gib mir nur einen …«

Skelly brachte seinen Satz nicht zu Ende. Blasterfeuer durchsiebte die Wand um ihn herum, und er verlor den Halt. Kanan versuchte vergeblich, nach ihm zu greifen, als er mit rudernden Armen in die Tiefe stürzte. »Skelly!«

Skelly stürzte weiter und krachte gegen das Geländer der Aussichtsplattform, auf der sie zuvor gestanden hatten. Schlaff rutschte Skellys Körper über das Geländer, fiel weiter und geriet außer Sicht – um vermutlich unten auf dem Fabrikboden aufzuschlagen. Hoch oben eröffnete Hera das Feuer auf Skellys Angreifer.

Während er sich nur mit einem Bein und einem Arm an der Leiter festhielt, streckte Kanan den Kopf so weit wie möglich, um nach Skelly Ausschau zu halten. Doch es war nichts zu sehen, und jetzt kamen weitere Schützen in ihren Hallenbereich gestürmt. Hera rief von oben herab: »Kanan, mach jetzt!«

Kanan kletterte die Leiter hinauf und entging dabei mehrmals nur mit knapper Not den Schüssen der Angreifer. Oben angelangt, trat er auf den kurzen metallenen Steg neben dem geparkten Bahnwagen. Hera saß bereits vornübergebeugt im Wagen und blickte in die Tiefe. »Keine Spur von Skelly«, sagte sie. Mit angespanntem Gesicht sah sie zu Kanan zurück. »Ich glaube nicht, dass er das überlebt haben kann!«

»Da können wir nichts machen«, gab Kanan zurück und zwängte sich zu den anderen in den Bahnwagen. »Wir werden nach ihm schauen, wenn wir zurückkommen. *Falls* wir je zurückkommen. Los, Bewegung!«

Sobald Hera den Bahnwagen erst einmal in Gang gesetzt hatte, klapperte er mehrere Hundert Meter weit das Raumschiff entlang. Die einspurige Bahn war, wie Kanan vermutete, elektrifiziert und durch ein Metallgestell an der Decke befestigt.

Für eine Minute verlief alles glatt, bis die Sturmtruppler unten auf den Trichter kamen, wohin die Eindringlinge verschwunden waren. Dann war auch unter den Deckenträgern die Jagdsaison eröffnet, und Blasterschüsse prallten von den

Metallträgern sowie von der Decke ab, einige sogar vom Bahnwagen selbst. Hera und Kanan überließen Zaluna die Steuerung des Wagens und schossen zurück, aber die Ziele waren zu weit weg und zu zahlreich. Und sie hatten noch nicht einmal die Hälfte der Fabrikebene überquert.

»Wir müssen irgendetwas unternehmen, bevor sie die schweren Geschütze auffahren«, bemerkte Hera.

Kanan stieß sie an. »Schau mal!« Er deutete nach unten, wo ein Stück vor ihnen auf der Fabrikebene riesige Tonnen aufgereiht waren, alle aus irgendeinem speziellen durchsichtigen Material gefertigt. Darin befand sich Flüssigkeit von grellgrüner Farbe. »Xenoborsäure. Wie in Lals Fabrik!« Es passte: Sie befanden sich schließlich in einer Thorilidiumraffinerie. Kanan und Hera sahen einander an, zuckten gleichzeitig die Achseln und richteten ihre Waffen auf das nächste Fass.

Zahlreiche Blasterschüsse trafen den Behälter an der gleichen Stelle. Die Tonne gab eine Art grausiges Ächzen von sich – und die Schutzhülle gab nach. Eine Säurefontäne spritzte heraus. Ein getroffener Sturmtruppler ließ seine Waffe fallen und heulte so laut auf, dass man es bis zu ihnen an der Decke oben hörte. Nun verlor das Fass vollends seine Festigkeit, und ein wahrer Springbrunnen ergoss sich in den Raum. Jetzt waren alle Sturmtruppler in Bewegung, hasteten eilig in irgendwelche Nischen, um der giftigen Brühe zu entfliehen und sich Stiefel, Rüstung und Sonstiges vom Leib zu reißen, das mit der Säure in Berührung gekommen war.

Während der Bahnwagen weiterfuhr, nahmen Kanan und Hera noch ein zweites und ein drittes Fass aufs Korn. Der Kniff bestand darin, sich auf diese Weise eine freiere Bahn zu verschaffen, als jede Armee das zu leisten vermocht hätte. Er grinste Hera an und hoffte, dass sie zurücklächelte.

Stattdessen sah er sie das Gesicht verziehen, als der Bahnwagen nun plötzlich quietschend zum Stehen kam. Hera trat an Zalunas Seite und schlug nutzlos auf die Steuerknöpfe. »Keine Freifahrten mehr«, sagte sie. »Jemand weiß, dass wir hier sind.«

»Vermutlich diese Burschen dort«, antwortete Kanan und zeigte nach unten. Neue Laserschüsse trafen die Decke, aber nun weniger gezielt als zuvor: Die Schützen hatten sich alle auf den Kontrollkonsolen und anderen Einrichtungsgegenständen zusammengekauert, um dem Säurestrom zu entgehen. Er warf einen Blick auf das Steuerfeld des Bahnwagens. »Ich glaube, ich kann das Ding neu verkabeln.«

»Und ich weiß, dass ich es kann«, erklärte Hera und war schon aus dem Wagen geklettert. »Schieß du weiter! Uns läuft die Zeit davon!«

Kanan drehte sich um und tat wie ihm geheißen – als Zaluna ihn anstieß. Sie zeigte nach oben, wo das Gerüst der Bahn mit der Decke verbunden war. Über die gesamte Bahnstrecke hinweg hingen dort oben in einer langen Reihe Metallträger und schufen über sich einen kleinen geschützten Raum, den man entlangkriechen könnte. Aber Kanan begriff, dass das eine lange Kletterei auf Händen und Füßen wäre – und nur eine kleine, athletische Person war in der Lage, dort hinaufzugelangen.

»Ich glaube nicht, dass ich es dorthinauf schaffen kann«, meinte Zaluna. »Aber einer von euch beiden könnte es vielleicht.«

»Wir wissen nicht, wie man sich Zugang zu dem Fernkommunikationssystem verschafft, von dem Sie uns erzählt haben«, warf Hera ein.

»Einen Moment mal«, meldete sich Kanan zu Wort. Ihm kam eine Idee. »Hera, steig wieder ein!«

Sobald sie wieder im Wagen war, legte er seinen Blaster beiseite und griff nach der Seilschusspistole. Er stemmte die Beine unter das Armaturenbrett, beugte sich hinaus und feuerte auf einen der waagrechten Träger, der sich ein großes Stück vor ihnen befand. Treffer. Der Haken hielt, das Seil spannte sich, und die motorisierte Winde setzte sich stöhnend in Gang. Trotz des Stromausfalls an der Führungsschiene setzte sich der Bahnwagen nun in Bewegung, wenn auch nur langsam.

»Wir sind zu schwer«, stellte Hera fest. Sie spähte zum nächstmöglichen Ausstiegsbereich, der sich weit vor ihnen befand. »Zu dritt brauchen wir eine Ewigkeit. Ich nehme die Deckenroute oben.«

Zaluna sah sie mit angespanntem Gesichtsausdruck an. »Hera, ich finde, dass Sie lieber nicht allein gehen sollten.«

»Und Sie sollten das genauso wenig«, antwortete Hera. »Kanan, sorg du dafür, dass sie auch an ihr Ziel kommt. Schickt diese Warnbotschaft in den Äther!« Sie kletterte die Wagenwand hoch und sprang. Geschickt bekam sie einen der Träger zu fassen, wirbelte herum und verschwand in dem kleinen langgestreckten Raum oben, wo sie sicher vor den Schüssen der Sturmtruppler war.

Sobald sich das Seil aufgewickelt hatte, löste Kanan den Haken und bereitete sich auf den nächsten Schuss vor. Zaluna, die zur Decke hinaufgeblickt und nach der kletternden Hera Ausschau gehalten hatte, schüttelte den Kopf. »Wir werden die Nachricht aussenden müssen, während Vidian im Raum ist, nicht wahr?«

»Jetzt haben Sie es doch schon so weit geschafft, Zal. Der schwierigste Stück liegt hinter uns.« Kanan grinste und feuerte den Haken auf den nächsten Träger ab. Seine Jedi-Lehrer hatten ihm eingeschärft, niemals Ältere zu belügen, aber er ging davon aus, dass es diesmal für einen guten Zweck war.

»Die *Forager* meldet, dass Personen das Schiff geentert haben«, rief eine Frau im Rang eines Fähnrichs von ihrem Terminal herüber. »Die Truppe der Eindringlinge ist klein. Drei, vielleicht vier Personen.«

»Bleiben Sie auf Empfang.« Kapitän Sloane ging zum Monitor des Fähnrichs hinüber und schaute darauf. Die *Ultimatum* hatte Zugang zu einem Teil der Aufnahmen der Überwachungskameras auf dem Förderschiff, aber es war schwer, darauf viel zu erkennen. Für einen Moment glaubte sie, einen Blick auf eine rennende Twi'lek erhaschen zu können, und dann entdeckte sie zweifelsfrei den arroganten Weltraumkamikaze.

Sie schüttelte den Kopf. »Hat die *Forager* um Hilfe gebeten?«

»Nein, Kapitän. Graf Vidian setzt den Countdown fort und wartet darauf, dass auch die letzte Einlagerungsstelle ihre Arbeit beendet.«

Sloane nickte. Vidian hatte dort drüben seine eigenen Sturmtruppler sowie seine persönlichen Wachen. Unwahrscheinlich, dass er Hilfe brauchte. Trotzdem befand sie sich in einer schwierigen Situation. Es war unangenehm, nur hier zu warten und nicht zu wissen, was sie tun sollte. In Momenten wie diesem wäre sie gerne wieder nur ein rangniederer Offizier wie dieser Fähnrich gewesen, die immer jemanden in der Nähe hatte, der die richtigen Antworten wusste …

»Captain!«

Sloane drehte sich um und sah Commander Chamas über die Brücke auf sie zueilen. »Was gibt es?«

Chamas wirkte bleich. »Wir haben eine Nachricht mit Priorität eins für Sie.«

Sloane erstarrte. »Von der Admiralität?«

»Nein«, sagte der Commander atemlos. *»Vom Imperator.«*

Die Augen des Kapitäns traten aus ihren Höhlen. »Ich werde sie in meinem Bereitschaftsraum entgegennehmen.« Sie war bereits an der Tür, als sie den Satz beendete.

52. Kapitel

Commander Chamas erschien als Hologramm und richtete das Wort an die Kommandocrew der *Forager.* »Ihre Verbindung mit der Sprengsteuerung steht, Graf Vidian. Noch zehn Minuten, bis die restlichen Sprengladungen im Mond versenkt sind.«

»Ich sehe es selbst.« Vidian widmete sich bereits den Fortschritten an der letzten Einlassstelle. »Dieser verrückt gewordene Frachter hat keine schwerwiegenden Verzögerungen verursacht.«

Er war immer noch verärgert über das Versagen der Jäger der *Ultimatum,* den Irrläufer aufzuhalten, aber die Bruchlandung des Frachters auf der *Forager* hatte nicht viel Schaden verursacht. Zwar hatten die Eindringlinge einen Weg gefunden, seinen Sturmtrupplern zu entkommen, aber er hatte der Bahnwagenlinie die Stromversorgung abgestellt. Sie hatten Schäden im Raffineriebereich verursacht, keine Frage – aber es waren bereits viele weitere Förderschiffe unterwegs.

Er sah wieder zu dem Hologramm. »Wo bleibt Sloane?«

»Der Captain ist … indisponiert.« Chamas wirkte aufgeregt. »Sie wird den großen Moment verpassen.«

»Wünschen Sie Unterstützung zur Abwehr dieser …«

»Nein. *Forager*, Ende.« Vidian brach die Übertragung ab, und Chamas verschwand. Der Cyborg hatte nie viel für diesen Kerl übriggehabt und wollte nicht länger als unbedingt nötig mit ihm reden. Nicht jetzt, im Augenblick seines Erfolges.

Der Lärm von Blasterfeuer ertönte aus dem südlichen Korridor, von einem der drei Zugänge im Untergeschoss, die in die Kommandozentrale führten. Vidian wechselte zu den Überwachungskameras in jenem Gang und sah nicht das Geringste, was ungewöhnlich gewesen wäre. Da waren nur seine Sturmtruppler, die Wache standen. Aber etwas stimmte mit dem Bild nicht. Die Soldaten waren wie Statuen mitten in der Bewegung erstarrt. Und sie rührten sich auch nicht, als nun die Wachposten in dem Raum, in dem sich Vidian befand, durch die südliche Tür zu feuern begannen. Sie sahen dort etwas, was er nicht sah.

»Lassen Sie die Sicherheitstüren auf der Kommandoebene herunter!«

Schwere Absperrwände senkten sich langsam herab und verbarrikadierten die drei großen Zugänge. Einer der Sturmtruppler rannte auf den Ausgang zu, um noch hindurchzugelangen, bevor sich die Tür schloss. Dabei feuerte er ununterbrochen weiter auf das, was immer sich im Gang befinden mochte. Bis ihn ein Blasterschuss mitten in der Bewegung traf und er zur Seite stürzte. Die schwere Tür senkte sich auf die Schulter des Soldaten herab und blieb stecken, wodurch ein etwa halbmeterhoher Spalt zwischen dem unteren Rand der Tür und dem Boden darunter offen blieb.

Vidian hörte, wie das Blasterfeuer eingestellt wurde. Die Öffnung war zu klein, als dass der Angreifer, um wen auch immer es sich handelte, sie sich ohne Weiteres hätte zunutze machen können. Er prüfte noch einmal die Übertragung der Sicherheitskamera. Sie zeigte noch immer die Wachen, die reglos dastanden, und die Tür war immer noch offen. »Jemand manipuliert das Bild.«

Ein Klingelton ertönte an seiner Kommandokonsole. Ein entscheidender Augenblick war gekommen: Die allerletzten Baradiumsprengladungen waren auf den Drehkran geladen worden, um in die Tiefen von Cynda hinabgelassen zu werden. Vidian konnte sich keine weiteren Ablenkungen mehr leisten. An den anderen Eingängen, die über ihm zum Galeriebereich seiner Zentrale führten, befanden sich zwar keine weiteren explosionssicheren Schutztüren, aber er konnte seine verbliebenen Wachen dort oben postieren. Auf sein Kommando hin rannten die Sturmtruppler die Treppen zu den Galerien hinauf. Das ließ nur den einen Verbindungsweg in seinen Raum übrig, über den er seinen wahren Feind nun vielleicht ein für alle Mal würde ausmerzen können.

Er wandte sich der Kommandokonsole zu, den Rücken zur Haupttür gerichtet. Das hier war eine leichte Sache.

Kanan stand, auf alles gefasst, inmitten der gefallenen Sturmtruppler. Er und Zaluna waren, ganz wie er es erwartet hatte, Hera zuvorgekommen und als Erste hier eingetroffen – aber es gab nun mal keine guten Möglichkeiten, sich an Sturmtruppler heranzuschleichen, die in Alarmbereitschaft versetzt worden waren. Jetzt gab es da zumindest einen Weg, der in Vidians Steuerzentrale hineinführte – für einen von ihnen. »Sind Sie so weit?«

Zaluna warf einen Blick auf die am Boden liegenden Sturmtruppler und erschauderte. »Ich weiß nicht.«

»Sie haben gewusst, dass Sie das hier allein würden durchziehen müssen, nicht wahr? Wir können uns nicht beide reinschleichen.«

»Ich hatte nicht geglaubt, dass wir überhaupt so weit kommen würden.« Zaluna steckte ihr Spezialgerät zurück in die Tasche. Sie hatten auf ihrem Weg hierher die Überwachungskameras ausschalten müssen, genauso wie schon zuvor auf Calcoraan Depot, aber die Sache funktionierte nun einmal nicht ganz so gut, wenn gerade jemand im Bild war. Und nun gab es für sie keinen Weg mehr drum herum. »Sind Sie sicher, dass Sie keine Einführung in die Möglichkeiten, die imperialen Kommunikationssysteme anzuzapfen, wünschen?«

»Die hätte ich sehr gern, wenn ich könnte«, antwortete Kanan. Er hörte weitere Sturmtruppler, die auf der Suche nach ihnen in den Flur gelaufen kamen. »Doch wir haben keine Zeit mehr.«

»So was kommt vor.«

Die Sturmtruppler kamen immer näher. Kanan kniete sich hin, um den Türbereich direkt vor Zaluna zu schützen. »Es tut mir leid, dass Sie das tun müssen, Zaluna. Sie haben sich schließlich nie irgendetwas von alledem gewünscht.«

»Sie genauso wenig«, gab sie zurück und sicherte ihre Tasche. »Sie sind ein anständiger Kerl, Kanan, ganz gleich, welche Schau Sie nach außen hin abziehen mögen. Bleiben Sie so.«

Mit einem gehorsamen Salut ließ sich Zaluna auf alle viere nieder und spähte unter der Schutztür hindurch, die durch den Körper des unglückseligen Sturmtrupplers ein Stück offen gehalten wurde. Sie schaute zu Kanan zurück und flüsterte: »Alles Cyborgs, überall. Das ist nicht viel anders, als Kameras auszuweichen.« Dann schob sie sich unter der Tür hindurch.

Der Raum war beängstigend groß, mit einer Unmenge von Computerkonsolen darin. Weitere Möglichkeiten, um sich zu verstecken. Zaluna kroch hinter eine der Konsolen. Vidians kybernetische Assistenten waren hier und dort, aber sie schienen mit den Gedanken bei ihrer Arbeit zu sein.

Zaluna ging leise von Arbeitsplatz zu Arbeitsplatz und hoffte, dass die künstlichen Ohren im Raum das Knacken ihrer Gelenke und das Hämmern ihres Herzens nicht hören konnten. *Es ist genauso wie neulich, als ich mich durch diese Schenke gearbeitet habe*, redete sie sich ein. Es war schon etwas anders, aber es half, sich das vorzustellen.

Schließlich fand sie eine Konsole in der Nähe der östlichen Wand, die aussah, als hätte sie eine Verbindung mit dem Kommunikationssystem – sowie eine hübsche kleine Nische dahinter, von der aus Zaluna sich einklinken und ihre Warnbotschaft abschicken konnte.

Eine Textnachricht würde genügen müssen. Während der Fahrt mit dem Bahnwagen hatte sie die Botschaft bereits vorformuliert: *»Bürger von Gorse, seid auf der Hut …«* Sie würde die Nachricht abschicken und dann das Beste hoffen.

Sie war gerade dabei, sich Zugang zur Schnittstelle zu verschaffen, als über ihr eine Stimme ertönte. »Da haben wir ja unsere kleine Ratte.«

Zaluna wurde von hinten an der Bluse gepackt und nach oben gerissen. Während sie herumgewirbelt wurde, sah sie den Mond draußen vor den Fenstern. Sie sah auch Sturmtruppler, die über die Metalltreppe auf die Hauptebene heruntergerannt kamen. Und jetzt blickte sie direkt in die furchterregenden Augen von Graf Vidian.

Er schüttelte sie heftig. Ihre Tasche öffnete sich, und ihr Blaster und all ihre Gerätschaften quollen heraus. Vidian warf einen Blick auf die technischen Instrumente. »Also haben sie einen Hacker hierher mitgebracht. Wusste ich doch, dass es da noch jemanden gab.« Er packte Zalunas Kragen mit der anderen Hand und zog sie heran, sodass sie einander direkt in die Augen sahen. »Wenn Sie schon etwas von Überwachungskameras verstehen, hätten Sie vielleicht besser noch einen anderen Punkt mitberücksichtigt: Man weiß nicht immer, wo sie sich befinden.«

Er drehte sich um und schleuderte sie quer durch den Raum.

Kanan hörte Zalunas Schrei, während er sich draußen vor der Tür gerade mitten in einem Schusswechsel mit den herannahenden Sturmtrupplern befand.

Dieses Manöver war gescheitert. Kanan schoss und schoss wieder, bis auch seine letzten Angreifer flach auf dem Boden lagen. Dann steckte er den Blaster in das Holster und wandte sich der Tür zu. Sie war noch ein Stück weiter herabgesunken, seit sich Zaluna darunter hindurchgezwängt hatte: Die Steuerung zum Schließen der Tür war noch immer aktiv und versuchte vergeblich, das gepanzerte Hindernis zu durchdringen.

Kanan legte die Hände an die Unterkante der feuersicheren Schutztür und wuchtete sie nach oben. Seine Muskeln drohten zu zerreißen, als sie nun sowohl gegen die schwere Tür wie auch gegen den Schließmechanismus ankämpften, der sie nach unten drückte. Metall ächzte, und dann zerbrach irgendetwas. Er zwang die Tür einen halben Meter höher – weiter ließ sie sich beim besten Willen nicht anheben. Aber es war genug. Er schob die Beine darunter und rollte sich hindurch, noch während die Tür sich erneut zu senken begann.

Auf der anderen Seite sprang er hoch und sah den Grafen

auf Zalunas reglosen Körper zuschreiten. Kanan straffte die Schultern. *»Vidian!«*

Ein Sturmtruppler kam von der linken Seite der Tür her auf Kanan zugerannt, seinen Blaster erhoben. Kanan bewegte sich schnell wie der Blitz, schnappte sich das Gewehr am Lauf und stieß zu. Der Soldat taumelte rückwärts, sodass Kanan ihm die Waffe aus der Hand reißen konnte. Ein weiterer Sturmtruppler näherte sich von hinten. Kanan wirbelte herum und schlug seinem Angreifer mit der Waffe von der Seite gegen den Helm.

Nun griff Vidian an. Kanan drehte das Gewehr des Sturmtrupplers um. Drei Blasterschüsse krachten aus unmittelbarer Nähe in Vidians Körper und versengten seinen Kittel. Kanan wusste, dass ihn das nicht aufhalten würde, aber er musste den Kerl irgendwie von Zaluna ablenken. Vidian attackierte, packte den Lauf des Blastergewehrs. Er riss ihn ab und zerschmetterte ihn mit seinen bloßen Metallhänden.

»Beeilen Sie sich«, sagte der Graf ungerührt. »Ich habe einen Zeitplan einzuhalten.«

Kanan griff erst an sein Holster, um es sich dann plötzlich doch anders zu überlegen. Er hatte etwas aus seinem ersten Kampf mit dem Grafen gelernt. Stattdessen hechtete er in genau dem Moment zur Seite, als sich Vidian auf ihn stürzte. Er blieb gerade lange genug auf dem Boden, um Schwung für einen weiteren Satz zu holen – mitten auf Vidians Rücken.

In rasender Wut griff Vidian nach ihm, riss Kanans Kleidung auf. Kanan bohrte seine Fersen in die Metallhüften des Cyborgs, schlang die Arme um Vidians Hals und klammerte sich mit aller Kraft fest.

Hera eilte von Flur zu Flur und nahm sich in Acht, keinem Sturmtruppler-Kommando über den Weg zu laufen. An diesem Ende der *Forager* wimmelte es von ihnen – und anscheinend hatte das Eindringen ihrer Freunde sie bereits ordentlich in Unruhe versetzt.

Kanan ist tatsächlich hier gewesen, dachte sie, während sie um die Ecke zu den Körpern der überwältigten Sturmtruppler hinüberspähte. Andere Sturmtruppler kümmerten sich um ihre verletzten Kameraden und halfen, das Schiff zu verteidigen. Sie würde Kanan nicht einfach auf dem Weg, den er genommen hatte, folgen können.

Sie öffnete eine Tür, die vom Hauptflur wegführte, und betrat einen Lagerbereich voller Ausrüstung und Beladefahrzeuge, alle unbeaufsichtigt. Sie erkannte sogar mehrere Schwebewagen wie den, den Kanan auf Cynda bedient hatte.

Ein Hochenergie-Gabelstapler erregte ihre Aufmerksamkeit. Ein Hochleistungs-Repulsorgefährt, schmal genug, um damit durch die Korridore zu fahren, und mit einer Kabine, die zumindest ein gewisses Maß an Schutz vor Angreifern bot.

Hera grinste. Ladefahrzeuge zu steuern war eigentlich Kanans Spezialität, aber sie würde ihm nun zeigen, was *sie* alles so draufhatte.

Zaluna erwachte inmitten eines Albtraums. Die Geräusche hatten sie als Erstes erreicht: Vidian, wie er durch den Raum stolperte und mit dem Rücken Konsolen und Wände rammte, während er versuchte, Kanan abzuschütteln. Schreckliches Kreischen drang aus Vidians Lautsprechern – elektronische Schaltkreise versuchten, seinem animalischen Zorn Ausdruck zu verleihen.

Und doch ließ Kanan nicht locker und fand jedes Mal neuen Halt, wenn Vidian kurz davor war, ihn abzuwerfen. In Reaktion auf jede Bewegung des Grafen wand und krümmte sich der jüngere Mann, wechselte vom Griff um den Hals zu einem Griff um die Schultern, um den Grafen dann erneut in den Schwitzkasten zu nehmen.

Zaluna zwang sich, sich aufzusetzen. Ihr Bein tat von ihrem Aufprall auf dem Boden her schrecklich weh, aber die Sturmtruppler im Umkreis lagen alle flach auf dem Boden. Vidians kybernetische Assistenten liefen ziellos an den Wänden umher und sahen zu, wie die beiden ihren Arbeitsraum in einen Ort des Chaos und der Verwüstung verwandelten. Vidian taumelte erneut mitsamt Kanan an ihr vorbei und wäre dabei um ein Haar auf sie getreten. Sie rollte sich zur Seite …

… und sah ihre Waffe dort auf dem Boden, wo sie sie fallen gelassen hatte. Sie sah, dass Vidian jetzt Kanans linken Knöchel zu fassen bekommen hatte. Sie musste ihrem Freund helfen. Zaluna hechtete zu dem Blaster und stand auf, um sich dem Grafen in den Weg zu stellen.

»Zal, nein!«, brüllte Kanan.

Vidian ließ Kanan los, machte einen raschen Schritt nach vorn und griff nach ihrem Blaster. Sie versuchte zu schießen – aber er hielt jetzt den Lauf gepackt. Er drückte zu. Zaluna sah ein Licht aufstrahlen, das heller war als hundert Blitze, als sich nun die geballte Energie des Blasters in ihre Gesichter entlud. Sie fiel nach hinten – und sah nichts mehr.

Der Blitz verschwand. Kanan hatte sich daran erinnert, was zuvor passiert war, als Blasterschüsse Vidian getroffen hatten, und so war er, einen Sekundenbruchteil bevor der Blitz aufgeflammt war, vom Rücken des Grafen abgesprungen. Während seine Augen versuchten, sich an die Helligkeit zu gewöhnen, sah er Zaluna zusammenbrechen. »Nein!«

Vidian taumelte und hatte sich die Hände vors Gesicht geschlagen. Kanan kam schnell zu dem Schluss, dass der Mann seine Fähigkeit, Energieangriffe einfach abzuschütteln, offensichtlich überschätzt hatte. Blastersalven waren das eine; doch ganze Blasterenergieladungen, die in unmittelbarer Nähe explodierten, waren etwas anderes. Kanan hastete an ihm vorbei zu Zaluna hin. Sie atmete noch, aber ihr Gesicht war verbrannt.

Ebenso wie das von Vidian, wie er jetzt sah. Der Cyborg hatte den ersten Schock überwunden und die Hände sinken lassen. Sein Gesichtsüberzug aus synthetischer Haut war verkohlt und geschmolzen und brachte den metallenen Menschen darunter zum Vorschein. Er straffte sich und starrte auf die beiden hinab.

»Die Sache ist jetzt zu Ende, Revolverheld. Ziehen Sie Ihre Waffe.«

Genau das wollte Kanan gerade auch tun – da hörte er etwas anderes: Blasterfeuer hallte durch den riesigen Raum. Er konnte nicht erkennen, woher es kam. Vidian schaute sich um und wirkte, als wisse er es ebenfalls nicht – und auch mit dem schauerlichen Schleifgeräusch, das die Blasterschüsse begleitete, schien er nichts anfangen zu können.

Dann sahen sie es alle: Ein gewaltiger Schwebegabelstapler bahnte sich seinen Weg durch eine der oberen Türen auf die Galerie über ihnen. Zwei glücklose Sturmtruppler hatten seine gewaltigen Hebearme bereits erwischt und mitgenommen, und ein überrumpelter dritter stürzte rückwärts über das Geländer und landete auf dem Boden der Kommandozentrale.

Der Gabelstapler fuhr weiter, krachte durch das Geländer der Galerie. Durch den Neuankömmling von oben überrascht, sprang Vidian zur Seite – während Kanan noch dabei war, sich schützend vor Zaluna zu stellen. Mit einem ohrenbetäubenden Knall stürzte der Gabelstapler samt seinen aufgespießten Sturmtrupplern zwischen den Eindringlingen und Vidian zu Boden. Die Hebearme brachen ab; einer flog mit solcher Wucht durch den Raum, dass er fast das Schienbein des Grafen zertrümmert hätte.

Aus der Kabine kletterte Hera. Vidian sah sie verblüfft an. »Sie!«

»So ist das nun einmal mit Überwachungskameras, Graf. Man kann sie nicht alle zugleich im Auge behalten.« Sie zog ihre Blaster.

Vidian begann, den Trümmerhaufen hinauf und zu ihr zu klettern. »Sie hätten versuchen sollen, mich zu überfahren. Sie wissen, dass Ihre Blaster mir nichts anhaben können.«

»Die nicht, aber das hier vielleicht.« Hera drehte sich um und zielte mit jedem auf ein anderes Aussichtsfenster. »Diese Fenster sind nicht durch Magnetschilde gesichert, und diese Blaster sind auf Maximalleistung eingestellt. Ich kann aus dem ganzen Raum hier den Druck ablassen. Wenn Sie irgendetwas gegen meine Freunde unternehmen oder versuchen, den Befehl zur Sprengung zu geben, werden Sie schnell eine komplett neue Adresse haben!«

Vidian reagierte mit einem digitalen Schnauben. »Und wem von uns, glauben Sie, würde es, wenn so etwas passiert, wohl besser ergehen?« Er trat an eine der Konsolen und klammerte sich mit der linken Hand daran fest. »Ich werde nirgendwo hingehen. Und mein Atemsystem ist bereits künstlich verstärkt und verbessert worden.« Er schüttelte den Kopf und gab ein elektronisches Kichern von sich. »Aber ich finde das andere, was Sie gesagt haben, viel interessanter. Wir kommen endlich zur Sache: Sie wollen den Mond Cynda retten.« Er sah sich nach seinen Arbeitern um – und nach den wenigen bewegungsfähigen Sturmtrupplern, die sich nun allmählich erholten und ihre Waffen erhoben. »Verraten Sie mir, für wen Sie arbeiten. Sofort!«

»Ich arbeite für alle. Für die Bewohner von Gorse. Für die Bewohner der Galaxis!«

Vidian schien überrascht. Dann lachte er auf. »Mir scheint, wir haben eine politische Agitatorin unter uns!«

»Wenn Sie den Mond zerstören, zerstören Sie auch sein Thorilidium«, rief Hera. »Das wird der Imperator nicht dulden!«

»Seien Sie sich da mal nicht so sicher«, entgegnete Vidian. »Ich bin schlauer, als Sie denken.« Er drehte sich zur Konsole um. »Ich werde die Sache hier durchziehen. Und dann werde ich herausfinden, wer Sie alle wirklich sind. Und das Imperium wird ausnahmslos alle töten lassen, die Ihnen am Herzen liegen.«

Kanan funkelte ihn wütend an. »Was Letzteres betrifft, kommen Sie ein wenig zu spät.«

»Und Ihre Zeit läuft ab. Vier Minuten bis zum Detonationszeitpunkt.« Er lächelte Kanan an. »Wollen wir alle gemeinsam so lange warten?«

53. Kapitel

Sloane hatte bereits auf Calcoraan Depot gewusst, dass sie in eine Falle getappt war. Sie wusste nur nicht, wer diese Falle gelegt hatte.

Dieses Großmaul von Pilot hatte ihr von Vidians doppelter Identität erzählt, von seinem Betrug bei den Testergebnissen und seinem Wunsch, die hohen Fördervorgaben des Imperators dadurch zu erfüllen, dass er Cynda zerstörte – und Gorse unweigerlich gleich mit. Sie hatte alles für Unsinn gehalten, wahrscheinlich eine Art von bizarrem Loyalitätstest vonseiten Vidians. Nachdem der Sprecher und seine schattenhaften Begleiter auf dem Hydrauliklift wieder im Boden versunken waren, war Sloane bereit gewesen, die ganze Sache mit einem Achselzucken abzutun.

Aber Vidian hatte zu dick aufgetragen. Er hatte sich allzu sehr bemüht, sich ihrer Kooperation zu versichern, zu sehr darauf beharrt, das Projekt schleunigst zum Abschluss zu bringen. Ihre angekündigte Ernennung zum dauerhaften Kapitän des Sternzerstörers – und das vor allen anderen, die im Rang über ihr standen – war mehr als nur ein Bestechungsversuch. Es war eine Form von Zwang, etwas, was niemand ablehnen konnte.

Und Vidians Wink mit dem Zaunpfahl, dass er über Mittel und Wege verfügen könnte, sie zum Admiral zu machen – sie, einen unerfahrenen Kapitän, der bisher noch nicht einmal ein festes Kommando hatte –, war einfach nur eine Beleidigung für ihre Intelligenz und ihren Dienst am Imperium gewesen, dem sie ihr Leben gewidmet hatte.

Vidian, hatte jener mysteriöse Mann gesagt, lebe davon, dass er Leute so lange terrorisiere, bis sie die ihnen vorgegebenen Quoten erfüllten. Doch die Furcht vor einem Ansehensverlust treibe ihn nun dazu, die Ressourcen eines Mondes zu zerstören, von denen der Imperator ausgehen konnte, dass sie ihm noch über lange Jahre zur Verfügung stehen würden.

Und Sloane glaubte diesem Mann.

Aber sie konnte die Informationen des Piloten nicht auf dem Dienstweg weiterleiten, nicht auf die übliche Art und Weise. Sie waren einfach zu brisant. Stattdessen war sie von Calcoraan Depot auf die *Ultimatum* zurückgekehrt, wo Chamas mithilfe der Kontaktinformationen, die Baron Danthe ihr zur Verfügung gestellt hatte, eine sichere Verbindung zum Baron aufgebaut hatte. Es war in hohem Grade vorschriftswidrig, einen Zivilisten in die Sache einzubeziehen, aber Danthe war der Einzige, den sie kannte und der vielleicht in der Lage war, den Imperator oder einen seiner höheren Lakaien direkt zu erreichen.

Daraufhin hatte zunächst einmal eine Zeit lang Schweigen geherrscht. Während dieser Spanne hatte Sloane ihre Aufgaben wie befohlen erledigt. Dann hatte sie in ihrem Bereitschaftsraum endlich eine Antwort aus dem Kreis des Imperators erhalten. Seine Leute hatten bestätigt, dass alles, was der junge Mann gesagt hatte, der Wahrheit entsprach. Und da war noch mehr.

Vidian hatte schon lange zuvor und bereits vor den Tagen des Imperiums einen Plan zur Täuschung der Bewohner von Gorse geschmiedet und durchgeführt. Nachdem er heimlich Minerax Consulting erworben und unter seine Kontrolle gebracht hatte, hatte er jenen entscheidenden Bericht verfasst, der binnen eines Jahres das Ende des Thorilidiumabbaus auf Gorse herbeigeführt hatte. Allein diese eine Aktion hatte der Gilde, für die er einst gearbeitet hatte, schweren Schaden zugefügt, während sie die Interessen der Förderschiffindustrie begünstigte, die Vidian weitestgehend kontrollierte. Auf Gorse hatte man in Sachen Thorilidiumabbau von nun an wortwörtlich in den Mond geguckt, während auf Cynda ein ehemaliger Naturpark verschandelt wurde.

Das hatte Vidian genügt, bis er vergangene Woche zum ersten Mal seit langen Jahren in das System zurückgekehrt war – und Sloanes Part begonnen hatte. Dann hatte Vidian die letzte Verbindung zwischen ihm selbst und Lemuel Tharsa eliminiert, indem er Sloanes Macht sowie die Macht der *Ultimatum* dazu missbraucht hatte, das medizinische Zentrum der Bergarbeiter auszulöschen, wo er die Zeit seiner Rekonvaleszenz verbracht hatte. Aber im Vergleich mit dem Problem, das es für ihn bedeutete, die neuen Produktionsziele des Imperators zu erfüllen, war das Spurenverwischen in Sachen Lemuel Tharsa nur eine Kleinigkeit gewesen. Die Aussicht, den Mond gemäß der jüngst entdeckten Möglichkeiten in die Luft zu jagen und auf diese Weise an dessen Thorilidium heranzukommen, war da für ihn ein unerwartetes Geschenk des Himmels gewesen, und seine Metallfinger klammerten sich mit aller Kraft an diesen Strohhalm. Erneut hatte er Minerax benutzt, indem er das Unternehmen per Gutachten behaupten ließ, dass das Projekt den gewünschten Stoff langfristig erfolgreich produzieren würde. Unterzeichnet von Minerax' leitendem Wissenschaftler: Lemuel Tharsa.

Ganz wie Vidian erwartet hatte, hatten der Name Tharsa und sein guter Ruf ausgereicht, um die imperiale Erlaubnis zur Zerstörung des Mondes zu erhalten. Der Mann und seine Vita waren schließlich real. War Tharsa nicht ein Veteran der Interstellaren Thorilidiumgilde gewesen, bevor er seine Arbeit für die Gilde an den Nagel gehängt hatte, um von nun an als Berater tätig zu sein? Und hatte er nicht im Laufe der letzten Jahre zu Dutzenden von Projekten seinen Segen gegeben, von denen einige sehr erfolgreich gewesen waren und Vidians persönlichen Profit beträchtlich vermehrt hatten?

Ja und nein. Denn der abtrünnige Pilot hatte die Wahrheit gesagt. Vidian *war* Tharsa. Aber Vidian hatte außerdem auch Tharsas Namen am Leben erhalten und sich dieses Namens bedient, um seine Ziele durchzusetzen und sich selbst zu bereichern. Darüber hinaus hatte Tharsas vorgeschobene Existenz geholfen, die Vergangenheit des Grafen vor anderen verborgen zu halten, die ihm vielleicht auf die Spur hätten kommen und zur Ansicht gelangen können, dass seine wahre Herkunft – ein Leben als kleiner Angestellter einer korrupten Gilde – weit weniger faszinierend war als der selbst erfundene Mythos vom Entwickler militärischer Raumschiffe, der es im Namen der Truppe mit seinen Vorgesetzten aufgenommen hatte.

Eine weitere Konsequenz von alledem war, dass offensichtlich auch der Imperator selbst die Wahrheit nicht gekannt hatte.

Imperator Palpatines Macht und Möglichkeiten waren gewaltig. Es geschah nur wenig im Galaktischen Imperium, von dem er nichts wusste – im Allgemeinen wusste er sogar schon davon, bevor es überhaupt geschah. Das war eine gute Sache und wirkte sich zum Vorteil all seiner Untertanen aus. Aber Vidian hatte viel dafür bezahlt, um seine Spuren zu verwischen. Und vielleicht war Vidians Ruf als ruhmsüchtiger Geschäftsguru der Grund dafür gewesen, warum der Imperator damals seine vorgegebene Identität nicht hinterfragt hatte. Solange Vidian tatsächlich genauso effektiv war, wie es sein Ruf wollte, welchen Unterschied machte es da, dass er sich die eigenen Taschen füllte, indem er den Aufschneider spielte?

Einen großen Unterschied, so viel verstand Sloane jetzt. Denn »Kanan« – wohl wirklich ein Agent des Imperators, wie sie jetzt einräumte – hatte auf dem Umweg über sie seinem obersten Herrn die Wahrheit vermittelt. Vidian hatte tatsächlich gelogen, was die Testergebnisse hinsichtlich des Mondes betraf. Bevor Sloane ihre Meldung weitergegeben hatte, hatte sie sich vom technischen Personal der *Ultimatum* die Behauptung des Piloten bestätigen lassen: Binnen eines Jahres wäre der allergrößte Teil des bis dahin nicht aufgefangenen Thorilidiums aus den Überbleibseln des Mondes im Weltraum zerfallen; die kostbare Beute des Imperators wäre zerstört.

Vidians Assistenten und Berater an Bord ihres Schiffes – jedenfalls die, die es auch wirklich gab – hatten geholfen, die Testergebnisse zu fälschen, und dafür gesorgt, dass falsche Daten übermittelt wurden. Noch während sie an Calcoraan Depot angedockt gewesen waren, hatten sich ihre erstklassigen Techniker noch einmal jeden Analysedroiden an Bord der *Ultimatum* vorgenommen. Vidians Leute hatten sich alle Mühe gegeben, ihre Manipulationen zu verbergen, und dabei ihre Arbeit sehr gut gemacht – aber doch nicht gut genug. Um die Zerstörung Cyndas so schnell wie möglich über die Bühne gehen zu lassen, war Vidian gezwungen gewesen, seinen Betrug allzu überstürzt vorzubereiten.

Natürlich wäre die Wahrheit ein Jahr nach der Zerstörung des Mondes ohnehin ans Licht gekommen: Vidian musste wissen, dass das Ergebnis Seine Hoheit in Rage versetzen würde. Und doch zog der Graf sein Projekt durch. Sloane fragte sich, ob seine Jagd nach Rache den Mann in den Wahnsinn getrieben hatte.

Aber Vidian war nicht verrückt. Er hatte einen Plan, den er in einem Zusatzdokument skizziert hatte, das sie ebenfalls dem Fremden zu verdanken hatte: eine verschlüsselte Datei aus Vidians Computern. Die Experten des Imperators hatten den Code erst vor wenigen Minuten knacken können – was nun der unmittelbare Anlass für den Anruf gewesen war. Ihr Zorn wuchs nur noch mehr, als sie den Inhalt der Datei las.

Cynda sollte zerstört werden und binnen eines Jahres nur noch wertloser Schutt und Staub sein, aber zu dieser Zeit würde bereits ein anderer dafür die Verantwortung tragen – höchstwahrscheinlich Vidians Untergebener und größter Feind, Baron Lero Danthe. Der Baron würde natürlich mit dem Finger auf Vidian zeigen, der nun seinerseits Sloane und der Unfähigkeit ihrer Sprengmannschaft die Schuld geben würde. Er würde ihre Ernennung zum Interimskapitän als allzu verfrüht bezeichnen. Und dann würde er mit einer weiteren Enthüllung aufwarten: mit etwas derart Verblüffendem, dass sie kaum glauben konnte, wie Vidian dies die ganze Zeit über hatte verborgen halten können. Es handelte sich um eine Tatsache, auf die Minerax Consulting bereits vor fünfzehn Jahren gestoßen war und die zu verheimlichen der Hauptgrund gewesen war, warum Vidian die Firma gekauft hatte.

Auf dem Mond Cynda gab es tatsächlich mehr Thorilidium als auf der Nachtseite von Gorse. Aber die Tagseite des Planeten enthielt *unermesslich* viel mehr – vergraben unter der flammenden Hitze einer Sonne, die niemals den Himmel verließ.

Hätte es sich anders verhalten, wäre es ein unnützes Wissen gewesen: Biologische Lebewesen konnten in dieser Hitze nicht arbeiten. Und zu der Zeit, als Vidian das Unternehmen kaufte, hatten noch die Klonkriege gewütet und die Lieferanten hitzeresistenter Droiden hatten auf der Seite der Separatisten gestanden. Das Thorilidium auf der Tagseite von Gorse war also unerreichbar gewesen. Und als der Krieg zu Ende war, hatte nur noch Danthe das Monopol für die Herstellung solcher Droiden gehabt. Ein solcher Fang, wie er auf Gorse wartete, hätte Danthe unglaublich reich und mächtig gemacht, begriff Sloane. Kein Wunder, dass Vidian sein Wissen geheim gehalten hatte.

Und es erklärte außerdem, was sie auf Calcoraan Depot gesehen hatte: Arbeiter von Vidian, die Danthes Droiden auseinandernahmen und versuchten, sie nachzubauen. Vidians Datei enthielt auch einen einjährigen Zeitplan mit Eckdaten, um die eigenen Droiden rechtzeitig fertigzustellen, damit er in dem Moment, wenn Cyndas Überresten das Thorilidium ausging, Gorse' Tagseite mit ihnen bevölkern konnte, um den Bedarf nun mit dem dortigen Thorilidium zu decken. In einer Folge von Ereignissen, wie sie für Vidians Vorliebe für saubere Lösungen charakteristisch war, würde Vidian zugleich einen Wettbewerber aus dem Weg räumen und vor dem Imperium als Retter der Lage in Erscheinung treten – und aus alledem natürlich auch noch einen gewaltigen Profit schlagen.

Aber er würde dabei auch Gorse' Bevölkerung vernichten. Und, schlimmer noch, Sloanes Karriere zerstören.

Das würde sie nicht zulassen. Und das Gleiche galt auch für den Imperator. Der Imperator kannte keine Skrupel, ganze Planeten um eines kurzfristigen Gewinnes willen zu vernichten, und es störte ihn auch nicht, wenn da jemand war, der danach trachtete, Gegner zu schädigen. Aber die Galaxis und all ihre Vermögenswerte waren sein Besitz, und er allein würde entscheiden, wo und wann derartige Maßnahmen ergriffen wurden.

Das machte ihren nächsten Befehl ganz einfach. Sie verließ ihr Bereitschaftszimmer und begab sich auf die Brücke. Ihr war klar, dass die nächsten Momente ihre Crew ebenso erschrecken würden wie ihren vorgeblichen Gönner.

»Ich brauche einen Gesprächskanal zu Graf Vidian«, sagte sie.

Chamas sah sie mit einer Mischung aus Neugier und Besorgnis an und schnippte mit den Fingern. Graf Vidians holografisches Bild erschien.

»Ah, Sloane«, begrüßte er sie. »Sie sind gerade rechtzeitig zurückgekommen. Ich stehe im Begriff, die Sprengungen zu zünden und den Mond zu pulverisieren.«

»Dann komme ich ja tatsächlich gerade noch rechtzeitig«, gab sie zurück und holte tief Luft, bevor sie fortfuhr. »An die technischen Crews der *Ultimatum:* Unterbrechen Sie die Verbindung der *Forager* zur Sprengsteuerung.«

»Wie bitte?« Der holografisch schimmernde Graf sah sie überrascht an – ebenso wie die sehr reale Gestalt von Commander Chamas, der neben ihr stand.

Sloane ballte die Fäuste. »Und an alle Sturmtruppler an Bord der *Forager,* im Namen des Imperators: *Verhaften Sie Graf Vidian!*«

54. Kapitel

So war es auch den Jedi ergangen, erinnerte sich Kanan. Klonkrieger, die auf Befehl des Imperators hin gehandelt hatten, hatten die allseits hochgeschätzte Streitmacht der Republik eliminiert. Es war ein dunkler Tag gewesen, bei Weitem der dunkelste in Caleb Dumes jungem Leben. Kanan Jarrus vermied es im Allgemeinen, daran zu denken.

Aber jetzt zu sehen, wie sich die Sturmtruppler gegen ihren Herrn wandten: Das war ebenso erstaunlich wie köstlich. Selbst wenn die Imperialen ihre Waffen auch auf Kanan und seine Freunde richteten. Weitere Sturmtruppler wuchteten die Haupttür in die Höhe und ließen die Gesamtzahl weiß gepanzerter Wachen auf ein Dutzend steigen.

Kanan konnte erkennen, dass Hera oben auf ihrem großen Gabelstapler nicht recht wusste, was sie von der Sache halten sollte. Aber Vidians Reaktion auf die holografische Erscheinung von Captain Sloane war unmissverständlich.

»Das ist eine überstürzte Handlungsweise, Sloane. Haben Sie den Verstand verloren?«

»Sie stehen unter Arrest wegen vielfacher Verletzungen der Gesetze des Imperiums, Falschaussage gegenüber dem Imperator, profitsüchtiger Geschäftemacherei ohne entsprechende Genehmigung des Imperators, Treuebruch gegenüber dem Imperator und versuchter Beschädigung oder Zerstörung strategisch wichtiger Vermögenswerte, von entscheidender Bedeutung für …«

»… den Imperator«, beendete Vidian ihren Satz mit wachsendem Zorn. »Sie wagen es, sich auf seinen Namen zu berufen?« Er zeigte auf Kanan. »Diese … *Anarchisten* haben Ihren Verstand vergiftet und Sie dazu gebracht, sich gegen mich zu wenden. Partisanen von Gorse, die versuchen, sich unserem Projekt in den Weg zu stellen.« Er schaute durch die Sichtfenster zum Mond hinaus. »Ein Projekt, das bis zum Ende durchgeführt werden muss!«

»Vergessen Sie es, Vidian«, sagte Sloane. »Sie werden heute nichts mehr zerstören.«

Kanan konnte seine Reaktion kaum im Zaum halten. Sein Manöver war doch noch aufgegangen.

Vidian riss die Augen auf, als sich ihm nun zwei Sturmtruppler näherten; offnbar versuchte er, eine Entscheidung über seine nächsten Schritte zu treffen. »Das sehe ich anders«, versetzte er. Er schaute zu zweien seiner kybernetischen Assistenten hinüber. »Stellen Sie die Verbindung zur Sprengsteuerung wieder her.«

Sloane blaffte ihn an. »Wir haben die Verbindung bereits unterbrochen und …«

»Sie haben gar nichts unterbrochen. Die Einlasstürme, das ganze logistische System – Sie haben das alles lediglich aufgebaut und installiert. Meine Arbeiter jedoch haben es *hergestellt*, und sie können es jederzeit wieder unter meine Kontrolle bringen.«

»Gut, wenn Sie es so haben wollen«, sagte Sloane. »Ich verurteile hiermit alle Arbeiter auf der Brücke der *Forager* zum Tode und ordne die sofortige Vollstreckung des Urteils an. Sturmtruppler, Feuer!«

Die Sturmtruppler führten ihren Befehl auf der Stelle aus und erschossen mehrere von Vidians Assistenten aus nächster Nähe. Vidian brüllte etwas, aber Kanan konnte es nicht verstehen. Angesicht der Tatsache, dass nun überall ringsum Blasterfeuer aufloderte, warf er sich zu Boden. Während er rasch hinter die zerschmetterten Überreste der Gabelstaplerkabine kroch, fiel sein Blick auf Zaluna. Sie sah schlimm aus, ihr Gesicht war ganz versengt und fürchterlich zugerichtet.

Wir müssen hier raus. Er blickte zurück und sah Hera vom Gabelstapler herabklettern und auf den Boden springen. Überall um sie herum stürzten Vidians Droiden und Assistenten zu Boden, doch ihr gelang es, allen Schüssen auszuweichen.

Kanan zückte seinen Blaster und erwog es, sich mit in den Kampf zu stürzen. Doch dann überlegte er es sich anders. Für einen älteren Menschen – falls in diesem Körper überhaupt noch ein Mensch steckte – hatte sich Vidian in eine wahrhaft übermenschliche Wut hineingesteigert. Welche Kraftquelle auch immer die Glieder dieses Mannes antrieb, ihr musste zuerst einmal die Energie ausgehen. Nachdem er einen Blasterschuss von einem der Sturmtruppler einfach so abgeschüttelt hatte, stürzte sich Vidian auf den Mann und zerquetschte dessen Helm in seinen Händen. Einen entsetzlichen Schrei später hatte Vidian sich auch schon den nächsten Sturmtruppler vorgenommen.

Kanan entdeckte eine nun geöffnete Tür an der Seite. Hera gab ihm Deckung, während er Zaluna hochhob. Er eilte zu dem Ausgang hinüber und legte sie draußen vor der Tür nieder.

»Warten Sie hier«, sagte er dazu.

»Soll das ein … Witz sein?«, murmelte sie.

»Entschuldigung.« Kanan wandte sich wieder dem Raum zu.

Selbst inmitten des Chaos behielt Hera immer im Auge, was zu tun jetzt am dringlichsten war. »Die Kommunikationskonsole«, rief sie und zeigte auf einen Punkt hinter dem Ort des letzten Handgemenges. Sie sprang hinter dem Gabelstapler hervor, während Kanan im gleichen Moment von der anderen Seite her auf dasselbe Ziel zugesprungen kam.

Vidian war bereits dort.

Kanan begriff zu spät, dass soeben der letzte Sturmtruppler gefallen war. Vidians Arbeiter lagen ebenfalls alle am Boden – einfach weitere Opfer von Arbeitsunfällen in der großen Maschinerie des Grafen. Nur er, Hera und Vidian waren in diesem Raum noch auf den Beinen. Und Vidian war gerade damit fertig geworden, eine Abfolge von Sicherheitscodes einzugeben. »Verbindung zur Sprengsteuerung wiederhergestellt«, sagte Vidian. »Nur noch eine gute Minute Zeit.«

Es war die gleiche blasierte, selbstzufriedene Stimme, die sie stets von Vidian gehört hatten, aber der Mann selbst hatte sich sehr verändert. Seine Kleidung hing in Fetzen von ihm herab, seine künstliche Haut und Nase waren aus seinem Gesicht gebrannt worden, hatten nur eine verkohlte silberne Maske hinterlassen. Funken stoben von seinen mechanischen Gelenken. Und doch wirkte er ungebrochen. Er wandte sich wieder zu Kanan und Hera um. »Ich weiß nicht, was Sie Sloane erzählt haben. Aber sobald der Imperator meine Resultate sieht, wird es keinerlei Rolle mehr spielen.«

»Ihre Resultate?«, schrie Hera. »Zerstörung und Genozid!«

Vidian schnaubte verächtlich. »Sie gehen das völlig falsch an, wissen Sie. Sie und Ihre Leute werden niemals etwas gegen das Imperium ausrichten können. Sie sind zu undiszipliniert, zu desorganisiert.«

»Wir werden dazulernen«, antwortete Hera und schwang drohend ihre Waffe. »Die Leute werden Sie aufhalten. Wir werden Sie aufhalten.«

»Wir hatten diesen Kampf schon einmal, wir drei. Sie haben nichts, was mir Schaden zufügen könnte.«

»Vielleicht habe ich doch etwas.« Kanan tastete nach der Leinenhülle an seinem linken Bein, in der sein Lichtschwert versteckt war.

»Unsinn«, sagte Vidian mit einer herablassenden Handbewegung. »Wenn Sie da irgendetwas hätten, hätten Sie es auch längst schon eingesetzt, nicht wahr?«

Hera sah Kanan fragend an, als sich Vidian nun wieder zu der Konsole umdrehte. Kanan begann nach seiner geheimen Waffe zu greifen – aber dann hielt er inne. Irgendetwas, irgendwo sagte ihm: *Nein, nicht das. Nicht jetzt.*

Noch nicht.

»Vergessen Sie ihn einfach, Twi'lek«, meinte der Cyborg und streckte die Hand nach der Konsole aus. »Er verfügt nicht über das, was notwendig ist, um mich aufzuhalten.«

»Aber ich«, erklärte Captain Sloane, deren Hologramm flackernd erneut sichtbar wurde. Ihr Gesichtsausdruck war eisig, ihre Augen schmal. »Waffenoffizier der *Ultimatum*, Feuer auf Sendeturm eröffnen.«

Jetzt bewegte sich Kanan. Bewegte sich, wie seine Instinkte es ihm vorgaben. Er hechtete nicht auf Vidian zu, sondern auf Hera und riss sie mit sich um. Im gleichen Augenblick leuchtete eines der Sichtfenster hinter dem Grafen so hell auf wie hundert Sonnen.

Wenn es ein Geräusch gab, dann hörte Kanan es nicht. Da

waren nur Licht und Bewegung und Hitze, als nun die *Forager* unter der Wucht des Sperrfeuers aus den Turbolasern des Sternzerstörers erbebte. Kanan rollte sich von Hera weg, und es schien ihm eine halbe Ewigkeit, bis sich seine Augen angepasst hatten. Die Lichter in der Kommandozentrale waren erloschen, und Vidian taumelte umher wie jemand, der urplötzlich von einem Hurrikan erfasst worden war. Als er aus den Fenstern blickte, begriff Kanan nun auch, warum. Nicht mehr nur die *Ultimatum*, sondern auch die TIE-Jäger beschossen den Energieschild der *Forager*. Das Schiff war einigermaßen unversehrt geblieben – noch –, aber jeder Angriff auf den Schild erschütterte alles in seinem Innern mit wilder Heftigkeit.

Irgendwie gelang es Vidian, erneut die Hand nach der Konsole auszustrecken. Trotz all des Bebens und Zitterns um ihn herum schickte sich Kanan an, sich auf ihn zu stürzen, aber diesmal war es Hera, die Kanan packte und auf den Boden drückte. Er erkannte sogleich den Grund dafür. Der Überbau der *Forager* hielt dem Feuer stand, aber den Sendeturm, der durch die Sichtfenster des Raums hindurch deutlich zu erkennen war, hatten die Erschütterungen in Stücke brechen lassen, nachdem das Feuer der *Ultimatum* direkt den Schild getroffen hatte.

Sloane hatte ihre Drohung wahrgemacht, begriff Kanan. Und ihre Kanoniere hatten ganze Arbeit geleistet.

Jetzt, wo ihm seine letzte Möglichkeit zur Zerstörung Cyndas genommen war, heulte Vidian auf und drehte sich um. Er lief durch den Haupteingang zurück, ohne Kanan und Hera auch nur die geringste Beachtung zu schenken. Kanan entdeckte seinen Blaster in der Nähe auf dem Boden und erhob sich, um Vidian zu folgen.

Hinter ihm schrie Hera: »Kanan, nein!« Er blickte zurück. Sie befand sich immer noch neben der Tür, durch die er Zaluna gezerrt hatte – direkt unter der jetzt stark beschädigten Galerie –, und versuchte, auf die Knie zu kommen. »Wir müssen sofort zu einem …«

Für Kanan blieb die Zeit stehen. Und dann setzte sie, ganz langsam, wieder ein.

Er sah alles. Er sah den TIE-Bomber draußen einen Torpedo auf den Energieschild der *Forager* abfeuern. Er sah die Brücke, als Folge, heftig erzittern. Er sah den schweren Galeriesteg aus Durastahl, dessen Statik bereits von Heras Gabelstaplerfahrt geschwächt war, aus seinen Verankerungen brechen. Er sah ihn in der Luft, wie er auf Hera herabstürzte. Hera, die ebenfalls bemerkt hatte, was passierte, aber sich von ihrer Position aus unmöglich noch in Sicherheit bringen konnte.

Er bemerkte die Hindernisse zwischen ihnen – die Trümmer und reglosen Körper, die ihm den schnellsten Weg versperrten. Ohne einen Gedanken fegte er sie mit Gedankenkraft weg und räumte eine Bahn frei. Kein Hindernis versperrte ihm mehr den Weg zu Hera.

Und er bewegte sich. Er bewegte sich schneller als damals, als er Yelkin gerettet hatte, schneller, als er sich – soweit er sich erinnern konnte – in all den Jahren bewegt hatte. Alles in der Hoffnung, sie zu packen und mit ihr aus der Tür zu hechten.

Nur, dass sich die Zeit ebenfalls schneller bewegte – schneller als seine Hoffnungen. Er erreichte sie zu spät, genauso, wie er zu spät gekommen war, um Meisterin Billaba zu retten. Für viele war die Macht an jenem Tag zu spät gekommen. Aber sie war jetzt mit ihm, als er zu Hera hin über den Boden schlitterte. Hera wusste, in welcher Gefahr sie schwebte, und hob abwehrend die Hand, als wolle sie ihn wegscheuchen, damit er sich in Sicherheit brachte. Kanan blickte stattdessen nach oben, wedelte mit der Hand …

… und ließ das ganze gewaltige Galeriebauteil mitten in der Luft schweben, nur Zentimeter über den Köpfen von Hera und ihm.

Sie starrte sprachlos hinauf – und dann zu ihm hinüber. Verlegen machte er eine Schiebebewegung durch die Luft, stieß die schwebende Masse zur Seite. Sie krachte mit einem gewaltigen Aufschlag zu Boden.

Die *Forager* erbebte erneut unter dem imperialen Angriff. Die Aussicht, die sich ihm bot, war auf perverse Weise von wundersamer Schönheit, wie er fand: all die Lichtblitze vor dem Hintergrund des Mondes, während die Sternjäger ihre Angriffe flogen. Doch alles verblasste vor dem Blick, den er, hier in der Dunkelheit, in Heras Augen sah.

»Aber …«, fing sie an. »Aber du bist …«

Mit einem schiefen Lächeln legte ihr Kanan den Finger auf den Mund. »Pst. Erzähl es bitte niemandem.«

Sie sah ihn einen langen Moment staunend an, bis sie begriffen hatte, und ein leises Lächeln trat auf ihre Züge. Sie nickte. »Gehen wir.«

55. Kapitel

Die Rettungskapsel löste sich von der *Forager* und schwebte ins Weltall hinaus. Kanan beugte sich über das kleine runde Aussichtsfenster und schaute zurück zum großen Förderschiff. Er sah, dass noch einige weitere kleine Kapseln von Bord gingen – und das Imperium hatte jede einzelne genau im Auge.

»Ein TIE-Jäger im Heckfenster«, sagte er.

»Wir haben kein Heck. Wir haben nicht einmal ein richtiges Triebwerk.« Hera bediente den kleinen Hebel, der ihr Gefährt lenkte. Das war so ziemlich die einzige Steuermöglichkeit, über die sie verfügte. »Ich glaube, der TIE folgt uns einfach nur.«

»Ich weiß.« Es gab momentan nichts zu tun. Kanan wandte sich von dem Sichtfenster ab und fuhr fort, Zalunas verbranntes Gesicht behutsam mit einem Wattebausch aus der Erste-Hilfe-Versorgung abzutupfen, der mit Bacta getränkt war.

Die *Ultimatum* setzte ihren Beschuss der *Forager* noch immer fort; Kanan nahm an, dass sie wahrscheinlich damit beginnen würden, alle Rettungskapseln einzusammeln, sobald sie mit der *Forager* fertig waren. Sloane würde nach Vidian suchen, aber stattdessen würde sie Kanan und Co finden.

»Können Sie immer noch nichts sehen?«, erkundigte sich Kanan bei Zaluna.

»Es gibt ohnehin nichts Gutes zu sehen«, gab sie zur Antwort.

Vidian watete durch Ströme aus Säure. Sie war überall im Fabrikbereich der *Forager*: knöcheltief an einigen Stellen, hüfthoch an anderen. Sie zerstörte den Bodenbelag und hatte sich bereits in die Stahlwände darunter gefressen; er rechnete jede Minute mit einem plötzlichen Druckabfall.

Seine Durchquerung des Raums hatte in panischer Hektik begonnen und war dann zu einem scheußlichen Sichdahinschleppen geworden, als von seinen Beinen zunehmend nur skeletthafte Stützstreben geblieben waren. Auch seine Arme waren bei seinem Dahinstapfen weiter beschädigt worden. Doch es hatte keine andere Wahl gegeben, keinen anderen Weg zu seinem Zielort.

Ihm war etwas eingefallen. Die Eindringlinge waren mit einem Baradiumfrachter gekommen. Er war intakt, sah er durch die wenigen noch funktionierenden Überwachungskameras, abflugbereit. Er würde den Frachter nehmen, hatte er beschlossen, und die Rettungskapsel meiden, die nur für einen einzigen Flug zu gebrauchen waren. Der Frachter würde in all dem Chaos vielleicht übersehen werden, hoffte er; und so würde er es vielleicht zu einer der Bohrstellen auf Cynda schaffen, solange noch Zeit blieb, den Sprengstoff zu zünden und die Förderquote des Imperators zu erfüllen. Er würde schon einen Weg finden.

Das alles war irgendwie Baron Danthes Werk. So musste es sein. Es war unmöglich, sich vorzustellen, dass einige Möchtegernrebellen und eine Ersatzkapitänin sein Ansehen und seine

Karriere ruiniert hatten. Die Sprengung des Mondes, da war er sich sicher, würde seine Position wiederherstellen – mit dem Mond und der Sonnenseite von Gorse hätte der Imperator genug Thorilidium für tausend Raumflotten.

Und auch wenn der Mond nicht in die Luft flog, so hatte der Frachter doch immer noch Hyperantrieb und eine volle Ladung Baradium 357 an Bord. Das war ein wichtiger Stoff, und etwas, worauf man, wenn nötig, andernorts aufbauen konnte. Er war schon einmal aus dem Nichts gekommen. Vielleicht würde es diesmal keine zwanzig Jahre dauern.

Aber das würde gar nicht erst geschehen. Er würde das Projekt beenden.

Auf versagenden Gliedern stolperte Vidian in die Landebucht. Die Bucht war ein einziges Chaos aus herabgestürzten Trägern und Trennplatten, aber der bisher so lästige Frachter befand sich genau dort, wo er sein sollte, und die Rampe war geöffnet. Vidian fand es irgendwie ironisch, dass ausgerechnet er nun seine Rettung sein sollte.

Als er die Rampe erreichte, schaute er durch das Magnetfeld der Landebucht nach draußen. Die *Forager*, die nun unsteuerbar geworden war und orientierungslos durchs All taumelte, drehte sich gerade so, dass ihr Cynda genau gegenüberlag. Sehr zweckmäßig für einen kleinen Ausflug, dachte Vidian. *Effizient.*

Vidian stolperte die Rampe des Frachters hinauf – und konnte dann plötzlich nicht weiter. Er blickte nach unten. Dort, auf dem Landedeck, lag, an der Seite der Rampe in sich zusammengesunken, kein anderer als Skelly. Der Mann war nur noch ein zerschundenes, blutiges Häufchen Elend, und doch hatte er noch die Energie aufgebracht, um nach Vidians Beinstütze zu greifen, als er die Rampe hinaufgestiegen war.

Nun umklammerte Skelly mit seiner rechten Hand, was einst Vidians Knöchel gewesen war.

Der Graf versuchte, ihn abzuschütteln, aber er konnte es nicht. »Lassen Sie mich los!«

»Die da … lässt nicht los«, antwortete Skelly. Er hustete. »Kümmern Sie … sich nicht um mich. Ich bin einfach … nur hier, um mir … den Mond anzuschauen.«

»Gewöhnen Sie sich besser nicht an den Anblick«, entgegnete Vidian und mühte sich weiterzuklettern. Aber seine von Säure versehrten Beine gaben ihm weder Kraft noch Halt.

»Tut mir leid, Vidian. Dinge in die Luft zu sprengen … das ist nun mal *meine* Aufgabe. Gildenregeln, Sie wissen schon.« Skelly drehte sich um – und jetzt sah Vidian die Vorrichtung in seiner anderen Hand, die mit einem langen Mikrofaserdraht verbunden war. Vidians Blick folgte dem Draht hinauf und durch die Tür des Schiffes. »Ich habe Kanan gesagt … wir kämen ohne meine kleine Trickkiste aus«, erklärte Skelly. »Aber ich habe nicht gesagt … dass ich nicht wiederkommen würde, um sie mir zu holen.«

Vidian begriff sehr schnell. *»Nein! Nein, tun Sie das nicht!«*

»Von Ihnen nehme ich keine Befehle entgegen.« Dann schaute Skelly durch den Eingang der Landebucht zu Cynda hinüber. Er zwinkerte. »Ich habe dich gerettet, mein Schatz!«

Er drückte auf den Knopf.

Zuerst blendete Kanan der Blitz. Die Explosion begann im Heck der *Forager*, zerstörte schnell die Landedecks und brandete über das gesamte Schiff hinweg. Während seine Augen sich an die Helligkeit gewöhnten, erkannte Kanan die vertraute typische Farbe einer Baradiumexplosion. Aber diese war größer und hatte mehr Energie, als er es sonst je erlebt hatte.

»Hera, schneller!«

Doch sie konnte nur wenig tun, außer den für den Wiedereintritt in die Atmosphäre gedachten Hitzeschild in Stellung zu bringen. Der TIE-Jäger, der ihnen folgte, reagierte langsamer. Superheiße Explosionspartikel durchschlugen seine sechseckigen Flügel und rissen den Sternjäger brutal in Stücke. Eine Druckwelle, die nicht aus Luft, sondern aus Plasma und Materie bestand, verbreitete sich um die Explosionszone nach außen und schlug krachend gegen ihre Rettungskapsel.

Während der Aufprall sie durchrüttelte, kämpfte Hera mit den Steuerhebeln, richtete die Kapsel so aus, dass sie von der Welle getragen wurde. Überall um sie herum bemerkte Kanan weitere Auswirkungen der Explosion. Weniger vom Glück begünstigte Rettungskapseln zerbrachen wie auch deren TIE-Verfolger. Und die elektrostatischen Türme, die die Förderspeichen der *Forager* gebildet hatten, wurden in alle Richtungen davongeschleudert – auch in Richtung der *Ultimatum*. Ein unförmiger, langer Metallträger löste sich krachend von der Oberfläche des Sternzerstörers und öffnete eine flammende Wunde in dessen Rumpf.

Für Hera bedeutete das Ablenkung genug, um das Risiko einzugehen, Kurs auf Gorse zu nehmen. Sie schaltete die Innenkabinenlichter aus, und die Rettungskapsel wurde dunkel, war nun nur noch ein weiteres durch das Weltall schwebendes Trümmerteil.

In der Finsternis drehte Hera ihr Gefährt zur Seite, sodass die Passagiere zu den Überresten der *Forager* zurückblicken konnten. Es gab dort nicht mehr viel zu sehen. Kanan hatte keinerlei Zweifel daran, dass die *Expedient* mit ihrer Baradiumladung der Grund für die Explosion gewesen war. »Sehr unartiges Baby«, bemerkte Kanan.

Zaluna schauderte. Sie hatte die Explosion nicht gesehen, aber sie hatte sie gespürt. »Ich ... ich hatte bisher gehofft, dass Skelly vielleicht doch überlebt hat. Dass er es vielleicht noch geschafft hat.«

Hera legte ihren Arm um sie. »Ist schon in Ordnung. Wir haben es geschafft rauszukommen. Er vielleicht ja auch.«

»Nein«, sagte Kanan. Es war mehr ein lautes Denken. »Er hat es nicht geschafft.«

Mit düsterer Miene schaute Hera auf die Feuersbrunst im Weltraum hinaus. »Die Landebucht muss einen Treffer von dem Sternzerstörer kassiert haben.«

Kanan schüttelte den Kopf. »Nein. Das ist Skelly gewesen.«

»Wenn Sie es nicht gesehen haben«, fragte Zaluna, »woher wissen Sie es dann?«

Hera musterte Kanan für einen Moment. Er war verstummt. »Er weiß es einfach«, stellte sie schließlich fest. »Er weiß es eben einfach.«

Sie wandte sich wieder den Steuerhebeln zu. Die Rettungskapsel sank in die Wolken der endlosen Nacht von Gorse.

Letzte Stufe

SCHADENSBEMESSUNG

»Pläne des Imperators für roboterbetriebene Minen auf Tagseite läuten neue Ära für Gorse ein.«

»Baron Danthe wurde die Oberaufsicht über die Industrieregion zugesichert.«

»Nach tödlichem Rückfall in Krankheit bleibt Vidians HoloNet-Seite schwarz.«

Schlagzeilen der *Imperialen HoloNews*
(Ausgabe Planet Gorse)

56. Kapitel

Von den Feierlichkeiten zu ihrer Beförderung einmal abgesehen, hatte Sloane nur selten Gelegenheit, ihre Paradeuniform zu tragen. Doch diese Nacht war anders – obwohl es auf Gorse immer Nacht war.

Auch der Regionalgouverneur war in die herrschaftliche Residenz des Bürgermeisters gekommen – das mit Abstand ansehnlichste Gebäude auf dem Planeten. Sie erkannte noch mehrere weitere imperiale Kapitäne sowie einen Admiral; und in seiner Begleitung war auch ein Moff gekommen – einer der höchsten Würdenträger der Regierung. Sie waren alle hier, um zu trinken, zu plaudern und das wichtigste Ereignis in der Geschichte der industriellen Thorilidiumproduktion zu feiern: die Öffnung der der Sonne zugewandten Seite von Gorse für Baron Danthes hitzeresistente Bergbaudrohnen.

Es war ein gewaltiger Augenblick für diese Welt, und er würde wahrscheinlich das Wirtschaftsleben des Planeten dramatisch verändern. Die Raffinerien auf Gorse würden für das Kommende von großer Notwendigkeit sein – nicht einmal der Imperator würde den Mond zerstören und den Planeten um eines kurzfristigen Profits willen verwüsten, wenn die langfristigen Erträge um so viel größer waren. Und das alles wurde nun direkt auf eine Entdeckung durch Sloane und das wissenschaftliche Team der *Ultimatum* zurückgeführt. Das stimmte so natürlich nicht; sie hatte lediglich Vidians entsprechenden geheimen Bericht weitergegeben. Aber es wurde ihr als Verdienst angerechnet, und sie nahm das gerne an – zusammen mit ihrer Mannschaft.

Ihrer Mannschaft. Ohne dass es irgendeine Verbindung zu Vidians Machenschaften gegeben hätte, war ihr Captain Karlsens Posten soeben dauerhaft zugewiesen worden. Sie war froh gewesen, dass Commander Chamas Leutnant Deltic und ihre wissenschaftlichen Mitarbeiter gleich nach der Auszeichnungszeremonie zurück auf das Schiff geschickt hatte, bevor sie sie vor allen anderen in Verlegenheit und Unannehmlichkeiten brachten. Aber Deltic und Co. waren jetzt *ihre* Unannehmlichkeiten. Die *Ultimatum* war ihr Schiff.

Und die Feierlichkeiten begannen gerade erst. Später würden sie alle mit einem Luxusshuttle zu Cynda hinauffliegen. Der Mond hatte seinen alten Status als Touristenattraktion zurückerhalten. Die Zone, die durch die Testsprengung beschädigt worden war, war nur eines von vielen früheren Naturreservaten auf dem Mond gewesen, und das Imperium hatte, ohne Zeit zu verschwenden, eine weitere eröffnet. Sie sollte nun für die Besuche der Reichen und Mächtigen zugänglich gemacht werden: für jene, die dem Imperator gute Dienste geleistet hatten, und für jene, um deren Macht und Einfluss er buhlte. *Das schließt so ziemlich alle in diesem Raum ein,* dachte sie.

Sloane nahm sich ein Glas von dem Tablett, das ihr ein Servicedroide der GG-Klasse hinhielt, und dachte an die Ereignisse seit Vidians Tod zurück. Ein Mittelsmann des Imperators hatte sich mit ihr getroffen, um die ganze Sache noch einmal aufzuarbeiten. Sloane hatte umfassend und wahrheitsgemäß geantwortet – was auch sonst –, und er hatte ihre Aussage als unproblematisch eingestuft. Indessen hatte er Verwirrung über ihre Geschichte von dem jungen Piloten zum Ausdruck gebracht, der in der Dunkelheit zu ihr gesprochen hatte. Dieser »Kanan« sei keinesfalls ein Agent des Imperators, hatte sie erfahren. Die Sache ergab irgendwie keinen rechten Sinn, und keiner von ihnen beiden hatte Wert darauf gelegt, diesen Punkt zu vertiefen. Hatte Vidian noch einen weiteren Rivalen irgendwo im imperialen System gehabt, den er nicht unter Kontrolle hatte? Oder hatte etwas völlig anderes dahintergesteckt?

Sloane hatte das Gefühl nicht abschütteln können, dass sich da draußen irgendwo noch ein weiterer Mitspieler befand. Jemand, der mit dem jungen Piloten verbündet war und im Hintergrund die Fäden zog. Sie fragte sich, ob sie es wohl je herausfinden würde.

Etwas immerhin *hatte* sie herausgefunden. Sie hatte erfahren, dass jemand aus dem Führungspersonal der *Ultimatum* nach ihrer Ankunft im System Gorse bei Transcept eine Anfrage hinsichtlich eines Mannes namens Lemuel Tharsa gestellt hatte. Ihr war diese Anfrage nicht zur Genehmigung vorgelegt worden, und es gab nicht den geringsten Grund anzunehmen, dass Vidian selbst sie gestellt haben könnte. Sie begriff nun, was geschehen war – und draußen auf dem Balkon entdeckte sie die Männer, die dafür die Verantwortung trugen.

Nibiru Chamas stand dort und trank mit Baron Danthe. Danthe wurde auf sie aufmerksam und lächelte. Wenn man ihn persönlich vor sich hatte, wirkte er noch strahlender und unverwüstlicher als in holografischer Form, bemerkte sie. »Mein guter Captain«, sagte der Baron und hob sein Glas zu einem Prost. »Bitte, gesellen Sie sich zu uns.«

»Ganz zu Ihrer Verfügung«, antwortete sie.

Und das hatte auch für Chamas gegolten. *Er* hatte die Nachforschungen hinsichtlich Tharsa angestellt, begriff sie, und seine Vollmachten als Offizier der *Ultimatum* genutzt, um Danthe dabei zu helfen, Erkundigungen nach Vidians Beraterphantom einzuziehen. Sie fragte sich, wie lange Chamas wohl bereits als Informant auf der Lohnliste des Barons gestanden hatte.

Mit einem finsteren Lächeln hob Chamas sein Weinglas und prostete ihr zu. Es schien nicht sein erstes zu sein. Kein Wunder, denn sie war in dieser Funktion bei seinem Gönner an seine Stelle getreten. Danthe hatte sich als dankbar erwiesen, und sie meinte zu erkennen, dass hinsichtlich der jüngsten Veränderungen in der Personalführung der *Ultimatum* seine Hand mit im Spiel gewesen war. Vielleicht hatte Chamas ihren Stuhl ja selbst beanspruchen wollen. Wenn ja, spielte es jetzt keine Rolle mehr: So funktionierten die Dinge eben im Imperium.

Sie trat mit dem Baron ans Geländer. Chamas stellte fest, dass sein Glas leer war, und entschuldigte sich. Es war feucht, wie immer auf Gorse, und keiner der Besucher war hier draußen – aber sie hatte sich daran gewöhnt. Sie schaute zu Cynda hinauf; der Mond war jetzt seit Langem wieder in der abnehmenden Phase. Doch er würde weiterleuchten und auf Gorse ab und zu für Erdbeben sorgen. Und eines Tages würde er sich wahrscheinlich selbst in Stücke reißen und herabregnen, so wie es Vidian beabsichtigt hatte. Aber es würde nicht zu ihren Lebzeiten geschehen, und heute Nacht beabsichtigte sie, den Mond zu genießen.

Baron Danthe beobachtete sie, während sie zu dem Gestirn emporschaute. »Ich bin Ihnen wirklich sehr dankbar, dass Sie mich in Kenntnis gesetzt haben.«

»Ich habe den Imperator in Kenntnis gesetzt.«

»Natürlich.« Danthe kicherte. »Was für ein Leben wir doch führen. Hätten Sie zuvor je geglaubt, dass man besser vorankommt, indem man anderen in den Rücken fällt?«

»Nun ja, so wird dieses Spiel nun mal gespielt«, gab Sloane zurück, von seiner Offenheit ein wenig überrascht. »Ich ziehe es vor, mein Sternenschiff zu fliegen.«

»Und das Imperium zu verteidigen – gegen was auch immer.« Er grinste. »Haben Sie eigentlich noch mehr über diese anderen Beteiligten erfahren?«

»Nicht das Geringste.«

Er schniefte verächtlich. »Ich glaube nicht, dass wir uns allzu große Sorgen machen müssen. Eine einzelne rebellische Aktion ist noch nicht der Anfang von irgendetwas. Das war nur so ein kleiner Ausreißer. Eine winzige Störung im System. Nicht mehr.«

»Vielleicht.« *Vielleicht hatten sie aber auch einen schlafenden Gundark geweckt.*

Sloane kam zu dem Schluss, dass es auch in einer solchen Galaxis Gelegenheiten geben würde, in ihrer Karriere voranzukommen.

»Auf künftige interessante Missionen.« Sie ließ ihr Glas gegen das seine klirren.

Die Sonne ging auf, und niemand starb. Zaluna hatte ihr ganzes Leben an einem Ort verbracht, wo so etwas unmöglich war.

Das hier war eine andere Welt mit einer anderen Sonne, und obwohl sie sie nicht sehen konnte, spürte sie doch ihre wärmenden Strahlen. Sie spürte, wie die kühle Nachtluft langsam vor dem Licht des Tages zurückwich, hörte das taunasse Gras unter ihren Füßen rascheln, wenn sie ging. Und überall um sie herum konnte sie die erwachenden Blumen des Gartens riechen.

Kanan hatte sich nach ihrer Rückkehr nach Gorse vorübergehend von ihnen getrennt. Er hatte es für das Beste gehalten, wenn sie sich erst hier auf diesem wenig bevölkerten, landwirtschaftlich geprägten Planeten wieder trafen, der sektorenweit von Gorse entfernt war. Zaluna kannte den Namen des Planeten nicht, auf den Hera sie gebracht hatte, aber sie hatte auch nie danach gefragt.

Sie unternahm ihren ersten Schritt in eine neue Welt: eine Welt, die nicht mit dem Überwachungsraster verbunden war.

Es war immer noch unklar, ob das Imperium wegen ihrer Rolle bei der Sache mit der *Forager* auf der Suche nach ihr war. Bevor Hera sie auf ihrem schnittigen Nobelschiff von Gorse auf diese ländliche Bauernwelt gebracht hatte, hatte sie noch einen Stopp bei Zalunas Wohnung eingelegt, um ihre Sachen einzuladen. Die Wohnung zeigte Spuren, die verrieten, dass Zalunas Vermieter sie während ihrer Abwesenheit betreten hatte, aber sie war nicht systematisch durchwühlt worden. Und gewiss hatte keine der Überwachungsaufnahmen von der *Forager* überlebt, auf der Zaluna zu sehen gewesen wäre.

Die Neuigkeit hatte für Zaluna eine Reihe von Fragen aufgeworfen. Vielleicht hatte sie gar nicht zusammen mit den anderen im Fokus einer planetaren Schleppnetzfahndung gestanden. Vielleicht hatte sie sich das alles nur eingebildet. Vielleicht hätte sie von ihrer erzwungenen Beurlaubung zurückkehren und wieder für Transcept arbeiten können, als wäre nichts geschehen.

Aber sie konnte es nicht. Denn es *war* etwas geschehen. Es war vieles geschehen. Und es bedeutete, dass sie nie mehr in ihr altes Leben zurückkehren konnte, selbst wenn sie es gewollt hätte. Was nicht der Fall war.

Dennoch war sie froh, dass das Leben auf Gorse für jene,

die sie hinter sich gelassen hatte, fortan nicht mehr gar so schlimm sein würde. Die wundersamen Neuigkeiten über die großen Mengen Thorilidium auf der Tagseite von Gorse hatten zur Folge gehabt, dass die Arbeiten dort bereits im Gang waren und ganze Legionen der hitzebeständigen Droiden, die Baron Danthe einsatzbereit auf Lager hatte, mit dem Abbau begonnen hatten. Cynda und den bewohnten Orten auf Gorse würde kein weiterer Schaden erwachsen. Die Bergarbeiter, bei Weitem die ungehobeltsten Gesellen des Planeten, würden auf andere Welten auswandern. Die Raffinerien dagegen würden auf dem Planeten verbleiben, und mit Moonglow verfügte das Imperium jetzt über seine eigene Firma: einen Ort, an dem eine weitsichtige Lal Grallik zu Lebzeiten Verbesserungen der Sicherheit eingeführt hatte, die nun zum Vorbild für alle anderen Fabriken auf dem Planeten geworden waren. Graf Vidians Reise nach Gorse hatte dem Imperium letztlich doch noch all die gewünschten Effizienzsteigerungen gebracht – doch waren die Leute jetzt rundum sicherer. Dieser Vorstellung hatte Hera besonders gut gefallen. *»Sieg durch unbeabsichtigte Folgen«,* hatte sie es genannt.

Das Haus, das sie für Zaluna gefunden hatten, war verlassen und halb verfallen, aber es war billig und ruhig. Die ältere Frau, von der Hera es gekauft hatte, hatte gesagt, eine andere ältere Frau habe den Garten dahinter angelegt. Sie war seit Langem tot, und der Garten brauchte dringend Pflege, wozu jedoch niemand bereit war. Die meisten Siedler des Planeten waren auf der Suche nach Arbeit an Orte wie Gorse gezogen.

Während Zaluna mit ihren Fingern über die Blüten streichelte, konnte sie sich keinen dümmeren Zielort vorstellen.

Sie tastete nach den Stufen unter ihren Füßen. Am Ende des Weges stand ein Baum; auf dem Weg dorthin fühlte sie sich an den Friedhof auf Beggar's Hill mit seinen großen Grabmalen erinnert.

»Gehen Sie nur weiter, Zal, und Sie werden direkt dagegenknallen.«

Zaluna lächelte. »Sie sind ja noch hier, Kanan!«

»Ich genieße das Wetter. Gorse war ein wahres Dampfbad.« Zaluna spürte seine Hand auf der Schulter. »Und Sie kommen zurecht?«

»Besser denn je«, antwortete sie. Sie ging um den Baum herum, Kanans Hand noch immer auf der Schulter. »Was halten Sie von meinem Garten?«

»Er ist schön«, meinte Kanan. »Sie wissen, dass Sie Ihre Augen behandeln lassen können, nicht wahr? Um wieder sehen zu können.«

»Wie Vidian?« Zaluna kicherte und schüttelte den Kopf. »Nein, ich glaube, ich habe genug gesehen. Ich habe einen Ort gefunden, an dem ich leben kann, und da ist ein kleines Mädchen, das mich täglich besucht, um mir bei den Alltagsarbeiten zu helfen. Aber schon bald werde ich das auch selbst übernehmen können. Und schauen Sie nur! Ich habe einen Baum!«

Kanan lachte.

»Für mich ist es irgendwie Skellys Baum«, sagte sie. »Ein hübsches Denkmal, meinen Sie nicht auch?«

»Nun ja, dort drüben gibt es ein paar wirre Klammerranken, an die hätte ich in diesem Zusammenhang eher gedacht.«

Zaluna hob das Gesicht gen Himmel und seufzte. »Nein, Skellys Asche ist wahrscheinlich immer noch irgendwo dort draußen und regnet auf Cynda herab. Ich glaube, das hätte ihm gefallen.«

Kanan antwortete nicht sofort. Dann sagte er: »Ja, das könnte ich mir vorstellen.«

Sie hörte jemanden vom Haus herkommen. »Ich bin reisefertig«, verkündete Hera.

»Immer auf Wanderschaft«, bemerkte Zaluna.

Sie spürte Heras Hände auf den ihren. »Sind Sie sich auch sicher, dass Sie gefunden haben, was Sie wollen, Zal? Sie haben besondere Fähigkeiten. Damit könnten Sie anderen helfen.«

Zaluna schüttelte den Kopf. »Ich kann Hetto nicht retten – jetzt nicht mehr. Ich weiß, welchen Gegner Sie sich da vorgenommen haben, und das übersteigt meine Kräfte. Wo immer er ist, Hetto würde niemals wollen, dass ich beim Versuch, ihn zu retten, mein Leben riskiere. Und wenn er sich an einem schlimmen Ort befindet, würde er sich wahrscheinlich lieber vorstellen, dass ich an einem hübschen Fleckchen wie diesem hier lebe. Und hier ist es mit Sicherheit besser als dort, wo wir waren!«

Kanan lachte. »Da ist was Wahres dran. Tja, Hera, wird wohl nichts.«

Hera umarmte sie. »Passen Sie auf sich auf – und vielen Dank.«

Zaluna ging mit ihnen noch bis zur geschotterten Straße. »Und jetzt«, sagte Kanan, »habe ich das Vergnügen, diese freundliche Dame zu ihrem geheimnisvollen Sternenschiff zu geleiten.« Kanan war von einem Trampschiff abgesetzt worden und hatte noch keinen Blick auf das Schiff werfen können, mit dem Zaluna und Hera gekommen waren.

»Ich verstehe«, begann Zaluna. »Reisen Sie zusammen?«

»Wir haben noch nicht darüber gesprochen«, antwortete Hera rasch.

Zaluna lächelte. »Sie sollten ihn besser mitnehmen«, bemerkte sie, »sonst werde ich ihn hier gleich für die Arbeit einspannen.« Sie drehte sich um und ging in ihren Garten zurück.

57. Kapitel

Kanan und Hera gingen die lange Waldstraße entlang, die von Zalunas Haus wegführte.

»Ich glaube, sie wird sich hier wohlfühlen«, wiederholte Hera schon zum zweiten Mal. »Der Arzt, zu dem ich sie gebracht habe, meinte, ihre Heilung mache gute Fortschritte.«

»Oh, natürlich«, antwortete er wieder. Sie hatten es hervorragend hinbekommen, unterwegs nur über Nichtigkeiten zu reden – im Grunde war es so gewesen, seit die Rettungskapsel auf Gorse gelandet war. Dort hatten sie sich dann rasch voneinander getrennt, was Kanan Zeit gegeben hatte, eine Spur zu legen, die bewies, dass er während all der vorangegangenen Geschehnisse den Planeten Gorse gar nicht verlassen hatte. Sloane mochte seinen Namen kennen, aber soweit es die imperiale Überwachung betraf, war er einfach nur ein x-beliebiger Selbstmordflieger, der Gorse verlassen hatte, als es dort für ihn keine Arbeit mehr gab.

Sie näherten sich dem kleinen Hangar außerhalb der Stadt, den Hera angemietet hatte. Ohne sich zu ihm umzudrehen, fragte sie: »Also, was hast du nun als Nächstes vor?«

»Nun ja, du kennst mich. Ich bin immer in Bewegung.«

»Ja, ich kenne dich tatsächlich.« Sie ging weiter. »Also, was hältst du von dem, was Zaluna gesagt hat?«

»Was, dass ich mit dir gehen soll?« Kanan zuckte die Achseln. »Nun ja, es ist toll, mit dir zusammen zu sein, das habe ich ja bereits erwähnt.« Er fasste sie scharf ins Auge. »Aber ich glaube nicht, dass du nach einem Reisebegleiter suchst, oder?«

»Jedenfalls nicht so, wie du das meinst.« Sie blieb draußen vor der Tür des geschlossenen Hangars stehen, und Kanan hielt ebenfalls an. Sie schaute zu ihm auf. »Was gegenwärtig in der Galaxis geschieht, ist eine verdammt ernste Angelegenheit, und ich beabsichtige, etwas dagegen zu unternehmen.« Sie streckte ihm die Hand zum Abschied hin. »Wenn du weiterhin vorhast, dich nur um deinen eigenen Kram zu kümmern, dann wünsche ich dir viel Glück bei deinen Reisen.«

Er sah erst auf ihre Hand hinab, dann hinauf in ihr Gesicht. »Ich habe dieses Schiff immer noch nicht gesehen.«

»Und das wirst du auch nicht. Je weniger Leute es sehen, umso besser.«

Er kratzte sich den Bart. »Es hört sich an, als wäre dein Schiff ziemlich groß. Muss eine Menge Arbeit sein, das Ding am Laufen zu halten.«

Sie sah ihn einen Moment lang an und nickte dann. »Ja, tatsächlich.«

»Du bräuchtest eigentlich eine Crew für das alles.« Er sah sie eindringlich an. »Keinen Reisebegleiter. Keinen Revolutionär. Nur Crewmitglied.« Er legte seine Hand in die ihre.

Ein pfiffiges Lächeln huschte über ihr Gesicht, und sie schüttelte seine Hand. »Damit könnte ich leben.«

Kanan drehte sich um und klatschte in die Hände. »Wunderbar! Ich hoffe nur, das Ding ist in keinem so erbärmlichen Zustand wie das Schiff, das ich gerade verlassen habe.«

»Ich glaube, es wird dir gefallen«, meinte sie und öffnete die Tür zum Hangar.

Aha, gut: Kanan Jarrus war also ein Jedi. Oder, wahrscheinlicher, er hatte sich in der Ausbildung zum Jedi befunden, als der Imperator sie alle verraten hatte.

Es war nur eine Vermutung. Er hatte gegenüber Hera kein Wort mehr über jenen Moment an Bord der *Forager* verloren. Es war auch möglich, dass er einfach eine x-beliebige Person war, die zufällig die Möglichkeit hatte, von der Macht Gebrauch zu machen. Jemand, der im Adrenalinrausch das Universum um Hilfe bei einer großen Tat angefleht hatte und dessen Gebete erhört worden waren.

Aber Hera glaubte das nicht. Als sie ein Kind gewesen war, hatten die Jedi ihrem Volk während der Klonkriege geholfen. Auch wenn sie damals zu klein gewesen war, um sich noch an spezielle Ereignisse aus jenen Tagen erinnern zu können, hatte ihr Vater ihr doch immer wieder von den Jedi erzählt. Und später hatte sie sich viele historische Holos von Jedi in Aktion angesehen, die jetzt alle verboten waren. Sie hatte begriffen, dass die Fähigkeiten der Jedi kein Art Rüstung mit magischen Superkräften waren, die man nach Belieben ausziehen und zu Hause lassen oder in eine Mülltonne pfeffern konnte. Die Macht beeinflusste und verstärkte jede Handlung einer Person, die von ihr berührt war, ob es ihr nun bewusst war oder nicht.

Und niemand außer einem Jedi hätte die Dinge vollbringen können, die sie Kanan hatte tun sehen. Die Schlägerei in Shaketown, die Flucht mit dem Schwebebus, der Kampf mit Vidian: Jedes Mal hatte sie einen Mann gesehen, der Leistungen an der äußersten Grenze des Menschenmöglichen vollbracht hatte. Und in all diesen Fällen hätte sie es ihm irgendwie zugetraut, auch noch zu mehr fähig zu sein. Es schien, als hätte er einen Punkt festgelegt, den er nicht überschreiten wollte, und sich auch daran gehalten.

Kanan hatte sich auf Gorse zu einer gefährlichen Arbeit hingezogen gefühlt – weil sie für ihn selbst eben nicht gefährlich gewesen war. Und es war eine Arbeit, bei der er meist allein war, daher konnte er im Geheimen auf seine erstaunlichen Talente zurückgreifen, wenn Gefahr drohte. Sie hatte den Verdacht, dass das Gleiche wohl auch auf all die anderen Gelegenheitsarbeiten zutraf, die er im Laufe seines Lebens angenommen hatte. Es war die Strategie eines Mannes, der in einer bestimmten Disziplin unterwiesen worden war und dem es doch verboten war, von seinem Können Gebrauch zu machen. Das, sein nomadenhaftes Wesen und seine fehlenden familiären Bindungen fügten sich zu einem einheitlichen Bild zusammen.

Kanan war vermutlich noch kein Jedi gewesen, als es das große Massaker gegeben hatte. Sie bezweifelte, dass er überhaupt ein Lichtschwert besaß. Alles, was er in der Galaxis besaß, war eine einzige Tasche mit Kleidung, und wenn er das Schwert darin versteckt hatte, würde sie jedenfalls nicht danach suchen. Hera fragte sich, wie jung Jedi waren, wenn sie ihre Lehrzeit begannen. Sie wusste es nicht, und an solche Informationen heranzukommen, war jetzt genauso schwer wie so ziemlich alles andere, was die Jedi betraf.

Wo war er gewesen, als sich jener große Verrat ereignet hatte? Mit wem war er zusammen gewesen? Hatte ihn jemand gewarnt?

Und gab es diesen Jemand noch?

Kanan würde es ihr vielleicht erzählen, eines Tages. Oder

vielleicht auch nicht. Das ging für sie in Ordnung. Der Imperator hatte überall Bürger aus allen Gesellschaftsschichten entrechtet. Ein unwilliger Beinahe-Jedi wäre einfach nur ein weiterer mehr. Zum Gelingen einer Rebellion waren sehr viele erforderlich, die alle ihre jeweils einzigartigen Talente dafür einsetzen mussten. Alle würden auf ihre eigene Art und Weise gleichermaßen wichtig sein.

Ihr Sternenschiff gefiel ihm offensichtlich, das erkannte sie daran, wie er jetzt darum herumging und es von allen Seiten in Augenschein nahm. Das war gut. Außerdem war er ganz vernarrt in sie, das wusste sie, und auch damit war sie einverstanden. Sie wollte ihm nicht sagen, dass ihr Krieg bereits begonnen hatte und dass es im Krieg keine Zeit für irgendetwas anderes gab. Irgendwann würde er das wahrscheinlich von allein verstehen.

Nein, dachte sie, alles war gut, so wie es war, und würde es auch bleiben. Kanan war für die ihr bevorstehenden Zeiten ein großer Gewinn, selbst wenn er nie zu seinem alten Jedi-Leben und allem, was damit verbunden war, zurückkehrte.

Aber sie konnte nicht umhin, sich die Frage zu stellen: *Was, wenn er es irgendwann doch tat?*

Kanan Jarrus war verliebt.

Ghost hatte Hera ihr Schiff genannt. Es war ebendas Schiff, das er vor etlichen Tagen bewundert hatte, als es ihn auf dem Weg nach Cynda überholt hatte – und es war ein wahres Wunderwerk. Die *Ghost* war ein leichter, annähernd sechseckiger Frachter, an dem eine Unmenge von Umrüstungen vorgenommen worden waren, die, soweit er das erkennen konnte, allesamt Verbesserungen darstellten. Die beiden Haupttriebwerke am Heck waren absolut erstklassige Maschinen, besser als alles, was er auf Gorse oder irgendwo sonst gesehen hatte. Vorn in der Mitte war das Cockpit, und in der Kugel darunter befand sich ein Geschützturm für einen Kanonier. Die *Ghost* hatte eine Symmetrie, die vielen der Frachtschiffe auf Corellia fehlte, und sie besaß sogar eine eigene kleine Landefähre, die am Heck befestigt war.

Nachdem er als Pilot schäbige Frachter und Sprengstofftransporter gesteuert hatte, nachdem er in scheußlichen Handelsschiffen und in den Frachträumen von Bergbauschiffen mitgeflogen war, war die *Ghost* für Kanan nun wie frischer Gebirgsatem. Er würde alles tun, um sie einmal fliegen zu können, hätte förmlich einen Mord dafür begehen können, und als er das Hera gesagt hatte, hatte sie scherzhaft geantwortet, dass er das wohl auch würde tun müssen. Das Schiff gehörte ihr, ihr ganz allein. Das ging für ihn in Ordnung. Er würde es genießen, mitfliegen zu dürfen.

Jahre zuvor hatte für sie alle ein Albtraum begonnen, und der ging in beinahe jeder Hinsicht weiter. Die Galaxis war aus diesem Albtraum noch nicht erwacht und würde es vielleicht nie wieder tun. Aber Kanan hatte immer vorgehabt, stilvoll unterzugehen, und dafür war die *Ghost* das perfekte Mittel.

Vor allem in dieser Gesellschaft.

Sie beobachtete ihn, während er bewundernd ihr Sternenschiff in Augenschein nahm. Hera wusste es gut zu verbergen, indem sie immer wieder in die andere Richtung schaute oder an irgendetwas herumspielte, aber Kanan war gut darin geschult, es zu merken, wenn weibliche Augen auf ihm ruhten. Auch was Hera betraf, hatten sich die Dinge verändert. Zuvor hatte sie ihn mit einer verhaltenen Neugier bedacht, aber die Ereignisse auf der *Forager* hatten ihre Einstellung ihm gegenüber definitiv beeinflusst. Entweder das, oder er war irgendwie attraktiver geworden.

Was auch immer, ihm war es recht. Jeder Vorwand, in ihrer Gesellschaft zu sein, war ein guter, solange sie die Sache nicht forcieren wollte. Hera wusste jetzt eine winzige Kleinigkeit über seine Vergangenheit, was eine winzige Kleinigkeit mehr war als das, was er über ihre Vergangenheit wusste. Er hoffte, dass sie begriff, dass er keinen Einfluss darauf hatte, wer er war. Wenn sie ihr Vergnügen darin fand, dem Imperium kleine schmerzliche Nadelstiche zu versetzen, konnte er ihr bestimmt dabei helfen, ohne sich allzu tief in all jenen anderen Kram zu verstricken.

Vielleicht wirst du die Antwort auf irgendeine andere Weise erhalten, hatte Meisterin Billaba vor vielen Jahren gesagt, als er sie gefragt hatte, was ein meisterlos gewordener Jedi mit seiner Zeit nun anfangen solle. Er hatte Antworten in gefährlichen Tätigkeiten und auf Reisen gesucht, in Kneipen und bei Zechgelagen. Hera war nun eine neue und ganz andere Antwort: keine schlechtere Möglichkeit zum Zeitvertreib als jede andere.

Die Leute, die Kanan als Kind unterwiesen hatten, hatten ihm eine Handvoll Fähigkeiten und einen guten Rat zum Abschied hinterlassen. Mehr nicht. Das war ihr gesamtes Vermächtnis gewesen. Ihren Anweisungen zu folgen war alles, was er ihnen schuldete. Er würde weiterhin Coruscant meiden und sich nicht aufspüren lassen. Er verstand nicht, wofür er »stark bleiben« sollte, aber er würde fortfahren, sich gegen jeden zu wehren, der ihn herausforderte.

Und die Macht? Nun, sie mochte mit ihm sein oder auch nicht. So oder so, Kanan würde schon klarkommen. Das hatte er immer getan.

Er tätschelte die Unterseite der *Ghost* und zwinkerte Hera zu, als er nun auf die Rampe zuschritt. »Komm, lass uns irgendwohin fliegen.«

Danksagung

Seit ich als junger Mensch im Kino zum ersten Mal den Film gesehen habe, der später einmal den Titel *Star Wars: Episode IV – Eine neue Hoffnung* tragen sollte, interessiere ich mich dafür, wie sich das Leben unter der Herrschaft des Imperiums gestaltete. *Eine neue Dämmerung* hat mir die Möglichkeit gegeben, dieses Thema zu entfalten, in einer Geschichte, die einige Jahre vor der Fernsehserie *Star Wars Rebels* angesiedelt ist. *Eine neue Dämmerung* stellt die Figuren Kanan und Hera ins Zentrum, so wie sie von den leitenden Produzenten der Serie, Dave Filoni, Simon Kinberg und Greg Weisman, entwickelt wurden, und ich bin ihnen für ihre Anregungen und Ratschläge dankbar. Mein Dank geht ebenso an Rayne Roberts, Leland Chee und Pablo Hidalgo von der neuen Lucasfilm Story Group und, wie immer, an Jennifer Heddle, die Lektorin für Fiction bei Lucasfilm. Ich bin des Weiteren auch Random House zu Dank verpflichtet dafür, dass der Verlag mir die Möglichkeit eingeräumt hat, dieses Buch zu schreiben – ich danke Cheflektorin Shelly Shapiro sowie den Lektoren Frank Parisi, Keith Clayton und Erich Schoeneweiss.

Einfach alles verdanke ich auch dieses Mal meiner Frau und

Korrekturleserin Meredith Miller – und ein besonderer Dank geht zudem an meinen langjährigen Freund, den Science-Fiction-Experten Ken Barnes, der mir geholfen hat, einige der astronomischen Details zu durchdenken.

Zuletzt stehe ich überdies in der Schuld aller Schriftsteller, die bisher am *Star-Wars*-Universum gearbeitet haben – sowie der Millionen von Lesern, die sie unterstützt haben. Die Geschichten, die wir lieben, lassen sich vielleicht nicht immer akkurat einer eindeutigen Chronolgie zuordnen, aber sie werden stets von Bedeutung sein.

John Jackson Miller